BASTEI
LÜBBE

Ronald M. Hahn • Jo Zybell
Timothy Stahl • Bernd Frenz

MADDRAX

Die dunkle Zukunft der Erde

Fünf Romane in einem Band

BASTEI
LÜBBE

BASTEI LÜBBE TASCHENBUCH
Band 23 239

1. Auflage: August 2001

Vollständige Taschenbuchausgabe

Bastei Lübbe Taschenbücher
ist ein Imprint der
Verlagsgruppe Lübbe

Lektorat: Michael Schönenbröcher
Titelillustration: Mark Harrison, Agentur Schlück
Umschlaggestaltung: QuadroGrafik, Bensberg
Satz: QuadroPrintService, Bensberg
Druck und Verarbeitung: 55953
Société Nouvelle Firmin-Didot,
Mesnil-sur-l'Estrée, Frankreich
Printed in France

ISBN 3-404-23239-9

INHALT

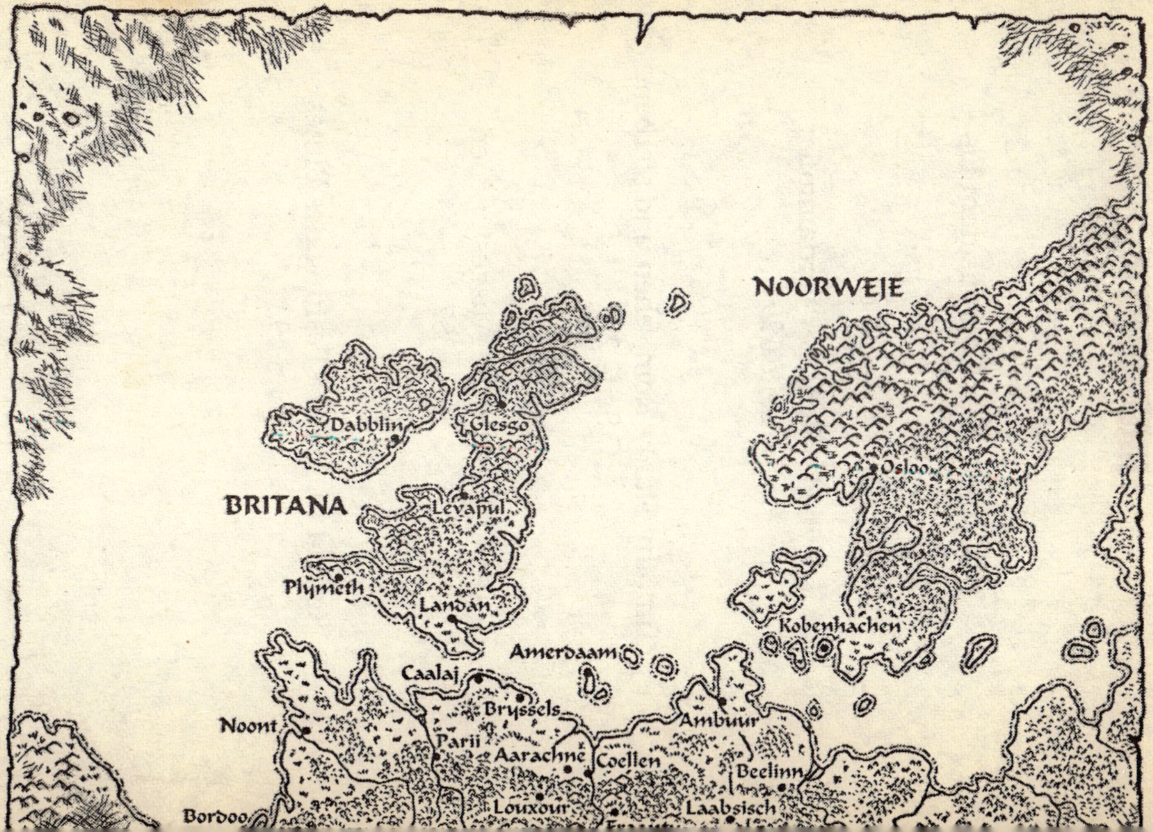
NOORWEJE
Osloo
Kobenhachen
BRITANA
Dabblin
Glesgo
Levapul
Plymeth
Landan
Amerdaam
Caalaj
Bryssels
Noont
Ambuur
Parii
Aarachne
Coellen
Beelinn
Louxour
Laabsisch
Bordoo

Maddrid
Toluus
Baacelonna
Majooca
Algeer
AFRA
N
Tuunis
Geneeva
Züri
Stugaart
Ethera
(München)
Praaha
Waarza
Weean
Millan
Bolluna
Rooma
Budapess
Beograad
Burugee
Soofia
Ateen
TUURK

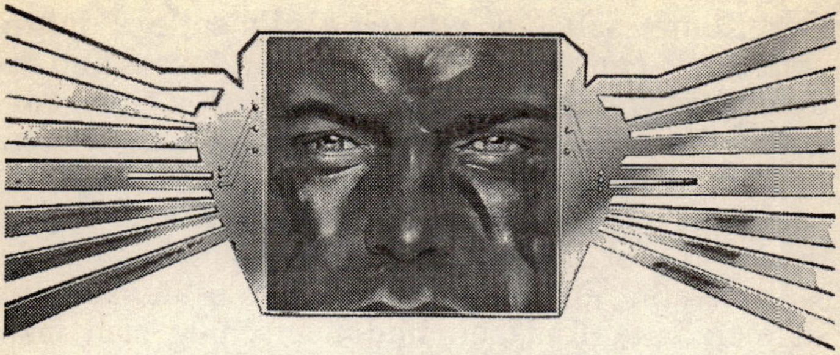

JO ZYBELL

DER GOTT AUS DEM EIS

Der Komet sah aus wie eine glühende, Funken sprühende Feuerkugel, innen gleißend weiß und an der Spitze von milchigem Orange. Er zog einen langen, glitzernden Schweif hinter sich her, dessen Licht in alle Richtungen zerfaserte.

»Wahnsinn!«, gellte es in Matthew Drax' Pilotenhelm. »Das ist das Größte, was ich je gesehen habe!«

Professor Smythes Stimme schraubte sich in schmerzhafte Tonlagen und überschlug sich fast. Wie immer, wenn er euphorisch wurde. Und das wurde er viel zu oft, fand Matthew. Zu oft jedenfalls für einen leitenden Wissenschaftler der US Air Force.

»Dann schauen Sie genau hin«, knurrte Matt. »Es wird wahrscheinlich auch das absolut *Letzte* sein, was Sie in Ihrem Leben zu sehen kriegen!«

Der Professor schien ihn gar nicht gehört zu haben. »Er ist absolut prächtig!«, schrillte seine Stimme. »Göttlich! Wunderschön ...!«

Matt verdrehte entnervt die Augen. Seit er ihm zum ersten Mal begegnet war, hatte er Schwierigkeiten mit Professor Dr. Jacob Smythes aufgekratzter, abgehobener Art gehabt. Er hätte ihn in diesem Moment zu gern eigenhändig geknebelt. Doch der Professor der Astrophysik und Doktor der Medizin saß hinter ihm, im Sessel des Navigators.

Der digitale Balken des Höhenmessers schob sich eben der Siebzigtausend-Fuß-Marke entgegen. Das Mach-Meter stand bei fünfkommazwei. Mit über fünffacher Schallgeschwindigkeit jagte der Aufklärungsjet durch die Stratosphäre, Richtung Zentralasien. Eine dichte Wolkendecke verhüllte unter ihnen die Landmasse Nord- und Mitteleuropas. Nur ganz im Westen war eine blaue Sichel zu erkennen, in die ein stiefelartiges Gebilde hineinragte: ein Stück Mittelmeer und Süditalien.

»Schauen Sie doch!«, ereiferte sich der Professor. »Haben Sie je so etwas Wunderschönes gesehen?!«

Matt platzte der Kragen. Die unglaubliche Anspannung der letzten Tage und Stunden machte sich plötzlich Luft.

»Verdammt, dieses *wunderschöne* Teufelsding wird in wenigen Minuten unsere gute alte Erde rammen!«, brüllte er zurück. »Und wahrscheinlich wird dann niemand mehr übrig sein, der irgendwas noch als ›wunderschön‹ bezeichnen kann!«

Der Kloß, der Matt schon seit Stunden im Hals schwoll, löste sich auf. Tränen stiegen ihm in die Augen. Seine Finger verkrampften sich um die Steuersäule. Er stieß einen Fluch aus – dann hatte er sich wieder unter Kontrolle. Er musste die Maschine heil zur Basis zurückbringen. Auch wenn er nicht wusste, was für einen Sinn das noch haben sollte.

Ein Blick zum Head-up-Display: 8. Februar 2012, 16:34 Uhr mitteleuropäischer Zeit. Für 16:42 Uhr erwartete man den Einschlag.

Zwei Blicke nach links und rechts zum Cockpit hinaus. Links der kobaltblaue Rumpf eines Jets. Chester flog in Sichtweite knapp vierzig Fuß über ihm. Matt meinte sogar sein schwarzes Gesicht unter dem Helm erkennen zu können. Jensens Maschine konnte er nirgends entdecken. Der Bordradar aber zeigte an, dass sie auf gleicher Höhe hinter ihm flog.

Zum hundertsten Mal fasste er den aus dem Weltall heranrasenden glühenden Feuerball ins Auge. Jetzt konnte man seine Eigenbewegung bereits mit bloßem Auge wahrnehmen. Matt presste die Lippen zusammen. Er hasste das glühende Ding. Als wäre es ein lebendiges Wesen.

Es hatte sogar einen Namen: ›Christopher-Floyd‹. Ein galaktischer, aus Fels und Eis bestehender

Brocken von über acht Kilometern Durchmesser. Damit lag er nur drei Kilometer unter MU 1 – dem Großen Auslöscher, der das Sterben der Dinosaurier verursacht und gut neunzig Prozent allen Lebens auf Erden gekillt hatte. Mit einer Geschwindigkeit von fünfzig Kilometern pro Sekunde raste er der Erde entgegen.

Zwei schottische Hobbyastronomen hatten ihn vor ein paar Monaten entdeckt, zwei Karibikurlauber namens Marc Christopher und Archer Floyd. Nach ihnen hatte man den Kometen benannt. *Ein zweifelhafter Ruhm*, dachte Matt bitter. Die Männer würden sich nicht mehr lange daran freuen können.

Der Teufel mochte wissen, warum ›Christopher-Floyd‹ die Erdbahn kreuzte! Kein astronomisches Fachbuch, keine noch so alte astronomische Aufzeichnung beschrieb einen Himmelskörper, mit dem man ihn identifizieren konnte. Keine babylonischen, keine chinesischen, keine ägyptischen. Und die Datenbanken der NASA schon gar nicht. ›Christopher-Floyd‹ war wie ein kosmisches Rätsel aus den Tiefen des Alls aufgetaucht.

Sie hatten ihn von der Internationalen Raumstation aus mit Langstreckenraketen beschossen, Raketen mit atomaren Sprengköpfen. Matt und seine Staffel sollten die Wirkung beobachten, messen und filmen. Das Ergebnis war vernichtend – im wahrsten Sinne des Wortes. Die Raketen hatten den Kurs des Kometen nicht einmal geringfügig verändert.

Mit seiner Kernmasse lag er genau an der kritischen Grenze. Nach Meinung der führenden Wissenschaftler würde er die Erde entweder in Myriaden kleine Teile sprengen oder so gründlich verwüsten, dass ein Überleben der Menschheit keineswegs gesichert wäre …

»Eagle 1 an Staffel«, funkte Matt die anderen beiden Maschinen an. »Kurs null neun sieben. Sinkgeschwindigkeit sechzig Fuß pro Sekunde. Unser Job ist erledigt. Wir fliegen zurück zur Basis.«

»Roger«, kam es zweimal aus dem Helmlautsprecher. Jensens und Chesters Stimmen.

»Kommt gar nicht in Frage, Commander!«, protestierte Professor Dr. Smythe. »Sie beschleunigen und steigen! Ich bin noch lange nicht fertig mit meinen Messungen! Und vergessen Sie nicht, dass *ich* die wissenschaftliche Leitung der Mission innehabe!«

Für einen Augenblick verschlug es Matt die Sprache. Der Mann hinter ihm schien den Verstand verloren zu haben.

»Verflucht, Smythe!«, donnerte er. »In wenigen Minuten wird dieser Scheißbrocken in die Erdatmosphäre eintauchen! Weniger als sechstausend Meilen von unserer derzeitigen Position entfernt! Wissen Sie, was das bedeutet?!«

»Dass ich ihn dann ganz präzise beobachten kann!« Smythe war außer sich. »So etwas sieht man nur einmal in siebzig Millionen Jahren! Einmal in siebzig Millionen Jahren – geht das in Ihr Soldatenhirn, Drax?!«

»Aber die Strahlung, Sir!« Professor David McKenzies Stimme über Bordfunk. Der Astrophysiker flog bei Lieutenant Jennifer Jensen mit. Er war der stellvertretende Leiter der Astronomischen Abteilung der US Air Force. Smythe war sein Chef. »Meine Messungen zeigen hohe Werte an. Woraus auch immer der Kern besteht – er strahlt wie eine Röntgenlampe!«

»Was ist das für eine Haltung, McKenzie!?«, fuhr Smythe auf. »Sind Sie Wissenschaftler oder nicht? Wir haben hier die einmalige Chance –!«

»Nehmen Sie Vernunft an!«, blaffte Matt ins Mikro. »Sind Sie so scharf aufs Sterben?»

»Bitte, Sir ...« Wieder McKenzies Stimme. »Die Strahlung ist schon jetzt so stark, dass wir keine Funkverbindung mehr zur Basis haben!« Er versuchte es auf die sachliche Tour. Nichts, womit man Smythe beeindrucken konnte.

Jacob Smythe schnaufte. »Das Risiko gehe ich ein! Wenn –«

»Aber *ich* nicht!«, unterbrach ihn Matt barsch. »Wir fliegen zurück.«

»Ich lasse Sie vor ein Militärgericht stellen, Drax!«, tobte Smythe auf dem Sitz des Kopiloten.

»Tun Sie das – wenn Sie noch eins finden ...«

Die Maschinen kippten nach rechts ab und flogen eine langgezogene Hundertachtzig-Grad-Schleife, nahmen Kurs auf Berlin, Deutschland.

»Seht euch das an!« In Matts Kopfhörern dröhnte der raue Bass Irvin Chesters. Matt sah nach oben. Das blasse Orange an der Spitze des Kometen hatte sich in ein glühendes Rot verwandelt. ›Christopher-Floyd‹ trat eben in die Erdatmosphäre ein ...

Sekundenlang herrschte Stille in Matts Helm. Die rote Glutkuppel, die ›Christopher-Floyd‹ vor sich herschob, blähte sich zu einer gewaltigen Kugel auf. Dumpfes Rauschen schwoll zu brüllendem Tosen an. Ein strahlendes Orangerot flutete den Himmel und spannte sich von Horizont zu Horizont.

Matt rang nach Luft – sein Herz trommelte ihm gegen Brustbein und Rippen, als würde es verzweifelt nach einem Ausgang suchen.

»O Gott ...«, hörte er Jennifer Jensen im Kopfhörer stöhnen. »O gütiger Gott ...«

»Warum, verdammt?!«, presste Lieutenant Hank Williams hervor.

Und Irvin Chester fing an zu beten: »Vater unser, der du bist im Himmel, geheiligt werde dein Name ...«

Die Stimmen wurden schwächer. Unerträgliches Knistern begann Matts Trommelfelle zu quälen.

Seine Hände an der Steuersäule zitterten. *Der Commander hat Angst*, schoss es ihm durch den Kopf. Aber es war nicht nur die Angst: Der Steuerknüppel wackelte, die ganze Maschine vibrierte. Wie heller Glockenschlag dröhnte plötzlich der Rumpf.

»Dass ich das erleben darf!« Smythes Stimme überschlug sich. »Dass ich das erleben darf ...!«

Wie eine abstürzende Sonne fauchte der Komet durch die Atmosphäre. Immer noch hoch über der Jet-Staffel, fiel er der Erde entgegen, ein unermesslicher roter Feuerball, dessen Kern weiß loderte.

Matt wandte geblendet das Gesicht ab. *Das ist nicht die Wirklichkeit!*, schrie eine Stimme in seinem Kopf. *Das ist ein Film, ein LSD-Trip, ein Fiebertraum ...!*

Doch dann sah er, dass die orange glühende Wolkendecke unter ihm aufriss. Nach allen Himmelsrichtungen fegten die Wolken davon, wie von unsichtbarer Hand weggewischt. Mitteleuropa lag unter ihm – die Alpen, der Rhein, der Schwarzwald, die Schweizer Seen, alles in gespenstisches Orange getaucht. Und als würde die Nacht über diesen Teil der Welt herfallen, breitete sich ein riesiger dunkler Schatten über das Antlitz der Erde.

»Weg hier!«, brüllte Matt.

»Ich möchte wissen, wo er aufschlägt!« Smythes überkippende Stimme.

»Vektor null acht drei!« Matt reagierte wie ein Automat. »Gebt vollen Schub plus Nachbrenner! Wenn wir in seinen Sog geraten, ist es aus ...!«

Die Stimmen der anderen waren nur noch ein Geraune in seinen Kopfhörern. »... und vergib uns unsere Schuld, wie auch wir vergeben ...«

Die unsichtbare Faust des Kometen schlug nach

der Dreier-Staffel. Vor sich sah Matt den kobaltblauen Rumpf eines Jets durch die leuchtend orangene Stratosphäre trudeln. Schon in der nächsten Sekunde wurde sein eigener Flieger von gewaltigen Kräften aus dem Kurs gedrückt.

Das Dröhnen der Maschine, Smythes hysterisches Geschrei, das Knistern in den Kopfhörern und das Brüllen des Kometen – Matts Trommelfelle drohten zu platzen. Er ließ die Steuersäule los und versuchte sich den Integralhelm vom Kopf zu zerren.

›Christopher-Floyd‹ durchschnitt die Flugebene der Staffel, jagte in spitzem Winkel der Erdoberfläche entgegen. Seine rotglühende Masse schob eine riesige Blase komprimierter Luft vor sich her. An seinem Ende zerfaserte der Komet in Millionen kleiner Sterne und zog in einer schwarze Wolke einen gewaltigen Schwarm von Gesteinsbrocken hinter sich her.

Die Feuersäule schien zu rotieren – Matt sah sie von unten, von oben, blickte in den rotglühenden Himmel und dann auf die sich verdunkelnde Erde. Doch nicht der Komet rotierte; der Jet drehte sich um seine Längsachse.

Matts Finger glitten über die Armaturen, fassten Schalter, drückten Knöpfe. Immer wieder entglitt ihm der Steuerknüppel. Er wollte schreien, aber kein Ton drang aus seiner Kehle.

Als würde er in einer Zentrifuge sitzen, sah er Himmel, Erde und den Kometen um sich herumwirbeln. Dazwischen das aufblitzende Blau eines anderen Jets, die plötzlich in grün getauchte Sichel des Mittelmeers, die rotflammenden Alpengipfel, die violetten Flussläufe …

›Christopher-Floyd‹ verschwand hinter dem östlichen Horizont, und für einen Moment huschte der orangene Schatten von der Erdoberfläche. Sekundenlang erschienen Berge, Flüsse und Ebenen fast in ihren ursprünglichen Farben. Nur der Himmel wollte sich nicht mehr aufhellen.

Dann explodierte der Horizont.

Smythe kreischte wie ein Besessener, stakkatoartig und schrill. Matts Brustkorb schien zu platzen und ein Blitz seinen Schädel zu durchbohren.

Etwas geschah.

Der Jet schien plötzlich zwei Spitzen zu haben. Im Süden leuchteten zwei grüne Sicheln neben zwei stiefelartigen Landmassen. Sämtliche Kontrolllampen schienen sich zu verdoppeln. Selbst die eigenen Hände sah Matt zweifach.

Und vom östlichen Horizont her rasten zwei gewaltige ringförmige Wände aus Feuer und Staub nach Westen, Süden und Norden.

Matt kniff die Augenlider zusammen, riss sie wieder auf – und erkannte keine Landschaftskonturen mehr unter sich, nur noch Staub und Glut.

Dunkelheit legte sich wie eine Bleischürze auf sein Hirn. Er sah noch die Dampfsäulen zweier gigantischer Pilze in den Himmel schießen. Er registrierte noch, dass Smythes Kreischen verstummte, nahm noch das rote Blinken auf seinem Instrumentenbord wahr.

Dann saugte finsterste Nacht sein Bewusstsein ins Nichts …

»Aruula«, flüsterte eine Stimme aus der Dunkelheit. »Baloor verlangt nach dir. Geh zu ihm!« Die tiefe, knurrende Stimme des Häuptlings. Aruula konnte seine riesige Gestalt nicht sehen. Genauso wenig wie all die anderen. Aber sie roch die scharfe, säuerliche Ausdünstung seiner Haut. Sorban hockte in der ersten Reihe der Horde. Irgendwo seitlich vor ihr.

Hände legten sich auf ihre Schultern, ihren Rücken. Halb von den anderen geschoben, löste sie sich aus dem eng zusammengekauerten Knäuel von Menschenleibern.

Die wohlige Wärme der anderen blieb hinter Aruula zurück, Kälte griff nach ihr. Sie zog den Fellmantel um ihren Körper zusammen. Auf den Knien rutschte sie über Eis und Stein. Mit der Rechten tastete sie sich an der vereisten Wand entlang durch die Finsternis. Bis zum Eingang der niedrigen Höhle.

Dort atmete jemand. Keuchend und schnell. Baloor. Der Göttersprecher. Er war erregt. Wie immer, wenn er die Geister beschwor. Oder mit einem der Götter redete.

Aruula hörte sein steifes Lederzeug knarren. Durch ein kleines Loch fiel plötzlich ein feiner Lichtstrahl in die Höhle. Baloors haarloses Gesicht wurde sichtbar. Es war so weiß wie der Schnee, mit dem der Häuptling und er den schmalen Spalt vor der Höhle verschlossen hatten. Seine Augen funkelten rot. Tausendfach zerfurchte Haut spannte sich über spitze Kiefer- und Wangenknochen und unter großen Augenhöhlen. Lange gelbliche Zähne ragten aus dem fast lippenlosen Mund.

»Ich will, dass du lauschst«, zischte er. Sein schmaler Schädel war mit braunem Leder bedeckt. Mit einem dünnen Gurt um die Stirn zusammengebunden, lappte es fransenartig über seine knochigen Schultern.

Sein Oberkörper steckte ebenfalls in Leder, in einer Art Poncho. Auch an den Beinen trug er Leder. Dazu eng anliegende Stiefel, die weit über die Knie reichten und mit Lederriemen zusammengebunden waren. In dem Volk, zu dem Sorbans Horde gehörte, trugen alle Göttersprecher Leder. Bei Aruulas Volk kannte man dieses Material nicht.

»Lausche!«, befahl Baloor noch einmal. Dann legte er die gespreizten Finger an die Schneewand – auch seine Hände waren teilweise mit Leder umwickelt – und presste sein Gesicht wieder gegen das Guckloch.

Der Lichtstrahl erlosch. Die vollkommene Dunkelheit kehrte zurück. Im hinteren Teil der Höhle wimmerte ein Kind. Zwei, drei andere stimmten ein. Mütter tuschelten. Einer der Krieger knurrte. Die Kinder verstummten.

Aruula beugte sich über ihre Schenkel, steckte den Kopf zwischen die Knie und lauschte.

Sie war die einzige in Sorbans Horde, die *lauschen* konnte. Wahrscheinlich war sie nur deswegen noch am Leben. Und weil sie gut mit Schwert und Bogen umgehen konnte.

Sorban brauchte jeden, der geübt war mit Schwert und Bogen. Und er brauchte einen Lauscher. So weit Aruula wusste, gab es in keiner anderen Horde der Wandernden Völker Lauscher. In ihrem eigenen Volk hatten viele diese Gabe. Doch Aruulas Erinnerung daran war mehr als blass.

Sie schloss die Augen und presste die Hände auf die Ohren. Ihr Herz pochte langsam und ruhig. Sie wiegte ihren Oberkörper sanft hin und her. Aus der Höhle nahm sie das Raunen vieler anderer Geister wahr. Sorbans Horde.

Sie spürte Angst, Zorn und Hunger.

Dann ein fiebriges Gestammel. Ganz in ihrer Nähe. Baloor. Blitze zuckten über ihre Netzhäute. Aruula sah Bilder: Schwerter und Pfeile schlugen in pelzige Körper ein, Eisspalten taten sich auf, und die pelzigen Körper stürzten hinein. Die Bilder beschleunigten Aruulas Atem und ihren Herzschlag.

Es war Baloors Herz, das sie belauscht hatte. Er

rief die Götter an, beschwor Orguudoo, den Dämonen der finsteren Tiefe, und verfluchte die Taratzen. Immer wenn Aruula den Göttersprecher belauschte, griff diese Kälte nach ihr, diese bohrende Spannung.

Aruula riss ihren Geist von ihm los und lauschte zur Höhle hinaus.

Und da war es! Ein Gefühl, als würden sich viele kleine Pfeile unter ihre Kopfhaut bohren. Hass, Gier nach Blut und Fleisch, Angriffslust und Zerstörungswut. Die Taratzen! Sie waren ganz nah!

Aruula schüttelte sich vor Ekel. »Sie sind da«, flüsterte sie.

Baloor fuhr herum. Wieder wurde der von Schnee verschlossene Höhleneingang in schummriges Licht getaucht. Aus schmalen Augen musterte der Göttersprecher sie. »Bist du sicher?« Aruula nickte stumm.

An ihr vorbei warf sich Baloor flach auf den Boden. Keuchend murmelte er seine Gebete. »Wudan, komm! Wudan, sei eine Mauer zwischen uns und ihnen! Wudan, sei die Eisspalte, die sie verschlingt. Wudan, Wudan …«

Aruula rutschte ein Stück von dem Mann weg. Sie mochte seine Nähe nicht. Schon seit sie als Kind zu Sorbans Horde gekommen und der Göttersprecher noch ein junger Mann gewesen war, hatte sie ihn gemieden.

Wieder barg sie den Kopf zwischen den Knien. Da war noch etwas. Nicht in der Höhle. Auch nicht in der Nähe der Höhle bei den Taratzen. Es war weiter weg, viel weiter. Aber es kam rasch näher. Aruula spürte es tief in ihrem Bauch. Als würde ein Vogel in ihren Eingeweiden herumflattern. Und sie spürte es in ihrem Kopf. Ein leises Summen, das langsam anschwoll.

Etwas Unheimliches passierte da draußen. Etwas näherte sich der Höhle. Etwas, dass sich fremd anfühlte und das sie noch nie erlauscht hatte.

Verwundert richtete Aruula sich auf. *Etwas, das sie noch nie erlauscht hatte?* An dem betenden Göttersprecher vorbei rutschte sie auf Knien zum Guckloch in der Schneewand. Sie presste ihr Gesicht an den Schnee und spähte hinaus.

Jenseits der Gletscherspalte erhob sich ein steiler, schneebedeckter Bergrücken. Nebel stieg aus der gut fünf Speerlängen breiten Gletscherspalte und kroch den Berghang hinauf. Schroffe Eisformationen ragten stachelartig aus dem Schnee. Der Nebel hüllte sie langsam ein.

Wirkte Baloors Beschwörung schon? Wenn der Nebel sich verdichtete, würden die Taratzen ihr Versteck nicht finden.

Noch konnte Aruula keine Taratzen erkennen. Aber auch nichts, was auf ein anderes Wesen hindeutete. Nirgends eine Spur oder ein Geräusch, das sich näherte. Hatte sie sich getäuscht?

Sie schloss die Augen und lauschte erneut. Das Summen wurde stärker. Ein feiner Schmerz zuckte unter Aruulas Schädeldecke. Sie öffnete erschrocken die Augen.

Auf dem Schneehang gegenüber schälte sich ein schwarzer Schatten aus dem Nebel. Aruula Nackenhaare richteten sich auf.

Eine Taratze! Der mächtige pelzige Körper stapfte schaukelnd durch den Schnee. Der lange Schwanz peitschte um ihn herum. Das grauschwarze Fell war im Brust- und Kopfbereich gesträubt. Ein sicheres Zeichen, dass sie Witterung aufgenommen hatte.

Ein Schatten nach dem anderen kam durch den Schnee den Berghang herab. Aruula stöhnte verhalten.

Der Anführer der Taratzen erreichte jetzt die Gletscherspalte unterhalb ihres Verstecks. Er war noch mehr als einen Speerwurf entfernt, aber Aruula konnte die Reißzähne in seiner langen Schnauze erkennen. Er richtete seinen Körper in voller Höhe auf. Nicht einmal Häuptling Sorban war so groß wie eine durchschnittliche Taratze.

Der Taratzenführer streckte die Schnauze in die Luft. Sogar die langen Haare an der lederknaufartigen Schnauzenspitze konnte Aruula zittern sehen. Und seine großen nackten Ohren stellten sich steif vom Kopf ab und drehten sich lauschend in alle Richtungen.

Ob er ihr Stöhnen gehört hatte? Oder Baloors beschwörende Gebetsrufe? Taratzen hatten ein unglaublich feines Gehör.

Vielleicht waren auch die Frekkeuscher unruhig geworden, weil sie die Nähe der gefräßigen Bestien spürten. Sorbans Horde hatte ihre Reittiere in den oberen Höhlen des Steilhangs untergestellt und die Eingänge mit Schnee verschlossen.

Jetzt drehte sich der Taratzenführer um und winkte seine Genossen heran.

»Sie haben uns entdeckt«, flüsterte Aruula. Hinter ihr ging ein Raunen durch die Höhle.

Der Taratzenführer ließ sich auf seine langen Arme sinken und schaukelte ein Stück den Hang hinauf. Dann wandte er sich wieder hangabwärts. Blitzartig setzte er sich in Bewegung. Um ihn herum spritzte der Schnee auf. In drei, vier Sprüngen schoss er auf die breite Gletscherspalte zu und setzte über sie hinweg.

Der pelzige Körper versank tief im Neuschnee, als er diesseits der Spalte aufschlug. Aruula hörte ihn schnaufen und fauchen, während er sich aus der Schneedecke wühlte.

Eine Hand legte sich auf ihre Schulter und riss sie vom Guckloch weg. Sorban. Der Häuptling spähte hinaus. »Dein Zauber hat nicht gewirkt, Baloor!«, knurrte er. »Die verfluchten Taratzen sind da …«

»Natürlich hat mein Zauber gewirkt.« Baloor drängte Sorban vom Guckloch weg und schaute selbst hinaus. Er stieß einen scharfen Zischlaut aus. »Orguudoo kommt nicht dorthin, wo Fels und Eis die Erde bedecken. Und Wudan will, dass wir uns zu seiner Ehre aus eigener Kraft retten. Er wird uns die Stärke des fliegenden Drachen verleihen …«

Baloor entfernte seinen Lederkopf vom Guckloch. Licht fiel auf die massige Gestalt des Häuptlings. Sein Körper war ganz in schwarzes Fell gehüllt. Schwarzes Haargestrüpp wucherte unter seiner Fellkapuze hervor. Auch das fette Gesicht war über und über mit Haaren bedeckt. Die großen Glubschaugen funkelten grünlich.

Der Häuptling stützte sich auf sein Schwert und starrte durch die Dunkelheit in den rückwärtigen Teil der Höhle. »Wir müssen um unser Leben kämpfen …«

Keiner sagte einen Ton, doch Aruula spürte den vierzigfachen Aufschrei der Panik.

Und gleichzeitig brannte ein scharfer Schmerz scheitelabwärts durch ihren ganzen Körper. Sie stöhnte auf und ließ ihren Oberkörper auf die Schenkel fallen. Ihre Hände wühlten sich in ihr dichtes Haar.

Doch der Schmerz verging genauso schnell, wie er gekommen war. Und etwas war jetzt anders da draußen. Das fremde Etwas – näherte es sich?

»Was lauscht du noch?«, knurrte Sorban sie an. »Hol dein Schwert.«

»Da ist etwas …«, flüsterte Aruula. »Etwas Fremdes … es hat mir wehgetan.«

Baloor und Sorban wechselten misstrauische Blicke.

Ein Schatten tauchte neben Aruula auf. »Dein Schwert, Aruula.« Radaans Stimme. »Ich werde an deiner Seite kämpfen.« Radaan war der älteste Sohn des Häuptlings. Aruula ertastete das kalte Metall ihrer Schwertklinge.

»Kinder, säugende Frauen und Schwangere verkriechen sich so tief wie möglich in der Höhle«, befahl Sorban. »Zurpa bleibt bei euch.«

»In Ordnung, Sorban«, antwortete eine tiefe, rauchige Stimme aus der Dunkelheit. Zurpa, die älteste Mutter der Horde. Sie hatte Radaan geboren und war Sorbans Hauptfrau.

»Ich breche jetzt die Schneewand auf. Kranke und Schwache gehen zuerst«, knurrte Sorban. »Mit Speeren und Äxten. Dann die Schwertkämpfer. Dann die Halbwüchsigen mit Pfeil und Bogen.«

Gescharre und Getrampel wurde laut. Die Horde formierte sich. Die durch Verletzungen geschwächten und die kranken Hordenmitglieder – es waren fünf Männer und zwei Frauen – nahmen hinter dem Häuptling Aufstellung.

Sorban kniete vor dem Schneewall, der die Höhle verschloss, und spähte noch einmal hinaus. »Vier Taratzen haben schon die Spalte übersprungen. Auf dem Hang zähle ich noch einmal dreizehn.« Er drehte sich zu seiner Horde um. »Kämpft für das Überleben unserer Sippe!«

Er trat zwei Schritte in die Höhle hinein, nahm Anlauf und warf sich gegen die Schneewand, die in Millionen flirrender weißer Teile zerbrach.

Licht flutete herein – und mit ihm das animalische Gebrüll aus über einem Dutzend Taratzenkehlen …

Länger als zwei, drei Sekunden konnte er nicht bewusstlos gewesen sein. Das jedenfalls glaubte Matthew Drax. Denn als er die Augen wieder öffnete, trudelte seine Maschine noch immer um ihre Längsachse. Blendendes Weiß traf seine Netzhäute wie Nadelstiche. Die automatische Tönung des Helms schien nicht zu funktionieren.

»Was ist das?«, hörte er Smythe krächzen. Matt zwang sich, die Augen zu öffnen: Stahlgrauer Himmel, ein milchiger Sonnenfleck, Schneegipfel und Gletscherhänge rotierten um das Cockpit.

»Wir stürzen ab, Drax!«, kreischte Smythe. »Tun Sie was, um Gottes willen, tun Sie was ...!«

Benommen blinzelte Matt auf die Armaturen. Noch immer sah er zwei Höhenmesser, zwei Radardisplays und zwei Mach-Meter. 0,65 Mach zeigte die Geschwindigkeitsanzeige an, und der Leuchtbalken des Höhenmessers rutschte eben unter die Zweitausend-Fuß-Marke.

Beides war völlig ausgeschlossen – vor Sekunden noch war der Jet zehn Mal so schnell und mehr als dreißig Mal so hoch geflogen. Doch so oft Matt die Augen zusammenkniff, um wieder und wieder die Anzeigen zu kontrollieren – es blieb dabei: 0,65 Mach und inzwischen nur noch achtzehnhundert Fuß!

»Wir verlieren an Höhe!« Wieder Smythes Stimme. »Tun Sie doch was, Drax!« Plötzlich schien er Angst um sein bisschen Leben zu haben.

Matt riss die Steuersäule zu sich heran. Seine Finger flogen über die Instrumente. Er schaltete das Schlingerausgleichsgetriebe und das Hilfssystem zur Flugstabilisierung ein. Sein Blick hing am Head-up-Display. Fast blind bedienten seine Hände die Instrumente.

Endlich gelang es ihm, den Jet aus seiner

Trudelbewegung zu reißen. Die Maschine stabilisierte sich. Jetzt blieb der graue, dunstige Himmel, wo er hingehörte: oben. Und die Schneelandschaft fiel ihnen entgegen.

Doch noch immer verloren sie rapide an Höhe. Zwölfhundert Fuß, warnte der Höhenmesser.

»Ich steig aus!«, brüllte Smythe. Matt bekam es kaum mit. Er versuchte die Triebwerke hochzufahren, doch sie reagierten nicht.

Plötzlich ein Knall. Eisiger Wind fegte Matthew ins Gesicht und raubte ihm für Sekunden den Atem. Smythe hatte das Kabinendach weggesprengt. Hinter ihm zischte es. Der Commander zog den Kopf ein. Die Rettungsrakete schob den Sitz des Astrophysikers aus dem Rumpf des Jets.

Matt drehte sich um und sah die Kuppel von Smythes Fallschirm hinter sich zurückbleiben. Der Atem gefror ihm in Mundwinkeln und Nasenlöchern. Er überlegte nicht lange und tastete ebenfalls nach dem Abzugshebel seines Schleudersitzes, betätigte ihn.

Nichts tat sich. Nichts. Die Rakete, deren Schubkraft seinen Sitz aus dem Jet katapultieren sollte, zündete nicht.

Panik schoss Matt ins Blut. »Scheiße!« Er brüllte seine Verzweiflung heraus. »Verdammte Scheiße!« Der Eiswind schien durch Nase und Mund bis in sein Hirn zu blasen. Er klemmte die Steuersäule zwischen die Knie und packte den Knüppel mit beiden Händen. Er wollte leben, verdammt!

Nur ein kleiner Teil seines Gehirns registrierte die fremdartige Formation der Landschaft. Schneeriesen, schroffe Gletschermassen und tief eingeschnittene Eisschluchten huschten unter ihm vorbei.

Ihm blieb keine Zeit, sich zu fragen, warum ihm das alles so unbekannt vorkam. Jede Hirnzelle, jeder

Nervenstrang, jede Faser seines Körpers konzentrierte sich darauf, aus dem Absturz doch noch eine Notlandung zu machen.

Der leuchtende Balken des Höhenmessers sackte haltlos nach unten. Bizarre Eisklippen stürzten dem Jet entgegen, dazwischen weite Schneefelder. Matt versuchte eines davon anzusteuern.

Er riss seinen Blick von der gnadenlos heranrasenden Landschaft. Seine Augen fixierten die Instrumente. Bei 0,42 Mach und neunzig Fuß Höhe fuhr Matt die Landeklappen herab und klinkte den Bremsfallschirm aus.

Der mörderische Ruck raubte ihm fast die Besinnung. Wie von einer Titanenhand wurde er nach vorn in die Gurte gepresst.

Der Jet sackte nach unten. Trudelte. Bohrte sich in das Schneefeld und pflügte es um. Eine weiße Wolke stäubte um Matt herum auf. Schnee drang ihm in Augen, Nase und Mund. Er keuchte und hustete.

Die linke Tragfläche fegte knirschend an einer Eisklippe entlang. Dann ein metallener Schlag. Ein neuer Ruck ging durch den Jet. Die Konturen einer Tragfläche wirbelten pfeifend durch die Schneewolke. Matt spürte, dass sich der Jet um seine Vertikalachse drehte. Etwas traf ihn hart an Brust und Kopf.

Als die Maschine mit dem Staurohr voran über ein Schneebrett kippte und sich in eine Eisspalte bohrte, war Commander Matthew Drax schon nicht mehr bei Bewusstsein …

Mit lautem Gebrüll stürzte die Horde aus der Höhle. Fellbekleidete Gestalten mit meist schwarzem, zottigem Haar, Männer, Frauen und Kinder – achtundzwanzig Angehörige des Stammes von Häuptling Sorban.

Für einen Moment schienen die vier Taratzen diesseits der Gletscherspalte zu erstarren. Doch nur für einen Moment. Dann sträubte sich ihr drahtiges Fell über Rücken und Schädel. Sie ließen sich auf die langen Vorderläufe fallen. Fauchend und kreischend setzten sie in großen Sprüngen den flachen Anstieg zur Höhle hinauf. Der Menschenhorde entgegen.

Aruula rannte hinter Radaan und einem anderen Krieger den Hang abwärts.

Zwischen ihnen und den heranstürmenden Taratzen befand sich die Vorhut der sieben Speerträger. Todesmutig stellten sie sich den Bestien in den Weg.

Drei von ihnen wurden einfach überrannt und in den Schnee getrampelt. Den anderen gelang es, zwei Taratzen aufzuhalten. Die grauschwarzen Bestien peitschten mit ihren Schwänzen nach ihnen und packten die Spitzen der Speere mit ihren langen, dürren Klauen.

Die Horde griff die beiden Taratzen an, die die Kette der Vorhut überrannt hatten. Baloor und Sorban rammten der ersten ihre Schwerter in den Bauch. Blut und Gedärm ergoss sich in den Schnee. Die Horde brach in lautes Jubelgeschrei aus.

»Sie kommen nach!«, brüllte der Häuptling. »Schießt auf die Gletscherspalte!«

Zischendes Pfeifen in der Luft. Ein Hagel von Pfeilen flog über den Kampfplatz und prasselte auf die Taratzen unten an der Gletscherspalte nieder. Eine der Pelzschnauzen wälzte sich quiekend im Schnee. Die anderen schüttelten die Pfeile einfach aus dem Fell. Fünf, sechs weitere Taratzen sprangen durch den Schnee hangaufwärts.

Der Taratzenführer, der sich plötzlich allein an

vorderster Front und von einem Dutzend Schwertkämpfer umzingelt sah, fauchte und brüllte. Er ließ seinen Schwanz kreisen, wehrte die auf ihn eindreschenden Klingen mit den Armen ab und versuchte die Schwerter mit bloßen Pfoten zu greifen. Nackte Pfoten mit langen gekrümmten Fingern und eisenharten Krallen.

Aruula, Radaan und drei weitere Krieger eilten den vier bedrängten Kämpfern der Vorhut zur Hilfe. Der Körper einer Frau zuckte im Schnee. Der Schwanz einer Taratze hatte sich um ihren Hals geschlungen.

Ein alter einarmiger Krieger lag mit aufgerissener Brust im rotgefärbten Schnee. Einem dritten Kämpfer biss eine der beiden aufgehaltenen Taratzen eben die Kehle durch. Sein Blut spritzte im hohen Bogen auf den grauschwarzen Pelz der Bestie.

Während Radaan und die drei Krieger sich auf die wütenden Taratzen warfen, lief Aruula in einem weiten Bogen um sie herum. Die erstickende Frau zuckte nur noch schwach. Ihr Gesicht und die aus dem Mund hängende Zunge hatten sich violett verfärbt. Ihre Finger umklammerten den nackten Schwanz der Taratze an ihrem Hals.

Aruula hob ihr Schwert über den Kopf und hieb den Schwanz mit einem Schlag durch. Die Bestie schrie kreischend, sprang hoch, drehte sich in der Luft und setzte einen Schritt vor Aruula im Schnee auf. Sie riss ihre gekrümmte Schnauze auf, bleckte lange spitze Zähne und breitete die haarigen Arme aus, um sich auf Aruula zu stürzen.

Doch plötzlich wurde ihr Körper steif, sie warf den Schädel in den Nacken und sackte zusammen. Aruula sah die Spitze von Radaans Schwert aus ihrem Brustkorb ragen.

Der Sohn des Häuptlings stand hinter der Taratze. »Du schuldest mir was!«

Aruula traute ihren Augen nicht, aber selbst angesichts des Todes brachte der junge Heißsporn ein Grinsen zustande. Im nächsten Augenblick fiel es ihm wieder aus dem Gesicht. Er starrte an Aruula vorbei, und die Haut um seine Augen wurde bleich. »Vorsicht!«, brüllte er.

Aruula ließ sich fallen und hielt gleichzeitig ihre Schwertspitze senkrecht nach oben. Ein grauschwarzer, borstiger Körper prallte auf sie und drückte sie tief in den Schnee.

Das Gewicht der Taratze presste die Luft aus Aruulas Lungen. Sie rang nach Atem. Drahtige Haare füllten ihren Mund. Die Bestie über ihr zuckte ein paar Mal und erschlaffte dann. Aruula fühlte warme klebrige Flüssigkeit über ihre Hände strömen. Noch immer hielt sie das Schwert fest. Die Taratze war in die Klinge gesprungen.

Aruula arbeitete sich keuchend unter dem leblosen Körper hervor. Sie zog ihr Schwert aus dem Bauch der Taratze und schüttelte den Schnee aus dem Fellmantel und ihrem langen Haar.

Menschliches Gebrüll und das Fauchen der Taratzen erfüllten den Hang zwischen Gletscherspalte und Höhle. Aus den mit Schnee verschlossenen Höhlen in der Mitte des Steilhangs meinte Aruula das metallene Zirpen und Flügelschlagen der Frekkeuscher zu hören. Die empfindsamen Reittiere hörten den Kampflärm und gerieten in Panik!

Aruula sah sich um. Mit einem Blick erfasste sie, dass Sorbans Horde verloren war: Gut fünfzehn Taratzen wälzten sich mit fellverhüllten Gestalten im Schnee herum, schlugen mit Schwänzen und Fäusten um sich oder sprangen die zu kleinen Grüppchen zusammengedängten Kämpfer an.

Die Kinder oben bei der Höhle versperrten deren Eingang mit ihren kleinen Körpern und verschossen ihre letzten Pfeile auf zwei grauschwarze Bestien, die sich bis auf wenige Schritte an die Höhle herangekämpft hatten.

Baloor stand auf einem eisbedeckten Felsvorsprung, breitete die Arme zum Himmel aus, schleuderte Wudan seine verzweifelten Gebete entgegen und beschwor Orguudoo, seinen Dämonen.

Unter ihm rang der Häuptling allein mit einer Taratze, die einen Kopf größer als er selbst war. Sein Schwert steckte außerhalb seiner Reichweite im Schnee, und das riesige Scheusal würgte ihn mit seiner eigenen Amulettkette.

Das Amulett – Sorbans Heiligtum! Mit einem Wutschrei packte Aruula ihr Schwert und rannte durch den Schnee auf den Häuptling und die Bestie zu.

Das Amulett war es, was Sorban die Klugheit und Kraft verlieh, seine Horde durch alle Gefahren zu führen. Wenn die Taratze ihm das Amulett entriss, wenn sie den Häuptling tötete, dann hatte keiner aus der Horde mehr eine Überlebenschance. Keiner würde je das sagenhafte Südland sehen. Auch Aruula nicht.

Sie schrie und schwang das Schwert über ihrem Kopf. Die Bestie sah sich nach ihr um. Gleichzeitig zog sie die Amulettkette noch enger um Sorbans Hals zusammen. Sie bleckte die Zähne. Höhnisches Grinsen verzerrte ihre pelzige Grimasse.

Der Häuptling röchelte. Seine großen Augen traten noch weiter aus den Höhlen, und sein Gesicht hatte die Farbe verfaulten Fischs angenommen. Die Taratze schüttelte Sorbans Schädel, sodass er gegen die vereiste Felswand schlug.

Mit Wutgeheul wollte Aruula sich auf das Untier

stürzen. Das ließ seinen Schwanz kreisen und peitschte ihn gegen Aruulas Beine. Die Spitze schlang sich um ihre Knie und riss sie in den Schnee. Die Taratze stieß fauchende Triumphlaute aus.

Im Liegen holte Aruula aus und schlug zu.

Die Klinge traf den harten Oberschenkel der Bestie. Die Taratze quiekte laut. Reflexartig zog sie den Schwanz ein und riss so Aruula näher heran. Die Frau packte ihr Schwert wie einen Spieß und rammte es dem Schwarzpelz in die Flanke. Die Taratze ließ von Sorban ab und warf sich seitlich in den Schnee.

Auf einmal erfüllte ein leises Summen die Luft. Es schwoll rasch an und wurde zu einem orkanartigen Pfeifen. Als würde ein Sturm durch die Eisklippen fegen.

Als würden die Götter sprechen!

Der Kampflärm verstummte. Alle blickten sie in den trüben Himmel, Menschen und Taratzen. Selbst die Verwundeten. Keiner bewegte sich, keiner gab mehr einen Laut von sich. Auch die erregten Frekkeuscher in den verschlossenen Höhlen waren nicht mehr zu hören.

Das Pfeifen verwandelte sich mehr und mehr in dröhnendes Brüllen. Es klang wie das Donnern der großen Fluten, die Aruula vor vielen Jahren im Westland erlebt hatte.

Plötzlich fiel ein Schatten auf den Berghang vor der Höhle. Und ein seltsamer Vogel schob sich über den zerklüfteten Berggipfel. Sehr hoch flog er. Höher, als man einen Pfeil schießen konnte. Und er zog einen feurigen Schweif hinter sich her.

Er bewegte seine Flügel nicht, hatte weder Federn noch Flughäute – ganz starr war er und flog trotzdem. Sein Körper war schlank. Er erinnerte Aruula sofort an die großen Fische, von denen man sich auf den Inseln ernährte, wo sie ihre Kindheit verbracht hatte.

Das dröhnende Gebrüll des blauen Vogels war so laut, dass es weh tat. Aruula und die meisten anderen pressten ihre Hände gegen die Ohren.

Die Taratzen begannen zu fiepen und zu kreischen. Einige wälzten sich im Schnee hangabwärts. Andere folgten ihnen taumelnd oder mit großen Sprüngen. Ihre Ohren waren weit empfindlicher als die der Menschen.

Panik brach unter den Bestien aus. Schreiend flohen sie hinunter zur Gletscherspalte. Eine nach der anderen setzte über und raste in wilder Flucht durch das Schneefeld des gegenüberliegenden Hanges.

Auch die von Aruula verletzte Taratze robbte wimmernd den Hang hinab. Aruula kümmerte sich nicht um sie. Fasziniert und erschrocken zugleich hing ihr Blick an dem blauen Vogel. Er sank dem Eisgebirge entgegen. Plötzlich blähte sich eine weiße Kugel hinter ihm auf. Dann verschwand er hinter einem Gletscherkamm.

Aruula blickte sich um. Alle Taratzen waren geflohen. Nur vier Kadaver blieben zurück. Auch einige Mitglieder der Horde sah sie im blutgetränkten Schnee liegen.

»Wudan!«, brüllte Baloor plötzlich. »Wudan hat mich erhört! Das war sein Abgesandter!« Er sprang von der vereisten Felsnadel in den Schnee. »Wudan hat uns gerettet!«

Bewegung kam in die Horde. Die Männer und Frauen fingen an, durcheinander zu reden. »Gelobt sei Wudan! Ehre sei Wudan!« Sie folgten Baloors Beispiel, ließen sich auf die Knie sinken, warfen sich mit ausgebreiteten Armen in den Schnee und priesen den Obersten ihrer Götter.

Fast eine Stunde waren sie anschließend damit beschäftigt, ihre Toten im Schnee zu begraben. Fünf Männer, drei Frauen und einen halbwüchsigen Knaben hatten sie verloren. Sie taten es schweigend und unter dem Gemurmel ihres Göttersprechers. Baloor betete und beschwor die Geister der Getöteten.

Aruula sah, dass fast alle immer wieder verstohlen zum Himmel blickten. Jeder Mann der Horde, jede Frau, jedes Kind schien nur noch an eines zu denken: an den Göttervogel mit der donnernden Stimme und dem Feuerschweif. Auch Aruula sah ihn ständig vor ihrem inneren Auge.

Als sie sich daran machten, die toten Taratzen zu enthäuten und zu schlachten, gab es nur noch ein Gesprächsthema: der blaue Feuervogel. Baloors Autorität überzeugte jedes einzelne Hordenmitglied. Am Abend zweifelte nicht einmal der mürrische Häuptling mehr daran, dass der Feuervogel ein Unsterblicher aus Wudans Götterheer gewesen war.

Aruula und einige andere Frauen gruben das Taratzenfleisch in den Schnee ein, damit es gefror. Die Abfälle schichteten sie zu einigen Haufen auf.

Ein paar Krieger kletterten in die Steilwand und brachen die Schneewände vor den Höhlen mit den Reittieren ein. Nacheinander holten sie die acht Frekkeuscher der Horde an die Eingänge.

Aruula sah hinauf in die Wand. Die kurzen pelzigen Fühler der Tiere wurden sichtbar. Sie streckten ihre schlanken, fast eiförmigen Köpfe aus den Höhleneingängen. Bis auf die Gebisszangen und die großen dunklen Facettenaugen waren die Köpfe von einem dichten dunkelgrünen Pelz bedeckt.

Aufgeregt äugten sie in alle Richtungen, entdeckten schließlich die Fleischabfälle unten auf dem

Hang vor den Höhlen und sprangen aus der Steilwand. Dabei entfalteten sich rasselnd ihre Flügel. Sie schwirrten herab und landeten um Aruula und die Frauen herum auf ihren sechs langen Beinen.

Die weiblichen Frekkeuscher waren größer als die männlichen. Dafür wuchsen den Männchen lange rötliche Stacheln auf den Gebissscheren.

Die Frekkeuscher falteten ihre fächerartigen Hinterflügel unter den kurzen dunkelgrünen Vorderflügeln zusammen. Sie setzten sich auf die Sprungbeine und stützten sich mit den Mittelbeinen ab. Mit den feingliedrigen Klauen der Vorderbeine steckten sie sich die Fleischabfälle zwischen die Kauscheren.

Nach Einbruch der Dunkelheit kauerten sich alle Mitglieder der Horde in der Schlafhöhle zusammen.

»Wudan hat uns seit Monden begleitet«, verkündete der Göttersprecher. »Habe ich es euch nicht immer gesagt? Wudan hat unsere Flucht vor den Taratzen behütet! Seit wir aus dem Land jenseits des großen Flusses aufbrachen!«

Er schwieg, um seine Worte wirken zu lassen. »Als wir den großen Fluss überquerten, waren wir dreiundfünfzig«, fuhr er schließlich fort. »Zehn Krieger und Kriegerinnen starben auf dem langen Marsch durch das Eisgebirge im Kampf gegen die Taratzen und die Kälte. Und heute verloren wir noch einmal sieben unserer Gefährten.«

Wieder eine Pause. Aruula spürte eine Woge des Schmerzes und der Trauer in der Dunkelheit der Höhle. »Nur noch sechsunddreißig sind wir jetzt.« Baloor sprach leiser. »Aber das Wichtigste ist: Sorbans Horde hat überlebt!« Seine Stimme hob sich. »Dank Wudans Hilfe! Er allein hat uns bis hierher gebracht! Heute hat er verhindert, dass deine Sippe ausgerottet wurde, Sorban! Und er wird uns auch ins gelobte Südland begleiten!«

»Gelobt sei Wudan!«, kam es vielstimmig aus der Dunkelheit. »Gelobt und gepriesen sei der allgewaltige Wudan und das Heer seiner Götter!«

»Warum ist er weitergezogen?« Eine raue Frauenstimme meldete sich zu Wort. Zurpa, die Älteste der Frauen und Radaans Mutter. »Warum hat er sich nicht bei uns niedergelassen?«

»Wir ertrügen seinen Anblick nicht«, antwortete der Göttersprecher. »Seid glücklich, dass er euch gewürdigt hat, ihn vorbeiziehen zu sehen.«

Andächtige Stille trat ein.

Aruula lauschte in die Dunkelheit. Sie spürte Ehrfurcht und Schrecken. Noch nie hatte jemand gehört, dass sich ein Gott einem Menschen gezeigt hätte.

»Es sah aus, als würde der Göttervogel landen wollen«, sagte Aruula.

»Vielleicht will er uns persönlich begleiten«, mutmaßte Sorban. »Ich meine – sodass er mitten unter uns ist und wir ihn sehen.«

»Und mit ihm reden können«, bekräftigte Radaan eifrig.

»Narren!«, wehrte Baloor ab. »Ihr wisst nicht, was ihr redet!«

»Vielleicht hast du Recht«, rief die alte Zurpa. »Aber wenn Wudan einen seiner Götter geschickt hat, um uns sicher ins Südland zu geleiten – gewiss hat der Gott dann eine Gestalt angenommen, die wir ertragen können.«

»Welcher der Götter mag es wohl sein?« Radaans Stimme zitterte vor Ehrfurcht.

»Ich weiß es nicht.« Baloor schwieg eine Zeitlang. Als würde er nachdenken. »Vielleicht Sigwaan. Man sagt, er reite auf einem großen Vogel, wenn er die Erde besucht. Ja, Sigwaan wird es sein.«

»Vielleicht hat Zurpa Recht«, sagte Sorban. »Wenn Sigwaan bei uns wäre, würden die verfluchten Taratzen nicht mehr wagen, uns anzugreifen.«

»Es ist gefährlich, Sorban, sehr gefährlich.« Die Stimme des Göttersprechers nahm einen beschwörenden Klang an. »Nie hat ein Mensch gewagt, einem Gott gegenüberzutreten.«

»Wir wagen es«, beschloss der Häuptling. »Morgen werden wir uns auf den Weg machen und den Gott und seinen Feuervogel suchen.«

Am nächsten Morgen stellte Sorban einen Trupp von sechs Kriegern und Kriegerinnen zusammen und schickte sie in die Eisklippen, um den Gott zu suchen. Baloor führte sie an. Auch Aruula und Radaan waren mit dabei.

Ein Feuerwerk von Traumbildern schoss durch Matthew Drax' Hirnwindungen.

Er bog mit seinem Ford Mustang in die Straße ein, in der seine Eltern wohnten. Als er aus dem Wagen stieg, sah er, dass sein Elternhaus unter einem riesigen Schneeberg versunken war.

Dann saß er im Hörsaal von Westpoint. Vor den großen Fenstern der Militärakademie herrschte dichtes Schneetreiben. Er stritt sich mit dem Dozenten über die absurdesten Fragen. Ob die Antarktis in den Alpen liege und ob Gott den Weltuntergang zulassen würde. Plötzlich verfärbte sich das Schneetreiben vor dem Fenster, wurde orange und schließlich leuchtend rot.

Und ein gleißender Feuerball kam rasend schnell heran. Matt öffnete den Mund, um zu schreien – aber kein Ton drang aus seiner Kehle …

Panische Angst würgte ihn. Er riss die Augen auf und rang nach Luft. Gierig wie ein Erstickender. Es war stockdunkel. Er spürte Schnee an Kinn, Stirn und Nase.

Matt versuchte sich zu drehen, doch überall war feuchter, harscher Schnee. Neben sich, über sich, dicht vor seinem Gesicht. Er wusste nicht, ob er träumte oder ob der Schnee Wirklichkeit war.

Er versuchte seinen Kopf in den Nacken zu legen, um wenigstens nicht mit dem Gesicht im Schnee zu liegen. Jede Bewegung schmerzte. Und immer wieder fiel sein Kopf nach vorn in den Schnee.

Matt dämmerte es, dass sein Jet sich nicht in horizontaler Lage befand, sondern in einem steilen Winkel nach vorn geneigt auf einem Bergrücken, in einer Schlucht oder sonstwo hing.

Es gelang ihm, die Arme aus dem Schnee vor der Instrumentenzentrale zu ziehen. Er wollte sich auf die Armlehnen des Pilotensessels stützen, um sich durch den Schnee aus dem Cockpit zu stemmen.

Ein stechender Schmerz schoss ihm durch den Brustkorb. Übelkeit wucherte in seinem Magen. Als wäre er durch ein Gummiband an seine Alpträume gefesselt, wurde sein Bewusstsein zurück in die Ohnmacht gerissen.

Es war Nacht. Matt sah zwei Menschen auf der Terrasse seines Hauses in Riverside stehen. Seine geschiedene Frau und Jacob Smythe. Sie küssten sich, und Matt betrachtete das Paar verwundert. Er trat aus dem Haus und beobachtete, wie seine Exfrau dem Professor das Gummiband von dessen blondem Haarzopf löste und seine lange Mähne zerwühlte.

Smythe hörte Matthews Schritt und schob Liz von sich. Er blickte Matt an. Ein höhnisches Grinsen lag auf seinem schmalen Gesicht. Seine unnatürlich großen und weit hervortretenden Augen funkelten wie die eines Wahnsinnigen.

Er deutete zum Himmel. Matt sah auf – ein rotglühender Feuerball raste durch den Nachthimmel. Direkt auf sein Haus zu. Er zog einen glitzernden Schweif hinter sich her. »Ist er nicht wunderschön?«, rief Smythe.

Und plötzlich befand sich Matt im Hangar der Luftwaffenbasis in Berlin-Köpenick. Jacob Smythe und er waren eben in ihren Stratosphärenjet gestiegen. Matt wusste, dass er den Auftrag hatte, sich mit dem Jet auf ›Christopher-Floyd‹ zu stürzen, um den Kometen zu sprengen. Sein Herz klopfte so wild, dass er glaubte, es würde ihm in der Brust zerspringen.

Links und rechts sah er Hank Williams, die blonde Jennifer Jensen, den Astrophysiker Dave McKenzie und den dunkelhäutigen Irvin Chester aus ihren Maschinen klettern. Nebeneinander schritten sie auf das Schott des Hangars zu. Ihre Helme trugen sie unter den Armen. Das Schott schob sich scharrend auseinander. Unzählige Menschen standen auf dem Flugfeld vor dem Hangar. Alle starrten sie in den Himmel.

Matt erkannte seine Eltern, seine ehemalige Frau, seinen besten Freund Burt Cassidy und viele andere Menschen, die ihm nahe standen. Selbst seinen Religionslehrer aus der Primary School entdeckte er unter Leuten vor dem Hangar.

Seine Pilotenkameraden und die beiden Wissenschaftler stellten sich zu den Menschen und blickten wie sie zum Himmel, der in einem glühenden Orange leuchtete. Das Leuchten verstärkte sich. Wieder überfiel Matt die Panik. Im Traum wollte er die Triebwerke des Jets starten. Aber seine Hände klebten wie festgewachsen an der Steuersäule.

Und dann der ungeheure Feuerball. Vor dem Hangar über dem Flugfeld erschien ›Christopher-Floyd‹ am Himmel. Die orangene Kuppel, die er vor sich herschob, fegte die Wolken auseinander. Hinter sich hörte Matt ein meckerndes Lachen von Professor Dr. Smythe.

Der Komet raste auf die Menschen zu. Dann explodierte das Flugfeld, und eine lodernde Feuerwalze schoss in den Hangar hinein …

Schreiend wachte Matthew Drax auf.

Es war hell. Nicht vollständig, aber so, dass er etwas sehen konnte. Sein heißer Atem hatte eine Kuhle in den Schnee vor seinem Gesicht geschmolzen. Oberhalb der Kuhle, in Höhe seiner Stirn, war der Schnee tiefrot gefärbt.

Matts Schädel schmerzte; jeder Atemzug verursachte ihm ein Stechen im Brustkorb. Er fror erbärmlich. Seine Knie schlotterten, seine Zähne schlugen aufeinander.

Und er hatte Durst. Sein Mund, seine Zunge waren ausgetrocknet. Als würde ein Kaktus in seinem Hals stecken, so fühlte sich sein Rachen an. Matt presste die Lippen gegen den Schnee und biss ein Stück ab. Gierig aß er das eiskalte Nass.

Das ganze Cockpit war voller Schnee. Matt zog die Hände heraus und begann ihn von sich weg zu drücken. Jede Bewegung verursachte ihm unerträgliche Schmerzen im Brustkorb.

Sobald der Schwindel ihm wieder aus dem Bauch in den Kopf stieg, machte er eine Pause. Nur nicht wieder das Bewusstsein verlieren! Er würde unweigerlich erfrieren.

Matt schaffte es, den Schnee so weit aus dem Cockpit zu räumen, dass er freie Sicht hatte. Immer wieder wurde ihm schwarz vor Augen. Tief atmete er durch, um gegen die Ohnmacht anzukämpfen.

Er sah alles wie durch einen trüben Schleier hindurch: unter sich die Eisspalte, in die sich das Staurohr des Jets gebohrt hatte, gegenüber das Schneeplateau vor der vereisten Felswand und über und neben sich skurrile Felsformationen. Wie eisbedeckte Knochen ragten sie aus dem Steilhang, über den Matts Jet in die Eisspalte geschlittert war.

Die unheimliche Landschaft erinnerte Matt an Filmaufnahmen der Antarktis. Aber seine Staffel war über Nordeuropa und nicht über dem Südpol geflogen! Er hatte doch noch das Mittelmeer und Italien gesehen, als die Druckwelle des Kometen seinen Jet vom Himmel gefegt hatte.

Bei dem Gedanken an den Kometen stieg der nächste Schwindelanfall in ihm hoch. Und mit ihm die Traumbilder. Sein Atem flog, sein Herzschlag beschleunigte sich. »O Gott«, stöhnte er. »O Gott, dieser verfluchte Komet ...«

Matt kniff die Augen zusammen und riss sie wieder auf. Unter seiner Schädeldecke rotierte ein Karussell. Er versuchte, den Schwindel und den Gedanken an den Kometen abzuschütteln. Er wollte sich zwingen, eine logische Erklärung für das Phänomen dieser gespenstischen Eislandschaft zu finden.

Doch Matt gab schnell auf. Er hatte einfach keine Kraft, sich weiter den Kopf zu zerbrechen.

Du musst etwas essen, dachte er. *Dein Organismus braucht Kalorien, um sich zu stabilisieren.*

Langsam drehte er sich um. Ganz langsam, um die Schmerzen so gering wie möglich zu halten. Jede weitere Schmerzwelle würde ihm unter Umständen wieder das Bewusstsein rauben.

Mit der Rechten griff er hinter sich zwischen Rücken und Sitzlehne. Dort war ein Teil des Notpakets in den Schleudersitz eingearbeitet. Der

Hauptteil befand sich in einem Container in der Sitzfläche. Er musste an die Trockenriegel herankommen. Zusammen mit Schnee würde er sie zerkauen und schlucken können.

Ich muss alles versuchen, um durchzuhalten, dachte er. Durchhalten, bis sie dich geortet haben.

Zum Notpaket gehörte auch ein Peilsender.

Und wenn es niemanden mehr gibt, der dich orten könnte ...?

Matt versuchte die zynische Stimme in seinem Kopf zu ignorieren. Endlich ertasteten seine Finger die Verpackung mit der Trockennahrung. Er zog sie hinter dem Rücken hervor. Erschöpft schloss er die Augen und zwang sich, ruhig und tief durchzuatmen. Brechreiz würgte ihn. Er riss die Augen auf, um nicht ohnmächtig zu werden.

Zwei Schatten bewegten sich über das Schneeplateau vor der gegenüberliegenden Eiswand. Matt hielt sie zunächst für eine Sinnestäuschung. Er betrachtete sie ruhig und wartete darauf, dass sie sich so unverhofft auflösten, wie sie erschienen waren.

Aber sie lösten sich nicht auf. Sie näherten sich. Matt erkannte grauschwarze Pelze, lange Nacktschwänze, steil aufgerichtete Ohren und lange Schnauzen.

»Ein Alptraum«, murmelte er. »Wieder ein Alptraum, weiter nichts.« Er versuchte sich zu zwingen, aufzuwachen. Als Kind hatte ihm sein Vater erklärt, wie man das macht: Im Traum die Luft anhalten und dann die Augen aufreißen. Ganz weit.

Es nützte nichts. Die beiden pelzigen Gestalten bewegten sich weiter über das Schneeplateau. Noch knapp zweihundert Meter waren sie entfernt.

Matt sah, dass sie aufrecht gingen. Dass sie hin und wieder stehenblieben und auf ihn deuteten. Sie sahen aus wie riesengroße deformierte Ratten.

Jetzt drehst du durch, dachte er. *Du hast Fieber ...*

Als er endlich den Schnee unter den Füßen der rattenartigen Gestalten knirschen hörte, war er sich ziemlich sicher, nicht zu träumen und von keinem Fieberwahn getäuscht zu werden.

Kalter Schweiß strömte ihm über das Gesicht. Sein Atem hetzte keuchend. In seltsamer Nüchternheit schätzte Matt seine Pulsfrequenz auf hundertzwanzig. Seine Zähne klapperten so laut, dass es bis zu den beiden Gestalten dort unten zu hören sein musste.

Seine Hand tastete den Rahmen der Sitzfläche seines Pilotensessels ab. Er musste den Container mit dem Notpaket öffnen. Er enthielt eine automatische Pistole mit zwanzig Schuss Munition. Und zwei Ersatzmagazine.

Wieder raste stechender Schmerz durch seinen Brustkorb. Matt versuchte hechelnd zu atmen, um ihn unter Kontrolle zu bringen.

Das Karussell unter seiner Schädeldecke rotierte schneller und schneller. Die beiden schwarzen Gestalten verschwammen vor seinen Augen. Sie schienen sich aufzulösen.

Also doch ein Traum, dachte Matt. Er spürte, dass seine Widerstandskraft erlosch. Bewusstlosigkeit überschwemmte ihn wie eine schwarze Springflut. Er ließ sich hineingleiten ...

Im Gänsemarsch stapften sie über Schneefelder, eisgesäumte Kämme und steile Hänge.

Sie hatten keinen Frekkeuscher bei sich. Die Reit- und Lasttiere hatten eine starke Ausdünstung. Die Taratzen konnten ihre Witterung über große Entfernungen hinweg aufnehmen. Und sie liebten Frekkeuscher-Fleisch über alles. Sorban wollte einen

Angriff der Taratzen auf seinen Suchtrupp unter allen Umständen vermeiden.

Sieben Tiere hatten sie bereits an die Bestien verloren. Viel zu viele. Jedes einzelne war unersetzlich, um Waffen, Vorräte und Zeltmaterial zu transportieren. Und um Schwangere und kleine Kinder zu tragen.

Dafür hatte Sorban ihnen für die Suche nach dem Gott Schneeschuhe überlassen. Sie waren aus Grünholz geflochten und wurden unter die Stiefelsohlen gebunden. So versank man nicht im Schnee. Eine fremde Horde, die an den nördlichen Hängen des Eisgebirges lebte, hatte ihnen diesen Trick gezeigt.

Baloor ging an der Spitze des Suchtrupps. Seine langstielige Streitaxt trug er über der Schulter. Ihm folgten der Sohn des Häuptlings und Aruula. Beide hatten sich die Fellscheiden mit den großen Schwertern auf den Rücken gebunden.

Von den drei Kriegern hinter Aruula waren zwei mit Bögen und einer mit Speer samt Speerschleuder bewaffnet.

Alle waren sie in Felle gehüllt. Alle außer Baloor, der wie immer sein braunes, abgeschabtes Lederzeug trug.

Der verwaschene Fleck der Sonne stand im Zenit, als sie eine Hochebene erreichten. Von hier aus konnten sie nach Süden in zahlreiche enge Täler und auf einige Hänge und Gletscherausläufer blicken. Der blaue Feuervogel war nirgends zu erkennen.

»Wir suchen die seitlichen Abhänge der Hochebene ab«, ordnete Baloor an. Er schickte Aruula und Radaan nach Westen und nahm einen der Bogenschützen mit sich zum östlichen Abhang der Hochebene. Die restlichen zwei Krieger wies er an, noch höher aufzusteigen. »Vielleicht entdeckt ihr Sigwaan von dort oben aus«, sagte er.

Sie trennten sich. Aruula marschierte hinter Radaan her Richtung Westen.

»Du bist eine mutige Kriegerin, Aruula«, sagte Radaan irgendwann. »Und eine schöne dazu.« Er sprach, ohne sich nach ihr umzudrehen.

Aruula antwortete nicht. Sie hatte schon lange damit gerechnet, dass Radaan um sie werben würde. Seine begehrlichen Blicke, seine anzüglichen Bemerkungen und sein ständiges Bemühen, sich in ihrer Nähe aufzuhalten oder gar mit ihr allein zu sein – niemand in der Horde, dem das nicht aufgefallen wäre. Die anderen Frauen tuschelten schon.

Aruula fragte sich plötzlich, ob Baloor sie und Radaan bewusst allein losgeschickt hatte. Vielleicht hatten er und der Häuptling längst heimlich beschlossen, dass sie eine der Mütter von Radaans Kindern werden sollte. Womöglich erhofften sie sich, dass sie ein Kind zur Welt brachte, das *lauschen* konnte.

»Mein Vater erzählt, dass die meisten Frauen deines Volkes schön gewesen seien«, sagte Radaan. »Und er erzählt, dass sie tapfere Jägerinnen und Kriegerinnen waren.«

»Das stimmt«, sagte Aruula knapp. Sie sprach nicht gern über ihre Heimat. Die Sehnsucht, die dann regelmäßig in ihr aufstieg, tat weh.

Radaan war ein wenig jünger als sie selbst. Natürlich erinnerte er sich nicht. Damals, als Sorbans Vater und seine große Horde am Meer auftauchten und sie mitnahmen, hatte Radaan gerade laufen gelernt.

Aruula selbst entsann sich nur dunkel der Jahre ihrer frühen Kindheit. Doch dass es keine Häuptlinge auf den Inseln gab, sondern Königinnen – und zwar auf jeder Insel eine –, das wusste sie noch. Sie wusste auch, dass es dreizehn Inseln waren, auf denen ihr Volk lebte. Und dass es sich daher das »Volk der dreizehn Inseln« nannte.

»Ich bin der älteste Sohn des Häuptlings«, sagte Radaan. »Bald werde ich die Horde führen.« Plötzlich blieb er stehen und drehte sich um. »Jeder wird dich achten, wenn du eine Mutter der Häuptlingskinder bist.«

Er musterte sie aus grünen Augen. Wie sein Vater hatte Radaan schwarze Locken. Sein Bart war kurz und flaumig. Nicht einmal achtzehn Winter hatte er gesehen. Fünf weniger als Aruula. Doch er führte das Schwert besser als viele ältere Krieger. Niemand in der Horde zweifelte daran, dass er nach Sorban Häuptling werden würde.

»Ich werde darüber nachdenken«, sagte Aruula. Anders als die meisten Frauen der Horde genoss sie das Privileg der Wahl. Schwertkämpferinnen und Jägerinnen durften sich den Mann aussuchen, von dem sie sich begatten lassen wollten.

Und warum eigentlich nicht Radaan? Es war unausweichlich. Und er gehörte zu den stärksten Männern der Horde. Irgendwann musste sie sich entscheiden. Der Sohn des Häuptlings – es würde nicht die schlechteste Wahl sein.

Eigentlich hätte sie schon längst ihren Beitrag zur Erhaltung der Horde leisten müssen. Aber die Männer mieden sie. Entweder, weil sie eine Fremde war, oder weil Sorban sie von Anfang an für seinen ältesten Sohn vorgesehen hatte. Aruula wusste es nicht.

»Überlege nicht zu lange.« Radaan drehte sich um und ging weiter. Der drohende Unterton in seiner Stimme entging Aruula nicht.

Am westlichen Rand der Ebene spähten sie hinunter auf ein leicht abfallendes Schneefeld. Eine breite Spur durchzog es. So gerade, als wäre sie mit einem Speer gezogen worden. Am Ende der Spur klaffte eine große, kreisrunde Mulde.

Die Spur begann im vorderen Drittel des Schneefeldes und zog sich bis zu seinem Ende durch. Auf beiden Seiten der Furche hatte sich ein Schneewall aufgeworfen.

»Dort ist der Göttervogel gelandet.« Aruula deutete auf das Schneefeld hinunter.

Radaan wiegte zweifelnd den Kopf. »Und warum sehen wir ihn dann nicht?«

»Er ist vom Schneefeld gesprungen«, sagte Aruula. »Irgendwo dahinter sitzt er und wartet auf uns.«

Radaans Augen glänzten. »Klettern wir hinunter und sehen nach.« Er konnte es kaum erwarten, dem Gott Auge in Auge gegenüberzustehen.

Sie suchten einen Einstieg in den Steilhang, der von der Hochebene hinunter zum Schneefeld führte. Über einen kaminartigen Spalt kletterten sie hinab.

Die Spur war so tief, dass Aruula darin stehen konnte, ohne die Oberfläche des Schneefeldes zu sehen. Eine spiegelglatte Eisfläche zog sich über ihren Grund. Am Rand häufte sich teilweise schmutziger Schnee.

Staunend schritten sie durch den Hohlweg aus Schnee und Eis. »Da!« Aruula deutete auf einen blauen Keil. Am Rande der Spur ragte er aus dem Schnee. »Das gehört zu dem Göttervogel.«

Radaan kletterte die Schneeaufwerfung hinauf. Er packte den Keil – aber der ließ sich nicht bewegen. Er grub ihn aus dem Schnee, und je tiefer er grub, desto länger und breiter schien das rätselhafte Ding zu werden.

»Es sieht aus wie der Flügel des Göttervogels!«, rief Aruula zu ihm hinauf.

Radaan, der über Bärenkräfte verfügte, umklammerte die Spitze des Flügels mit beiden Armen und riss so lange daran herum, bis er ihn endlich aus dem Schnee ziehen und in die breite Furche hinunter biegen konnte. Krachend knallte das Wrackteil aufs Eis.

Aruula ging in die Hocke und betastete es. Hart wie Eisen fühlte es sich an. Es war etwas länger als Aruula und verjüngte sich an einem Ende. Das blaue Ding erinnerte Aruula an die Schneide einer Streitaxt. Nur dass es viel größer und sehr dünn war.

Radaan sprang vom Schneefeld hinunter in den Hohlweg. Nachdenklich betrachtete er das fremdartige blaue Ding. »Wenn es ein Teil des Göttervogels ist, dann scheint der Vogel sich verletzt zu haben«, sagte er schließlich.

»Dann ist vielleicht auch Sigwaan verletzt ...!« Der Gedanke erschreckte Aruula.

Sie rannten los und erreichten das andere Ende des Schneefeldes. Dort brach die breite Schneefurche einfach ab. Bäuchlings robbten sie an den Abgrund heran und spähten den Steilhang hinab. Der war von unzähligen Eisspalten und Höhlen zerklüftet. Eisbedeckte Steinvorsprünge und Felsnadeln ragten aus ihm heraus.

Einen halben Speerwurf weit unter ihnen steckte der Göttervogel mit dem Schnabel voran in einer schmalen Eisspalte. Aruula sah eine Kugel im vorderen Teil des Vogels. Sie glänzte bläulich, wie der Morgendunst in den Ländern des nördlichen Meeres. Das konnte nur der Kopf des Gottes sein!

Dann stockte Aruula der Atem.

Kaum einen Speerwurf vom Göttervogel entfernt,

auf der Schneefläche vor einer Eiswand, entdeckte sie zwei Taratzen! Mit gesträubten Fellen näherten sie sich dem blauen Vogel.

Aruula und Radaan duckten sich in den Schnee. »Der Taratzenkönig hat ebenfalls Boten ausgesandt, um den Gott zu suchen«, flüsterte Radaan.

»Wenn wir sie nicht angreifen, werden sie Sigwaan aus seinem Vogel ziehen und in ihr Lager bringen.« Aruula griff hinter sich und holte ihr Schwert aus der Fellscheide. »Wir müssen sie töten, bevor das geschieht!«

Sie hatte kaum ausgesprochen, da stieg sie auch schon in eine der Eisfurchen und rutschte den Hang hinunter. Radaan zog sein Schwert und folgte ihr ...

Es war der unwirklichste und schrecklichste aller seiner Alpträume. Und er wollte nicht enden.

Zuerst sah Matthew nur einen undeutlichen Schatten. Rechts neben dem Jet rutschte er rücklings den Steilhang hinunter. Dann schälten sich die Umrisse eines Menschen aus dem Schleier des Traumbildes. Ein junger Bursche, ganz in dunkelbraunes Fell gehüllt. Er hielt eine lange Metallklinge über dem Kopf – ein Schwert fast so groß wie er selbst. Lederstiefel reichten ihm bis über die Knie. Der Bursche stieß einen heiseren Schrei aus, zornig und angriffslustig.

Dann rannte er auf das Schneefeld unter Matts Jet hinaus, das riesige Schwert wie einen Spieß vor der Brust. Die rattenartigen Gestalten richteten sich auf und blickten ihm entgegen.

Wie durch Milchglas hindurch sah Matt, dass die unheimlichen Tiere – oder was auch immer sie sein mochten – sich zum Sprung duckten.

Dann plötzlich ein wütender Schrei von links. Ein

zweiter in Fell gehüllter Mensch tauchte dort auf dem Schneefeld auf. Kleiner und schmaler als der Bursche rechts, aber ebenfalls mit einem langen Schwert bewaffnet. Und ebenfalls entschlossen, sich den Riesenratten zu stellen.

Die zögerten einen Moment. Dann trennten sie sich. Eine der Bestien machte einen Satz nach rechts. Die zweite stürzte sich auf den kleineren der beiden Barbaren.

Matt kniff die Augen zusammen und versuchte den schrecklichen Traum zu verscheuchen. Doch als er die Lider wieder aufriss, kämpften die Barbaren und die Rattenbestien noch immer unten auf dem Schneefeld.

Plötzlich sah er den Körper des jungen Burschen durch die Luft wirbeln. Nicht weit vom Cockpit entfernt prallte er in den Schnee des Steilhangs.

Sekunden später ein metallener Schlag – das Schwert klirrte gegen den hinteren Rumpf des Jets. Stöhnend klammerte sich der junge Mann im Eis fest. Matt sah, dass er aus Mund und Nase blutete. Ein Bein war in unnatürlicher Stellung abgespreizt.

Die Rattenbestie unten auf dem Schneefeld ließ sich fauchend auf die Vorderläufe nieder, spähte zu ihrem Gefährten und dem zweiten Barbaren hinüber und setzte sich blitzschnell in Bewegung.

Ein seltsamer Gedanke schob sich in Matthew Drax' fiebriges Hirn: dass die Schwertträger seinetwegen so plötzlich aufgetaucht sein könnten. Um ihn zu retten. Ob der Gedanke in seinen Traum oder in die Wirklichkeit gehörte, wusste er nicht.

Er riss die Augen auf und starrte auf den Kampfplatz hinunter.

Mit gesträubtem Fell und gespreizten Krallen standen die beiden Riesenratten vor der fellverhüllten Gestalt. Die hielt ihr langes Schwert mit beiden

Händen umklammert, stach abwechselnd nach den Bestien und täuschte Hiebe an, um ihre Gegner in Schach zu halten.

Geduckt und mit großen Schritten näherten sich die Ratten von zwei Seiten. Ihre Schwänze peitschten drohend durch den Schnee. Weiße Wolken hüllten ihre dicken knotigen Schenkel ein.

Die Biester fauchten und brüllten, der Schwertträger schrie mit hoher Stimme, und der Schnee knirschte unter den Fußsohlen der drei Lebewesen, so laut, als wären die Geräusche genauso wirklich wie Matts abgestürzter Jet und sein schmerzender Schädel. Was nicht sein *konnte*.

Plötzlich peitschte der Schwanz einer der Bestien nach den Beinen des Schwertkämpfers. Der sprang hoch, um ihm auszuweichen, und kämpfte sekundenlang um sein Gleichgewicht. Darauf hatte die zweite Riesenratte offensichtlich gewartet. Mit einem Brüllen fiel sie ihn an.

Der Kämpfer reagierte gedankenschnell. Er duckte sich und zog dem Biest das Schwert quer über die Brust. Es taumelte zurück; der Schnee unter seinen Hinterläufen färbte sich rot.

Die zweite Bestie aber schlug blitzschnell ihre Krallen in den Rücken des Barbaren. Der ließ sich fallen, rollte sich ab – und die Ratte hielt nur seinen Fellmantel in den Klauen.

Fast nackt und das Schwert drohend erhoben, stand der Schwertkämpfer auf dem Schneefeld.

Es war eine Frau!

Eine pechschwarze verfilzte Haarmatte fiel ihr bis zum Gesäß herab. Sie trug einen Lendenschurz aus Fell. Ihre mit blauen und grünen Streifen bemalte Haut wirkte fast wie flüssiges Gold, und ihre vollen Brüste wippten bei jeder Bewegung auf und ab.

Das Karussell in Matts Kopf hielt an, als wäre es

plötzlich eingerastet. Er starrte hinunter auf das Schneefeld, konnte nicht glauben, was er sah. Und sah es doch.

Die Frau, die die Klinge des von Blut gefärbten Schwertes durch die Luft sausen ließ. Die getroffene Riesenratte, wie sie in den Schnee taumelte. Die zweite Bestie, die sofort zum Angriff überging …

Ein starker Überlebenswille überfiel Matt. Er wollte endlich aus dem verdammten Jet raus. Wollte die Schmerzen loswerden. Und er wollte nicht, dass die Frau von den Bestien getötet wurde. Sein Traum sollte ein gutes Ende haben. Die Frau sollte leben!

Blitzschnell setzte die Kämpferin der verletzten Riesenratte nach. Sie rammte ihr die Schwertspitze in die Brust und duckte sich gleichzeitig unter den Prankenhieben des zweiten Gegners weg.

Doch sie schaffte es nicht rechtzeitig, ihr Schwert aus dem Leib der getöteten Bestie zu ziehen. Der Schwanz des Angreifers riss sie in den Schnee und die Ratte warf sich auf sie.

Matt stöhnte, als sich die dunklen Schleier der Ohnmacht erneut in seinem Hirn ausbreiten wollten. Nein! Er durfte jetzt nicht bewusstlos werden! Aber … war er denn nicht schon ohnmächtig?! Wie sonst sollte er all dies träumen?

Auf einmal hörte er ein Surren in der Luft. Ein schmaler Schatten pfiff über ihn hinweg und als er hinunter zum Kampfplatz blinzelte, sah er einen Holzschaft im Rücken der Monsterratte vibrieren.

Ein Speer!

Die unwirkliche Szene verschwamm vor seinen Augen. Er hörte laute Stimmen über sich. Stimmen, die Worte einer fremden Sprache schrien. Er sah noch, dass die Frau sich aus dem Schnee wühlte und zu ihrem Fellmantel kroch. Dann sackte sein Bewusstsein wieder in ein finsteres Loch.

Kurz darauf träumte er, jemand würde an seinem Helm herumzerren. Matt riss die Augen auf. Das Gesicht der Schwertkämpferin schwebte dicht vor ihm. Aus braunen Augen sah sie ihn an. Eine Mischung aus Ehrfurcht und Schrecken lag auf ihrer Miene.

Matthew hob die Hand und tastete nach dem Haar der Frau. Es fühlte sich nass und drahtig an. Er tastete nach ihrem Gesicht in der Hoffnung, das Traumbild würde sich dann auflösen.

Es löste sich nicht auf. Die Gesichtshaut der Schwertkämpferin fühlte sich heiß und schweißnass an. Sie zuckte zusammen, als er sie berührte. Sie roch nach Schnee und Blut.

Das war kein Traum! Matt konnte sich nicht erinnern, jemals so deutliche Gerüche geträumt zu haben. Jemals im Traum Haut ertastet zu haben. Nein – er träumte nicht. Doch alles in Matt sträubte sich gegen diese vollkommen verrückte Wahrheit …

Rechts neben dem Jet sah er zwei Fellbekleidete in seinem Blickfeld auftauchen. Sie packten den nackten jungen Burschen und zogen ihn aus dem Hang nach unten. Er stöhnte und röchelte.

»Sigwaan?« Die raue Stimme der Schwertkämpferin. Sie deutete auf ihn. »Sigwaan?«

Matt kämpfte gegen die schwarzen Nebel in seinem Kopf. Kalt und summend krochen sie wieder durch seine Hirnwindungen.

Die Frau deutete auf sich. »Aruula«, sagte sie. Sie klopfte die Faust gegen ihr Brustbein. »Aruula …«

Matt begriff. Die Schwertkämpferin stellte sich vor.

»Sigwaan?« Erneut deutete sie auf ihn.

Er schüttelte müde den Kopf. »Matt … Matt Drax«, murmelte er.

Sie runzelte die Stirn.

Kurz darauf spürte er drei oder vier Paar Arme

nach sich greifen. Eine Schmerzwelle schoss durch seinen Körper, als sie ihn aus dem Jet zerrten. Dann nichts mehr …

Sie mussten einen anderen Weg nehmen. Nicht nur, weil es sich als unmöglich herausstellte, den Gott über den Steilhang auf das Schneefeld zu ziehen. Auch der Taratzen wegen.

Die beiden getöteten Bestien waren sicher nicht die einzigen, die der Taratzenkönig auf die Suche nach dem Feuervogel geschickt hatte. Baloor befürchtete sogar, dass die Taratzen ihre Spuren vom Lager bis zur Absturzstelle des Göttervogels verfolgen könnten.

»Es ist nicht Sigwaan«, sagte Aruula. Seite an Seite mit Baloor zog sie den Flügel des Feuervogels durch den Schnee den Berghang hinauf. Sie hatten den bewusstlosen Gott darauf gebunden. Aus den Taratzenschwänzen hatten sie Zugseile angefertigt. Ein dritter Krieger ging hinter dem Flügel und schob ihn.

Die beiden anderen schleiften den verletzten Häuptlingssohn durch den Schnee. Sie hatten eine der Taratzen enthäutet und Radaan in den Pelz gewickelt.

»Nicht Sigwaan?« Die Lider um Baloors rote Augen verengten sich zu Schlitzen. Ein lauernder Ausdruck trat auf sein tausendfach zerfurchtes Gesicht. »Woher willst du das wissen?«, zischte er.

»Er hat mir seinen Namen genannt«, sagte Aruula. »Er heißt Maddrax.«

»Er hat mit dir gesprochen?«, wunderte sich Baloor.

»Ja. Bevor du zu uns gestoßen bist.« Aruula kannte den herrschsüchtigen Baloor lange genug, um zu wissen, was jetzt in ihm vorging: Er ärgerte sich, weil Aruula mit dem Gott gesprochen, er, der Göttersprecher, ihn aber nur bewusstlos angetroffen hatte. »Hast du von einem Gott namens ›Maddrax‹ gehört?«, wollte Aruula wissen. »Was erzählt man sich von ihm?«

»Maddrax ...«, murmelte Baloor. Er packte den Taratzenschwanz, an dem er den Flügel hinter sich herschleifte, und legte ihn sich auf die andere Schulter. »Maddrax ...« Er drehte sich um und betrachtete den reglosen Körper auf dem blauen Flügel.

Er hatte die klaffende Wunde an der Stirn des Gottes zugenäht und mit einer Paste aus zer-stoßenen Blättern bedeckt. Es hatte Baloor erstaunt, dass ein Gott so vollständig die Gestalt eines Menschen angenommen hatte, dass er sogar bluten und das Bewusstsein verlieren konnte. Noch war er sich nicht sicher, was er davon zu halten hatte. Er musste darüber nachdenken.

Den Brustkorb des Gottes hatte er mit Lederstreifen und Fellen bandagiert. Mindestens drei Rippen waren gebrochen.

»Ich habe nie von einem Gott namens Maddrax gehört«, krächzte er. »Aber das will nichts heißen. Das Heer Wudans ist groß. Wir können nicht alle seine Götter mit Namen kennen.«

Sie marschierten bis zum Einbruch der Dämmerung. Aruula machte eine Höhle ausfindig. Sie lag in einem Geröllhang, der nur teilweise mit Schnee bedeckt war. Baloor begutachtete sie. »Leicht zu verteidigen«, nickte er. Sie schafften die Verletzten hinein.

Baloor sah sich vor der Höhle um. Die schwarzen Schemen oben auf dem Bergkamm und unten zwischen den Felsblöcken entgingen ihm nicht. Schon auf dem Weg hierher hatte er die Taratzen bemerkt, die sie verfolgten.

Aber der Göttersprecher wusste, dass sie nicht angreifen würden. Nicht solange ein Gott die kleine Truppe begleitete. Selbst wenn dieser Gott im Augenblick nicht den Eindruck machte, als könnte er auch nur sein eigenes Leben verteidigen.

Abwechselnd hielten sie Wache.

In der Nacht erwachte Radaan aus seiner Bewusstlosigkeit. Baloor hatte ihm das gebrochene Bein mit Pfeilen geschient. Radaan stöhnte. Und glühte vor Fieber.

Aruula und die Krieger mussten Schnee in die Höhle schaffen, und Baloor zwang den Häuptlingssohn, davon zu essen. »Er hat viel Blut verloren«, sagte er besorgt. »Wenn er keinen Schnee isst, wird er sterben.«

Auch der Gott Maddrax stöhnte im Schlaf. Er stammelte Wortfetzen in einer unbekannten Sprache. Aruula wischte ihm den Schweiß von der Stirn und flößte ihm nach Baloors Anweisungen Kräuterextrakte ein.

Der nächste Tag war äußerst anstrengend. Sie mussten die Verletzten über steile Hänge abseilen und große Höhenunterschiede überwinden. Aruula wünschte, sie hätten wenigstens einen Frekkeuscher mitgenommen.

Quälend langsam nur kamen sie voran. Der trübe Himmel verdunkelte sich zusehends, als sie eine Talsenke erreichten. Es war am frühen Abend.

Baloor hob die Hand und ließ den Taratzenschwanz fallen. Der Zug hielt an. Nachdenklich sah der Göttersprecher sich um. Das Tal war fast schneefrei. Niedrige Büsche standen zwischen den Felsblöcken. Vereinzelt sogar kleine blattlose Bäume. Ein Wasserfall rauschte am höher gelegenen schmaleren Ende des Tales.

»Wir sind ziemlich weit nach Süden gelangt.« Baloor schabte sich den Schädel unter der Lederkappe. »Und sehr tief. Um Sorban und die anderen zu erreichen, werden wir große Steigungen überwinden müssen. Und die Verletzten brauchen Ruhe.« Er betrachtete den dunklen Himmel. »Außerdem wird es schneien.«

Er schickte zwei Krieger los, um Sorban und die Horde ins Tal zu holen. Er gab ihnen den Helm und die Handschuhe mit, die sie bei Maddrax im Feuervogel gefunden hatten.

»Behaltet das bei euch. Es sichert euch den Schutz des Gottes.«

Die beiden Krieger machten sich auf den Weg.

Aruula, Baloor und der dritte Krieger sammelten Buschwerk und Baumäste und schichteten sie auf. Baloor holte Feuersteine aus seinem Lederbeutel. Bald brannte ein Feuer und sie konnten das gefrorene Taratzenfleisch braten, das sie vom Kampfplatz mitgenommen hatten.

Am nächsten Tag begann Baloor, Steine rund um den bewusstlosen Maddrax aufzuschichten. Er baute eine Hütte um ihn herum auf und entzündete ein kleines Feuer darin. Er selbst schlug sein Lager vor dieser Hütte auf.

Der Göttersprecher ließ von nun an niemanden mehr in die Nähe des Gottes. Er allein pflegte ihn. Aruula kümmerte sich um Radaan, dem es von Tag zu Tag besser ging.

In der Nacht nach dem ersten Tag zogen sich dunkel Wolken am Himmel zusammen. Aber es schneite nicht – es regnete. Der kleine Bach in der Mitte des Tales verwandelte sich in einen reißenden

Fluss. Aruula und die Krieger verkrochen sich unter die überhängenden Felswände. Baloor spannte ein Dach aus Taratzenfell und Ästen über die Hütte des Gottes.

So vergingen drei Tage und Nächte. Am Morgen des vierten Tages – in der Nacht hatte es aufgehört zu regnen – trat Baloor aus der Hütte des Gottes. Verdrossen betrachtete er Aruula. »Maddrax hat nach dir gerufen. Du sollst zu ihm kommen.«

Aruula trat in die Steinhütte. Am Eingang kniete sie nieder und neigte sich bis zum Boden. Maddrax winkte sie zu sich. Wohl zum hundertsten Mal wunderte Aruula sich über sein bartloses Gesicht und sein kurzes blondes Haar.

Er fasste sie am Handgelenk. »Aruula ...« Seine Stimme klang noch immer schwach. Aber seine blaugrünen Augen blickten klarer als noch vor drei Tagen.

Sie nickte und deutete auf ihre Brust. »Aruula«, flüsterte sie.

Er sprach zu ihr, doch sie verstand nicht, was er sagte. Seine Worte waren keiner der Sprachen ähnlich, die sie kannte, und seine Stimme klang, als versuche er mit Blättern im Mund zu sprechen. Schließlich fielen ihm die Augen zu vor Anstrengung. Aruula blieb noch eine Weile, bevor sie die Hütte wieder verließ. Doch von nun an kam sie regelmäßig, um nach ihm zu sehen.

Es dauerte noch einmal zwei Tage, bis Sorban und die Horde das Tal erreichten. In großen Sprüngen hüpften die Frekkeuscher über den Gebirgsfluss. Sie konnten nicht fliegen, weil man ihnen Waffen, Zeltstangen, Felle und Proviantbündel auf die Rücken geschnürt hatte.

Ängstlich näherte sich die Horde der Hütte. Auf Knien rutschte Sorban durch den Eingang zu

Maddrax' Lager, um ihm zu danken und ihn willkommen zu heißen.

Die anderen Hordenmitglieder lagen um die Hütte herum flach auf dem Boden. »Ehre sei Wudan! Ehre sei Maddrax, seinem Gesandten!«, riefen sie.

Aruula sah Baloor abseits stehen, bei den im Schlammboden weidenden Frekkeuschern, die Arme vor der Brust verschränkt, die Lederkappe tief ins Gesicht gezogen. Skeptisch beobachtete der Göttersprecher das Treiben um Maddrax' Hütte …

Zwei Fackeln tauchten die Höhle in flackerndes Licht. Eine kuppelförmige Höhle. Ihre lehmigen Wände waren fast glatt. Die Fackeln steckten links und rechts eines Felsblocks im Zentrum in der Erde. Lange weiße Stäbe, von deren brennenden Spitzen glühende Fetttropfen fielen.

Felsadern zogen sich von der Spitze der Kuppel hinunter zu den sechs mannshohen Öffnungen, durch die man vom Gangsystem aus die Zentralhöhle betreten konnte. Auch im Zenit der Höhlenkuppel gähnte eine dieser Öffnungen. Ein paar Eiszapfen ragten aus dem Kuppeldach.

Die Taratzen waren geniale Erdarbeiter. Eine starke Sippe mit hundert bis hundertfünfzig Mitgliedern konnte innerhalb von wenigen Wochen ein Gangsystem von bis zu siebenhundert Kilometern in die Erde treiben. Oder ins Eis. Dazu eine stattliche Anzahl großer und kleiner Höhlen.

Aus den Gängen drang hundertfaches Fiepen, Kreischen und Fauchen in die Höhlenkuppel. Das schaurige Heulen einer gequälten Kreatur war hin und wieder zu hören. Dann Ächzen, Schaben und Rascheln. Ganz von fern ein langgezogenes Schreien, das sich ständig wiederholte. Irgendwo im

Labyrinth des Gangsystems rief eine menschliche Stimme um Hilfe.

In der Zentralhöhle selbst war es still.

Dreizehn Taratzen hatten sich um den Felsblock in der Mitte der Höhle versammelt. Sie kauerten auf allen vieren an der Wand. Ihre Schwänze ringelten sich um ihre pelzigen Körper.

Auf dem Felsblock stand eine vierzehnte Taratze. Größer als die anderen, mit längerem Fell, das nicht grauschwarz, sondern schmutzig weiß glänzte, stützte sie sich auf etwas, das wie eine Holzkeule aussah. Ihre Augen funkelten auch nicht lackschwarz wie die Augen der meisten Taratzen – sie glühten rötlich.

Rraar, der König dieser Sippe. Er gebot zu dieser Zeit über einhundertachtundfünfzig Jäger und Jägerinnen. Um ihn herum waren seine dreizehn Führer.

Als sie den großen Fluss überquerten, um Sorbans Menschenhorde zu verfolgen, hatte Rraar noch fünfzehn Führer und fast einhundertsiebzig Jäger und Jägerinnen unter seinem Kommando gehabt. Aber so lächerlich diese Menschen sein mochten – sie waren klug. Klüger als die meisten seiner Untertanen. Nicht nur seiner hartnäckigen Verfolgung hatten sie sich bis jetzt erfolgreich entzogen – mehr als zehn seiner Jäger hatten sie getötet. Darunter zwei Führer. Und nun hatten sie auch noch einen Gott in ihrer Mitte.

Rraar zischte einen Fluch und sprang vom Felsblock herunter. Die Führer zuckten zusammen und drückten sich noch enger an die Höhlenwände. Rraar schlug einem seinen Schwanz über die Schnauze, einem zweiten rammte er seinen Hinterlauf in die Flanke und einem dritten hieb er die Keule auf den Schädel, dass es knirschte.

»Versager!«, schrie er in der grollenden, zischelnden Sprache der Taratzen. »Hohlköpfiges Pack!« Er warf sich die Keule auf die Schulter und glitt mit peitschendem Schwanz um den Felsblock herum. Jetzt war die bleiche Keule deutlicher zu erkennen: der Oberschenkelknochen eines Säugetieres oder eines großen Vogels.

Jeder Führer, an dem Rraar vorbeilief, ließ sich auf die Seite fallen und präsentierte demutsvoll seinen Bauch.

Sorban und dieser gerissene Göttersprecher Baloor! Wenigstens waren sie dumm genug gewesen, sich in Höhlen zu verbarrikadieren. Die Horde und ihre leckeren Frekkeuscher waren schon so gut wie sicher in seinem Vorratslager.

»Ein Gott!«, fauchte Rraar verächtlich. Seine Taratzen hatten ihm in den grellsten Farben beschrieben, wie der Gott in einem feuerspeienden Vogel über den Kampfplatz gerast war. Gebrüllt wie ein ausbrechender Vulkan habe er und mit Feuer und Blitzen um sich geschleudert.

Und nun wollten seine Jäger die Sorbanhorde nicht mehr angreifen; nicht solange sie den Gott auf ihrer Seite hatte!

Rraar glaubte nur die Hälfte der Schilderungen. Aber selbst wenn nur diese Hälfte stimmte – etwas, das seine tapfersten und gefräßigsten Leute zittern ließ wie eine erbeutete Menschenfrau, das würde auch die mächtigsten Gegner der Taratzen erzittern lassen. Er musste diesen Gott in seine Gewalt bringen!

Rraar hatte zwanzig Jägerpaare ausgeschickt, um den furchterregenden Gott und seinen Feuervogel zu finden. Sie waren mit leeren Klauen zurückgekehrt. Und – was noch schlimmer war – mit einer haarsträubenden Nachricht: Sorbans Sippe hatte den Gott aufgenommen.

Rraar pfiff laut vor Wut. Er sprang um seine Längsachse, dass seine großen Ohren und die langen Haare seines Fells flogen, und peitschte mit dem Schwanz um sich. Nur ganz langsam beruhigte er sich. Irgendwann kletterte er zurück auf seinen Thronstein.

»Jemand, der Blitze verschleudern kann ...«, zischte er. »Jemand, der donnert wie ein Vulkan ...« Seine Führer rappelten sich auf und spitzten ihre Ohren. »Jemand, der in der Lage ist, fünfundzwanzig meiner besten Jäger in die Flucht zu schlagen ...« Rraars helles Fell sträubte sich. Er stützte sich auf seine Knochenkeule. »So jemanden brauchen wir!«, fauchte er. »Er wird uns die Vorratslager so schnell füllen, dass wir es nicht länger nötig haben, einer jämmerlichen Menschenhorde durch ein Eisgebirge nachzujagen!«

Mit seiner Keule stampfte er auf den Thronstein. »Und er wird uns im Kampf gegen die Eluus zum Sieg verhelfen!« Aus seinen roten Augen blitzte er seine Führer an. »So wahr ich euer König bin«, brüllte er, »ich will diesen Gott haben!«

Noch immer fiel ihm das Atmen schwer. Noch immer schmerzte sein Schädel. Und noch immer nahm Matthew Drax alles um sich herum wie durch graue Nebelschwaden wahr. Aber er spürte, dass sich etwas verändert hatte.

Der stinkende Kerl in dem knarzenden Lederzeug und mit dem faltigen Gesicht einer Mumie kam nur noch selten an sein Lager. Und wenn er kam, murmelte er lediglich ein paar unverständliche Sätze, blitzte ihn aus seinen roten Augen an und verschwand dann wieder. Zuvor hatte er nächtelang neben seinem Lager gewacht und irgendwelche

Kräuter verbrannt, deren Gestank Matts Fieberträume noch verschlimmert hatten.

Doch es gab noch mehr, was sich verändert hatte. Seit ein paar Tagen hörte er oft das Gemurmel vieler Stimmen draußen vor der kleinen Steinhütte, in die sie ihn gelegt hatten. Und manchmal kam jemand auf Knien hereingerutscht und stellte irgendetwas neben ihm ab.

Etwas, das die Frau – Aruula – ihm dann zerkleinerte und in den Mund steckte. Manches schmeckte fleischig und fett, anderes bitter und mehlig. Anfangs konnte Matt die Dinge nicht sehen, mit denen Aruula ihn fütterte. Er hielt sie für getrocknetes Fleisch und Wurzeln.

Der Mann, der am häufigsten zu ihm kam, war unglaublich groß und fett. Er trug ein schwarzes Fell, das er meist in einer Art Kapuzenumhang über seinen dichten Lockenkopf gezogen hatte, und stank noch schlimmer als der Ledertyp. Er benahm sich merkwürdig unterwürfig. Als hätte er in Matt einen ranghöheren Offizier vor sich.

In einem seiner lichten Momente begriff Matt, dass der fette Goliath Sorban hieß. Und dass er der Chef der Bande sein musste. Welche Bande das allerdings war, die anscheinend von der restlichen Welt abgeschieden mitten in den Alpen lebte, das hatte er noch immer nicht herausgefunden.

In den ersten Tagen erlebte er wenige fieberfreie Stunden. Meistens morgens nach fürchterlichen Alptraumnächten. Er lag dann stundenlang wach und grübelte über hundert Fragen nach. Fragen, auf die er keine Antwort finden konnte.

Zum Beispiel: Wo steckten die Besatzungen der anderen beiden Jets? Was war aus ihnen geworden? Aus Jensen, Williams und Chester, aus McKenzie und Smythe?

Er fragte sich auch, wo die Hitzewelle geblieben war, die dem Kometeneinschlag hätte folgen müssen. Und wo die Staubwolke, die jetzt eigentlich die Atmosphäre derart verdunkeln müsste, dass man Tag und Nacht nicht unterscheiden konnte.

Am häufigsten aber fragte er sich, wo um alles in der Welt er gelandet sein mochte, was das für eigenartige Typen waren, die ihn gerettet hatten. Figuren, die Matt mehr in einen Bildband über die letzte Eiszeit zu passen schienen als ins einundzwanzigste Jahrhundert. Menschen, die so gar nicht den Eindruck machten, als wäre das Antlitz ihrer Welt erst vor ein paar Tagen durch einen Kometen nachhaltig zerstört worden.

Und er zermarterte sich das Hirn darüber, ob die Riesenratten, die er von seinem havarierten Jet aus gesehen hatte, Halluzination oder Wirklichkeit gewesen waren.

Tagelang, nächtelang rotierte dieses hitzige, schwindelerregende Karussell in seinem schmerzenden Schädel.

Manchmal, wenn er die Augen öffnete, sah er in Aruulas Gesicht. Ein schönes, ebenmäßiges Gesicht. Ihre braunen Augen strahlten Ruhe aus. Das Lächeln um ihren Mund vertrieb für kurze Zeit all die quälenden Fragen.

Und wenn ihre Hand das Pflanzenbreipflaster auf seiner Stirn erneuerte und ihm danach sanft über das Haar strich, oder wenn sie ihm bitter schmeckende Tropfen einflößte und danach ihre Hände für Sekunden auf seinen Wangen liegen ließ, dann strömte jedesmal Erleichterung durch Matts Glieder. Und das Gefühl, alles könnte noch einmal gut werden.

Wenn sie sich nur nicht ständig vor ihm verneigen würde ...

Sie nannte ihn ›Maddrax‹. Alle, die zu ihm in die Hütte kamen und sich vor ihm verneigten, nannten ihn so. Als könnten sie seinen richtigen Namen nicht ausreichend akzentuieren.

In manchen Stunden, wenn das Fieber so schnell und so hoch stieg, dass Matts Knie schlotterten und er mit den Zähnen klapperte, überfielen ihn die Bilder der vergangenen Tage und Wochen. Dann sah er sich wieder im Büro des Geschwaderkommandanten auf der neuen Luftwaffenbasis in Berlin-Köpenick. Dann hörte er den Major sagen: »Unsere letzte Chance – die Interkontinental-Raketen. In zwei Stunden werden sie auf ›Christopher-Floyd‹ einschlagen. Fliegen Sie mit einer kleinen Staffel hinauf, Commander, und beobachten sie die Wirkung. Die Professoren Smythe und MacKenzie werden sie begleiten.«

Er sah sich und die anderen fünf das Hangar betreten, die Helme unter den Armen. Alle wirkten ernst und blass. Sogar das schwarze Gesicht Irvin Chesters hatte an diesem Tag die Farbe alten Milchkaffees.

Professor Dr. Jacob Smythe war der einzige, der überhaupt sprach. »Kopf hoch, Kinder!«, rief er launig. »Wir werden das verdammte Ding schon knacken – und wenn nicht, immer daran denken: Unkraut vergeht nicht ...«

Solche und ähnliche Sprüche. Der Astrophysiker verfügte über das Einfühlungsvermögen eines Presslufthammers. Niemals würde Matthew sein meckerndes Lachen vergessen. Sein kurzes knochiges Gesicht geisterte genauso hartnäckig durch Matts Fieberträume wie die glühende Faust ›Christopher-Floyds‹.

Er hatte das Gesicht mit der kleinen stumpfen Nase und den unnatürlich großen Glubschaugen zum ersten Mal im Fernsehen gesehen. Drei Wochen nach Entdeckung des Kometen hatte Jacob Smythe den Fernsehnationen der Welt per Computeranimation vor Augen geführt, was der Einschlag eines Großen Auslöschers für Konsequenzen haben würde: Druckwelle, Flutwellen, Verdunkelung der Atmosphäre, Eiszeit, Milliarden von Toten und so weiter und so weiter. Wenn nicht gleich die ganze Erde in Stücke ging ...

Ein knappes halbes Jahr war das her. Schon damals hatte Matt den Mann instinktiv abgelehnt.

Schnell war Smythe zum Chefberater des US-Präsidenten in Sachen ›Christopher-Floyd‹ aufgestiegen. Zuletzt sah man ihn fast täglich im Fernsehen.

In seinen Fieberträumen erlebte Matt die erste persönliche Begegnung mit dem Professor noch einmal. Einen Monat vor ihrem gemeinsamen Einsatz war es gewesen. Der General der US Air Force in Europa hatte ihn zu einem Briefing nach Brüssel ins NATO-Hauptquartier abkommandiert.

Hohe NATO-Offiziere und einige Außenminister der Europäischen Union waren anwesend. Über Satellit waren der US-Verteidigungsminister und der amerikanische Präsident zugeschaltet. Wie ein Menetekel hing das Symbol der drohenden Katastrophe an der Stirnwand des Saals: eine stilisierte Erdkugel, die von einem feurigen Keil zerteilt wurde, in dessen Spitze ein Felsbrocken drohte.

Zu dem Zeitpunkt hatte man bereits errechnet, dass ›Christopher-Floyd‹ in Zentralasien einschlagen würde. Die Massenevakuierung der betroffenen Länder lief eben an. Eine gewaltige Fluchtwelle hatte eingesetzt. Millionen und Abermillionen von Menschen bewegten sich in kilometerlangen Trecks nach Westen.

Die Konferenz im NATO-Hauptquartier wollte militärische Optionen erwägen. Vor der versammelten militärischen und politischen Führung der westlichen Welt empfahl Smythe damals den Einsatz ferngelenkter Interkontinental-Raketen, die von der Internationalen Raumstation aus abgeschossen werden sollten. Nicht um den Kometen vom Kurs abzubringen, wie einige Hollywood-Streifen das schon vorexerziert hatten. Dafür hätte man ›Christopher-Floyd‹ bereits jenseits des Mars mit einer vollen Breitseite treffen müssen – ein undurchführbares Unternehmen. Die einzige Hoffnung bestand darin, ihn zu zertrümmern und die Myriaden Bruchstücke hinzunehmen, die zwar auch noch gewaltige Zerstörungen anrichten, aber der Menschheit zumindest eine Chance lassen würden.

Der Vorschlag wurde einstimmig angenommen. Doch dann forderte Smythe, dass es außerdem unabdingbar wäre, alle Menschen mit einem akademischen Grad und einem Intelligenzquotienten von mindestens hundertvierzig in die verfügbaren Atombunker einzuquartieren. Mit Computern und Datenträgern, auf denen das aktuelle Wissen der Menschheit gespeichert sein sollte. Und mit Proviant für mindestens acht Jahre. Nur so ließe sich die Zivilisation bewahren.

Ein Aufschrei der Entrüstung ging durch die Reihen der Konferenzteilnehmer. Auch der Präsident wies diese Forderung weit von sich. Eine derartige Selektion sei nicht mit den humanistischen Grundsätzen eines demokratischen Staatssystems zu vereinbaren.

Nie würde Matt Smythes Antwort vergessen: »Wir sind an einem Punkt angelangt, Mr. President, an dem Humanität und Demokratie ihre Bedeutung verlieren. Unsere Situation ist so extrem, dass es nur noch um das Überleben der menschlichen Gattung gehen kann. Und dies muss notfalls mit diktatorischen Mitteln durchgesetzt werden.« Genau das hatte Smythe gesagt.

Für Sekunden herrschte Totenstille im großen Konferenzsaal des NATO-Hauptquartiers. Dann fragte der Präsident den Verteidigungsminister, was er von diesem Vorschlag hielte.

»Eine solche Aktion wäre niemals geheim zu halten«, antwortete der Minister. »Die große Mehrheit der Bevölkerung würde eine Evakuierung der Elite niemals tolerieren. Die Zeit bis zum Einschlag von ›Christopher-Floyd‹ würde eine Zeit weltweiten Bürgerkriegs sein.« Damit war Smythes Vorschlag vom Tisch.

Einen Monat später traf Matthew den Professor dann im Hangar seiner Luftwaffenbasis bei Berlin wieder, in der Matt seit deren Einrichtung im Jahr 2006 stationiert war. Er hätte sich gewünscht, Williams oder Chester würden die Staffel kommandieren, und der Leiter der Astronomic Division der Air Force würde hinter einen von ihnen auf den Navigatorenplatz des Jets steigen.

Aber Irvin Chester war Captain und Dave Williams Lieutenant. Matt hatte den Rang eines Commanders. Also stieg Professor Dr. Jacob Smythe zu ihm in die Maschine …

Manchmal, wenn Matt die Augen aufschlug, hallte ihm noch Smythes Stimme in den Ohren: »Wahnsinn! Göttlich! Wunderschön!«. Und die rotglühende Faust des Kometen und der explodierende Horizont flimmerten auf seinen Netzhäuten.

Matt hatte jedes Zeitgefühl verloren. Er wusste nicht, ob Tage oder Wochen vergangen waren, als er zum ersten Mal wieder mit einem klaren Kopf aufwachte. Das Fieber war weg.

»Aruula?«, rief er. Der Fellvorhang vor dem Eingang der Steinhütte wurde beiseite geschoben. Die Frau betrat den Raum. Am Fußende seines Lagers verneigte sie sich. Dann kniete sie sich neben ihm nieder und reichte ihm eine Tonschale mit Wasser.

Matt trank gierig. Er reichte ihr die leere Schale. »Ich will aufstehen.« Sie sah ihn fragend an. »Aufstehen«, wiederholte er. Er deutete auf den Fellvorhang. »Ich will nach draußen.«

Aruula zeigte auf den Eingang. »Auf-ste-hen«, sprach sie ihm langsam nach. »Nach draus-sen ...«

Kaum jemand in der Horde sprach noch mit normalem Tonfall. Baloor hörte gesenkte Stimmen und sah scheue Blicke zur Gotteshütte schielen – als könnte Maddrax jedes Wort mithören, das man sprach.

Und oft sah Baloor einen Krieger oder eine Kriegerin mit leuchtendem Gesicht an sich vorbei gehen und die Hütte ansteuern. Wie einen Schatz hielten sie Wurzeln, Insekten oder Würmer in den hohlen Händen.

Manche stiegen sogar in tiefergelegene Bergregionen hinab, um Samen und Früchte des Vorjahres unter dem Laub auszugraben. Mit ihren Schätzen in den Händen rutschten sie auf Knien zu Maddrax' Lagerstätte hin und brachten ihm die Opfergaben dar.

Zu Baloor kam man nur noch, wenn man sich eine entzündete Wunde eingehandelt hatte. Wenn man einen faulen Zahn loswerden wollte oder unter Durchfall litt. Niemand mehr bat ihn um die Beschwörung von Geistern oder um Gebete zu Wudan oder einem seiner Götter. Wozu auch? Wudan hatte ja einen Abgesandten geschickt. Sie hatten ja nun einen leibhaftigen Gott im Lager.

Ein brennender Knoten zog sich im Bauch des Göttersprechers zusammen. Jeden Tag ein Stück mehr. Er begann den Gott aus dem Eis zu hassen.

»Du weißt, wo Aruula sich aufhält?«, fragte er eines Tages den Sohn des Häuptlings. Auf Schwert und Spieß gestützt, lernte Radaan wieder laufen.

»Ich sehe sie manchmal vor der Hütte des Gottes«, antwortete der junge Krieger.

»Vor der Hütte ...?« Baloor verzog sein knochiges, faltiges Gesicht zu seinem höhnischen Grinsen. Seine langen gelben Zähne wurden sichtbar. »Meistens hält sie sich *in* seiner Hütte auf.«

»Ich weiß«, gestand Radaan verdrossen. »Aber wäre das nicht deine Aufgabe? Du bist doch der Göttersprecher.«

»Es ist Maddrax' Wille ...«

Radaan nickte nur. Aber er begriff nichts.

»Und mir scheint, Maddrax hat gute Gründe, nach ihr zu verlangen«, fügte Baloor hinzu.

Radaan machte ein erschrockenes Gesicht. »Aber er ist doch ein Gott! Können Götter denn auch ...?«

»Nichts, was die Menschen bewegt, ist den Göttern unbekannt ...« Mit diesen Worten ließ er den Häuptlingssohn stehen. Zunächst einmal.

Am nächsten Tag fragte er ihn beiläufig, ob er sich schon einmal gefragt hätte, wie ein Gott sich verletzen und krank werden könne. Oder warum ein Gott auf die Hilfe von Menschen angewiesen war, um vor den Taratzen gerettet zu werden.

»Nein, Baloor«, sagte Radaan. »Darüber habe ich noch nie nachgedacht.«

»Dann tu es jetzt.«

Baloor wandte sich ab und ließ einen nachdenklichen Radaan zurück.

Am Abend darauf folgte Baloor dem Bachlauf den Südhang hinunter, der sich dem Tal anschloss. Dort unten hatte er eine alte verkrüppelte Eiche entdeckt. Unter ihr wollte er zu Wudan beten. Er hoffte von ihm einen Fingerzeig über die wahre Identität seines Gesandten Maddrax zu erhalten.

Er kniete sich im feuchten Unterholz nieder und steckte den Kopf zwischen die Knie. Vom späten Nachmittag bis zum Sonnenuntergang verharrte er so, doch Wudan schwieg. Dann hörte er nicht weit von sich ein Rascheln.

Baloor sprang auf und griff nach dem Speer, den er neben sich in die Erde gerammt hatte. Lauernd spähte er ins Unterholz.

Eine Taratze schob sich über den steinigen Boden heran! Aber nicht in feindseliger Haltung, sondern flach auf den Bauch gepresst.

Selten hatte Baloor Taratzen in dieser absoluten Demutshaltung gesehen. Er blieb misstrauisch. »Was willst du?«, rief er, als die Taratze nur noch einen halben Steinwurf entfernt war. In Gedanken beschwor er Orguudoo, den schwarzen Dämon der Tiefe.

Die Taratze richtete sich auf und winkte ihn heran. Vorsichtig näherte Baloor sich der grauschwarzen Bestie. Sie ließ sich zur Seite fallen und bot ihm ihren Bauch dar. Kein Zweifel – sie kam in friedlicher Absicht. Trotzdem hob er den Speer. »Bei Wudan – was willst du?«

Sie rappelte sich auf. Bei jeder Bewegung achtete sie darauf, dem Göttersprecher den Bauch oder die Kehle zuzuwenden. Dann winkte sie ihn hinter sich her und bewegte sich Richtung Süden. Baloor folgte ihr zögernd und nach allen Seiten um sich blickend.

Durch niedrige Sträucher und einzelne verkrümmte Bäume ging es hinauf in schneebedecktere Regionen.

Eine halbe Stunde und länger kletterte Baloor hinter der Taratze her. Nur der Mond warf noch sein dämmriges Licht auf die Bergwelt.

Wenn sie ihn fressen wollten, hätten sie seinen einsamen Gebetsplatz zu zweit oder dritt überfallen. Nein – die Taratzen wollte etwas von ihm, das von Bedeutung war. Baloors Instinkt sagte ihm das. Und sein Instinkt hatte ihn selten im Stich gelassen. Dennoch murmelte er während des ganzen Weges Beschwörungsformeln, mit denen er den dunklen Orguudoo an seine Seite rief.

Schließlich gelangten sie in völlig baumloses Gebiet. Eis, Schneefelder, überfrorene Felsformationen – eine Landschaft, wie Baloor sie seit Monden gewohnt war.

Am Fuß eines Bergrückens gähnte eine Höhle im Eis. Eine Fackel brannte davor. Baloor war nicht überrascht. Er wusste, dass es Taratzen gab, die das Feuer beherrschten.

Baloor blinzelte in den Lichtschein. Und erkannte noch weitere Taratzen. Sechs, sieben drängten sich neben der Höhle. Alle zeigten ihm den Rücken.

»Und jetzt?«, rief Baloor. »Warum habt ihr mich hierher gebracht?«

Eine Gestalt erschien im Höhleneingang. Eine auffallend große Taratze. Ihre Augen schimmerten rötlich im Fackellicht. Die Haare ihres weißen Pelzes waren sehr lang, und sie stützte sich auf eine Keule.

»Hab dich herbringen lassen«, krächzte die Gestalt. Ihr Raubtierkiefer bemühte sich, verständliche Worte zu formen, aber Baloor gelang es nur schwerlich, sie zu verstehen. »Hab mit dir zu reden.«

Baloor ging noch ein paar Schritte auf die Höhle zu. So weit, bis ihn nur noch ein Speerstoß von der großen Taratze trennte. »König Rraar!«, rief er erstaunt. »Ich hätte nicht gedacht, dir einmal persönlich gegenüberzustehen.«

»Ich schon.« Die Schnauze des Taratzenkönigs verzog sich zu einem Grinsen. »War immer überzeugt, dich und den fetten Sorban als Futter zu begrüßen eines Tages.« Rraar stieß ein fauchendes Lachen aus. »Aber nun ich mir anders überlegt.«

»Du hast uns von deinem Speiseplan gestrichen?« Aus schmalen Augen belauerte der Göttersprecher die weiße Taratze. Es gab nicht viele, die sich in Menschensprachen verständigen konnten. Nicht viele, die klug genug waren, einen Jagdzug zu organisieren und zu leiten.

Aber es gab sie.

Rraar war ein lebendiges Beispiel dafür. Wenn eine Sippe einen echten König an ihrer Spitze hatte, eine Taratze von der Klugheit Rraars, dann war sie kaum mehr zu bremsen in ihrer verheerenden Mordlust. Im nördlichen Meer gab es ganze Inseln, die von Taratzen beherrscht wurden.

»Musst zugeben, hätte euch fast gehabt«, zischte Rraar. »Dumm von euch, in Höhlen zu verkriechen. Wenn dieser Gott nicht wäre gekommen ...«

Baloor horchte auf. Darum also ging es!

»Ich biete Frieden an!«, fuhr Rraar fort. »Freien Abzug ins Südland. Was sagst du?«

Die ungleichen Kreaturen musterten sich misstrauisch. Die Haare an den Ohren Rraars vibrierten. Sein Schwanz lag fast bewegungslos im Schnee. Nur seine Spitze zuckte ein wenig.

Der lederverhüllte dürre Mann spitzte die Lippen. »Du wirst gleich deinen Preis nennen, wie ich dich einschätze.«

Der Schwanz des Taratzenkönigs peitschte plötzlich aufgeregt hin und her. Er legte die Keule auf die Schulter und trat zwei Schritte näher. Der Göttersprecher wich nicht zurück.

»Hör gut, Baloor.« Rraar stemmte die Keule ins

Eis und stützte sich darauf. So nahe beugte er seinen Schädel Baloor entgegen, dass dieser seine feinen Schnurrhaare vibrieren sehen konnte. »Ist ein Preis, den ihr bezahlen könnt …«

Draußen war es feucht und kalt. Matthew Drax stützte sich auf Aruulas Schwert und sog die Luft so tief ein, bis ihm die Lungen schmerzten. Sie roch nach feuchter Erde und Schnee.

Ein Lederstreifen hielt den Blätterverband an seiner Stirn fest. Das Oberteil des Pilotenanzugs baumelte um seine Hüften. Matt schlüpfte hinein und zog sich den Schutzanzug über die Schultern. Er rümpfte die Nase – der Stoff roch nach altem Schweiß.

Ein verwaschener Fleck hing am dunstigen Himmel über den schroffen Eisgipfeln. Die Morgensonne. Etwas an ihr beunruhigte Matt. Er konnte nicht sagen, was. Vielleicht, dass die Sonne überhaupt zu sehen war statt der prognostizierten Staubwolke, die die Erde eigentlich jetzt umhüllen sollte?

Und die Gebirgsformation – noch nie hatte er derart zerklüftete und steil aufragende Eisberge gesehen. Er musste an Filmaufnahmen aus dem Transantarktischen Gebirge denken, die er vor Jahren gesehen hatte. Diese fremdartige Gegend hier sah ganz ähnlich aus.

Wo zum Teufel bin ich bloß runtergekommen? dachte Matt. *Ich bin doch in den Alpen, oder etwa nicht?*

Aruula hakte sich bei ihm unter und führte ihn ein paar Schritte von der Steinhütte weg. Er blickte sich um.

Am schmalen Taleingang stürzte ein Wasserfall über eine Felswand ins Tal hinunter. Über der Wand, rechts und links des herabstürzenden Wassers, erkannte Matt bizarre Nadeln aus Eis. Das Tal selbst war von schroffen Felswänden eingerahmt. Moose, spärlicher Grasbewuchs, ein paar Büsche und kleine, niedrige Bäume hier und da bedeckten den fast schneefreien Talgrund.

Bachabwärts öffnete sich das Tal ein wenig. Matt sah einige Baumwipfel und den spärlichen Baumbewuchs auf einem flachen Berghang, der ebenfalls nur teilweise mit Schnee und Eis bedeckt war.

Dieses Tal befand sich also unterhalb der Schneegrenze, überlegte Matt. Viel höher als tausend Meter konnte es nicht liegen.

Aber in dieser Höhe gab es in den Alpen Bergdörfer, Wanderhütten, Liftstationen oder Viehalmen – und keine fellverhüllten Figuren mit Schwertern aus König Artus' Waffenkammer ...

Matt stockte der Atem. Nicht weil immer mehr Barbaren aus Fellzelten schlüpften und sich vor ihm auf dem Boden warfen. Sondern wegen der Heuschrecken ...

Ja – Heuschrecken. Und doch keine Heuschrecken. Sie standen oder lagen hinter den Zelten am Bachlauf und zupften das spärliche Gras aus dem schlammigen Boden. Und sie waren so groß wie Kamele ...

»Gott im Himmel«, stöhnte Matt. »Was ist das ...?« Er deutete auf die gewaltigen Insekten.

»Frekkeuscher«, sagte Aruula. Matt machte ein begriffsstutziges Gesicht. »Frek-keu-scher«, wiederholte die Frau.

»Frekkeuscher ...« Matt schüttelte den Kopf. »Das gibt es nicht«, stammelte er fassungslos. »So was kann es nicht geben ...« Die Riesenratten huschten plötzlich über seine innere Bühne. Auch diese Biester gab es in keiner Enzyklopädie.

Wo, um alles in der Welt, war er hier gelandet …?

Das Gemurmel und Geschrei um ihn herum lenkte ihn von den grünpelzigen Rieseninsekten ab. Männer, Frauen und Kinder knieten vor ihm im morastigen Boden. Alle in braune, schwarze oder graue Felle gewickelt. Wie in Trance beugten sie ihre Oberkörper auf ihre Schenkel, richteten sie wieder auf und ließen sich erneut in die unterwürfige Haltung fallen.

»Lasst das!«, rief Matt.

Sie glauben, du seist etwas Besonderes, dachte er, *irgendein Häuptling, irgendein Held, vielleicht sogar …* ein ungeheuerlicher Gedanke drängte sich in sein Hirn.

Er lauschte auf ihr Gemurmel. Immer die gleiche Lautfolge hörte er heraus: »Tenk fa tuu Wudan, honuur fa tuu Wudan, tenk fa tuu Maddrax, honuur fa tuu Maddrax …«

Auch die Frau kniete jetzt nieder und stimmte in den ekstatischen Gesang mit ein, der zunehmend lauter wurde. Sie lächelte wie ein Kind dabei und verdrehte die Augen. Matt bemerkte, dass es auf allen Mienen lag, dieses selige Lächeln.

»Nein, Aruula!« Er schüttelte heftig den Kopf. »Nicht …«

Sein Protest ging in dem Sprechgesang unter. Am lautesten schrie der Ledermann. Er kniete seitlich der Gruppe, ohne sich zu verneigen. Doch er gab den Rhythmus vor. Die Fransen seiner Lederkappe flogen ihm um die Schultern.

Matt hatte schon lange begriffen, dass Baloor so eine Art Medizinmann war. Und langsam dämmerte ihm, was sich hier abspielte.

Unter Völkern, die sich mit Fellen kleideten, Wurzeln und Gewürm aßen und in zeltähnlichen Hütten wohnten, spielte der Schamane nicht nur eine medizinische Rolle. Er war Arzt, Seher und Priester zugleich.

Himmel ... Matt hob abwehrend die Hände. *Sie halten mich für einen Gott!*

Vermutlich hatten sie seinen Jet bei der Notlandung beobachtet. Und was sollte ein unzivilisiertes Naturvolk – und um ein solches musste es sich bei diesen Menschen hier handeln – von einem Kerl halten, der mit einem dröhnenden Düsenjet aus dem Himmel fiel?

»Bullshit ...« Er riss die Arme hoch. »Aufhören!«

Das Gemurmel verstummte. Die Menschen richteten sich auf. Einige Dutzend Augenpaare hingen an ihm.

Auf Aruulas Schwert gestützt, ließ Matt sich auf einem Stein nieder. Er deutete nacheinander auf Baloor und Sorban und winkte sie zu sich. Während die anderen sich langsam von den Knien erhoben, gingen Häuptling und Schamane vor ihm in die Hocke.

Matt zeigte auf die Hütte, dann auf sich, und deutete eine Verneigung an.

»Ich danke euch, hört ihr?«, sagte Matt. »Ihr habt mir das Leben gerettet.«

Die beiden wechselten verständnislose Blicke. Matt wiederholte seine Gesten und Worte. Diesmal suchten die Männer den Blickkontakt mit Aruula. Matt fiel auf, dass sie ihre Augen geschlossen hielt. Sie öffnete sie und sagte ein paar Worte in einer Sprache, die Matt absolut nicht einordnen konnte.

Langgezogene Vokale, harte Konsonanten – manches klang deutsch, manches niederländisch und sogar angelsächsisch. In jedem Fall also war es eine indogermanische Sprache. Eine Erkenntnis, die Matt überhaupt nichts nützte. Sie verwirrte ihn nur noch mehr.

Jedenfalls nickten die Männer, nachdem Aruula gesprochen hatte. Matt hatte keine Erklärung dafür, aber ganz offensichtlich besaß die junge Frau Dolmetscherqualitäten.

Wie bringe ich ihnen bei, dass ich kein Gott bin, fragte er sich. *Gar nicht,* riet ihm seine innere Stimme. *Sie würden es nicht verstehen, und es könnte üble Folgen haben.*

»Wo bin ich hier?« Matt deutete auf die Berge und machte eine fragende Geste. Eigentlich wollte er wissen, in welcher Gegend der Alpen er gelandet war. Aber er musste seine Fragen so simpel wie möglich formulieren.

Wieder dauerte es ein Weilchen, bis sie verstanden, was er meinte, und wieder griff Aruula ein. Sie deutete auf den Talausgang und setzte ein Gesicht auf, das wohl Freude und Sehnsucht zum Ausdruck bringen sollte. Danach zeigte sie auf die Eisgipfel. Abscheu und Angst traten auf ihre Miene.

Matt war so klug wie zuvor. Aber immerhin erfuhr er auf diese Weise, dass eine Menge Schwierigkeiten hinter dieser Menschengruppe lag und in welche Richtung sie weiterziehen wollte.

Er sah ein, dass es schwierig war, die Sprachbarriere zu überwinden und etwas Brauchbares in Erfahrung zu bringen. Trotzdem versuchte er es noch einmal. »Habt ihr noch andere Jets ... noch andere Stahlvögel gesehen?«

Wieder verständnislose Blicke. Matt tastete die Brusttaschen seines Pilotenanzuges ab und kramte einen kleinen, von der Feuchtigkeit aufgeweichten Schreibblock und einen Stift hervor. Er skizzierte einen Jet und deutete auf sich. »Maddrax«, sagte er. Sorban, Rotauge und Aruula nickten. Sie hatten begriffen.

Die anderen Mitglieder des Stammes kamen

heran, beugten sich über die Schultern der Sitzenden. Die unter Matts Hand entstehende Zeichnung entlockte ihnen Ausrufe des Erstaunens und der Bewunderung.

Matt zeichnete einen zweiten und einen dritten Jet. »Die sind mit mir geflogen, versteht ihr? Zusammen waren wir drei Stahlvögel.« Er spreizte drei Finger ab und deutete damit in den Himmel.

Getuschel setzte ein. Man schien sich über die Interpretation von Matts Zeichnung und Gesten nicht einig zu sein. Wieder deutete Matt auf die Skizze der Jets. »Habt ihr weitere Stahlvögel landen sehen?«

Das Getuschel verstummte. Erstaunte Gesichter stattdessen. Aruula schaltete sich ein. »Maddrax neet soleen, troo beerde de ceele.« Sie nahm ihm das Papier unter dem Stift weg und hob es hoch. »Soot disuu atweeno de Wudan ...«

Sorban riss ihr die Zeichnung aus der Hand. Lautes Palaver erhob sich. Die Leute wirkten plötzlich sehr aufgekratzt. Sie hatten verstanden, dass nicht nur er aus dem Himmel gefallen war. Die Möglichkeit, auf weitere Götter zu treffen, erregte Sorban und seine Leute.

Nur den Schamanen schien das nicht vom Hocker zu reißen. Fast reglos saß er da. Seine roten Augen bohrten sich in Matts Gesicht. Der kümmerte sich nicht darum. Er lächelte Aruula an. »Bist ein kluges Mädchen.« Sie erwiderte sein Lächeln. Kein Zweifel – sie war stolz auf sich.

Die Enttäuschung folgte schnell. Sorban, der mit den Leuten rechts und links hinter sich palavert hatte, drehte sich wieder zu Matt um. »Neete.« Er schüttelte den Kopf und hob beide Arme, als wollte er sich entschuldigen. Dabei rutschte ihm eine Kette aus dem Fellumhang. Eine Kette aus ehemals gelbem und nun oxidiertem Metall. Sofort fesselte sie Matts Aufmerksamkeit.

Zunächst nur wegen der filigran gearbeiteten Kette – jedes einzelne Kettenglied war nicht größer als das Nagelbett von Matts kleinem Finger. Er wusste sofort, dass diese Arbeit nicht von den Mitgliedern des Stammes geschaffen wurde.

Und dann fiel Matts Blick auf das fast hühnereigroße Amulett an der Kette. Sorbans haarige Pranken schlossen sich eben um das Schmuck-stück. Er wollte es wieder unter seinen Fellmantel schieben. Matts Rechte schoss vor und hielt Sorbans Gelenk fest. Die Hand des Dicken öffnete sich und Matt beugte sich über das Amulett.

Es war eine Uhr, eingelegt in geschmolzenes Glas! Eine dieser modernen Schweizer Einweg-Uhren mit eingeschweißter Batterie und analogem Zifferblatt. Der Sekundenzeiger bewegte sich nicht. Minuten- und Stundenzeiger standen auf sechzehn Minuten vor fünf. Darunter grinste Jim Trash hervor, eine Comicfigur, die im letzten Jahr Furore gemacht hatte.

Die Uhr konnte also noch nicht alt sein. Doch sie sah aus, als hätte sie Jahrzehnte überdauert, bevor sie luftdicht eingegossen worden war. Und auch das Amulett selbst schien einige Jahrzehnte oder mehr auf dem Buckel zu haben, wie die grünspanbelegte Kette bewies.

Matt nahm die Uhr und hielt sie ins Licht, um die kleine Kalenderanzeige in der unteren Hälfte des Zifferblatts erkennen zu können.

8. Februar 2012. Exakt der Tag, an dem ›Christopher-Floyd‹ die Erde getroffen hatte. War es eine Woche her? Oder zwei? Matt konnte es nicht sicher sagen.

Ein eisiges Frösteln zog über seine Kopfhaut. Matt

fühlte, dass er der Lösung des Rätsels ganz nahe war. Doch er war sich nicht mehr sicher, ob er es überhaupt wissen *wollte.*

Denn gleich hinter der Erkenntnis, das spürte er mit jeder Faser seines Selbst, lauerte ein abgrundtiefer Schrecken …

Die Dunkelheit brach herein. Wie jeden Abend, ließ der Sohn des Häuptlings sein Bein von Baloor vor dessen Zelt behandeln. Der Göttersprecher kniete vor dem jungen Krieger und verrieb eine Paste aus Frekkeuscher-Speichel, zermahlener Eichenrinde und Mooswurzeln auf der Muskulatur des gebrochenen Oberschenkels.

»Er ist nicht von Wudan gesandt«, murmelte Radaan unvermittelt.

Baloor blickte erstaunt auf. »Wer?«, fragte er, obwohl er genau wusste, wen Radaan meinte.

»Maddrax.«

»Wie kommst du darauf?«

»Er spricht nicht unsere Sprache«, erklärte der Sohn des Häuptlings bestimmt. »Würde Wudan uns einen Gott schicken, der uns nicht einmal versteht?«

Die beiden Männer sahen sich an. Wenn er den Häuptlingssohn von der Gottheit Maddrax' hätte überzeugen wollen, hätte Baloor jetzt darauf verwiesen, dass man sich schon ein wenig Mühe geben musste, um die Götter zu verstehen. Und dass sie oft eine rätselhafte Sprache sprachen. Aber er legte keinen Wert darauf, Radaan von der Gottheit Maddrax' zu überzeugen. Im Gegenteil; die Zweifel des jungen Kriegers kamen ihm wie gerufen.

»Du hast Recht«, sagte er stattdessen und fuhr fort, den Schenkel des Mannes zu massieren. »Und da ist noch vieles andere, was mich nachdenklich stimmt. Maddrax' Absturz. Seine Krankheit. Seine angeblichen Götterbrüder ... Was glaubst du, Radaan – wer ist er wirklich und woher kommt er, wenn nicht von Wudan?«

»Es ist mir gleichgültig.« Eine Zornesfalte erschien zwischen Radaans schwarzen Brauen. »Ich will nur, dass er Aruula in Ruhe lässt. Sie soll mir viele Kinder gebären.«

»Ich verstehe.« Baloor schlug den Rest der Paste in einen Lederlappen ein und verschnürte ihn zu einem kleinen Säckchen. »Dann solltest du nicht länger tatenlos bleiben.«

»Was rätst du mir?«, wollte Radaan wissen.

»Es ist nicht schwer, was du tun musst«, sagte Baloor. Er blickte sich um. Zwei Feuer brannten in der Mitte des Lagers. Zwischen Vorhang und Eingang des Götterhauses fiel ein Lichtschimmer nach draußen. Niemand hielt sich in der Nähe des Göttersprecher-Zeltes auf.

»In den nächsten Tagen werde ich mit Maddrax das Lager verlassen. Du wirst uns ein Stück begleiten. Deine Aufgabe ist es, jedem Einhalt zu gebieten, der uns folgt. Und Maddrax selbst von einer Umkehr abzuhalten.«

Radaan zuckte zusammen. »Bei Wudan! Wie sollte ich gegen einen Gott kämpfen!?«

»Hohlkopf!«, zischte Baloor. »Hast du nicht eben selbst durchschaut, dass er kein Gott ist?!«

»Und wenn doch?« Radaans Stimme klang unsicher.

»Er ist keiner.« Der Ledermann ballte die Fäuste. »Das sagt Baloor, der Göttersprecher und Beschwörer des schrecklichen Orguudoo. Er ist kein Gott – hast du das verstanden?«

Der Häuptlingssohn nickte.

Und Baloor erklärte ihm, was er zu tun hatte ...

Lang hingestreckt auf seinem Lager, starrte Matt in die primitive Konstruktion aus Leder, Fell und Ästen über sich. Der Lichtschein der Fackel erhellte die Dachkuppel seiner Steinhütte.

Die Fackel steckte hinter ihm in der Erde. Die junge Frau ließ Brösel getrockneten Laubes hineinfallen. Ein süßer, fruchtiger Duft erfüllte den kleinen Raum.

Manchmal erhaschte Matt einen Blick von Aruula. Dann wanderten ihre feinen Brauen nach oben, und ihr schöner Mund lächelte. In ihren Augen allerdings stand noch immer Scheu. Die Scheu, die ein Mensch vor einem Wesen empfindet, das er für göttlich hält.

Matt fühlte sich, als hätte er einen Nachmittag in der Zentrifuge verbracht. Der kurze Ausflug nach draußen und die mühsame Verständigung mit Sorban und seinen Leuten hatte ihn geschafft. Keine Knorpel, sondern warme Seife schien seine Kniegelenke auszufüllen.

Die Uhr ging ihm nicht aus dem Kopf – diese verdammte Uhr. Dem Datum nach war sie vor ein oder zwei Wochen stehen geblieben. Vielleicht auch vor drei. Die vielen Tage im Koma hatten Matts Zeitgefühl verwirrt.

Sechzehn Minuten vor fünf – 16:44 Uhr. Der Komet war um 16:42 Uhr eingeschlagen. Die folgende Schockwelle musste die Uhr zum Stillstand gebracht haben.

Matt schüttelte fassungslos den Kopf. Der Gedanke, der sich ihm aufdrängte, machte ihn schwindlig. Dem Aussehen des Amuletts nach hatten schon Generationen diese Uhr um den Hals getragen. Aber dann waren seit dem Einschlag nicht Wochen vergangen, sondern …

Matt schrak hoch, als Aruula sich an ihn heranschob. Sofort wich sie wieder zurück, doch er legte ihr schnell seine Hand auf die Schulter. »Schon gut«, sagte er. »Alles in Ordnung.« Er streckte sich wieder auf seinem Lager aus. »Ihr macht mich nur furchtbar nervös mit euren Fellen, euren antiken Schwertern und eurem Kauderwelsch.« Er lächelte sie an. »Aber du kannst ja nichts dafür.«

Aruula lächelte schüchtern. Sie breitete die Arme aus und verneigte sich tief.

»Nicht doch, Aruula – du bist so ein kluges Mädchen ...« Matt verstummte, als die Frau sich ganz unverhofft aufrichtete und ihren Fellmantel abstreifte. Plötzlich waren ihre schönen goldbraunen Brüste direkt über Matts Gesicht.

»Was soll das?« Er richtete sich auf, fasste nach dem Fell und wollte es ihr wieder über die Schultern ziehen. Sie hielt seine Hand fest. Scheu und eine Mischung aus Angst und Sehnsucht flackerten in ihren braunen Augen. Sie nahm seine Hand und schob sie über das Schlüsselbein auf ihre rechte Brust.

Dann spreizte sie die Schenkel und machte Anstalten, das Fell ihres Lendenschurzes zu lösen.

Plötzlich verstand Matt. Er kannte sich ein bisschen mit den Religionen der Welt aus, und da gab es eine ziemlich begehrte Sache – bei heidnischen Religionen genauso wie bei extremen Richtungen der Hochreligionen: die göttliche Hochzeit. Geschlechtsverkehr mit einem Gott. Ein Mythos, der sich in irgendeiner Form durch fast alle Glaubenskreise zog.

Und Aruula sah sich in der glücklichen Situation, diesen Mythos für sich wahr werden zu lassen. Vielleicht wollte sie sogar ein Kind von Gott Maddrax.

Matthew nahm die Hand von ihrer Brust.

Energisch packte er den Mantel und zog ihn über ihren nackten Oberkörper.

Commander Drax wusste eine schöne Frau zu schätzen. Und wenn es sich ergab, wusste er sie auch zu nehmen. Aber er hatte etwas dagegen, eine Machtposition auszunutzen. Aruula hielt ihn für einen Gott und wollte sich deswegen ihm hingeben. Das schmeckte Matt einfach nicht.

Er fasste sie unter dem Kinn und hob ihren Kopf. »Du bist eine kluge Frau, Aruula – hör gut zu: Ich bin wie du. Jedenfalls bin ich aus Fleisch und Blut, genau wie du. Kapiert?«

Sie sah ihn aus großen Augen an. Augen, in die ein Mann versinken und alles andere vergessen konnte.

»Ich habe nichts mit diesem Wudan zu tun«, beteuerte er. »Ich bin kein Gott. Wudan – neete! Maddrax ist wie du. Maddrax und Aruula – beides Menschen ...«

Er redete und gestikulierte, bis er Verständnis in ihren großen Augen zu erkennen meinte. Dann schickte er sie aus der Hütte. Er wollte seine Ruhe haben.

Schlaflos lag er auf dem Lager. Seine Gedanken wanderten um die vielen offenen Fragen. Umkreisten sie zum hundertsten Mal und resignierten zum hundertsten Mal vor ihnen. Irgendwann blieben sie beim Jet und bei seiner Notausrüstung hängen.

Der Peilsender war sicher noch aktiv. Irgendjemand würde nach ihm suchen. Wenn nach dem Kometeneinschlag noch jemand in der Lage war, ein Flugzeug oder einen Hubschrauber zu steuern.

Er brauchte einen Kompass. Und was sonst noch an überlebensnotwendigen Dingen im Schleudersitz verstaut war: Waffe, Munition, Angel, Messer, Kalorienkonzentrate, Medikamente und so weiter.

Vielleicht funktionierte sogar das Funkgerät noch. Dann konnte er versuchen, mit den anderen Besatzungen Kontakt aufzunehmen.

Matt beschloss, Sorbans Leute zu bitten, ihn zu seinem Jet zu führen. Sobald er sich etwas kräftiger fühlte, würde er aufbrechen. Vielleicht übermorgen. Vielleicht in drei Tagen.

Kaum hatte Matt diese Entscheidung gefällt, schlief er ein. Es war seit Wochen die erste Nacht, in der er traumlos und bis zum Sonnenaufgang durchschlief.

Aruula war verwirrt. Hin und her gerissen zwischen Enttäuschung, Verblüffung und Scham starrte sie in die Dunkelheit. Hatte sie den Fremden richtig verstanden? Er war gar kein Gott?

Sie hatte getan, was jede vernünftige Frau mit einer Spur Stolz im Leib getan hätte: Sie hatte die Gelegenheit beim Schopfe gepackt und ihre Wahl getroffen. Wann lief man schon mal einem Gott über den Weg? Wann hatte man schon die Chance, das Kind eines Wesens auszutragen, das mit einem Feuervogel vom Himmel gekommen war?

Maddrax hatte sie zurückgewiesen. Das kränkte sie. Maddrax hatte ihr erklärt, dass er kein Gott sei. Das verblüffte sie. Maddrax hatte sie aus der Hütte geschickt. Das machte sie wütend.

Aruula wusste nicht mehr, was sie von all dem halten sollte. Sie legte den Oberkörper auf die Schenkel, steckte den Kopf zwischen die Knie und presste die Hände gegen ihre Ohren. So viele Tage schon betreute sie Maddrax. Und nie hatte sie es gewagt, ihn zu belauschen.

Jetzt tat sie genau das.

Sie spürte, dass Maddrax einen guten und starken

Geist hatte. Auch ihr eigenes Bild sah sie undeutlich im Spiegel dieses Geistes, und sie fühlte, dass der Geist, den sie belauschte, sie mochte.

Bilder stürmten auf Aruula ein. Bilder, die sie nicht deuten konnte. Sie sah Menschen in moosfarbenen Anzügen, wie Maddrax einen trug. Eine Frau mit gelbem Haar war dabei. Und ein Mann, der aussah wie einer der sagenhaften Leute aus dem äußersten Südland. Er hatte schwarze Haut.

Sie sah drei Feuervögel durch Luft rasen. Sie sah einen rotglühenden feurigen Schweif auf eine blaue Kugel zustürzen. Sie erblickte viele Dinge, für die sie keine Worte und keine Erklärung hatte.

Und dann sah sie den Feuervogel waidwund im Eis hängen. Maddrax' Geist beschäftigte sich mit dem Thron, auf dem er angebunden gewesen war. Aruula sah Dinge in der Seite des Throns. Dinge, die sie kannte: ein Tau, eine Klinge, ein Kurzbeil und eigenartige Amulette. Und Dinge, die sie nicht kannte: eine schmale Röhre aus Glas und Metall, ein seltsamer Eisenhaken mit einem Loch an einem Ende, ein Packen aus feucht glänzendem grünen Stoff und anderes mehr.

Aruula spürte, dass Maddrax diese Dinge unbedingt haben wollte.

Sie unterbrach die geistige Verbindung. Lächelnd richtete sie sich auf. Aruula hatte noch nie einen Gott belauscht. Sie wusste nicht, was sie erwartet hatte. Doch Maddrax' Geist fühlte sich an wie der eines starken und mutigen Kriegers.

Eines Kriegers, der aus einem fremden Land kam, wo er unheimliche Dinge gesehen hatte. Dinge, die Aruula nicht kannte. Es musste weit weg sein, dieses fremde Land. Unendlich weit weg ...

Jeden Tag hielt sich Matt länger vor seiner Hütte auf. Die fellverhüllten Männer und Frauen grüßten ihn scheu, wenn er an ihnen vorbeikam. Die Kinder gingen ihm aus dem Weg oder versteckten sich hinter ihren Müttern.

Neugierig untersuchte er ihre Waffen und Werkzeuge. Diese Menschen verstanden es tatsächlich, Eisen zu schmieden. Oder sie erwarben ihre Schwerter und Pfeilspitzen, ihre Messer und Gürtelschnallen von Menschen, die sich auf die Metallbearbeitung verstanden. Matt sah Tonschüsseln, die mit Ornamenten und menschlichen Figuren verziert waren, farbige Messergriffe und bunte Tücher. Er entdeckte geflochtene Körbe und sorgfältig bearbeitete Axtgriffe und Speerschäfte.

Aruula begleitete ihn. Sie benannte ihm jedes Ding in ihrer Sprache und Matt bezeichnete alles, was sie sahen, mit dem entsprechenden englischen Begriff. Bald konnten sie einfache Sätze austauschen.

Fünf Tage, nachdem er zum ersten Mal seine Hütte verlassen hatte, suchte Matt den Häuptling auf. Sorban saß mit seinem Sohn und dem Schamanen vor seinem Zelt. Sie besserten Bogensehnen aus.

»Ich will zu meinem Stahlvogel«, erklärte Matt. Er holte das Blatt mit der Skizze heraus und deutete auf die Zeichnung des Jets. »Bringt mich zu ihm.«

Der Häuptling und Rotauge palaverten miteinander. Dann nickte Sorban. Mit beiden Armen fuchtelnd, ließ er seinen tiefen Bass rollen. Während sich ein Wortschwall aus seinem struppigen Bart ergoss, deutete er auf den verwaschenen Sonnenfleck am grauen Himmel, auf die Männer rechts und links von sich und auf die Rieseninsekten am Bachufer.

Matt begriff schnell. Morgen nach Sonnenaufgang würden Radaan und Baloor ihn mit den Frekkeuschern zu seinem Jet bringen.

»Du bleibst hier.« Der Göttersprecher fixierte Aruula kalt. Seine roten Augen schienen sich in ihre Stirn bohren zu wollen.

»Ich habe Maddrax fast einen Mond lang gepflegt. Ich will ihn zu seinem Feuervogel begleiten.« Aruula bückte sich in ihr Zelt hinein, um ihr Schwert zu holen. Sie teilte das Zelt mit zwei anderen jungen Frauen. Frauen, die wie sie noch nicht Mutter geworden waren.

»Wenn Maddrax nicht im Lager ist, werden die Taratzen vielleicht wieder angreifen«, sagte Baloor. »Sorban braucht jeden Schwertträger hier.«

Der Häuptling, der Maddrax, Baloor und seinen Sohn zu den Frekkeuschern geleitete, nickte. »Radaan wird Maddrax und Baloor begleiten«, knurrte er. »Das reicht. Niemand wird es wagen, einen Gott anzugreifen. Aber das Lager könnten sie angreifen, wenn der Gott nicht mehr unter uns weilt. Dich brauche ich zur Verteidigung.«

Aruula presste trotzig die Lippen zusammen. Matt erfasste genau, was vor sich ging. »Ist gut.« Er hob beschwichtigend die Hand und sagte in der Sprache der Barbaren, die er in den letzten Tagen bruchstückhaft gelernt hatte: »Ich – gehen. Aruula – bleiben hier.«

Aruula nickte langsam und schon halb versöhnt, stolz darauf, dass Maddrax durch sie ihre Sprache lernte. Verstohlen betrachtete sie die imposante Gestalt des Gottes, der kein Gott sein wollte. Maddrax' blondes Haar stand störrisch nach allen Seiten ab und um sein Kinn wucherte inzwischen ein blonder Bart.

Aber er roch nicht mehr so stark. Vor ein paar Tagen hatte sie seinen moosgrünen Anzug mit den vielen Taschen im Bach gewaschen. Darüber trug Maddrax heute einen weiten langen Umhang aus

Taratzenfell. Ein Geschenk Zurpas, der alten Mutter. Oben in den Eisbergen würde es noch kälter sein als hier unten im Tal.

Aruulas Augen wanderten von Baloors verkniffener Faltenmiene zu dem flaumbedeckten Gesicht des Häuptlingsohnes. Verschlossen und hart wirkte es heute. Und spürte sie Hass und Feindseligkeit in Baloors Geist?

Die Männer traten aus dem Lager ans Bachufer. Aruula beobachtete, dass sie drei Frekkeuscher auswählten. Sie befestigten Sättel aus grauschwarzem Taratzenpelz zwischen Hals und Rumpf der Insekten und stülpten ihnen Ledermasken über die Kauscheren.

Die Männer stiegen auf. Sorban half Maddrax in den Sattel. Heftig gestikulierend stand er unter dem Frekkeuscher. Vermutlich versuchte er dem blonden Mann aus der Fremde zu erklären, wie man so ein Tier ritt.

Aruula verkroch sich ins Zelt. Sie schlug das Fell vor dem Eingang zurück, sodass sie die vier Männer bei den Frekkeuschern im Auge behalten konnte.

Vor ihrem inneren Auge erschien das verkniffene Gesicht des Göttersprechers. Ein Frösteln lief ihr über die Schultern und die Oberarme hinunter.

Die drei Frekkeuscher mit den Reitern bewegten sich behäbig über den Bach. Der erste sprang ab und setzte einen halben Speerwurf weiter südlich wieder auf.

Die verschlossene Miene des Häuptlingssohnes stand vor Aruula. Seit Tagen behandelte Radaan sie wie Luft. Und manchmal hatte sie beobachtet, dass er Maddrax mit neiderfüllten Blicken musterte. Hasste der junge Radaan den Fremden, der vom Himmel gefallen war? Ahnte er, dass Aruula ihre Wahl getroffen hatte?

Der zweite Frekkeuscher sprang in Richtung Talausgang. Das Tier, auf dem Maddrax ritt. Auf dem dritten Frekkeuscher saß Radaan.

Aruula beugte den Oberkörper nach vorn und steckte den Kopf zwischen die Knie.

Baloors Geist fühlte sich an wie ein Gletscherbruch – zerrissen, hart und wie mit Eiszacken gespickt. Die Spannung, die von ihm ausging, war noch heftiger als sonst.

Aruula drückte die Handflächen gegen Schläfen und Ohren. Ein Gefühl des Ekels kroch über ihren Magen, so stark war der Widerwille, Baloor zu belauschen. Aruula kämpfte dagegen an und versuchte sich zu konzentrieren.

Doch Baloors Geist blieb abweisend und hart. Wahrscheinlich hatte er sich durch einen Zauber verschlossen. Hatte er einen Grund dazu? Führte er etwas im Schilde, das niemand wissen sollte?

Aruula konzentrierte sich auf Radaan. Er hatte einen nachgiebigen, ungeformten Geist. Einen Geist, der leicht zu belauschen war.

Undeutliche, verwaschene Bilder zogen an Aruulas innerem Auge vorbei. Bilder des Hasses. Bilder der Gewalt. Eines hatte Sekunden Bestand, bevor es wieder zerfloss: Maddrax' Gestalt bäuchlings im Schnee. Aus seinem Rücken ragte ein Schwert. Aruula hielt den Atem an.

Das Bild zerfiel in hundert blasse Fetzen, aus denen sich schwarze Gestalten schälten. Taratzen! Dutzende von ihnen! Sie stürzten sich auf Maddrax und verbissen sich in seiner Kehle, seinen Armen, seinen Beinen …

Aruula stieß einen heiseren Schrei aus. Sie griff hinter sich nach ihrem Schwert und sprang auf …

Man gewöhnte sich an die verrücktesten Dinge. Vor ein paar Tagen noch hätte Matthew beim Anblick der Rieseninsekten schwören können, dass man ihm ein Halluzinogen ins Trinkwasser gemischt hatte. Oder dass man ihn mit Attrappen narren wollte.

Jetzt, eine knappe Woche später, ließ er sich von einem der Biester einen Berghang hinauf über die Schneegrenze tragen.

Die Riesenheuschrecken machten Sätze von zwanzig bis fünfundzwanzig Metern. Matt wunderte sich, dass die Beine der Tiere nicht auf dem Eis ausrutschten. Als er genau hinsah, erkannte er feine Stacheln und Haardecken an den Endgliedern der grünpelzigen Beine.

Matt hatte sich die Riemen, die mit den Ledermasken an den Köpfen der Insekten verbunden waren, um die Handgelenke gewickelt. Die Sättel bestanden aus Holzgestellen mit kopfhohen Lehen und darüber gespannten Fellen. Sie waren aus elastischem Holz gefertigt und gaben nach, wenn man beim Absprung des Frekkeuschers nach hinten gepresst wurde. Und Matt wurde ziemlich heftig gegen die Lehne gepresst, wenn sein Reittier absprang. Eine gewöhnungsbedürftige Fortbewegungsart, fand Matthew. Ohne die harte Pilotenausbildung bei der USAF wäre er wohl schon nach einer halben Stunde seekrank gewesen.

Allerdings auch eine rasche Fortbewegungsart. Schnell überwanden die Tiere die Höhenunterschiede, und nach einer halben Stunde konnte Matt keine Spur von Vegetation mehr ausmachen. Der Frekkeuscher trug ihn über ein ausgedehntes Schneefeld. Links und rechts ragten die schroffen Eisklippen aus den Berghängen, und die weißen Gipfel verschwanden in dichten Wolken.

Am Ende des Schneefeldes dehnte sich eine tiefe

Schlucht. Matt erschrak, als er sah, dass Baloors Frekkeuscher plötzlich absprang, die Flügel entfaltete und über den Abgrund schwirrte. Doch für ein mulmiges Gefühl im Magen blieb kaum Zeit. Ehe er sich versah, wechselte auch sein Tier auf die andere Seite der Schlucht hinüber.

Doch wo blieb der Sohn des Häuptlings? Matt sah sich um – Radaan und dessen Heuschrecke waren nur noch ein undeutlicher Fleck etwa anderthalb Kilometer hinter ihm. Und er schien auch keine Anstalten zu machen, ihnen zu folgen.

»Du gehst nicht!«, bellte Sorban.

»Ich muss«, beharrte Aruula. »Maddrax ist in Gefahr!«

»Gerede! Wie kann ein Gott in Gefahr sein?!«

Aruula wandte sich ohne ein weiteres Wort ab und eilte zu ihrem Zelt. Schimpfend wackelte Sorban hinter ihr her. Sie schnallte sich ihr Schwert auf den Rücken und warf sich ein zusätzliches Fell über die Schultern.

»Untersteh dich!«, schnaubte Sorban. »Du bleibst im Lager!«

Mit langen Sätzen rannte Aruula zum Gemeinschaftszelt, wo die Frekkeuscher-Sättel aufgehängt waren. Hinter sich hörte sie das Keuchen des Häuptlings, der Mühe hatte, mit ihr Schritt zu halten.

Im Laufschritt hastete sie auf die Herde der Rieseninsekten zu, Sorban knapp hinter ihr. Es blieb Aruula keine Zeit, das Tier zu satteln und zu zäumen. Sie schwang sich auf den kurzen Hals des Frekkeuschers und hieb ihm die Stiefel solange gegen die harten Vorderflügel, bis das Tier einen Satz machte und sie vor dem tobenden Sorban in Sicherheit brachte.

»Ich werde dich hart strafen, wenn du zurückkommst! Du wirst ...« Sorbans Stimme wurde immer leiser und verwehte schließlich.

Erst oberhalb der Schneegrenze stieg Aruula ab, um den Frekkeuscher zu zäumen und zu satteln. Sie sah sich um. Sorban schien es bei seinem Wutanfall belassen zu haben.

Niemand verfolgte sie.

Sie stieg in den Sattel und trieb den Frekkeuscher zur Eile an. Bald sprang er durch die bizarre Eiswelt, über Gletscherspalten und Schneefelder. Tiefe Kuhlen zogen sich in Abständen von halben Speerwürfen durch den Schnee – die Spuren der drei Tiere, die Maddrax, Baloor und Radaan trugen.

Aruula wusste nicht, wohin Baloor den Mann führte, der kein Gott sein wollte. Aber sie erkannte schnell, dass dies nicht der Weg zum abgestürzten Feuervogel sein konnte.

Mitten auf einem ausgedehnten, schneebedeckten Gletscher traf sie Radaan. Er stand neben seinem Tier und stützte sich auf sein Schwert.

»Was machst du hier, Radaan?«, fragte sie und sah sich um. Von den beiden anderen sah sie nur die Spuren ihrer Frekkeuscher im Schnee.

»Ich warte auf dich.«

»Gut«, sagte sie barsch. »Dann bring mich zu Baloor und Maddrax.«

»Das werde ich nicht. Steig ab, Aruula! Als Sohn des Häuptlings befehle ich es dir!«

Aruula stieß ein verächtliches Lachen aus. »Dir sprießt kaum der Bartflaum, und du willst mir befehlen?« Tief und rau klang ihr Lachen. »Ich tue, was ich will. Und der Orguudoo soll dich holen, wenn du mich daran hindern willst!«

Doch davon ließ sich Radaan nicht einschüchtern. Er sprang an der Flanke ihres Frekkeuschers hoch, umklammerte Aruulas rechtes Bein und riss sie von dem Tier herunter. Sie schlugen im Schnee auf.

Aruula blieb für einen Moment der Atem weg, als sie im eisigen Weiß versanken. Sie spürte Radaans Arm unter ihrem Kinn. Wie eine eiserne Klammer presste er ihr den Hals zu.

»Du tust, was ich sage!«, stieß der Häuptlingssohn hervor. »Es ist besser so – für uns alle!«

Aruula winkelte die Arme an, zog die Ellenbogen hoch und stieß sie mit aller Kraft nach unten in Radaans Brustkorb. Er stöhnte laut auf; die Klammer um ihren Hals lockerte sich.

Aruula packte seinen Arm und schlug ihre Zähne in seine Hand, so fest, bis sie Blut schmeckte. Endlich ließ er los. Sie sprang auf, griff hinter sich und riss ihr Schwert aus der Scheide.

Mit beiden Händen umklammerte sie den Knauf. Drohend richtete sie die Spitze der Klinge auf die Kehle des im Schnee liegenden Radaan. »Ich weiß nicht, was du und Baloor vorhabt!«, fauchte sie. »Aber ich werde nicht zulassen, dass ihr Maddrax schadet!«

Ungläubig starrte Radaan sie an. Die Handflächen in den Schnee gestützt, schob er sich vorsichtig aus der Reichweite von Aruulas Schwert. »Er ist kein Gott, Aruula, er hat uns betrogen …«

»Er hat nie behauptet, ein Gott zu sein. Baloor hat das gesagt.« Aruula fixierte ihn. »Wo bringt Baloor ihn hin?«

»Er hat uns betrogen …« Radaan rappelte sich auf und klopfte sich den Schnee aus dem Fell. »Er ist ein Fremder, und du hast gehört, dass er nicht allein gekommen ist.« Er schien ihr überhaupt nicht zugehört zu haben. »Sie wollen uns vernichten …« Breitbeinig und mit lauernd nach vorn gebeugtem Oberkörper stand er da. Schnee hing in seinen schwarzen Locken. Seine dunklen Augen flackerten unruhig. In kurzen Abständen schoss der Dampf seines Atems aus seinem Mund.

»Du redest wie ein Kind, Radaan«, sagte Aruula kühl. »Sage mir, wo Baloor ihn hinbringt.«

»Zu seinem Feuervogel.«

Aruula wusste, dass er log. Und sie spürte es. Wieder huschten Taratzen vor ihrem inneren Auge vorbei. Fahrige Bilder aus Radaans Geist. Sollte der Göttersprecher Maddrax tatsächlich den Taratzen ausliefern wollen?

»Lüg mich nicht an, Radaan«, fauchte sie. »Ich kenne den Weg zur Absturzstelle des Feuervogels. Dieser hier ist es nicht!« Sie spähte zu ihrem Frekkeuscher. Das Tier hatte sich oben auf dem Gletscherkamm niedergelassen. Neugierig äugte es zu ihr hinunter. »Ich reite jetzt weiter. Verstanden?«

Sie nahm eine Hand vom Schwertknauf, steckte Daumen und Zeigefinger in den Mund und pfiff. Der Frekkeuscher setzte in weiten Sprüngen den Gletscher herunter.

»Er hat dich verführt.« Radaans Augen wurden schmal. »Und du hast dich ihm hingegeben!« Blitzschnell zog er sein Schwert. »Du ... du Vielweib!« Hass und Bitterkeit verzerrten sein junges Gesicht zu einer bösen Grimasse.

»Kein Wort mehr, Radaan!«, rief Aruula. Ein Stück hinter ihr wirbelte eine Schneewolke auf. Ihr Frekkeuscher schlug mit den Flügeln und wiegte den grünen Schädel hin und her. »Ein Dämon redet dir ein, was du da von dir gibst!« Die Schwertspitze drohend gegen den jungen Burschen erhoben, wich sie Schritt für Schritt zurück und näherte sich dem Reittier. »Ich warne dich, Radaan ...« Ihre braunen Augen funkelten zornig.

Der Häuptlingssohn schwang sein Schwert. Mit

drei Schritten war er bei ihr. Singend zerschnitt seine Klinge die kalte Luft und sauste auf Aruula nieder. Doch die wich zur Seite und stemmte ihre Waffe hoch. Klirrend traf Schneide auf Schneide.

Aruula stieß einen Wutschrei aus. »Willst du mich töten, Radaan?«, ächzte sie.

»Wenn du leben willst, wähle mich!« Radaan hob das Schwert mit beiden Händen über seine rechte Schulter. »Wenn nicht, soll keiner dich haben.«

»Du wirst mich nie besitzen«, fauchte Aruula.

»Dann stirb!«, brüllte Radaan. Er stürzte sich auf sie. Aruula riss schützend ihre Klinge über den Kopf. Doch mit solcher Wucht fuhr Radaans Schwert auf sie herab, dass sie taumelte und rücklings in den Schnee stürzte.

Radaan setzte ihr nach und schlug erneut zu. Aruula wälzte sich zur Seite, holte in der Drehung aus und schlug ihm die Breitseite gegen den bandagierten Oberschenkel. Ein hässliches Knirschen erklang. Radaan schrie auf und brach zusammen – Aruula hatte ihm den gerade erst zusammengewachsenen Oberschenkel zerschlagen.

Sie schnellte aus dem Schnee hoch und führte ihre Klinge gegen seine Schwerthand. Er schrie auf. Seine Waffe wirbelte durch die Luft und bohrte sich ein paar Schritte hinter ihm in den Schnee.

Aruula legte ihm die Schwertspitze an die Kehle. Schweratmend stand sie über ihm. »Radaan, Sohn des Häuptlings Sorban, heute leiste ich einen Schwur – hör gut zu.«

Hass und Schmerz verzerrten die Züge des jungen Burschen. Er war blass, und seine Augen tränten, während er Aruula anstarrte. Kein Krieger ließ sich von einer Frau besiegen und vergaß es danach wieder.

»Wenn du noch ein einziges Mal gegen mich das

Schwert erhebst, werde ich dich töten.« Aruula sprach langsam und sehr leise. »Das schwöre ich dir bei Wudan!«

Sie steckte das Schwert in die Scheide und lief zu ihrem Frekkeuscher.

»Warte, Aruula!«, brüllte Radaan hinter ihr her. »Lass mich hier nicht allein!«

Aruula kletterte in den Sattel. Sie sah sich nicht einmal nach dem Häuptlingssohn um. »Los!«, rief sie und hieb ihre Absätze gegen die Flügelkanten des Tieres.

»Wir sind da.« Baloor hob die Hand und hielt sein Reitinsekt an.

Matthew Drax sah sich verwundert um. Sicher, er hatte im Fieberdelirium gelegen, als sie ihn von der Absturzstelle ins Lager brachten. Aber es wollte ihm scheinen, als wären sie damals Tage unterwegs gewesen. Er blickte zum Sonnenfleck hinter der grauen Hochnebelwand. Seit sie aus dem Lager aufgebrochen waren, konnten nicht einmal drei Stunden vergangen sein.

Er war nicht in der Lage, sein Erstaunen dem Schamanen mitzuteilen. Die wenigen Brocken der fremden Sprache, die er mittlerweile beherrschte, reichten dazu nicht aus. Also blickte er Baloor nur fragend an.

Der deutete auf ein Schneebrett, das sich links leicht ansteigend einer Eiswand entgegenschob.

Matt betrachtete die Umgebung. Ja, er hatte den Jet in einem Schneefeld aufgesetzt. Aber war es nicht größer gewesen als dieses hier? Er sprang vom Frekkeuscher und stapfte durch den Neuschnee auf das Schneebrett hinaus. Er versank bis zu den Hüften darin.

Ein notlandender Jet hätte in dieser Landschaft eine breite und tiefe Furche im Schnee hinterlassen. Selbst wenn es hier oben in den letzten Wochen ununterbrochen geschneit haben sollte – so eine Furche würde sich genau in dem Maße mit Neuschnee füllen, wie auch die Oberfläche zu beiden Seiten der Furchenränder sich erhöhte. Eigentlich müsste man sie selbst nach Wochen noch wiedererkennen.

Aber es gab nicht die Spur einer Furche.

Matthew sah sich nach dem Schamanen um. Reglos hockte er auf dem Hals des Rieseninsekts und spähte zu ihm herunter. Matt glaubte seine blutleeren Lippen beben zu sehen. Als würde er ein tonloses Gespräch mit sich selbst führen. Oder mit einem seiner Götter. Oder mit dem Teufel.

»Du verdammtes Knautschgesicht!«, fluchte Matt in sich hinein. »Solltest du mich wirklich gelinkt haben?« Er drehte sich um und stapfte auf das Schneebrett hinaus. Es war mindestens zweihundert Meter lang. Etwa zwanzig Meter vor der gegenüberliegenden Eiswand brach es ab.

Nein, die Gegend, in der er notgelandet war, hatte anders ausgesehen. Aber gut – ein Blick über die Kante des Schneebretts, und er würde Bescheid wissen. Hing dort sein Jet – alles bestens. Wenn nicht, dann hatte der Schamane ihn betrogen. Warum auch immer.

Obwohl er instinktiv spürte, dass es sich genau so verhielt, beschleunigte Matt seinen Schritt. Er konnte sich einfach nicht erklären, warum Baloor ihn zum Narren halten oder gar in eine Falle locken sollte. Darum sträubte er sich gegen die Wahrheit.

Bis er ihr ins Auge sehen musste.

Es gab keinen Jet. Unterhalb des Schneebretts, vor einem mannshohen, spaltenartigen Höhleneingang, standen die schwarzen Riesenbiester, die Aruula und ihre Leute ›Taratzen‹ nannten. Fünfzehn, zwanzig Exemplare.

Eines war auffallend groß und hatte einen langhaarigen, schmutzigweißen Pelz. Es stützte sich auf etwas, das Matt an einen überdimensionalen Oberschenkelknochen erinnerte. Das Vieh entblößte ein Raubtiergebiss, als wollte es grinsen. Dann krächzte es etwas, das wie »Willkommen« klang ...

Matt glaubte für Sekunden, das Blut in seinem Hirn würde gefrieren.

Er fuhr herum. Dutzende der Bestien näherten sich ihm. In einer langen Kette stapften sie über das Schneebrett. Schnaufen, Fiepen und Fauchen drang an Matts Ohren. Und in seiner Kehle schien ein Kaktus zu wachsen.

Hinter den Riesenratten sah er Rotauge nach dem Zügel des reiterlosen Frekkeuschers greifen. In großen Sprüngen entfernten sich die Tiere mit dem Schamanen. Matt war allein. Oder doch nicht ...

Wieder das Krächzen unter ihm. Matt blickte hinab. Am Fuß des Schneebretts gestikulierte der Weißpelz. Er hob die rechte Pfote und winkte ihn zu sich.

Matt wandte sich um. Die Kette der Riesenratten zog sich enger und enger ...

Aruula zerrte an den Lederriemen des Zügelzeugs. Sie zwang den Frekkeuscher, sich flach auf das Eis zu legen. Das Tier gehorchte willig.

An ihm vorbei schob Aruula sich den zerklüfteten Gletscherbruch hinauf. Wie in den Boden gerammte weiße Spitzpflöcke ragten die Eisspitzen aus dem zusammengebrochenen Gletscher. Aruula lugte durch das Eis hindurch auf die andere Seite des Tales. Dort flogen zwei Frekkeuscher auf den Berghang zu. Auf einem ritt Baloor. Der andere trug keinen Reiter.

»Bei Wudan!« Aruula ballte die Fäuste. »Er hat ihn den Taratzen ausgeliefert ...«

Sie ließ sich auf den Rücken fallen und starrte auf die speerlange Bruchstelle der leicht überhängenden Gletscherwand über ihr. »Warum hast du das getan, Baloor ... warum hast du das getan?«

Sie schloss die Augen und lauschte. Hundertfach blitzten Bilder der Gier und der Mordlust vor ihrem inneren Auge auf.

Die Taratzen waren ganz in der Nähe. Und es waren unglaublich viele.

Aruula überwand ihren Ekel und konzentrierte sich. Widerwillig ließ sie die scheußlichen Bilder zu – zerrissene Körper, Schmerzensschreie, gedemütigte Wesen. Sie schüttelte sich.

Und dann spürte sie einen starken Geist, der sich anfühlte wie die zersplitterte Bruchstelle einer abgeschlagenen Schwertklinge – scharf, spröde und hart. Aruula wand sich vor Schmerzen. Eine Woge von Machtrausch und Triumphgefühl überflutete sie für Augenblicke.

Sie riss sich los von diesem schrecklichen Geist und sprang auf. Das konnte nur der König der Taratzen sein – Rraar!

Aruula atmete tief durch und wischte sich den Schweiß von der Stirn. Nie wieder wollte sie einen derart widerlichen Geist belauschen.

Sie kletterte auf den Hals des Frekkeuschers und ritt aus dem Gletscherbruch. Drüben am Berghang, auf der anderen Seite des Tales, sah sie die beiden Tiere mit Baloor hinter einem Eiskamm verschwinden. Der Göttersprecher würde Radaan finden. Aber würde er auch umkehren, um nach ihr zu suchen?

Aruula ritt auf den nahen Bergrücken zu, von wo sie Baloor hatte kommen sehen. Immer wieder lauschte sie. Vorsichtig, zögernd. Und je näher sie dem Berg kam, desto deutlicher spürte sie die Anwesenheit der Taratzen.

Sie hielt das Tier an. Mit geschlossenen Augen lauschte sie noch einmal in den Berg hinein. Blutige Ekelbilder vor ihr und unter ihr. Sie befand sich schon über dem Gangsystem der Taratzen.

Ihre Nackenhaare sträubten sich; ein Schauer nach dem anderen rieselte ihr über Schultern und Oberarme – die Blutgier der Taratzen war unerträglich.

Aber dann berührte ihr Lauschsinn einen anderen Geist. Ein gutes, starkes Herz. Entschlossenheit und Stärke gingen von ihr aus. Maddrax' Geist! Aruula spürte Erregung und Anspannung. Aber kaum Angst.

Sie atmete auf. Maddrax lebte. Und er schien nicht in akuter Todesgefahr zu sein. Was hatten die Taratzen mit ihm vor?

Aruula glaubte die Antwort zu kennen. Der ekelhafte Geist, mit dem sie zuvor Kontakt gehabt hatte, hungerte vor allem nach Macht. Macht über andere Kreaturen. Macht, die ihm seine Vorratshöhlen füllen würde, ohne dass er anstrengende Jagdzüge organisieren musste. Vermutlich hielt auch er Maddrax für einen Gott. Und was konnte einem Hordenführer mehr Macht verleihen als der Pakt mit einem Gott?

So musste es sein – Rraar wollte sich mit Maddrax verbünden. Wudan mochte wissen, was er Baloor für seine Auslieferung bezahlt hatte.

Aruula machte sich klar, dass Maddrax die Taratzen nur eine begrenzte Zeit hinhalten konnte. Und dass Rraar bald durchschauen würde, dass er einen Menschen und keinen Gott in seine Gewalt gebracht hatte ...

Sie erwog den Plan, allein in das Höhlensystem der Taratzen einzudringen. Und ließ ihn sofort wieder fallen. Vielleicht würde sie drei oder vier der Bestien mit in den Tod nehmen können. Mehr Chancen rechnete sie sich nicht aus.

Der blaue Feuervogel fiel ihr ein. Und die Bilder, die sie Maddrax' Geist ein paar Tage zuvor abgelauscht hatte. An dem Abend, als er sie zurückgewiesen hatte. Die Erinnerung an die kränkende Szene schnitt ihr ins Herz. Sie schüttelte die Empfindung ab und versuchte sich der Bilder zu entsinnen, die sie gesehen hatte. Bilder von den Dingen, die Maddrax so dringend haben wollte.

Tau und Klinge, Beil und Amulette fielen ihr ein. Nichts, was ihn jetzt retten konnte. Aber diese anderen Sachen, die sie noch nie zuvor gesehen hatte – dieser seltsame Eisenhaken mit dem Loch an einem Ende, die Röhre aus Glas und Metall ...?

Aruula hatte keine Ahnung, was das für Dinge waren, aber sie war sich ziemlich sicher, dass Maddrax' Geist Macht und Kraft mit diesen geheimnisvollen Gegenständen verbunden hatte.

Er kommt aus einem fremden Land, sagte sie sich. *Warum sollten die Menschen dort nicht in der Lage sein, solchen Eisendingen Macht und Kraft zu entlocken? Schließlich können sie auch mit Feuervögeln durch den Himmel fliegen ...*

Sie trieb den Frekkeuscher an und schlug ihm mit der flachen Hand auf den Vorderflügel. Er entfaltete beide Flügelpaare und erhob sich in die eisige Luft.

Kurz vor Einbruch der Dunkelheit erreichte Aruula die Stelle, an der Maddrax' blauer Feuervogel vom Himmel gefallen war ...

Zwei der Riesenratten schritten mit Fackeln voraus. Ihre Schwänze peitschten aufgeregt über den Boden. Ihre sehnigen Gestalten federten bei jedem Schritt.

Matthew ging hinter ihnen, zur Rechten des langhaarigen Weißpelzes, der fast einen Kopf größer war als er.

Immer wieder wandte er ihm seine lange Schnauze zu und begann wortreich zu krächzen. Matt verstand keine Silbe. Bis jetzt hatte er nur begriffen, dass der Weißpelz eine Art König der Taratzen war und Rar oder so ähnlich hieß.

Hinter ihnen gingen mindestens zwanzig weitere Riesenratten. Matt vernahm ihre scharrenden Schritte, hörte sie miteinander fauchen und zischen.

Sie gingen durch ein weit verzweigtes Gangsystem. Hin und wieder mussten sie sich bücken, weil die lehmige oder felsige Decke niedriger wurde. Matt bemerkte viele Abzweigungen. Ein wahres Labyrinth. Von irgendwo her schrie etwas. Und von irgendwo her rief jemand.

Die Ratten verfügten über einen gewissen Intelligenzgrad – ohne Zweifel. Tiere bauten ausgeklügelte unterirdische Gangsysteme, ja, aber sie konnten keine Fackeln entzünden. Und der König schien sogar eine Sprache zu beherrschen.

Nicht ihre Größe, nicht ihre unheimliche Erscheinung – ihre offensichtliche Intelligenz war es, die Matt am meisten schockierte. Sein Hirn suchte nach einer Erklärung dafür, während er hinter den beiden Fackelträgern und neben Rraar durch das dunkle Gangsystem schritt.

Die Taratzen hatten ihn nicht misshandelt, sie hatten sich nicht auf ihn gestürzt, um ihn zu fressen, sie hatten ihm keine Fesseln angelegt. Und der Weißpelz mit dem Knochenkeule, die er jetzt über der Schulter trug, behandelte ihn nicht einmal feindselig.

Was also wollten sie von ihm?

Matthew vermutete, dass auch sie ihn für einen Gott hielten. Zwar hatten sie bis jetzt noch keine Anstalten gemacht, sich vor ihm auf den Boden zu werfen wie Sorbans Leute, und sie zeigten auch sonst keine Spur von Ehrfurcht oder Scheu, aber einen gewissen Respekt spürte Matt doch. Bis jetzt hatte noch keine der Taratzen gewagt, ihn zu berühren.

Die Gänge stiegen an, der Boden wurde felsiger. Die Schreie und Rufe rückten näher. Kadavergeruch mischte sich in die feuchte, lehmige Luft.

Plötzlich öffnete sich links eine Höhle. Gut ein Dutzend Taratzen kauerten auf allen vieren vor ihrem Eingang. Die Fackelträger huschten hinein. Matt Drax und der Weißpelz folgten. Eine heisere menschliche Stimme jammerte plötzlich wenige Schritte vor ihnen.

Die Fackeln tauchten die Höhle in gespenstisches Licht. Sie war so groß, dass Matt im Halbdunkeln die gegenüberliegenden Wände nicht erkennen konnte. Auch die Decke nicht.

Die Fackelträger bückten sich ein wenig und hielten die Flammen nach unten. Dort gähnte eine mehr als mannstiefe Mulde. Eine Art Arena. Matt sah Schatten zurückzucken, sah die Konturen von Körpern und hörte menschliche und tierische Stimmen, die klagten und wimmerten.

Die weiße Bestie neben ihm krächzte einen Befehl. Weitere Fackeln wurden entzündet. Lichtschein fiel in die Mulde. Und eine Eisschicht kroch über Matts Zwerchfell. Der Boden unter seinen Füßen schien zu wanken.

»Das glaub ich nicht ...«, stöhnte er.

Die Mulde war voller Lebewesen. Matt zählte etwa sechs, sieben Menschen in Fellen, zerfetzten Stoffumhängen oder nackt. Männer, Frauen, ein Kind. Einige sahen ihn aus weitaufgerissenen Augen an. Hoffnung und Angst flackerten in diesen Augen. Andere stierten apathisch vor sich hin.

Insekten schoben sich an den steilen Wänden der großflächigen Vertiefung entlang. Insekten, die Matt nie zuvor gesehen hatte ...

Käfer, groß wie Hunde. Die Taratzen hatten ihnen die Flügel abgeschlagen. Massen von fliegenartigen Wesen, schwarz und pelzig und groß wie Gänse – mit zerfetzten Flügeln und teilweise abgerissenen Beinen zappelten sie auf dem Grund der Mulde. Beinlange Falter, denen man die Flügel zusammengebunden hatte, versuchten die steilen Wände hinauf zu krabbeln. Taratzen mit langen Stangen gingen am Rand der Mulde entlang und stießen sie zurück.

Auch zwei Frekkeuscher sah Matt im Halbdunkel kauern. Wie klagend schaukelten sie ihre riesigen Köpfe hin und her. Undeutlich nahm Matt ihre zertrümmerten Sprungbeine und zerschlagenen Flügel wahr.

Zwischen den Insekten und den Menschen bewegten sich Säugetiere. Weißpelzige Primaten erkannte Matt, fast menschengroß. Und Tiere, die ihn durch Größe und Gestalt an Rinder erinnerten. Kurze stumpfe Hörner ragten aus ihren Köpfen, und ihr Fell hing zottelig bis fast auf den Boden hinab.

Und überall sah Matt starre Flügel, abgerissene Insektenbeine, Knochen und menschliche Skelette herumliegen ...

Der Weißpelz neben ihm deutete mit weitausladender Geste auf das Schreckensszenario unter ihnen. Als wollte er stolz seinen Besitz präsentieren. Er krächzte ohne Unterlass. Matt blickte ihn an – ja, die Bestie schien bester Dinge zu sein. Etwas wie ein Grinsen lag auf ihrer rattenhaften Grimasse.

Matt schloss die Augen und wandte sich ab. Ekel schüttelte ihn. Kein Alptraum konnte schlimmere Bilder heraufbeschwören. Er machte sich nichts vor: Was ihm der König der Taratzen da präsentierte, war kein Privatzoo. Es war ... die Speisekammer seines Stammes.

Matts Magen drehte sich um. Er lehnte sich gegen die Höhlenwand. Die Stirn in den kühlen Lehm gepresst, atmete er ein paar Mal tief durch.

Das Krächzen hinter ihm wurde lauter. Er drehte sich um. Der Taratzenkönig deutete in die Kuhle hinein, auf einen in Felle gehüllten Mann. Vier Taratzen stürzten sich in die Mulde und packten den Mann. Er schrie und schlug verzweifelt um sich, doch sie schleuderten ihn einfach aus der Mulde heraus.

Rraar setzte ihm den Hinterlauf auf die Brust und zog ihm seine Knochenkeule über den Kopf. Der Mann verlor augenblicklich das Bewusstsein. Gnädigerweise. Denn im nächsten Moment beugte der Rattenkönig sich hinab und biss ihm mit einem schmatzend-knirschenden Geräusch die Kehle durch.

Das Entsetzen überfiel Matt wie ein Fieberschauer. Er wandte sich ab und übergab sich.

Nachdem die weißpelzige Bestie ihren Hunger gestillt hatte, führten sie Matt aus der Höhle heraus. Er wankte neben dem munter krächzenden Rraar her und hatte Mühe, sich auf den Beinen zu halten.

Plötzlich verstummte der Rattenkönig. Matt bemerkte, dass sich die Felle der Taratzen vor ihm sträubten. Vor einem auffallend hohen Höhleneingang blieben sie stehen. Die Fackelträger leuchteten hinein und fauchten, und Rraar stimmte ein wütendes Gekreische an.

Er bedeutete Matt, in die Höhle hineinzuschauen. Matthew schluckte und beugte sich zwischen den beiden Fackelträgern durch. Der Lichtschein fiel auf einen schwarzbraunen Körper von der Masse eines Elefanten.

»Bei Gott«, stöhnte Matt, »was ist das für ein Alptraum ...?« Er sah zwei Klauen wie die eines Raubvogels. Rostige Ketten verbanden sie mit zwei Holzpflöcken. Je zehn Schritte von dem Tier entfernt hatte man die Pflöcke in den Boden getrieben.

Matt erkannte schuppenartiges Gefieder. Flügel hingen gebrochen auf den von Kotballen verschmutzten Boden. Gelbe Augen mit einem senkrechten schmalen Strich in der Mitte leuchteten über Matt.

Eulenaugen, dachte er. Und das vom Fackelschein erleuchtete Vogelgesicht erinnerte Matt tatsächlich an eine Eule. Ein gekrümmter Schnabel ragte aus dem Schuppengesicht hervor.

Matt wich in den Gang zurück. Mit einem Zipfel des Fellumhangs wischte er sich den kalten Schweiß von der Stirn. Er glaubte zu wissen, was Rraar ihm zeigen wollte: die Gattung seines Erzfeindes.

Später gelangten sie in eine kuppelförmige Höhle. Viele Gänge mündeten in sie hinein, einer sogar oben in den höchsten Punkt der Kuppelwölbung. In der Mitte der Höhle stand ein quaderartiger Stein. Der König der Bestien schien ihn als Thron zu benutzen.

Matt fühlte sich wie in Trance. Er rang um Fassung und musste all seine Selbstbeherrschung aufbringen, um nicht schreiend davonzulaufen.

Er riss sich zusammen. Wenn es noch eine Chance

für ihn geben sollte, dann nur, wenn er wieder einen halbwegs kühlen Kopf gewann.

Ihm wurde die zweifelhafte Ehre zuteil, auf dem Thronstein Platz nehmen zu dürfen. Man brachte ihm einen schmutzigen Krug mit Wasser. Schneereste schwammen darin. Und eine Schüssel mit Nahrung wurde ihm vorgesetzt. Grünlich und schleimig sah das Zeug aus. Matt rührte weder Wasser noch Essen an.

Es fiel kein Tageslicht in die Höhle. Matt hatte sein Zeitgefühl längst verloren. War die Nacht angebrochen? Oder schob sich draußen schon wieder der verwaschene Sonnenfleck über die Schneegipfel? Wie lange durchlebte er diesen Alptraum schon, von dem ihm die Logik sagte, dass es ein Traum sein *musste*, die Realität aber unleugbar war.

Hatte er sich im Lager der Barbaren noch an die Möglichkeit geklammert, in einem von der Zivilisation vergessenen Gebiet gelandet zu sein, so ließen die Bestien – die Riesenratten und Monsterheuschrecken, das Eulenwesen und die fremdartigen Geschöpfe in der Grube – nur einen Schluss zu: Er befand sich nicht mehr auf der Erde. Oder nicht mehr *in der Zeit ...*

Jetzt endlich begann Matthew Drax zu akzeptieren, was sein Geist sich solange zu glauben geweigert hatte. Und er würde die Erkenntnis mit in den Tod nehmen. Schon sehr bald. Auch daran zweifelte er nicht mehr.

Der Weißpelz umkreiste den Stein und redete in unverständlichen Zisch- und Fauchlauten. Irgendwann begann Matt zu verstehen, was Rraar von ihm wollte. Es war so simpel, dass Matt sich fragte, warum er es erst jetzt begriff.

Rraar verlangte, dass Maddrax ihm mit seiner göttlichen Macht im Kampf gegen die Erzfeinde half. Gegen diese schuppengepanzerten Eulenwesen. Schließlich war er ein Gott, allmächtig in seinen Möglichkeiten.

Matthew Drax befürchtete den Rattenkönig enttäuschen zu müssen. Und er fragte sich mit Grauen, welche Konsequenzen das wohl für ihn selbst haben würde …

Der Frekkeuscher rührte sich nicht mehr. Auf die Knie des vorderen Beinpaares gestützt, hatte er seinen langen Kopf in den Schnee gesteckt. Er war erschöpft. Vollkommen erledigt. Wahrscheinlich würde er sterben.

Am gestrigen Vormittag hatte Aruula das Tier bestiegen, um durch das Eisgebirge zu reiten, erst zum Höhlenversteck der Taratzen, dann zum Feuervogel und wieder zurück. Jetzt löste sich gerade die milchige Sonnenscheibe des neuen Tages von den Berggipfeln.

Den schweren Behälter, den Aruula aus dem Thron des Feuervogels geborgen hatte, hatte sie mit Lederriemen am Sattel des Frekkeuschers festgebunden. Nun hängte sie ihn sich über die linke Schulter und ein Seil über die rechte.

Unter einem vereisten Felsvorsprung ließ sie sich im Schnee nieder und zog die Felle um sich zusammen. Sie legte den Oberkörper auf die Schenkel und lauschte.

Rasch drang sie durch das Gewimmel der Fress- und Mordbilder unter ihr bis zu Maddrax' Geist vor. Er fühlte sich müde und erschöpft an. Aber nicht wie ein Geist, der sich in unmittelbarer Todesgefahr befand.

Aruula atmete auf. Ihr Verdacht bestätigte sich mehr und mehr: Rraar wollte Maddrax als Verbündeten gewinnen. Ganz gewiss war es so. Vielleicht würde Maddrax zum Schein darauf eingehen. Vielleicht konnte er Zeit gewinnen. Aber Rraar war schlau. Er würde schnell merken, dass Maddrax weder ein Gott war, noch daran dachte, seine grausamen Jagdzüge zu unterstützen.

Maddrax' Stunden waren gezählt. Aruula musste zu ihm gelangen. Irgendwie. Sie musste ihm die fremdartigen Dinge bringen, die sich in dem flachen, dunkelgrünen Kasten befanden. Dinge, die ihm Macht und Kraft verleihen würden.

Ratlos stand sie später vor dem Bergrücken. Sollte sie einfach in einen der Gänge vordringen? Das erschien ihr ziemlich aussichtslos. Sie drehte sich um und betrachtete den erschöpften Frekkeuscher. Eine Idee blitzte in ihrem Hirn auf. Ein verwegener Einfall – so verwegen, dass ihr schwindlig wurde ...

Sie deponierte ihr Schwert hinter einem Felsen und zerrte den Frekkeuscher hinter sich her. Seine Flügel hingen zitternd am grünen Körper herab. Schleim schillerte in seinem feinen Pelz. Immer wieder knickte eines der sechs Beine ein. Doch schließlich gelang es Aruula, das Tier bis zu einem der Eingänge des Taratzen-Labyrinths zu ziehen.

»Maddrax!«, rief sie, so laut sie konnte. »Ich bin hier!«

Sekunden später schossen vier Taratzen aus dem dunklen Gang. Fauchend und mit gesträubten Fellen umzingelten sie die Frau.

»Ich muss zum Gott Maddrax!«, sagte Aruula mit fester Stimme. »Er hat mich gerufen. Ich bin seine Dienerin.« Sie wies auf den Frekkeuscher. »Und dies ist ein Geschenk für Rraar, euren König!« Die Taratzen fletschten ihre Reißzähne und kamen drohend näher. Aruula wiederholte ihre Worte in allen Dialekten, die sie kannte.

Endlich glätteten sich die Felle der Bestien. Besonders der Gottesname ›Maddrax‹ schien sie aufhorchen zu lassen. Sie ließen sich auf die Vorderläufe fallen und begannen fiepend und krächzend zu palavern. Endlich huschten zwei von ihnen in die Eingangshöhle zurück. Sie winkten Aruula hinter sich her. Die anderen beiden folgten mit dem entkräfteten Frekkeuscher.

Aruulas Knie zitterten, als sie in die feuchte Dunkelheit des Taratzen-Labyrinths eindrang. Wie eine der Trommeln, mit denen man sich im Inselreich ihrer Heimat über große Entfernungen verständigte, so laut und schnell spürte sie den eigenen Herzschlag in ihrer Kehle und ihren Schläfen wirbeln.

Sie führten Matt zurück zu dem Eulenwesen. Rraar schickte einige seiner Taratzen in die Kerkerhöhle des gigantischen Tieres, um Fackeln in die Lehmwände zu rammen. Mit gestäubten Fellen und eng an die Wände gepresst erledigten sie diese Arbeit.

Das Eulenwesen spreizte sein schwarzbraunes Schuppengefieder, schlug mit den gebrochenen Flügeln und stieß einen langgezogenen Schrei aus. Gelblicher Speichel troff aus seinem scharfen Schnabel und klatschte auf den Höhlenboden. Matt begriff, dass es völlig ausgehungert war. Mit aller Kraft zerrte es an den Ketten.

Die Taratzen wichen fiepend in den Gang zurück. Rraars Rechte schloss sich um Matts Oberarm, seine Linke deutete auf das unheimliche Vogelwesen. Er krächzte aufgeregt, schlug Matt auffordern vor die Brust und deutete wieder zu seinem Erzfeind.

Matthew begriff: Der Rattenkönig wollte seine göttliche Macht auf die Probe stellen. Wollte Feuer von der Höhlendecke fallen sehen, oder wie Matt den Schuppenvogel mit Blitzen durchbohrte.

Heftig gestikulierend entfernte sich Rraar von ihm. Die anderen Taratzen schlossen sich an. Sie tauchten in die Dunkelheit des Ganges vor der Höhle ein. Nur noch das aufgeregte Krächzen des Weißpelzes konnte Matt hören. *Nun mach schon! Lass uns sehen, was du kannst,* schien er sagen zu wollen.

Matt stand wie festgewachsen. Die hilflosen Flügelschläge des Schuppenvogels wehten ihm faulige Luft ins Gesicht. *Es ist aus,* sagte eine Stimme in ihm. *Du bist so gut wie tot. Gleich werden sie merken, dass deine ›göttliche Macht‹ nichts als ein Bluff ist, und dann …*

Unendliche Müdigkeit griff nach Matt. Er bedauerte fast, sterben zu müssen, ohne je zu erfahren, was für eine verrückte Welt das war, in der er gestrandet war.

Doch irgendetwas in Matts Hirn wollte sich nicht mit dem Tod abfinden. Sein Verstand arbeitete weiter. Und als sein Blick auf die Holzpflöcke fiel, an denen die Fußketten der Schuppeneule befestigt waren, durchzuckte ihn eine vage Hoffnung.

Die Holzpflöcke! Wenn es ihm gelang, sie aus dem Boden zu ziehen … Wenn er die Monstereule frei ließ …

Hinter ihm drang Rufen, Krächzen und Gepfeife aus dem Gang. Erst meinte Matt, die Taratzen würden bereits die Geduld verlieren, da bemerkte er, dass die Aufregung gar nicht ihm galt. Gleichzeitig hörte er ein metallenes Geräusch – als würde eine dieser Riesenheuschrecken ihre Flügel zusammenklappen.

Dann vernahm er eine menschliche Stimme. Aruulas Stimme!

Fackelschein näherte sich. Und dann stand die

Barbarin vor dem Rattenkönig. Angst flackerte in ihren braunen Augen, doch sie bemühte sich um eine stolze, selbstbewusste Haltung. Sie deutete auf ihn, Matt, dann auf sich selbst. Matt verstand nicht, was sie sagte, doch als Rraar ihn fragend anblickte, nickte er instinktiv und winkte Aruula zu sich.

Er schien richtig gehandelt zu haben. Mit schnellen Schritten kam Aruula heran. Und dann sah Matt den flachen, olivgrünen Container in ihren zitternden Händen.

Das Notpaket aus dem Jet!

Fassungslos blickte er zu Aruula. »Du bist ...« Er suchte nach Worten. »Du bist ein Prachtweib ...«

Pures Adrenalin flutete seinen Körper, als er sich der Chance bewusst wurde, die sich ihm bot. Und sein Verstand begann mit der Präzision eines Computerprozessors zu arbeiten.

Er gab Rraar durch Gesten zu verstehen, dass er nun bereit sei, seine göttliche Macht zu demonstrieren. Die Taratzen zogen sich wieder in den dunklen Gang zurück.

Dann legte Matt den Container aus glasfaserverstärktem Kunststoff auf den Boden und klappte ihn auseinander. Das schuppige Vogelwesen verfolgte das Geschehen aus gelben Augen.

Fackelschein fiel auf eine Anzahl Fächer. Messer, Kompass, Feldstecher, Feuerzeug, Beil, eine zwanzigschüssige Armeepistole mit zwei Ersatzmagazinen, ein Päckchen mit Plastiksprengstoff und Zündern, chemische Fackeln, Stablampe, Leuchtpistole, Signalgranaten – alles was er brauchte und noch mehr.

Matthews Bewegungen wurden hektisch. Er drückte Aruula das kurzstielige Beil in die Hand, wies auf einen der Holzpflöcke, an die das Eulenwesen gekettet war, bedeutete ihr aber gleichzeitig, noch zu warten. Die Barbarin begriff sofort.

Dann holte Matt den Plastiksprengstoff aus seinem Fach und brach ein Drittel davon ab. Er drückte einen der zigarettengroßen Zünder hinein und ließ den Rest in seiner Uniformhose verschwinden. Dann lief er zurück zum Höhleneingang.

Rascheln und Fiepen aus der Dunkelheit. Und das fragende Krächzen des Taratzenkönigs.

»Es ist so weit, Rar!«, rief Matt in die Finsternis. »Maddrax wird dir jetzt seine Macht demonstrieren!« Totenstille herrschte plötzlich im Gang. Mit einer Drehung an der Spitze des Stäbchens stellte Matt die geringste Verzögerung des Zündmechanismus ein: fünf Sekunden.

Er zuckte die Schultern. »Sorry, du Mistvieh – ich bin nur ein Mensch!« Damit schleuderte er den Plastiksprengstoff in die Dunkelheit und hechtete zurück in die Höhle.

Eine ohrenbetäubende Detonation, ein Lichtblitz – die Höhlenwände bebten. Dreck rieselte von der Decke. Das Eulen-Ungeheuer schrie gellend, und vor der Höhle im Gang erhob sich vielstimmiges Gekreische.

Matt nickte Aruula zu. »Jetzt!« Im selben Atemzug nahm er Leuchtpistole und Armeepistole aus dem Container.

Mit drei kraftvollen Beilhieben durchtrennte seine Begleiterin den Holzpflock. Die Kette glitt rasselnd über den Boden, als das Schuppentier sie zu sich heranzog. In seinen Bewegungen nicht mehr begrenzt, beugte es sich sofort über den zweiten Pflock, bearbeitete ihn mit dem Schnabel und riss schließlich auch die zweite Fußkette ab.

Den Rücken an die Höhlenwand gepresst, streckte Aruula dem riesigen Eulenwesen zwei Fackeln entgegen, und Matt zielte mit Leuchtpistole und

Armeewaffe auf die schuppige Brust des Ungeheuers.

Doch es schien nicht das geringste Interesse an ihnen zu haben. Es äugte nur kurz in ihre Richtung – dann schoss es flügelschlagend aus der Höhle. Sekunden später erfüllte ein entsetzlicher Chor aus Angst- und Todesschreien das Taratzen-Labyrinth.

Matt und Aruula warteten ein paar Minuten. Dann tasteten sie sich der Wand entlang aus der Höhle. Draußen auf dem Gang fiel der Lichtkegel von Matts Stablampe auf Rraars zerfetzten Kadaver. Dieser König war tot – und es würde nicht einmal einen Nachfolger geben.

Fast unbehelligt erreichten Matt und Aruula einen Ausgang. Nur zweimal machte ein kleines Rudel Taratzen den Versuch, sie anzugreifen. Eine Leuchtpatrone genügte, um sie in panische Flucht zu treiben. Die führungslosen Bestien waren vollauf damit beschäftigt, ihre eigenen Pelze zu retten …

Sorbans Horde umringte sie jubelnd. Einige fellvermummte Gestalten warfen sich auf den feuchten Boden. »Tenk fa tuu, Wudan, honuur fa tuu, Maddrax …«

Vollkommen entkräftet sank Matt auf einen Stein neben dem Eingang zu seiner Hütte. Sorbans Leute betasteten ihn. Ihre Gesichter strahlten. Die alte Zurpa hatte Tränen in den Augen.

Aruula stand etwas abseits und stützte sich auf ihr Schwert. Gefrorener Schnee und Eis klebten in ihrer zottigen Haarmähne. Als hätte sie sich weiße und gläserne Perlen hineingeflochten.

Zwei Tage und eine Nacht waren sie unterwegs gewesen. Zu Fuß. Aruulas Frekkeuscher war durch die Explosion des Sprengstoffs getötet worden.

Schweigend waren sie durch Schnee- und Eiswüsten gestapft, über Gletscher und schmale Grate geklettert. Die Nacht hatten sie eng aneinander gedrängt und in ihre Felle gehüllt unter einem Felsvorsprung verbracht.

Schon von weitem hatten Sorbans Krieger und Kriegerinnen sie ins Tal hinuntersteigen sehen. Der Jubel im Lager war unbeschreiblich …

Nur Baloor jubelte nicht. Matt sah den knochengesichtigen Schamanen vor seinem Zelt stehen. Mit vor der Brust verschränkten Armen beobachtete er das Treiben bei der Götterhütte.

Der fette Sorban schaukelte heran, gestikulierte und ließ seinen Bass brummen. Aruula trat näher. Inzwischen war sie in der Lage, einfache Sätze zu dolmetschen. Matt bewunderte die Klugheit und Auffassungsgabe dieser erstaunlichen Frau.

Sie deutete zur Hütte des Göttersprechers. »Baloor sagt« – sie zeigte auf Matt – »Maddrax kein Gott. Taratzen hätten gefressen ihn.«

Matthew stieß ein bitteres Lachen aus. Der verdammte Kerl hatte ihn zur Hölle schicken wollen. Und um ein Haar wäre es ihm gelungen.

Mit beiden Handflächen schlug er sich auf die Brust. »Ich lebe! Baloor ist von Neid erfüllt! Er will mehr sein als ein Göttersprecher. Er will verehrt sein wie ein Gott! Darum hat er mich Rraar ausgeliefert!«

Er nickte Aruula zu. Und sie übersetzte. Matt war sicher, dass sie das Wesentliche verstanden hatte.

Erschrockene Gesichter sah Matt nun um sich. Und je länger Aruula redete, desto finsterer wurde Sorbans Miene. Sie schien ihm die Ereignisse der letzten vier Tage in allen Einzelheiten zu berichten. Vermutlich auch die Rolle, die sein eigener Sohn dabei gespielt hatte.

Endlich drehte der struppige Häuptling sich um

und winkte Baloor heran. Der näherte sich stolz. Kalt und abweisend war sein bleiches Faltengesicht. Ein paar Schritte vor Matt blieb er stehen. Seine roten Augen sprühten vor Hass, als er auf den blonden Mann herunterblickte. Zischend stieß er ein paar Worte aus.

»Alles Lüge, sagt er«, übersetzte Aruula, »und du beweisen, dass du bist Gott.«

Matt nickte langsam. *Sie weiß, dass ich ein Mensch bin,* dachte er, *Sorban und seine Horde wissen es nicht …*

Plötzlich hatte er das Gefühl, es könnte vorteilhaft sein, nichts daran zu ändern.

»Ich gehe in meine Hütte«, sagte er müde. »Wenn die Nacht kommt, wird Maddrax beweisen, dass er ein Gott ist.«

Aruula dolmetschte, Sorban nickte, aufgeregtes Getuschel wurde laut. Matt zog sich auf sein Lager zurück.

Gegen Abend schob Aruula den Fellvorhang am Eingang zur Seite. Sie rutschte zu ihm. Mit gekreuzten Beinen blieb sie vor ihm sitzen. Ihre Augen blickten ernst.

Fürchtete sie die bevorstehende Entscheidung? Matt richtete sich auf und sah sie fragend an. Der größte Unsicherheitsfaktor war sie selbst. Ihr hatte er sich offenbart. Als Mensch und nicht als Gott. »Wirst du zu mir halten?«, fragte er leise.

Sie tippte sich an die Brust und deutete auf ihn. Dann verschränkte sie die Finger beider Hände ineinander und schüttelte die gefalteten Hände vor der Brust.

Matt fasste sie bei den Handgelenken und küsste ihr die Hände. »Danke.« Aruula entzog sich ihm und huschte aus der Hütte. Und Matt wusste einmal mehr, dass er in dieser rätselhaften fremden Welt einen Menschen getroffen hatte, auf den er sich verlassen konnte.

Nach Einbruch der Dunkelheit kroch er aus seiner Hütte. Er nahm eine Signalgranate und die Leuchtpistole mit. Langsam ging er talaufwärts. Alle Mitglieder der Horde traten vor ihre Zelte und sahen ihm nach. Auch der verletzte Sohn des Häuptlings wurde nach draußen getragen.

Matt kletterte den Wasserfall hinauf. Oben breitete er die Arme aus und reckte sie gen Himmel. »Es werde Licht!« Damit schleuderte er die Signalgranate gegen die vereiste Felswand. Ein grünlicher Lichtblitz schoss über Eisformationen und Wasserfall. Minutenlang glühte das sprühende Licht vor der Wand.

Kurz bevor es erlosch, hob Matt die Signalpistole. » ... und wenn da draußen irgendjemand ist, der mich aus diesem Alptraum holen kann: Beeilt euch!« Er hatte es schreien wollen, aber seine Kehle war wie zugeschnürt und so kam nur ein Flüstern über seine Lippen. Ein rotglühender Streifen bohrte sich in den Nachthimmel, beschrieb eine weite Parabel und zerplatzte schließlich in tausend glitzernde Funken.

Matt dachte an ›Christopher-Floyd‹. Trauer und Beklommenheit griffen nach seinem Herz, als er wieder ins Tal hinabstieg. Seine Gefährten fielen ihm ein. Irvin, Hank und Jenny. Wo mochten sie sein? Und was war aus Dave McKenzie und Jacob Smythe geworden, den beiden Wissenschaftlern?

Wenn Sorbans Leute ihn als einen Gesandten Wudans akzeptierten, würde er nach ihnen suchen lassen. Wenn nicht, musste er es allein versuchen.

Allein ... oder mit Aruula zusammen?

Im Lager begegneten ihm erschrockene und ehrfürchtige Menschen. Sie fielen vor ihm nieder und verneigten sich wortreich. Matt beendete seine Demonstration mit einer der fünf chemischen Fackeln, die er aus seiner Uniformhose zog. Er hielt den Stab an beiden Enden vor der Brust, wandte sich an den Schamanen und rief ihm zu: »Schau dir das an, Baloor, du Rabenaas!«

Dann bog er den Stab, bis dieser brach und die beiden Chemikalien sich vermischten. Für die Stammesmitglieder musste es aussehen, als käme flüssiges Feuer aus seinen Händen. Ein kollektiver Schrei klang auf.

Auch Baloor schien beeindruckt, doch er bellte ein paar gehässig klingende Sätze.

Fragend sah Matt nach Aruula. »Böser Zauber!«, dolmetschte sie. »Entscheidet, wer ins Südland euch führt, falscher Gott oder ich, Baloor.«

»Maddrax! Maddrax! Maddrax!«, kam es aus über dreißig Kehlen.

Sorban knurrte Baloor an. Er ging zu ihm, griff nach einem Amulett aus getrockneten Kleintieren, das Baloor um den Hals trug, und riss es ihm mit einem Ruck herunter. Dann deutete er mit ausgestrecktem Arm auf die Berggipfel.

Die Deutlichkeit der Geste bedurfte keines weiteren Wortes.

Im Morgengrauen des nächsten Tages schleppte Baloor sein Bündel und einen Sattel aus dem Lager. Er sattelte seinen Frekkeuscher, band ihm das Gepäck unter den Bauch und kletterte auf das Tier. Sein Lederumhang und die Fransen seiner Lederkappe flatterten im kalten Wind, als er aus dem Tal ritt, ohne sich ein einziges Mal umzuwenden …

Schweigend sah ihm die Horde hinterher. Matthew Drax hatte kein gutes Gefühl dabei …

Dunkelheit. Die Luft war eisig kalt. Jeder Atemzug brannte in der Nase und im Rachen. Jacob Smythe tastete die Felswand neben dem schräg in der Spalte verkeilten Kopilotensitz ab. Eis.

»O shit …!« Er wartete, bis sich sein Atem und sein rasender Herzschlag beruhigt hatten. Der Absprung mit dem Schleudersitz hatte ihm für Sekunden das Bewusstsein geraubt. Der Schädel unter seinem Helm schmerzte. Vermutlich war er mit der Stirn gegen die vordere Eiswand des Felsschachtes geprallt, in dem sich sein Sitz verkantet hatte.

Ein paar tiefe Atemzüge, ein paar Minuten autogenes Training. Der Schmerz ließ nach, die Benommenheit wich von ihm, seine Pulsfrequenz verlangsamte sich.

Sein Verstand begann zu arbeiten. Dumpf und schwerfällig zunächst. Dann glasklar. Er stellte eine theoretische Rangordnung der für sein Überleben notwendigen Schritte auf. Die Lampe! Zuerst musste die Lampe her.

Smythe zog die Beine an den Körper. Irgendwie musste er es schaffen, an den Container mit dem Notpaket zu kommen. Er schnallte sich ab und stützte die Stiefel auf die Gurtbügel an der seitlichen Verschalung des Sitzes. Welcher Idiot war nur auf die Idee gekommen, den Rettungscontainer *unter* der Sitzfläche unterzubringen …!

Endlich ertasteten seine Finger den Stoffüberzug des Containers. Und dann die Deckelkante. Er öffnete den Container.

Drei Anläufe benötigte er, dann schloss sich seine Hand um die Stablampe im Inneren des Notpakets. Ächzend zog er sie heraus.

Er richtete sie senkrecht nach oben. Der Lichtstrahl traf seinen straff gespannten Fallschirm. Gut zehn Meter über Smythe hatte er sich in bizarren Eis-Stalagmiten verhakt. Wie Stacheln ragten sie auf allen vier Seiten der vereisten Felsspalte nach oben. Teilweise mannshoch.

»Bullshit, verfluchter …!« Professor Dr. Smythe ließ den Lichtkegel rechts und links über den Sitz wandern. Die linke Kopfschale der Sitzlehne hatte sich im Eis verkeilt. Die rechte Sitzflächenkante saß auf einem Eisvorsprung auf.

Der Druck des Schleudersitzes würde das Eis schmelzen. Vielleicht innerhalb einer Stunde, vielleicht auch später. Und dann würde er nur noch an ein paar Seilen in diesem verdammten Schacht hängen.

Smythe richtete den Lichtkegel nach unten. »Wo zum Teufel bin ich hier …«

Der Fluch blieb ihm Hals stecken: Unter ihm wimmelte ein nestartiges Chaos aus Federn, Fellfetzen, Knochen und Dreck. Darin schlanke kurzhaarige Tiere mit stumpfen Schnauzen und kurzen spitzen Ohren. Sie standen auf den Hinterläufen. Die Vorderpfoten vor der Brust angewinkelt, blinzelten sie neugierig zu Smythe hinauf.

»Bei allen Teufeln – was ist *das* …?«, flüsterte Smythe.

Erst zählte er sechs, sieben, acht Tiere. Doch je gründlicher er das gut zwanzig Meter breite Nest ausleuchtete, desto mehr wurden es. Sie sahen eigentlich ganz niedlich aus. Wenn man davon absah, dass diese Spezies völlig unbekannt war.

Das schwarze Fell der Tiere war weiß gemasert. Quer verliefen die Maserungen über Kopf, Brust und Bauch. Die Hinterläufe waren überproportional groß, fast wie bei einem Känguruh. Die Vorderläufe sahen aus wie die Greifhände eines Primaten. Die stumpfen Schnauzen glänzten feucht und schwarz. Sehr spitze Zähne ragten über die nassen Lefzen.

Smythe musste spontan an ein Känguruh denken, das man zuerst mit einem Vielfraß und dann mit einem Otter gekreuzt hatte.

»Euch gibts überhaupt nicht ...«, krächzte Smythe.

Eines der etwa kaninchengroßen Tiere bückte sich und machte einen Buckel. Es zog den Kopf ein. Seine Lefzen zogen sich bis über die roten Oberkiefer. Das Fell der Schnauze legte sich in Falten. Ein kehliges Knurren drang zu Smythe hinauf.

Ihm stockte der Atem.

Dann stieß das Biest sich ab. Seine Krallen schabten über die Fußstütze des Schleudersitzes, dann plumpste es zurück ins Nest.

Das nächste Tier sprang. Und dann noch eins und noch eins. Das Knurren ging in Fauchen über. Sie sprangen höher und höher. Als wäre ihr schauderhaftes Nest ein Trampolin.

Smythe zog die Beine an und schloss die Augen. Er hörte sie unter sich aufprallen und wieder abspringen. Er hörte das Scharren ihrer Krallen ganz nah auf dem Fußteil des Sitzes. Ein Schrei schwoll in seiner Kehle. Sein Herz galoppierte wie ein angeschossenes Wildschwein in seinem schmalen Brustkorb herum. Er konnte das Wasser nicht halten.

Während der Schutzanzug sich zwischen seinen Schenkeln mit warmer Flüssigkeit vollsog, löste sich der Schrei aus seiner Kehle, schrill und spitz. Er schrie und keuchte, presste sich tief in seinen Sitz und zitterte am ganzen Körper. »Euch gibts gar nicht!«, kreischte er. »Haut ab! Euch hats nie gegeben!«

Eines der Biester krallte sich am Wadenpolster der Fußleiste fest. Es knurrte ihn an. Ein zweites klammerte sich am Pelz des ersten fest und kletterte über dessen Schultern auf den Sitz.

Smythe schrie und trat zu, schrie und trat und schrie und trat. Die Tiere fielen zurück ins Nest. Und wieder klammerte sich eines an der Fußleiste fest.

»Ich bin Professor Dr. Jacob Smythe, Leiter der Astronomischen Abteilung der US Air Force!«, kreischte der Wissenschaftler. »Und ich sage: Euch gibts nicht!« Er trat zu. »Zurück in die Hölle!«

Die Tiere sprangen nun im Sekundentakt. Smythes Stimme überschlug sich. »Weg! Haut ab! Lasst mich in Ruhe!«

Er brüllte wie ein Wahnsinniger. Schaum flockte ihm von den Mundwinkeln.

Plötzlich erklang dumpfes Rufen unter ihm. Die Angriffe der Tiere hörten schlagartig auf. Stattdessen fauchten und pfiffen sie. Der Lichtkegel der Stablampe zitterte, als Smythe ihn nach unten richtete. Schatten fielen auf das Nest und die fauchenden Biester. Große Schatten. Schatten menschlicher Körper.

Smythe hielt die Stablampe mit beiden Händen fest. Seine Unterlippe flatterte wie Stoff im Wind. Seine Knie schlugen aneinander.

Es waren keine Menschen! Sie waren so groß wie Menschen, hatten die Gestalt von Menschen und bewegten sich wie Menschen. Aber ihre Gesichter …

Es waren keine Menschen. Oder doch? Fleckige Gewänder aus grobem Stoff hingen bis über die Knie an ihren mageren Körpern herab. Und diese Gesichter …

»Zurück in die Hölle mit euch«, stammelte Smythe. »Zurück in den Alptraum …«

Sie blickten zu ihm herauf. Ihre Gesichter waren

wie das des urgeschichtlichen Mannes, dessen mumifizierte Leiche man vor fast zwanzig Jahren im Gletschereis der Ötztaler Alpen gefunden hatte: ledern, zerknautscht, vertrocknet. Und sie hatten die Farbe von schmutzigem Kerzenwachs.

Nur für den Bruchteil einer Sekunde blickten sie zu Smythe hinauf. Dann begannen sie mit langstieligen Äxten auf die Biester im Nest einzuschlagen. Drei von ihnen hatten Spieße mit blanken Metallspitzen dabei. Sie stachen in das Nest zu ihren Füßen.

Smythe sackte in seinem Sitz zusammen. Auf seinen Netzhäuten brannte das Bild der Mumiengesichter. In seinem Hirn zerplatzte alles, was er bisher für Wirklichkeit gehalten hatte, zu abertausend Lichtsplittern.

Unter sich hörte er die schwarzen Tiere fauchen, pfeifen und knurren. Er hörte die dumpfen Schläge der Äxte, hörte Fleisch zerreißen, in das die Speerspitzen eindrangen, und die keuchenden Atemgeräusche der Mumiengesichter. Und dann … Stille.

Atemlos lauschte Smythe, ohne einen erneuten Blick hinab zu wagen. Es raschelte und knisterte. Die Mumiengesichter schienen sich im Nest niederzulassen. Kaugeräusche und lautes Schmatzen wurden laut. Schmatzen und Schlürfen.

Smythe packte die Lampe fester, hielt sich gleichsam daran fest. Er fühlte seine Beine summen, als hätten sich seine Nerven in Ameisenstraßen verwandelt. Unter ihm lautes Schmatzen und Schlürfen …

Auch seine Arme summten und kribbelten, wie sein Gesicht und seine Kopfhaut. Er kicherte. »Was macht ihr bloß da unten …?« Immer lauter kicherte er. »Ihr werdet doch nicht …?« Er stieß ein irres Gelächter aus.

Das Geschlürfe und Geschmatze unter ihm verstummte.

Irgendwie schaffte er es, die Lampe zu heben. Der Lichtkegel fiel hinunter ins Nest. Die sieben Mumiengesichter erhoben sich eben. Viele leblose Körper lagen nun zwischen den Knochen und Federn. Einige zuckten noch. Andere sahen aus, als wären sie in das Räderwerk einer alten Kornmühle geraten.

Die Mumiengesichter sahen zu ihm hinauf. Still und neugierig. Wie zuvor die Biester. Smythe sah ihre blutigen Äxte und Spieße gegen die Felswand lehnen. Und er sah, dass die Hände der Gestalten nicht mehr die Farbe schmutzigen Wachses hatten. Blutig bis zu den Ellenbogen waren sie.

Einer deutete nach oben. Bewegung kam in die sieben menschenähnlichen Gestalten. Sie begannen den eisigen Schacht hinaufzuklettern. Hinauf zu Smythe.

»Bleiben ... bleiben Sie unten!«, krächzte der Professor. »Ich will nicht, dass Sie ... dass Sie ...«

Ohne Hektik stiegen sie ihm entgegen. Alle sieben.

»Ich bin Professor Dr. Jacob Smythe ...« Er atmete hechelnd. Sein Körper bebte, als würde jeder Atemzug eine unendliche Anstrengung bedeuten. »Ich bin Astrophysiker ...«

Er kicherte und hob abwehrend die Linke. Mit der Rechten leuchtete er auf die herankletternden Mumien. Die erste war nur noch eine Körperlänge entfernt. Smythe sah, dass ihr Mund blutverschmiert war. Dahinter blitzten blutige angespitzte Zähne.

» ... und Spezialist für Kometen. Sie haben doch sicher von ›Christopher-Floyd‹ gehört ...« Er stieß ein heiseres Gekichere aus. Die Stablampe entglitt seinen feuchten Händen. Es wurde stockdunkel.

»Bestimmt haben Sie mich in letzter Zeit häufiger im Fernsehen gesehen!«, rief er glucksend. »Professor Dr. Smythe – der Berater des Präsidenten …«

Sein Schleudersitz wackelte. Er hörte eine Hand über die Sitzverschalung tasten. Und dann berührte jemand sein Bein …

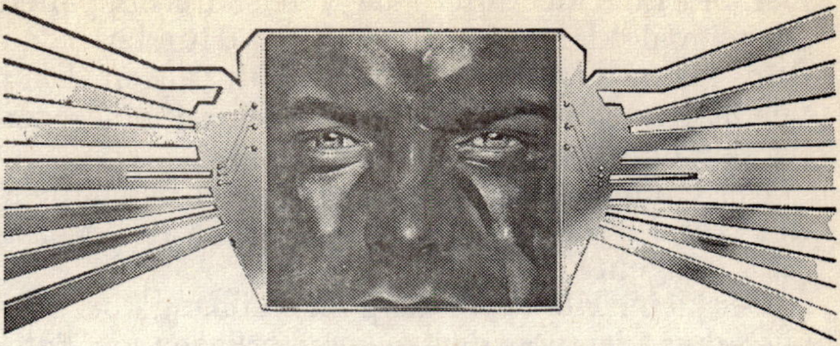

JO ZYBELL

STADT DER VERDAMMTEN

Der Sturm fegte durch die vereisten Felsspalten. Manchmal klang es, als würden Hunderte von Schwertern zugleich durch die Luft sausen. Dann wieder hörte es sich an wie der Klageruf eines sterbenden Eluus.

Der Himmel hing tief und grau über den Gipfeln des zerklüfteten Eisgebirges. Als wäre er aus schmutzigem Zinn.

Der kleine Höhleneingang im Steilhang über dem Gletscher war von den gegenüberliegenden Bergrücken kaum zu erkennen. Schmal und nicht einmal mannshoch öffnete er sich etwa einen halben Steinwurf hoch im vereisten Fels.

Zwei, drei Schritte vom Höhleneingang entfernt hockte eine in abgeschabtes braunes Leder gehüllte Gestalt. Baloor der Göttersprecher.

Wie in Trance wiegte er seinen Oberkörper hin und her. Die Ohrlappen seiner Lederkappe scheuerten über seine Schultern. Angespannte Konzentration verzerrte sein knochiges, tausendfach zerfurchtes Gesicht zu einer maskenhaften Fratze. Seine Augen waren halb geschlossen. Die schmalen, blutleeren Lippen bewegten sich fast stumm. Nur manchmal drang heiseres Gemurmel aus seiner Kehle. »Höre mich, Herr der Finsternis. Höre mich, o schrecklicher Orguudoo ...«

Etwa einen Schritt vor seinen gekreuzten und in Leder gehüllten Beinen lag, umringt von getrockneten Kotballen, ein menschlicher Kopf. Kleine Schneeklumpen hingen im struppigen Vollbart des abgeschlagenen Schädels. Auf seinen blauen und verzerrten Lippen schien noch der Todesschrei des Erschlagenen zu beben, und im Weiß seiner blicklosen Augen spiegelte sich das spärliche Licht, das von draußen in die Höhle hereinsickerte.

»Baloor, dein Sklave, ruft dich«, murmelte der

Ledermann. »Höre mich, Orguudoo …« Seine Schaukelbewegung verlangsamte sich. Er riss die Augen auf und starrte den abgeschlagenen Kopf an. Seine Iris leuchtete rötlich. »Höre mich, Herr der finstersten Tiefe!«

Ein Stück hinter Baloor, an der Höhlenwand, lehnten die langstielige Streitaxt des Göttersprechers und sein Bogen. Daneben ein zusammengerolltes Bündel von Fellplanen, Holzstangen, Pfeilen und getrocknetem Kot. Außer Kot gab es kaum Brennmaterial hier in den eisigen Regionen weit oberhalb der Schneegrenze.

Rechts neben sich hatte Baloor einen großen und einen sehr kleinen Lederbeutel abgelegt. Der große enthielt ein Messer, eiserne Pfeilspitzen, Feuersteine, ein paar Knäuel Tiersehnen und etliche Säckchen und Päckchen mit Blättern, Wurzeln, Blütenextrakten und Pulvern aus getrockneten Tierorganen. Alles Dinge, die er für seine Beschwörungsrituale oder zur Behandlung von Krankheiten brauchte.

Axt, Bogen, Zeltplane und Ledersack – viel mehr hatte er nicht mitnehmen können, als er vor einer Woche die Horde verlassen musste.

Baloors knochige Hand schob sich in den kleinen Lederbeutel.

»Komm herauf aus deiner schrecklichen Finsternis.« Die wiegenden Bewegungen seines Oberkörpers wurden schneller, seine Stimme dringender. »Erweise deinem Sklaven die Ehre deiner erhabenen Gegenwart …«

Drei, vier Krümel einer trockenen Masse zwischen den Fingerkuppen, zog er seine Hand wieder aus dem kleinen Säckchen und führte sie zum Mund.

Der getrocknete Rotpilz schmeckte bitter und süßlich. Baloor benutzte die giftige Substanz nur, um die Schmerzen Schwerverwundeter zu lindern. Oder um bei besonders schwierigen Beschwörungen mit der Geistwelt in Kontakt zu kommen.

Nachdem ihn Häuptling Sorban aus der Horde verbannt hatte, war Baloor drei Tage lang über schneebedeckte Höhenzüge, Gletscher und durch vereiste Bergschneisen gewandert. Zurück zu dem Lagerplatz, an dem die Horde fast zwei Monde zuvor von Rraars Taratzen angegriffen worden war. Und wo sie den blauen Feuervogel über den Himmel ziehen sahen.

Baloor hatte einen der gefallenen Krieger aus seinem Schneegrab geholt und dessen Kopf mit der Axt vom Rumpf getrennt. Den Körper hatte er sorgfältig zerlegt und nach und nach aufgetaut. Sorban hatte ihm nur Vorräte für drei Tage mitgegeben. Das Fleisch der Gefallenen würde den Göttersprecher noch über Wochen am Leben erhalten. Doch so lange wollte er nicht hier in dieser eisigen Wildnis bleiben.

Noch bevor die Sonne an diesem Tag ihren ersten Rotschimmer auf den Nachthimmel geworfen hatte, war Baloor hinunter auf das Schneefeld vor dem Gletscher geklettert und hatte den Kopf des gefallenen Kriegers ausgegraben.

Um den Dämonen der Finsteren Tiefe so nahe heraufzubeschwören, wie Baloor es plante, brauchte man mindestens den Kopf eines Toten. Besser wäre ein lebendiges Tier. Und am allerbesten natürlich ein lebender Mensch.

Baloors Oberkörper straffte sich. Er riss den Mund auf, als hätte er Schmerzen. Lange, gelbliche Zähne ragten aus seinen Gebiss. Er rollte mit den Augäpfeln und stieß ein gurgelndes Röcheln aus. Der Rotpilz wirkte.

Ganz langsam nur ging sein Oberkörper wieder

in die Schaukelbewegung über. Seine Hände verkrallten sich im harten Leder seines Mantels. Keuchend begann er erneut zu murmeln. »Komm, Orguudoo. Zeige dich mir, o Schrecklicher ...«

Seit Sonnenaufgang hockte er vor dem abgeschlagenen Kopf. Nur noch zwei oder drei Stunden, und der verwaschene Sonnenfleck würde wieder vom dunstigen Himmel verschwinden.

Plötzlich verstummte der Göttersprecher. Er riss die Augen auf, sein Unterkiefer sank nach unten und begann zu zittern. Er starrte den Kopf auf dem Eisboden an.

Statt Schnee hingen jetzt Wassertropfen zwischen den Barthaaren. Feine Rinnsale von Wasser flossen aus dem Bart, suchten sich ihren Weg über die bläulich-weiße Wangenhaut und krochen in die fast violetten Ohren des abgeschlagenen Kopfes.

Fauliger Gestank erfüllte plötzlich die Höhle. Die um den Schädel angehäuften Kotballen begannen zu rauchen. Kleine Flammen schlugen aus ihnen. Und plötzlich bewegte der rumpflose Tote die Lippen. »Was willst du von mir, dass du mich so nahe zu dir rufen musst, Baloor?«

Es war keine menschliche Stimme – es war ein Krächzen und Knarren, als würde Stoff reißen oder Holz splittern. Baloor warf sich über seine gekreuzten Beine auf den Höhlenboden. Er keuchte wie ein Erstickender. Seine Nackenmuskulatur verkrampfte sich, und seine Arme begannen zu schlottern. Er wollte reden, brachte aber keinen Ton heraus. Es war erst das zweite Mal in seinem Leben, dass er den Dämon so nahe zu sich beschworen hatte.

»Sprich, Baloor, warum hast du mich gerufen?« Hundertfach hallte die Totenstimme aus der Dunkelheit der Höhle zurück.

Baloor hob den Kopf. Er zwang sich tief durchzuatmen. Es stank nach Kot und Schwefel und nach verschmortem Haar. Der Rauch, der von dem Kopf und den brennenden Kotballen aufstieg, brannte ihm in der Nase und im Rachen.

Er versuchte seine Panik zu unterdrücken und wagte einen Blick auf das Gesicht des abgeschlagenen Kopfes. Dessen blaue Lippen zuckten. Bart- und Haupthaar schmolzen in den größer werdenden Flammen. Aus den Nasenlöchern stieg Rauch. Die Augäpfel kochten, und die Iris warf Blasen.

Baloor fror plötzlich, und trotzdem rann ihm der Schweiß über das fahle Gesicht. »Ehre sei dir, erhabener Orguudoo«, keuchte er. »Ich will, dass du einen falschen Gott vernichtest.«

Der Abstieg schien nicht enden zu wollen. Matthew Drax schätzte, dass inzwischen mindestens tausendfünfhundert Höhenmeter zwischen ihnen und dem kleinen Gletschertal lagen, von dem aus sie vor drei Tagen aufgebrochen waren. Trotzdem ging es noch immer bergab.

Matt hatte ein gutes Augenmaß – und dennoch konnte etwas an seiner Schätzung nicht stimmen. Die Schneegrenze lag in milden Monaten bei etwa einem Kilometer und nicht bei anderthalb. Und es war März. Wahrscheinlich Mitte März. Selbst wenn er in den französischen Alpen gelandet sein sollte – sie müssten längst die ersten Flusstäler erreicht haben. Oder wenigstens das eine oder andere Bergdorf.

Stattdessen schroffe Felswände, Geröllfelder, serpentinenartige Trampelpfade und immer wieder Trümmerfelder von aufeinander getürmten und ineinander verkeilten Felsblöcken, teilweise so groß wie achtstöckige Häuser. Als wenn in dieser Gegend ganze Bergrücken in die Luft gesprengt worden waren. Oder als ob es ein Erdbeben unvorstellbaren Ausmaßes gegeben hätte.

Matt konnte auf etwa zweihundert Flugstunden zurückblicken, die er in den letzten zwei Jahren über den Alpen absolviert hatte. So eine Landschaftsformation war ihm nie aufgefallen.

Am Abend des dritten Tages kletterten sie über ein Geröllfeld auf ein Hochplateau hinab. Matt marschierte an der Spitze des Zuges. Zusammen mit Aruula und Sorban, dem massigen Führer der Horde.

Noch immer hielten sie Matt für einen Abgesandten Wudans, ihres höchsten Gottes. Zumindest Sorban und seine Horde hielten ihn dafür. Aruula hatte längst begriffen, dass er weiter nichts als ein Mensch war.

Ein ziemlich verwirrter Mensch sogar – denn auf nichts, was er sah, konnte Matt sich einen Reim machen. Weder auf diese fellverhüllten Barbaren mit ihren eisenzeitlichen Waffen und Werkzeugen, noch auf ihre Sprache, noch auf die fremdartige Landschaft und den ständig verhangenen Himmel, und schon gar nicht auf die merkwürdigen Wesen, die ihm in den Wochen seit der Notlandung begegnet waren.

Die Taratzen zum Beispiel, menschengroße, aufrecht gehende Ratten. Oder die Riesenheuschrecken. Frekkeuscher nannte die Horde diese gewaltigen Insekten. Größer als ein Kamel waren sie, und ein moosgrüner Pelz bedeckte ihren langgestreckten Körper unterhalb ihrer beiden Flügelpaare.

Hinter den vier Speerträgern, die nach Matt, Aruula und dem Häuptling die zweite Spitze bildeten, krochen sieben Riesenheuschrecken den steinigen Hang hinunter. Auf drei von ihnen hatten Sorbans Leute die Zeltstangen, Fellplanen, Waffen und Vorräte der Horde geladen. Drei weitere trugen zwei schwangere Frauen und zwei Mütter mit Kleinkindern. Auf dem letzten Frekkeuscher ritt Radaan, Sorbans ältester Sohn. Aruula hatte ihm in einem Schwertkampf den Oberschenkel mit der flachen Klinge zerschlagen.

Matt wusste, dass der junge Bursche ihn hasste. Seine lauernden Blicke sprachen Bände. Matts vertrauter Umgang mit Aruula passte ihm nicht. Und Matt war sich ziemlich sicher, dass er neben Aruula der zweite in der Horde war, der längst nicht mehr an seine Göttlichkeit glaubte.

Aber das musste Matt nicht beunruhigen. Seitdem Radaan gemeinsam mit dem Schamanen Baloor versucht hatte, ihn, den vermeintlichen Gott, an die Taratzen auszuliefern, mieden ihn die meisten Hordenmitglieder. Die Einzige, die noch mit ihm sprach, war die alte Zurpa, Radaans Mutter und Sorbans Hauptfrau.

Baloor war vom Häuptling aus der Horde verbannt worden. Vier Tage bevor sie das Lager abgebrochen hatten. Aber seinen eigenen Sohn zu verstoßen, dazu hatte er sich nicht durchringen können.

Je acht Krieger und Kriegerinnen flankierten den Zug. Die meisten waren Schwertträger. Ein paar Halbwüchsige liefen neben den Frekkeuschern her. Drei Jungen und zwei Mädchen. Vier Bogenschützen bildeten die Nachhut.

Genau fünfunddreißig Köpfe zählte Sorbans Horde. Zusammen mit Matt waren sie sechsunddreißig.

Gelbbraunes Gras bedeckte das Hochplateau, dazwischen bräunliche Moose und Flechten. Ein paar verkrüppelte Bäume sah Matt, und gegen das Ende des etwa dreihundert Meter breiten Plateaus hin verschwand der Trampelpfad in schwarzgrünem Gestrüpp. Es erinnerte Matt an Ginster. Aber von mehr als mannshohen Ginstersträuchern hatte er noch nie gehört.

Schnell wie ein leichtfüßiger Junge sprang der hünenhafte Häuptling die letzten Meter des Geröllfeldes hinab. Schon seit drei Tagen wunderte Matt sich, wie mühelos der Riese seine schätzungsweise hundertfünfzig Kilo durch das unwegsame Gelände bewegte. Sorban ging ein Stück auf das Plateau hinaus und sah sich um. Dann blickte er zurück und winkte mit beiden Armen. »Zi bataa wee nu camboo«, brüllte er.

Matt wandte sich an Aruula. »Was sagt er?«

»Lager bauen – hier.« Sie deutete nach unten.

Aruula hatte ihr blauschwarzes Haar mit Lederbändern zu einem fast hüftlangen Zopf zusammengebunden. Wie die meisten Hordenmitglieder trug sie ein dunkelbraunes, langhaariges Fell. Matt konnte sich nicht vorstellen, von welchem Tier es stammen mochte. Es sei ein Wakuda-Fell, hatte Aruula ihm vor einigen Tagen erklärt. Wakuda – vielleicht meinte sie das rinderartige Tier, das Matt in der Vorratshöhle des Taratzenkönigs gesehen hatte. Auch dessen Fell war dunkelbraun und zottelig gewesen.

Einige Männer der Horde trugen wie Sorban das schwarzgraue Fell der Taratzen. Wenn Matt Aruula richtig verstanden hatte, galt dieses Fell als eine Art Trophäe. Nur wer eine Taratze getötet hatte, durfte deren Fell tragen und sich damit das sichtbare Zeichen eines besonders tapferen Kämpfers umlegen.

Die Verständigung mit Aruula gelang ihm von

Tag zu Tag besser. Oft hatte Matt das Gefühl, sie könnte ihm von den Augen ablesen, was er sagen wollte.

Während die Horde das Lager aufschlug, überquerte Matt mit Aruula und Sorban das Plateau. Von seinem Rand aus fiel ein mit Moos, Flechten und bräunlichem Gras bedeckter Hang in ein schmales Tal hinab. Ein kaum sichtbarer Trampelpfad führte in zahllosen Serpentinen nach unten. In der Talsohle sah Matt den Lauf eines Gebirgsflusses. So tief unten, dass man sein Rauschen hier oben nicht hören konnte. Von seinem anderen Ufer aus stieg das Gelände wieder steil an. Der nächste Höhenzug.

Auch Sorban blickte auf den Fluss hinunter. Er nickte, als würde er die Gegend kennen. »Modejaa reeso wee du fluwee naa.«

»Morgen den Fluss entlang«, übersetzte Aruula auf Matts fragenden Blick hin. Matt runzelte die Stirn. Er konnte sich nicht erinnern, ihr das Wort ›Fluss‹ beigebracht zu haben. Ständig überraschte sie ihn mit neuen englischen Begriffen. Begriffe, die sie eigentlich noch nie gehört haben konnte.

»A doo dejaana atweeno da landa de midaa.« Wieder der rollende Bass des schwarzbärtigen Riesen.

»Zwei Tage, und wir kommen in Südland«, übersetzte Aruula.

Das ›Südland‹ galt als eine Art Gelobtes Land unter diesen Barbaren. So viel hatte Matt herausgefunden. Sie erwarteten von ihm, dass er sie sicher dort hin führte. Immerhin war er in ihren Augen ein Gott.

»Woher weiß er das?«, wollte Matt wissen. »Kennt er diesen Fluss? Kennt er den Weg?«

Aruula und Sorban palaverten miteinander. Matt verstand nicht alles, was die Frau ihm anschließend übersetzte. Er begriff immerhin so viel, dass irgendwelche Vorfahren Sorbans schon einmal versucht hatten, in das sogenannte ›Südland‹ vorzudringen. Sein Vater oder sein Großvater. Vielleicht auch sein Urgroßvater.

Matt schwirrte der Kopf. Schon wieder taten diese Barbaren so, als würden Leute wie sie seit Urzeiten durch diese Gegend streifen. Leute mit Schwertern und Spießen, Leute, die auf Riesenheuschrecken ritten, sich in Fell hüllten und mit Monsterratten herumschlugen. Um diese Jahreszeit pflegten sich normalerweise Millionen von Skitouristen in den Alpen zu tummeln; Matt hatte noch nicht einmal einen verborgenen Skilift aus dem Schnee ragen sehen.

Und was zum Teufel war mit den Folgen des Kometentreffers? Allen Berechnungen zufolge müsste ganz Europa in Mitleidenschaft gezogen und der Himmel vom Staub des Aufpralls verfinstert worden sein. Nun schien es, als wäre ›Christopher-Floyd‹ an der Erde vorbei gerast – obwohl Matt von seinem Stratosphärenjet aus den Einschlag doch beobachtet hatte!

Zum hundertsten Mal kapitulierte sein Verstand vor diesen Fragen. Es war, als hätte er einen Knoten im Hirn. Als würden seine Gedanken gegen eine Stahltür anrennen, die keinen Millimeter nachgab. Was war mit ihm geschehen?

Sorban stapfte durch das spärliche Gras zurück zu seinen Leuten. Aruula blieb neben Matt stehen. Seit sie ihn aus dem Höhlensystem der Taratzen befreit hatte, wich sie kaum noch von seiner Seite. Es war gut, jemanden neben sich zu haben, auf den man sich verlassen konnte.

Matt zog den Reißverschluss seines Pilotenanzuges auf. Er war nassgeschwitzt von dem mühsamen Marsch des zurückliegenden Tages. Ein milder Wind blies von Süden her auf das Hochplateau.

Matt holte den Kompass aus der Brusttasche. Sein Blick folgte dem Flusslauf tief unter sich. Nicht einmal einen Kilometer weiter südöstlich verschwand er in der tiefen Kerbe zwischen den beiden Hängen. Jedenfalls behauptete Matts Kompass, dass der Fluss in südöstliche Richtung floss.

Matt hatte keine Ahnung, wo die anderen beiden Jets und Smythes Schleudersitz gelandet waren. Aber wenigstens einer der Jets hatte sich auf dem gleichen Kurs wie er selbst von ›Christopher-Floyd‹ entfernt. In südlicher Richtung. Kurz vor dem Einschlag des Kometen hatte Matt die Maschine vor sich durch die Stratosphäre trudeln gesehen. Die Wahrscheinlichkeit, Irvin Chester, Jenny Jensen und die anderen zu finden, war lächerlich gering. Aber auch nicht gleich Null. Matt hatte keine Wahl – er musste nach ihnen suchen. Vielleicht im ›Gelobten Land‹.

Seite an Seite gingen er und Aruula zu den anderen. »Traurig?«, fragte Aruula leise. Matt zuckte mit den Schultern. »Du denkst an andere Feuervögel?« Matt nickte. Es überraschte ihn schon nicht mehr, dass diese erstaunliche Frau seine Gedanken erahnte. »Ich helf dir«, sagte sie.

Matt wandte sich ab, um sein bitteres Lächeln vor ihr zu verbergen. Wie sollte diese halbwilde Frau ihm helfen können, seine Kameraden wiederzufinden?

Laute Stimmen mischten sich in das monotone Getrommel des Regens. Laute Stimmen und ein zeterndes Kreischen, das Drulza bekannt vorkam. Sie erhob sich von ihrem Lager aus Fellen und mit

Trockengras gefüllten Säcken und hinkte durch den Saal bis zu einem der vier riesigen Bogenfenster.

Ihre kurzen, haarigen Finger griffen in das Efeugestrüpp und bogen es auseinander. Zwischen den morschen Stützbalken hindurch spähte sie hinunter auf einen weitläufigen quadratischen Platz. Gestrüpp und kleine Bäume wuchsen dort unten.

Auf drei Seiten war der Platz durch grüne Wälle aus Efeu, Weinranken und anderen Kletterpflanzen begrenzt. Zugewucherte Hausfassaden. Gegenüber von Drulzas Fenster, etwa einen Speerwurf weit entfernt, bildete ein langgestreckter flacher Hügel die Grenze des Platzes. Ein Schutthaufen. Büsche wuchsen auf ihm und hüfthohes gelbliches Gras.

Acht ihrer Leute sah Drulza zwei Stockwerke unter sich durch das Gestrüpp schaukelten. Sie stießen Gefangene vor sich her. Drei Nackthäute. Und einen Gefangenen zerrten sie an zwei starken Ketten zwischen sich über den Platz. Einen ungewöhnlich großen Gefangenen – eine Taratze!

Drulzas wulstige Schlundlippen legten sich in zahllose Falten. Sie stieß ein heiseres Gekrächze aus. Es gab nicht viel zu lachen in letzter Zeit. Seit der Schwarze Feind ein Haus nach dem anderen eroberte. Aber der Anblick der Beute dort unten brachte sie zum Lachen. »Lecker«, krächzte sie.

Sie spähte hinüber zum Turm. Der zerklüftete, durch ein gutes Dutzend Baumstämme notdürftig abgestützte Steinquader erhob sich etwa zwanzig Schritte hoch über das Dach. Die Krone eines Laubbaumes ragte aus den Überresten der Ziegel, die fast vollständig von grünem Gestrüpp überwuchert waren. Aus dem Glockenstuhl des Turmes bogen sich krumme Birkenstämme.

Und darüber, ganz oben zwischen den Resten der

Zinnen, sah Drulza die Schatten der Wächter. Ihre Lanzen überragten die zerfallenen Zinnenkronen.

Drulza ließ die Efeuranken los. Nur flackerndes Fackellicht erhellte den Saal jetzt noch. An dem aus Felsquadern formierten Tisch vorbei hinkte Drulza zu ihrem Sitz. Der stand an der Stirnseite des Saales. Ein aus groben Stämmen zusammengebundener Stuhl. Er war mit Fell ausgelegt und stand auf vier pyramidenartigen Holzstammschichten.

Natürlich würden die Soldaten die Gefangenen zuerst zu ihr bringen. Zu ihr, der Obermutter und Herzogin. Anders als der Herzog empfing sie ihre Leute niemals, während sie auf ihrem Lager lag. Im Laufe ihres langen, fast vierzigjährigen Lebens hatte die alte Wulfanenfrau so etwas wie Stil entwickelt. Es machte sich einfach besser, wenn Rangniedere zu einem aufschauen mussten.

Sie stieg die drei Stufen zu ihrem Sitz empor. Ihre Hüfte schmerzte. Eine Kriegsverletzung. Vor fünf Jahren hatte der Schwarze Feind sie erwischt. Es gab Schlimmeres. Andere starben an geringfügigeren Verletzungen. Aber Drulza war fett geworden, seit sie nicht mehr richtig laufen konnte. Die vier Stufen zum Sitz hinauf strengten sie an. Ihr Atem rasselte, als sie in den Sitz sank. Sorgfältig ordnete sie ihre gelbliche Ledertoga.

Rechts und links des Thronsitzes steckten Fackeln in der Wand. Genau wie an der Längsseite des Saales neben dem bogenförmigen Durchgang ins Treppengewölbe.

Das Geschrei ihrer Soldaten und das Kreischen der Taratze hallten jetzt im Inneren des Gebäudes. Drulza hörte das Rasseln der Ketten und das Scharren der Krallen auf dem Steinboden. Dazwischen immer wieder ein langgezogenes Wimmern. Einer der drei Nackthäute.

Schließlich traten die ersten ihrer Soldaten durch den Eingang in den Saal. Drei gedrungene Burschen in schwarzbraunen, pechgetränkten Bastjacken, die ihre Körper von den Schultern bis zu den Oberschenkeln bedeckten. Auf ihren großen haarigen Schädeln saßen schwarze Chininhelme. Wie überdimensionale Tropfen liefen sie im Nacken spitz zu und waren rundum mit einem starken schwarzen Ledersaum besetzt.

Die Soldaten knallten die Enden ihrer Lanzen auf den Boden, reckten die rechten Arme in die Höhe und brüllten: »Lang lebe die Obermutter!« Das lange Körperhaar des mittleren der drei Soldaten schimmerte rötlich im Fackellicht. Genau wie Drulzas Haar. Einer ihrer Söhne niederer Zeugung. Yurzek, wenn Drulza richtig sah. Die meisten Wulfanen hatten schwarzes oder dunkelbraunes Haar.

Die drei Nackthäute taumelten in den Saal. Zwei Soldaten stießen ihnen die Lanzenschäfte in die Rücken, bis sie vor Drulzas Sitz flach auf dem ausgetretenen Steinboden lagen. Ein Mann, eine Frau und ein kleines Kind. Alle drei ziemlich ausgezehrt. Drulza konnte den Gestank ihrer Körperausscheidungen riechen. Widerlich.

Zuletzt zerrten sie die Taratze in den Saal hinein. Sie stemmte sich mit den Hinterläufen gegen die steinige Türschwelle. Aber einer der Soldaten rammte ihr den Stiefelabsatz auf den Schwanz, und kreischend machte sie einen Satz bis fast zum Tisch. Die Soldaten hatten ihr die Vorderpfoten in Ketten gelegt und das lange Maul mit Lederriemen zugebunden. Die Taratze fiepte jämmerlich. Drulza lief das Wasser im Schlund zusammen. Sie hatte seit Tagen nichts Vernünftiges mehr gefressen.

Der Hauptmann der Truppe trat vor ihren Sitz

und reckte den Arm mit der geballten Faust hoch. »Lang lebe die Obermutter.« Sein Haar war kraus und noch länger als das der anderen. Am ganzen Körper, sogar an Knöcheln und Knien. Und es war feuerrot. Brellzek, ebenfalls ein Sohn Drulzas. Ein Sohn edler Zeugung. Ein Sohn des Herzogs selbst.

Im Lauf ihres langen Lebens hatte Drulza ungefähr dreizehn Söhne und neun oder zehn Töchter geboren. Ganz genau wusste sie es selbst nicht mehr. Mehr als die Hälfte ihrer Kinder war sowieso schon tot. Seit dem Kriegsausbruch vor acht Jahren hielt der Tod reiche Ernte in Bolluna.

Sie nickte Brellzek zu und verzog ihre Schlundlippen zu einem Lächeln.

Die meisten Wulfanen hatten Säbelbeine und einen Buckel. Nicht so Brellzek. Seine kräftigen Beine waren lang und gerade und sein Rücken, abgesehen von den knochigen Schulterblättern, glatt und flach. Über dem teergetränkten Hemd trug er einen ledernen Umhang, der ihm bis zu den Knien reichte. Einen schwarzen Lederumhang – das Zeichen eines Hauptmanns. Niemand in Bolluna hatte mehr Feinde getötet als er.

Drulzas Blick wanderte über die vier Gefangenen. »Prächtig, Brellzek, prächtig«, krächzte sie. »Du bringst gute Beute.« Brellzeks Schlundlippen zogen sich auseinander. Der Lippenspalt wanderte ihm fast bis zwischen die Augen. Die gelben Reißzähne seines gewaltigen Gebisses wurden sichtbar. Er strahlte – das Lob der Obermutter tat ihm gut.

Drulza deutete auf den Steinquadertisch. Ein kleiner Kasten aus schwarzem Leder stand dort neben einem Wasserkelch. Brellzek schritt zum Tisch, öffnete den Deckel des Lederkastens und entnahm ihm eine dunkelbraune, fingerlange Stange. Damit ging er zum Ausgang und nahm die linke Fackel von der

Wand. Er steckte die Stange zwischen seine Schlundlippen und entzündete sie an der Flamme. Rauchwolken stiegen zur Saaldecke hinauf. Er ging zurück zu Drulzas Sitz, stieg zwei Stufen hinauf und reichte der Obermutter die Zigarre.

»Nimm dir auch eine«, krächzte Drulza. Während Brellzek ihrer Weisung nachkam, betrachtete sie die Gefangenen. Die drei Nackthäute zitterten. Sie waren in altes löchriges Fell gewickelt. Zwischen den Lederfetzen dessen, was einmal ihre Stiefel gewesen waren, sah Drulza blaugefrorene Füße. Das Kind und die Frau heulten leise vor sich hin. Der Mann stierte sie erwartungsvoll an. Alle drei hatten nicht viel Fleisch auf den Knochen. Für ein Festmahl würden sie nicht taugen.

Die Taratze dagegen war kräftig und hatte ein schönes Schwarzfell. Der Herzog würde seine Freude daran haben.

»Wo habt ihr sie aufgegabelt?«, wollte Drulza wissen und stieß eine Qualmwolke aus. Für einen Moment sah ihr haariges Gesicht aus wie der Krater eines rauchenden Vulkans.

»Jenseits des Stromes«, sagte Brellzek. »Am Fuß des Gebirges, nicht weit von Virruna. Die Taratze war hinter den Nackthäuten her.«

»So, so«, knurrte Drulza. »Woher kommt ihr?« Sie sprach den Mann an und benutzte dabei einen Dialekt der Wandernden Völker.

»Aus dem Eisgebirge.« Der Mann sprach leise. Seine Stimme vibrierte. »Die Bestien haben unsere Horde überfallen ... fast alle tot ... nur wir drei konnten fliehen ...« Seine Stimme versagte.

Drulza beäugte ihn misstrauisch. »Fliehen? Aus den Höhlen der Taratzen? Wie hieß ihr Führer?«

»Rraar ... ja, Rraar nannten sie ihn ...«, stammelte der Mann.

Drulza nahm einen tiefen Zug von ihrer Zigarre und blies dem Mann den Rauch entgegen. »Du lügst. Niemand flieht aus der Gewalt einer Taratzenhorde.«

»Sie sagen, ein Fremder sei aufgetaucht«, mischte Brellzek sich ein. Ein Mann mit gelbem Haar, mit sehr wenigem Haar. Er soll Kleider aus grünem Stoff getragen haben.«

»Rraar hat ihn behandelt wie einen Gast«, flüsterte der Mann auf dem Boden vor Drulzas Sitz.

»Was war das für ein Mann?«, fragte Drulza lauernd.

»Ich weiß es nicht … wirklich nicht.« Im fiebrigen Blick des Gefangenen flackerte die Angst. »Er hatte mächtige Waffen … Waffen, die Blitz und Donner vom Himmel riefen … sie haben Rraar und viele seiner Jäger zerrissen … Und der Fremde hat es gewagt einen Eluu loszubinden, der ein Blutbad unter den Taratzen angerichtet hat. Dadurch konnten wir fliehen …«

Drulza spürte den erwartungsvollen Blick ihres Sohnes. Vermutlich glaubte er den Worten des Gefangenen genauso wenig wie sie selbst. Niemand kettete einen Eluu los. Jedenfalls nicht freiwillig. Der riesige Vogel mit dem Schuppenpanzer war der gefährlichste Fressfeind der Taratzen. Und auch die Wulfanen fürchteten ihn. »Du lügst«, sagte Drulza.

»Nein, nein …« Der Mann hob flehend die Arme. »Was ich sage, ist wahr.«

»Habt ihr die Taratze verhört?«, wandte Drulza sich an Brellzek.

»Keiner von uns beherrscht ihre Sprache.«

»Dann bringen wir sie zum Herzog.«

Herzog Krallzek war einer der wenigen Wulfanen, die das Land jenseits des Eisgebirges gesehen hatten. Sogar eines der drei Meere hatte er schon überquert. Er war weit herum gekommen, hatte viele Stämme und Völker gesehen. Drulza wusste, dass er sich auch mit den Taratzen verständigen konnte.

Ächzend stieg sie von ihrem Sitz herunter. Mit der Zigarre deutete sie auf den gefangenen Mann. »Bratet ihn, bis er alles gesagt hat, was er weiß.« Bewusst benutzte sie seine Sprache.

»Nein!« Der Gefangene warf sich flach vor sie hin. »Ich bitte dich – verschone mich! Ich habe alles gesagt …!« Drulza trat ihm ins Gesicht. Seine Frau stimmte ein hysterisches Geschrei an.

»Das Kind und die Frau sperrt ein.« Gleichgültig musterte sie die beiden halbverhungerten Gestalten. »Gebt ihnen zu essen. Nicht dass sie uns verenden, bevor wir sie genießen können.«

Vier Soldaten schleppten die drei jammernden Nackthäute davon. Die drei anderen Soldaten zerrten die Taratze aus dem Saal. Hinter ihnen her liefen Drulza und Brellzek durch einen breiten düsteren Gang zu den Gemächern des Herzogs.

Schon von weitem hörten sie laute Schreie, Stöhnen und Seufzen. Die Soldaten mit der Taratze blieben stehen und sahen sich unsicher nach Drulza um. »Wartet einen Moment.« Sie hinkte an ihnen vorbei. Kurz vor der Maueröffnung zum Saal des Herzogs blieb sie stehen. Das Geschrei und Gestöhne drang aus dem Raum.

»Hier ist Drulza!«, rief sie laut. »Wir brauchen dich, Krallzek!«

Augenblicklich verstummten die Schreie. »Verflucht noch mal!«, hallte die tiefe Stimme des Herzogs aus dem Saal. »Wie oft soll ich dir noch sagen, dass ich nicht gestört werden will!?«

»Halt den Schlund, Krallzek!«, giftete Drulza. »Wir brauchen dich, es ist wichtig!«

Ein paar Flüche drangen aus dem Raum. Tippelnde Schritte näherten sich – drei junge Wulfanenfrauen huschten aus dem Eingang. Sie verschwanden im gegenüberliegenden Mauerdurchbruch.

Wehmütig sah Drulza ihnen nach. Die Tage waren längst vorbei, in denen *sie* in Krallzeks Saal ein und aus ging, um sich begatten zu lassen. Sie war zu alt, um noch Kinder zu werfen. Aber sie hatte etwas Besseres: Macht. Sie war Brellzeks Mutter – die Mutter des künftigen Herzogs. Und als solche bestimmte sie weitgehend die Geschicke ihres Volkes. Auch hinsichtlich des Krieges traf der Herzog keine Entscheidung, die sie nicht vorher abgesegnet hatte. Krallzek war da, um die jungen Wulfanenfrauen zu besteigen. Und um die Soldaten in den Kampf gegen den Schwarzen Feind zu führen. Sie, die Obermutter, war die zweitmächtigste Wulfane in Bolluna. Nur ihre greise Mutter war noch mächtiger …

Sie schleppten die Taratze vor Krallzeks Sitz. Brellzek erklärte, was vorgefallen war. »Vielleicht weiß das Biest, was für ein Fremder das ist, der angeblich einen Taratzenkönig getötet haben soll«, sagte Drulza. »Du verstehst doch ein paar Brocken dieser viehischen Sprache.«

»Was ist das für ein Märchen?«, knurrte Krallzek. »Ich habe noch nie gehört, dass irgendeine Kreatur wieder aus den Höhlen der Taratzen herausgekommen wäre. Es sei denn, als Kot.« Er lachte krächzend.

Der Herzog war so groß wie Brellzek, sein Erstgeborener, aber fast doppelt so breit. Wie Drulza trug er einen Umhang aus gelblichem Leder. Graue Strähnen durchzogen sein ansonsten dunkelbraunes Körperhaar. Die rechte Gesichtshälfte allerdings war haarlos und vernarbt, und ein Stück der Schlundlippe fehlte. Eine Kriegsverletzung. Die Waffe des Schwarzen Feindes hinterließ schauderhafte Spuren.

Der Herzog pflanzte sich vor der um einen Kopf größeren Taratze auf, holte aus und schlug ihr mit dem Handrücken aufs Ohr. Sie fiepte erbärmlich. Keine Körperstelle der Taratzen war empfindlicher als die Ohren. Krallzek stemmte seine haarigen Fäuste in die Hüften und gab schnalzende und piepsende Töne von sich.

Die Taratzen antwortete widerwillig, aber sie antwortete.

»Sie ist strohdumm«, sagte der Herzog. »Sie weiß nicht viel. König Rraar hätte einen Gott in seine Gewalt gebracht, behauptet sie. Er wollte, dass er ihm im Kampf gegen die Eluus hilft. Aber dann hat der angebliche Gott einen Eluu auf ihn und seine Rotte losgelassen.«

»Der Gefangene hat also doch die Wahrheit gesagt«, krächzte Drulza.

»Dieser Gott soll ›Maddrax‹ heißen«, fuhr Krallzek fort, »und mit einer Horde Nackthäute ins Südland unterwegs gewesen sein. Er kam mit einem Feuervogel.«

»Schon wieder ein Feuervogel«, murmelte Drulza nachdenklich.

»Was habe ich mit Göttern tun?«, knurrte der Herzog. »Das ist Sache der Hexe.« Er deutete auf die Taratze. Zieht ihr das Fell ab. Heute Abend will ich ihre Hinterschenkel fressen. Und schickt mir die Weiber wieder in den Saal.«

Die drei Soldaten schleppten die fiepende Taratze weg. An der Seite ihres Sohnes hinkte Drulza durch den Gang. »Eine Horde Nackthäute unterwegs in unsere Gegend – das gefällt mir«, krächzte sie.

»Aber dieser Fremde, dieser Feuervogelmann namens Maddrax – das gefällt mir nicht.« Sie paffte an ihrer Zigarre. »Begleite mich zu deiner Großmutter, mein Sohn.«

Brellzeks Großmutter und Drulzas Mutter war die Hexe von Bolluna. Die mächtigste Wulfane der Stadt ...

Sorbans Leute bauten ihre Fellzelte auf. Ein paar Halbwüchsige und einige Frauen waren auf das Hochplateau ausgeschwärmt, um Brennmaterial zu suchen.

Radaans feindseliger Blick traf Matt, als er sein Notpaket aus dem Jet vom Leittier löste. In den ersten Tagen hatte er die schwere Ausrüstung noch selbst herumgeschleppt. Bis ihn sein schmerzender Rücken davon überzeugt hatte, den Container besser einem Frekkeuscher aufzubürden.

Keins der Hordenmitglieder würde den flachen grünen Container anrühren. Abgesehen von Radaan. Aber der junge Krieger konnte sich noch nicht aus eigener Kraft fortbewegen. Das würde sich in ein, zwei Wochen ändern. Dann musste Matt auf der Hut sein.

Er half einer hochschwangeren Frau vom Rücken Frekkeuschers herab. Scheu lächelte sie ihn an. Sie hatte auf dem Schleudersitz gesessen, den Matt aus dem havarierten Jet ausgebaut und statt eines Sattels auf dem Rücken des Rieseninsekts befestigt hatte. Noch mindestens zwei Wochen lang würde der im Sitz eingebaute Peilsender Signale aussenden. Matt wollte die Hoffnung nicht aufgeben, dass man nach ihm suchte.

Vom Inhalt des Notpakets trug Matt den Kompass, ein Feuerzeug, die Armeepistole und das

Messer stets bei sich. Wer wusste schon, was ihn noch alles erwartete in dieser Alptraum-Welt?

Feuer wurden entzündet, Vorräte aufgeteilt – zu Wasser geschmolzenes Eis und ›Shmaldan‹. So nannten Sorbans Leute eine gelbliche Paste, die sie als Notnahrung in großen Ledersäcken mit sich führten.

Von Aruula wusste Matt, dass diese Paste auf der Grundlage von Tierfett und einem Pflanzensirup hergestellt war, den die Barbaren aus einem Baum gewannen. Die ziemlich feste Paste war mit zerstoßenem Grassamen, getrockneten Beeren und zerriebenem Trockenfleisch versetzt. Sie schmeckte ranzig und herb. Aber Matt behielt sie bei sich. Es blieb ihm auch gar nichts anderes übrig, denn seine Vorräte an Trockennahrung waren aufgebraucht. Immerhin sättigte das Zeug einigermaßen.

Sie hockten sich um ein Feuer und starrten in die Flammen.

»Warum sind deine Vorfahren nicht im Südland geblieben?«, fragte Matthew an Sorban gewandt. Aruula dolmetschte, und der Häuptling setzte zu einem Wortschwall an, von dem Matt kaum fünf Brocken verstand. Seinem Mienenspiel aber entnahm er, dass er von bedrohlichen Dingen sprach.

»Feinde haben Horde zurück in Gebirge getrieben«, übersetzte Aruula. Sie hob dreimal beide Hände hoch und spreizte die Finger. Und dann noch mal die gespreizten Finger einer Hand. »So viele sind getötet worden. Feinde haben sie gegessen.«

Matt runzelte die Stirn. »Was für Feinde?«

»Starke Feinde aus verfluchter Stadt. Siragippen und Wulfanen.«

Siragippen und Wulfanen – Matt hatte nie von Völkern gehört, die sich so nannten. Aruula versuchte zu erklären. Unter Siragippen schien sie irgendwelche Insekten zu verstehen; ›Wulfanen‹ dagegen waren wohl Menschen, die südlich des Eisgebirges in Städten wohnten.

»Und warum sollen diese Feinde jetzt weniger gefährlich sein?«

»Batafii areeg da nac villagoona«, knurrte Sorban.

»Sie machen jetzt Krieg gegeneinander«, übersetzte Aruula. »In den toten Städten.«

Alles in Matt sträubte sich, auch nur ein Wort von dem zu glauben, was er da hörte. Gleichzeitig wusste er, dass die Barbaren genauso wirklich waren wie das misstrauische Hirn unter seiner Schädeldecke. Und er wusste, dass Aruula ihn nicht anlügen würde.

Sorban verzog seine wulstigen Lippen zu einem zuversichtlichen Grinsen. »Wudan te Maddrax nu saawi te leedi naa landa de midaa.«

»Was sagt er?« Matt verstand nur ›*landa de midaa*‹. Das hieß wohl Südland.

»Er sagt, Wudan und Maddrax uns schützen und führen nach Südland«, übersetzte Aruula.

Sorban griff unter seinen Mantel und zog sein Amulett heraus. Andächtig presste er es gegen seine Stirn und küsste es dann.

Das gläserne, fast eigroße Amulett – auch so ein Rätsel. Matt hatte verstanden, dass es seit Generationen von Häuptling zu Häuptling weiter gegeben wurde. Und er wusste, dass es eine Art Totem war, das dem Träger die Kraft Wudans vermitteln sollte.

Aber wie eine analoge Swatch-Uhr des einundzwanzigsten Jahrhunderts in das Amulett eines Eisenzeit-Menschen gelangen konnte – das war einer der gordischen Knoten, die Matts Geist lösen musste. Ganz zu schweigen von der Frage, wie Menschen aus der Eisenzeit ins einundzwanzigste Jahrhundert gelangen konnten.

Die Uhr im Inneren des Klumpens geschmolzenen Glases stand still – exakt auf dem Datum, an dem Matt mit seiner Staffel von Berlin aus in die Stratosphäre gestartet waren, um den Raketenbeschuss des Kometen zu beobachten. Und exakt auf der Uhrzeit, zu der ›Christopher-Floyd‹ die Erde getroffen hatte: am 8. Februar 2012 um 16:44 Uhr.

Später lag Matt schlaflos unter seiner Fellplane. Bilder und Gedanken rotierten in seinem aufgepeitschten Gehirn. Wulfanen, Siragippen, dieses fremde Hochgebirge – träumte er das alles nur? Menschen mit Schwertern, Riesenheuschrecken und denkende Riesenratten – hatte dieser verdammte Komet nicht nur die Welt, sondern auch sein Gehirn ruiniert? War er in Wirklichkeit wahnsinnig geworden und phantasierte sich das alles in der Geborgenheit einer Gummizelle zusammen?

Vielleicht war er auch tot. Und in der Hölle gelandet.

Und noch ein Gedanke ging ihm durch den Kopf, ein fantastischer, absolut verrückter Gedanke: Konnte es sein, dass die Energien des einschlagenden Kometen ihn irgendwie in die Vergangenheit versetzt hatten? In die letzte Eiszeit womöglich?

Aber auch diesen Gedanken verwarf Matt wieder. Erstens war er als Logiker weit davon entfernt, an so etwas wie Zeitreisen zu glauben. Und zweitens hatte er nie davon gelesen, dass die Menschen der letzten Eiszeit auf überdimensionalen Heuschrecken durch die Weltgeschichte gewandert waren.

Aruula hatte von Städten erzählt, die südlich des Gebirges lagen. Dorthin musste er. Vielleicht gab es dort normale, zivilisierte Menschen, die ihm das alles erklären konnten.

Matt schälte sich aus den Fellen und trat vor sein Zelt. Es war bitterkalt, und ein starker Wind fegte von Süden her über das Hochplateau. Ein verwaschener Lichtfleck stand am Nachthimmel – der Mond. ›Loona‹ nannten Sorbans Leute ihn. Verrückt.

Aus den Fellzelten um ihn herum drang dutzendfaches Schnarchen. Wie jede Nacht schliefen sie ruhig und tief. Durch seine Gegenwart fühlten sie sich so sicher, dass sie nicht einmal mehr Wachen aufstellten. Matt stieß ein bitteres Lachen aus. »Bullshit!, ich wünschte, ich wäre tatsächlich ein Gott, dann könnt ich jetzt auch ruhig schlafen ...«

Zwei Zelte weiter wurde ein Fell zur Seite geschoben. Matt erkannte Radaan schemenhaft im Eingang seines Zeltes.

Einer der beiden Menschen hier im Lager, die nur noch wenige Stunden zu leben hatten. Wäre Air Force Commander Matthew Drax wirklich das gewesen, was die Barbaren in ihm sahen, hätte er es gewusst. Und das Schreckliche vielleicht verhindern können ...

Baloor fror erbärmlich. Vor ihm glühte die Asche des Schädels. Bis auf die Zähne war er vollständig verbrannt. Baloor blinzelte zum Höhleneingang hinaus. Bis zum Einbruch der Dämmerung hatte Orguudoo zu ihm gesprochen. Und jetzt war es schon wieder hell vor der Höhle! Er musste also viele Stunden lang ohnmächtig gewesen sein.

Seine Knie stachen, als er aufzustehen versuchte. Sein Rücken schmerzte, in seinem Kopf schien eine Trommel zu wirbeln. Trotzdem zwang er sich in die Höhe. Er wankte zum Eingang, kratzte gefrorenen Schnee vom Fels und ließ ihn im Mund zergehen.

Danach schleppte er seine Sachen in die Nachbarhöhle. Hier konnte er nicht bleiben. Die unerträgliche Gegenwart des Dämons hing wie eine unsichtbare Wolke in den vereisten Stalagmiten.

Bevor er die Höhle endgültig verließ, kniete Baloor noch einmal vor der Asche nieder. Er verneigte sich und murmelte eine Beschwörungsformel. Danach verschloss er die Höhle mit Schnee.

Er hatte kaum noch Kraftreserven. Die Beschwörung Orguudoos hatte ihn mehr angestrengt als der Marsch hierher in die eisige Einöde. Er brauchte Stunden, bis er die Leiche eines der Gefallenen aus seinem Eisgrab geholt hatte. Eine Frau. Baloor packte seine Streitaxt und schlug der Toten den rechten Arm ab.

Oben, in der neuen Höhle, entzündete er getrockneten Kot. Er taute den Arm auf, zerlegte das Fleisch und garte es notdürftig über der Flamme.

Die Nahrung stärkte ihn. Baloor spürte neue Kraft durch seine Glieder strömen.

Nach dem Essen setzte er sich mit gekreuzten Beinen vor den Höhleneingang. Den Blick auf den grauen dunstigen Himmel gerichtet, betete er. Er rief Wudan an, den höchsten der Götter. Stundenlang, bis zum Abend. Sein Lehrer hatte ihm eingeschärft, niemals eine große Dämonenbeschwörung vorzunehmen, ohne danach einen Tag lang den höchsten der Götter anzurufen. Wer Orguudoo gegen seine Feinde zur Hilfe rief, musste stark sein und durfte nicht den geringsten Fehler machen. Sonst wurde er mit hineingerissen in den Sog der Vernichtung.

Baloor betete bis zum Einbruch der Dunkelheit. Dann verschloss er die Höhle von innen mit Schnee, stach eine Luftspalte in die Schneemauer und wickelte sich in seine Felle.

Am nächsten Morgen brach er nach Süden auf. So wie Orguudoo, der Herr der finsteren Tiefe, es ihm befohlen hatte. Mit eigenen Augen sollte er die Vernichtung Maddrax' sehen. Und mit seinen magischen Kräften sollte er an ihr mitwirken ...

Kurz vor Sonnenaufgang brachen sie das Lager ab und beluden die Frekkeuscher. Im Morgengrauen stiegen sie den Serpentinenpfad hinunter zum Fluss.

Der Strom war breiter, als Matt vom Hochplateau aus vermutet hatte. Seine reißenden Fluten wühlten sich durch ein zerklüftetes Felsbett. Das Wasser sah rötlich aus. Steil und schroff stieg das gegenüberliegende Ufer an.

Der Pfad führte die meiste Zeit nah am Ufer entlang. Nur hin und wieder mussten sie in den Hang hineinsteigen, um Wasserfälle und Schluchten zu umgehen. Dichte graue Wolken hingen tief über den Bergkämmen und hüllten sie teilweise ein.

Zum hundertsten Mal fragte sich Matt, warum die Sonne nur als verwaschener milchiger Fleck am Himmel zu sehen war. Als würde etwas in der Atmosphäre ihr Licht filtern.

Stundenlang marschierten sie schweigend, machten kaum Pausen. Der Bergrücken am anderen Flussufer wurde stetig niedriger. Die Bewaldung nahm zu. Büsche und Sträucher wucherten immer üppiger. Hier und da entdeckte Matt Nadelbäume. Kiefern mit auffallend ausladenden Ästen und langen, buschigen Nadeln.

Matts Chronometer war bei der Notlandung zerstört worden. Aber seine innere Uhr funktionierte. Er schätzte, dass sie neun Stunden unterwegs waren, als der Bergrücken am anderen Ufer plötzlich steil abfiel und den Blick auf einen See freigab, so groß, dass Matt das westliche Ufer nicht erkennen konnte.

Der Fluss strömte immer breiter und ruhiger. Sein Wasser hatte jetzt eine grünlich Färbung. Gegen Abend folgten sie dem Flusslauf um eine stark bewaldete Bergschneise herum – und dann öffnete sich plötzlich eine weite Ebene vor ihnen.

Als wäre er gegen eine Wand gerannt, blieb Matt stehen. Wälder, so weit sein Auge blicken konnte!

Sorban riss die Arme hoch und stieß einen Jubelschrei aus. Seine Leute klatschten in die Hände. Einige fielen sich in die Arme, andere begannen zu singen und zu tanzen. Aruula strahlte. »Das Südland«, sagte sie. »Wir sind da.«

Matt ließ sich ins Gras sinken. *Also doch nicht die französischen Alpen! Von dort aus öffnet sich keine Ebene nach Süden.* Er zog die Europa-Karte aus der Brusttasche seines Pilotenanzugs und entfaltete sie. Wie so oft in den letzten Tagen.

Es gab nicht viele große Seen am Südrand der Alpen. Den Lago Maggiore, den Comer See und den Gardasee. Und nur parallel zum Ostufer eines der drei Seen verlief ein Fluss nach Süden. Die Etsch. Getrennt durch ein Bergmassiv floss sie parallel zum Gardasee in südliche Richtung.

Matt kramte seinen Kompass heraus. Der schien ihn verspotten zu wollen: Dem Kompass nach strebte der Fluss in südöstliche Richtung. *Also doch nicht Etsch und Gardasee … also doch nicht die Alpen?*

Während Sorbans Leute jubelten und aufgeregt miteinander palaverten, schweifte Matts Blick über die Wälder. Der Fluss bog nach Osten ab und verschwand im Dunst über den laublosen Bäumen. Matt war nie in Oberitalien gewesen. Aber er hatte das Land im Jet überflogen. Seine Erinnerung daran sagte ihm das Gleiche wie die Karte: Südlich der

Alpen müsste es eine weite Ebene voller Dörfer, Städte, Obst- und Olivenplantagen, Straßentrassen und Weideflächen geben. Aber keine endlosen Wälder.

Also nicht die Alpen. Wo aber bin ich dann gelandet …?!

Sorban ließ zwischen den Büschen des Flussufers lagern. Der Boden war weich und feucht, als hätte es hier vor kurzem geregnet. Der Häuptling schickte die Halbwüchsigen in Begleitung zweier Krieger auf die felsige Anhöhe, um Brennmaterial zu sammeln. Er selbst begann mit den anderen Kriegern die Zelte aufzuschlagen. Die entladenen Frekkeuscher ließ man im spärlichen Ufergras weiden.

Matt hockte neben einem Felsblock auf dem flachen Hang, der vom Flussufer aus sanft in den Wald hineinführte. Hinter sich hörte er die Jugendlichen schreien und scherzen. Sie waren so ausgelassen wie während des ganzen Abstiegs nicht. Auch die Frauen lachten, plauderten oder summten vor sich hin, während sie mit Speerspitzen und Schwertklingen den Boden aufwühlten. Aruula war unter ihnen. Sie winkte Matt zu, als sich ihre Blicke trafen. Matt nahm an, dass die Frauen nach essbaren Wurzeln suchten.

Er beneidete die Barbaren. Sie wähnten sich am Ziel ihrer monatelangen Träume. Er selbst dagegen hatte das Gefühl, sich immer tiefer in ein finsteres Labyrinth zu verirren. Missmutig entfaltete er noch einmal die Karte und beugte sich grübelnd darüber.

Aruula tauchte neben ihm auf. »Für Maddrax«, sagte sie. Er blickte auf und sah auf ein gelbliches, sichelförmiges Ding, das sie ihm mit beiden Handflächen darbot. Es sah aus wie eine verpuppte Schmetterlingsraupe, nur fünf oder sechs Mal so groß.

»Was ist das?«, wollte Matt wissen.

»Lischette.« Aruula legte das Etwas auf den Fels neben ihn und ruderte mit den Armen, als würde sie fliegen. »Lischette.« Matt begriff. Sie hatte tatsächlich eine Schmetterlingspuppe für ihn ausgegraben. »Schmeckt gut«, sagte Aruula. »Aber braten in Feuer«, sie hielt sich den Bauch und machte ein Gesicht, als hätte sie Schmerzen. »Sonst krank.«

Matt nickte. Offenbar waren diese verpuppten Raupen giftig, und man musste sie garen, damit sie genießbar würden. »Danke, Aruula.« Sie lächelte und ging zurück zu den anderen Frauen. Matt betrachtete die gelbliche Puppe. »Lischette ...«, murmelte er. Nie hatte er in irgendeinem Lexikon diesen Namen gelesen.

Matt war kein Zoologe. Aber er brauchte kein Fachidiot sein, um sich über eine Schmetterlingspuppe ein Urteil zu bilden, die fast einen halben Meter lang war. Wenn überhaupt, dann gab es derart riesige Falter nur in den tropischen Regenwäldern Südamerikas.

Schreie ließen ihn aufhorchen. Vom Ufer her stürmten Sorban und die Jäger die Flussböschung herauf. Sorban trug ein kleines Kind. Zwei andere zogen eine schwangere Frau mit sich. Das Gelächter und Geplauder um Matt verstummte von einer Sekunde auf die andere.

Die Frekkeuscher setzten in großen Sprüngen in den Wald hinein. Zwei hoben ab und schwirrten flussaufwärts. Ein einziger Frekkeuscher blieb zwischen den Büschen der Flussaue stehen. Er zirpte, schlug mit den Flügeln und machte stossartige Bewegungen nach vorn. Doch statt loszuspringen oder zum Flug zu starten, schien das Tier immer weiter nach hinten abzusacken. Es schaukelte mit dem langen Kopf, seine Vorderflügel klirrten aneinander wie harte Kunststoffscheiben, sein Hinterteil war durch einen Strauch verdeckt.

»Gejagudoo!«, brüllte Sorban. »Gejagudoo! Saweju! Saweju!«

Die Halbwüchsigen hinter Matt schrien laut, die Frauen rechts und links von Matt kreischten, drehten sich um und rannten den Hang hinauf. »Fort, Maddrax! Schnell!«, hörte er Aruula rufen. Die Männer sprangen an ihm vorbei, und er konnte die Panik in ihren bärtigen Gesichtern lesen.

Matt zog seine Armeepistole, eine Beretta 98 G mit zwanzig Neun-Millimeter-Kugeln im Magazin, und entsicherte sie. Am unteren Rand des felsigen Hanges ging er langsam an der Uferböschung entlang. Der große Körper des Frekkeuschers war nur noch halb hinter dem Busch zu sehen. Das Tier zirpte und schlug mit den Vorderflügeln. Ein Mann schrie laut um Hilfe.

Matt spähte über die langgezogene Uferwiese. Etwa einen Steinwurf weit von dem Frekkeuscher entfernt bog sich das gelbe Gras zur Seite. Eine Hand tauchte auf. Ein schwarzer Lockenkopf. »Sawiitu! Sawiitu!«, schrie eine Stimme.

Radaan! Ohne Zweifel, es war Radaan! Sie hatten den Verletzten in ihrer Panik hier zurückgelassen. Er robbte durchs Ufergras und zog das geschiente Bein hinter sich her.

»Radaan!«, schrie eine Frauenstimme vom Waldrand her. »Radaan!« Zurpa hatte ihren Sohn in der Uferaue entdeckt.

Matt umklammerte den Kolben der großen Waffe mit beiden Händen. Er rannte noch ein paar Meter am Hang entlang. Bis der Frekkeuscher ganz in seinem Blickfeld war. Dann kniff er verblüfft die Augen zusammen: Die Riesenheuschrecke steckte bis fast zur Hälfte ihres Vorderleibes in der Erde! Die

Hinterflügel hatten sich abgespreizt, als wollte das Tier so verhindern, noch weiter im Boden zu versinken. Die Vorderflügel ruderten kraftlos, der Kopf schaukelte traurig hin und her, die armdicken Fühler zitterten, und zwischen den zuckenden Beißscheren hindurch trielte schaumige Flüssigkeit ins Gestrüpp. Um den versinkenden Leib des Frekkeuscher herum hatte sich ein Erdwall von anderthalb Metern Höhe aufgeworfen.

Ich muss wissen, was das ist …

Matt sprang hinunter in die Böschung. Er umringte den Frekkeuscher. Mit drei Schritten kletterte er auf die Krone des Erdwalls. Die feuchte, kalte Erde gab unter seinen Stiefeln nach. Bis fast zu den Waden versank Matt in ihr. Dann endlich konnte er einen Blick in den Krater werfen, in dem die Riesenheuschrecke Stück für Stück verschwand.

Die Erde unter ihren zuckenden Flügeln schien zu leben. Sie schlug Wellen wie Wasser. Nach allen Seiten spritzten immer wieder Schmutzfontänen auf. Dreckklumpen prasselten um Matt herum auf den Erdwall.

Was ist das …?

Matt beugte sich herunter und versuchte zu erkennen, was sich da unter den Flügeln den Reittiers bewegte. Er sah einen schwarzen Samtpelz, eine scharfkantige Rundung, die zu rotieren schien, und er sah ein schaufelartiges graues Gebilde, das ihn an Entenfüße erinnerte und so lang wie sein Oberschenkel war.

Jesus, was ist das …?!

Seine Nackenhaare stellten sich auf. Er hob die Beretta und zielte auf die Erdbewegungen unter den Frekkeuscherflügeln. Hinter sich hörte er Radaan brüllen. Vor ihm am Hang stand die alte Zurpa, kreischte und fuchtelte mit den Armen. Sie machte

Anstalten, die Böschung herunter zu klettern. Sorban hielt sie fest.

Plötzlich spritzte nicht nur Erde auf, sondern etwas Flüssiges. Der grüne Pelz des Frekkeuschers bedeckte sich mit roten Flecken. Fast gleichzeitig erschlafften die Flügel des Tieres, und sein langer Schädel schlug kraftlos im Sand auf.

Etwas hat ihn getötet ... Spar dir deine Kugel und mach, dass du hier weg kommst ...

Matt drehte sich nach Radaan um. Er musste dem Verletzten helfen! Zwischen Gestrüpp und kahlen Büschen hindurch spurtete er los. Er fühlte den weichen Boden unter seinen Sohlen federn, spürte das Pulsieren seiner Beinmuskulatur, hörte seinen Atem fliegen. Dann sah er Radaan – fünfzig Schritt vor sich bäumte er sich im hohen Gras auf und ruderte mit den Armen. Er hatte sich bis auf knapp achtzig Schritte an den Rand der Uferböschung herangerobbt. Dort, auf sicherem Felsgrund, standen Sorban, Aruula und die schreiende Zurpa.

Was dann folgte, währte nur Sekunden, aber Matt erlebte es als schier endlosen Alptraum: Knapp zweieinhalb Meter vor ihm schien der Boden zu explodieren. Eine Erdfontäne spritzte in die Luft. Wie der Atemstrahl eines Wales und so hoch wie ein Baum. Matt versuchte auszuweichen, schlug einen Haken, schlidderte übers feuchte Gras und schlug lang hin. Um ihn herum prasselten Erdbrocken ins Gestrüpp, ins Gras und auf seinen Körper. Schützend hob er die Arme über den Kopf.

Er spürte die Erde unter sich vibrieren, rollte sich blitzschnell zur Seite und sprang auf. Ein Blick in Radaans Richtung – doch da war nichts außer einem Ringwall aus feuchter Erde. Aber er hörte die grässlichen Schreie des jungen Burschen. Schreie eines Sterbenden!

Wieder ging ein Hagel von Erdklumpen auf ihn nieder. Matt fuhr herum. Aus den Augenwinkeln sah er Zurpa. Nur mit einem Lendenschurz bekleidet, rannte sie auf den Erdhaufen zu, hinter dem ihr Sohn schrie. Ihre schlaffen Brüste pendelten bei jedem Schritt hin und her, und sie streckte die Arme aus, als könnte Radaan so nach ihren Händen greifen. Oberhalb der Böschung, auf sicherem Felsboden, sah Matt die entsetzten Gesichter der anderen. Sorban hielt Zurpas Fell in den Händen.

Da war eine Bewegung hinter Matt!

Er fuhr herum. Schwarze Facetten riesiger Augen! Schaufelpfoten, die nach ihm griffen! Schwarze, feuchte Gebisszangen!

Matt ließ sich zurückfallen und zog durch. Der Schuss hallte von den Berghängen wider. Feuchte Fetzen klatschten Matt ins Gesicht. Er rollte sich ab und sprang auf, die Waffe mit gestreckten Armen vor dem Körper. Zwischen aufgeworfener Erde sah er einen insektenhaften, wie von feinem schwarzem Samt überzogenen Kopf. Aber er rührte sich nicht mehr.

Jetzt erst fiel Matt auf, dass Radaans Todesschreie verstummt waren. Der Erdwall um die Stelle, an der er den Häuptlingssohn zuletzt gesehen hatte, war inzwischen mannshoch. Die halbnackte Zurpa stolperte kreischend über die Krone des Haufens, stürzte sich hinein und verschwand aus Matts Blickfeld.

Vierzig, fünfzig Schritte, dann erreichte er selbst den Erdwall, kletterte auf allen vieren hinauf und blickte über den Kamm. Unter ihm wogende Erde, feucht und dunkel, und mittendrin Zurpa. Fast bis zu den Hüften steckte ihr Oberkörper in dem Krater. Ihre Beine zappelten.

Matt handelte reflexartig. Er ließ sich in die Kuhle hineinrollen, packte Zurpas Oberschenkel, presste sie gegen seine Hüften und zog mit aller Kraft. Es roch nach Moder, feuchter Erde und Blut. Unter seinen Fingern spürte Matt die harte Muskulatur der Frauenbeine arbeiten. Er zerrte und zog, doch Zurpas Körper verschwand tiefer und tiefer im feuchten Dreck.

Und plötzlich wurde ihre Beinmuskulatur weich wie die Erde, auf der Matt stand. Der Gegenzug ließ schlagartig nach, und Matt stürzte rücklings gegen die Wand des Erdwalls, immer noch die Beine der Frau zwischen Arme und Hüften geklemmt.

Er richtete sich auf – und hatte das Gefühl, ein Eiszapfen wüchse ihm aus den Lungen bis ins Hirn hinein.

Da, wo eben noch Zurpas Oberkörper gewesen war, wälzte sich eine schleimige Masse aus Blut und Darmschlingen in ein Loch. Die Reste einer zerrissenen Wirbelsäule schimmerten weißlich durch Muskelfetzen und Blut.

Das Bild verschwamm vor Matts Augen. Schlagartig ließ er die toten Beine los, warf sich herum und robbte den Erdwall hinauf. Sein Magen krampfte sich zusammen.

Nein – du bist nicht in den Alpen gelandet, Matt. Auch nicht in der grauen Vorzeit irgendeiner gottverdammten Eiszeit. In der Hölle bist du gelandet ... Direkt in der Hölle ...

Eine eiserne Faust schien sich um seinen Magen zu klammern. Er warf sich auf die Seite und übergab sich ...

Drei Tage lang versucht Drulza vergeblich von ihrer Mutter empfangen zu werden. Urgaza spreche mit den Göttern, beschieden ihr die persönlichen Wächter der Hexe.

Drei Tage lang spähte Drulza fast stündlich durch die Efeuwände vor den Bogenfenstern ihres Saales zum Turm hinüber. Rauch quoll zwischen den verkrüppelten Birken aus dem Glockenstuhl. Und manchmal sah sie den Schatten ihrer Mutter hinter den Bäumen und Rundbögen auf- und abgehen.

Derweil tobte der Krieg. Hausruine um Hausruine eroberte der Schwarze Feind. Sein Ring schnürte sich enger und enger um das Hauptquartier der Wulfanen zusammen. Der Herzog sandte Boten in alle Teile Bollunas aus und zog seine Soldaten zusammen. Hundertachtzig Wulfanen postierten sich in den Ruinen rund um das Hauptquartier. Vierzig weitere schlugen ihre Lager auf dem quadratischen Platz zwei Stockwerke unter Drulzas Saal auf. Nur etwa sechzig Soldaten beließ Krallzek in den strategisch wichtigen Ruinen der Stadt, um wenigstens sie zu halten.

Drängender noch als die militärische Situation schien Drulza die Versorgungslage. Die Vorratskammern der Wulfanen waren praktisch leer. Ein halbes Dutzend Gefangene noch, darunter die Frau und das Kind der von den Taratzen aufgeriebenen Nomadenhorde. Der Mann und die Taratzen waren längst den Weg aller Gefangenen gegangen, die ins Hauptquartier der Wulfanen verschleppt wurden.

Drulza schickte drei zehnköpfige Jagdexpeditionen nach Norden in die Wälder. Vielleicht würde es wenigstens eine schaffen, mit Beute ins Hauptquartier zurückzukehren.

Der Himmel über Bolluna nahm bereits einen bleierne Färbung an, als Drulza am Abend des dritten Tages Schritte im Treppengewölbe hörte. Ächzend erhob sie sich von ihren Grassäcken und Fellen, hinkte zu ihrem Sitz und ließ sich darauf sinken. Hastig zupfte sie ihre Ledertoga zurecht.

Stiefel knallten auf die Steinstufen und hallten im Saal wider. Drei Gestalten schritten durch den Türbogen. Sie trugen Langschwerter und rotbraune Lederumhänge. Die Farbe von Urgazas Leibgarde. Im Gleichschritt marschierten sie am Steintisch vorbei zu Drulzas Sitz. Alle drei reckten die rechte Faust über den Kopf. »Lang lebe die Obermutter«, schnarrte der mittlere der drei Hexengardisten, ein hochgewachsener knochiger Wulfane. Drulza wusste, dass er Murrzek hieß und ein enger Vertrauter ihrer Mutter war.

Die Soldaten rechts und links von ihm schwiegen. Sie waren keine Wulfanen. Kaum ein Haar bedeckte ihre fahlen Körper. Ihre langen Gesichter wirkten eckig und ausgetrocknet. Die Augen saßen tief in den Höhlen. Anders als bei den Wulfanen dominierte nicht der Schlund das Gesicht, sondern eine lange spitze Nase. Ihre Lippen waren grau und schmal. So schmal, dass sie das gelbliche Gebiss der Soldaten nicht bedecken konnten. Ihre Zähne waren spitz zugefeilt.

Sie trugen keinen Chininhelm wie der Wulfanensoldat zwischen ihnen, sondern rotbraune Lederkappen. Wie verkümmerte Pilze ragten Ohrmuschelstummel aus den Seiten ihrer schmalen Schädel. Sie gehörten zu einem nicht sehr zahlreichen Volk, das am Hang des Eisgebirges in Felshöhlen hauste. Widerliche Kreaturen, mit denen Drulzas Urgroßvater schon vor dem Krieg ein Bündnis geschlossen hatte.

»Was wollt ihr?«, krächzte sie.

»Deine Mutter schickt uns. Sie wünscht dich zu sprechen.«

Endlich. Drulza quälte sich aus dem Sitz und die vier Stufen hinunter. Der Wulfane lief vor ihr her. Die beiden Nackthäute flankierten sie, achteten aber darauf, dass sie immer einen halben Schritt hinter ihr blieben.

Mit der Linken stützte sich Drulza gegen die Wand, während sie Stufe um Stufe hinabstieg. Früher hatte die Treppe ein Geländer besessen. Jedenfalls hatte Drulzas Großmutter das erzählt.

Auf der letzten Stufe kam sie ins Straucheln. Die fahle Nackthaut rechts hinter ihr griff nach ihrem Arm und hielt sie gerade noch fest. Bei der kurzen Berührung sträubte sich Drulzas Nackenhaar. Sie knurrte missmutig und machte sich los.

Manchmal verfluchte sie die Extravaganz ihrer Mutter. Nicht allein, dass sie sich eine besondere Garde von etwa zwanzig Soldaten hielt; das stand ihr als Hexe zu. Aber sie hatte für ihre Leibgarde fast ein Dutzend Fremde rekrutiert. Diese beiden fahlen Nackthäute zum Beispiel. Dazu hünenhafte Kämpfer aus dem äußersten Südland, bei deren Anblick Drulza regelmäßig das Wasser im Schlund zusammenlief. Sogar einen Taratzenkönig hatte die Hexe vor Jahren in ihre Leibgarde aufgenommen. Der war glücklicherweise bald einem Attentat zum Opfer gefallen. Und heimlich auf Krallzeks Grillrost gelangt.

Drulza hinkte über den Hof. Vor Lederzelten und um Lagerfeuer hockten die Wulfanensoldaten. Sie sprangen auf, als sie die Obermutter erkannten. Fäuste reckten sich in die Luft. »Lang lebe die Obermutter«, krähte es aus vierzig Schlünden.

Drulza winkte flüchtig und knurrte einen Gruß. Ihre Begleiter führten sie über den von gelbem Gras und Gestrüpp überwucherten Platz. Zerbrochene Steinplatten wackelten unter ihren Fußsohlen. Wie fast alle Wulfanen lief Drulza barfuß.

Die brüchige Fassade der Ruine, zu der Urgazas Turm gehörte, war in der ganzen unteren Hälfte durch Säulenbögen durchbrochen. Vier der Säulen waren im Lauf der letzten Generationen durch gerade Eichenstämme ersetzt worden. Anders ließ sich der brüchige Balkon auf halber Höhe der Hausfassade auf Dauer nicht abstützen.

Auf dem Balkon lehnten zahlreiche Wachposten an Birken und andere Bäume. Säulen und Stämme unter dem Balkon waren vollständig von Efeu und Brombeerhecken umwuchert.

Drulza und ihr Begleittrupp schritten unter den Säulen hindurch und betraten das riesige Gemäuer. Die Decke zum Saal des zweiten Stockwerkes war auf halber Fläche durchbrochen. Ein gewaltiger Eichenstamm ragte vom Boden durch das zweite Stockwerk bis zum Dach hinaus. Die Krone des Baumes füllte fast den gesamten Dachstuhl aus. Im ersten Stock war ein Teil von Krallzeks Truppen untergebracht. Mitsamt Waffen und Vorratszellen. Letztere allesamt leer.

Ein Bastkorb wurde an einem Lederseil aus dem zweiten Stock herabgelassen. Drulza und ihr wulfanischer Begleiter kletterten hinein. Über ihnen quietschten die Räder eines eisernen Flaschenzuges, als vier Soldaten der Hexengarde sie nach oben zogen.

Oben half der Wulfane ihr aus dem Korb. Sie sah sich um. Wulfanenkinder wieselten herum, spielten mit sandgefüllten Lederbällen oder Holzschwertern. Auffallend viele Wulfanenfrauen entdeckte Drulza. Manche säugten Kinder, andere verrichteten Handarbeiten und striegelten sich das Körperhaar.

Angehörige der Hexengarde hatten das Recht, so oft eine Frau zu besteigen, wie ihnen der Sinn danach stand. Auch so eine Extravaganz ihrer Mutter. Unter Krallzeks Truppen kam so etwas nicht in Frage. Dort wurden die Soldaten, die zur

Begattung zugelassen wurden, nach strengen Maßstäben ausgewählt.

Auch fremde Gardisten entdeckte Drulza. Einen der appetitlichen Südländer zum Beispiel. Seine Haut war fast schwarz, auf dem Schädel und auf den Schultern wucherten ihm schwarze Locken. Drulza wandte sich seufzend ab. Sobald die letzten Vorräte aufgebraucht waren, musste ernsthaft daran gedacht werden, Urgaza ihr Spielzeug wegzunehmen. Spätestens wenn die Jagdexpeditionen mit leeren Händen zurückkamen.

Zu dem quadratischen Turmzimmer unter dem Glockenstuhl musste Drulza über eine Leiter hinaufsteigen. Ächzend und mit schmerzender Hüfte erreichte sie die schmale Plattform, auf der ihre Mutter schon vor zwanzig Jahren ihr Lager aufgeschlagen hatte. Seit sie zur Hexe der Wulfanen aufgestiegen war.

Drulza erschrak, als sie ihre Mutter sah: Sie lag zwischen zerwühlten Fellen, ihr weißgraues Körperhaar war nass, und aus der schwarzen Schlundlippe schoss in schnellem Rhythmus der Dampf ihres Atems. Kein Zweifel – Urgaza war schwerkrank.

»Mutter! Was ist mit dir?!« Ächzend ging Drulza vor den Graskissen und Fellen der Alten auf die Knie. »Ich wusste ja nicht, dass du krank bist! Warum hast du mich nicht eher zu dir gelassen?«

Die Wulfanenhexe winkte müde ab. Ein röchelndes Krächzen drang aus ihrem Schlund. Drulza verstand kein Wort. Ihre Mutter schien vollkommen erschöpft zu sein. Sie beugte ihren Kopf über Urgazas Schlund. »Ein mächtiger Feind … ist auf dem Weg … hierher …«, flüsterte die greise Wulfane. »Sein Name ist … Maddrax … eine Horde Nackthäute ist bei ihm …«

Drulza erschrak. Woher kannte ihre Mutter diesen

Namen? Sollte der Herzog sie besucht haben? Ausgeschlossen. Krallzek mied die Hexe wie das Feuer. Oder hatte sie die Taratze noch einmal persönlich verhört?

»Woher weißt du das?«, fragte sie.

Die Hexe hob den Kopf und stützte sich auf die knochigen, weißhaarigen Ellenbogen. »Orguudoo ...«, krächzte sie. »Der Dämon ... er war bei mir ...« Sie stöhnte leise. »All meine Kraft ... hat er mit sich genommen ...«

»Wer ist dieser Maddrax? Woher kommt er? Was will er hier im Südland?«

Wieder winkte die Greisin ab. »Du würdest es doch nicht verstehen ... Aber du brauchst ihn nicht fürchten ... Er ist ... schon ein toter Mann ...« Sie ließ sich wieder in ihre Felle sinken und schloss die Augen. »Orguudoo wird ihm das Verderben schicken ... sobald er das Südland betritt ... Gelingt es ihm dennoch ... bis nach Bolluna vorzudringen ... werden wir ihn vernichten ... Das ist Orguudoos Wille ...«

Drulza betrachtete ihre alte Mutter. Was sie da von sich gab, wollte ihr nicht gefallen. Sie hatte alle Hände voll zu tun, zusammen mit Krallzek den Kampf gegen den Schwarzen Feind zu organisieren. Viele Soldaten waren gefallen. Sie war zuständig für den Nahrungsnachschub. Und jetzt sollte sie sich noch mit einem rätselhaften Fremden herumschlagen!

Als könnte sie die Gedanken ihrer Tochter lesen, schüttelte Urgaza ihren haarigen Schädel. »Ich brauche keinen deiner Soldaten«, flüsterte sie. »Aber du sollst Bescheid wissen ... und mich unterstützen ...«

Drulza verzog fragend die Schlundlippe.

»Maddrax gehört mir«, sagte die Hexe. »Ich werde ihm ... eine Falle stellen. Ich habe ... schon einen Plan ...«

Drulzas Rücken- und Nackenhaar sträubten sich, als Urgaza ihr erzählte, was sie vorhatte. Ihr Schlund fühlte sich plötzlich trocken an. »Du bist wahrhaftig eine Hexe, Mutter«, flüsterte sie.

Nur Sorban und Aruula halfen Matt, das Biest auszugraben. Alle anderen sahen vom felsigen Boden des Waldhangs aus schweigend zu. Keiner wagte sich hinunter in die Flussaue.

Sie mussten nur einen knappen Meter tief graben, dann konnten sie einen Teil der Bestie aus der Erde ziehen. Ihr Kadaver war glatt abgetrennt. Vom Rest fanden sie keine Spur. Wahrscheinlich hatte einer seiner Artgenossen ihn in die Erde zurückgezogen.

Matt ging in die Hocke und betrachtete das Teil genauer. Das Biest sah aus wie eine Mischung aus Schlange und Insekt, in der Breite von der Länge eines Männerarmes und etwa halb so hoch. Ein feiner samtener, anthrazitfarbener Pelz überzog ihn. Er erinnerte Matt an das Fell eines Maulwurfs. An seiner Unterseite saßen schaufelartige Beine, nicht größer als eine durchschnittliche menschliche Hand. Zwei Paare entdeckte Matt an dem Kadaverteil. Der Körper besaß eine spiralartige Form, die Matt noch nie bei einem Lebewesen gesehen hatte. Wie das Gewinde einer Schraube ragten scharfe Kanten aus dem Pelz. Matt klopfte mit einem Stein dagegen. Es klang, als schlüge er auf Metall.

Er beugte sich zum Kopf hinunter. Genau wie der Körper war er mit seidigem Pelz überzogen. Die Augen saßen an der Seite. Sehr dünne drahtige Borsten schützten sie. Zur Spitze verjüngte sich der Kopf wie eine Spindel. Der Pelz war hier lichter und heller. Matt sah lederartige faltige Haut durchschimmern. Er rammte den Speer in den Lippenspalt der Bestie und hob den Oberkiefer an. Wie ein Fächer entfaltete sich die Haut der Kopfspitze. Der Rachen der Bestie ließ sich so weit öffnen, bis er fast den doppelten Durchmesser des Körpers erreichte. Matt dachte an Riesenschlangen, die Beutetiere vom zehnfachen Durchmesser ihres eigenen Körpers verschlingen konnten.

»O Scheiße!« Er stand auf. »Wie nennt ihr das Biest?«

»Gejagudoo«, sagte Aruula. Sie deutete auf den Kadaver. »Ein Junges.«

»Ein *Junges* …?« Matt schluckte. »Wie groß sind die Ausgewachsenen?«

Aruula sah ihn ernst an. Sie war blass. »Sehr groß«, flüsterte sie. »Sehr groß …«

Später schlugen sie das Lager weit oberhalb der Flussböschung zwischen den Bäumen auf. Feuer wurden entzündet und Shmaldan und gekochte Wurzeln verteilt. Niemand lachte an diesem Abend. Kaum jemand sprach ein Wort.

Matt fiel auf, dass die Männer und Frauen von ihm abrückten. Nur Aruula saß neben ihm. Es war, als würde man plötzlich seine Nähe meiden. Nur Sorban warf ihm hin und wieder einen verstohlenen Blick zu.

Natürlich – es hatte zwei Tote gegeben. Er hatte als Gott versagt. Wie so oft in den vergangenen Wochen, fühlte Matt sich plötzlich unendlich einsam. Hinzu kam die Übelkeit, die ihn seit Zurpas Tod plagte. Er trank nur Wasser und rührte keinen Bissen an. Seit den Ereignissen unten am Fluss kam er sich vor, als hätte er Watte statt eines Hirns unter der Schädeldecke.

Nach und nach verkrochen sich Sorbans Leute in ihre Zelte. Nur Aruula blieb bei ihm am Feuer sitzen. Schweigend starrten sie in die Glut. Matt weigerte sich, den Wattebausch in seinem Kopf mit irgendwelchen Fragen zu quälen. Er weigerte sich, über diese Landschaft, über diese Menschen, über diese abscheulichen Gejagudoo weiter nachzudenken. Es gab keine Antwort auf all diese Rätsel. Jedenfalls vorläufig nicht.

Die Dinge sind, wie sie sind. Wenn ich überleben will, muss ich sie akzeptieren …

»Baloor«, flüsterte Aruula plötzlich. Matt blickte sie fragend an. In ihren großen dunkelblauen Augen spiegelte sich die Glut des Feuers. »Baloor hat Gejagudoo geschickt.«

»Wie sollte er so etwas tun können?«

»Gejagudoo kommen von Orguudoo. Und Baloor kann sprechen mit Orguudoo …«

»Orguudoo?« Matt verstand kein Wort. Vielleicht *wollte* er auch nicht verstehen.

»Finsterer Gott.« Aruula sprach sehr leise. Als würde ihr das Thema Angst machen. »Dämon, mächtiger Dämon …«

Matt schwieg. Er konnte nichts mit Aruulas Worten anfangen. Und er wollte nicht noch mehr unbegreifliche Dinge hören. Sein Bedarf war restlos gedeckt.

Er schlief so gut wie gar nicht in dieser Nacht. Und wenn er für kurze Zeit wegsackte, geisterten Scharen von gespenstischen Kreaturen durch seine Träume: Taratzen, riesige schwarze Schuppenvögel, gänsegroße Fliegen und Käfer, wie er sie in den Höhlen der Taratzen gesehen hatte, und diese angsteinflößenden Gejagudoo.

Erschöpft und mit schmerzendem Schädel wachte er am nächsten Morgen auf. Die Eingänge der Zelte waren aufgeschlagen. Matt sah sich um und entdeckte Sorbans Leute unten am Fluss. Für kurze Zeit spielte er mit dem Gedanken, seine Sachen zu packen und allein loszuziehen. Doch dann sah er Aruula zwischen den Menschen dort unten …

Die gesamte Horde hatte sich in der Flussaue versammelt. Um den Krater, in dem Radaan verschwunden war und in dem die sterblichen Überreste der alten Zurpa lagen. Matt beobachtete, wie Sorban und die anderen Männer Steine herbeischleppten und sie über der zerwühlten Erde aufschichteten.

Bald drang vielstimmiges Gemurmel zu ihm hoch. Ein Bestattungsritual, schätzte Matt. Sie beteten.

Als sie später die Böschung hochstiegen, spürte er die Blicke der dreiunddreißig Augenpaare. Ein paar Schritte von ihm entfernt blieben die Barbaren stehen und starrten ihn an. Matt wusste genau, was los war. Der Tod seines ältesten Sohnes und seiner Hauptfrau hatte Sorbans Glauben an Maddrax' Göttlichkeit erschüttert.

Aruula löste sich aus der Gruppe. Sie machte ein bekümmertes Gesicht. »Alle fragen sich«, sagte sie, »warum Radaan und Zurpa tot. Fragen sich, ob Maddrax wirklich Gott …«

»Sag ihnen, ich war nie ein Gott und will auch keiner sein«, sagte Matthew resigniert. »Und sag ihnen, dass es mir Leid tut um Zurpa und Radaan …«

Aruula ging vor ihm in die Hocke. Ihr Blick senkte sich in seinen, und Matt hätte sie am liebsten in die Arme genommen. Er hatte das Gefühl, als würde sie in ihn hineinschauen.

Irgendwann richtete sie sich auf und drehte sich zu ihren Leuten um. Sorban sagte ein paar Worte, die Matt nicht verstand. Und dann sprach Aruula. Sie sprach ziemlich lang. Es war fast eine kleine Rede, die sie da hielt. Matt verstand kein Wort.

Als Aruula schwieg, senkte Sorban den Kopf und

trottete davon, und auch die anderen zerstreuten sich. Das Lager wurde abgebrochen. Der Häuptling schickte seine Leute los, um die Frekkeuscher wieder einzufangen. Am Nachmittag kehrten sie mit fünf Tieren zurück. Ein Frekkeuscher war von den Gejagudoo in die Erde gezogen worden. Ein zweiter blieb unauffindbar.

Sorban war der Ansicht, dass die Erdschlangen sich vornehmlich im weichen Boden der Flussauen aufhielten. Deswegen wollte er den Uferpfad verlassen und durch den Wald weiter nach Süden vordringen. Im Wurzelgeflecht des Waldbodens glaubte er die Horde sicherer vor weiteren Angriffen. Aruula dolmetschte Sorbans Redeschwall, und Matt leuchteten die Überlegungen des Häuptlings ein.

Sie benutzten die Frekkeuscher als Fähren. Zuerst flogen fünf Männer mit dem Gepäck über den Fluss. Etwa fünfhundert Meter entfernt entluden sie die Tiere und kehrten zurück, um nach und nach die restliche Horde über den Fluss zu bringen.

Gegen Abend zogen sie in den Wald hinein und suchten einen geeigneten Lagerplatz. Matt hatte den Eindruck, dass Sorbans Leute ihm plötzlich mit noch größerem Respekt begegneten als in den Wochen zuvor.

»Warum akzeptieren sie mich wieder?«, wollte er von Aruula wissen. Gemeinsam schritten sie eine kleine Lichtung ab, die als Lagerplatz in Frage kam. »Ich dachte, sie würden mich als falschen Gott steinigen.«

»Ich gesagt, Wudan hat Radaan Strafe für Verrat gegeben. Und Zurpa sollte nicht versuchen zu retten. Sie selbst Schuld.«

Matt blieb stehen. »Das hast du gesagt?« Sie nickte. Wieder einmal machte ihn die Frau sprachlos. Sie wusste genau, dass er alles andere als ein

Gott war, und verteidigte ihn dennoch vor Sorban und der Horde.

Schweigend prüften sie die Lichtung. Aruula hielt sie für ungeeignet als Lager. Der Boden war zu weich und feucht. Gemeinsam machten sie sich auf den Rückweg zu den anderen.

»Gestern Nacht hast du einen Namen erwähnt«, sagte Matt unterwegs. »Orkus, Orulo, oder so ähnlich.«

»Orguudoo.«

»Genau. Wieso glaubt ihr, er stünde mit diesen Gejagudoo im Bunde?«

»Et fa comu fa.« Aruula zuckte mit den Schultern. Matt hatte diesen Satz öfters gehört in den letzten Wochen. Und inzwischen begriffen, was in etwa er bedeutete. *Es ist, wie es ist.*

Offenbar eine der wichtigsten Lebensweisheiten dieser ständig gefährdeten Eisenzeitmenschen. Eine Weisheit, zu der Matt sich seit gestern auch durchgerungen hatte. »Et fa comu fa«, murmelte er und grinste bitter in sich hinein.

Baloor kam schnell voran. Seit der Begegnung mit dem Dämon hatte eine fast rauschhafte Erregung ihn ergriffen. Sie beflügelte ihn derart, dass er kaum unter der Kälte litt und halbe Nächte durchmarschierte. Schon nach drei Tagen erreichte er das Flusstal. Überall fand er die Spuren der Horde. Im Schnee, in den Geröllhalden, auf dem Hochplateau und auf dem Trampelpfad unten am Fluss. Er fieberte dem Augenblick entgegen, in dem er auf zerwühlte Erde und fliehende Menschen treffen würde.

Zunächst aber traf er nur auf einen herrenlosen Frekkeuscher. Der genügte schon, um ihn in euphorische Stimmung zu versetzen. Niemals würde eine

Horde der Wandernden Völker eines der wertvollen Reittiere freiwillig in der Wildnis zurücklassen.

Er fing das Tier ein und besah es sich genauer. Am Sattelzeug erkannte er, dass es aus Sorbans Horde war.

Raloor knochiges, tausendfach zerfurchtes Gesicht verzerrte sich zu einem bösen Grinsen. Er warf sich auf die Erde, um Orguudoo zu danken. »Ehre sei dir, Herr der finsteren Tiefe. Dank sei dir, weil du das Flehen deines Dieners erhört hast ...«

Er band seine Waffen, sein Fellbündel und seinen Lederbeutel auf den Frekkeuscher und stieg in den Sattel. In weiten Sprüngen trug ihn das Tier am Ufer entlang durch das Flusstal. Einen Tag später erreichte er den Fuß des Gebirges. Und die Stelle, an der der Fluss nach Osten abbog und sich nach Süden hin die endlosen Wälder ausdehnten.

Baloor fand die Grabstelle in der Flussaue. Er fand die Spuren des Kampfes und des Lagerplatzes oben im Wald. Und er fand die Spuren der Horde und ihrer Frekkeuscher jenseits des Flusses. Seine Enttäuschung war groß.

Fluchend suchte er das Flussufer, den Waldhang und die Umgebung ab. Nicht viele Hordenmitglieder konnten dem Angriff der Gejagudoo zum Opfer gefallen sein. Baloor machte sich nichts vor – die Wahrscheinlichkeit, dass ausgerechnet Maddrax ums Leben gekommen war, schien ihm gering.

Am Abend entzündete er ein Feuer. Er grub eine Lischettenlarve aus, röstete sie über der Flamme und stärkte sich. Danach kramte er das Ledersäckchen mit dem getrockneten Rotpilz aus seinem Bündel. Er kaute ein paar Brocken der Droge. Als der Rausch durch sein Adern schoss, versank der nächtliche Wald für Baloors Augen in einem roten Nebel. Seinem Hirn tat sich die Tür in eine andere

Welt auf. Er warf sich bäuchlings neben das Feuer. Murmelnd beschwor er Orguudoo und seine Bestien.

Als er gegen Mittag aus einem kurzen Schlaf erwachte, fühlte Baloor sich nicht ausgelaugt wie sonst nach intensiven Beschwörungsritualen. Ungeahnte Kräfte durchströmten seinen hageren Körper, und er war voller Zuversicht.

Der Göttersprecher band seine Sachen auf den Frekkeuscher und stieg in den Sattel. Vom gegenüberliegenden Waldhang aus flog er in die weite bewaldete Ebene hinein. Er achtete darauf, den wahrscheinlichen Weg der Horde in einem Bogen zu umfliegen.

Gegen Abend erblickte Baloor das dunkelgrüne Band des Großen Südstroms. Sein Tier schwirrte knapp über den Wipfeln der kahlen Bäume dahin. Nicht weit voraus öffnete sich der Wald, und die ersten Seitenarme des Stromes wurden sichtbar.

Baloor selbst hatte den Großen Südstrom noch nie mit eigenen Augen gesehen. Genauso wenig wie sonst jemand aus Sorbans Horde. Er kannte ihn nur aus den Legenden der Alten und aus Erzählungen anderer Göttersprecher, die alt genug waren, um wenigstens einmal im Leben das Eisgebirge überquert zu haben.

Der Wald hörte auf, und eine Sumpflandschaft breitete sich unter ihm aus. Weite Flächen von Schilf und bräunlichem Gras, dazwischen immer wieder Wasserarme. Und dann endlich der Hauptstrom. Wasservögel schwirrten auf, als sein Frekkeuscher über das Ufer und die behäbig dahinrollenden Wogen glitt. Baloor sah die silbrigen Konturen großer Fische unter der Wasseroberfläche, und einen Speerwurf weit flussaufwärts entdeckte er eine Herde wilder Wakudas im seichten Uferwasser. Sie spähten zu seinem Frekkeuscher herüber, warfen ihre mächtigen langfelligen Körper herum und galoppierten ins Schilfgras hinein.

Baloor steuerte das Tier über den schilfbewachsenen Sumpfstreifen des gegenüberliegenden Ufers hinweg und landete kurz vor dem Waldrand. Er versteckte den Frekkeuscher im Wald und baute sich selbst im Gestrüpp des Waldrandes ein gut getarntes Lager. Von hier aus konnte er den Strom und seinen breiten Uferbereich gut überblicken.

Und dann wartete Baloor ...

Am Abend des ersten Tages erreichten sie das Ufer eines kleines Sees. Die Horde jubelte. Ein Dutzend Männer und Frauen griffen sich Speere, Bogen und Pfeile und schwärmten um das Seeufer herum aus. Von Aruula erfuhr Matt, dass sie jenseits des Eisgebirges in erster Linie von Fischen gelebt hatten. Und er erfuhr, dass sie selbst ursprünglich von einem Volk stammte, das fast ausschließlich vom Fischfang lebte. ›Volk der dreizehn Inseln‹ nannte sie ihre Leute.

Der andere Teil der Horde schlug das Lager an einem Platz auf, den Sorban ausgesucht hatte. Matt konnte sich zunächst nicht erklären, warum dem Häuptling ausgerechnet in diesem auffällig lichte Waldstück lagern wollte. Er begriff es, als er die Pflöcke seines Zeltes in den Boden zu schlagen versuchte.

Ohne Schwierigkeiten rammte er den ersten Pflock in die lockere Walderde. Der zweite stieß schon nach ein paar Zentimetern auf Widerstand. Felsboden! Warum aber hatte sich der erste Pflock so mühelos einschlagen lassen?

Matt wühlte mit bloßen Händen den Waldboden

auf. Eine Steinplatte kam zum Vorschein. Ihre zerklüftete Bruchstelle ragte schräg nach oben. Ein zwei Finger breiter Spalt klaffte zwischen ihr und der nächsten Platte. Durch so einen Spalt hatte er den ersten Pflock in die Erde treiben können.

Matt legte ein quadratisches Stück des glatten, aber von zahllosen Rissen durchzogenen Gesteins frei. Nachdenklich betrachtete er es. Es war grau. Seine bis auf die vielen Bruchstellen glatte Oberfläche kam ihm unnatürlich vor.

Was ist das, verdammt …?

Hastig nahm Matt ein Brett zur Hilfe und schaufelte den Waldboden von der Gesteinsfläche. Sie wollte kein Ende nehmen. Er stand auf und sah sich um. Auf einer Breite von etwa drei bis fünf Metern standen Buchen, Ahornbäume und Birken fast ausschließlich in der Mitte eines ansonsten lichten Waldstreifens, der wie mit dem Lineal gezogen von Norden nach Süden verlief. Und hinter den Bäumen fiel ihm eine eigenartige Gestrüppformation auf …

Ein unglaublicher Verdacht machte sich in Matts Hirnwindungen breit. Er drang in die Büsche vor, um den bewaldeten Streifen zu durchqueren. Etwa in der Mitte stieß er gegen ein kniehohes festes Hindernis. Matthew stolperte und stürzte lang hin.

»Bullshit!« Er bog er die Farnzweige beiseite. Eine von Moos überzogene Fläche verlief vor seinen Augen etwa einen halben Meter über dem Waldboden. Mit dem Brett schlug Matt dagegen. Ein metallenes Geräusch fegte den letzten Zweifel aus seinem Kopf.

Er sprang auf und schabte Moos und Kletterpflanzen von dem Gebilde. Rostiges Metall kam zum Vorschein. Wie ein Besessener arbeitete Matt. Der Lärm lockte einige Hordenmitglieder an. Auch Aruula. Schließlich hatte Matt das Ding auf einer

Länge von zwei Metern von Moos und Gestrüpp befreit.

Es war eine Doppelleitplanke.

O Gott, ich weiß, wo ich stehe …

Matt stieß ein heiseres Lachen aus. Für Sekunden huschte der Ausdruck des Wahnsinns über seine Miene. »Das … das ist eine Autobahn! Eine gottverdammte Autobahn!«

Aruula sah ihn besorgt an. Matt schüttelte den Kopf. Dann setzte er sich auf die verrostete Leitplanke. Tränen liefen ihm über das Gesicht. Er sah hoch zu Aruula. »Wie nennt ihr diese Dinger?«

»Otowajii«, sagte sie und deutete den lichten Waldstreifen hinunter.

Matt hörte die beiden vertrauten Worte sofort heraus: das deutsche und französische Wort für ›Auto‹ steckte genauso in dem Begriff wie das englische Wort für ›Weg‹.

»Otowajii …« Er schüttelte wieder den Kopf. ›Christopher-Floyd‹ schien die Wirklichkeit in Millionen Splitter zerschlagen und in Zerrbildern wieder zusammengesetzt zu haben. Immerhin entdeckte er noch Spuren der vertrauten Welt.

Immerhin … noch ein paar Spuren …

Er wischte sich die Tränen aus dem Gesicht. Dann schnappte er sich das Brett. Seine Kniegelenke fühlten sich an, als wären sie mit Kautschuk gefüllt, als er auf die auffällige Gestrüppformation jenseits des Baumstreifens zuging.

Er riss Kletterpflanzen beiseite und arbeitete sich zu einem moosbedeckten Gebilde vor, das genau die Form hatte, die Matt vorhin schon erkannt zu haben glaubte. Wieder schabte Metall über Metall, als er das Moos abkratzte. Rostiges Blech kam zum Vorschein, löchrig und stellenweise ausgefranst. Dann eine schmutzigbraune Fläche, hart, glatt und leicht gewölbt, dann ein Seitenfenster, ein Türgriff …

Die Tür fiel krachend aus der Karosserie, als Matt sie aufziehen wollte. Mäusegroße Tiere huschten durch Löcher im Fußraum davon; es stank nach feuchtem Moder. Ein feuchtes finsteres Loch.

Ein schwarzes, halb zerfallenes Skelett auf dem Fahrersitz. Unter ihm die rostigen Federn des ehemaligen Sitzes. Eine mit Grünspan überzogene Kette hing eingekeilt zwischen zwei zusammengebrochenen Wirbelkörpern am Hals auf ein löchriges Brustbein herab …

Matts Hirn war plötzlich wie leergefegt. Es weigerte sich, irgendetwas zu denken. Er wandte sich ab und schlurfte zu dem Platz zurück, wo er seine Sachen abgelegt hatte.

Am Abend gab es ein Festmahl. Der Geruch gegrillten Fischs zog durch das Lager. Die Horde schlug sich die Bäuche voll. Auch Matt. Die Entdeckung der Autobahn und des Wracks hatte ihn in einen seelischen Zustand zwischen fast rauschhafter Gelassenheit und Depression versetzt. Etwas in ihm weigerte sich noch immer, die Tatsachen zu akzeptieren. Und manchmal, wenn er an die Konsequenzen dachte, musste er unwillkürlich lachen, während ihm gleichzeitig die Tränen über das Gesicht liefen. Er schlief wieder schlecht in dieser Nacht.

Früh am Morgen brachen sie auf und zogen etwa einen halben Tag lang auf der ehemaligen Autobahn nach Süden. Nur vereinzelt sah Matt überwucherte Wracks auf der Fahrbahn stehen. Kein Wunder – zur Zeit des Kometeneinschlags hatte sich der Großteil der Bevölkerung in Schutzräumen aufgehalten …

Am späten Vormittag wurde der Waldboden rechts und links des lichten Streifens immer morastiger. Matt entdeckte Schilfgras und große Tümpel. Schließlich lichtete sich der Wald. Wie vom Donner gerührt blieb Matt stehen und blickte über eine mehr als einen Kilometer breite Flusslandschaft. Er kletterte auf eine der kahlen Buchen am Waldrand. Von der Krone aus entdeckte er einen breiten Strom in der Mitte der Landschaft.

»De magaa fluwee de landa de midaa«, sagte Sorban andächtig.

Matt kletterte wieder vom Baum herunter. »Was hat er gesagt?«

»Der große Fluss des Südlands«, übersetzte Aruula.

Matt holte seine Karte hervor. So gründlich er die Alpen und die angrenzenden Gebiete auch studierte, er kam immer zu demselben Ergebnis: Der Fluss musste der Po sein. Etwas anderes kam nicht in Frage. Dann war der See, dessen Ufer er vor drei Tagen gesehen hatte, der Gardasee, und das Flusstal, durch das sie aus dem Gebirge gezogen waren, die Etsch. Auch wenn sie nach seinem Kompass südöstlich verlaufen war, und auch wenn dieser Strom hier dem Kompass nach in nordöstliche Richtung floss und nicht, wie die Karte behauptete, in östliche.

Noch einmal studierte Matt die Karte. Wenn das tatsächlich der Po war, lag Verona schon einen Tagesmarsch hinter ihnen. Aber südwestlich lag Parma und südöstlich Ferrara. Jeweils ein bis zwei Tagesmärsche entfernt. »Ich muss in eine Stadt!« Matt sprang auf und wandte sich an Sorban. »Stadt, Villaga ...!«

Der Häuptling winkte ab und brummte etwas in seinen Bart, das Matt nicht verstand. »Stadt bedeutet Tod«, übersetzte Aruula, »und Sorban will, dass Horde lebt.«

Matt verzichtete auf eine Diskussion. Aber der Gedanke setzte sich in seinem Kopf fest. Wenn er das Rätsel dieser Alptraumwelt lösen konnte, dann nur in einer Stadt.

Wieder dienten die Frekkeuscher als Fähren. Gepäck und die Horde wurden portionsweise über die Stromlandschaft geflogen. Es war die Flusslandschaft einer fast subtropischen Region fernab jeder Zivilisation, die sich Matt darbot. Und nicht die in einer gemäßigten Zone in einem hochindustrialisierten Staat, wie Italien einer war.

... oder es zumindest vor dem Einschlag des Kometen gewesen war ... korrigierte sich Matt.

Der Angriff der Erdschlangen brach vollkommen unerwartet über sie herein. Matt und Aruula warteten mit etwa zwanzig Mitgliedern der Horde im Schilf auf der anderen Seite des Stromes. Der Frekkeuscher an der Spitze der Flugkette mit der restlichen Horde hatte gerade die Flussmitte erreicht, als plötzlich links und rechts von Matt Wasservögel kreischten und fluchtartig aus dem Schilf aufstoben. Schilfrohre bogen sich auseinander, und Matt sah die schwarzen Köpfe zweier Gejagudoo.

Ein Aufschrei ging durch die wartenden Menschen. Sie sprangen auf und rannten los. Matt riss die Pistole aus seinem Overall. Links und rechts von ihm spritzten Fontänen aus Wasser und Schlamm himmelwärts. Eine schwangere Frau versank im Morast. Ein junger Krieger schrie in Todesangst und rammte seinen Speer in die brodelnde Erde zu seinen Füßen. Es nützte ihm nichts. Unaufhaltsam wurde er in den schlammigen Boden gezerrt.

»In den Wald!«, brüllte Matt. »Lauft in den Wald!« Die Waffe mit beiden Händen umklammert drehte er sich um seine Längsachse, beobachtete das Gras, das Schilf, die Wasserlachen. Schon fünfzig Schritte trennten ihn von der fliehenden Horde. Er sah, dass sich Aruula nach ihm umdrehte. »Lauf!«, brüllte er. »Lauf!«

Rings um ihn herum schien die Erde aufzuplatzen. Fünf, sechs Schlammfontänen spritzten hoch. Alle knapp zwanzig Schritt von ihm entfernt.

Sie umzingeln dich ... Jeder Schritt, den du tust, verrät ihnen deinen Standort ...

Neben sich nahm er den Schatten eines Frekkeuschers wahr. Er sah hoch – zwei Riesenheuschrecken überflogen seinen Standort in Richtung Wald. Schmatzende, gurgelnde Geräusche rissen Matts Blick zurück auf den Boden. Von allen Seiten sah er dicken schwarzpelzige Wülste durch die Grasnarbe rotieren. Ja – rotieren! Gewinden gleich kreisten die spiralförmig angeordneten Hornplatten. Die Bestien wühlten sich auf ihn zu.

Matt riss die Beretta 98 G hoch und drückte ab. Einmal, zweimal, dreimal. Eine der Erdschlangen zuckte und erschlaffte, eine zweite bäumte sich auf, riss Schlamm und Erde mit sich in die Höhe, rotierte durch die Luft und schlug im Gras auf. Zahllose Schaufelbeine streckten sich von ihrem etwa sechs Meter langen Leib.

Ein Pfeilhagel von Sorbans Leuten ging auf die Angriffswelle der Gejagudoo nieder. Drei der Bestien verendeten. Aber immer noch wühlten sich vier oder fünf auf Matt zu. Doch nun war eine Lücke in ihre Umzingelung geschlagen. Matt spurtete los, übersprang zwei Kadaver, landete außerhalb des Angriffsringes im Morast, rappelte sich auf und rannte Richtung Wald.

Im Laufen drehte er sich um. Eine Schlammfontäne zehn Schritt hinter ihm, und der Schatten eines Frekkeuschers. Eine mit drei Kriegern besetzte Heuschrecke war gelandet. Matt hörte das Sirren von Pfeilen und Speeren.

Seine Lungen stachen, sein Puls raste, sein Herzschlag dröhnte ihm in den Schläfen. *Weiter!* schrie ein Stimme in seinem Hirn. Er rannte durch Schilf und Gras, blickte sich wieder um. Gleich einer schmutzigbraunen Eruption schnellte ein Gejagudoo in die Höhe, packte den Frekkeuscher und riss ihn am Hinterflügel in die Tiefe. Gleichzeitig erreichte Matt den Waldrand und warf sich ins Unterholz.

Der letzte Frekkeuscher landete nahe am Waldrand und wurde sofort zwischen die Bäume gezerrt. Niemand wagte die Zeltstangen und Fellbündel aus dem morastigen Gras zu retten. Alle dachten nur noch daran, tiefer in den Wald hinein zu fliehen.

Es war eine ungeordnete Flucht in Panik. Erst drei Stunden später sammelten sie sich auf einem breiten, lichten Waldstreifen – auf der *otowajii*. Bis zum Anbruch der Dämmerung hetzten sie in Richtung Süden. Es fehlten ein halbwüchsiger Junge, ein Krieger und eine schwangere Frau. Und die drei Kämpfer samt des Frekkeuschers, die ihren Gott Maddrax gerettet und dabei selbst den Tod gefunden hatten …

Baloor tobte vor Zorn. Er schlug mit seiner Streitaxt wie rasend in das Unterholz. Schon wieder war Maddrax entkommen!

Von einem Baum aus, nur fünf Speerwürfe vom Kampfplatz entfernt, hatte er den Überfall der Gejagudoo beobachtet. Doch wieder einmal konnten seine Augen nicht das sehen, wonach sie am meisten dürsteten: die Vernichtung Maddrax' und den Tod Sorbans.

Nur langsam beruhigte Baloor sich wieder. Immerhin hatte die Horde sechs weitere Mitglieder und einen Frekkeuscher verloren. Nur noch siebenundzwanzig Köpfe zählte die Horde jetzt. Und besaß nur noch vier Reittiere. Doch Sorban schien nicht an Umkehr zu denken.

Nun gut – bis zum nächsten Gebirgszug mussten sie noch zwei bis drei Tagesmärsche bewältigen. Zeit genug, sie noch einmal von den Gejagudoo angreifen zu lassen. Und wenn es sein musste, auch noch ein viertes und fünftes Mal.

»Bei Orguudoo!«, schnaubte Baloor. »Keiner von euch soll entkommen! Keiner!«

Er verbrachte die Nacht im Uferschilf des Stroms. Am nächsten Morgen bestieg er seinen Frekkeuscher und folgte der Fährte der Horde …

Stundenlang wanderten sie durch die Dunkelheit des Waldes. Sorban hatte zwei Fackeln entzünden lassen. Deren Träger marschierten an der Spitze des Zuges. Die Horde mit den verbliebenen vier Frekkeuschern hielt sich eng an die Baumreihe und das teilweise mannshohe Gestrüpp auf dem Mittelstreifen der überwachsenen Autobahn.

Matts Beine wurden schwer. Wie alle anderen, die nicht den Vorzug eines Frekkeuschersattels genießen konnten, schleppte er sich nur noch taumelnd voran. Er schätzte, dass sie etwa zwölf Stunden unterwegs waren, als der erste zusammenbrach. Eines der halbwüchsigen Mädchen.

Endlich gab Sorban den Befehl zu lagern. Über die Hälfte der Zeltstangen und Fellplanen waren dem Angriff der Bestien zum Opfer gefallen. Sorbans Leute verzichteten darauf, die restlichen Zelte aufzustellen. Im Schein der Fackeln rückten sie eng zusammen und wickelten sich in Felle. Sorban ließ rechts und links des lichten Waldstreifens jeweils drei Wachen aufstellen.

Im Zweistunden-Rhythmus lösten sich die Wachen ab. Der Morgen graute bereits über den Wipfeln, als Matt und Aruula ihre warmen Schlafplätze den müden Wächtern räumten. Vor der schwarzen Wand des dichten Waldes bezogen sie ihre Wachposten.

Matt ließ sich etwa zwanzig Schritte von Aruula entfernt neben einem zugewucherten Autowrack auf seinem Notcontainer nieder. Manchmal konnte er die dunklen Umrisse ihres Körpers zwischen den Büschen sehen.

Irgendwann löste sich ihr Schatten aus der Dunkelheit und näherte sich ihm. »Baloor verfolgt uns«, flüsterte sie.

»Woher weißt du das?«

»Ich spüre«, raunte Aruula. »Will Maddrax töten. Gejagudoo dich eingekreist – hast du nicht gemerkt?«

O doch – Matt hatte wohl registriert, dass er das Hauptangriffsziel der Bestien gewesen war. Aber er konnte nicht glauben, dass die Tiere unter dem Einfluss eines rachsüchtigen Magiers stehen sollten. Er antwortete Aruula nicht. Schweigend saßen sie eine Zeitlang nebeneinander. Das Schwarz des Himmels verwandelte sich mehr und mehr in ein schlammiges Grau.

Aruula ging aus der Hocke auf ihre Knie. Sie beugte den Oberkörper über ihre Schenkel und steckte den Kopf zwischen die Knie. Matt sah, dass sie ihren Körper leicht hin und her wiegte. Die

Minuten verstrichen. Matt hatte keine Erklärung für Aruulas Verhalten. Irgendein religiöses Ritual, schätzte er.

Endlich richtete sie sich wieder auf. »Da ist jemand im Wald«, flüsterte sie.

»Ich habe nichts gehört. Wie kommst du darauf?«

»Ich habe Geister belauscht«, flüsterte die Frau. »Zehn oder mehr. Hungrige Geister. Sehr hungrig ...« Sie stand auf. »Sorban wecken ...« Geräuschlos schlich sie davon.

Matt wusste nicht, wie er das einordnen sollte. Was meinte sie mit ›Geister‹ ... und was mit ›belauschen‹?

Sorban und seine Krieger und Kriegerinnen schienen genau zu wissen, wie sie Aruulas Informationen einzuordnen hatten. Keine zwei Minuten später erloschen die beiden Fackeln. Nahezu lautlos schlichen Schwertkämpfer, Bogenschützen und Speerträger an Matt vorbei und verteilten sich in einer Linie am Rand der alten Straßentrasse. Neben Matt, hinter dem Autowrack, postierten sich zwei Bogenschützen.

Aruula tauchte wieder neben ihm auf. Sie legte den Finger auf die Lippen und bedeutete ihm, sich ruhig zu verhalten. Atemlos lauschten sie in die Dunkelheit hinein. Tief im Wald raschelte Laub. Ein Ast brach. Matts Augen versuchten die finstere Wand zu durchdringen. Nur undeutlich schälten sich die Umrisse der Baumstämme und Büsche aus der Dunkelheit. Das Morgengrauen war noch nicht weit genug fortgeschritten.

Plötzlich duckte Aruula sich und deutete in den Wald hinein. Zwischen zwei Stämmen erkannte Matt einen Schatten. Der Bogenschütze neben ihm spannte die Sehne. Im nächsten Moment sirrte ein Pfeil in die dunkle Wand. Ein heiseres Röcheln drang aus dem Wald, dann schlug ein Körper im Laub auf.

Und wieder Totenstille.

Sorban schob sich von hinten an Aruula heran. Er flüsterte ihr etwas ins Ohr. Sie raunte Matt die Übersetzung zu. »Sorban bittet um dein Götterlicht.«

Begriffsstutzig sah Matt sie an. Trotz der Dunkelheit meinte er den flehenden Ausdruck ihres Gesichts zu erkennen. Und endlich verstand er.

›Götterlicht‹ – sie meinten die Leuchtmunition! Matt hatte eine Granate und eine Patrone geopfert, um sich vor ihnen als Gott auszuweisen. Und sich gegen den verdammten Baloor durchzusetzen.

Matt überlegte. Wenn er eine Leuchtpatrone abschoss, würde sie erst hoch über dem Wald ihre Wirkung entfalten. Und das Mündungsfeuer würde ihre Position verraten. Andererseits hatte er nur noch drei Blendgranaten.

Trotzdem entschied er sich für letzteres. Es war nicht zuletzt eine Chance, nach den verheerenden Verlusten des vergangenen Tages sein Image als Wudans Gesandter aufzupolieren.

Er öffnete das Notpaket, tastete nach dem Fach mit den Granaten und fischte eine heraus. Aruula deutete wieder in die Dunkelheit. »Einen Speerwurf und noch einen halben, dahin …«

Matts Blick folgte der Richtung ihres ausgestreckten Arms, doch er konnte beim besten Willen nichts erkennen. Anderthalb Speerwürfe – das war ziemlich weit. Zumal er die Granate in einer steilen Parabel werfen musste, um sie nicht in die nächstbeste Baumkrone zu schleudern.

Das stählerne Ei in der Rechten, kauerte er sich neben Aruula auf den Waldboden. »Sag mir, wenn sie bis auf einen Speerwurf heran sind.« Er sah die Frau nicken. Und er spürte die erwartungsvollen

Blicke des Häuptlings und der Krieger in seiner nächsten Umgebung. Sekundenlang lauschten und spähten sie in die Dunkelheit. Minutenlang. Das Rascheln aus dem Wald nahm zu.

»Dein Licht, Maddrax!«, zischte Aruula plötzlich.

Matt zog den Sicherungsbügel ab, richtete sich auf und schleuderte die Granate aus den Bäumen heraus über den Wald.

Ein Fußtritt traf ihn schmerzhaft an der Hüfte und schleuderte ihn zur Seite. Etwas zischte an ihm vorbei, schlug hinter ihm in Holz und vibrierte knarrend.

Die Blendgranate explodierte. Grelles Licht versprühte sich über den Wipfeln der kahlen Bäume. Hinter sich sah Matt einen Speer im Stamm einer Buche zittern, zwei Schritte neben sich Aruula, die ihn mit einem Tritt aus der Schusslinie gestoßen hatte, und vor sich im Wald, etwa vierzig Meter entfernt, erkannte er die Umrisse von zehn, fünfzehn Gestalten. Haarige, menschenähnliche Kreaturen mit etwas wie Helmen auf ihren großen Köpfen und mit Schwertern oder Speeren bewaffnet. Sie standen reglos da und starrten in den Himmel, wo die Granate ihr Licht versprühte.

Pfeile sirrten aus den Gebüschen rings um Matt. Einige der Fremden brachen im erlöschenden Lichtschein zusammen. Brüllend stürmten Sorban und seine Leute aus ihrer Deckung. Speere und Schwerter über sich schwingend, warfen sie sich den Angreifern entgegen. Matt riss seine Pistole hervor und rannte ihnen hinterdrein.

Der Kampf dauerte nicht einmal fünf Minuten. Durch den grellen Lichtschein der Granate geschockt, flohen die meisten der Angreifer. Vier starben im Pfeilhagel, drei im Kampf Mann gegen Mann. Vier schwerverwundete Gegner schleppten

Sorbans Kämpfer und Kämpferinnen zum Lagerplatz. Auf dem Waldstreifen ließen sie die Gefangenen einfach ins Moos fallen.

Matt beugte sich über einen von ihnen. Er stank nach Hund und heißem Teer. Eine Fackel flammte auf – Matt zuckte zurück. Sorbans Leute knurrten entsetzt. Die Kreatur sah tatsächlich aus wie ein großer Hund. Oder wie ein Bär. Aber nur auf den ersten Blick. Das lange, dunkelbraune Körperhaar täuschte diesen Eindruck vor. Bei genauerem Hinsehen erkannte Matt, dass das Wesen vor ihm menschenähnlich war. Die Hände, die Füße, die Proportionen der Glieder – ein aufrecht gehender Primat?

Und ein intelligenter noch dazu. Die Metallscheide seines Schwertes bestand nämlich aus ziseliertem Kupfer. Matt erkannte feine Pflanzenornamente in dem Metall. Und das jackenähnliche Kleidungsstück, das der Verletzte trug, war aus Bast geknüpft und mit einer dunklen Farbe getränkt.

Das ganz und gar nicht Menschliche an der Kreatur war sein Gesicht. Schädelform, Ohren, Augen- und Stirnpartie erinnerten noch entfernt an einen Menschen. Abgesehen vom langhaarigen Fell natürlich. Aber die zwei Drittel des Gesichtsschädels unterhalb der Augen sahen aus wie ein Fischmaul. Diese Partie bestand eigentlich nur aus wulstartigen Lippen, die sich wie ein Kraterrand aus dem Gesicht wölbten. Schwarze, von zahllosen Falten durchzogene Lippen. An ihrer Oberseite, da wo beim Menschen die Nase saß, waren sie gespalten. Die Ausläufer des Spaltes zogen sich bis zwischen die Augen.

Der Sterbende öffnete und schloss diese monströsen Lippen, als würde er nach Luft schnappen. Ein Raubtiergebiss glänzte gelblich im Fackelschein.

Matt sah, dass der Rachenraum mit dem Oberkiefer fast bis unter die Augen reichte. Nicht die Spur eines verkümmerten Nasenrachenraumes war zu erkennen. Matt musste an die Missbildungen denken, die in der Medizin Wolfsrachen genannt wurden.

Der Brustkorb des verletzten Angreifers bewegte sich kaum noch. Das wulstige Loch in seinem Gesicht öffnete sich einmal und zweimal noch, dann nicht mehr. Er war tot.

»Wulfanen«, flüsterte Sorban.

Plötzlich redeten alle durcheinander. Sie scharten sich um die anderen drei Gefangenen. Einem von ihnen hatte ein Schwertstreich den Oberschenkel von oben bis unten aufgeschlitzt. Das Blut pulsierte aus der Wunde. Er würde ebenfalls sterben.

Sorban und einige seiner Männer beschäftigten sich mit den letzten beiden Gefangenen. Sie schlugen mit Fäusten und Speerschäften auf sie ein, schrien sie an und traktierten sie solange, bis einer von ihnen anfing zu reden. Er benutzte eine Sprache, die ähnlich klang wie die von Sorbans Leuten. Allerdings hatte die Art, wie der Wulfane sprach, etwas Hartes und Grunzendes. Matt wandte sich schaudernd ab und setzte sich an den Waldrand.

Bis zum Sonnenaufgang verhörte die Horde die beiden Gefangenen. Matt hörte ihre Schreie und ihr Röcheln.

Irgendwann fesselte man die haarigen Gestalten an Bäume. Bogenschützen legten Pfeile auf und jagten sie den Gefangenen in die Brust.

Aruula brachte Matt in Blätter gewickelten Fisch vom Vortag. Er bekam keinen Bissen herunter.

»Woher kamen die Angreifer?«, fragte er.

»Jäger aus Bolluna«, sagte sie. »Haben blauen Feuervogel gesehen …«

Matt sprang auf, als hätte ihn eine Schlange gebissen. »Wann?«, rief er.

»Viele Tage«, sagte Aruula. Sie sah ihn fragend an. »Deine Freunde …?«

Zwei Tage nachdem Drulza mit ihrer Mutter gesprochen hatte, starb die Hexe der Wulfanen. Die Begegnung mit dem Dämon war zu viel für ihren alten Körper gewesen.

Ein Holzstapel wurde auf dem quadratischen Platz vor dem Hauptquartier errichtet. Auf ihm bahrte man Urgazas Leiche auf. Zwanzig Soldaten der Hexengarde hielten eine Nacht lang die Totenwache. Am Morgen nach Urgazas Tod ließ der Herzog sechzig seiner Soldaten antreten. In zwei Reihen umringten sie den Holzstapel, auf dem die tote Hexe lag. Krallzek entzündete eine Fackel und reichte sie Drulza. Sie trat an den Stapel heran und entzündete das Holz, das man in dünnen Schichten zwischen die starken Baumstämme gelegt hatte. Bald loderten die Flammen auf.

Ein schauriges Geheul erhob sich rings um den Scheiterhaufen. Mit weitaufgerissenen Schlünden beklagte man die mächtigste Wulfane des kleinen Stadtstaates. Das Geheul verstummte erst, als die verkohlte Leiche auf dem Scheiterhaufen sich krümmte, aufrichtete und dann in sich zusammenfiel.

Krallzek ließ seine Soldaten abtreten. Die Hexengarde verharrte am Scheiterhaufen, bis das Holz vollständig niedergebrannt war. Wenn die Asche abgekühlt war, würde man sie in Ledersäcke füllen. Sobald der Krieg vorbei war, musste sie in die Fluten des großen Stroms gestreut werden.

Formell hatte Drulza jetzt als Obermutter das

Kommando über die Hexengarde. Bis eine Nachfolgerin für Urgaza gefunden war. Das konnte Wochen dauern, in Kriegszeiten sogar Monate und länger. Drulza kannte niemanden unter den Wulfanenfrauen von Bolluna, der mit Zauberkräften begabt war. Man würde Boten in andere Ruinenstädte senden müssen, um eine Hexe zu finden.

Ganz ungelegen kam Drulza der Tod ihrer Mutter nicht. Seit dem Gespräch mit ihr grübelte sie darüber nach, wie sie diesen geheimnisvollen Maddrax für ihre Pläne einspannen konnte, ohne ihrer Mutter und dem schrecklichen Orguudoo in den Rücken zu fallen. Jetzt, wo Urgaza tot war, hatte Drulza einen gewissen Handlungsspielraum.

Doch zunächst einmal jagte eine Hiobsbotschaft die andere an diesem Tag. Um die Mittagszeit wurde bekannt, dass einer der Stützpunkte in den Randbezirken der Ruinenstadt in die Gewalt des Schwarzen Feindes gefallen war. Zwanzig Soldaten waren ums Leben gekommen. Kurz darauf erfuhr Drulza, dass eine ihrer Jagdexpeditionen nicht einmal die Stadt verlassen hatte. Alle zehn Jäger waren in einen Hinterhalt des Schwarzen Feindes gelaufen. Und gegen Abend kehrten die anderen beiden Expeditionen zurück. Jedenfalls die neun Jäger, die noch am Leben waren. Sie hatten beim Überfall auf eine Horde Nackthäute elf Männer verloren und brachten nichts weiter mit als ein paar Netze voller Wasservögel. Drulza tobte. Sie ließ die beiden Hauptleute der Expedition vor den Augen ihrer Soldaten auspeitschen.

Als sie sich die näheren Umstände des Überfalls schildern ließ, wurde sie nachdenklich. Die Soldaten berichteten von einem Lichtblitz über den Baumwipfeln, der ihnen schlagartig die Deckung der Dunkelheit geraubt hatte. Und sie berichteten von einer fast haarlosen Nackthaut in fremdartiger heller Kleidung.

Drulza ließ die Jäger abtreten und zündete sich ein Zigarre an. Grübelnd hockte sie auf ihrem Sitz. Stinkende Rauchwolken stiegen aus ihrem Schlund an die Saaldecke.

Es war bereits stockdunkel, als sie Murrzek, den Hauptmann der Hexengarde, zu sich rufen ließ. Der hochgewachsene Wulfane betrat wieder in Begleitung der beiden Fahlhäute den Saal. »Lang lebe die Obermutter«, rief er und ballte die Faust über dem Kopf. Die beiden Fahlhäute streckten ebenfalls die Fäuste zum Gruß aus, sagten aber nichts.

»Der Fremde namens Maddrax scheint unterwegs nach Bolluna zu sein«, krächzte Drulza.

»Ich weiß«, entgegnete der Wulfane im rotbraunen Umhang der Hexengarde.

»Eine Horde Nackthäute von der anderen Seite des Eisgebirges begleitet ihn. Sie haben einen Überfall unserer Jäger zurückgeschlagen«, sagte Drulza. »Elf Mann haben wir verloren. Es scheint eine starke und mutige Horde zu sein. Aber sie werden sich nicht in die Stadt wagen. Und wir können nicht genug Soldaten abziehen, um sie noch einmal zu überfallen. Dieser Fremde jedoch ist keine normale Nackthaut.«

»Ich weiß«, krächzte Murrzek. »Orguudoo wird dafür sorgen, dass er nach Bolluna hineinkommt. Wir haben die Falle für ihn schon bereitet.«

»Das ist gut«, knurrte Drulza. Sie blies den Rauch der Zigarre zu den Hexengardisten hinunter. »Ich will diesen Fremden lebend hier vor meinem Sitz sehen.«

Murrzeks Schlundlippe kräuselte sich. Drulzas Wunsch verblüffte ihn. »Ich bin an den Befehl der Hexe gebunden, ehrwürdige Obermutter. Maddrax muss sterben. Wir können uns nicht gegen Orguudoos Willen auflehnen. Das wäre unser Untergang.«

»Du hast ja Recht, Hauptmann.« Drulzas Stimme nahm einen einschmeichelnden Klang an. »Maddrax *soll* sterben, wie es Orguudoos Wille ist. Aber vorher soll er uns noch einen kleinen Gefallen tun ...«

Matt bereute zutiefst, die Hinrichtung der beiden Gefangenen nicht verhindert zu haben. Vielleicht hätten sie ihm Genaueres über den ›Feuervogel‹ sagen können, den sie über ihrer Stadt gesehen haben wollten.

Aber zu spät. Die Wulfanen waren tot. Und Matts Gedanken kreisten nur noch um die beiden anderen Jets seiner Staffel. Welcher von beiden mochte über die Stadt geflogen sein, die Aruula ›Bolluna‹ nannte? Irvin Chesters Jet? Jennifer Jensens Maschine? Für Matt konnte es nicht mehr schnell genug Richtung Süden gehen.

›Bolluna‹ – das konnte nur Bologna sein. Daran zweifelte Matt nicht eine Sekunde. Genauso wie die dichtbewaldete Gegend, durch die sie bereits den dritten Tag wanderten, die Po-Ebene sein musste. Auch wenn es hier eigentlich nur Acker, Weideland, Oliven- und Obstplantagen geben dürfte.

Am Morgen des vierten Tages sah er zum ersten Mal blauen Himmel. Ein starker, milder Wind blies aus südlicher Richtung, die graue Dunstdecke riss für ein paar Minuten auf, und die Morgensonne schob sich durch die strahlendblaue Lücke.

Sorbans Leute schälten sich aus ihren Fellen, standen auf, schirmten die Augen mit den Handflächen ab und starrten in die Sonne. Einer nach dem anderen breitete die Arme aus und verfiel in einen monotonen Singsang. »Tenk fa tuu, solunuu, honuur fa tuu solunuu ...«

Matt begriff, dass sie ein Loblied angestimmt hatten. Ein Dankgebet an die Sonne. Der Singsang schwoll zu einem vielstimmigen Chor an. Selbst die Kinder sangen mit.

Nach ein paar Minuten schloss sich die bleifarbene Wolkendecke, und die Sonne wurde wieder zu dem verwaschenen Fleck, der Matt nun schon seit Wochen vertraut war.

Aber das kurze Ereignis hinterließ einen tiefen Eindruck auf die gesamte Horde. Matt sah nur strahlende Gesichter um sich herum. Nach einem Essen aus Shmaldan und getrocknetem Fisch brachen Sorbans Leute das Lager ab und marschierten leichtfüßiger als sonst durch den fremden Wald. Zum ersten Mal nahm Matt einen rötlichgrünen Schimmer in den kahlen Baumkronen wahr. Die Knospen begannen sich zu öffnen. Der Frühling stand vor der Tür. Wenigstens das schien es in dieser Welt noch zu geben.

Wie meistens lief Matt neben Aruula her. »Sieht man die Sonne selten?«, wollte er von ihr wissen.

Sie sah ihn verwundert an. Matt machte sich klar, wie ungewöhnlich diese Frage für sie klingen musste. Nur ein Wesen von einem anderen Planeten konnte sie stellen. Wer auf der Erde lebte, kannte die Antwort selbstverständlich.

Aruula suchte nach Worten, stammelte ein paar Sätze in ihrer Sprache und flocht einige englische Worte ein. Matt verstand, dass in dieser Alptraumwelt Jahre vergehen konnten, ohne dass man ein Stück blauen Himmels oder den strahlenden Sonnenball zu Gesicht bekam.

»Seit wann ist das so?«, fragte er erschüttert.

Wieder so ein erstaunter Ausdruck auf Aruula

schönem Gesicht. »Seit Orguudoos Stern, seit *Kristofluu …*«

Matt hatte plötzlich das Gefühl, eine Eisschicht würde sich ihm über die Hirnhaut schieben. *Jesus … was hat sie da gesagt?* Er blieb stehen und starrte sie an. »Kristofluu? Was ist das?«

»Feuer.« Aruula breitete die Arme zum Himmel aus. »Sturm, Flut, Tod …« Sie ruderte mit den Armen, weil ihr nicht die Begriffe einfielen, um die Bilder zu beschreiben. Es konnten keine schönen Bilder sein, denn ihre Augen wurden starr. »Orguudoo wollte Welt vernichten …«

Christopher-Floyd! Sie meint den gottverdammten Kometen!

»Woher weißt du das?«, drang Matt in sie. »Wer sagt das?«

Er erfuhr, dass eine alte Legende davon erzählte. Eine Legende, die schon Aruulas Mutter von ihrer Mutter gehört hatte und Sorban von dessen Vater. Eine Legende – so behauptete Aruula – an die alle Menschen glaubten …

Wie benommen trottete Matt neben ihr her. Wieder ein Puzzlestein zur Wahrheit. Wieder ein Stück Realität, das sich ihm unbarmherzig entzog …

Irgendwann lichtete sich der Wald. Sorbans Leute liefen zusammen und deuteten auf eine Lichtung, die sich links der verwilderten Autobahntrasse ausdehnte. Eine fast zweimannhohe Hecke umgab das riesige Terrain. Wie mit einem Lineal gezogen verlief sie kilometerweit um die Lichtung herum, an vielen Stellen durchbrochen. Auf der Lichtung selbst sah Matt gelbliches Gras und kniehohes Unterholz, da und dort auch kahle Bäume. Und zahlreiche von Moos und Gestrüpp überzogene Felsen. Jedenfalls hielt Matt die langgestreckten, mehr als hausgroßen Gebilde zunächst dafür.

Er verließ die Trasse und lief in den Wald hinein. Die Horde folgte ihm zögernd. Durch eine Lücke in der hohen Hecke betrat Matt die Lichtung. Aruula neben ihm zog ihr Schwert und stocherte im Moos herum. Etwa dreißig Zentimeter tief konnte sie die Klinge in den weichen Boden führen. Dann stieß sie auf Stein.

Matt nickte stumm. Er ließ seinen Blick über die weite Fläche wandern, sah die skurril geformten Felsen in ihren grünlichbraunen Laubhüllen, sah die dunklen Erhebungen zwei, drei Kilometer entfernt am anderen Ende der Lichtung und etwas abseits davon den riesigen braungrünen Pilz aus Gebüsch und vereinzelten Bäumen ragen. Und dann wusste er Bescheid …

Er lief zu einem der Blöcke und arbeitete sich mit dem Messer durch das Gestrüpp. Es war kein Felsblock. Etwas anderes war in dieser gigantischen Hecke verborgen. Keuchend hieb Matt auf Büsche, vertrockneten Farn und Gestrüpp ein.

Schließlich schrammte Metall über Metall. Eine blanke graue Fläche wurde sichtbar. Matt arbeitete wie ein Wilder. Bis fast die Hälfte der Oberseite des metallenen Konus freigelegt war.

Das Zweistromtriebwerk eines Jumbo-Jets aus dem vorletzten Jahrzehnt des vergangenen Jahrhunderts.

Matt hatte es geahnt. Das von einem braungrünen Teppich aus Moosen, Gräsern und Büschen überwucherte Terrain war ein Flugfeld, und bei den Erhebungen auf der anderen Seite konnte es sich um nichts anderes als um Flughallen und Passagierterminals handeln, überragt vom fast hundert Meter hohen Tower. Sie mussten den Flughafen von Bologna erreicht hatte. Oder das, was von ihm übriggeblieben war.

Gemeinsam mit Aruula eilte er auf den Pilz am Rande des Flugfelds zu. Sie kämpften sich durch die dicke Schicht von Ästen und Gestrüpp bis zum Eingang des Towers vor. Drinnen umfing sie vollständige Dunkelheit. Aruula entzündete eine Fackel. Flechten und Heckenzweige bedeckten Treppenaufgang und Lifttüren. Eine stand offen. Pelzige Tiere huschten in den finsteren Aufzugsschacht. Matt und Aruula stiegen die Treppe hinauf, die sich um den Schacht wand.

Die Glaskuppel des Kontrollraums war an vielen Stellen zertrümmert. Auch hier wucherten Äste und Kletterpflanzen hinein. Rötliche Knospen glänzten feucht im Fackelschein. Hier und da sah Matt von Grünspan überzogene Drähte – die einstigen Kabelstränge der elektronischen Geräte. Eine Dreckschicht lag auf den Schalt- und Kommunikationskonsolen. Die von ihren Lederbezügen entblößten Sessel bestanden nur noch aus schwärzlichen Rohren und rostigen Federkernen.

Matt holte Karte und Kompass heraus, um sich zu orientieren. Er hatte sich längst damit abgefunden, dass die Nadel in südöstliche Richtung wies, wo die Karte Süden anzeigte. Konnte sich durch den Aufprall des Kometen die Erdachse verschoben haben? Ein schwindelerregender Gedanke.

Der Karte nach lag Bologna südöstlich des Flughafens. Also musste Matt die seinem Kompass nach südliche Seite des Kontrollraums vom Gestrüpp befreien, um einen Blick auf die Stadt werfen zu können.

Mit Schwert und Messer vergrößerten sie das Loch in den blinden Fensterscheiben und trennten die armdicken Efeuranken und Äste von Kletterpflanzen ab, deren raue Oberfläche Matt an einen Weinstock erinnerte. Endlich hatten sie eine

Lücke in das Gestrüpp geschlagen, durch das man weit nach Süden schauen konnte. Wald, so weit das Auge blickte. Eine graugrüne Decke, da und dort durch Lichtungen unterbrochen, mehr konnte Matt zunächst nicht erkennen.

Der Karte nach war Bologna fast zehn Kilometer vom Flughafen entfernt. Matts Augen suchten den Horizont ab. Ein Gebirgskette erhob sich in südlicher Richtung. Das konnten nur die Apenninen sein. Die Berge verschwommen im dunstigen Licht. Davor fielen Matt unregelmäßige Erhebungen im graugrünen Teppich des Waldes auf, manche klobig und großflächig, manche schmal und ziemlich hoch. Es fiel ihm wie Schuppen von den Augen. Natürlich – wie dieser Flugplatz hier würde auch die Stadt von Pflanzen überwuchert sein …

Aruula streckte den Arm aus und deutete auf die Erhebungen. »Bolluna«, flüsterte sie.

Matt nickte. »Ja, Bologna …«

Er wandte sich der Wendeltreppe zu, um wieder nach unten zu klettern. »Morgen früh breche ich auf.«

Aruula stellte sich ihm in den Weg. Sie machte eine erschrockene Miene. Wohin? schienen ihre plötzlich ängstlichen Augen zu fragen.

»Ich gehe nach Bologna«, sagte Matt.

»Dann du sterben …«, flüsterte sie.

»Aber ich muss in die Stadt.«

»Nein!« Sie schlang ihre Arme um ihn und klammerte sich an ihm fest, als wollte sie ihn nie wieder loslassen.

Ein fremder Dämon, den Baloor nicht kannte, musste Maddrax zur Seite stehen. Anders konnte sich der Göttersprecher nicht erklären, wie der falsche

Gott zwei Angriffe der Gejagudoo und einen Überfall der Wulfanen hatte überleben können.

Auf einer riesigen Kugel im Randbezirk Bollunas landete er mit seinem Frekkeuscher. Die Kugel hatte einen Durchmesser von mehr als einem Speerwurf und war vollständig von Klettergestrüpp bedeckt. Ein ebenfalls in Ranken und Moose gehüllter Zaun umringte den abgeflachten Zenit der Kugel. Ein paar niedrige Birken wuchsen darauf. Und kahle Büsche und Sträucher. Dicht genug, um den Frekkeuscher vor zufälligen Blicken zu verbergen.

Baloor ging den teilweise zusammengebrochenen Zaun entlang und verschaffte sich einen Überblick. Er konnte weit in die vom Wald überwucherten Ruinen der Stadt hineinsehen. Da und dort stiegen Rauchwolken auf. Am Horizont hinter der Stadt erhob sich ein Gebirge. Auch nach der anderen Seite hin hatte er eine gute Sicht. Deutlich konnte er das pilzartige Gebäude sehen. Es stand am Rande der Lichtung, auf die Sorban seine Horde geführt hatte.

Niemals würde sich auch nur ein Mitglied der Horde in die Stadt hineinwagen. Kaum ein Volk jenseits des Eisgebirges, das sich nicht die Schauergeschichten von den grausamen Bewohnern der Totenstädte des Südlandes erzählte.

Maddrax kannte diese Geschichten nicht. Und selbst wenn – er würde trotzdem die Totenstadt betreten. Da war sich Baloor sicher. Weil er wusste, dass Maddrax nach seinen Gefährten suchte. Hier in Bolluna würde ihn sein Schicksal ereilen.

Baloor baute sein Zelt im Zentrum des Kugelzenits zwischen Birken und Sträucher auf. Als er die Pflöcke für die Spannriemen in den weichen Boden schlug, stieß er auf Widerstand. Die Kugel schien zu vibrieren. Baloor lauschte auf den metallenen Klang. Er fragte sich, wozu man in den Zeiten vor *Kristofluu* solche gewaltigen Kugeln gebraucht hatte.

Der Göttersprecher befestigte die Spannriemen der Fellplanen notdürftig an den Birkenstämmchen. Danach nahm er seinen Ledersack und setzte sich an den Rand des flachen Kugelzenits vor eine der Lücken in dem brüchigen, von Efeu umrankten Zaun. Von hier aus hatte er einen guten Einblick in die Waldschneise, die von der fernen Lichtung in die Totenstadt hineinführte.

Der Göttersprecher wusste, was Orguudoo von ihm erwartete. Niemand ruft den Herrn der Finsteren Tiefe an, ohne sich mit Haut und Haaren in seinen Dienst zu stellen. Bis das vollbracht war, was man sich von ihm erbeten hatte. Erst wenn Maddrax vernichtet war, würde der Kontakt zu Orguudoo wieder abreißen. Bis zur nächsten Beschwörung.

Seit Orguudoo in der Eishöhle aus dem abgeschlagenen Kopf zu ihm gesprochen hatte, spürte Baloor die magischen Kräfte in sich wachsen. Nie zuvor hatte er sich so stark gefühlt. Nicht einmal einen halben Tag lang musste sein Geist rufen, und schon gehorchten die Gejagudoo.

Baloor war entschlossen, sie ein drittes Mal zu beschwören. Vielleicht gelang es ihm dann sogar, auch ein Muttertier herbeizurufen. Und er würde die Verfluchten dieser Totenstadt mit dem Hass auf den falschen Gott vergiften.

Der Göttersprecher rückte ein paar Schritte vom Zaun ab. Er beugte sich über seine gekreuzten Beine. Mit beiden Händen wühlte er eine Kuhle in den weichen Boden aus Moos, altem Laub und Dreck. Dann griff er hinter sich in den Ledersack und zog ein Fellbündel heraus. Ein schweres Bündel, denn als er es neben sich absetzte, drückte es sich ein Stück in den Boden hinein.

Er entnahm dem Bündel eine Handvoll getrockneter Kotballen. Sorgfältig ordnete er sie in der Kuhle zu einem Ring an. Seine Lippen begannen sich stumm zu bewegen. Wie von selbst entstanden die Gebetsrufe und Beschwörungsformeln in seinem Hirn.

Baloor wandte sich wieder dem Bündel zu und schlug das Fell ganz zurück. Schwarze Blutkrusten klebten in den Fellhaaren, und Schleimfäden zogen sich zwischen seinen Fingern. Baloor rümpfte die Nase, und die fahle Pergamenthaut seines knochigen Gesichts legte sich in tausend Falten.

Er griff in das Fell hinein. Gemurmel sprang ihm auf die Lippen. Es war, als würde ein Anderer in ihm sprechen. Es war, als hätte Orguudoo selbst sich in seinem Kopf eingenistet, um ihm die richtigen Worte einzugeben.

Ein Hochgefühl strömte durch Baloors Glieder. Das Gefühl grenzenloser Macht. Das Herz schlug ihm bis zum Hals, als er den schweren haarigen Schädel aus dem Fell hob und ihn in die Kuhle zwischen die Kotballen legte.

Nur die Augenpartie des Kopfes war frei von Haaren. Und die große schwarze Schlundlippe, die fast das ganze Gesicht unterhalb der Augen ausfüllte. Der Körper des Wulfanen war noch warm gewesen, als Baloor ihn heute Morgen vom Baum gebunden und ihm den Kopf abgeschlagen hatte.

Noch einmal griff der Göttersprecher in seinen Ledersack. Seine Hand tastete nach dem Beutelchen mit dem getrockneten Rotpilz ...

Kurz nach Sonnenaufgang warf sich Matt den Fellumhang, den Aruula ihm geschenkt hatte, über die Schulter. Er band sich den Container mit dem

Notpaket und einen Ledersack mit Proviant auf den Rücken und machte sich auf den Weg in die Stadt.

Die halbe Nacht lang hatten sie auf ihn eingeredet, um ihn von seinem Plan abzubringen. Aruula hatte händeringend nach Worten gesucht, um Sorbans Wortschwall zu übersetzen. Niemand, der es gewagt hatte, eine Totenstadt des Südlands zu betreten, sei je wieder lebend gesehen worden, und so weiter.

Matt ließ sich nicht beirren. Er *musste* in diese Stadt. Er musste Genaueres über den ›Feuervogel‹ erfahren, den die Wulfanen gesehen haben wollten. Und vielleicht bekam er in der Stadt auch Hinweise auf die Auswirkungen des Kometen.

Er hatte Sorban gebeten, ihm einen Speer mitzugeben. Mit dem Schwert konnte er nicht umgehen, und auch das Bogenschießen hatte er nicht erlernt. Mit dem Speer würde er sich Angreifer wenigstens vom Leib halten können, ohne gleich eine seiner wertvollen Kugeln zu verschwenden.

Die gut acht Pfund schwere Langwaffe über die Schulter gelegt, zog er die Waldschneise entlang in Richtung Südosten. Oder nach Osten, wenn er seinem Kompass glauben wollte. Die unter Gestrüpp und Moos versteckten Autowracks nahmen zu, je näher er der Stadt kam. Kolonnenweise standen sie schließlich in einer kaum noch unterbrochenen Hecke. Wie durch die Furche zwischen zwei nicht enden wollenden Hügelgräbern marschierte Matt die Wracks entlang. *Ein Jahrhunderte alter Stau,* raunte es in seinem Kopf.

Die von der Natur zurückeroberte Autobahn verlief südwestlich an der Stadt vorbei. Matt hielt nach Spuren einer Eisenbahnlinie Ausschau. Der Karte nach müsste sie direkt ins Stadtzentrum führen.

Er entdeckte einen moosbewachsenen Mauerrest

am Rand der Straße. Die Ruinen eines Brückenpfeilers. Von dort aus führte ein Wall in den Wald hinein. Die Schienentrasse, vermutete Matt. Er kämpfte sich durch kahle Brombeerhecken und bräunlichen Vorjahresfarn die Böschung hinauf. Mit dem Speer stocherte er die Erde auf der Wallkrone auf. Er stieß auf ein Gleis und noch tiefer unter Moos und altem Laub auf ein wenig Schotter und folgte der leicht erhöhten Trasse.

Er hatte kaum geschlafen in der vergangenen Nacht. Das Karussell in seinem Kopf hatte sich gedreht und gedreht. Er war aufgestanden, um etwas abseits der schlafenden Horde am Rande des Flughallendachs auf und ab zu gehen. Dort hatte er Aruula getroffen. Auf den Knien und den Oberkörper über ihre Schenkel gebeugt. Sie hätte *gelauscht*, hatte sie gesagt. Und: In der Stadt seien hungrige Geister. Kalte und blutgierige Geister. Und Baloor sei in der Nähe.

Endlich hatte Matt begriffen, warum sie Begriffe seiner Sprache verstand und benutzte, ohne sie je von ihm gehört zu haben, warum sie so verblüffende Dolmetscherdienste leisten konnte: Aruula war telepathisch begabt. Diese erstaunliche Frau konnte die Bilder sehen, die sein Hirn produzierte!

Eine Stunde oder länger marschierte Matthew nach Südosten. Ein kleines Flusstal wurde sichtbar. Wie ein Pflanzengesteck aus Efeu und Misteln führte eine Hängebrücke über den Fluss. Die Schienenstränge hingen teilweise ins Wasser hinunter, auch sie von Pflanzen überwuchert. Matt balancierte auf einem der beiden Stahlträger entlang und hielt sich dabei am Gestrüpp fest.

Nach der Brücke lichtete sich der Wald allmählich. Die Bahntrasse wurde breiter, vereinigte sich mit anderen Wällen, auf denen Matt ebenfalls verrostete Schienenstränge freilegte. Dann eine große Lichtung mit nur wenigen Bäumen und viel kahlem Buschwerk. Matt entdeckte zugewachsene Gebäude, einzelne Waggons und ganze Züge, die von Moos und Kletterpflanzen verhüllt waren. Ein alter Güterbahnhof, schätzte er. Er blieb stehen und betrachtete die gespenstische Ansammlung von Hallenruinen, Signalmasten und Zugwracks.

Wie lang ist es her, dass ihr eure letzte Fahrt gemacht habt?

Das allgegenwärtige Gestrüpp war Antwort genug. Eine Antwort, die ihm Schwindel verursachte.

Nach dem Güterbahnhof mehrten sich die Ruinen. Rechts und links der Bahntrasse erstreckten sich lange Hallenkomplexe. Matt sah zerbrochene Scheiben und eingefallene Außenwände. Schlanke Türme erhoben sich, teilweise abgebrochen, skurrile Gebilde, die Matt an überdimensionale Trompeten erinnerten, Schornsteine, Lüftungsschächte, gewaltige kugelförmige Gasbehälter. Vermutlich ein Chemiewerk. Alles eingesponnen in Büsche, Gestrüpp und Moos. Matt hatte das Industriegebiet von Bologna erreicht.

Er verließ die Bahntrasse und betrat etwas, das einmal eine Straße gewesen war. An vielen Stellen war der Asphalt aufgesprungen. Überall zerfallene Autowracks. Rostige Gebilde ohne Reifen und teilweise ohne Türen, Kotflügel und Motorhauben. Manchmal lagen nur Achsen und Getriebewelle in den Büschen, manchmal nur ein moosbedeckter Motorblock.

Matts Lungen schienen sich in Stein zu verwandeln, während er die Straße hinunter marschierte. Etwas Hartes, Schweres dehnte sich in seinem Brustkorb aus. Er dachte nichts, er fühlte nichts – er sah nur. Und versuchte zu verstehen.

Das Industriegelände zog sich über vier, fünf Kilometer hin. Nach einer Stunde entdeckte Matt vor sich einen an die vierzig Meter hohen Zementsilo, auf dessen Spitze ein dunkles, stacheliges Gebilde wie ein Storchennest thronte. Darauf hockte ein Tier, das nicht viel kleiner sein konnte als Matt selbst. Ein Vogel? Er behielt das Tier im Auge, während er weiter ging, doch es schien kein Interesse an ihm zu haben.

Allmählich ging die in Wildnis versunkene Industrieanlage in ein Wohngebiet über. Ein *ehemaliges* Wohngebiet. Ruinen erhoben sich rechts und links von Matt, manche vier- und fünfstöckig, manche bis zu zwölf Stockwerke hoch. Alle von Efeu- und Weinranken überzogen.

Er kam an eine Kreuzung. Ein Rauschen über ihm ließ Matt aufsehen und sich umdrehen. Ein riesiger Schatten segelte heran – der Vogel! Matt riss den Speer hoch.

Der Vogel schoss zwischen den Häuserfronten heran. Matt sah seine Greifkrallen, den gelben gekrümmten Schnabel, das dunkelgraue Gefieder. Das Tier griff an! Matt duckte sich weg und stieß ihm den Speer entgegen. Federn segelten ins Gras, der Vogel ließ einen kreischenden Laut hören und schwang sich von Matt weg über die Dächer und Baumkronen.

Er sah aus wie ein Habicht, nur drei- oder viermal so groß. Seine Flügelspannweite schätzte Matt auf fünfeinhalb bis sechs Meter. Er flog eine weite Kurve und setzte zum nächsten Angriff an.

Matt sah sich nach Deckung um. Nicht weit hinter sich entdeckte er ein Schaufenster hinter Efeuranken. Nur noch einzelne Glassplitter ragten aus dem Rahmen.

Mit zwei, drei großen Schritten erreichte Matt die

Hausfassade und warf sich durch das Fenster. Hart schlug er zwischen Steinen und moosbedecktem Gerümpel auf. Für den Bruchteil einer Sekunde verdunkelte der Schatten des Vogels das Schaufenster. Dann verschwand der Greif aus seinem Blickfeld.

Regungslos lauschte Matt, verharrte minutenlang im Gestrüpp zwischen Steinen und undefinierbaren Kästen unterschiedlicher Größe, die hier gestapelt waren.

Der Vogel kehrte nicht zurück.

Schließlich rappelte Matt sich auf und sah sich um. Mit seinem Messer befreite er die Oberfläche eines der Kästen vom pflanzlichen Belag. Eine grünlichgraue Fläche kam zum Vorschein. Matt schabte auch die Vorderseite ab. Sie war glatt, schwarz und hart. Ein Monitor!

Matt stieß ein bitteres Lachen aus. Unter dem Moos- und Schmutzteppich verbargen sich stapelweise Computer. Doch Matt bezweifelte stark, dass einer davon noch seinen Dienst tat. Zumal die Stromversorgung Probleme bereiten würde …

Er stand auf und drang weiter in den Laden vor. Eine dicke, feuchte Dreckschicht überzog den Ladentresen und auch die Kasse. Matt benutzte das Messer als Hebel. Die Frontverkleidung der Kasse zerbrach; das Geldfach sprang heraus.

Zwischen Staub und Moos fand Matt grünspanüberzogene Münzen. Er nahm eine heraus und scheuerte den Belag ab. Ein Zwei-Euro-Stück. Matt setzte sein Notpaket zu Boden und entnahm ihm die kleine Stablampe. In ihrem Lichtkegel konnte er das Prägejahr entziffern: 2007.

Er verfiel in fieberhafte Hektik. Eine Münze nach der anderen holte er aus dem Kassenfach. Sie waren alle zwischen den Jahren 2002 und 2011 geprägt worden. Keine einzige später.

Er lehnte sich gegen die Wand und betrachtete den Münzhaufen. »Zweitausendelf«, murmelte er. »Nach ›Christopher-Floyd‹ hat man kein Geld mehr gebraucht, wie es scheint …«

Die Erschöpfung – mehr geistig denn körperlich – legte sich wie eine schwere Kette um seine Glieder. Am Holm eines Regals entlang ließ er sich auf den Boden gleiten.

Matts Widerstand gegen die Wahrheit bröckelte im Grunde schon, seit er das verdammte Amulett an der Kette um Sorbans Hals untersucht hatte. Die Uhr mit dem Datum und der Uhrzeit des Kometeneinschlags. Die Uhr, die angeblich seit Generationen von Häuptling zu Häuptling weiter gegeben worden war.

Als er dann das riesige Waldgebiet unterhalb des Gebirges anhand der Karte als die Po-Ebene identifiziert hatte, waren ihm die Argumente endgültig ausgegangen. Vielleicht zum ersten Mal in seinem fünfunddreißigjährigen Leben musste sein Verstand kapitulieren und alle Logik sausen lassen. Seitdem klammerte er sich verzweifelt an die lächerliche Vorstellung von der sogenannten Wirklichkeit: die kleine Welt, die ihm zufällig vertraut war. Und stemmte sich gegen die Wahrheit wie ein trotzendes Kind gegen die Hand seiner Mutter. Jetzt war Matt einfach zu erschöpft, um seinen Widerstand noch länger aufrecht zu erhalten.

Et fa comu fa, Commander …

Er lehnte den Kopf gegen das Regal.

Du weißt Bescheid, Matthew Drax – vor vier oder fünf Wochen hast du deinen Jet auf das Schneefeld gesetzt. Oder ist es schon sechs Wochen her? Egal … auch in sechs Wochen skelettiert kein Autofahrer auf dem Weg zwischen Parma und Bologna. In sechs Wochen erobert kein Wald auch nur einen Kilometer Autobahn. In sechs

Wochen mutieren keine Vögel zu fliegenden Bestien, und in sechs Wochen verwandeln sich Mitteleuropäer nicht in Bronzezeitmenschen.

Hör also auf, dir etwas vorzumachen – du bist nicht in der Hölle gelandet. Du träumst nicht. Du bist auch nicht in irgendeiner grauen Vorzeit. Der verdammte Komet hat dich in die Zukunft gestoßen.

Die Hektik war längst von ihm abgefallen. Eine unglaubliche Gelassenheit machte sich in seiner Brust breit.

Weiß der Teufel, wie er das angestellt hat … und weiß der Teufel, wie weit in die Zukunft. Du musst dich damit abfinden. Es ist, wie es ist …

Die Insekten fielen Matt erst auf, als er sich wieder vom Boden hochrappelte. Dicht an dicht hockten sie auf den Mooskästen, in den verdreckten Regalen und an der gegenüberliegenden Wand. Fingerlang, so dick wie sein Daumen und schwarzbraun wie Kakerlaken. Er nahm sich keine Zeit sie zu zählen, aber es waren Dutzende.

Als er sich den Container auf den Rücken band und seinen Proviantsack schulterte, setzten sie sich in Bewegung. Schlagartig und blitzschnell schossen sie auf ihn zu. Matt trat um sich und drängte sich durch das Gestrüpp vor dem Ruineneingang. Sie verfolgten ihn fast fünfzig Meter weit die Straße hinunter.

Im Laufschritt bewegte Matt sich an Autowracks vorbei durch Sträucher und über Schutthalden. Immer wieder blickte er nach oben und hinter sich. Der monströse Habicht war nirgends mehr zu sehen. Auch die Käfer blieben zurück. Er verlangsamte sein Tempo.

Seine Karte enthielt keinen Stadtplan. Er versuchte

sich südöstlich zu halten. So verlief der Karte nach die Bahntrasse in die Stadt hinein. Irgendwann musste er ja die Ruinen des Hauptbahnhofs erreichen. Und Bahnhöfe lagen in der Regel im Stadtzentrum.

Noch aber bewegte er sich im Randbezirk Bolognas. Der Stadtkern konnte noch gut vier oder fünf Kilometer entfernt sein. Wenn es hier Menschen gab, dann im Zentrum …

Irgendwann erreichte Matt eine Ruine, von der nur noch die Fassade stand. Und auch sie lehnte sich schief und mit zahlreichen armdicken Rissen in den Mauern gegen die kahlen Kronen riesiger Platanen, deren gelbgrüne Rinde in breiten Fetzen vom Stamm hing.

Neben der Ruine war ein verrosteter Stahlzaun, fast drei Meter hoch. Kletterpflanzen rankten sich um seine nach außen gekrümmten Spitzen. Sein Tor stand halb offen. Die großen Autowracks unter den Platanen, neben dem Zaun und auf dem weiten Platz hinter dem Zaun, fielen Matt auf. Eines von ihnen untersuchte er genauer. Ein Lastkraftwagen. Er fand moosüberzogene Militärhelme neben länglichen Munitionskisten auf der zusammengebrochen Ladefläche.

Matt wusste, wohin er geraten war: in eine Kaserne. Es überraschte ihn nicht, als er unter einem der Gestrüpphaufen einen verosteten Panzer fand.

Die Nachrichtensendungen in den Monaten vor dem Einschlag ›Christopher-Floyds‹ waren plötzlich so präsent, als hätte er sie gestern erst im Fernsehen gesehen. Aus ganz Deutschland hatten sich Menschenmassen im Bodenseegebiet und im Schwarzwald gesammelt, um den Rhein zu überqueren und in die Schweiz zu fliehen. Vom Süden her hatten die Massen über die Po-Ebene versucht die Alpen zu erreichen. Und von Frankreich aus über das Rhonetal und die Saóne. Irgendein Sender hatte die Schweizer Bunkersysteme ins Gespräch gebracht, die gewaltigen Wohnbunker und unterirdischen Anlagen, mit denen die Eidgenossen Teile der Alpen ausgehöhlt hatten. Danach gab es kein Halten mehr. NATO-Einheiten waren aufmarschiert, um die Flüchtlingsmassen aufzuhalten ....

Ob dieser moosbewachsene Koloss noch funktionierte?

Matt wandte sich den Baracken zu. Flache Betonhallen – vermutlich Garagen und Werkstätten. Die Rolltore vor ihren Eingängen ließen sich nicht bewegen. Mit dem Speerschaft zerstieß Matt eines der schmalen Fenster. Er holte seine Stablampe aus dem Notfallkoffer und leuchtete hinein. Der Lichtkegel der Lampe fiel auf einen weiteren Panzer.

Matt stieg durch die Öffnung in die Baracke. Kaum berührten seine Füße den Boden, rutschte er aus und schlug lang hin. Der Boden war schlammig. Es roch nach Öl. Er tastete nach der Lampe, die ihm entfallen war. Ihr Lichtstrahl zerschnitt die Finsternis, fiel nacheinander auf zwei Panzer, einen zusammengebrochenen LKW, auf zahllose Metallteile entlang der Wände, einen Öltank und auf die Karosserie eines Hummer-Jeeps. Der Wagen stand in einer Arbeitsgrube.

Matt fiel auf, dass so gut wie keine Pflanzen auf dem schlammigen Boden wuchsen. Vorsichtig und mit kleinen Schritten pirschte er sich an die Arbeitsgrube heran. Im Lichtkegel seiner Lampe sah er, dass der Hummer bis zur Kühlerhaube in einer schwarzen Flüssigkeit stand. Offensichtlich war Öl ausgelaufen, hatte den Boden bedeckt und war in die Grube geflossen.

Matt ging in die Hocke und leuchtete das Innere

des Wagens aus. Das Lenkrad war fast vollständig erhalten. Wahrscheinlich ein widerstandsfähiger Kunststoff. Das Öl reichte fast bis zur Lenksäule. Von den Sitzlehnen waren nur noch Metallstreben zu sehen. Etwas ragte unterhalb des Lenkrads aus dem Öl. Ein kleines schwarzes Ding. Es hatte die Form eines ungleichmäßigen Dreiecks. Eine schwarze Kapsel saß auf seiner Spitze.

Matts Augen verengten sich. Wie elektrisiert fixierte er das Ding. Und dann hatte er es: Es war ein Kornhalter am Ende eines Gewehrlaufs!

Ein Gewehr in Getriebeöl hatte möglicherweise die Zeiten überdauert! Matt überlegte kurz, Fellumhang und Pilotenanzug abzulegen, um nackt in die mit Öl gefüllte Arbeitsgrube zu steigen – er hatte keine Lust, später in ölgetränkten Klamotten herumzulaufen –, doch dann entdeckte er ein Ablassventil. Das Schwungrad war eingerostet, doch mit einem herumliegenden Metallrohr als Hebel vermochte Matt es zu bewegen.

Fünf Minuten später war die zähflüssige Substanz bis auf einen hartnäckigen Rest abgelaufen, und Matt wagte sich über die schräg hinabführende Rampe in die Grube hinein. Die Lampe hatte er so auf die Kante gelegt, dass ihr Lichtkegel ins Innere des Wagens fiel. Matt zog die Tür des Jeeps auf und beugte sich in den Innenraum. Im Lichtkegel sah er Laufrohr, Magazin, Abzugsbügel, Griff und Schulterstütze. Ein automatisches Gewehr!

Mit seiner Beute in Händen stieg Matt aus der Kuhle. Mit dem Fell reinigte er das Gewehr vom Öl. Es war eine M 20 von Heckler & Koch aus einer neuartigen Carbon-Magnesium-Legierung. Ein Modell, das erst um 2005 an die US-Army und die NATO-Truppen ausgegeben worden war. Das

Magazin war voll, aber natürlich nicht mehr zu gebrauchen. Das Öl hatte die Munition verdorben.

Matt packte seine Sachen und das Gewehr, eilte über den verwilderten Kasernenhof und zog eine der Metallkisten von der Ladefläche eines LKW-Wracks. Er stieß einen Triumphschrei aus, als er den Inhalt der Kiste sah: Munitionsmagazine für automatische Gewehre. Die Plastikhülle, in die man sie einst eingeschweißt hatte, klebte in grauen Fetzen an den bananenförmigen Bügeln aus grauem Polycarbon. Matt befreite eins der Magazine von der klebrigen Hülle und steckte es ins Magazinschloss. Er legte den Sicherungshebel um und zielte auf eine von Efeuranken verhüllte Straßenlaterne.

Er zog durch. Der Schuss zerriss die Stille über der Totenstadt, Glas splitterte.

»Es funktioniert! Teufel, es funktioniert tatsächlich!«

Während er sich ein paar Magazine in seinen Proviantbeutel und in die Taschen seines Pilotenanzugs steckte, setzte sich eine Idee in seinem Kopf fest: Was, wenn auch der Jeep in der Arbeitsgrube noch lief? Immerhin hatte sein Motorblock im Öl gestanden …

Doch bevor er den Gedanken weiter verfolgen konnte, wurde Matt abgelenkt. Ein Schrei ertönte! Ein spitzer schriller Schrei, wie ihn jemand ausstößt, der in Lebensgefahr ist.

Matt lauschte. Da, wieder. Und es klang nicht nach einem Tier – es klang nach einem Menschen!

Matt warf sich Notpaket und Proviantsack über die Schultern, schnappte sich das Gewehr und rannte zurück auf die Straße. Die Stimme schrie jetzt fast ohne Unterbrechung. Sie klang wie die einer Frau.

In großen Schritten setzte Matt über die aufgerissene Straße und hastete zwischen den Reihen der

Autowracks und den Häuserfassaden hindurch. Zweige peitschten ihm ins Gesicht. Die Stimme wurde lauter.

Matt fegte um eine Straßenecke – und blieb stehen, als wäre er gegen eine Glasscheibe gelaufen. Hundert Schritte vor ihm stand ein Kind. Es hörte auf zu schreien, als es ihn sah. Vor und hinter dem etwa zehnjährigen Mädchen lauerten drei pelzige Tiere. Nicht besonders groß; etwas größer als ein Foxterrier vielleicht. Ihr Fell hing fast bis auf den Boden herab. Und von den Lefzen ihrer platten Schnauzen tropfte der Speichel.

Matt presste die Schulterstütze des Gewehrs gegen seine Schulter. Schritt für Schritt näherte er sich der Szene. Aus schmalen Augen fixierte er die merkwürdigen Tiere. Und dann endlich erkannte er sie. Es waren Katzen! Seltsam deformierte, raubtierhafte Katzen! Eins der Biester duckte sich lauernd, als Matt näher kam. Er nahm die Katze ins Visier.

Das Mädchen presste die Hände gegen den Mund und sah Matt mit ängstlich aufgerissenen Augen entgegen. Sie hatte rotblonde, zu vielen langen Zöpfen geflochtene Haare, war in ein kurzes Kleid und rote Stulpenstrümpfe gehüllt und auffallend dünn und blass. Aber sie sah wesentlich zivilisierter aus als die Mitglieder von Sorbans Horde!

Matt schritt langsam von der Straßenmitte weg zum Straßenrand, um sich in eine Schussposition zu bringen, aus der er das Mädchen nicht gefährden würde. Die Tiere belauerten ihn in geduckter Haltung und mit gesträubtem Rücken- und Schwanzfell.

Knapp fünfzig Schritte entfernt, fast auf gleicher Höhe mit dem Mädchen, tauchte auf einem Autodach eine vierte Katze auf. Sie hatte ein schmutzigweißes Fell und schien Matt noch ein

Stück größer als die anderen beiden zu sein. In einer Platane auf der gegenüberliegenden Straßenseite entdeckte er eine fünfte Katze, eine schwarze, und auf der Mauerkrone der Fassadenruine eine sechste.

»Bullshit«, zischte Matt. Er war sich ziemlich sicher, dass die sechs, die er sah, nicht die einzigen waren, die das Mädchen jagten. Langsam hob er die Waffe, zielte auf die Katze in der Platane und zog durch.

Der Schuss donnerte über die Ruinen. Das Mädchen begann vor Schreck wieder zu schreien, die Katzen auf der Straße drückten ihre Bäuche auf den Asphalt und fauchten. Äste brachen, Zweige raschelten – der Körper der schwarzen Katze schlug im Gestrüpp unter der Platane auf.

Matt schob sich näher an das Mädchen heran. Noch einmal schoss er – diesmal zur Krone der Fassadenruine hinauf. Die Katze dort oben zog den Kopf ein. Nicht weit unter ihr splitterte Gestein; eine Staubwolke rieselte nieder.

»Verschwindet!«, brüllte Matt. Er stand jetzt seitlich des Mädchens, nicht mehr als höchstens zwanzig Schritte entfernt. »Ihr sollt abhauen!« Er stampfte auf und machte einen raschen Schritt auf die nächststehende Katze zu. Sie fauchte und drückte sich noch tiefer ins Gras des aufgebrochenen Asphalts.

Aus den Augenwinkeln sah Matt das Biest mit dem schmutzigweißen Fell vom Autodach springen. Er riss die Waffe herum und zog durch. Blut spritzte, die Katze überschlug sich und blieb reglos liegen. Das Mädchen wimmerte nur noch und wippte dabei in den Knien auf und ab.

Die restlichen Viecher schienen genug zu haben. Mit großen Sprüngen flüchteten sie in die Hausruine hinter der Platane. Matt ließ das Gewehr sinken und eilte zu dem zitternden Mädchen. Wie eine

Ertrinkende klammerte sie sich an seinem Air-Force-Overall fest und schluchzte hemmungslos. Matt drückte das völlig verängstigte Geschöpf an sich und streichelte ihm über den Rücken. »Ist ja gut, ist ja alles gut ... keine Angst, ich beschütze dich ...« Er wusste nicht einmal, ob sie ihn verstand.

Etwas zupfte an seinem Hosenbein. Er sah an sich hinab. Die Käfer hatten ihn eingeholt! Von allen Seiten krabbelten sie durch Gras und Sträucher. Zwei, drei hingen schon an seinen Hosenbeinen. »Verdammtes Ungeziefer ...!« Matt ließ das Mädchen los. Mit dem Schaft des Gewehrs streifte er die fingerlangen Insekten ab und trat nach ihnen. Mit einem knirschenden Geräusch zerplatzten sie unter seinem Stiefel. Aber wo er eins zertrat, rückten drei neue nach. Die schwarzen Käfer schienen plötzlich überall zu sein.

»Los, komm!« Er packte die Hand des Mädchens und zerrte es hinter sich her. Schon wieder hingen einige Käfer an Matts Hosenbeinen. Und plötzlich sah er drei, vier Katzen über die Dächer der Autowracks springen. Sie hatten die Jagd also noch nicht aufgegeben!

Ein stechender Schmerz zuckte von seinem Oberschenkel durch Matts ganzen Körper. Er schrie auf und fegte den Käfer von seiner Hose. Das Insekt hatte glatt durch den Overallstoff hindurch gebissen!

Das Mädchen an der Hand, stürmte er weiter. Sie rannten stadteinwärts, die Katzen neben ihnen her, als würden sie ein Wild hetzen. Zwei der langhaarigen Biester überholten sie, sprangen auf die Straße und duckten sich sprungbereit vor ihnen ins gelbe Gras.

Matt blieb stehen und blickte sich rasch um. Sie hatten die Käfer schon weit hinter sich gelassen, aber er konnte deutlich sehen, wie sich der schwarze krabbelnde Teppich bereits wieder näher schob.

Die Bisswunde an seinem Oberschenkel brannte wie Feuer. Vor sich die Katzen, hinter sich die Insekten – Matt blieb keine Zeit zum Nachdenken. Er ließ das Mädchen los und hob das Gewehr. Schüsse krachten, Katzenkörper überschlugen sich im Gestrüpp des Asphalts. Das letzte Biest, ein feuerroter Kater, sprang ihn fauchend an. Matt duckte sich, rammte ihm den Gewehrlauf in die Flanke und zog durch.

Aber die Gefahr war noch nicht gebannt. Weitere fünf, sechs Katzen, die sich bislang verborgen gehalten hatten, sprangen nun aus ihrer Deckung. Matt wirbelte herum, schoss wieder und spürte gleichzeitig den Aufprall eines schweren Körpers im Rücken. Krallen drangen durch den Stoff in Matts Schultern.

Das Mädchen kreischte in höchsten Tönen. Aber sie hatte sich eine rostige Metallstange vom Straßenrand gegriffen – und zielte damit auf Matt! Schon wollte er den Hieb instinktiv abblocken – was ihm zweifellos einen gebrochenen Arm eingebracht hätte –, da erkannte er im letzten Augenblick, dass der Schlag nicht ihm galt, sondern der Katze auf seinem Rücken. Es klatschte dumpf. Mit einem schrillen Kreischen wirbelte das Biest davon.

»Danke!«, keuchte Matt, während er eine Salve nach der anderen auf die angreifenden Katzen abfeuerte. Die restlichen Tiere wichen langsam zurück. Mindestens zwei hatte Matt erwischt. Eine weitere wand sich sterbend zwischen den Autowracks.

Er packte das Mädchen und schob es vor sich her. Die überlebenden Katzen folgten ihnen nicht mehr, und auch die schwarze Insektenfront blieb zurück.

Das Mädchen keuchte und rang nach Luft, doch

Matt trieb es an. »Los, wir müssen weg hier!« Sie hetzten über eine Straßenkreuzung. Das Mädchen bog in eine breite Straße ein; Matt folgte ihm. Immer wieder schaute er zurück, doch die Katzen schienen die Verfolgung endgültig aufgegeben zu haben.

Plötzlich packte das Mädchen seine Hand und zog ihn zwischen zwei Hausruinen hindurch auf einen Hof. Auch hier wuchsen überall Büsche und bräunliches Farn. Über eine Metalltreppe stiegen sie an der Hausfassade hinauf. Matt sah, dass die rostige Treppe kaum von Pflanzen überwuchert war. Durch ein Loch in den Efeuranken schlüpfte das Mädchen ins Haus. Matt folgte ihr in einen düsteren Raum. Im Halbdunkeln erkannte er Felle und Stoffknäuel, Schüsseln und Becher aus Ton. Auch ein paar Waffen: Messer, Pfeilspitzen, sogar einen Bogen. Das musste die Behausung des Mädchens sein.

Das Kind ließ sich auf die Felle sinken und verbarg den Kopf zwischen den Knien. Es weinte. Matt ließ sich neben ihm nieder. »Ist ja alles gut gegangen.« Sein Herzschlag dröhnte ihm noch in den Schläfen. »Wir haben es doch geschafft …«

Er streichelte die rotblonden Zöpfe der Zehnjährigen. Sie fühlten sich drahtig und fettig an. Das Mädchen lehnte sich gegen ihn und heulte sich den Schock von der Seele. Matt wusste nicht recht, wie er reagieren sollte. Er hatte nie selbst Kinder gehabt und fühlte sich irgendwie hilflos. So hielt er sie nur fest und fuhr fort, ihr Haar zu streicheln.

Als sie sich halbwegs wieder beruhigt hatte, krempelte Matt sein Hosenbein hoch und untersuchte die Bisswunde. Sie war klein, aber feuerrot. Der Teufel mochte wissen, was für ein Gift der verdammte Käfer ihm in die Haut gespritzt hatte.

Das Mädchen musterte die Wunde aufmerksam.

Vermutlich hatte sie bereits Erfahrung mit solchen Verletzungen. Wortlos griff sie zu einem Messer, deutete darauf und dann auf den Käferbiss. Matt nickte zögernd. Er konnte nur hoffen, dass sie wusste, was sie tat.

Das Mädchen brachte ihm einen flachen Kreuzschnitt über der roten Stelle bei. Blutstropfen rollten über seinen Oberschenkel. Matt zuckte unwillkürlich zusammen, als sie ihre Lippen auf die blutende Stelle setzte und daran saugte. Sie spuckte das vergiftete Blut aus, beugte sich erneut nieder und saugte wieder. Matt kramte derweil in seinem Notpaket nach dem Verbandszeug und nahm ein Pflaster heraus, das er über die Wunde klebte.

Später gab er dem Kind Wasser aus seinem Trinkbeutel. Auch den Shmaldan und den getrockneten Fisch aus seinem Proviant teilte er mit ihm. Das Mädchen schlang beides hinunter, als hätte es tagelang nichts gegessen.

»Wie heißt du?«, wollte Matt wissen. Das Kind sah ihn verständnislos an. Er deutete mit dem Finger auf seine Brust. »Ich – Matt. Matt, okay?« Er setzte dem Kind den Zeigefinger auf die Brust. »Und du? Wie ist dein Name?«

Zum ersten Mal huschte etwas wie ein Lächeln über das bleiche schmale Gesicht. »Jandra«, sagte das Mädchen.

»Jandra also«, seufzte Matt. Na also, sie konnte sprechen. Jetzt musste er nur noch einen Weg finden, sich mit ihr zu verständigen. Wenigstens war er nicht mehr allein in dieser Totenstadt …

Am westlichen Horizont färbte sich der dunstige Himmel rötlich. Die Sonne ging unter. Ein milder Wind blies von Süden her über das mit Büschen und

Bäumen bedeckte Flachdach. Aruula wandte sich vom Sonnenuntergang ab und blickte wieder nach Osten, wo sich vor dem Gebirgszug die Konturen der Ruinen Bollunas abzeichneten.

Den ganzen Tag hatte sie nichts anderes getan. Obwohl sie wusste, dass Maddrax noch lange nicht zurückkehren konnte. Immer wieder hatte sie den Kopf zwischen die Knie gesteckt und gelauscht. Aber die Stadt war zu weit weg. Nur undeutliches Raunen nahm sie wahr. Dazwischen hin und wieder das dumpfe Gemurmel dieser hungrigen Geister. Aruula glaubte, dass es Wulfanen waren, die sie da in der Ferne spürte.

Deutlicher hatte sie den kalten, abweisenden Geist Baloors gespürt. Er fühlte sich noch spröder und gehetzter an als sonst. Bohrende Spannung hatte an Aruulas Nerven gezerrt, während sie ihn zu belauschen versuchte. Es war ihr nicht gelungen. Zu abweisend war sein Geist. Vielleicht war er auch einfach zu weit entfernt.

Das Grau des Himmels über der Totenstadt vor dem Gebirge verfinsterte sich von Minute zu Minute. Wo würde Maddrax jetzt sein? Die Sorge um ihn ließ Aruula nicht in Ruhe. Warum hielt sich Baloor in der Nähe der Totenstadt auf? Die Antwort auf diese Frage war erschreckend einfach: Er wollte sich rächen. An Sorban. An der Horde. Und vor allem an Maddrax ...

Es wurde dunkel. Sorban ließ Feuer entzünden. Acht Jäger, die er ausgeschickt hatte, kehrten zurück. Sie brachten Fische aus einem nahegelegenen Fluss. Auch die schillernden Körper von vier großen Bellits ließen sie neben eine der Feuerstellen fallen. Rufe des Entzückens wurden laut. Sie hatten lange keine Bellits mehr gegessen. Seit Monaten nicht mehr.

Das Fleisch der köstlichen Riesenlibellen hellte die Stimmung der Horde ein wenig auf. Den ganzen Tag über war sie eher gedrückt gewesen. Die Überfälle der Gejagudoo, die Verluste, die Nähe der Totenstadt – niemand fand einen Grund, sich am Leben zu freuen. Auch Sorban hatte den ganzen Tag in seine Felle gehüllt am Rand des Daches gehockt und auf den Gebirgszug im Süden gestarrt.

Nun also frischer Fisch und angeröstetes Bellitfleisch. Sorban vergaß seine Sorgen für eine Stunde. Und die meisten anderen Hordenmitglieder auch. Aruula nicht. Ständig wanderten ihre Gedanken zu dem großen blonden Jäger, der allein in die Totenstadt gegangen war.

Sie schlief schlecht in dieser Nacht. Der milde Wind pfiff über die weite Lichtung. Aus dem Wald tönte das Krächzen eines Vogels. Die Wachen liefen am Dachrand auf und ab. Und in Aruulas Kopf streifte Maddrax durch Häuserruinen und wurde von Wulfanen und Gejagudoo angegriffen. Erst gegen Morgen schlief sie endlich ein.

Lautes Rufen weckte sie. Sie sprang auf und griff nach ihrem Schwert. Benommen sah sie sich um. Der verwaschene Sonnenfleck stand schon hoch über dem östlichen Horizont. An der Dachkante hockten zwei Jäger und deuteten hinaus auf die weite Lichtung. Sie waren es, die so aufgeregt riefen.

Aruula ging hinüber und trat hinter sie. Sorbans hünenhafte Gestalt erschien neben ihr; die ganze Horde strömte zusammen.

Drei Speerwürfe weit auf der Lichtung schoss plötzlich eine Fontäne aus Dreck und Steinen in die Luft. Etwas Schwarzes wühlte sich aus dem Boden. Neben Aruula schrie eine Frau. Sorban stieß einen Fluch aus. »Junge Gejagudoo«, flüsterte ein Halbwüchsiger.

»Der Steinboden hält sie nicht ab«, sagte Sorban heiser.

»Er ist zu brüchig«, entgegnete Aruula.

Ein Gejagudoo nach dem anderen bohrte sich aus dem Boden. Durch Gebüsch und Gras krochen die Erdschlangen auf den großen Ruinenkomplex zu.

»Bogenschützen!«, brüllte Sorban.

Aruula rannte zur anderen Seite des Daches. Und sah genau das, was sie befürchtet hatte: Auch vom Waldrand her wühlten sich Gejagudoo durch die weiche Erde heran. Sie lief an der Dachkante entlang. Auch vom Pilzturm her krochen sie durch das Gestrüpp! »Überall Gejagudoo!«, schrie Aruula. »Sie kommen von allen Seiten ...!«

Im Morgengrauen erwachte Matt, als Jandra durch die Lücke in der Efeuhecke in den Raum schlüpfte. Sie zeigte auf ihren Bauch und machte kauende Mundbewegungen.

Matt rieb sich die Augen und streckte sich. Das Pflaster an seinem Bein hatte sich über Nacht gelöst, aber es war kein weiteres Blut ausgetreten, und auch sonst war kaum noch eine Schwellung zu sehen. Matt zog es ganz ab, bevor er Proviant aus seinem Ledersack holte. Er legte Jandra ein Stück Shmaldan und den letzten Rest getrockneten Fisch aufs Fell. Sie verschlang beides mit Heißhunger.

Währenddessen schaute Matt sich in der kleinen Behausung um. Und fühlte einen leisen Schauer in sich aufsteigen. Jandras Zimmer war nicht das eines zehnjährigen Mädchens. Alles war zweckmäßig eingerichtet, und es gab wenige persönliche Dinge. Keine Puppen, kein Spielzeug. Als hätte Jandra keine Kindheit durchlebt.

Dann entdeckte Matt doch noch etwas an einer

der Wände: eine Zeichnung, von ungelenker Kinderhand ausgeführt. Schon wollte ein Lächeln über sein Gesicht huschen – da erkannte er, was Jandra auf den nackten Stein gemalt hatte. Es durchzuckte ihn wie ein heißer Blitz.

Es war unverkennbar ein Düsenjäger!

»Jandra!« Aufgeregt wies Matt auf die Skizze. »Hast du so etwas gesehen?« Er deutete hinauf in Richtung Himmel.

Sie nickte, deutete ebenfalls nach oben und fuhr mit der flachen Hand quer durch die Luft. Dabei artikulierte sie ein zischendes Rauschen. Wie ein Strahltriebwerk! Ihre Geste wies nach Süden. War der Jet in diese Richtung geflogen? Dann stand sie auf und winkte Matthew hinter sich her.

Sie will dir etwas zeigen … etwas, das mit dem Jet zu tun hat! Matt nahm den Container, den Proviantsack und das Gewehr auf und folgte ihr. Sie kletterten die rostige Treppe hinab. Zwischen den Ruinenwänden schlichen sie auf die Straße hinaus.

Matt folgte Jandra stadteinwärts. Sein wachsamer Blick streifte über die Mauerkronen der Ruinen, über Gestrüppwände an den Hausfassaden, über moos- und farnbedeckte Autowracks rechts und links am Straßenrand. Im hohen gelben Gras neben einem verwitterten Motorblock sah er etwas Rötliches liegen. Er ging hin und beugte sich darüber.

Es war eine rote Katze. Schlaff und leblos lag sie im Gras. Die langen Fellhaare im Halsbereich glänzten feucht und dunkelrot. Blut. Sie konnte noch nicht lange tot sein.

Matt richtete sich auf. Misstrauisch blickte er sich um. Jandra stand auf der Straßenmitte und bedeutete ihm mit fuchtelnden Gesten, endlich weiter zu gehen. Er fühlte sich plötzlich unbehaglich. Theoretisch war ihm klar gewesen, dass es noch gefährlichere Biester in diesen Ruinen geben musste als die Katzen. Ohne Grund hatten Sorbans Leute sich bestimmt nicht geweigert, die Stadt zu betreten. Aber so plötzlich mit den Spuren einer unbekannten Bestie konfrontiert zu werden – das ließ ihn für einen Moment schaudern.

Plötzlich spurtete Jandra auf ihn zu. Sie packte seinen Arm, zog ihn von der Straße weg zu einer Hausfassade, die ganz und gar von Weinranken überzogen war. Sie deutete aufgeregt in die Richtung, aus der sie gekommen waren.

Zweihundert Schritte entfernt sah Matt die Umrisse schwarzer Körper im Gestrüpp vor den Hausfassaden. Er konnte die Wesen nicht identifizieren, doch die langsame, ruckartige Art, in der sie sich bewegten, ließ ihn an Insekten denken. Hatte Aruula außer den Wulfanen nicht noch eine zweite Gattung erwähnt, die Sorbans Vorfahren das Leben schwer gemacht hatte?

Jandra griff in die Weinranken, packte einen starken Ast und zog sich hoch. Dabei zischte sie Matt etwas zu, das er natürlich nicht verstand. Aber die Mimik ihres bleichen Gesichtchens war eindeutig: Jandra wollte, dass er ihr folgte. Matt befestigte das Gewehr an einer Öse seines Pilotenanzugs. Dann fasste er einen Hauptast des Weinstocks und kletterte Jandra hinterher.

Sie gelangten zum ersten Obergeschoss der Ruine und drängten sich dort durch die kahlen Reben in einen Fensterrahmen. Jandra legte den Zeigefinger auf ihre bleichen Lippen und deutete mit einer Kopfbewegung nach unten.

In einer Kolonne von zwanzig, dreißig Tieren schoben sie sich unter ihnen vorbei: schwarze pelzige Körper wie abgeflachte Halbkugeln und so groß wie die Galapagos-Riesenschildkröten, die

Matt als kleiner Junge im Zoo von San Francisco gesehen hatte.

Aber die schwarzpelzigen Tiere dort unter ihm auf dem zerklüfteten Asphalt waren keine Reptilien. Sie hatten acht pelzige Beine – steil ragten sie aus ihren Körpern nach oben, um dann in einem spitzen Winkel nach unten abzuknicken. An den mehr als anderthalb Meter breiten Halbkugelkörper gliederte sich ein schwarzglänzender Kopf an, elliptisch und etwa so groß wie ein Wasserball. Schwarze Kauscheren ragten aus dem Kopf, öffneten und schlossen sich, als würden sie die Luft nach Beute abtasten.

Es sind Spinnen … Jesus – das sind Spinnen …!

Matts Hände verkrampften sich im Geäst des Weinstocks. Übelkeit zerrte an seinen Magennerven, und sein Kopf sträubte sich gegen die Bilder, die ihm seine Netzhäute ins Hirn projizierten.

Die Monsterspinnen bewegten sich in Zweierreihen unter ihnen vorbei. Wie eine militärische Marschreihe bogen sie um eine Ecke in die nächste Querstraße ein. Matt starrte ihnen hinterher, bis die letzten beiden Spinnen der Reihe aus seinem Blickfeld verschwanden.

Jandra flüsterte ein paar Worte in ihrer Sprache. Ein Wort kam Matt bekannt vor: »Siragippen«. Natürlich – den Namen hatte Aruula erwähnt, als sie von den Bewohnern der toten Städte sprach.

Das Mädchen kletterte behände die Weinranken hinunter, sprang ins Gras des Bürgersteigs und huschte auf die Hausecke zu, hinter der die Siragippen verschwunden waren. Matt stieß einen Fluch aus und hangelte sich an den Reben entlang die Ruinenfassade hinunter. Im Laufen löste er das Gewehr von seiner Uniform.

Ein schwaches Wimmern ließ ihn stehenbleiben

und aufhorchen. Jemand weinte leise. Jandra konnte es nicht sein; sie kniete an der Ruinenecke im Gestrüpp und spähte in die andere Straße hinein. Matt beugte sich über sie und blickte zwischen Weinranken hindurch ebenfalls in die Richtung, in der die Siragippen verschwunden waren.

Es war eine enge Gasse. So eng, dass die Krone einer Birke die ganze Breite zwischen den Ruinenfassaden ausfüllte. Wilder Wein und Efeuranken spannten sich durch die Baumkrone hindurch von einer Straßenseite zur anderen. Wie ein Tunnel wirkte die Gasse. Knapp hundertfünfzig Schritte entfernt hatten sich die Riesenspinnen zu einem Halbkreis formiert. Sie umringten zwei Menschen, die inmitten einer Geröllhalde auf der Straße hockten, nicht weit vom Birkenstamm entfernt. Eine Frau und ein kleines Kind. Fell hing in Fetzen von ihren Körpern, und sie waren an einen von Moos überwucherten Motorblock gefesselt. Das Kind wimmerte, die Frau sah den schwarzen Riesenspinnen stumm und resigniert entgegen.

Matt packte sein Gewehr, legte den Sicherungshebel um und wollte losstürmen. Da drehte Jandra sich zu ihm um und stemmte ihm beide Arme gegen die Brust, um ihn aufzuhalten. In diesem Moment hörte Matt ein Zischen. Aus dem Kopf einer der Siragippen löste sich ein weißer Strahl und klatschte gegen die Brust der Frau. Sie schrie auf, wand sich und versuchte noch im Sterben ihr Kind mit ihrem Körper zu decken.

Matt riss sich von Jandra los und rannte in die Gasse hinein. Im selben Augenblick sirrten Pfeile aus den Hausfassaden links und rechts von ihm. Sie schlugen in die schwarzen Körper der Spinnen ein. Er sah haarige Oberkörper in dunklen Basthemden zwischen den Ranken über sich auftauchen. Speere rauschten durch die Luft und bohrten sich in die Siragippen.

Deren Angriffsformation löste sich auf. Die meisten Tiere streckten schon ihre acht Beine von sich, einige rotierten um ihre Längsachse, als hätten sie die Orientierung verloren. Nur drei Riesenspinnen waren nicht von Pfeilen oder Speeren getroffen worden. Sie ergriffen die Flucht. Blitzschnell schossen sie auf Matt zu.

Ihm blieben weniger als drei Sekunden. Gedankenschnell warf er sich gegen die Hauswand und riss das Gewehr hoch. Er ließ den Abzugsbügel nicht mehr los. Schüsse hallten in dichter Folge durch die Ruinengasse. Zwei der Riesenspinnen überschlugen sich und blieben reglos auf dem Rücken liegen. Die dritte zerplatzte regelrecht – grauer Schleim ergoss sich auf die Straße.

Matt sank in die Knie und legte die Stirn auf die kühle Schulterstütze des Gewehrs. Sein Atem flog. Ein stacheliger Kloß schien in seinem Hals zu sitzen.

Schritte scharrten über Geröll. Das Kind weinte. Tiefe, kehlige Stimmen wurden laut.

Matt blickte auf. Die Gasse füllte sich mit Menschen. Nein, keine Menschen ... Es waren diese langhaarigen Kreaturen, die vor drei Nächten die Horde überfallen hatten. Mit dem gewaltigen Lippenwulst unter den Augen sahen ihre Gesichter aus wie die bizarrer tropischer Fische. Sie waren mit Speeren und Schwertern bewaffnet. Einige trugen schwarze und rotbraune Lederumhänge.

Ächzend rappelte Matt sich auf die Knie, um aufzustehen.

Der Schlag in den Nacken traf ihn so unverhofft, dass er nicht einmal Schmerzen spürte. Von einer Sekunde auf die andere kippte sein Bewusstsein ins Nichts ...

Da war es wieder! Ein ganz schwaches Vibrieren des Daches unter ihren Stiefeln. Sorbans Leute blickten sich schweigend an. Selbst den abgebrühtesten Kämpfern der Horde stand die Angst ins Gesicht geschrieben.

Stundenlang hatten die Bogenschützen vom Dach aus auf die angreifenden Gejagudoo geschossen. Elf der Bestien hatten sie töten können. Zwei Erdschlangen war es gelungen, in das große Gebäude einzudringen.

Erneut schien das Dach zu vibrieren. »Sie wühlen sich unter den Grundmauern durch«, sagte Aruula leise. »Können sie das Gebäude zum Einsturz bringen?« Sorban wich ihrem fragenden Blick aus. Niemand erwiderte etwas. Das war Antwort genug.

Der Häuptling wandte sich ab und ließ seinen Blick über den langgezogenen Ruinenkomplex schweifen. Dach reihte sich an Dach. Sieben, acht Speerwürfe weit zog sich die Reihe der von Birken, Farn und Misteln überwucherten Gebäude hin. »Wir verlegen unser Lager«, entschied Sorban.

Vier Jäger stiegen durch eine zerklüftete Öffnung des Daches in das Gebäude hinab, um die Frekkeuscher zu holen. Die anderen packten Felle, Waffen und Proviant zusammen. Danach kletterten sie von Flachdach zu Flachdach, bis sie eine kuppelartige Halle fast am Ende des Komplexes erreichten.

Die Krone einer alten Buche ragte aus dem zerstörten Kuppeldach. Auf dem etwas höheren Nachbargebäude ließ Sorban lagern. Von der Dachkante aus blickte Aruula durch das von der Buche aufgebrochene Kuppeldach in eine weiträumige Halle hinunter, wo weitere der stählernen Vögel standen, die hier wohl einst gelebt hatten. Jetzt waren sie alle tot, und das Moos wuchs auf ihnen.

Der westliche Horizont färbte sich rot. Als die Dunkelheit kam und das erste Feuer auf dem Dach brannte, versammelte sich die Horde, um Rat zu halten.

»Es ist nur eine Frage der Zeit, bis die Gejagudoo uns hier finden«, sagte einer der Jäger. »Sie werden nicht ruhen, bis sie uns aufgestöbert haben.«

»Wie viele Pfeile haben wir noch?«, knurrte Sorban.

»Nicht mal fünfzig«, antwortete einer der Bogenschützen.

»Und Speere?«

»Vierzehn.«

Betroffenes Schweigen. Das Feuer knisterte. Die kleinen Kinder klammerten sich an ihre Mütter. Aruula blickte in Richtung Stadt. Ihre Augen versuchten die Dunkelheit zu durchdringen.

»Die Jungtiere können wir noch eine Zeitlang abwehren«, sagte jemand. »Aber wenn ein Muttertier auftaucht, sind wir verloren.«

»Das ist die Rache des verfluchten Baloor«, knurrte Sorban.

»Du hättest ihn nicht verstoßen dürfen«, jammerte eine Frau.

»Schweig!«, herrschte Sorban sie an.

»Wir können nur hoffen, dass Maddrax bald zurückkehrt«, sagte Aruula. »Sonst sind wir verloren.«

Sorban nickte langsam.

Das abscheuliche Bild wollte Matt nicht mehr aus dem Kopf gehen: der Oberkörper der toten Frau. Er war noch halb benommen gewesen, als sie ihn gefesselt daran vorbeigeführt hatten. Der Brustkorb hatte ausgesehen wie ein Stück verfaultes Fleisch – graues blasiges Gewebe, dazwischen verätzte

Rippenbögen, zwischen denen sich Lungenstücke hindurch schimmerten.

Die Riesenspinnen töteten ihre Opfer mit einem Säurestrahl …

Jemand schien mit einem Hammer von innen gegen Matts Schädeldecke zu pochen. Benommen torkelte er zwischen seinen Häschern durch die gespenstischen Straßenzüge. Die haarigen Gesellen mit den schwarzen Lippenwülsten in den nasenlosen Gesichtern wanderten stumm zwischen Ruinen und Gestrüpp entlang.

Matt sah sich um. Jandra ging zwischen zwei Wulfanen mit rotbraunen Umhängen. Hinter ihnen sah er zwei menschenähnlichere Gestalten, ebenfalls mit rotbraunen Umhängen. Sie waren bleich wie Kerzenwachs, und ihre Haut sah vertrocknet aus wie die von Mumien. Statt der lackschwarzen eierförmigen Helme trugen sie rotbraune Lederkappen.

An einem dicken Bastseil zerrten ihn zwei der Fischköpfe hinter sich her. Das Seil war mehrfach um seinen Oberkörper geschlungen und presste ihm die Arme gegen die Rippen. Vor ihm lief ein Wulfane in einem schwarzen Umhang. Sein Fell glänzte rötlich. Anders als seine Artgenossen schaukelte er nicht bei jedem Schritt, sondern ging aufrecht und fast federnd. An einem Strick zog er das weinende Kind neben sich her, das seine Mutter verloren hatte. Der Bursche hatte sich das Gewehr unter den Arm geklemmt. Auf dem Rücken eines anderen Wulfanen erkannte Matt seinen Container. Er stöhnte leise in sich hinein.

Na super! Damit stehen meine Chancen endgültig auf Null …

Er dachte an Chester, Jenny, Hank und die beiden Wissenschaftler. Selbst wenn einer von ihnen den Absturz überlebt haben sollte – die Aussicht, sie jemals wieder zu treffen, war lächerlich gering. Matt gab in diesen Minuten keinen Pfifferling mehr für sein Leben. Zwar hatte man das Messer noch nicht entdeckt, das er in seinen rechten Stiefel geschoben hatte, aber mit gefesselten Armen nutzte es ihm dort herzlich wenig.

Eine Doppelkette von Bogenschützen bildete die Spitze des Zuges. Vor jeder Straßenecke hielten sie an und spähten nach rechts und links. Vermutlich lagen sie im Krieg mit den Riesenspinnen.

Manchmal drehten sich die Bogenschützen um und zischten für Matt unverständliche Worte. Dann verschwand der ganze Trupp lautlos in den Ruinen rechts und links der Straße. Einige kletterten auch auf Bäume oder Lastwagenwracks. Jedesmal zerrten sie Matt mit sich. Von den Fenstern der Ruinen aus beobachteten sie dann die vorbeikriechenden Kolonnen der Siragippen. Wenn es kleine Kolonnen waren, töteten sie die Biester mit Speeren und Pfeilen. Das Gewehr setzten sie nicht ein; vermutlich wussten sie nicht, wie es zu bedienen war.

Matt beobachtete, dass die schwarzen Spinnen selbst dann an den Wulfanen vorbeizogen, wenn sie sie eigentlich hätten entdecken müssen. Ihm dämmerte, dass die Siragippen blind waren. Vermutlich verfügten sie über ein biologisches Ortungssystem ähnlich dem der Fledermäuse.

Es war bereits dunkel, als sie ein Stadtviertel erreichten, das noch zerfallener wirkte als die Randbezirke der Totenstadt. Weite Trümmerhalden zogen sich die Straßen entlang und bedeckten sie teilweise ganz. Überall wucherte das obligatorische Gestrüpp – Efeu, Brombeerhecken, Farne, Weinstöcke. Wie ein lebendiges Leichentuch.

In der Dunkelheit sah Matt die bizarren Schatten zerklüfteter Mauern, sehr hoch und lang. Vielleicht ein zerfallenes Kirchenschiff. Dann wieder ragten dunkle Ruinentürme in den Nachthimmel wie übriggebliebene Stalagmiten einer gesprengten Tropfsteinhöhle. Aber Matt entdeckte auch die Konturen von Kathedralen und ihren Türmen, die aussahen, als hätten ihre Mauern dem Zahn der Zeit widerstanden.

Schließlich erreichten sie einen weitläufigen Platz, auf dem zahlreiche Lagerfeuer brannten. Es musste eine Art Armeelager der Wulfanen sein. Überall wo die haarigen Burschen hockten, ragten Speere und Schwerter aus dem Boden. Matt fühlte hundert Blicke auf sich. Es war unheimlich still auf dem Platz. Ein kalter Schauer lief ihm über den Nacken.

Auf der rechten Seite stand der milchige Fleck des Mondes über einem quaderförmigen Turm. Aus dem Gebäude darunter wucherte ein riesiger Baum. Am Fuß der Fassade meinte Matt bogenförmige Säulendurchgänge zu erkennen. Er schätzte, dass man ihn in die Altstadt Bolognas verschleppt hatte.

Durch die brüchigen Säulenbögen ging es in ein verwittertes Gemäuer und über eine breite geländerlose Treppe hinauf zu einem Saal. Das Portal besaß keine Türblätter mehr. Matt sah Licht in der Halle flackern. Sie zerrten ihn hinein.

Fackeln brannten rechts und links des Eingangs und ebenso an der Stirnseite des Saales über einem erhöhten Stuhl aus grob zusammengezimmerten Birkenstämmen. Der Sitz war mit Fellen ausstaffiert. Darin saß zusammengekauert ein Wulfane mit rötlichem Fell. Er war in eine Toga aus schmutziggelbem Leder gehüllt. Unter der Toga wölbten sich dicke Brüste, und Matt machte sich klar, dass das Schlundgesicht auf dem erhöhten Sitz ein Weibchen sein musste.

Wie auf Kommando reckten die haarigen Gesellen ihre rechten Fäuste in die Luft und brüllten irgendetwas, das Matt als eine Art militärischen Gruß einordnete. Es stank nach nassem Hund, nach Teer und nach … Zigarrenrauch?

Matt traute seinen Augen nicht: Der weibliche Wulfane rauchte! Er steckte sich die Zigarre zwischen die schwarzen Wülste. Wie ein Krater öffnete sich das Loch unter seinen Augen und entließ stinkende Rauchwolken. Für Sekunden war Matt zum Lachen zumute. Wenn dies das offensichtlichste Zeichen für Zivilisation sein sollte, hatten die Nachfahren der Menschheit nichts dazugelernt.

Die Ruhe im Saal fiel ihm auf. Von allen Seiten musterten ihn die fellbesetzten Wesen. Die Wulfanenfrau belauerte ihn von oben bis unten. Dann hob sie die haarige Hand und krümmte den Finger. Die beiden bleichen Mumiengesichter schleppten Jandra vor ihren Birkenthron. Das Gespräch zwischen ihr und der Wulfanenfrau dauerte lange, doch Matt verstand kein Wort. Schließlich erhob sich die Zigarrenraucherin ächzend. Sie stieg die vier Stufen von ihrem Sitz herunter und hinkte zu Matt herüber. Ihre Schlundlippen spuckten harte röchelnde Töne aus. So redete sie auf ihn ein, doch er konnte sie nur verständnislos anschauen.

Schließlich banden sie ihn in einer Ecke des Saales an einen gusseisernen Ring, der dort aus dem Gemäuer ragte. Matt beobachtete, wie der rötliche Wulfane in dem schwarzen Umhang und die rotpelzige Zigarrenraucherin sich über das Gewehr beugten. Er schickte ein Stoßgebet zur Saaldecke. *Gott … hoffentlich ziehen sie nicht den Abzugsbügel durch!* Ihr Tod wäre höchstwahrscheinlich auch der seine gewesen. Doch schon bald verloren die beiden das Interesse an der Waffe, die sie offensichtlich nicht begriffen.

Vier Wulfanen stellten sich mit Speeren um Matt herum auf. Am Mauerdurchgang ins Treppengewölbe postierten sich vier Bogenschützen. So verbrachte Matt die Nacht. Eine schlaflose Nacht …

Als das bleierne Licht des neuen Morgens durch die Efeuranken in den Saal sickerte, holten sie ihn ab. Zusammen mit Jandra und dem Kind, das seine Mutter verloren hatte, schleppten sie ihn in die Ruinen der Altstadt …

Brellzek und zwölf seiner Soldaten betraten den Saal. Sie reckten die Fäuste hoch. »Lang lebe die Obermutter!«

Drulza sog an einer Zigarre. Sie winkte ihren Sohn heran. »Nimm dir eine.« Sie deutete zum Lederkasten auf dem Tisch. Brellzek gehorchte. Mit brennender Zigarre stand er schließlich vor dem Sitz seiner Mutter.

»Habt ihr sie hingebracht?«, krächzte Drulza. Brellzek nickte. »Das Nackthautkind auch?« Wieder ein Nicken. »Und das Mädchen?«

»Wir haben uns genau an deine Anweisungen gehalten«, schnarrte Brellzek. »Obwohl die Nosfera aus der Hexengarde gemurrt haben. Das Mädchen ist von ihrer Art, wenn auch noch nicht voll entwickelt.«

Drulza lachte leise. »Die Nosfera sind Narren. Es fehlte gerade noch, dass ich sie in meine Pläne einweihe«, schnarrte sie. »Berichte weiter!«

»Eine Sondertruppe führt gerade den Scheinangriff gegen die Gottesburg. In kurzer Zeit wird der Schwarze Feind seine Hauptkräfte dort konzentrieren.«

»Sehr gut«, brummte Drulza. »Ich habe mit dem Herzog gesprochen. In einer Stunde treten unsere

Soldaten unten auf dem Platz an. Nur vierzig werden zur Sicherung des Hauptquartiers hierbleiben. Hundertachtzig Soldaten werden unter dem Kommando des Herzogs aus der Stadt ziehen, sobald die Hauptmacht des Schwarzen Feindes mit Maddrax beschäftigt ist. Wir werden die Horde gefangennehmen wie eine Herde Wakudas. Unsere Vorratszellen werden sich füllen. Und dann werden wir dem Schwarzen Feind den Rest geben. Wenn Maddrax noch etwas von ihm übrig lässt …«

»Dein Plan ist klug, Mutter«, sagte Brellzek. »Aber …«, er zögerte, » … man sagt, dieser Maddrax sei ein Verfluchter Orguudoos. Wenn er nun lebend aus der Götterburg herauskommt? Wir sollten Orguudoo nicht erzürnen …«

»Und selbst *wenn* er lebend aus der Götterburg kommt!«, schnitt Drulza ihm das Wort ab, »er wird sterben. Trotz seiner Wunderwaffen wird er sterben. Der Tod begleitet ihn bereits …«

Die Reste eines Springbrunnens standen auf dem Platz. Hinter einer Birkengruppe erhob sich neben einem kleinen Teich die dunkle Fassade einer klobigen Basilika. Sträucher wucherten aus dem löchrigen Gemäuer und der runden Fassung eines zerbrochenen Fensters über dem offenen Portal.

Die Wulfanen hatten sie an einer Säule des Brunnens festgebunden. Jandra, das Kind und ihn. Ein paar Schritte vom Brunnen entfernt und doch unerreichbar lag sein Container im Farn, darauf das Gewehr. Die Fischgesichter hatten mit beidem nichts anfangen können.

Sie hatten ein gewaltiges Geschrei angestimmt und das Gebäude gegenüber der Basilika mit Speeren und Pfeilen unter Beschuss genommen.

Riesenspinnen waren in den Eingängen erschienen und hatten ihre weiße Säure verspritzt. Die Wulfanen waren geflohen.

Matt konnte sich keinen Reim darauf machen. Sie hätten es sich einfacher machen können, hätten sie seinen Tod gewollt …

Die Nischen zwischen den Ruinen füllten sich mit den schwarzen Riesenspinnen. Es mussten Hunderte sein.

Das Kind weinte. Es war nicht älter als vier oder fünf Jahre. Jandra wirkte gefasst. Sie sagte etwas zu Matt, das er nicht verstand. Dann begann sie ihren dürren Körper unter den Fesseln zu bewegen.

Plötzlich setzte sich die schwarze Front der Siragippen in Bewegung. Wie schwarze, pelzige Lava schoben sie sich heran. Das hundertfache Scharren ihrer Beine jagte Matt einen Schauer über den Rücken.

Er blickte wieder zur Seite – und traute seinen Augen kaum, als er sah, wie Jandra sich einer Schlange gleich Zentimeter um Zentimeter unter den Seilen hervorwand. Ihre Knochen schienen aus Gummi zu bestehen, so sehr verdrehte sie ihren Leib – bis sie es schließlich geschafft hatte. Doch es hatte sie viel Kraft gekostet – sie war noch bleicher als zuvor, und ihre Augen glühten wie im Fieber.

»Schnell! Mein Messer!«, rief Matt und deutete mit dem Kinn zu seinem rechten Stiefel hinab.

Jandra schien ihn halbwegs verstanden zu haben, denn sie kam zu ihm, entdeckte das Messer und zog es hervor. Rasch durchtrennte sie Matts Fesseln und die des Kindes. Matt sprintete los, schulterte den Notcontainer und schnappte sich das Gewehr. »Nimm das Kind und renn was du kannst!« Er deutete auf die Basilika. Jandra und das Kind spurteten über den Platz.

Matt eröffnete das Feuer auf die heranrückenden Siragippen. Fontänen schaumiger Säure spritzte aus den Reihen der schwarzen Leiber. Matt wich zurück, ohne den Finger vom Abzug zu nehmen. Die weiße Flüssigkeit klatschte acht, neun Schritte vor ihm in Gras und Gestrüpp, ätzte es nieder und fraß sich in das Geröll des einstigen Kopfsteinpflasters.

Matt blickte nach den Kindern. Aus dem offenen Portal der Basilika schoben sich mit ruckartigen Bewegungen fünf oder sechs Siragippen. Er sah, dass Jandra und das Kind auswichen, die niedrige Steinbalustrade neben der Basilika ansteuerten und hinaufkletterten. Matt schoss auf die Riesenspinnen im Portal. Gleichzeitig rannte er den Kindern hinterher.

Zuckende Leiber füllten den Eingang der Kirche. Die nächste Angriffswelle kletterte einfach über sie hinweg. Auch vom Platz her rückte die Front der Angreifer näher. Matt musste das Magazin wechseln. Er sah die Kinder auf der anderen Seite der Balustrade zwischen dunklen Zypressen verschwinden.

Wie ein Besessener feuerte er um sich, doch er konnte die Fronten der Riesenspinnen immer nur für kurze Augenblicke aufhalten. Als er die Balustrade erreichte, hatte er schon das nächste Magazin leergeschossen. Allmählich ging ihm die Munition aus. Er schwang sich über die brüchige Mauer und rollte sich im Gestrüpp zwischen den Zypressen ab. Hastig wechselte er wieder das Magazin. Durch die Säulen der Balustrade hindurch nahm er die Spinnen erneut unter Feuer. Doch so viele er auch abschoss, sie rückten näher und näher. Es hatte keinen Sinn – es waren einfach zu viele.

Matt rannte durch hohe Sträucher und dichtes

Gebüsch in die Richtung, in der die beiden Kinder verschwunden waren. Eine quadratische Lichtung öffnete sich vor ihm, mittendrin ein Brunnengesims. Weite Säulenbögen umgaben den Platz – ein verfallener Klosterhof. In einem Kreuzgang entdeckte er Jandra und das kleine Kind. Über der an die Basilika grenzenden Klosterruine ragte ein romanischer Turm aus Baumkronen und Kirchenschiff auf, nicht höher als zwanzig Meter. Er hatte kein Dach mehr, und seine Spitze sah aus wie ein abgebrochener Zahn.

Matt witterte eine Chance. »Dort hinauf!«, brüllte er und wies in die Richtung. Vom Turm aus würde er die anrennenden Riesenspinnen eine Zeit lang aufhalten können.

Jandra verstand. Sie rannte den Kreuzgang entlang und zog das Kind hinter sich her. Matt sah sie im Innern des Turms verschwinden. Er kletterte die brüchige Mauer zum Kreuzgang hinauf und lief bis zum Aufgang des Turms.

Etwas klatschte neben ihm gegen die Wand. Schaum tropfte vom alten Gemäuer auf die Wendeltreppe. Matt wirbelte herum und eröffnete das Feuer ohne zu zielen in das Kirchenschiff hinein. Rückwärts hastete er die Wendeltreppe hoch. Unter ihm erklang das Scharren Dutzender Siragippen-Füße.

Einen Augenblick spielte er mit dem Gedanken, etwas von dem Plastiksprengstoff aus dem Container einzusetzen. Doch er verwarf den Plan. Die Explosion würde der altersschwachen Statik des Turmes endgültig den Rest geben.

Windung um Windung arbeitete Matt sich den Turm hinauf. Über sich hörte er plötzlich Schreie, so spitz und schrill, dass ihm das Blut in den Adern gefror. Die Kinder!

Er nahm vier, fünf Stufen auf einmal. Die engen Treppenwindungen machten ihn schwindlig. Sein Fuß stieß gegen etwas Weiches, und er schlug lang auf die Stufen. Durch eine tiefe Schießscharte fiel schummriges Licht in den Turm.

Dann sah Matt das Kind. Es war tot. Sein Kopf lag in einer Blutlache, und aus einer Wunde an der Kehle sprudelte es nass und rot auf die ausgetretenen Stufen. Nicht weit über ihm schrie Jandra in höchsten Tönen.

»Jandra!« Matt sprang hoch und hetzte die letzten Stufen hinauf. Sie kauerte in einer Ecke des Dachstuhls zwischen Unrat und Resten von Ziegeln. Das graue Tageslicht fiel auf ihre zitternde Gestalt. Sie barg den Kopf in den Armen und schrie.

»Jandra! Was ist passiert?!« Matt ging in die Hocke und öffnete die Arme. Entsetzen bohrte sich in seine Hirnhaut. Jandra war mit Blut besudelt – aber es schien nicht ihr eigenes zu sein. Sie warf sich schluchzend an seinen Hals. Ihr Körper glühte durch das Kleid hindurch.

Ein Schatten glitt über den Turm. Matt blickte auf – und sah den Monsterhabicht über dem Bauwerk kreisen. *Er* musste das Kind angefallen und getötet haben.

Ein Geräusch aus den Tiefen des Turms ließ Matt herumfahren. Er löste sich von Jandra und schob ein neues Magazin in die M 20. Das letzte!

Die Siragippen kamen! Dicht an dicht drängten sie die Wendeltreppe herauf!

Aber da war noch ein anderes, nicht minder bedrohliches Geräusch – ein Knirschen von Stein!

Der Turm wankte!

Wie aus dem Nichts tauchten sie auf: hundert, hundertfünfzig Wulfanen, wenn nicht mehr. Mit lautem Gebrüll brachen sie aus dem Wald und stürmten den Hallenruinen entgegen.

Sorbans Leute nutzten gerade eine Kampfpause, um ihr Lager auf ein anderes Dach zu verlegen. Zwei Dutzend Gejagudoo hatten sie angegriffen. Mehr als die Hälfte hatten sie töten können. Nun steckte kein einziger Pfeil mehr in den Köchern von Sorbans Bogenschützen. Und nur noch drei Speere waren übrig. Das Dach vibrierte; es war nur eine Frage der Zeit, bis es nachgeben würde.

In dieser hoffnungslosen Situation griffen die Wulfanen an. Und sie merkten schnell, dass ihre Gegner sich nicht mehr verteidigen konnten.

Sorban verfrachtete Frauen und kleine Kinder auf die vier verbliebenen Frekkeuscher und trieb sie zur Eile an. Zehn Schwertkämpfer, darunter auch Aruula, deckten den Rückzug auf das Nachbardach. Schon kletterten die Wulfanen über die Weinstöcke und Efeuranken die Hallenwände hinauf.

Wieder vibrierte das Gemäuer – und brach zusammen, als wäre es aus morschem Holz. Es begrub zwei Dutzend Wulfanen unter sich – doch auch vier von den Schwertkämpfern der Horde wurden in die Tiefe gerissen. Eine gewaltige Staubwolke erhob sich über dem Trümmerfeld.

Vom Nachbardach aus beobachten Sorban und seine Leute, dass die Angriffswelle der Wulfanen ins Stocken geriet. Plötzlich wühlten sich die Gejagudoo aus den Trümmern. Ihre schwarzen Schlangenkörper krochen den Wulfanen entgegen. Die waren derart verblüfft, dass sie die Gefahr erst begriffen, nachdem vier ihrer Soldaten in der Erde verschwanden. In panischer Flucht hetzten sie zurück in den Wald.

Am Waldrand schossen Erdfontänen in die Luft. Zehn, zwölf Gejagudoo wühlten sich den Wulfanen entgegen und schnitten ihnen den Fluchtweg ab. Todesschreie erfüllten die breite Lichtung zwischen Hallenruinen und Waldrand. Immer mehr Gejagudoo tauchten zwischen den Flüchtenden auf und zerrten sie in die Tiefe.

Sorban und seine Horde jubelten. Sie glaubten sich gerettet. Aruula stimmte nicht in den Jubel ein. Sie wiederholte immer nur in Gedanken den einen verzweifelten Satz: *Maddrax, komm zurück aus der Totenstadt, lass uns nicht im Stich!*

Die schwarze Flut der Siragippen schob sich den Turmaufgang hinauf. Matt jagte ihnen eine Salve aus der M 20 entgegen, die die erste Reihe zerplatzen ließ.

Immer heftiger schwankte der alte Kirchturm. Das morsche Gemäuer war dem Ansturm Hunderter Riesenspinnen nicht gewachsen. Schon zeigten sich erste Risse im Mauerwerk.

Matt zerrte Jandra hinter sich her, schickte den heraufdrängenden Siragippen Feuerstoß um Feuerstoß entgegen und wich gleichzeitig an die Mauerkrone der Turmwand zurück.

Er warf einen Blick hinab – zwischen den Baumwipfeln der Nadelbäume sah er die dunkelgrüne Fläche eines kleinen Sees. Vermutlich ein alter Löschteich. Er breitete sich auf der Rückseite der Klosterruine aus. Zu weit entfernt und zu hoch für einen waghalsigen Sprung.

Das Knirschen nahm an Intensität zu; der Steinboden unter Matts Füßen zitterte. Es konnte nicht mehr lange dauern, bis alles zusammenbrach.

»Halt dich an mir fest!«, schrie Matt und ging in

die Knie. Das Mädchen umklammerte seinen Hals mit den Armen und seine Hüften mit beiden Beinen.

Der Turm neigte sich! Matt konnte sich nicht mehr halten und taumelte gegen die Mauerkrone. Sein Gewehrfeuer verebbte. Nun strömten die Siragippen ungehindert aus dem Aufgang ins Freie und rutschten mehr, als dass sie liefen, auf die beiden Menschen zu. Wahrscheinlich bemerkten sie in ihrer Angriffswut nicht einmal das nahende Verderben.

Laub streifte plötzlich Matts Hinterkopf! Holz splitterte. Er fuhr herum und sah, dass der Turm in zwei dicht beieinanderstehende Platanen einbrach. Sein Fall verlangsamte sich, als das Gestein durch die Baumkronen scheuerte.

Instinktiv wehrte Matt zwei angreifende Siragippen ab, während er in eine der Mauerlücke sprang. Die aufspritzende Säure verfehlte ihn und Jandra nur knapp.

»Festhalten!«, brüllte Matt. Er stieß sich ab, brach durch Zweige und Laub und bekam einen armdicken Ast zu fassen. Als er sich daran festklammerte, entglitt ihm das Gewehr. Jandra auf seinem Rücken schrie gellend. Das Holz des Stammes unter ihm splitterte; der Baum gab unter dem tonnenschweren Gewicht des Turmes endgültig nach und kippte ebenfalls zur Seite. Steine prasselten durch die Äste und schlugen dumpf im alten Klostergarten auf.

Den Ast mit beiden Armen umklammert, mit den Beinen stampelnd nach Halt suchend, blickte Matt nach unten. Die Wasseroberfläche des Teichs kam rasend schnell näher!

Er sah Trümmer des Turmes in den ehemaligen Löschteich einschlagen, sah Wasserfontänen hochspritzen – dann tauchte auch der Baumwipfel ein. Für Sekunden verschwanden Matt und Jandra unter Wasser, tauchen wieder auf, versanken erneut.

Noch benommen von dem Sturz, schwamm er hinüber ans andere Ufer. Jandras Gewicht auf seinem Rücken drückte ihn immer wieder unter Wasser. Matt spuckte und hustete, als er das seichte Uferwasser erreichte und aus dem Teich watete.

Er blickte sich um. Fünfzig, sechzig Meter war das Gewässer breit. Zwischen den Zweigen des umgestürzten Baumes und den Trümmern des Turms erkannte er die Leiber der schwarzen Riesenspinnen. Einige bewegten sich. Keine Chance, das Gewehr zu bergen – falls es überhaupt den Sturz überstanden hatte.

Matthew packte Jandras Hand. »Weg hier!«

Knapp anderthalb Stunden waren sie unterwegs. Matt hatte dem Mädchen verständlich machen können, wohin er wollte – in die Kasernenruine. Seine Gedanken kreisten um den Jeep. Seit er ihn in der Reparaturgrube der Werkstattbaracke gefunden hatte, ging ihm das Fahrzeug nicht mehr aus dem Kopf. Wenn es ihm gelang, den Jeep flottzumachen, hatten sie gute Chancen, aus dieser verfluchten Trümmerstadt zu entkommen!

Sie schlichen über Schutthaufen und überwucherte Gassen. Von Zeit zu Zeit tauchte der quadratische Turm des Wulfanenquartiers zwischen Bäumen und Dächern auf; an ihm orientierte sich Matt. Von den Siragippen war momentan nichts zu sehen, doch Matt zweifelte nicht daran, dass sie die Verfolgung noch nicht aufgegeben hatten.

Je länger er über alles nachdachte, desto mehr durchschaute er den raffinierten Schachzug der Wulfanenführerin. Ihr Volk lag mit den Siragippen im Krieg. Die langhaarigen Schlundgesichter hatten Jandra, das Kind und ihn als Köder benutzt – und als Waffe. Natürlich, das war es! Darum hatten sie ihm auch seine Ausrüstung gelassen; sie selbst konnten ja nichts damit anfangen. Sie hatten nur dafür sorgen müssen, dass eines der Opfer sich rechtzeitig würde befreien können. Ein riskantes Spiel – aber schließlich lag das Risiko ja bei den Gefangenen ...

Unbeschadet erreichten Matt und Jandra das Kasernengelände. Matthew deutete auf die Platane neben dem Lastwagen-Wrack. »Hoch! Los – klettere hoch!« Er versuchte ihr klarzumachen, was ihr Job war, während er sich um den Jeep kümmerte: nach Siragippen Ausschau zu halten und ihn zu warnen, wenn sie erneut angriffen. Jandra kletterte gewandt den Baum hinauf.

Matt hastete über den ehemaligen Kasernenhof. Er spürte seinen Pulsschlag in den Schläfen hämmern. Die Ereignisse der letzten zwanzig Stunden hatten seine Nerven aufgepeitscht. Eine Flut von Bildern schoss ihm durch den Kopf.

Sie haben mich benutzt ... halten sie noch mehr Überraschungen bereit?

Matt erreichte die Werkstatt und zwängte sich durch das Fenster hinein. Er setzte den Notcontainer ab, holte die Taschenlampe hervor und knipste sie an. Da stand der Hummer-Jeep, noch immer schwarz glänzend vor Öl, aber äußerlich unbeschädigt bis auf die Teile des Sitzes, die aus dem Ölbad geragt hatten. Ob sich früher einmal ein Stoffdach über dem offenen Wagen gespannt hatte, ließ sich nicht mehr erkennen.

Hinter ihm raschelte es. Matt fuhr herum. Jandra war am Fenster. Der Strahl seiner Lampe traf ihr Gesicht. Ein eingefallenes, gelbliches Gesicht. Die Lippen schienen ihm dünner als gestern noch. In den Augen flackerte es.

Das alles ist zu viel für das Kind. Es wird zusammenbrechen …

Er half Jandra zum Fenster hinein. Dabei entdeckte er am Kasernentor zwei Siragippen. Sie schienen zu wittern.

Bullshit …

Matt sprang in die Mulde und öffnete die Kühlerhaube. Die Taschenlampe im Mund, riss er sich einen Streifen aus seinem Unterhemd und reinigte damit die Zündkerzen und die elektrischen Kontakte vom Öl. Dann zurück ans Fenster: Mittlerweile schoben sich zehn, zwölf Siragippen durch das Gestrüpp vor dem offenen Kasernentor.

Matt schob Jandra auf den Beifahrersitz und warf den Notcontainer zu den acht Kanistern auf die Ladefläche. Hoffentlich enthielten sie überhaupt Treibstoff; er hatte noch keine Gelegenheit gefunden, es nachzuprüfen. Er setzte sich hinter das Steuer. Der Schlüssel steckte. Er drehte ihn um.

Nichts tat sich. Zurück zur offenen Motorhaube. Seine Finger flogen über Drähte, Zylinder, Verkabelungen.

Etwas prallte gegen das morsche Holztor. Matt blickte hoch – an einer Stelle löste das Holz sich auf. Grauer Schaum tropfte hinein und floss an der Innenseite des Tores herab. Sie beschossen das Tor mit ihrer Säure!

Matt schlug die Kühlerhaube zu. »Spring an!« Er brüllte laut. »Spring an, du verdammtes Mistding!«

Und das Wunder geschah. Gurgelnd und rasselnd kam der Motor. Matt legte den Rückwärtsgang ein, trat die Kupplung durch, stemmte den Fuß gegen das Gaspedal und ließ dann die Kupplung los. Über die geriffelte Rampe schnellte der Hummer aus der Grube. Jandra schrie, als sie gegen die Frontkonsole geschleudert wurde.

Mit dem Heck durchbrach der Hummer das morsche Tor. Die Körper der Siragippen schrammten an der Karosserie vorbei. Ihre Schreie schrillten dicht an der oberen Hörgrenze. Matt riss das Steuer herum, legte den ersten Gang ein und trat das Gaspedal durch. Der Jeep schoss über den Kasernenhof und pflügte durch die Masse der heranstelzenden Riesenspinnen.

»Er fährt!«, schrie Matt. »Ich glaubs nicht! Wir sind gerettet, Jandra! Gerettet ...!« Er verstummte, als er Jandras fiebrigen Blick sah.

Matt bog in die Ausfallstraße ein. Der Militärjeep polterte durch Schlaglöcher und über Wurzelstöcke. Immer wieder blickte Matt besorgt zur Seite, wo Jandra auf den Überresten des Beifahrersitzes kauerte. Er sah, wie sie zu zittern begann.

»Urgaza ...«, murmelte sie. »Muma Urgaza ...«

»Was sagst du da?« Matt wurde es unheimlich zumute. Irgendetwas stimmte nicht.

»Urgaza, Urgaza, Urgaza ...« Immer schneller sprach Jandra, immer lauter.

»Wer zum Teufel ist Urgaza ...?«

»Urgaza!«, schrie Jandra. »Urgaza! *Orguudoo!*«

Matt erstarrte. *Diesen* Namen kannte er! Er fuhr zu Jandra herum – und sah, wie sie sich anspannte. Ihr Gesicht war zu einer furchterregenden Grimasse geworden – gelblich, eingefallen, mit glühenden, tief in den Höhlen liegenden Augen.

Sie sah fast aus wie diese beiden Mumientypen, die die Wulfanen begleitet hatten! War sie etwa auch ...?

Matt kam nicht mehr dazu, den Gedanken zu Ende zu führen. Jandra fiel ihn an wie eine Furie. Er musste das Steuer loslassen, um sie abzuwehren.

»Jandra! Was soll das?!« Entsetzen bohrte sich in Matts Hirn wie tausend Eissplitter. Jandras weit aufgerissener Mund zielte auf seinen Hals. Sie fauchte wie eine der wilden Katzen. Ihr Körper glühte durch das Kleid hindurch. Matt wollte sie von sich wegdrücken – und spürte, wie ihre Fingernägel ihm den Hals aufrissen. Der Anblick seines Blutes schien sie noch wilder zu machen.

»Jandra!« Mit einer Hand griff er wieder nach dem Steuer und brachte den Jeep unter Kontrolle, mit der anderen packte er sie an den Haaren und zog ihr Gesicht von sich weg – eine verzerrte gierige Grimasse. Wie ein Hund fletschte sie die Zähne. Matt fühlte den heißen Hauch ihres Atems an seinem Hals.

Ganz unvermittelt blitzte das Bild der toten Katze durch seine Gedanken. Das Bild des toten Kindes mit der durchgebissenen Kehle im Turm. Und er begriff.

»*Du* warst es!« Er riss das Knie hoch und traf sie auf den Solarplexus. »*Du* hast das Kind getötet!«

Jandra krümmte sich vor Schmerz und fiel auf den Beifahrersitz zurück. Aber sie gab nicht auf. Mit hasserfüllten Augen fixierte sie ihr Opfer. »Eja obidire Urgaza!«, fauchte sie. »Mordere, Maddrax!«

»Du gehörst zu ihnen!«, erkannte Matt. »Du arbeitest mit diesem Wulfanenweib zusammen!«

Mit einem Fauchen warf sich Jandra erneut auf ihn. Zumindest wollte sie es.

Matt zog den Jeep in eine enge Kurve und klammerte sich dabei am Lenkrad fest. Die plötzlichen Fliehkräfte schleuderten Jandra herum. Sie prallte mit dem Kopf gegen das Gestänge des Beifahrersitzes und war für einen Moment benommen.

Matt nutzte die Chance. Er nahm den rechten Fuß vom Gas, schwang das Bein hoch und traf Jandra in die Seite. Mit einem letzten Kreischen flog die Zehnjährige aus dem Fahrzeug, prallte hart auf einen Trümmerberg, überschlug sich mehrmals und blieb schließlich liegen.

Matthew Drax schaute nicht zurück. Er hatte genug damit zu tun, den Weg voraus zu erkennen durch die Tränen, die ihm in die Augen schossen ...

Baloor zwang seinen Frekkeuscher, auf dem von Efeu und Wein eingesponnenen Pilzturm zu landen. Er kletterte vom Rücken des Reittieres und legte sich bäuchlings auf das moosige Dach. Drei, vier Speerwürfe entfernt sah er eine Staubwolke über den Ruinen der Halle aufsteigen. Die Gejagudoo griffen immer noch an. Gut so!

Doch dann erkannte der Göttersprecher, dass sie die Falschen angriffen. Diese einfältigen Wulfanen hatten sich eingemischt und zogen die Gejagudoo auf sich! Baloor ballte in fanatischer Wut die Fäuste und presste sie gegen seine schweißnasse Stirn. »Orguudoo!«, brüllte er. »Herr der finsteren Tiefe! Wann soll deine Stunde kommen, wenn nicht jetzt!? Schicke das Verderben über die Anhänger des falschen Gottes!«

Unter ihm vibrierte das morsche Dach. Der Turm schwankte, und im ersten Moment fürchtete Baloor, die irregeleiteten Gejagudoo würden nun auch ihn selbst angreifen. Doch es war sein Frekkeuscher, der hinter ihm mit den Flügeln schlug und schließlich abhob. Er segelte über die Hallendächer auf den Wald zu. Baloor sah ihm wütend hinterdrein. Seine blutleeren Lippen zuckten.

Dann fiel ihm auf, dass der Turm immer noch schwankte! Gleichzeitig rumorte die Erde wie fernes Donnergrollen. Etwas näherte sich. Unterirdisch. Und unaufhaltsam ...

Matts Hände krampften sich um das ölverschmierte Lenkrad. Mit brennenden Augen starrte er voraus. Die Kratzwunde an seinem Hals spürte er kaum. Der Schock saß tief. Ausgerechnet Jandra hatte ihn töten, ihm das Blut aussaugen wollen wie ein Vampir! Ausgerechnet sie, die ihm wie ein Lichtblick in dieser barbarischen, feindlichen Welt erschienen war! Er konnte es noch nicht fassen.

Mit über achtzig Stundenkilometern raste der Hummer-Jeep dahin. Die stabile schnörkellose Konstruktion bewältigte spielend alle Bodenunebenheiten. Matt hatte sich den Notcontainer auf den Rücken geschnallt, um die fehlende Polsterung der Rückenlehne auszugleichen. Wenn nur die Reifen hielten! Es war ohnehin ein Wunder, dass sie, luftdicht in Öl gelagert, die Zeiten überdauert hatten. Da sie dabei nicht einmal Luft verloren hatten, vermutete Matt, dass sie aus Plastiflex gefertigt waren, einem neuartigen widerstandsfähigen Vollgummi, der den Reifendruck durch Myriaden winzigster Luftbläschen aufrecht erhielt. Lag er richtig, würde er diese Reifen niemals aufpumpen müssen.

In der Ferne tauchten die von Gestrüpp bedeckten Dächer der Flughallen und Hangars auf. Matt stutzte, als er eine Staubwolke über den Trümmern aufsteigen sah. Was war da los? Ein Angriff?

Schließlich bog er auf das Flugfeld ein. Und erblickte das Chaos, das die Gejagudoo unter den fliehenden Wulfanen anrichteten. Matt versuchte Mitglieder aus Sorbans Horde auszumachen und entdeckte einige auf einem nahen Dach. Durch den Dunstschleier glaubte er sogar Aruulas hüftlanges Haar zu erkennen. Erleichterung wallte unwillkürlich in ihm auf.

Aber das Aufatmen währte nicht lange.

Plötzlich zerplatzte das ehemalige Flugfeld keine

zweihundert Schritte von der Halle entfernt, auf der die Horde Zuflucht gefunden hatte. Gesteinsbrocken, Erde und Büsche schossen in die Luft. Ein gewaltiger schwarzer Koloss wühlte sich aus dem Boden. Gut sechs Meter hoch erhob sich sein wurmartiger Körper über den Platz, klatschte dann flach auf den Boden und schob sich auf die Hallen zu.

Matt vergaß zu atmen. Dieses Monstrum musste ein Muttertier sein. Ein Muttertier der Gejagudoo ...! Es war mindestens fünfzehn Meter lang und hatte einen Durchmesser von knapp vier Metern.

Obwohl er wusste, dass er in sein Verderben fuhr, hielt Matthew Drax weiter auf die Bestie zu. Vielleicht war er auch einfach nur zu schockiert, um die Richtung zu wechseln.

Das Muttertier richtete sich auf, bis sein Kopf über der Dachkante schwebte. Dann ließ es sich fallen.

Die Erde bebte. Und die Halle brach zusammen! Vier Frekkeuscher schwirrten vom Dach. Matt hörte die Schreie von Sorbans Leuten. Wie viele von ihnen hatten sich mit den Riesenheuschrecken retten können?

Endlich stieß Matts Fuß das Bremspedal bis zum Bodenblech durch. Der Jeep kam schlingernd zum Stehen, nur zehn Meter von dem Ungetüm entfernt. Matt sprang heraus, zog die Beretta 98 G und feuerte auf das Ungetüm. Mit dem einzigen Erfolg, dass es nun auf *ihn* aufmerksam wurde.

Das Muttertier warf seinen gigantischen Körper herum. Matt spurtete los. Aber wohin? In eine der Hallen? Zwecklos. Die Bestie würde die Ruine zertrümmern und ihn aufspüren.

Der Tower rückte in sein Blickfeld. Er hielt darauf zu. Seine Lungen brannten, der Container auf seinem Rücken schien mit Blei gefüllt.

Der Container ...! *Der Plastiksprengstoff!*

Der Boden unter Matts Stiefelsohlen schwankte. Über die Schulter blickte er zurück. Das Monstrum war schon bis auf einen Steinwurf weit heran. Sein Körper zog sich zusammen, wölbte sich in die Luft, streckte sich aus und prallte aufs Flugfeld zurück.

Matts forcierte sein Tempo. Er spürte kaum noch, dass seine Füße den Boden berührten. *Renn, wenn du leben willst!*

Mit dreißig Metern Vorsprung erreichte er den Eingang des Towers. Er riss sich den Container vom Rücken, brach mit zitternden Händen ein zweites Drittel aus dem Plastiksprengstoff und bohrte den Zünder hinein. Das Muttertier kam näher. Weniger als zwanzig Meter trennten es noch von ihm.

Matt drehte die Spitze des Zünders, stellte ihn auf zehn Sekunden. Das Monster richtete sich vor ihm auf. Sein Schatten fiel über ihn. Fauliger Atem drang aus dem zerfransten Maul wie ein Pesthauch.

Matt wandte sich um und klatschte die knetgummiartige Masse von innen gegen die Wandung des Towers. Ihm blieb keine Zeit mehr, die statisch günstigste Stelle zu ermitteln. Aber mit etwas Glück ...

Er spurtete los, direkt auf das Muttertier zu – und an ihm vorbei. Und während die Bestie noch überrascht innehielt und ihren massigen Körper zu drehen versuchte, warf er sich hinter ihr in Deckung.

Der Himmel schien in einem Lichtblitz zu vergehen. Ein scharfer Knall ertönte, dann ein urgewaltiges Dröhnen, als der Tower einknickte und sich langsam neigte. Matt rollte sich weiter über den Boden. Trümmerstücke schlugen rechts und links von ihm ein. Staub drang in seine Lungen.

In das Dröhnen mischte sich ein Schrei – nein, zwei Schreie! Der eine röhrend und feucht und animalisch, der zweite schrill und ... menschlich?

Noch halb benommen, rappelte Matthew sich auf und sah sich um. An der Stelle, wo eben noch der Tower gestanden hatte, senkte sich nun eine Staubwolke auf einen Trümmerberg. Matt erkannte den von Staub grau gepuderten reglosen Schwanz des Monstrums. Es war tot.

Genau wie der in Leder gehüllte Mann, der mit gebrochenen Gliedern zwischen dem Schutt lag und Matt aus blinden Augen anstarrte. Baloor war zu seinen Göttern gegangen …

Zwölf Mitglieder der Horde waren mit dem Leben davon gekommen. Einschließlich Sorban und Aruula. Die Gejagudoo hatten nach dem Tod ihres Muttertiers den Angriff abgebrochen. Wenn Wulfanen überlebt hatten, so waren sie geflohen. Die Horde hatte keinen der Fischköpfe mehr zu Gesicht bekommen.

Am Abend hockten sie um ein Feuer. Totale Stille herrschte; zu frisch waren noch die Schrecken des Angriffs in den Köpfen der Menschen. Aruula saß neben Matt und hatte ihre Hand auf die seine gelegt.

Sorban brach schließlich das Schweigen. Aruula dolmetschte sein heiseres Brummen. »Baloor ist tot. Muttertier der Gejagudoo ist tot. Aber die Wulfanen leben. Dieses Land ist verlassen von den Göttern. Wir werden auf anderem Weg zurück zum Südstrom ziehen.«

»Ich komme nicht mit«, sagte Matt. »Ich muss meine Gefährten suchen. Mein Weg führt weiter nach Süden.« Aruula übersetzte. Sorban nickte stumm.

Dann sah sie Matt an. »Ich gehe mit dir, Maddrax.«

Die halbe Nacht lang redete Sorban auf Aruula

ein, doch sie blieb bei ihrem Entschluss. »Ich habe meine Wahl getroffen«, sagte sie. Und Matt wusste, dass sie nicht von der Wahl eines Weges sprach.

Kurz nach Sonnenaufgang luden sie ihre Sachen in den Jeep. Es war ein stummer Abschied. Aruula ging von einem zum anderen und umarmte ihn. Tränen flossen. Sorban wandte sich ab, während sie in das Gefährt stiegen. Aruula klammerte sich an den Fellen fest, mit denen sie die Vordersitze umkleidet hatten. Der ›Götterwagen‹ war ihr nicht geheuer, doch sie ließ es sich nicht anmerken.

Ein milder Wind blies von Süden her über das Gebirge, als sie aufbrachen.

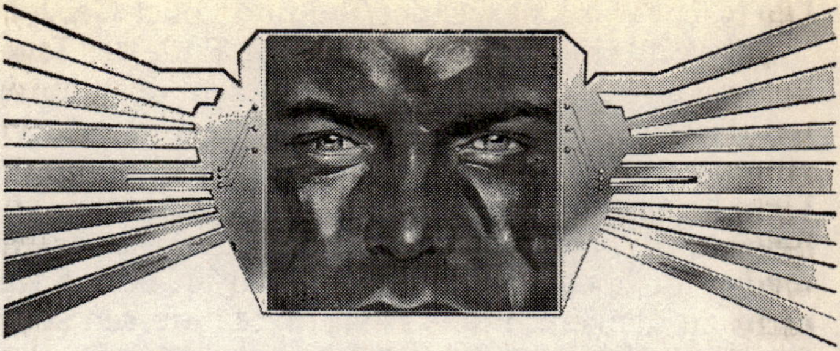

TIMOTHY STAHL

ROM SEHEN UND STERBEN

Die Nacht war kalt wie der Tod und voller Geister.

Der Wald ringsum schien mit dem Ende des Tages versunken zu sein in einem schwarzen Meer, inmitten dessen ein kleines Feuer brannte, verloren wie eine einsame Insel. An ihrem Ufer aus kupfernem Licht lagen zwei Gestalten, Gestrandeten gleich, eng beieinander und reglos wie tot. Aber sie waren weder tot noch schliefen sie. Denn an Schlaf war nicht zu denken in dieser Nacht. Stattdessen spähten sie wachen Blickes, fast angestrengt ins Dunkel, und schweigend lauschten sie den Geräuschen, die unter dem Mantel der Nacht hervorkrochen.

Larn schloss seinen Arm fester um Noones schmale Schultern. Sie zitterte, und er wusste, dass es nicht allein von der Kälte herrührte.

Behutsam rückte er näher ans Feuer, das Mädchen dicht an sich gedrückt. Doch die Flammen schienen kaum Wärme zu spenden. Als würde diese seltsame Nacht die Hitze fressen.

»Der Wind«, flüsterte der junge Mann seiner Gefährtin beruhigend ins Haar, »es ist nur der Wind.«

Sein warmer Atem an ihrem Ohr ließ Noone schaudern. Sie wollte nicken, wollte sagen, dass sie ihm glaubte. Dass er Recht hatte, ganz bestimmt! Sie wollte sich selbst einreden, dass es wirklich keinen Grund zur Angst gab. Aber sie schaffte es nicht. Kein Ton kam ihr über die Lippen.

Denn der Wind … atmete nicht, keuchte nicht, knurrte nicht. Der Wind hatte auch keine Augen.

Und Noone fühlte sich beobachtet! Aus der Nacht heraus. Irgendwo da draußen lauerte etwas zwischen den gewaltigen Bäumen und hielt sie gefangen in seinem Blick. Noone spürte es so deutlich, als sei sie von einer Hand gepackt worden, die sie nicht mehr loslassen wollte. Aber so sehr sie sich auch bemühte, die Finsternis mit eigenen Blicken zu durchforsten, fand sie doch nichts außer dunkelster Nacht.

Endlich schloss Noone die Augen, und das Gefühl, angestarrt zu werden, schwand ein wenig. Sie schmiegte sich noch enger an Larn, kauerte sich in den Griff seiner kräftigen Arme wie ein Jungtier an seine Mutter und sog den herben Duft ein, eine Mischung aus Larns eigenem Geruch und dem der gegerbten Felle, die er – wie sie selbst auch – als Kleidung trug. Larn roch so männlich, so stark. Ein angenehmer, beruhigender Geruch.

Noones Lippen kräuselten sich zu einem winzigen Lächeln. Trotz aller Furcht, die sich in dieser Nacht in ihr Herz schlich, bereute sie nicht, was sie getan hatte. Es war die richtige Entscheidung gewesen, Larn zu helfen und bei ihm zu bleiben. Auch wenn der Preis, den sie dafür hatte zahlen müssen, hoch gewesen war – und blutig ...

Noone versank in unruhigen Halbschlaf, und ihre Gedanken wanderten zurück in die jüngste Vergangenheit. Zurück in den Norden, zu der Nomadenhorde, der sie und Larn bis vor einigen Tagen noch angehört hatten – und die über Nacht zu ihrem Todfeind geworden war!

Larn hatte nicht länger die vorgezeichneten Wege gehen wollen. Hatte sich nicht mehr den alten Regeln unterwerfen und nicht länger von alten Männern sagen lassen wollen, was wann und wie zu tun war. Nein, Larn hatte eigene Vorstellungen gehabt, was das Leben der Horde und ihre künftigen Wege anbelangte. Er hatte ein gemeinsames Wirken mit anderen Stämmen im Sinn gehabt. Den Austausch von Wissen und Waren, von Nahrung, Werkzeugen und Waffen.

Und er hatte mit seiner Meinung nicht hinter dem Berg gehalten. Ebensowenig mit der, dass man auf den Rat der Schamanen und ihrer Götter nicht allzu viel Wert legen sollte. Eines Menschen Schicksal liege ganz in dessen eigener Hand!

Das hatte sich als verhängnisvoller Fehler erwiesen. Denn mochte er unter den Jungen der Horde auch Zweifel gesät haben, so hatte er doch vor allem die Göttergläubigen gegen sich aufgebracht. Und deren Zahl war größer, und ihr Wort wog schwerer.

Auf Geheiß der Ältesten hin war der junge Aufrührer gefangengenommen, gefesselt und geknebelt worden. Das Urteil stand schon fest, noch ehe es wirklich gefällt war. Aber Noone ließ nicht zu, dass es vollstreckt werden konnte!

Sie war mit Larn aufgewachsen. Sie mochte ihn; vielleicht liebte sie ihn sogar – wenigstens wie einen Bruder, denn mehr als diese Art der Liebe hatte Larn ihr gegenüber nie gezeigt. Noone hatte Larns Reden gehört, und seine Worte hatten etwas in ihr angerührt, auch wenn sie ihnen nicht gänzlich verfallen war. Und so waren es nicht Larns Ideen und Ideale gewesen, derentwegen sie ihren Entschluss gefasst hatte. Nein, sie hatte es einzig um Larns willen getan.

Noone hatte den Gefangenen befreit, bevor sie ihn steinigen oder erschlagen konnten. Mehr noch, sie hatte ihre *gemeinsame* Flucht vorbereitet.

Bis zu dem Moment, da sie und Larn die beiden Frekkeuscher erreichten, die Noone ein Stück abseits des Lagerplatzes versteckt hatte, war alles gutgegangen. Dann war das Verschwinden des Gefangenen entdeckt worden, und noch bevor Noone und Larn auf ihre Reittiere steigen konnten, waren zwei Hordenmitglieder auch schon heran!

Larn stellte sich ihnen zum Kampf. Er war ein guter Kämpfer, einer der besten der Horde. Die beiden Verfolger hatten das zu spüren bekommen. Sie waren in dem kurzen, aber heftigen Gefecht ums Leben gekommen ...

Wie sie letztlich ungeschoren davongekommen waren, wusste Noone bis heute nicht. Sie hatte die Flucht wie in Trance erlebt, gelähmt von tiefstem Entsetzen wegen der beiden Todesopfer. Sie erinnerte sich ganz vage an eine wüste Verfolgungsjagd auf Frekkeuschern. Aber es kam ihr vor, als sei sie nicht selbst dabei gewesen, sondern habe nur jemanden davon erzählen hören.

Und jetzt war es vorbei.

Ihre Flucht lag Tage zurück, sie hatten das karge Nordland längst hinter sich gelassen, und es hatte den Anschein, als würde man ihnen nicht länger folgen.

Nur die Angst folgte noch ihrer Fährte; zumindest Noone hing sie noch an. Wie ein Raubtier, dessen Geduld endlos war, das nicht abließ von einer Beute und auf den richtigen Augenblick wartete. Bis es dann zuschlug, irgendwann, unverhofft ...

Es verging kein Tag, der nicht neue Fragen aufwarf. Und keine Nacht, in der Commander Matthew Drax nicht über Antworten nachgrübelte. Ohne sie zu finden ...

Schlaf war für Matt seit den Erlebnissen in Bolluna zur Rarität geworden. Sobald er sich hinlegte, schien sein Gehirn das als Aufforderung zu verstehen, auf Hochtouren zu laufen. Er konnte dann einfach nicht aufhören, über seine Situation nachzudenken. Verstieg sich in abenteuerliche Überlegungen, konstruierte abstruse Theorien. Bis er sich regelmäßig wie in Fieberträumen gefangen vorkam.

Deshalb schob Matt den Schlaf auf die lange Bank. Er wartete, bis sein Körper so erschöpft war, dass er seinem Willen kaum noch gehorchte. Erst dann legte er sich aufs Ohr und versank in einen Zustand, der Bewusstlosigkeit viel eher glich als normalem (und gesundem) Schlaf.

Und bis er dieses Stadium erreichte, fuhr Matthew Drax. Seine Finger umklammerten das Lenkrad des Hummer-Jeeps, als müsse er sich daran festhalten. Aus brennenden Augen starrte er über die Motorhaube in die Nacht, die nur vom blassen Vollmond erhellt wurde. Die Scheinwerfer funktionierten längst nicht mehr. Es schien, als sei die Dunkelheit mehr als die bloße Abwesenheit von Licht. Als sei zähe Schwärze zwischen die Baumriesen herabgeflossen und geronnen.

Worüber Matthew Drax sich nicht einmal wirklich gewundert hätte. Weil es kaum noch etwas gab, über das er sich wunderte.

Der Wald beispielsweise, den sie heute erreicht hatten. Er bestand zu einem gut Teil aus gewaltigen Bäumen. Nichts Ungewöhnliches, und Matt Drax hatte nicht zum ersten Mal im Leben Mammutbäume mit eigenen Augen gesehen. Als er noch ein Junge gewesen war, hatte sein Vater ihn oft zum *hiking* mitgenommen, durch die teils immer noch unberührten Landschaften des amerikanischen Westens. Sie hatten unter dem Sternenzelt campiert, und Dad hatte ihm viel über die Natur und ihre Gesetze beigebracht. Und neben unzähligen anderen Dingen hatte er seinen Sohn gelehrt, dass Mammutbäume bis zu hundertzwanzig Meter hoch werden und ihre Stämme einen Durchmesser von etwa zehn Metern erreichen konnten – und dass es diese Bäume nur im westlichen Teil Nordamerikas gab.

Jetzt aber fuhr dieser Sohn von damals durch Italien – *und* zwischen den mächtigen Stämmen von Mammutbäumen hindurch!

Irrsinn. Und unmöglich.

Aber es passte. Es fügte sich nahtlos ein in das Bild, das Matthew Drax immer deutlicher vor Augen sah. Jenes Bild, das ihm zeigte, was passiert war, wo er gelandet war, und das sich zusammensetzte aus einzelnen Teilen, die – jedes für sich genommen – *einfach nicht sein konnten*! Aber in ihrer Gesamtheit machten sie Sinn, auch wenn Matt Drax ihn nicht begriff – oder eher wohl: noch immer nicht begreifen *wollte*.

All die Dinge und Details, auf die er im Laufe der vergangenen Wochen gestoßen war, ergaben das Bild einer *neuen* Welt. Einer Welt, die aus den Trümmern der alten entstanden war. Aus den Resten jener Welt, der Matt Drax entstammte. Die vergangen schien, nein, *untergegangen* war. Vernichtet von ›Christopher-Floyd‹, einem acht Kilometer durchmessenden Koloss aus Fels und Eis, der aus dem All auf die Erde gestürzt war vor …

Ja, das war die große Frage, die entscheidende. Die Frage, auf die Matt Drax am allerwenigsten von allen eine Antwort wusste: Wie viel Zeit war seit dem Einschlag des Kometen vergangen?

Sehr viel mehr jedenfalls, als er eine ganze Weile lang angenommen hatte. Das immerhin war ihm mittlerweile klar geworden. Der *big bang* lag mehr als nur ein paar Wochen zurück, und auch nicht nur ein paar Monate. Sondern Jahre.

Drax schluckte hart.

Selbst diese Annahme war noch untertrieben. Ach was, eine Scheißlüge war sie! Einer dieser erbärmlichen Versuche, sich selbst etwas vorzumachen! Es war, als säße ihm ein kleiner Mann im Ohr, der nicht müde wurde, auf ihn einzureden, und mit jedem Wort versuchte dieser imaginäre Bastard die Dinge zu verharmlosen. Die Wahrheit zu beschönigen.

Aber Matt Drax musste sich nur umschauen, um zu sehen, dass es nichts zu beschönigen gab. Er brauchte sich nur in Erinnerung zu rufen, was alles geschehen war, seit er im Wrack seines abgestürzten Jets aufgewacht war …

Stumm schüttelte er den Kopf. Nein, es stimmte alles. Es passte alles zusammen. Und es gab nur einen einzigen Schluss: Er – Commander Matthew Drax, Pilot der U.S. Air Force – war in der *Zukunft* gelandet! Er befand sich zwar immer noch auf der guten alten Mutter Erde, aber deren Gesicht hatte sich grundlegend verändert, nachdem ›Christopher-Floyd‹ mit voller Wucht hineingeknallt war wie die Titanenfaust eines zürnenden Gottes. Und seitdem war … sehr, *sehr* viel Zeit vergangen.

Jahrzehnte, wollte Matt denken. Oder wollte ihm diese andere Stimme (vielleicht war es ja die der Vernunft, die ihn nur davor bewahren wollte, wahnsinnig zu werden) einflüstern. Aber er wusste es besser, längst schon. Und endlich sprach er dieses Wissen aus, wenn auch nur halblaut und gallig bitter.

»Jahrhunderte …«

Es *mussten* Hunderte von Jahren vergangen sein seit dem Kometeneinschlag, zweifelsohne. *Zu viel* hatte sich verändert, als dass dies alles in kürzerer Zeit hätte vonstatten gehen können! Die Geografie entsprach nicht mehr jener, die Matt gekannt hatte. Flora und Fauna waren umgekrempelt worden. Es wimmelte von Pflanzen und Tieren, die in keiner Enzyklopädie der Welt verzeichnet waren. Matt hatte riesige Ratten gesehen, die auf zwei Beinen gingen, monströse Heuschrecken und … mehr. Er verbat sich, weitere dieser Schreckensbilder aus seiner Erinnerung hervorzukramen. Sonst würde ihn womöglich doch noch der Wahnsinn einholen, vor dem er zu flüchten schien in diesem modernen Militär-Jeep, der vielleicht schon einige hundert Jahre alt war …

Noone schrak aus leichtem Schlummer hoch. Ihre Augenlider schnappten auf wie die Häute überreifer Früchte. Alle Müdigkeit verflog, und schon spähte sie wieder gespannt um sich – und fand doch nichts als Dunkelheit.

Dunkelheit jedoch, in der es nach wie vor raschelte, knisterte, knackte. In der *Dinge* sich bewegten, namenlos und unsichtbar.

Oder waren sie am Ende gar nicht namenlos? Trugen sie jene düsteren Namen, die den Schamanen so geläufig waren? Schlichen dort draußen Dämonen herum oder abgesandte Diener der Götter, Vollstrecker ihres allmächtigen Willens?

Noone spürte, wie dieser Verdacht sich in ihr verdichtete. Kalt wie Eis saß er plötzlich in ihrer Brust und ließ sie abermals schaudern.

Es mochte gut sein, dass darin der Grund lag, weshalb die Horde ihnen keine Jäger nachschickte. Womöglich hatte sich der Schamane dieses Problems angenommen. Vielleicht hatte er Götter oder, schlimmer noch, Dämonen beschworen, auf dass sie sich des Frevlers Larn und seiner Helferin selbst annahmen!

Und jetzt waren sie da, hatten ihre Opfer gefunden. Spielten mit ihnen. Schürten deren Furcht mit ihrer bloßen Gegenwart. Bevor sie zuschlugen, gnadenlos und grausam –!

»Ruhig«, hörte Noone die Stimme Larns, und erst jetzt wurde ihr bewusst, dass sie am ganzen Leibe zitterte. »Ganz ruhig«, flüsterte er weiter, »du musst keine Angst haben. Da ist nichts. Ich bin bei dir –«

»Aber«, hielt Noone mit bebender Stimme dagegen, »hörst du das denn nicht?« Sie verstummte, hielt sogar den Atem an, damit ihnen nicht das allergeringste Geräusch im Finstern entging.

Larn lauschte gleichfalls, wohl nur, um Noone einen Gefallen zu tun, um sie zu beruhigen. Dann schüttelte er den Kopf. Noone, die mit dem Rücken an ihn gedrückt dalag, sah es an Larns Schatten, den das allmählich niederbrennende Feuer über sie warf.

»Da ist nichts«, behauptete er und wiederholte: »Nur der Wind. Hier im grünen Süden spricht der Wind mit anderer Stimme als in den kalten Nordländern.«

Noone nickte langsam. »Ja, das kann sein. Aber irgendetwas bewegt sich im Dunkeln –«

»Die Frekkeuscher«, meinte Larn. »Dieses neue Land ist auch für die Tiere fremd. Das wird es sein, was sie beunruhigt.«

»Ja, du hast sicher Recht.«

Sie hatten die beiden Reittiere etwa eine halbe Speerwurfweite abseits ihres Lagers angebunden. Die Frekkeuscher rochen streng und zogen Mücken und anderes Ungeziefer an, weshalb es wenig ratsam war, in ihrer unmittelbaren Nähe zu lagern.

Noone entspannte sich ein klein wenig und legte sich bequemer hin.

»Bist du nicht müde?« raunte Larn und rückte dabei noch näher an sie heran. Noone merkte, dass er seinen Fellschurz abgestreift hatte. Etwas berührte hart und heiß ihr Gesäß. Larn selbst war offensichtlich nicht müde – ganz im Gegenteil …

Noone zeigte sich seinem Ansinnen nicht abgeneigt. Zum einen, weil es ihre Furcht zerstreuen und ihre Aufmerksamkeit von den Geräuschen der Nacht ablenken würde. Und zum anderen hatte sie zu lange darauf gewartet, dass Larn sich solcherart für sie interessierte, als dass sie sich jetzt die Gelegenheit entgehen lassen wollte.

Seit sie es in der zweiten Nacht nach ihrer Flucht zum erstenmal getan hatten, wusste Noone, dass sie Larn mehr und anders liebte als einen Bruder, und dass diese Liebe immer schon in ihr gewesen war.

Larn war der erste Mann, dem sie erlaubt hatte, ihr so nahezukommen, eins zu werden mit ihr. Er dagegen hatte schon Erfahrungen gesammelt, aber Noone machte ihm das nicht zum Vorwurf. Immerhin gereichte ihr Larns Erfahrung in Liebesdingen zum ganz persönlichen Vorteil.

In dieser Nacht jedoch war ihr Zusammensein anders als in den vorherigen. Weil es ein viel zu frühes, unerfülltes Ende fand …

Noone verkrampfte in Larns Armen, und er hielt inne. »Was?« keuchte er, das Gesicht so dicht über ihrem, dass sie seinen heißen Atem fühlte und schmeckte.

Noone sah zur Seite, in die Richtung, in der sie die Frekkeuscher wusste. »Da! Hör doch!«

Larn folgte ihrem Blick, ohne im Dunkeln etwas zu sehen – aber er hörte, was auch Noone hörte! Aufgeregtes Trappeln, das Sirren und Schaben von Flügeln, dazu raue rasselnde Geräusche. Grunzen und Knurren wie von einem Tier. Schließlich ein trockenes Reißen und Knirschen und einen seltsam feuchten Laut, der sich nahtlos anschloss …

… und dann flog etwas auf sie zu!

Etwas Dunkles, das vor ihnen zu Boden prallte mit einem dumpfen Ton. Beiden spritzte etwas Warmes, Klebriges ins Gesicht. Das dunkle Ding drehte sich zweimal um die eigene Achse und kam dann zur Ruhe.

Stumm vor Schrecken und Grauen, aber immer

noch engumschlungen begegneten Noone und Larn dem Blick aus Augen wie aus poliertem schwarzem Stein.

Die toten Augen eines Frekkeuschers, dessen abgerissener Kopf zu ihnen hingeschleudert worden war!

Noone war nicht in der Lage, auch nur das kleinste Glied zu rühren. Wie hypnotisiert starrte sie in die schwarzen Augen des Heuschreckenschädels, unter dem sich der Boden dunkel färbte von Nässe. Ihr Magen schien sich in ein Nest von Würmern verwandelt zu haben, die sich wanden und ineinanderschlangen und dabei zugleich versuchten, ihrer Kehle entgegenzukriechen.

Larn jedoch überwand den Schrecken binnen eines Herzschlags. Er reagierte. Und er tat es schnell und gezielt. Er rollte von Noone herab und zum Feuer hin. Ein Tier – und nur ein Tier konnte die grausige Tat verübt haben, davon war Larn überzeugt – würde die Flammen fürchten.

Während er auf die Füße sprang, griff Larn blind nach seiner Waffe, fand und packte sie. Er hatte sie selbst gebaut: ein halbmannslanger Stock, feuergehärtet und gut in den Händen liegend, an dessen Enden jeweils eine Klinge eingearbeitet und befestigt war, etwa eine Elle lang, leicht geschwungen und beidseitig geschliffen.

Larn hielt das Stockschwert, wie er es nannte, mit beiden Händen schräg vor sich und sah sich nach allen Seiten um. Es war unmöglich, etwas auszumachen. Die Nacht schien das Land verschlungen zu haben. Aber was immer sich dort draußen herumtrieb und wenigstens eines ihrer Reittiere getötet hatte, es war noch da. Es war noch zu hören. Und es klang nicht so, als sei sein Hunger – oder auch nur seine Lust am Töten – schon gestillt.

Ein kehliges Grollen drang aus der Dunkelheit und das Geräusch rasselnden Atmens, angereichert mit Lauten, die nicht einzuordnen waren. Weder Larn noch Noone hatten je zuvor auch nur Vergleichbares gehört.

Und Schritte. Schleifende, dumpfe Schritte. Die mal nach rechts wanderten, dann wieder nach links und dabei immer näher und näher kamen, ohne besondere Eile, aber stetig.

»Bei allen Göttern«, wisperte Noone. »Was kann das nur sein?«

»Ein Tier«, erwiderte Larn knapp und ohne sich nach seiner Gefährtin umzuwenden. Aus geschmälten Augen starrte er in die Dunkelheit. Noch sah er nichts. Aber sobald er etwas sah, irgendeine Bewegung, würde er reagieren, sofort. Er bewegte seine Waffe, als stehe er bereits einem Widersacher gegenüber. Die Klingen an den Stockenden schimmerten rötlich im Licht der Flammen, als hätten sie bereits Blut gekostet.

»Was für ein Tier?«, fragte Noone atemlos.

»Das werden wir bald wissen«, meinte Larn. Er rechnete mit einer Rasse, die im Norden nicht anzutreffen war.

»Es könnte auch ein Dämon sein, Larn«, fuhr Noone mit zitternder Stimme fort. »Aus Orguudoos finsterem Reich. Die Horde könnte ihn beschworen haben, damit er uns folgt und bestraft.«

Larn nickte vage. Ja, das sähe dem Schamanen und den Ältesten ähnlich ... Trotzdem glaubte er nicht recht daran. Zum einen, weil sein Glaube an Götter und Dämonen ohnedies auf tönernen Beinen stand – und zum anderen witterte er das Ding im Dunkeln jetzt! Und was da um sie herumschlich, roch eindeutig wie ein Tier, scharf und beißend, nach Kot und Urin, nach Blut und Aas. Es hielt sich verborgen, suchte nach dem wunden Punkt seiner Beute, wartete auf den Moment, da sein Opfer einen Fehler beging oder nachließ in seiner Aufmerksamkeit.

Larn sprang zurück, landete neben der Feuerstelle und stieß eine der Klingen seines Stockschwertes in die Glut. Dann rührte er darin wie in einem Kessel. Brennende Holzstücke verteilten sich im näheren Umkreis. Die Nacht wich ein Stück zurück, die Lichtinsel wuchs.

Larns Blick reichte fünf, sechs Ellen weiter als eben noch. Weit genug. Denn er sah – das Ding. Das, was er vor zwei, drei Herzschlägen noch für ein Tier gehalten hatte.

Es stand genau dort, wo der Widerschein des Feuers und das Dunkel der Nacht ineinander übergingen. Und es war *kein* Tier, daran konnte es nicht den mindesten Zweifel geben.

Larn wusste nicht, was es war –

– aber in jedem Falle war es eine Kreatur, die es auf dieser Welt nicht geben durfte!

Matts Fäuste schlossen sich fester um das Lenkrad des Jeeps, und er versuchte seine gesamte Aufmerksamkeit auf das Fahren zu konzentrieren. Es gelang ihm nicht. Weil er an die Menschen denken musste.

Die Menschheit hatte die vielleicht größte Veränderung ihrer Geschichte durchgemacht. Sie hatte durch die Kometenkatastrophe ihre Rolle als Krone der Schöpfung eingebüßt. Sie beherrschte die Erde nicht mehr. Ihr Dasein war zu einem täglichen Kampf ums Überleben in einer feindlich gesonnenen Welt geworden. Und sie führte diesen Kampf mit primitivsten Mitteln.

Genau das war der Punkt, der Matthew Drax am

meisten Kopfzerbrechen bereitete: Die Menschen hatten sich nicht weiterentwickelt. Vielmehr schien sich die Evolution umgekehrt zu haben. Die Menschen, die Matt Drax kennengelernt hatte, konnten geradewegs der Eisenzeit entsprungen sein! Sie waren ... Barbaren.

Aber genau das konnte unmöglich sein! Nicht, wenn alles andere, was er sich zusammengereimt hatte, den Tatsachen entsprach.

Die Menschheit dieser Zeit musste sich auf die Überlebenden der Kometenkatastrophe gründen. Und ganz gleich, wie viel Zeit seither vergangen war, das technische Wissen und alle Erkenntnisse dieser Überlebenden konnten nicht vollkommen verloren gegangen sein. Das Know-how hätte weitergegeben werden müssen, von Generation zu Generation. Selbst in dieser neuen Welt hätte es etwas wie technische Entwicklungen und Errungenschaften geben müssen, basierend auf dem, was die Menschheit zu Beginn des 21. Jahrhunderts gekannt hatte.

Aber dem war nicht so. Die heutigen Menschen hatten mit Technik, wie Matt sie kannte, nichts im Sinn; im Gegenteil hielten sie alles, was auch nur ansatzweise damit zu tun hatte, für Zauberei. Es schien, als sei alles Wissen, das die Menschheit in ihrer langen Geschichte gesammelt hatte, ausgelöscht worden. Als habe eben diese Geschichte von neuem begonnen.

Und Matt Drax war in einem ihrer ersten neuen Kapitel gelandet, oder besser gesagt: *bruch*gelandet.

Als ›Christopher-Floyd‹ – benannt nach seinen Entdeckern, zwei schottischen Hobbyastronomen – am 8. Februar 2012 auf den blauen Planeten zugerast war, hatte Commander Matthew Drax eine Staffel von Düsenjägern in der Stratosphäre über

Europa befehligt. Zusammen mit den Besatzungen zweier weiterer Jets hatten sie beobachten sollen, was der Beschuss des Kometen mit Interkontinental-Raketen bewirkte.

Nichts. Gar nichts hatte die verzweifelte Aktion zur Rettung der Welt bewirkt. Unbeeindruckt war ›Christopher-Floyd‹ auf Vernichtungskurs geblieben. Und wie berechnet hatte er um 16:44 Uhr mitteleuropäischer Zeit die Erde getroffen.

Matt erinnerte sich kaum an den Einschlag. Irgendetwas war geschehen. Mit ihm, mit seinem Jet. Die Druckwelle, sicher. Aber da war noch etwas anderes gewesen. Nur – was?

Als er aus einer scheints kurzen Ohnmacht erwacht war, hatte sich der Jet über den südlichen Alpen befunden. Und während sich sein wissenschaftlicher Copilot Prof. Dr. Jacob Smythe mit dem Schleudersitz rettete, hatte Matt eine Notlandung hingelegt.

Damit hatten endlos lange Tage begonnen, bestimmt und erfüllt von Alpträumen und Schmerzen. Bis *sie* ihn gefunden und gerettet hatten.

Menschen.

Menschen allerdings, wie Matt Drax sie im Leben noch nicht gesehen hatte. Weil sie einer prähistorischen Zeit zu entstammen schienen. Gewandet in Felle, bewaffnet mit schlichten Schwertern und Speeren und eine ganz eigene Sprache sprechend, die er nie zuvor gehört hatte.

Die Barbaren hatten ihn aufgenommen und gepflegt. Nicht, wie Matt Drax bald feststellte, aus purer Nächstenliebe und Hilfsbereitschaft, sondern weil sie ihn für einen Gott hielten. Oder einen Sendboten ihrer Götter wenigstens, der auf einem ›Feuervogel‹ reitend zu ihnen geschickt worden war.

›Maddrax‹ nannte ihn die Horde, die vom

Norden gen Süden zog, weil man dort offenbar so etwas wie das Gelobte Land zu finden hoffte; *Südland* nannten sie dieses Ziel ihrer Träume. Und eine Zeitlang war Matt Drax mit diesen Menschen gezogen.

Vor zwei Tagen hatte er sich von ihnen getrennt, nachdem der Stamm bei Bologna von schrecklichen, vier Meter langen Erdschlangen angegriffen worden war. Der frühere Schamane des Stammes hatte sie ihnen, von Neid auf den Gott Maddrax zerfressen, auf den Hals gehetzt. Die Horde hatte einen hohen Preis an Leben zahlen müssen. Aber auch Baloor selbst war dabei umgekommen.

Sorban, der Häuptling hatte entschieden, dass dieses Land von den Göttern verlassen war, und die Umkehr nach Norden befohlen. Matt Drax aber wollte seine Kameraden und die beiden Wissenschaftler finden – und *sein* Weg wies nach Süden.

Den Jeep hatte Matt auf dem Gelände einer früheren Kaserne in Bologna entdeckt. In einer ölgefüllten Werkstattgrube hatte das Vehikel die Zeit erstaunlich gut überstanden, und so hatte er den Jeep geborgen und flottgemacht. Zwar stank die Mühle immer noch erbärmlich nach altem Öl, aber der Motor lief, wenn auch nicht rund. Die Sitzgestelle hatte Matt provisorisch mit Fellen aufgepolstert. Und auf der Ladefläche waren acht Benzinkanister fest verzurrt.

Jetzt also fuhr er gen Süden. In die Richtung, in die angeblich ein weiterer ›Feuervogel‹ geflogen war! Diese Information hatte Matt in Bologna erhalten, und sie war Öl auf das Feuer jener Hoffnung, die er seit Wochen hegte: dass es die beiden anderen Jets seiner Staffel ebenfalls in diese Zeit verschlagen hatte.

Matt gestand sich ein, dass diese Hoffnung im

Grunde egoistisch war. In den Wochen seit seinem Absturz hatte er sich mehr als nur einmal gefragt, ob der Tod nicht die bessere Alternative gewesen wäre. Er war gefangen in einer Welt, die nicht mehr die seine war. Und seine Zukunft … nun, seine Zukunft war bestenfalls ungewiss. Durfte er also jemand anderem wünschen, dieses Schicksal zu teilen?

»Jedes Leben ist besser als der Tod«, flüsterte Matt Drax in die Nacht. Aber es klang selbst in seinen Ohren nur nach dem, was es war: schal und nach dem faden Versuch, sich selbst mit aller Gewalt Mut zu machen.

Noch ein Geständnis musste Drax vor sich ablegen. Er suchte nicht nur aus Kameradschaft nach den anderen. Natürlich waren Freundschaft und daraus resultierendes Pflichtgefühl der maßgeblichste Grund seiner Suche. Aber es gab noch einen weiteren: Wenn er die anderen fand, würde er nicht mehr der einzige Fremde sein in dieser Welt und Zeit. Nicht mehr allein.

Auch dieser Gedanke war unfair, erkannte Matt. Denn er war nicht allein.

Er wandte den Kopf und sah zum Beifahrersitz. Zu Aruula.

Aruula, das Barbarenmädchen. Das sich Maddrax zu Liebe von seiner Horde getrennt hatte, um ihn zu begleiten.

Aruula schlief, obwohl der Jeep ständig über Unebenheiten des Waldbodens rumpelte und Matt das Fahrzeug im Zickzack zwischen den Bäumen hindurchlenkte. Ein klein wenig beneidete er seine Gefährtin um diesen Schlaf. Und zugleich bedauerte er es, sie nicht länger im Mondlicht betrachten zu können, weil er sein Augenmerk wieder nach vorne richten musste.

Denn Aruula war schön. Trotz ihres verfilzten

Haares und des Schurzes aus Taratzenfell, den sie trug. Sie war schön, sie war klug und mutig und stark.

In einer anderen Zeit und Welt wäre Aruula ein Mädchen zum Heiraten gewesen …

Matt Drax verzog das Gesicht und konzentrierte sich wieder aufs Fahren. Er hatte eine gescheiterte Ehe hinter sich … Andererseits, seine Scheidung war ein paar hundert Jahre her. Womöglich war er in der Zwischenzeit ja reif für eine neue Beziehung …

Er grinste jungenhaft und, fast ohne es zu merken, streckte er die rechte Hand nach Aruula aus und berührte ihre nackte Haut. Samten und weich war sie, trotz des rauen Lebens, das Aruula führte.

Ganz kurz hatte Matt den Eindruck, sie würde blinzeln. Aber als er genauer hinsah, bewegten sich ihre Lider nicht. Einzig Aruulas Atem schien ein klein wenig schneller zu gehen als noch vorhin, und um ihren Mund hatte sich die Andeutung eines Lächelns gelegt. Der Gedanke, dass sie sich nur schlafend stellte und die Berührung seiner Hand auf ihrer bloßen Haut still genoss, verursachte Matt ein Kribbeln, wie er es lange nicht mehr verspürt hatte. Viel zu lange nicht …

Aruula brachte ihm mehr als nur freundschaftliche Gefühle entgegen. Als sie ihn noch für einen Gott gehalten hatte, war sie sogar ohne zu zögern willens gewesen, sich ihm hinzugeben, um ein Kind von ihm zu empfangen. Matt hatte das Angebot abgelehnt.

Aber auch jetzt, da Aruula wusste, dass der Mann, den sie Maddrax nannte, kein Gott war sondern nur ein Mensch (wenn auch kein gewöhnlicher in ihrem Sinne), fühlte sie sich dennoch zu ihm hingezogen. Immerhin hatte sie seinetwegen die Horde, die ihre Familie gewesen war, verlassen.

Und Matt konnte seinerseits nicht leugnen, dass er die Gefühle der jungen Barbarin erwiderte. Mehr noch, er fühlte sich ihr verbunden wie noch nie jemandem zuvor. Was nicht zuletzt daran lag, dass Aruula ihn gewissermaßen in- und auswendig kannte. Obwohl seit ihrer ersten Begegnung erst ein paar Wochen vergangen waren.

Aruula verfügte über ein besonderes Talent. Sie vermochte hinter die Dinge zu sehen, Menschen zu durchschauen. Sie empfing Stimmungen und Gedanken. *Lauschen* nannte Aruula diese Gabe. In der Zeit, aus der Matt kam, hieß sie *Telepathie*.

Dieser Fähigkeit wegen machte Aruula auch geradezu rasante Fortschritte im Erlernen der englischen Sprache. Schon als sie noch bei der Horde gewesen waren, hatte Aruula sich in gebrochenem Englisch mitteilen können. Und in der kurzen Zeit, da sie nun zu zweit unterwegs waren, hatte das Mädchen erstaunlich viel dazugelernt.

Matt zweifelte nicht daran, dass sie ihre Sprachkenntnisse mittels ihrer Gabe direkt aus ihm bezog. Er hatte sich nie sonderlich mit PSI-Talenten befasst, allerdings auch nicht daran gezweifelt, dass es sie gab. Und Aruula war ihm nun der lebende Beweis dafür.

Er selbst war sprachlich keineswegs unbegabt. Neben seiner Muttersprache konnte er sich ganz gut auf Deutsch verständigen, schließlich war er die letzten Jahre auf einer Militärbasis in der Nähe von Berlin stationiert gewesen. Außerdem sprach er leidlich Französisch.

Trotzdem – und obwohl es sich zumindest teilweise aus eben diesen drei Sprachen zusammensetzte – hatte er bislang nicht gelernt, sich im Idiom der Menschen dieser Zeit fließend zu verständigen. Er kannte zwar eine ganze Reihe von Begriffen, war aber immer noch auf Gesten angewiesen, um sich verständlich zu machen.

Aruula wurde jedoch nicht müde, ihn zu unterrichten. Und solange sie nicht auf eine Spur des zweiten ›Feuervogels‹ stießen, hatten sie ja auch wenig anderes zu tun, als sich gegenseitig Sprachunterricht zu erteilen.

Matts Gedanken kamen ins Stocken, als er schräg voraus plötzlich einen sanften Lichtschimmer zwischen den Bäumen entdeckte. Was war das – ein Lagerfeuer?

Was sonst? Matt hatte einsehen müssen, dass es alltägliche Dinge wie Glühbirnen oder Taschenlampen in dieser Welt nicht mehr gab. Eines blieb sich trotzdem gleich: Wo die Nacht durch ein Licht erhellt wurde, hielten sich meist auch Menschen auf!

Matt korrigierte die Fahrtrichtung und tastete gleichzeitig zu Aruula hinüber, rüttelte sie sanft. Die junge Barbarin fuhr aus dem Schlummer hoch – und war sofort hellwach. Sie hatte früh gelernt, dass jede Störung des Schlafs mit einer akuten Gefahr zusammenhängen konnte.

Matthew behielt seine Hand auf ihrer Schulter. »Alles in Ordnung«, beruhigte er sie. »Siehst du das Feuer?« Er wies nach vorn. »Schauen wir nach, was es damit –«

Er kam nicht dazu, den Satz zu vollenden. Denn im selben Moment klang in der Ferne ein Schrei auf, hell und schrill, der sogar das Brummen des Motors übertönte. Der panische Schrei einer Frau!

Einen zeitlosen Augenblick lang geschah gar nichts. Alles schien wie erstarrt; selbst der Wind hatte sich gelegt, und alle Geräusche waren verstummt.

Dann begann Noone zu schreien. Nicht laut und

spitz. Der Schrei stieg wie stückweise in ihrer Kehle hoch, um dann über ihre Lippen zu brechen. Und er wirkte wie ein Startzeichen.

Auf einmal kam wieder Bewegung in die Szenerie. Es war, als habe die Welt selbst den Atem angehalten, und jetzt holte sie wieder Luft, und das Herz aller Dinge schlug schneller und kräftiger als zuvor.

Larn setzte mit einem Sprung zwischen Noone und die monströse Kreatur, um seiner Gefährtin weiterhin Deckung zu geben. Und auch das … Ding bewegte sich. Ohne sich jedoch von der Stelle zu rühren. Es duckte sich, erweckte den Eindruck, als würde es in sich hineinschrumpfen und blieb dabei doch riesengroß.

Auf den ersten Blick mochte man meinen, einer der knotigen Bäume, die den Rand der Lichtung säumten, sei unversehens zum Leben erwacht. Die Haut des furchteinflößenden Wesens wirkte in Struktur und Farbe wie Rinde. Darunter zogen sich die Muskelstränge knorrigen Ästen und Wurzeln gleich hin, so prall, dass die narbige Haut fast zu bersten schien unter dem gewaltigen Druck.

Larn selbst war kein Winzling, ganz im Gegenteil. Er war einer der stattlichsten jungen Burschen seiner Horde gewesen. Aber die Kreatur, die ihm hier gegenüberstand, überragte ihn um beinah zwei Haupteslängen – obwohl sie leicht vornüber gebeugt dastand und den Schädel etwas zwischen die Schultern gezogen hatte.

Dieser Schädel …

Larn musste an sich halten, um nicht zu schaudern. Denn der Kopf dieser Kreatur war es, der ihm am meisten Unbehagen verursachte, obwohl schon die kraftstrotzende titanenhafte Gestalt des anderen furchteinflößend war. Denn dieser Kopf war – trotzdem die Züge verformt und verzerrt waren – zweifelsohne der eines Menschen!

Zu weiteren Betrachtungen oder gar Überlegungen kam Larn nicht. Denn die Kreatur griff an!

Aus dem Stand sprang sie auf Larn zu. Allein die Kraft, die in ihren Beinen steckte, musste gewaltig sein. Denn der Koloss flog fast wie schwerelos heran, rasend schnell und mit vorgestreckten Armen und aufgerissenem Maul, aus dem ein Brüllen drang, laut wie aus hundert Kehlen.

Aber auch Larn war schnell und in diesem ersten Schlagabtausch schneller als sein Kontrahent. Er steppte zur Seite, stieß aber seine Waffe in einer Drehbewegung nach dem Gegner und gab ihm beide Klingen zu schmecken. Eine fuhr dem anderen übers Gesicht und hinterließ eine gut fingerlange Wunde, die andere traf seine nackte Schulter – und richtete so gut wie gar nichts aus!

Es war, als habe Larn gegen Fels geschlagen. Muskeln und Fleisch unter der Haut schienen wie aus Eisen.

Einen winzigen Moment lang gab Larn sich dieser Überraschung hin. Ein Moment, der seinem Gegner genügte. So schnell und geschmeidig, wie man es seiner klobigen Gestalt nie zugetraut hätte, wirbelte er herum!

Zwar gelang es Larn noch, die Waffe hochzureißen und dem Angreifer die Klingen – links, rechts, links – entgegenzustoßen, aber der Riese ignorierte die Treffer, ja er schien sie nicht einmal zu spüren.

Die Faust des anderen war so groß wie Larns Kopf. Und als sie auf ihn zuraste, schien sie ihm noch um vieles größer!

Als sie ihn dann traf, mitten ins Gesicht, hatte Larn das schreckliche Gefühl, der Kopf würde ihm vom Hals gerissen. Er verlor den Boden unter den Füßen, hob ab und flog, zwei, drei Mannslängen weit. Dann schlug er hin, so hart, dass er meinte, jeder Knochen in seinem Leib würde brechen. Und die Nacht senkte sich über ihn wie flüssige Schwärze – wenn auch nur für die Dauer von zwei oder drei Herzschlägen.

Die kurze Zeitspanne allerdings reichte der ungeheuren Kreatur, um sich Noone zuzuwenden und das Mädchen zu packen. Ihr schriller Schrei war es, der Larn aus der Benommenheit holte. Dennoch kam er sich vor wie von fremdem Willen gelenkt, als er auf die Füße sprang und, selbst einen Schrei auf den Lippen, in Richtung des Widersachers rannte.

Das hässliche Ding hielt Noone mit einer Pranke fest. Seine Finger lagen um den Hals des Mädchens, und die Kreatur schien ihre riesige Hand kurzerhand zur Faust ballen zu wollen, um Noones Kehle und Genick zu zermalmen. Schon jetzt hing sie wie tot im Griff des Ungetüms, reglos und stumm.

Larn stieß sich ab. Jagte flach in der Luft liegend auf die Kreatur zu, die Waffe wie eine Lanze vorgestreckt. Die Klinge musste ihr in den Rücken dringen, jetzt –!

Die Bewegung des Monstrums war kaum zu sehen. Ohne auch nur in Larns Richtung zu schielen, hatte es eines seiner stämmigen Beine genau im richtigen Moment hochgerissen, Larn getroffen und zu Fall gebracht, und in derselben Bewegung stellte es dem jungen Mann den Fuß quer über den Nacken und verstärkte den Druck.

Larn glaubte schon zu hören, wie sein Hals brach. Der Schmerz wuchs. Glühende Pfeile schossen ihm durch den Hinterkopf und bohrten sich in seine Schädeldecke. Er wollte schreien, aber der Dreck, der ihm in den Mund drang, erstickte jeden Laut.

Der Tritt des Ungetüms hatte Larn das Stockschwert aus den Händen geprellt. Mit ausgestreckten Fingern versuchte er den Schaft zu greifen. Zwecklos. Nicht mehr als eine halbe Elle trennte ihn von seiner Waffe, aber ebenso gut hätte sie einen Speerwurf entfernt sein können.

Dann spürte er, wie der Waldboden unter ihm zu vibrieren begann. Erst ganz sacht, dann stärker. Ein dröhnendes Geräusch drang an sein Ohr und wurde lauter. Ein Röhren und Heulen. Offenbar war der schreckliche Riese nicht der einzige seiner Art. Andere schienen nachzurücken. Vielleicht, um ihn zu unterstützen. Vielleicht, um ihm seine Beute streitig zu machen …

Nur ein Gedanke verschaffte Larn noch Erleichterung: dass es gleich vorbei sein musste. Dass sein Genick brechen musste unter dem Druck des Ungeheuers. Und er hoffte, dass Noone schon tot war. Dass der Kerl das Mädchen nicht leben ließ, um ihr Leiden noch zu verlängern …

Seine Gedanken drifteten ab in eine andere Richtung. In eine, die ihm fast fremd geworden war.

Stumm rief Larn jene, an denen er so offen gezweifelt hatte. Er flehte die Götter an, dass sie ihm verzeihen, dass sie ihm und Noone helfen mochten – und sei es nur mit einem raschen Tod!

Matt drückte das Gaspedal durch. Der Motor heulte auf wie ein waidwundes Tier, und der Jeep vollführte einen Satz nach vorn.

Noch immer schien der panische Schrei in der Luft zu zittern. Ein Stück jenseits der Fahrzeugschnauze glomm das rotgoldene Licht des Lagerfeuers zwischen den Bäumen. Matt hielt direkt darauf zu. Vor ihnen tauchten zwei Frekkeuscher auf, kamelgroße Heuschrecken, die von den Barbarenhorden als Reit- und Lasttiere benutzt wurden. Sie lagen tot in ihrem Blut, das den Waldboden tränkte. Einem der Tiere war der Kopf abgerissen worden, das andere war ungleich schlimmer zugerichtet.

Dunkle Schemen schälten sich jetzt aus dem wabernden Licht, wie Scherenschnitte. Über das Röhren des Motors hinweg vernahmen Matt und Aruula ein weiteres, fast ähnliches Geräusch. Es klang furchteinflößend, wie das kehlige Brüllen eines hungrigen Raubtiers.

Dann erreichte der Jeep die kleine Lichtung, schoss über das Ufer der Insel aus Kupferlicht.

Und dort ...

Das Szenario unter dem bleichen Mondlicht schien für eine halbe Sekunde einzufrieren. Nichts rührte sich mehr. Matt Drax sah es wie das Standbild auf einem Monitor.

Eine titanische Kreatur hielt mit einer Hand den Hals einer jungen Frau umfasst. Das Mädchen hing reglos im Griff des Riesen, einen knappen Meter über dem Boden. Mit dem Fuß drückte der Kerl einen jungen Mann nieder und verdammte ihn zur Reglosigkeit.

Es war auf den ersten Blick unmöglich zu sagen, ob die beiden noch lebten. Sie rührten sich nicht, und zudem fing der Riese Matts ganze Aufmerksamkeit ein. Wie gebannt starrte der Mann aus der Vergangenheit den Muskelprotz an.

Wobei Muskelprotz noch untertrieben war. Gegen diesen Kerl nahm sich jeder Bodybuilder aus wie ein halbes Hemd. Unter seiner Haut türmten sich die Muskelberge buchstäblich. Sie ließen ihn ungestalt wirken, fremd und bizarr, monströs eben.

Aber als der andere den Kopf wandte, war Matt

hundertprozentig sicher, es mit einem Menschen zu tun zu haben. Sein Gesicht war, obwohl zu einer grotesken Fratze verzerrt, unverkennbar das eines Mannes.

Matt dachte unweigerlich an den *Incredible Hulk*, dessen Comic-Abenteuer er als Kind verschlungen hatte. Dem Typen vor ihm fehlte es nur an der grünen Hautfarbe, dann hätte er dem in Rage geratenen Giganten Konkurrenz machen können.

Den befremdlichen Seitenblick, den Aruula ihm zuwarf, als ihm dieser Vergleich durch den Kopf ging, ahnte Matt mehr als dass er ihn wirklich wahrnahm. Sein Blick blieb geradeaus gerichtet, seine Konzentration galt dem Lenken des Jeeps.

Sein erster Gedanke war gewesen, den unheimlichen Hünen kurzerhand zu rammen, ihn einfach über den Haufen zu fahren. Aber das durfte er nicht wagen, sonst hätte er auch den jungen Mann und das Mädchen in Gefahr gebracht.

Also disponierte er um. Jagte den Jeep über die verstreut liegenden brennenden Äste. Sie spritzten unter den Reifen weg, und dem Riesen mochte es vorkommen, als spucke das eiserne Ungetüm, das da röhrend auf ihn zuraste, Rauch und Feuer.

Kurz bevor er den Kerl tatsächlich auf die Hörner nehmen konnte, trat Matt auf die Bremse, ohne vom Gas zu gehen, und kurbelte am Lenkrad. Der Jeep driftete halb um seine eigene Achse. Die Reifen wühlten Erdreich auf und schleuderten es dem anderen entgegen.

Der Riese riss reflexhaft den Arm hoch, um sein Gesicht zu schützen.

Und Aruula sprang.

Sie hatte ihr Schwert samt der fellumwickelten Scheide neben dem Sitz verstaut gehabt. Während Matt auf den Riesenkerl zugefahren war, hatte sie die Waffe gezogen. Und als er den Jeep jetzt in die Kurve zwang, stieß sie sich ab.

Ihr ohrenbetäubender Kampfschrei durchschnitt die Luft. Dann prallte sie gegen den Koloss. Matt hörte ein dumpfes Geräusch.

Aruulas Wucht reichte, um den anderen ins Wanken zu bringen. Aber er fiel nicht, strauchelte nur. Trotzdem ließ er von seinen Opfern ab, wenn auch nur im Reflex.

Aruula war zu Boden gestürzt, verlängerte ihren Sturz jedoch in eine Rolle und stand schon wieder auf den Beinen, als der Gigant sich in ihre Richtung wandte. Aruula richtete das Schwert gegen den anderen, wechselte es von der rechten in die linke Hand und wieder zurück.

Dann täuschte sie einen Angriff vor, tat so, als wolle sie den Gegner direkt angehen. Seine Faust schoss vor. Aruula steppte zur Seite, sprang vor, brachte sich neben ihren Kontrahenten. Ihre Klinge verwandelte sich im Widerschein des Feuers in einen rotgoldenen Blitz, der aus zwei, drei Richtungen gleichzeitig auf den Hünen zuzuflirren schien, so rasend schnell schwang die junge Barbarin ihre Waffe.

Zweimal traf sie ihn mit der Schneide. Seltsam dumpfe Laute entstanden dabei, als schlage sie die Klinge mit aller Kraft in hartgebackenes Erdreich. Den dritten Streich führte Aruula mit der Schwertspitze. Sie stieß dem Koloss die Waffe entgegen und –

– im nächsten Moment wurde sie ihr aus der Hand gerissen!

Die Spitze der Klinge war fast fingertief in den gewaltigen Bizeps des Riesen gefahren. Er musste Schmerz verspüren – er hatte aufgebrüllt, als Aruula ihn traf –, aber er schien nicht beeinträchtigt.

Ansatzlos stieß er ihr die Faust entgegen. Aruula schaffte es gerade noch, den Kopf zur Seite zu nehmen. Der Hieb streifte ihr Gesicht nur, aber die Kraft darin hob die Barbarin trotzdem aus. Hart schlug Aruula gegen einen Baumstamm und rutschte daran entlang zu Boden.

Ein, zwei Sekunden lang wollte finsterste Nacht ihr Bewusstsein fluten. Sie drängte die Dunkelheit mit eisernem Willen zurück.

Als sie wieder klar sah, füllte eine riesige Pranke ihr Blickfeld aus. In der nächsten Sekunde gruben sich knotige Finger in ihr langes Haar und rissen sie hoch. Aruula schrie auf vor Schmerz.

Der andere holte Schwung, ohne ihre Mähne loszulassen. Er wollte das Mädchen kurzerhand gegen den nächstbesten Baum schleudern, um ihren Widerstand und etliche Knochen in ihrem Leib zu brechen. Und Aruula sah sich außerstande, irgendetwas dagegen zu tun. Dieser unbändigen Kraft hatte sie nichts entgegenzusetzen. Sie glaubte schon den mörderischen Anprall zu spüren –

– als plötzlich ein krachender Donnerschlag ertönte! Dutzendfach hallte er nach in der Nacht.

Und der Hüne erstarrte inmitten der Bewegung.

Aber er war nicht tot. Er fiel nicht. Wankte nicht einmal. Stand einfach nur da wie zu Stein erstarrt.

Dann stieg ein grollender, anschwellender Laut in seiner Kehle hoch, kam ihm als Knurren über die wulstigen Lippen, und wie in Zeitlupe drehte er sich um.

Matthew Drax blieb unbewegt stehen. In Combat-Stellung, die Beine leicht gespreizt, die Arme vorgestreckt und die Armeepistole in der rechten Faust, die er mit der linken abstützte. Die Beretta 98 G Double Action zählte zu den wenigen Dingen, die Matt Drax noch aus ›seiner‹ Zeit besaß. Sie hatte sich

– neben anderen nützlichen Dingen – in dem Notcontainer befunden, den Aruula aus dem Wrack seines Jets geborgen hatte.

Das monströse Kraftpaket starrte in das schwarze Mündungsloch, als gebe es darin etwas ausnehmend Interessantes zu sehen.

Aruulas Kampf mit dem Giganten hatte nur ein paar Sekunden gedauert. Rasend schnell war alles vonstatten gegangen. Matt hatte es nicht eher wagen können, einen Schuss abzugeben. Zu groß war die Gefahr gewesen, Aruula zu treffen.

Das Geschoss hatte dem Riesen ein fingernagelgroßes Loch dicht unterhalb der linken Schulter in den Leib gestanzt. Matt hatte gehofft, die Kugel würde dem anderen ins Herz fahren. Aber diese Hoffnung hatte sich nicht erfüllt – so wenig wie Aruulas Schwert den Hünen ernsthaft hatte verletzen konnte, vermochte es auch ein Schuss. Muskeln und Fleisch dieses Typen schienen hart wie Fels zu sein. Die Kugel musste einfach darin steckengeblieben sein, bevor sie bis zum Herzen vorgedrungen war.

Dieser Kerl war wenig mehr als eine Maschine. Unzerstörbar, nicht aufzuhalten. Und sein einziger Daseinszweck schien das Töten zu sein. In seiner entstellten Visage las Matt nur unbändigen Hass, ziellosen Zorn und blanke Mordlust. Zusammen ergaben sie Wahnsinn in reinster Form.

Knurren und Grunzen wie das eines Tieres schlugen Matt Drax entgegen. Dann machte der andere einen Schritt in seine Richtung und setzte an zu einem zweiten. Angst oder auch nur Vorsicht schienen ihm fremd zu sein.

Matt wusste, dass der Typ ihn nicht verstehen würde. Die Worte kamen ihm wie von selbst über die Lippen: »Keinen Schritt weiter!«

Natürlich verfing die Warnung nicht. Der andere kam näher, die Hand immer noch in Aruulas Haar gekrallt und das Mädchen mit sich schleifend.

Matt korrigierte die Zielrichtung um ein paar Zentimeter nach oben. Dann drückte er ab. Zweimal bellte die Beretta auf. Zwei handlange Feuerlanzen stachen aus dem Lauf.

Zwei Löcher entstanden auf der Stirn des Riesen, je anderthalb Fingerbreiten über seinen dichten Brauen. Er blieb stehen wie vor die berühmte Wand gelaufen. Seine Züge gefroren. Er verdrehte die Augen nach oben, als wolle er sehen, was ihm da in die Stirn geschlagen war. Dann schwand alle Wut aus seiner Mimik und etwas wie ein staunender Ausdruck trat an ihre Stelle.

Und so starb er endlich. Wie ein gefällter Baum kippte er vornüber und schlug aufs Gesicht.

Matt spürte, wie der Boden unter ihm zitterte.

Während Aruula sich aufrappelte, wandte Matthew sich nach dem jungen Pärchen um. Er erwartete Erleichterung in ihren Gesichtern zu sehen, wurde jedoch enttäuscht.

Sie waren an den Rand der Lichtung zurückgekrochen, kauerten dort aneinander geklammert und starrten ihm aus großen Augen entgegen. Ihre bebenden Lippen formten kaum hörbar ein Wort, wieder und wieder, ohne Unterlass.

Eines jener Wörter, die Matt Drax aus der Barbarensprache kannte. Es kam ihm vor, als würde es ihm aus der Nacht und dem dunklen Wald zugewispert.

Dämondämondämon ...

DÄMON!

Aruula übernahm es, die Wogen zu glätten. Sozusagen den Glauben an böse Geister auszutreiben. Sie redete auf das junge Pärchen ein, und was immer sie sagte, schien Früchte zu tragen. Der junge Mann und seine Gefährtin wirkten schon wesentlich ruhiger. Und aus den Blicken, die sie Matt und dem Jeep zuwarfen, schwanden nach und nach Angst und Misstrauen.

Matthew wusste nicht, was genau Aruula den beiden erzählte. Zum einen war er der Sprache nicht mächtig genug, um Einzelheiten verstehen zu können, und zum anderen hörte er sowieso nur mit halbem Ohr hin.

Seine Aufmerksamkeit gehörte vor allem dem Toten.

Vorher, im Zwielicht der niederbrennenden Feuer hatte er kaum Details erkennen können. Zudem war alles viel zu schnell abgelaufen, als dass er den Hünen genauer hätte in Augenschein nehmen können. Inzwischen aber hatte Matt Drax ein neues Feuer entfacht, ein größeres, dessen Schein über die Ränder der Lichtung und bis in den Wald hinein reichte.

Er hatte den Leichnam unmittelbar neben die Feuerstelle geschleift. Ein hartes Stück Arbeit, denn der Koloss musste annähernd dreihundert Pfund auf die Waage bringen. Wobei wohl kaum zehn Gramm Fett an seinem Leib waren ...

Matt wäre nicht wirklich überrascht gewesen, hätte er feststellen müssen, es mit einer Maschine zu tun zu haben. Überraschen konnte ihn in dieser Welt kaum noch etwas ...

Aber der Verdacht erhärtete sich nicht. Es bestand kein Zweifel daran, dass es sich um ein Wesen aus Fleisch und Blut handelte. Um einen Menschen. Wie er zu seiner absonderlichen, monströsen Gestalt gekommen war, darüber konnte Matt allenfalls spekulieren. Die Annahme, dass Mutation infolge von Strahlung dafür verantwortlich war, lag nahe. Schließlich war die ganze Schöpfung nach dem Einschlag von ›Christopher-Floyd‹ aus den Fugen geraten. Aber Matt verfolgte den Gedanken nicht weiter. Zumindest im Moment war die konkrete Ursache für das Aussehen und die widernatürliche Kraft dieses Mannes nicht weiter von Bedeutung.

Die Haut des Giganten fühlte sich ledrig an, und sie spannte sich über Muskeln und Fleisch, die tatsächlich hart wie Stein schienen. Dass sie nicht wirklich aus Stein waren, sah Matt an den Stellen, wo frische Wunden in der Haut klafften. Darunter befand sich offenbar ganz normales Gewebe, durchblutet, auch wenn das Blut unnatürlich schnell geronnen war.

Abgesehen von diesen Verletzungen fand Matt eine Unzahl weiterer. Narben zogen sich kreuz und quer über den Körper des bis auf einen Lendenschurz nackten Kerls. Und einige davon schienen aus Wunden hervorgegangen zu sein, die fast tödlich gewesen sein mussten.

Am meisten jedoch interessierten Matt die Ketten.

Sowohl die Hand- als auch die Fußgelenke des Riesen steckten in eisernen Ringen, und an jedem davon waren kurze Teile einer Kette befestigt. Das längste Stück bestand aus sechs Gliedern. Jedes der Kettenfragmente sah ramponiert aus. Einige Glieder waren verbogen.

Aus diesen Feststellungen leitete sich ein ganz bestimmter Verdacht wie von selbst ab. Auch wenn er keinen rechten Sinn ergeben wollte …

Ein Schatten fiel über Matt Drax. Aruula ließ sich neben ihm auf die Knie nieder. Er begegnete ihrem fragenden Blick.

Matt zeigte auf die Ketten an den Gelenken des Leichnams. »Sieht aus, als sei er gefangen gewesen.«

»Wer hat freigemacht solches Ungeheuer?« radebrechte das Barbarenmädchen verwundert.

»Ich glaube eher, dass sich der Knabe selbst befreit hat«, meinte Matt. »Würde sagen, die Bestie hat ihre Ketten gesprengt, buchstäblich.«

Aruula verstand vermutlich nicht Wort für Wort, was er sagte. Aber sie sah wohl das Bild in seinen Gedanken, denn sie nickte bedächtig und murmelte: »Ja, gut möglich. Kraft genug in diesem Mann.«

Matt richtete sich auf und strich sich gedankenverloren Staub von den Beinen seiner völlig verdreckten Fliegermontur. Sein Blick schweifte ringsum. »Ich hoffe nur, dass es da draußen nicht noch mehr von seiner Sorte gibt«, sagte er halblaut.

Aruula hatte sich ebenfalls erhoben und schüttelte den Kopf. »Ich spüre nichts. Alles still und –« Einen Moment lang suchte sie nach dem richtigen Wort. Dann fügte sie mit feinem Lächeln hinzu: »Friedlich.«

Matt erwiderte ihr Lächeln. Dieses Mädchen war wirklich erstaunlich. »Beten wir, dass es so bleibt«, sagte er dann.

»Zu deinen oder meinen Göttern, Maddrax?« Der Zug um Aruulas Lippen gewann etwas Spitzbübisches.

»Du bist echt zum Knuddeln.« Matt grinste und kniff ein Auge zu.

Darauf erwiderte Aruula nichts. Aber im Funkeln ihrer dunklen Augen las er deutlich: *Dann tu's doch!*

Matt räusperte sich und gab sich den Anschein, als habe er ihren Blick nicht deuten können. Was in Anbetracht von Aruulas besonderer Gabe vergebliche Mühe war …

»Was ist mit den beiden?«, fragte er, fast ein bisschen zu eilig. Mit dem Kinn wies er auf den jungen Barbaren und das Mädchen, die sie vor dem Muskelmonster gerettet hatten.

»Auf der Flucht«, antwortete Aruula, und dann erzählte sie Matt, was sie von den beiden erfahren hatte. Dass Larn von den Ältesten seiner Horde wegen Frevelei zum Tode verurteilt worden war. Dass Noone ihn befreit hatte und sie seither in Richtung Süden flohen.

Während Aruula sprach, kamen Larn und Noone näher. Immer noch beäugten sie Matts Fliegermontur und den Jeep mit Unbehagen, doch zumindest die abgründige Furcht war aus ihren Mienen verschwunden.

Aruula übernahm die Vorstellung und Matt reichte sowohl Noone als auch Larn freundschaftlich die Hand, ein aufmunterndes Lächeln auf den Lippen. Zögernd schlugen die beiden ein. Larn drückte gar so fest zu, als müsse er seinem Gegenüber beweisen, dass er ihm an Kraft nicht nachstand. Matt tat so, als habe ihm der junge Mann tatsächlich wehgetan und schüttelte in übertriebener Geste die Hand. Dabei grinste er, Larn erwiderte das Grinsen, und das Eis war gebrochen.

Aus dem kleinen Vorrat, den sie im Jeep mitführten, holte Aruula vier Schmetterlingspuppen – Lischetten, wie Matt inzwischen wusste, auch wenn diese Kokons ungleich größer waren als jede Insektenpuppe, die er aus seiner Zeit kannte. Unter den Barbaren galten Lischetten als Delikatesse, nachdem sie über offenem Feuer ordentlich gegart worden waren.

Aruula spießte die Lischetten auf abgebrochene Zweige und verteilte sie dann in der kleinen Runde. Schließlich nahmen sie alle vier am Feuer Platz, und Matt dachte flüchtig an die Zeiten zurück, da er als

Junge mit seinem Vater oder Freunden an Campfeuern gesessen und Marshmellows über den Flammen gebrutzelt hatte. Hätte er schon damals Schmetterlingsraupen gegrillt und gegessen, wäre er hundertprozentig der coolste unter den Jungs gewesen …

Ein wehes Lächeln flog über sein Gesicht. Kaum zu glauben, dass diese Zeit ein paar hundert Jahre her sein sollte …

»Wohin?«, fragte er in der Sprache der Barbaren an Larn und Noone gewandt. »Landa de midaa?« Letzteres stand für ›Südland‹. Dorthin war Aruulas Horde unterwegs gewesen. Gut möglich also, dass auch dieses Pärchen jenes sagenhafte Land zum Ziel hatte.

Doch Larn schüttelte den Kopf. »Villaga.«

Das hieß ›Stadt‹, wie Matt wusste. Larn sprach weiter, doch Matt hatte Mühe, seinen Ausführungen zu folgen. Seinen Gesten nach erzählte Larn von einer sehr großen Stadt, in der es reichlich zu essen und zu trinken gab. Und in der starke Männer gefragt waren – so jedenfalls deutete Matt es, als Larn den Arm anwinkelte und mit der anderen Hand auf seinen ansehnlichen Bizeps schlug.

Matt wandte sich fragenden Blickes an Aruula. So gut sie konnte, wiederholte sie Larns Worte auf Englisch.

»Große Stadt im Süden ist ihr Ziel. Dort gibt es keine Not. Keinen Hunger und Durst. Keine gefährlichen Tiere. Zelte aus Stein. Große …« Sie hielt inne, sah Matt tief in die Augen, als suche sie etwas in seinem Blick, dann fuhr sie fort: » … Palast?«

»Große Paläste?« half Matt aus, ohne sich wirklich darüber zu wundern, dass Aruula den Begriff ›Palast‹ offenbar direkt aus seinem Wortschatz zutage gefördert hatte.

»Ja, große Paläste«, nickte sie. »Und starke Männer können großes Glück finden in der Stadt.«

Für Matt klang das alles reichlich merkwürdig. Obwohl es ihn auch an das alte Klischee vom Landjungen erinnerte, der wahlweise in die weite Welt oder in die große Stadt zog, um sein Glück zu machen. Manche Dinge änderten sich wohl nie …

»Woher wissen die beiden von dieser Stadt?«, fragte Matt, und Aruula übersetzte die Frage. Larn antwortete, dann wandte sich Aruula wieder an Matt.

»Wanderer haben davon gesagt. Männer, die Stadt gesehen mit ihren Augen.«

Matt erinnerte sich daran, was Aruula ihm vor wenigen Tagen erst über Städte in dieser Zeit erzählt hatte. Dass sie gefährlich seien. Und dass dem so war, davon hatte er sich im einstigen Bologna schließlich selbst überzeugen können.

Aruula wusste einmal mehr, was ihm durch den Sinn ging. Sie legte ihm die Hand auf die Schulter. »Städte verschieden. Weiter im Süden vielleicht anders als im Norden.«

Matt nickte nachdenklich. »Du hast nie von dieser Stadt gehört?« Mit einer vagen Kopfbewegung wies er in Larns und Noones Richtung.

»Vielleicht, vielleicht nicht«, antwortete Aruula. »Wandernde Völker erzählen so viele Geschichten, dass niemand sie zählen kann. Vielleicht auch von dieser Stadt. Aber ich nie gehört diese Geschichte … vielleicht auch nur vergessen.« Sie zuckte die Schultern und pflückte die Lischette vom Ende ihres Spießes. Dann drehte sie die Puppe ein paarmal in der lockeren Erde des Bodens hin und her, um sie abzukühlen. Und schließlich brach sie die Schale auf und holte das Innere heraus, um es sich mit spitzen Fingern in den Mund zu schaufeln.

Matt wandte sich an Larn. »Hat die Stadt einen Namen?«, fragte er, wiederum in der Sprache dieser Zeit – und in der Hoffnung, die richtigen Worte gewählt zu haben.

Das hatte er offensichtlich. Denn Larn nickte und antwortete mit vollem Mund und kauend: »Rooma.«

Ein winziges Grinsen grub sich in Matts Mundwinkel.

Rooma – das war zur Abwechslung ein Wort, das nicht nach langwierigen Interpretationen verlangte. Es lag auf der Hand, um welche Stadt es sich handelte.

Matts Grinsen vertiefte sich noch um eine Nuance, als ihm einfiel, welchen Beinamen man dieser Stadt dereinst gegeben hatte. Er passte wie kein zweiter in Anbetracht der Tatsache, dass es Rom immer noch gab, nach all der Zeit –

– die Ewige Stadt.

»Feii fegaashaa.«

»Fegaashaa?« echote Matt lahm.

»Fegaashaa.« Aruula nickte und sah dabei hinüber zu Noone und Larn. Das junge Pärchen lag etwas abseits des Feuers und gab sich keine Mühe, heimlich zu tun, was es tat. Aber selbst wenn Matt es nicht hätte sehen können, die Geräusche, die Larn und seine Gefährtin verursachten, wären eindeutig.

›Fegaashaa‹ nannte man das also heutzutage ...

Wieder was dazugelernt, dachte Matt und grinste. Er konnte das Knistern, das in der Luft lag, regelrecht spüren und hören. Und es war nicht nur das des Lagerfeuers ... Er merkte, wie dieses andere Knistern nach ihm griff, wie es ein Kribbeln in ihm hervorrief und –

– und um sich abzulenken, richtete er den Blick hinaus ins Dunkel und ließ den vergangenen Tag Revue passieren.

In der gestrigen Nacht hatten sie sich, nachdem sie die Lischetten verspeist hatten, hingelegt. Schlaf hatte keiner von ihnen gefunden. Trotzdem hatte sich Matt einigermaßen ausgeruht gefühlt, als sie am frühen Morgen aufgestanden waren und zum Aufbruch gerüstet hatten.

Nachdem ihre Frekkeuscher dem monströsen Angreifer zum Opfer gefallen waren, hatten Larn und Noone das Angebot angenommen, im Jeep mitzufahren. Matt hatte beschlossen, ebenfalls Kurs auf Rom zu nehmen; ein Ziel schien ihm in seiner momentanen Situation so gut wie das andere. Dazu kam, dass er neugierig darauf war, was aus der Ewigen Stadt geworden war.

Aruula hatte dem Pärchen erklärt, dass Maddrax aus einem fernen Land komme, in dem die Menschen nicht auf Frekkeuschern ritten, sondern per Jeep reisten. Sie sprach das Wort ›Jeep‹ anders aus, weicher, sodass es eher wie der englische Ausdruck für ›Schaf‹ klang. Larn und Noone hielten das Fahrzeug ohnehin für ein Tier, und als Matt unterwegs den Tank auffüllen musste, wurden die beiden noch in ihrer Annahme bestärkt – sie glaubten, dass er es tränkte.

»Dein Sheep hat großen Durst«, hatte Larn gemeint, nachdem Matt den Inhalt eines Kanisters in den Tankstutzen entleert hatte, und die ölige Karosserie gestreichelt wie das Fell eines Tieres.

Matt hatte den jungen Mann in seinem Glauben gelassen. Wie hätte er ihm auch die Funktionsweise einer Maschine erklären sollen? Außerdem hatten sich die beiden offensichtlich an das ›fremdartige Tier‹ gewöhnt und schienen diese Art des Reisens sogar zu genießen. Manchmal hatte vor allem Noone während der Fahrt aufgejuchzt und Matt an ein Kind erinnert, das zum ersten Mal Achterbahn fuhr.

›Alle Wege führen nach Rom‹ – Matt hoffte, dass dieses alte Sprichwort noch immer zutraf. Denn er wusste nicht mit Sicherheit, ob sie sich auf der richtigen Route befanden.

Sie waren auf eine der Otowajiis eingebogen und folgten ihr nun. Otowajii – das waren Pfade, die sich durch die Landschaft zogen, meist schnurgerade und weit weniger dicht mit Bäumen bestanden wie die Wälder zu beiden Seiten. Inzwischen wusste Matt, worum es sich dabei handelte – um frühere Autobahnen! Nicht allzu tief unter der Erde verliefen immer noch die Asphaltpisten. Die Wandernden Völker nutzten diese Otowajiis auf ihren Reisen. Der Name setzte sich aus dem deutschen oder französischen Wort für ›Auto‹ und dem englischen für ›Weg‹ zusammen.

Wenn Drax nicht völlig danebenlag und die Karten richtig las – denn nach wie vor zeigte der Kompass eine nach Osten verschobene Richtung an –, handelte es sich um die einstige *Autostrada del Sole*, die A1, die einst von Florenz nach Rom geführt hatte.

Den Wald von Mammutbäumen hatten sie am frühen Morgen hinter sich gelassen. Danach waren sie durch ausgedehnte Nadelbaumwälder gefahren, und inmitten eines solchen hatten sie nach Einbruch der Dunkelheit ihr Lager aufgeschlagen. Aruula hatte mit Pfeil und Bogen eine *Shasse* erlegt, ein murmeltierartiges Wesen, dessen Fleisch ein wenig nach Kaninchen schmeckte; jedenfalls redete Matt sich das ein …

Nach dem Essen hatten sich Larn und Noone

zurückgezogen. Matt wollte die erste Wache übernehmen. Nach dem Angriff des mordlustigen Hünen in der vergangenen Nacht schien es angeraten, Vorsicht walten zu lassen.

Als das junge Pärchen wenig später anfing, seine Zuneigung zueinander recht ungeniert auszuleben, hatte sich Aruula zu Matt gesellt. Nun saßen sie beide neben dem Jeep, lauschten dem Atem der Nacht, dem Knacken und Prasseln des Feuers und den Lauten, die von dort herüberkamen, wo Larn und Noone sich liebten.

Und beide spürten sie jenes Etwas, das die ganze Zeit schon zwischen ihnen bestanden hatte, genaugenommen seit dem Augenblick, da sie zum allerersten Mal miteinander gesprochen hatten. Unsichtbar und namenlos war es, und doch wussten beide, was es war. Etwas, dem kein Mensch wirklich widerstehen konnte. Eine Macht, der Männer und Frauen hilflos ausgeliefert waren, damals wie heute.

Und doch war da noch etwas zwischen ihnen, das ihrer beider Gefühle hemmte, nicht zum Ausbruch kommen ließ.

War es die falsche ›Göttlichkeit‹, die Matt noch immer unnahbar umgab? Seine Fremdartigkeit in dieser Zeit und Welt?

Matt fühlte eine fast schon unheimliche Nähe zu Aruula. Keine Frau, mit der er je zusammengewesen war, ließ sich mit ihr vergleichen.

Er legte den Arm um sie, und Aruula zog die Beine an und lehnte sich an ihn. So saßen sie da und starrten stumm in die Flammen des Lagerfeuers. Worte waren nicht nötig. Aruula wusste, fühlte mit jeder Faser ihres Leibes und ihres Geistes, was Maddrax für sie empfand.

Eine Nacht lang fühlte sich Matt Drax nicht als Fremder in dieser Zeit. Eine Nacht lang fühlte er sich nicht gefangen in jenem bizarren Traum, in den sich sein Leben verwandelt hatte.

Anderntags jedoch wurde er eingeholt von der Wirklichkeit. Zurückgerissen auf den Boden der Tatsachen.

Denn am nächsten Tag fanden sie, wonach Matt Drax die ganze Zeit über gesucht hatte.

Einen Hinweis auf seine verschollenen Kameraden.

Die Spur eines ›Feuervogels‹.

Matthew Drax erkannte die Absturzstelle des Jets auf den ersten Blick. Auch wenn von einem Flugzeugwrack weit und breit nichts zu sehen war. Aber die Spuren ließen einfach keinen anderen Schluss zu.

Etwas Großes, Massives, ungeheuer Machtvolles hatte eine Schneise in den kargen Buschbestand der Otowajii gepflügt, bis sie in eine fast kreisrunde Lichtung von weit über fünfzig Metern Durchmesser mündete. Hier war das Erdreich aufgewühlt und wie von einem Granathagel aufgerissen worden. Gesäumt wurde die Lichtung von schwarzverkohlten Stämmen.

Matt Drax hatte ein geradezu erschreckend detailreiches Bild dessen vor Augen, was hier geschehen sein musste.

Offenbar hatte der Pilot aus der Luft die Otowajii erkannt und irgendwie das Kunststück vollbracht, die einstige Autostrada als behelfsmäßige Landebahn zu nutzen. Das niedergehende Flugzeug musste Treibstoff verloren haben, der in Brand geraten war. Am Ende musste sich die Maschine wie ein Kreisel um die eigene Achse gedreht haben, wobei diese Lichtung entstanden war.

Nur – wo befand sich der Jet jetzt?

Die erste und naheliegendste Erklärung, die ihm in den Sinn kam, verwarf Matt gleich wieder. Nicht nur, weil sie ihm ganz und gar nicht gefiel. Sie schied einfach aus. Wäre die Maschine nämlich explodiert, hätte er dennoch Spuren finden müssen. Einen Krater, Trümmer. Aber da war nichts. Nicht einmal die Schwanzspitze eines ›Feuervogels‹.

Die abgestürzte Maschine schien sich buchstäblich in Luft aufgelöst haben!

Stumm und von einer Kälte erfüllt, die in tiefem Entsetzen wurzelte, stand Matt an der Absturzstelle, wo die Schneise in die Lichtung überging, und schaute sich um. Er fühlte sich leer, wie ausgehöhlt. Als sei ihm etwas genommen worden, das er eigentlich gar nicht besessen hatte, nicht wirklich zumindest: Hoffnung, vielleicht …

Vor Matts Augen schien sich die Lichtung in einen Abgrund zu verwandeln. Er stand am Rande und glaubte vornüber zu kippen, hinein in die Dunkelheit, die unter ihm gähnte, in ein bodenloses Loch. Und es ängstigte ihn nicht einmal. Er ließ es zu –

– und schrie leise auf, als ihn unvermittelt eine Hand berührte. Sie tat nichts anderes; legte sich nur auf seinen Arm, ganz leicht, ohne zu drücken oder zu ziehen.

Aber die Berührung weckte Matt Drax auf. Ließ den Abgrund vor ihm verschwinden. Mit einem beinah spürbaren Ruck rastete die Welt wieder ein und hatte ihn wieder.

Aruula war neben ihn getreten. Ihre Finger glitten an seinem Arm hinab und schlangen sich in die seinen. In ihren dunklen warmen Augen fand er Mitgefühl. Einmal mehr wusste sie, was in ihm vorging. Auch wenn sie es wohl nicht in allen Einzelheiten nachvollziehen konnte. Aber sie empfand seine Enttäuschung und die daraus resultierende Traurigkeit, und ihre ehrliche Anteilnahme tat gut.

»Kein Feuervogel«, sagte sie, als sie ihren Blick dann über die Lichtung schweifen ließ.

Matt schüttelte den Kopf. »Nein, und auch ...« Er sprach nicht weiter.

»... keine Toten«, vollendete Aruula den Satz, anders als er es im Sinn gehabt hatte.

Sie schenkte Matt ein kleines Lächeln, aus dem Hoffnung sprach. Und das war es, was ihm half, seine Überlegungen wieder in geordnete Bahnen zu lenken. Wieder klar und vernünftig zu denken.

Aruula hatte Recht, natürlich! Mochte das Verschwinden des abgestürzten Flugzeugs auch noch so merkwürdig sein – es bedeutete immerhin auch, dass die Insassen noch am Leben sein konnten! Es bedeutete ... *neue* Hoffnung.

Wer? fragte sich Matt. *Wessen Maschine war hier runtergekommen?*

Drei Jets waren zur Beobachtung des Kometen aufgestiegen, bevor er von der Internationalen Raumstation aus mit Langstreckenraketen beschossen worden war. An Bord der Flugzeuge je zwei Mann Besatzung: Captain Irvin Chester und Lieutenant Hank Williams im ersten, Lieutenant Jennifer Jensen und Prof. David McKenzie im zweiten, und den dritten Flieger hatte Commander Matthew Drax als Staffelführer selbst pilotiert, mit Jacob Smythe als Passagier, seines Zeichens Professor der Astrophysik und Doktor der Medizin. Smythe hatte die wissenschaftliche Leitung der Mission innegehabt.

Matt schämte sich insgeheim fast ein bisschen dafür, dass er an Smythe kaum einen Gedanken verschwendete. Der Kerl war die reine Pest gewesen! Sie hatten keinen Satz miteinander wechseln können, ohne dabei aneinander zu geraten. Zu behaupten, dass sie sich nicht mochten, war die Untertreibung des Millenniums.

Nachdem ... was auch immer die Jets getroffen und aus dem Raum-/Zeitgefüge hinauskatapultiert hatte, war es Prof. Dr. Smythe gelungen, seinen Schleudersitz zu betätigen, während Matts Notauslösung versagt hatte. Er hatte keine Ahnung, was aus dem Wissenschaftler geworden war. Und er schaffte es nicht einmal, tiefergehendes Interesse für das Schicksal Jacob Smythes aufzubringen. Und dafür schämte er sich, wie gesagt, ein klein wenig zumindest ...

Anders sah das in den Fällen von Irvin Chester, Hank Williams und Jenny Jensen aus. Die drei waren seine Kameraden gewesen, best buddies, zusammengeschweißt nicht nur im Militärdienst, sondern weil sie auch privat auf gleicher Wellenlänge funkten. Was freilich nicht ausschloss, dass zwischen ihnen gelegentlich die Funken geflogen waren. Aber ihre Freundschaft war stark genug gewesen, um auch Spannungen zu verkraften.

Und diese Freundschaft bedeutete Matthew Drax auch heute noch verdammt viel! Heute – nachdem Jahrhunderte vergangen waren und die Welt eine andere geworden war ...

Wessen Jet also, fragte er sich abermals, war hier notgelandet? Wer hatte seinen ›Feuervogel‹ hier runtergebracht? *Big black boy* Irvin Chester? Oder Jenny, die sie ihrer kanadischen Abstammung wegen *Canucklehead* genannt hatten?

Mehr noch allerdings beschäftigte Drax eine andere Frage: Wo um alles in der Welt steckte die Besatzung jetzt? Was war hier passiert?! Ein havarierter Düsenjet verschwand nicht einfach so von der Bildfläche! Nicht einmal in dieser Welt, in der

Matt den Begriff ›unmöglich‹ neu hatte definieren müssen …

Und der Flieger war auch nicht verschwunden. Nicht spurlos jedenfalls.

Es war Noone, die eine erste Spur fand. Sie und Larn hatten sich etwas vom Jeep entfernt, waren ein Stück die Schneise hinaufgelaufen, die der Jet in den Baumbestand der Otowajii gerissen hatte. Jetzt kamen sie aufgeregt rufend zurückgelaufen.

Noone hatte beide Hände wie zu einer Schale zusammengelegt, und darin glänzte und glitzerte etwas im trüben Sonnenlicht. Den strahlenden Gesichtern Noones und Larns nach hielten sie ihren Fund für etwas ausgesprochen Kostbares. Aber es war nur –

»Glas!«, stieß Matt hervor.

Noone hielt gläserne Krümel in Händen. Winzige stumpfe Scherben. Die Überreste zerborstenen Sicherheitsglases. Und zweifelsohne stammten sie von dem notgelandeten Jet!

Matt organisierte eine Suche nach weiteren Teilen. Natürlich wussten Larn und Noone nicht, wonach sie wirklich suchten; schlicht deshalb nicht, weil weder Matt noch Aruula wussten, wie sie es den beiden hätten verständlich machen sollen. So wies Matt das Pärchen kurzerhand an, nach allem Ausschau zu halten, was ihnen ungewöhnlich vorkam. Dann schwärmten sie aus, entlang der Absturzschneise und über die künstlich entstandene Lichtung.

Und sie wurden fündig.

Sie entdeckten eine erkleckliche Anzahl von Wrackteilen aus Metall, ein paar aus Kunststoff, weitere Glasscherben. Nichts davon war allerdings so groß, dass es nicht einer allein hätte tragen können. Und keines der Fundstücke lieferte Hinweise darauf, welcher der beiden anderen Jets hier niedergegangen war; Matt entdeckte weder Nummern noch sonst etwas, das ihm bei der Identifizierung geholfen hätte.

Aber sie fanden auch mehr als nur Stücke des Flugzeugs. Aruula machte auf der Lichtung die Stelle aus, an welcher der Jet schließlich zur Ruhe gekommen war – und eine Schleifspur.

»Feuervogel wurde weggebracht«, erklärte sie das Offensichtliche.

Matt konnte nur nicken. In der Tat ließ die Spur keinen anderen Schluss zu: Das Wrack war fortgeschleppt worden. Die entsprechenden Linien hatten sich wie die von gewaltigen Pflugscharen tief ins Erdreich gegraben. Und sie führten in südliche Richtung.

Aber auch das war noch nicht die ganze Ausbeute ihrer Suche. Sie fanden überdies – Fußspuren. Die Abdrücke menschlicher Füße als auch die von Hufen und Pfoten. Und ein paar, die von Riesen stammen mussten.

»Unglaublich«, murmelte Matt Drax, während er eine dieser Spuren nackter Füße mit dem Finger nachfuhr, »das muss mindestens Schuhgröße 57 sein ...«

Aruula überging seine Bemerkung. Inzwischen hatte sie sich damit abgefunden, dass nicht jede von Maddrax' Bemerkungen einen Sinn ergab ...

»Du glaubst, was ich glaube?«, fragte sie stattdessen.

Drax nickte. Die Schlussfolgerung lag auf der Hand. Wie Aruula dachte auch er an den monströsen Hünen, der das junge Paar angegriffen hatte. Die überdimensionierten Fußspuren hier konnten sehr wohl von ihm stammen. Beunruhigender noch war allerdings die Erkenntnis, dass diese Abdrücke nicht nur von einem Fußpaar herrührten. Es gab also offensichtlich mehr von dieser Sorte.

Matt versuchte sich einen Reim auf die Dinge zu machen. »Was ist hier passiert?«, fragte er sich halblaut.

Aruula dachte ihm voraus. »Viele Menschen waren hier. Haben den Feuervogel landen sehen und ihn geholt, mit Hilfe von Tieren und ... Riesen. Einer der Riesen hat sich freigemacht und ist geflohen.« Sie wies in Richtung Norden.

»Ja, klingt logisch«, meinte Matt. »Aber *wer* hat den Jet geholt? Wohin wurde er gebracht?« Er schluckte und fuhr etwas leiser, nachdenklicher fort: »Und was ist aus meinen Freunden geworden?«

»Sanguu!«

Matt fuhr in der Hocke herum. Larn war zu ihnen gekommen. In der Hand hielt er etwas Dunkles, das er jetzt Matt hinstreckte.

Er nahm es. Ein etwa handtellergroßes Stück Stoff. Teil einer Pilotenuniform. Dunkel und steif von getrocknetem Blut. Matt rieselte ein eisiger Schauer über den Rücken.

Im gleichen Augenblick rief ihnen Noone vom Rand der Lichtung aus etwas zu und gestikulierte aufgeregt. Sie eilten zu ihr. Das Mädchen wies mit ausgestrecktem Finger über einen hüfthohen Wall aus Erde und entwurzelten Pflanzen, den der kreiselnde Jet hier aufgetürmt hatte. Und dahinter lag etwas – Rundes, Dunkles, Kopfgroßes ...

»O mein Gott!«, entfuhr es Matt.

Aufgeregt und mit zitternden Knien stieg er über den Wall und bückte sich nach dem Pilotenhelm. Doch er zögerte, ihn aufzuheben. Weil seine Fantasie ihn mit dem entsetzlichen Bild quälte, das er womöglich sehen würde, wenn er den Helm umdrehte – mit dem Anblick eines blutüberströmten, von Tieren angefressenen Gesichts, der Mund zu einem hässlichen toten Grinsen verzerrt ... Und auf den ersten Blick würde er vielleicht nicht einmal erkennen können, in wessen Gesicht er sah.

Schließlich tat er es doch, und er sah – nichts. Der Helm war leer. Sah man von dem Blut ab, das hie und da auf dem Kunststoff getrocknet war. Nicht so viel jedoch, dass Matt von der Menge auf eine tödliche Verletzung geschlossen hätte.

Nein, Lieutenant Hank Williams konnte noch am Leben sein! Denn es war eindeutig Williams' Helm, den Noone gefunden hatte. Der *nickname* des jungen Texaners stand in aufgeklebten Buchstaben auf der Frontpartie: *Redneck*.

Wohin aber war der Besitzer des Helmes verschwunden? Und was war aus Captain Irvin Chester geworden? Matt ließ den Blick schweifen, eher unwillkürlich als wirklich in der Hoffnung, einen Hinweis auf den Verbleib der beiden Männer zu finden.

Er fand nichts dergleichen, und schließlich brachen sie die Suche ab.

Ihre Reiserichtung behielten sie bei. Denn in genau diese Richtung war offenbar auch der abgestürzte Jet geschleppt worden, von wem und aus welchem Grund auch immer.

Nach Süden.

Vielleicht sogar nach Rom.

Die weitere Fahrt verlief ohne große Zwischenfälle. Davon abgesehen, dass der Jeep Mucken machte und Matt Drax ihn mit etwas Geschick und sehr viel mehr Glück wieder einigermaßen flottbekam. Und wenn man den Angriff eines Rudels von Gerulen außer Acht ließ.

Zwei oder drei Dutzend dieser kaninchengroßen Fleischfresser fielen über den Jeep her, den sie offenbar für einen schmackhaften und vor allem verlockend großen Leckerbissen hielten. Aruula und Larn erschlugen ein paar der Tiere mit ihren Klingen, bevor Matt dem Angriff ein schnelles Ende setzte. Er erschoss einen Gerul, und ein zweiter Pistolenschuss schlug den Rest des Rudels in die Flucht.

Im weiteren Verlauf der Otowajii wurden die Wälder etwas lichter und die Beschaffenheit des Bodens änderte sich. Die Spuren des abgeschleppten Flugzeugwracks und derjenigen, die dafür verantwortlich zeichneten, verloren sich bisweilen. Trotzdem zweifelte Matt längst nicht mehr daran, dass der Jet nach Rom transportiert worden war.

Unterwegs suchte Matt das Gespräch mit Larn. Der junge Mann hatte den Platz mit Aruula getauscht und saß jetzt auf dem Beifahrersitz, immer noch ein wenig staunend über das sonderbare Reittier.

Matt versuchte in Erfahrung zu bringen, ob Larn noch mehr über Rom wusste. Aruula hielt sich zwischen den Sitzen und fungierte als Dolmetscherin. Aber der junge Barbar konnte wenig Konkretes sagen. Nur eines kristallisierte sich schnell heraus: Wer immer Larn von der Stadt berichtet hatte, er hatte ihm einen regelrechten Floh ins Ohr gesetzt. Der junge Bursche schwärmte von Rooma, zeigte sich förmlich besessen von der Stadt.

»Was willst du tun in Rooma?«, fragte Matt.

»Gut leben mit Noone«, erwiderte Larn. »Sie ist ein gutes Mädchen und verdient ein besseres Leben. Und glücklich zu sein.«

»Und wie stellst du dir das vor?«

»Ich werde ein Kämpfer. Wer gut kämpft, kann

gut leben in Rooma.« Larn grinste zuversichtlich, und in seine Augen trat ein unternehmungslustiges Funkeln.

Matt kannte diesen Ausdruck. Er hatte ihn oft gesehen in den Mienen junger Männer, die in die US Army eingetreten waren. Draufgängerische Burschen, deren Motto war: ›Wer den USA in den Arsch treten will, muss erst an uns vorbei!‹ Matt hatte gesehen, wie ein paar dieser Männer zu Helden geworden waren. Und ein paar mehr hatte er in den Religionskriegen um 2005 sterben sehen ...

Aus dem, was Larn sagte, wurde Matt nicht ganz schlau. Er wusste zu wenig über Rom und die dortigen Gegebenheiten. Aber er hatte einen vagen Verdacht, und wenn er mit seinen Entfernungsschätzungen einigermaßen richtig lag, würde er bald mehr wissen. In zwei Tagen etwa ...

Es stellte sich heraus, dass sie schneller vorangekommen waren, als Matt vermutet hatte. Denn noch am selben Tag lag Rom zu ihren Füßen.

Die Ewige Stadt war geschrumpft.

Das jedenfalls war Matt Drax' allererster Eindruck, als sie nebeneinander auf einem Hügel nördlich von Rooma standen und ihre Blicke stumm über die Stadt wandern ließen, jeder in seine eigenen Gedanken versunken.

Die Vororte und Außenbezirke Roms waren verschwunden. Nicht eingestürzt oder nur zugewuchert, sondern regelrecht abgetragen worden. Deswegen wirkte die Stadt kleiner als Matt sie in Erinnerung hatte, wenn auch ihre Ausdehnung immer noch gewaltig war. Insbesondere auf seine Begleiter, die eine Stadt wie diese wohl ihr Lebtag noch nicht gesehen hatten, musste selbst dieses veränderte Rom wirken wie eine eigene und unsagbar fremde Welt.

Matt Drax war einmal in Rom gewesen, damals, in seiner Zeit. Er hatte seine Stationierung in Deutschland für gelegentliche Kurzurlaube genutzt, um die großen Städte Europas zu besuchen. Es wäre übertrieben gewesen zu behaupten, dass er sich in Rom auskannte, aber seine Erinnerung genügte jedenfalls, ihn erkennen zu lassen, dass sich das Gesicht der Stadt ganz gewaltig verändert hatte.

Rom war nicht nur kleiner geworden, und es lag auch nicht mehr auf sieben Hügeln; die Folgen des Kometeneinschlags hatten drei von ihnen eingeebnet. Doch diese Veränderungen kamen Matt noch am geringfügigsten vor. Etwas anderes war wesentlich augenfälliger – fast hatte Matt das Gefühl, einen weiteren Zeitsprung unternommen zu haben. Diesmal nicht in die Zukunft, sondern um Jahrtausende zurück. Mitten hinein in die Zeit des *alten* Roms, des historischen römischen Imperiums.

So weit er es aus der Ferne erkennen konnte, schienen die alten Bauten Roms nicht nur erhalten geblieben zu sein, irgendwer schien sie sogar renoviert zu haben! Wahrscheinlich mit Baumaterialien, die man durch den Abbruch der Randbezirke gewonnen hatte.

Dieses Rom bot einen bizarren Anblick. Matt musste unweigerlich an einen Flickenteppich denken, an einen architektonischen *Quilt*. Bunt und sonderbar. Facettenreich. Geheimnisvoll. Kaum ein Wort dieser Güte, das nicht zutraf auf diese Stadt, die jede Erwartung, die Matt Drax insgeheim gehegt haben mochte, noch übertraf.

Und das war erst der Anfang! Der Eindruck, den Matt hier draußen hatte, gute anderthalb Kilometer vor den Toren Roms.

Wie mochte es erst *dahinter* aussehen?
Er brannte förmlich darauf, es zu erfahren.

Mit Aruulas Schwert schlug Matt eine Bresche in eine weitläufige Buschgruppe. Dann rangierte er den Jeep in die Lücke und tarnte sie mit dem abgeschlagenen Geäst.

Rom mochte sich zu einer höchst eigentümlichen Stadt entwickelt haben und die Einwohner waren sicher einiges gewöhnt, dennoch wollte Matt das Risiko, aufzufallen, so gering wie möglich halten. Und mit dem Jeep wären sie ganz bestimmt aufgefallen.

Den Notcontainer ließ er im Fahrzeug zurück, nachdem er zuvor ein paar Dinge, die ihm nützlich sein konnten, herausgenommen und in den Taschen seiner Pilotenmontur verstaut hatte. Dann marschierten sie los. Den Hügel hinunter und Rom entgegen.

Die Ewige Stadt lag weiter entfernt, als es von der Hügelkuppe aus den Anschein gehabt hatte. Fast zwei Stunden dauerte es, bis sie die einstigen Randbezirke erreichten.

Eine weitere Beobachtung versetzte Matt in gelindes Erstaunen. Hier betrieb man Ackerbau! Zwar nicht im großen Rahmen, aber die Tatsache, *dass* jemand Feldfrüchte anbaute, traf ihn doch unerwartet, nachdem er bislang nur das primitive Leben der Wandernden Völker und die animalischen Wulfanen in Bologna kennengelernt hatte.

Und sie sahen auch die Menschen, die die Felder bewirtschafteten. Diese Leute wiederum schienen sich nicht im mindesten für die vier Ankömmlinge zu interessieren, widmeten ihnen kaum einen Blick. Wäre die Stadt nicht zum Greifen nahe gewesen und hätte sie Matt nicht wie ein Magnet angezogen, hätte er sicher versucht, mit diesen Bauern zu reden. So aber ging er nur weiter; weiter auf die Stadt zu, in der er – ja, was eigentlich zu finden hoffte?

Das Wrack des abgestürzten Jets natürlich. Und seine Freunde, hoffentlich.

Aber das war nicht alles. Matt spürte, dass da noch etwas anderes war, das er in Rom zu finden hoffte. Doch er war nicht imstande, dieses Etwas zu benennen.

Antworten, flüsterte die körperlose Stimme in seinem Ohr. *Du hoffst Antworten zu finden auf all die Fragen, die dich seit Wochen um den Schlaf bringen.*

Und? fragte Matt im Geiste zurück. *Werde ich sie finden?*

Die Stimme schwieg.

Matt spürte Aruulas Blick auf sich ruhen. Im Gehen wandte er sich ihr zu. Der Ausdruck in ihrem hübschen Gesicht irritierte ihn. Er las Unsicherheit darin, etwas wie unbestimmte Furcht, obwohl Aruula versuchte, sie hinter einem Lächeln zu verstecken. Es gelang ihr nicht, und es bedurfte keiner telepathischen Fähigkeiten, sie zu durchschauen.

»Was ist?«, fragte er, nicht sehr laut, obwohl Larn und Noone sie kaum hören würden. Die beiden liefen gut zehn Schritte vor ihnen. Larn schien es noch eiliger als Matt zu haben, nach Rom zu kommen.

»Ich verstehe jetzt, wie du dich gefühlt haben musst«, erwiderte Aruula. Sie sah wieder nach vorne.

Matt verstand, was sie meinte. Rom musste auf Aruula in der Tat wie eine andere Welt wirken. Sie hatte wohl nie in ihrem Leben etwas Vergleichbares gesehen, vielleicht nicht einmal gewusst (oder wenigstens nicht *geglaubt*), dass es so etwas geben könnte.

Und genauso war es Matthew Drax ergangen, nachdem er aus seinem havarierten Flugzeug gerettet worden war. Alles war neu und anders gewesen. Unvorstellbar und unmöglich. Fremd und beängstigend.

»Das geht vorbei«, sagte er, »diese Furcht und das Gefühl, fremd zu sein, meine ich.«

Es war eine Lüge. Noch nicht einmal eine besonders gute. Und er war sicher, dass Aruula sie durchschaute. Aber sie lächelte trotzdem dankbar, fasste nach seiner Hand, drückte sie und hielt sie fest.

Als sie schließlich die einstigen Vororte Roms erreichten, erkannte Matt Drax, dass sein Eindruck aus der Ferne nicht getrogen hatte. In der Tat waren hier die Häuser und sonstigen Bauten größtenteils abgerissen und die Trümmer fortgeschafft worden. Erhalten geblieben waren einzig die Straßen, wenn auch größtenteils verschwunden unter Dreck und Unkraut.

Dann stießen sie auf die ersten Häuser. Oder vielmehr deren Ruinen. Es war schwer, wenn nicht gar unmöglich zu sagen, wie viel der Zerstörung ringsum dem Zahn der Zeit anzulasten war und welchen Anteil ›Christopher-Floyd‹ daran gehabt hatte. Die allermeisten Hausdächer waren eingestürzt, aber Klettergewächse rankten sich an den Außenwänden hoch und hatten teils neue grüne Dächer gebildet. Glaslose Fensterhöhlungen klafften in den Mauern, dahinter nisteten nur Grau und Schwarz.

Dennoch, das Gefühl, durch eine Geisterstadt zu laufen, hielt sich nicht lange in Matt Drax. Es schwand in dem Moment, da er sich beobachtet fühlte. Angestarrt von Augen aus dem Unsichtbaren. Und schließlich machte er hie und da

Bewegungen aus hinter Fenstern und Türen, schattenhaft nur, aber unleugbar. Wie von selbst fasste er nach der Beretta 98 G, die er in einer seiner Uniformtaschen verstaut hatte. Aber er zog sie nicht. Weil Aruula ihm beruhigend die Hand auf den Arm legte.

»Keine Feindlichkeit«, raunte sie. »Nur Neugier.« Dabei schaute sie sich weiter aufmerksam, aber unauffällig um, und Matt wusste, dass sie mehr sah als ihre Augen ihr verrieten.

Noone hatte sich dichter an Larn gedrängt. Die beiden gingen immer noch vor Matt und Aruula her, wenn auch in geringerem Abstand. Larns Faust hatte sich fester um das Griffstück seines Doppelschwerts gelegt. Aber er schien keine Angst zu haben, nicht einmal wirklich beunruhigt zu sein. Er sah sich um mit den staunenden Augen eines Kindes, das zum ersten Mal nach Disneyland kommt.

Matt schmunzelte unwillkürlich bei dem Gedanken. So weit war der Vergleich vielleicht nicht einmal hergeholt ...

Und dann, als sie in einem Bereich der Stadt anlangten, der intakter war, begegneten sie wieder Menschen.

Matt beobachtete das gleiche Verhalten wie draußen auf den Feldern. Man brachte ihnen wenig Aufmerksamkeit entgegen. Worüber Drax ganz und gar nicht unglücklich war. Aber er dachte darüber nach und kam zu dem Schluss, dass man in Rom wohl an das Auftauchen von Fremden gewöhnt sein musste. Woraus freilich die Frage resultierte, *woher* all diese Fremden kamen. Matts Gedankenapparat ratterte weiter, spann die Idee, dass Menschen aus aller Welt nach Rom kommen mochten! Was wiederum bedeutete, dass es da *draußen* noch eine Welt *gab*! Und Menschen, die diese Welt bevölkerten!

Der Wunsch, diese Menschen und den Rest der Welt zu suchen, wurde für einen Augenblick fast übermächtig in ihm. Von dem Hügel nördlich der Stadt aus hatte er rechter Hand und weit entfernt den bleigrauen Schimmer des Thyrrhenischen Meeres gesehen. Vielleicht gab es die Möglichkeit, per Schiff …

Ehe er sich noch weiter in theoretische Überlegungen versteigen konnte, fand Matt seine Selbstbeherrschung wieder. *Eins nach dem anderen*, sagte er sich. Immerhin mochte Rooma zunächst einmal genug bieten, um seinen Wissensdurst zu stillen …

Schließlich erreichten sie den Kern der Ewigen Stadt. Und Matt hatte das Gefühl, tatsächlich eine Schwelle zu übertreten, durch das Tor in eine andere, vergangene Zeit zu gehen. In eine Zeit, die um den Beginn der christlichen Zeitrechnung in höchster Blüte gestanden hatte.

Doch das Gefühl war flüchtig, schwand mit jedem neuen Eindruck, den Matt aufnahm, jetzt selbst staunend wie ein Kind. Und ein anderes Gefühl überkam ihn: das nämlich, dass irgendein begnadeter (oder wahnsinniger) Gärtner diese vergangene Blüte wieder zum Erblühen gebracht hatte – schillernder denn je zuvor!

Matthew Drax hatte das sonderbarste *déjà vu* seines Lebens.

Aus dem Sumpf seiner Erinnerung stiegen Bilder aus jenem Kurzurlaub auf, den er einst in Rom verbracht hatte, und überlagerten seine tatsächliche Wahrnehmung. Er sah die markantesten Bauwerke der Ewigen Stadt, sah flanierende Touristen, Einheimische vor kleinen Tavernen und, und, und …

… und irgendwie vermengten sich all diese

Bilder mit der Wirklichkeit. Mit dieser Gegenwart. Überlappten einander wie in einer Doppelbelichtung. Seltsamerweise gab es Übereinstimmungen, erstaunlich viele sogar!

Das Rom dieser Zeit schien immer noch überzuquellen von Menschen. Sie unterschieden sich lediglich von denen aus Matts Erinnerung, in ihrer Kleidung vor allem, und manche ... nun, bei manchen war Matt nicht sicher, ob der Begriff ›Mensch‹ angebracht war. Er erblickte Kreaturen, skurriler noch als jene, die George Lucas weiland für ›Episode III‹ hatte kreieren lassen. – Der Typ, der zwei Schritte entfernt an Matt vorüber ging, war dabei noch nicht einmal der merkwürdigste: ein wüst tätowierter Kerl, lang und dürr wie eine Bohnenstange, der sich aus irgendeinem Grund rostige Schrauben durch die kahle Schädeldecke gedreht hatte.

Vielleicht hat er zu wenig Eisen im Blut, dachte Matt in einem Anflug schrägen Humors. *Oder es ist eine archaische Art von Bewusstseinserweiterung ...*

Etliche der Menschen ringsum waren in etwa gekleidet wie die Barbaren aus dem Norden, in Fell und Leder. Andere aber trugen ganz andere Kleidung, und wieder kam Matt der Begriff *Flickenteppich* in den Sinn. Die Outfits schienen zusammengewürfelt aus Dingen, die die Jahrhunderte überdauert hatten. Oder sie waren diesen alten Modellen nachempfunden.

Am augenfälligsten jedoch waren die exotischen Rüstungen. Abenteuerliche Kombinationen entdeckte Matt da; Teile von Tierpanzern hatten dabei Verwendung gefunden, und Metallschrott.

Schwindel drohte Drax zu erfassen, so gewaltig war der Ansturm neuer bizarrer Eindrücke. Es kostete ihn Mühe, sich dazu zu zwingen, nicht jedes

Detail seiner Umgebung mit Blicken erforschen zu wollen. Aber es war der einzige Weg, um zu verhindern, dass ihm einfach die Sinne schwanden.

Im Weitergehen versuchte Matthew also alles Neue um ihn her zu ignorieren. Eine Anstrengung, die ihn fast körperliche Kraft kostete. Aber irgendwie schaffte er es, sich nicht mehr zu wundern und nicht mehr zu gaffen.

Vielleicht half ihm auch das Gefühl, beobachtet zu werden.

Es war nicht so, dass Matt meinte, jeder würde ihn oder ihre kleine Gruppe anstarren. Er spürte nur jemandes Blick, so deutlich und unangenehm wie eine kalte Hand, die ihm im Nacken lag.

Er sah zu Aruula hin. Sie schien nichts davon zu bemerken, und so schob Matt den Eindruck seinen überreizten Nerven zu …

Sie hatten einen großen Platz erreicht, die *Piazza di Spagna*. Am anderen Ende erhob sich die Spanische Treppe, und es wimmelte hier wie überall von Menschen.

Überrascht stellte Matt fest, dass offenbar Handel betrieben wurde. An einfachen Ständen wurden Dinge des Alltags getauscht oder erworben, und er fragte sich, ob es in der Stadt wohl gar ein Zahlungsmittel gab; ob man das Geld quasi neu erfunden hatte.

Das ließ sich herausfinden, wenn er sich unter das handelnde und feilschende Volk mischte. Aber dazu kam Matt Drax nicht. Denn plötzlich veränderte sich die Stimmung um ihn her, so deutlich und nachhaltig, dass diese Veränderung auch von ihm Besitz ergriff.

Stille senkte sich über die Piazza, binnen weniger Sekunden. Eine angespannte Atmosphäre machte sich breit. Jeder Einzelne hier schien auf etwas zu lauschen, die meisten sogar mit angehaltenem Atem.

Und als das Geräusch schließlich aufklang, von fern und leise noch, ging ein Raunen durch die Menge wie ein Windstoß Laub rascheln ließ.

Matt hörte das Geräusch ebenfalls. Aber es war ihm unmöglich zu sagen, wer oder was es verursachte. Es waren Rufe, schrill wie die von Tieren, und dazu kam ein dumpfes Dröhnen wie von unzählig vielen Füßen.

Und beides wurde lauter, kam näher.

Aruulas Hand schloss sich fest um Matts Oberarm. Für eine halbe Sekunde begegneten sich ihre Blicke. Matt las Sorge in den Augen seiner Gefährtin. Sie öffnete den Mund, um etwas zu sagen. Aber ehe sie es tun konnte, waren *sie* da.

Grünhäutige schlanke Gestalten, abenteuerlich gerüstet. Ihre Gesichter muteten reptilienhaft an, wie mit kleinen grünen Hornplatten überzogen. Die runden Augen lagen so tief in den Höhlen, dass sie kaum vorhanden schienen. Matt schätzte die Zahl der Schauergestalten auf anderthalb Dutzend.

Der Anblick der Tiere, auf denen sie ritten, stand dem ihren in nichts nach. Es waren Echsen. Mindestens dreieinhalb Meter lang, ohne Schwanz gerechnet. Der maß noch einmal annähernd dieselbe Länge. Und die Tiere ließen diese Schwänze hin und herschnellen, um jeden, der sich ihnen zu weit näherte, davonzuschleudern.

Schreie brandeten auf. Bewegung geriet in die erstarrte Szenerie.

Aber nicht jeder der hier versammelten Menschen suchte sein Heil in der Flucht.

Matt hatte halbwegs eine Massenpanik erwartet,

eine menschliche Stampede. Er hatte befürchtet, dass jeder rücksichtslos seinen Nächsten niedertrampeln würde, dass es Tote geben würde, die nicht etwa auf das Konto dieser grausigen Echsenreiter gingen, sondern Opfer der Hysterie wurden.

Doch dem war nicht so. Zumindest nicht in dem Maße, wie Matt es befürchtet hatte. Zwar zog sich das Gros der Menge zurück, aber es geschah ohne sonderliche Hektik. Die Menschen wichen so weit zurück, bis sie die Piazza säumten. Ein Großteil fand Platz auf der Spanischen Treppe. Andere erklommen Statuen und steinerne Sockel oder verschwanden in umstehenden Häusern, um dann wenig später in den Fensteröffnungen wieder aufzutauchen.

Es schien, als suchten all diese Menschen einen Logenplatz.

Um was mitanzuschauen?

Die Antwort auf diese Frage fand Matt beinahe noch im selben Augenblick. Und er erfuhr sie deutlicher als ihm lieb sein konnte. Hautnah sozusagen …

Nicht alle Menschen hatten die Piazza geräumt. Eine erkleckliche Anzahl war geblieben. Matt schaute sich um und sah sich umringt von Männern, in deren Gesichtern er ein- und denselben Ausdruck las: Kampfeslust, Entschlossenheit. Und ein fast fanatisches Leuchten in den Augen.

Jüngere Männer, etwa in Larns Alter und etwas darüber, machten den Großteil aus, nur wenige waren älter. Aber alle waren bewaffnet, und alle hatten sie ihre Waffen blankgezogen: Schwerter, Streitäxte, Speere …

Die Echsenreiter umkreisten die Gruppe, zogen zwischen dem Ring der Zuschauer und den zurückgebliebenen Männern einher, Waffen in ihren wie gepanzert wirkenden Händen.

Dann griffen sie an.

Und Matt wünschte sich, er und seine Gefährten wären unter den Zuschauern – aber nein, sie steckten mittendrin! Zwischen den Fronten gewissermaßen. Bis zur Halskrause in der –

»*Scheiße!*«

Die Echsenreiter waren mit lanzenartigen Waffen ausgerüstet, mit deren Spitzen sie auf die Männer einzustechen begannen. Die wiederum setzten sich zur Wehr – mit solchem Eifer, als gelte es nicht nur Leib und Leben zu verteidigen, sondern sich besonders hervorzutun.

Matt hatte seine Pistole gezogen, hielt sie jedoch unter dem Fellumhang verborgen. Aruula hatte ihr Schwert in der Hand, mischte sich jedoch nicht ins Geschehen ein. Denn noch wurden sie von den Reitern nicht attackiert.

Larn indes schien wie auf glühenden Kohlen zu stehen. Er trat unruhig auf der Stelle, und seine Augen zeigten einen fast fiebrigen Glanz.

»Das ist es«, sagte er heiser und wiederholte die Worte ein ums andere Mal.

»Das ist was?«, fragte Aruula.

»Die Reiter«, gab Larn zurück, ohne sie anzusehen. Sein Blick blieb starr auf das seltsame Kampfgeschehen gerichtet. »Sie wählen aus.«

»Sie wählen aus?« echote die Barbarin.

Der junge Mann nickte und schluckte aufgeregt. »Sie wählen die Stärksten aus.«

Und dann lief er los! Stürzte sich ins Getümmel, brüllend wie die anderen Kämpfer.

»Larn, nicht! Nein!« Noone schrie auf, machte ein, zwei Schritte, um Larn zu folgen, um ihn aufzuhalten. Aruula bekam sie am Arm zu fassen und zerrte sie zurück. Sie sagte etwas zu dem jüngeren Mädchen, das Matt nicht verstand. Aber Noone beruhigte sich ein wenig, schluchzte nur lautlos.

Matt Drax versuchte Larn im Auge zu behalten. Der junge Barbar drängte sich vor, um an einen der Reiter heranzukommen. Ein anderer Kämpfer holte mit seiner archaischen Axt aus – jedoch nicht, um nach dem Echsenreiter zu schlagen, sondern nach Larn!

Der junge Mann sah den Angriff aus den Augenwinkeln und reagierte. Blockte den Axthieb mit dem Stockschwert ab. Drehte die Waffe blitzschnell. Und stach zu!

Eine der Klingen fuhr dem Angreifer zwischen die Rippen und kam blutig wieder zum Vorschein. Matt glaubte das widerlich feuchte Geräusch selbst über die Distanz und das Gebrüll der Meute hören zu können.

»Mein Gott, was passiert hier?« flüsterte er erschüttert. »Was ist nur in diese Männer gefahren?«

Aber in ihm reifte längst schon eine entsprechende Vermutung heran. Und jene andere Stimme in seinen Gedanken ließ ihn wissen, dass er wahrscheinlich näher an der Wahrheit lag als ihm lieb war ...

Etwas wurde anders. Die Angriffswelle gegen die Echsenreiter verebbte. Männer bückten sich und nahmen die Waffen von Toten und Verletzten auf.

Dann wichen die Reiter etwas zurück, bis auf einen. Der wies mit ausgestrecktem Finger auf einzelne Männer und rief dabei etwas, das Matt nicht verstand. Er schien einen anderen Dialekt zu sprechen als das Nordvolk.

»Was sagt er?« wandte sich Matt an Aruula, ohne den Blick zu wenden.

Sie antwortete ihm nicht. Steckte ebenfalls ganz im Bann dieser absurden Ereignisse.

Was dann passierte, klärte für Matt im nachhinein, was der gepanzerte Kerl angeordnet hatte. Offenbar hatte er die verbliebenen Männer in Zweiergruppen eingeteilt, jedem einen persönlichen Gegner zugeteilt.

Und Matt blieb davon nicht ausgenommen. Auch auf ihn kam jemand zu. Ein Bürschchen, jünger noch als Larn. Wahrscheinlich klebten ihm noch die Eierschalen hinter den Ohren. Aber er war mit zwei Schwertern bewaffnet und trug eine derart grimmige Entschlossenheit zur Schau, dass Matt fast zurückprallte!

Mit einem Schrei auf den Lippen stürmte der Junge heran, schwang die Klingen – und lachte wie irr auf, als Matt ihm die Pistole entgegenhielt!

Matthew brachte es nicht fertig, den Jungen einfach niederzuschießen. Stattdessen tauchte er unter den Schwerthieben seines Kontrahenten weg.

Von der Pistole ließ sich der Knabe natürlich nicht beeindrucken. Die Waffe musste ihm lächerlich vorkommen. Er wusste ja nicht, worum es sich dabei handelte. Woher auch?

Es schien ihn aber auch nicht zu irritieren, dass sein Widerpart waffenlos war. Im Gegenteil schien das seinen Eifer nur anzustacheln. Er glaubte leichtes Spiel zu haben. Schien Matt für einen Dummkopf zu halten, für einen Feigling, der sich einfach in sein Schicksal ergab.

Der Bursche wirbelte die Schwerter in den Händen, als wögen sie nichts. Sein nächster Schlag ging dicht über Matts Kopf hinweg, dass dieser zu spüren meinte, wie ihm einige Haare abrasiert wurden.

»Okay, Junge, das reicht!«, knurrte Drax. Und drückte schließlich doch ab!

Der Schuss ging beinahe unter im Kampflärm, der wie ein sturmgepeitschtes Meer um sie her tobte. Die Kugel schlug Funken aus dem Pflaster der Piazza, zwei Handbreiten vor den Füßen des Jungen. Er quiekte wie ein Ferkel, sprang zurück und sah Matt fassungslos an, zwei, drei Sekunden lang. Dann senkte er den Blick, bis er an der Pistole hängenblieb.

»Verschwinde«, sagte Matt und machte eine knappe Kopfbewegung zum Rande der Piazza hin. Gleichzeitig hob er die Waffe leicht an und stieß sie drohend in Richtung seines jungen Gegners.

Der wich einen weiteren Schritt zurück. Dann öffneten sich seine Hände. Die Schwerter klirrten zu Boden. Und schließlich lief der Junge davon. Erst langsam und sich immer wieder nach Matt umdrehend, dann schneller, als sitze ihm der Teufel selbst im Nacken.

Die Lanze eines Echsenreiters stoppte den Jungen, bevor er die Piazza verlassen konnte.

Der Reiter war wie aus dem Nichts aufgetaucht, hatte dem jungen Mann den Weg verstellt und ihn kurzerhand in seine Lanze laufen lassen. Die blutige Spitze der Waffe trat aus dem Rücken des Jungen aus.

Mit einer ruckartigen Bewegung stieß er den Toten zur Seite und zerrte seine Lanze aus dem Leichnam. Der scheinbar leere Blick aus seinen schwarzen Augenhöhlen blieb dabei wie festgenagelt auf Matt Drax haften.

Ein kurzer Ruck an den Zügeln, dann drehte sich die Echse schwerfällig herum und stampfte auf kurzen Beinen in Matts Richtung.

Matt hob die Beretta, zielte. Schoss.

Die Echse riss den Schädel hoch, fauchte und zischte. Die Kugel war dem Tier durchs linke Auge direkt ins Gehirn gefahren. Wie im Zeitlupentempo fiel es zur Seite, schlug schwer auf. Der Reiter stürzte aus dem Sattel, rollte zwischen die Kämpfenden und entschwand Matts Blicken. Für den Moment zumindest.

Er sah sich nach Aruula um, rief ihren Namen. Sie antwortete ihm über das Scheppern und Klirren der Waffen hinweg. Matt machte sie etwas entfernt aus, selbst in einen Zweikampf verwickelt, und eilte zu ihr.

»Nicht ganz fair, nicht ganz fein«, knurrte Matt, als er von hinten auf Aruulas Gegner zusprang und ihm den Pistolenknauf über den Hinterkopf zog. Lautlos ging der Mann zu Boden.

»Aufpassen, Maddrax!«

Es hätte Aruulas Warnruf kaum bedurft. Einen Sekundenbruchteil vorher schon hatten sich ihre Augen erschrocken geweitet, und instinktiv hatte sich Matt zur Seite geworfen.

Keinen Augenblick zu früh!

Der Reiter, dessen Echse Matt erlegt hatte, war hinter ihm aufgetaucht. Die Lanze, die Matt ins Kreuz hatte dringen sollen, stieß ins Leere. Im Liegen angelte Matt mit den Füßen nach den Beinen des anderen und brachte ihn zu Fall. Aruula trat ihm die Lanze aus den Händen. Und Matt setzte auch diesen Kerl mit einem Pistolenhieb außer Gefecht.

»Larn und Noone?« stieß er dann hastig hervor. »Wo sind sie? Wir müssen verschwinden!«

Aruula sah sich um. Aber es war in dem Gewühl nahezu unmöglich, jemanden ausfindig zu machen. Zudem andere Probleme drängender waren!

Der Echsentyp, den Matt gerade erst ausgeknockt hatte, schien den sprichwörtlichen Eisenschädel zu haben. Wie ein Kastenteufel sprang er in die Höhe, die Lanze wieder in den Fäusten!

Diesmal stach er nach Aruula.

Matt war schneller.

Die Beretta bellte auf. Die Kugel stanzte dem Kerl ein Loch in die horngetäfelte Stirn und ließ ihn nach hinten wegkippen.

»Da!«, rief Aruula.

Matts Blick folgte ihrem ausgestreckten Arm. Ein weiterer Echsenreiter kam in ihre Richtung. Offenbar waren die Schüsse doch nicht so unbemerkt geblieben, wie Matt gehofft hatte.

Er zielte, krümmte den Finger, erreichte den Druckpunkt – und hielt inne.

Jemand kam ihm zuvor. Jemand oder – *etwas* …!

Ein dunkler Schemen tauchte auf wie aus dem Nichts. Schien von irgendwoher heranzufliegen, flatternd und formlos. Und rasend schnell!

Der Schatten prallte gegen den Reiter, stieß ihn vom Rücken der Echse. Ein dumpfes, aber eindeutig wütendes und tierhaftes Grollen und Knurren war zu hören –

– und dann flog der hässliche Schädel des Reiters in ihre Richtung, prallte zwei Schritte vor Matts Füßen zu Boden, rollte noch ein bisschen näher und blieb schließlich so liegen, dass die Fratze zu ihm hochstarrte, der mit Hornlippen besetzte grüne Mund zu einem grotesken Grinsen verzerrt. Tief in den Augenhöhlen schien etwas wie ein allerletzter Funke zu verglimmen.

Matts Blick suchte den Torso des Reiters, fand ihn aber nicht. Dafür traf er auf die seltsame Schattengestalt, die auf ihn und Aruula zugestürmt kam. Jetzt sah Matt, dass es sich nicht um einen Schatten oder ein Gespenst handelte, sondern um jemanden, der eine dunkle Kutte trug. Das Gesicht des anderen lag im Schatten einer weiten Kapuze, die Ärmel waren so lang, dass die Hände darin verschwanden.

Reflexhaft hob Matt die Waffe, doch eine blitzschnelle Bewegung des anderen wischte sie zur Seite, ehe Matt auch nur daran denken konnte, den Stecher durchzuziehen.

Dunkle Augen blitzten ihn unter der Kapuze her an. Und sie sagten mehr als Worte, was der andere verlangte: *Kommt mit!*

Während Aruula und er der gedrungenen Kapuzengestalt hakenschlagend durch das Kampfgedränge folgten, fragte sich Matt Drax, warum er sich eigentlich der Führung eines Wildfremden anvertraute. Wahrscheinlich weil es in diesem Chaos völlig egal war, wem er hinterherlief und wohin ...

Wie sie das Kunststück fertig brachten, die Piazza unbehelligt zu verlassen, vermochte Matt im nachhinein nicht zu sagen. Wichtig war nur, *dass* sie es schafften.

Ihr mysteriöser Führer eilte ihnen voraus und legte ein Tempo vor, das Matt ins Keuchen geraten ließ. Der andere stürmte wie ein Rammbock durch die Menge, und ehe sich die Lücken, die er frei räumte, wieder schließen konnten, waren auch Matt und Aruula hindurch.

Die Piazza de Spagna blieb hinter ihnen zurück. Sie tauchten in ein Labyrinth aus verwinkelten, dunklen engen Gassen ein. Links ab, dann rechts und wieder links. Sie kletterten über Mauern hinweg, rannten durch düstere Hausflure in stinkende Hinterhöfe. Und wieder hinaus ...

Matt hatte längst die Orientierung verloren. Er wusste nur, dass er ohne Hilfe Tage brauchen würde, um den Weg aus diesem Irrgarten zu finden. Wenn überhaupt ...

Dann war die rasante Flucht vorbei. Sie waren am

Ziel. Auch wenn Matt weder die leiseste Ahnung hatte, wo dieses Ziel lag, noch weshalb sie hier waren.

Sie befanden sich in einem Kellergewölbe. Am Ende hatte der Weg etliche ausgetretene Treppen hinabgeführt, dann durch dunkle Gänge und Stollen. Gelandet waren sie in einer ... Wohnung. Einem Raum wenigstens, der diese Bezeichnung annähernd verdiente. Jemand hatte sich hier heimisch eingerichtet.

Der Kapuzenmann war gerade damit beschäftigt, ein paar Kerzendochte anzustecken. Waberndes Licht verdrängte die Dunkelheit, ohne jedoch den ganzen Raum zu erhellen; es schuf lediglich Inseln von Helligkeit.

Matt sah sich um. Es gab einfaches Mobiliar. Eine Schlafstatt. Kisten und Truhen mit geschlossenen Deckeln. An den Wänden ein paar Regale, gefüllt mit uralten Dingen, manche rostig, andere nur verdreckt. Und in einer Ecke machte Matt einen klobigen, kantigen Schatten aus, den er auf den ersten Blick nur deshalb nicht erkannte, weil er weniger noch als alles andere an diesen Ort passte: ein Klavier ...

Ein würziger Geruch mengte sich in die dumpfe und feuchte Atmosphäre des Kellers. Ein rotglühendes Auge blinzelte Matt aus dem Dunkeln zu. Es dauerte einen Moment, bis er erkannte, was es damit auf sich hatte: Der andere hatte sich eine Zigarre angesteckt. Jetzt hielt er Matt und Aruula eine flache Schachtel hin, in der weitere Zigarren lagen. Matt nahm eine, klemmte sie sich aber nicht zwischen die Lippen, sondern drehte sie nur zwischen den Fingern.

»Wer bist du?«, fragte er schließlich. Aruula wiederholte seine Frage in der Barbarensprache.

»Moss.«

Der Mann löste sich aus den Schatten, und endlich schlug er die Kapuze zurück. Das Kerzenlicht ließ die Furchen und Falten seines seltsam alterslosen Gesichts tiefer und dunkler wirken als sie es tatsächlich sein mochten. Schwarzes Haar stand ihm borstig und drahtig von Kopf und Wangen ab. Dann legte der Mann, der sich als Moss vorgestellt hatte, auch die Kutte ab. Darunter trug er ein ledernes Wams und Hosen aus gleichem Material, dazu Fellstiefel, die von Lederriemen zusammengehalten wurden.

Moss war nicht groß, er reichte Matt gerade bis über die Schultern, aber ungeheuer breitschultrig, und seine Muskeln waren nicht minder beeindruckend. Auch auf seinen Armen spross dunkles, drahtiges Haar. Und an seinen Händen klebte getrocknetes Blut. Das Blut des Echsenreiters, den er geköpft hatte. Mit bloßen Händen, wie es schien.

Matt schluckte hart, dann nannte er ihre Namen und fragte über Aruula: »Was soll das? Warum hast du uns hier hergebracht?«

Moss hob die Schultern. Die Geste wirkte beinahe bedrohlich. »Weil ihr sonst tot wäret.« Er sprach langsam und betont.

»Aber wie hast du uns gefunden?«, hakte Matt nach.

»Ich halte Augen und Ohren offen. So lebt es sich länger. Vor allem in dieser Stadt.«

Matt entsann sich des Gefühls, beobachtet worden zu sein, als sie durch die Straßen gegangen waren. Gut möglich, dass dieser Moss da schon ein Auge auf sie geworfen hatte.

»Du bist ein Schamane«, behauptete Aruula, scheinbar unvermittelt. Es klang erstaunt und vorwurfsvoll zugleich.

»Wie kommst du denn auf die Idee?« Moss lachte rau auf.

»Deine Gedanken sind ... stumm. Ich spüre nichts. Wie bei Baloor. Er war der Schamane meiner Horde. Auch die Tür zu seinem Geist blieb mir verschlossen.« Aruulas Stimme klang unangenehm berührt.

»Ah, eine *Lauscherin*, wie?« Milder Spott schwang in Moss' Tonfall mit. Dann winkte er ab. »Nein, ich bin kein Schamane, Herzchen. Aber du solltest dich daran gewöhnen, dass sich nicht jedermann in die Birne gucken lässt. Hier gehts anders zu als droben im Norden bei deinen Brüdern und Schwestern.«

Matt verstand kaum ein Wort von dem, was Moss sagte. Aber den Sinn immerhin begriff er. Und er konnte nicht behaupten, dass dieser Typ ihm dadurch geheurer wurde. Im Gegenteil ...

»Wer bist du?«, fragte er noch einmal, und sein Tonfall machte deutlich, dass er mehr wissen wollte als nur einen Namen.

»Ein Mann, der versucht, Schwierigkeiten zu vermeiden.«

»Für sich und andere, wie?«

Moss nickte und nebelte sich in Zigarrenqualm ein.

Matt griff nach seiner Pistole. Aus der Qualmwolke drang dumpf ein drohender Laut. Matt hob beschwichtigend die Hand.

»Keine Sorge«, meinte er und behielt die Waffe auf der flachen Hand. »Ich glaube, du weißt, was das ist?« Diesen Eindruck hatte er jedenfalls gehabt, unmittelbar bevor Moss sie auf der Piazza zur Flucht aufgefordert hatte.

Aruula übersetzte. Wieder zuckte Moss die breiten Schultern. »Ein Ding, das Schwierigkeiten macht.«

Ein flüchtiges Grinsen huschte über Matt Drax' Gesicht. Damit lag Moss nicht einmal so falsch. Genaugenommen hatte seine Einschätzung beinahe etwas Philosophisches ...

Matt steckte die Waffe weg, beschäftigte seine Hände stattdessen mit der Zigarre und begann in dem Raum hin- und herzugehen. Er betrachtete die Gegenstände in den Regalen, ohne sie wirklich zu sehen. Dann fuhren seine Hände über das Klavier. Es war uralt, natürlich, zerschrammt und schief.

»Da draußen«, fragte Aruula nach einer Weile, »auf dem großen Platz, dieser Kampf – was war das?«

»Sie haben neue Kämpfer ausgesucht«, antwortete Moss.

»Kämpfer wofür?«

»Für die Arena.«

Aruula dolmetschte, und Matt nickte. Er hatte so eine Ahnung gehabt. Das alte Rom war hier nicht nur architektonisch reanimiert worden ...

»Wer sind *sie*?« nahm sie den Faden dann wieder auf. »Diese Reiter –«

Moss winkte ab. »Die Reiter sind nur Helfer. Oder Diener.«

»Wem helfen oder dienen sie?« wollte die Barbarin wissen.

»Den Göttern«, sagte Moss. Aber in seiner Stimme lag keine Spur von Ehrfurcht. Nur Spott.

Aruula jedoch schauderte. Matt spürte es, als liefe ihm selbst eine Gänsehaut über den Rücken. Aruula glaubte an Götter, und ebenso an ihre finsteren Pendante, dämonische Wesen, die der Legende nach in den Schlünden und Tiefen der Erde hausten.

»Ist diese Stadt die Heimat der Götter?«, fragte sie dann, fast atemlos.

»In dieser Stadt«, erwiderte Moss düster, »ist so

ziemlich alles zu Hause. Und das Wenigste davon gefällt mir.«

»Warum bist du dann hier?« hakte Matt nach.

»Weil es Orte gibt, die noch schlimmer sind«, erwiderte Moss, und sein Ton machte klar, dass das Thema damit für ihn abgeschlossen war.

Matt verstand und akzeptierte es, obwohl ihm mindestens ein Dutzend Fragen auf der Zunge lag. Er wechselte das Thema.

»Hast du je etwas gehört von einem Feuervogel?«

Die Regung auf Moss' Gesicht entging ihm nicht. Eine der buschigen Augenbrauen des kleinen, aber ungemein kräftigen Mannes wanderte ein wenig nach oben.

Matt hakte gleich nach: »Und hast du jemanden gesehen, der gekleidet ist wie ich?« Er rieb den Stoff seiner lädierten Fliegerkombi zwischen den Fingern.

Moss nickte. »Ay.«

»Was ja? Weißt du etwas über den Feuervogel oder einen Menschen wie mich?« stieß Matt hastig hervor.

Nachdem Aruula übersetzt hatte, nickte Moss abermals. »Ich bringe euch hin. – Morgen.«

Und dabei blieb es. Trotz aller Einwände und Fragen, die Matt noch vorbrachte. Moss wies ihnen einen Raum für die Nacht zu. Der Verschlag befand sich ein Stück den Gang hinab, auf der anderen Seite.

Matt träumte in dieser Nacht von unwiederbringlich vergangenen Zeiten. Er sah sich selbst als kleinen Jungen neben seiner Mutter auf einer schmalen Bank sitzen. Seine Mutter spielte ihm ein Lied auf dem Klavier vor. Das hatte sie oft getan, in der Hoffnung, in ihrem Sohn ein musikalisches Talent zu wecken. Sie hatte es nicht geschafft.

Als Matt die Augen öffnete und ins Dunkel sah, schien der Traum noch nicht zu Ende. Er klang noch nach, ein paar Sekunden lang. Denn in der Dunkelheit glaubte Matt noch immer Klaviermusik zu hören, leise, verwehend. Die melancholische Melodie eines Liedes, das er kannte und das in dieser Zeit längst vergessen war.

As time goes by ...

Noch nie in ihrem Leben war Noone von so vielen Menschen umgeben gewesen; es mussten Tausende sein. Und doch hatte sie sich noch nie so einsam und verloren gefühlt.

Um sie her tobten immer noch diese absurden und grausamen Zweikämpfe. Waffen klirrten, Blut floss, Männer schrien und brüllten, vor Schmerz und Triumph. Und zwischen den Kämpfenden ritten die hässlichen Männer auf ihren Echsen und beobachteten alles aus schwarzen Augen.

Nie zuvor hatte Noone einen schlimmeren Alptraum gehabt. Sie wünschte sich aufzuwachen. Oder wenigstens *glauben* zu können, all dies sei nur ein Traum.

Aber sie war und blieb wach. Wacher sogar als je zuvor. Jeder ihrer Sinne schien mit nie gekannter Schärfe zu funktionieren. Sie war in der Lage, ein Dutzend und mehr Eindrücke gleichzeitig aufzunehmen. Ihre Angst war längst purer Panik gewichen. Sie zitterte und wimmerte, flüsterte sinnlose Worte, und ihre Tränen schienen kochendheiß, so sehr brannten sie in ihren Augen und auf ihren Wangen.

Maddrax und Aruula waren verschwunden. Und Larn ...?

Eine Zeitlang hatte Noone ihren Freund beobachten können. Und sie hatte ihn kaum wiedererkannt! Er war voller Blut, aber das wenigste davon war sein eigenes. Seine Augen leuchteten weiß und rund in der dunklen Maske, zu der sein Gesicht geworden war. Er gebärdete sich, als habe er jedes bisschen Verstand verloren. Wie ein ... wildes Tier.

Noone wünschte sich fort, weit weg von dieser Stadt. Sie wollte sich nicht vorstellen, hier zu leben. Sie wollte kein Leben, das so begann, mit Blut und Tod. Und fast wünschte sie sich, Larn *nicht* befreit zu haben. Dann wäre sie nie nach Rooma gekommen, sondern immer noch in der sicheren Obhut ihrer Horde, wo das Leben einfach, aber gut gewesen war. Doch dieses Leben war vorbei.

Und wenn sie sich nicht in Acht nahm, dann würde auch ihr neues Leben gleich vorbei sein. Denn Noone befand sich immer noch mitten im Kampfgetümmel, und die Männer um sie her hieben so rücksichtslos mit ihren Waffen um sich, dass Noone bisher nur mit viel Glück Verletzungen entgangen war.

Gerade eben sauste wieder eine Schwertklinge so dicht an ihrem Kopf vorbei, dass Noone den Luftzug spüren konnte. Sie taumelte weiter. In der Hoffnung, aus dem Gewühl hinauszufinden, behielt sie eine Richtung bei. Aber das Leibermeer schien kein Ende zu nehmen, obschon Noone die Häuser rings um den großen Platz sehen konnte. Doch sie schienen einfach nicht näherzurücken.

Noone begann zu beten. Mit bebenden Lippen, aber stumm. Sie flehte zu allen Göttern. Dass sie ihr halfen, einen Weg zeigten aus dieser Hölle –

– und das Wunder geschah. Jemand nahm ihre Hand und sagte mit ruhiger, samtener Stimme: »Komm!«

Noone blieb stehen und widerstand dem sanften

Zug. Ihr Blick klärte sich so langsam, als sehe sie in aufgewühltes Wasser, das allmählich zur Ruhe kam. Und dann endlich sah sie das Gesicht der Person, die vor ihr stand. Die so plötzlich aufgetaucht war, als sei sie wahrhaftig vom Himmel gefallen.

Es war das schönste Gesicht, das Noone je gesehen hatte. Von solchem Ebenmaß, als hätten die Götter selbst es modelliert.

Das Gesicht einer Frau, ein wenig älter als Noone selbst, aber immer noch jung. Ein Lächeln lag auf den vollen Lippen, und die Augen waren voller Wärme, so spürbar, dass Noone aufhörte zu zittern.

Wer bist du? wollte sie fragen, aber die Fremde schüttelte sacht den Kopf, lächelte unentwegt weiter und berührte Noones Lippen mit weichen Fingern, streichelte sie.

Noone schmeckte ... etwas. Auf ihren Lippen war etwas, das sie noch nie gekostet hatte, aber es schmeckte augenblicklich nach mehr, und Noones Zunge huschte über die Lippen und nahm den wundersamen Geschmack auf.

»Was –?« begann sie, aber ihre eigene Stimme klang fremd in ihren Ohren und so, als komme sie von weither. Und was immer sie noch sagte, Noone verstand ihre eigenen Worte nicht.

Sie waren unwichtig. Alles wurde bedeutungslos. Was um sie her geschah, verlor allen Schrecken. Und Noone selbst fühlte sich leicht, unendlich leicht.

Als sie der schönen Fremden folgte, glaubte Noone zu schweben. Ihre Füße schienen den Boden nicht zu berühren. Und schließlich meinte sie gar zu fliegen.

Sie wusste sogar, wohin sie flog, obwohl niemand es ihr gesagt hatte. Es war einfach in ihrem Kopf, in ihrem Denken, in dem plötzlich so unendlich viel mehr Platz war.

Sie flog in ein neues Leben. In ein schönes Leben. In einen Traum von einem Leben!

Und dann landeten sie.

Im Palast der Träume.

Larns Traum war vorüber, lange bevor es ihm bewusst wurde. Keuchend und breitbeinig stand er über seinem Gegner. Blut tropfte von den Klingen des Stockschwerts auf den tödlich Verletzten hinab, wurde eins mit dem, das aus den Wunden pulsierte, immer langsamer, weil das Herz des anderen kaum noch schlug. Dann blieb es ganz stehen.

Und Larn hatte einen zeitlosen Moment lang das Gefühl, alles um ihn her, die ganze Welt käme zum Stillstand. Er hörte nichts von dem Lärm, der immer noch um ihn her wogte, und alle Bewegungen schienen eingefroren. Er sah nur die Toten, die er auf dem Gewissen hatte, ihr Blut, und er spürte ihre letzten Atemzüge, als hätten sie sich gesammelt, um ihn jetzt zu treffen wie ein eisiger Windhauch.

Dann war dieser Moment vorbei, und die Welt drehte sich weiter. Schneller als vorher, wie es Larn vorkam, denn was in den nächsten Minuten passierte, schien mit unnatürlicher Geschwindigkeit vonstatten zu gehen. So schnell, dass Larn sich kaum als Teil davon fühlte. Vielmehr war ihm, als beobachte er alles nur von erhöhter Warte aus und ohne selbst etwas tun zu können.

Der Stimmenlärm um Larn herum veränderte sich. Es waren nicht länger Kampfgeräusche und -schreie, die er hörte. An ihre Stelle klangen Jubelrufe und Wehklagen. Erstere von den Angehörigen und Freunden der überlebenden Kämpfer, letztere von den Hinterbliebenen der Toten, die dieser grausame Auswahlkampf gekostet hatte.

Ein riesiger Karren tauchte aus einer der umliegenden Straßen auf, gezogen von zwei monströsen, gehörnten Kreaturen und begleitet von einer wahren Horde kleinwüchsiger Wesen, die aufgeregt und schrill fiepten und riefen, hin und her wuselten in ihren langen Mänteln und die Leichen aufsammelten. Jeweils drei oder vier der zwergenhaften Geschöpfe packten einen Toten, schleiften ihn zu dem Gefährt und hievten ihn auf die Ladefläche. Binnen weniger Minuten waren der weite Platz ›gereinigt‹ und der Karren wieder verschwunden.

Die siegreichen Kämpfer formierten sich zu einem Zug. Die Echsenreiter halfen nach, indem sie die Männer mit Zurufen und Stößen ihrer Lanzen in Formation trieben. Über zwanzig waren es, schätzte Larn, vielleicht auch dreißig. Viele der Männer waren selbst verletzt, einige so schwer, dass Larn sich wunderte, wie sie sich überhaupt noch auf den Beinen halten konnten.

Dann setzte sich der Tross, wiederum auf Befehl der Reiter hin, in Bewegung. Der Jubel und die Hochrufe der Zuschauer brandeten wie eine Woge über die Männer herein, und wie von einer Welle fühlte sich Larn auch davongetragen. Es war, als müsse er nicht einen Fuß vor den anderen setzen, um voranzukommen. Ein eigenartiges, nie zuvor erlebtes Gefühl war in ihm. So kräftig und mächtig kam er sich vor, dass er meinte, fliegen zu können.

Sie marschierten durch Gassen und Straßen, gesäumt von Menschen, die ihnen Glückwünsche zuriefen. Schließlich erreichten sie eine besonders breite Straße, die auf ein Bauwerk zuführte, so gewaltig und beeindruckend, dass Larns Vorstellungskraft nie genügt hätte, es sich auszumalen.

Der Wanderer, der ihm von Rooma erzählt hatte, hatte weder übertrieben noch gelogen. In dem

Palast, der dort im Licht der untergehenden Sonne vor ihnen lag, konnten nur Götter leben!

Mochte Larn auch jenen Göttern, die seine Horde angebetet hatte, gezweifelt haben – hier nun lagen die Dinge völlig anders. Der prächtige Prunk, die majestätische Größe dieses Palastes und all dessen, was darum herum zu sehen war, konnte nur von Göttern errichtet worden sein – oder wenigstens auf deren Geheiß hin. Es war ein steingewordenes Wunder. Etwas Schöneres konnte es nirgendwo geben! Und er und die anderen Männer wurden genau dorthin geführt. In den Palast. Zu den Göttern.

Das jedenfalls glaubte der junge Barbar ...

Eine Mauer umgab den Palastbereich. Das gewaltige Tor darin wurde von einer halben Heerschar kriegerisch aussehender Gestalten bewacht. Als die Echsenreiter und die Auserwählten kamen, wurde das Tor geöffnet. Larn hatte einen Moment lang den Eindruck, das Maul eines gewaltigen Ungeheuers würde sich vor ihnen auftun, bereit, sie alle zu verschlingen, mit Haut und Haaren. Und sie marschierten schnurstracks hinein in dieses Maul ...

Dahinter jedoch lag nicht der Schlund eines Ungetüms, natürlich nicht. Dahinter lag ein ovaler Platz, der mindestens fünf Speerwürfe messen musste. Ringsum lief ein Säulengang, darauf steinerne Figuren, die auf den Platz herabschauten. In der Mitte ragte eine kantige Nadel aus Stein auf. Larn sah Quellen, wie er sie nie im Leben gesehen hatte – aus Stein geformt, mit Figuren verziert.

Und dahinter der Palast selbst. Im Licht unzähliger Feuer, die in Schalen brannten, lag ein Bauwerk von solcher Gewalt, dass Larn sich von dem bloßen Anblick erschlagen glaubte. Gekrönt von einem halbrunden Dach, das größer und prächtiger war als die Sonne selbst und in den Himmel hineinzuragen schien.

Atemlose Stille senkte sich über die Männer. Keiner unter ihnen, der nicht verstummte ob des grandiosen Anblicks. Jeder einzelne fühlte sich am Ziel seiner Träume. Doch ihr Weg war noch nicht zu Ende ...

Wieder setzten die Echsenreiter ihre Lanzen ein, um die Männer weiterzutreiben. Sie drängten sie wie eine Viehherde über den Platz, vorbei an den Menschen, die ihn bevölkerten.

Und plötzlich schrie Larn auf!

»Noone!«

Kein Zweifel, dort drüben stand Noone, zusammen mit einem anderen Mädchen. Aber sie reagierte nicht auf seinen Ruf! Zwar schaute sie in seine Richtung, aber nur wie zufällig, und sie sah ihn nicht.

Wieder rief er ihren Namen. »Noone!«

Ein Lanzenschaft wurde ihm ins Gesicht geschlagen. Seine Lippen platzten auf. Blut füllte seinen Mund. Und grelle Lichter schossen hinter seinen geschlossenen Lidern vorbei. Larn geriet ins Taumeln. Jemand half ihm beim Weitergehen.

Als er wieder aus eigener Kraft laufen und klar sehen konnte, hatte sich Larns Umgebung drastisch verändert. Sie befanden sich nicht länger auf dem Platz vor dem Palast. Sie wurden eine Treppe hinunter getrieben, nicht länger von den Reitern, sondern von Fußsoldaten. Man hatte den Männern die Waffen abgenommen, befahl ihnen, sich zu beeilen.

Sie langten in einem unterirdischen Gang an. Es stank nach menschlichen Ausscheidungen, nach Fäulnis und Feuchtigkeit. Der von Fackeln erhellte Gang mündete in einen anderen, weitere zweigten ab, und immer weiter wurden die Männer vorwärts getrieben.

»Was soll das?« murrte der Mann, der vor Larn ging. Lauter und direkt an einen ihrer bewaffneten Führer gewandt fuhr er fort: »Wohin bringt ihr uns? Es ist unser Recht, im Palast der Götter –«

Er erhielt keine Antwort. Stattdessen schlug einer der hageren Kerle dem Mann den Lanzenstiel in den Nacken. Er schrie auf und stürzte. Larn half ihm auf die Beine und stützte ihn. »Gehts?«, fragte er.

Der andere nickte.

»Dann bin ich also nicht der Einzige, dem diese Geschichte erzählt wurde«, kam Larn auf das zurück, was der Mann vorher gesagt hatte. »Dass die besten Kämpfer im Palast leben dürfen.«

Der Mann neben ihm schüttelte den Kopf und nickte fast gleichzeitig. »Nein. Ich meine – ja, diese Geschichte kam auch mir zu Ohren. Nur deswegen habe ich mich an dem Kampf beteiligt.«

Jetzt mischte sich doch einer der Bewaffneten ein, die den Tross durch das unterirdische, stinkende Labyrinth führte.

»Die besten Kämpfer dürfen wohl im Palast leben«, erklärte er. »Sie genießen die Gunst der Götter. Ihr aber müsst erst noch unter Beweis stellen, dass ihr es wert seid, zu den Besten gezählt zu werden.«

Larn und die anderen schwiegen. Aber in ihren Gesichtern zeichnete sich Enttäuschung ab. In manchen auch Zorn. Und in einigen Furcht.

Worauf hatten sie sich nur eingelassen? Diese Frage ging ihnen allen durch den Kopf. Eine Antwort erhielten sie nicht. Nicht in dieser Nacht, die sie in ihren neuen Quartieren zubrachten. Und die hatten gar nichts gemein mit jenen weichen, duftenden Lagern aus ihren Träumen.

Nein, sie schliefen in dunklen Verschlägen, auf Stroh und hinter Gittern.

Wie jene Tiere, die sie im Dunkeln nicht sahen, wohl aber hörten. Ganz in der Nähe. Und jedes einzelne dieser Tiere klang ... hungrig.

»Vertraust du ihm?«, fragte Aruula.

Matt Drax hob die Schultern. »Ich weiß es nicht. Auf jeden Fall ist er ... ein seltsamer Kauz.«

Moss war verschwunden gewesen, als Matt und Aruula erwachten. Matt nutzte die Gelegenheit, sich etwas gründlicher in der Kammer des merkwürdigen Mannes umzusehen. Moss' Schrottsammlung war zumindest bemerkenswert, und Matt war sicher, dass sich darin so mancher Hinweis auf den Mann hinter dem nichtssagenden Namen finden ließe.

Aber er fand keinen dieser Hinweise. Weil er nicht einmal recht wusste, wonach er eigentlich suchte.

Vor dem Klavier blieb Matt stehen. Die Tasten waren gelb wie schlechte Zähne. Er wollte einen kurzen Akkord anschlagen, aber seine Finger blieben dicht über der Klaviatur hängen –

»Neetu!«

Moss' Stimme peitschte durch den Raum, und im nächsten Moment stand er auch schon neben Matt und schlug den Deckel zu. Ein schriller Misston drang aus dem Klavier. Matt hatte seine Hand gerade noch zurückziehen können.

Moss trug wieder seine Flickenkutte. Sein dunkler, unergründlicher Blick ruhte auf Matt, sekundenlang, dann wandte er sich abrupt um und stellte einen Beutel auf den Tisch.

»Wo warst du?« wollte Aruula wissen.

Moss packte aus, was sich in dem Beutel befand. »Essen holen.« Er hatte Trockenfleisch mitgebracht, ein paar Früchte und Milch in einem tönernen Gefäß.

»Magaro juu«, forderte er seine Gäste auf, und als hätte es erst dieser Worte bedurft, merkte Matt, wie hungrig er tatsächlich war. Aruula griff kaum weniger beherzt zu.

Während des Essens verzichtete Matt darauf, weitere Fragen an Moss zu richten. Der hatte am Abend zuvor recht deutlich gemacht, dass er nicht willens war, sich aushorchen zu lassen. Erst als er satt war, ließ er Aruula fragen: »Und jetzt? Wirst du uns zum Feuervogel bringen?«

Moss nickte knapp. Der kleine kräftige Mann kramte abermals in dem Beutel, den er mitgebracht hatte. Diesmal förderte er einen Mantel zutage, der seiner Kutte nicht unähnlich war. Er warf Matt das Kleidungsstück zu. »Attraar«, sagte er.

Matt blickte fragend zu Aruula. »Du sollst das anziehen«, klärte sie in auf.

»Warum?«

Moss erklärte gestenreich.

»Weil du auffallen wirst in deiner Kleidung, dort wo er uns hinbringt«, übersetzte Aruula und fügte hinzu: »Ich dagegen habe nicht nötig. Meine Sachen sind nicht ungewöhnlich hier.«

Matt verbiss sich weitere Fragen und zog die Kutte über. Sie stank entsetzlich, aber an solcherlei Unannehmlichkeiten hatte er sich in den vergangenen Wochen gewöhnt.

Dann gingen sie. Moss führte sie aus den Kellern hinaus zurück an die Oberfläche und in das Gassenlabyrinth. Der neue Tag war längst angebrochen, und über Rooma lag ein graugrüner Himmel, der geheimnisvoll zu leuchten schien. In dieser Zeit herrschte meistens ein ganz eigenartiges, fast unwirkliches Tageslicht. Matt ging davon aus, dass Veränderungen in der Atmosphäre in Folge des Kometeneinschlags dafür verantwortlich waren.

Mochte es auch ewig (im wörtlichen Sinne!) her sein, dass Matt in Rom gewesen war, so war er doch ziemlich sicher, dass sie sich im einstigen Stadtteil Trastevere befanden, dem Hafenviertel Roms. Und er hatte eine ziemlich konkrete Ahnung, wo Moss sie hinführen würde. Wenn Matt damit richtig lag, dann mussten sie nicht allzu weit laufen. Denn das Kolosseum lag in unmittelbarer Nähe Trasteveres ...

Er irrte sich zumindest in diesem Punkt nicht. Das Kolosseum war ihr Ziel. Aber es befand sich nicht mehr dort, wo es vor weit über zweitausend Jahren errichtet worden war, sondern in der Nähe des – Vatikans?!

»Grundgütiger!«, entfuhr es Matt, als das gewaltige Bauwerk vor ihnen auftauchte.

Nicht nur, dass das gewaltige Amphitheater nicht mehr an seinem ursprünglichen Ort stand, es war auch vollkommen restauriert worden! Und das nicht einmal ungeschickt. Im Gegenteil, Matt war sicher, dass das Kolosseum bei seiner Eröffnung in vorchristlicher Zeit nicht anders ausgesehen haben konnte!

Er fing einen seltsamen Seitenblick von Moss auf, ignorierte ihn aber. Der Anblick des Kolosseums schlug ihn völlig in Bann. Und seine Gedanken rasten um die Vorstellung, was hier geschehen sein musste. Das Kolosseum war offensichtlich abgetragen und hier, in unmittelbarer Nachbarschaft des Vatikans, wieder aufgebaut worden. Kaum vorstellbar, welcher Kraftakt dahintersteckte. Vergleichbar nur mit dem Pyramidenbau zu Ägypten.

Und im gleichen Zuge fragte sich Matt, wer dafür verantwortlich zeichnete.

»Die Götter ...«, flüsterte er, und ein Anflug von Ehrfurcht schwang darin mit. Wer immer diese ›Götter‹ waren, sie mussten über unglaubliche

Macht und gewaltigen Einfluss verfügen. Wie sonst hätten sie Menschen dazu bringen können, diese Umsetzung vorzunehmen?

Dann tauchte jenes riesenhafte Ungetüm, das sie im Wald besiegt hatten, in Matts Gedanken auf. Es stampfte förmlich durch seinen Kopf.

Er nickte. Ja, konnte sein, dass Kerle wie dieser daran beteiligt waren. Aber – und bei dem Gedanken fröstelte Matt unwillkürlich – *wie viele* dieser Monstren bedurfte es, um ein derartiges Unternehmen durchzuziehen?

Sie waren nicht die einzigen, die auf das Kolosseum zupilgerten. Im Gegenteil, Matt schätzte, dass es Hunderte von Menschen waren, die durch die halbrunden Tore in das Amphitheater strömten. Sie ließen sich in diesem Strom einfach mittreiben.

Matt kam aus dem Staunen auch nicht heraus, nachdem sie den Bau betreten hatten. Er erinnerte sich an seinen früheren Besuch im *Anfiteatro Flavio*. Obwohl es noch einigermaßen erhalten gewesen war, hatte es doch einiger Fantasie bedurft, um sich vorzustellen, wie es in seiner Blütezeit wirklich ausgesehen haben mochte. Jetzt und hier war eine solche Anstrengung nicht vonnöten. Es schien nur einen einzigen wirklichen Unterschied zwischen dem Damals und Heute zu geben –

– den Jet!

Der Anblick versetzte Matt einen so schmerzhaften Stich in die Herzgegend, dass er aufstöhnte und an sich halten musste, um sich nicht zu krümmen.

Das Flugzeugwrack befand sich unter ihnen in der Arena. Es lehnte hochkant an einer der Schmalseiten des gut hundertfünfzig Meter langen sandigen Ovals, einem so grotesken wie perversen Mahnmal gleich. Denn daran hing, wie gekreuzigt, ein Toter. Oder vielmehr das, was noch übrig war von ihm. Denn krähenartige Vögel taten sich an seinem kalten Fleisch gütlich ...

Matt wandte rasch den Blick ab. Er sah Aruula an und erschrak ein weiteres Mal. Die junge Barbarin war blass geworden. Nein, mehr noch – *totenbleich.*

»So viel Tod ...«, hauchte sie, » ... so viel Gewalt und Blut.« Sie schauderte.

Matt nickte nur. Obwohl er nicht über Aruulas besonderen Sinn verfügte, konnte doch auch er spüren, was an diesem Ort geschehen war. Fast war es, als hingen die Todesschreie unzähliger Männer noch in der Luft, wie Echos, die nie verwehen würden.

Natürlich wusste Matt, zu welchem Zweck das Kolosseum dereinst erbaut worden war. Wer wusste das nicht? Und der alte Geist war wiederbelebt worden. Die ›Spiele‹ wurden fortgesetzt. Nichts schien sich geändert zu haben. Die Zuschauer schienen sensationslüstern, geradezu blutgierig wie eh und je, und auch heute fanden sich offenbar Männer, die willens waren, in der Arena der Grausamkeiten ihr Leben aufs Spiel zu setzen für ... ja, wofür eigentlich? Ruhm und Ehre? Um einen heldenhaften Tod zu sterben? Eine Antwort schien Matt so absurd wie die andere. Und er wollte auch nicht länger darüber nachdenken.

Verdammt, er wollte ganz andere Dinge in Erfahrung bringen!

Mit einem Ruck wandte er sich an Moss, der die ganze Zeit über geschwiegen hatte. Als er jetzt Matts funkelndem Blick begegnete, blieb sein Gesicht reglos, oberflächlich zumindest. Darunter, hinter dieser Maske aus Gleichgültigkeit und Ungerührtheit, glaubte Matt jedoch etwas anderes zu erkennen – einen grimmigen Ausdruck und etwas wie Verbitterung. Und wenn er genau hinschaute, meinte er um

Moss' Mundwinkel etwas wie die Andeutung eines zynischen Lächelns zu sehen.

»Was hat das alles zu bedeuten?« wollte Matt wissen. »Rede endlich!«

Doch Moss schwieg auch weiterhin. Er bedeutete Matt nur mit einer Geste, seine Lautstärke zu zügeln. Unauffällig sah Moss um sich, aber niemand unter den Zuschauern um sie her schien sonderlich Notiz genommen zu haben von Matt Drax' ›Gefühlsausbruch‹. Dann hieß er ihn und Aruula, Platz zu nehmen. Matt ließ sich auf die Steinbank nieder, und die junge Barbarin setzte sich zwischen ihn und Moss, um dolmetschen zu können.

»Die Götter erhielten Kunde von der Landung des Feuervogels«, berichtete Moss. »Sie ließen nach ihm suchen. Und der Suchtrupp brachte ihn in die Stadt. Der Gott des Kampfes befahl ihn hier in der Arena aufzustellen.«

»Was ist mit dem Mann, der so gekleidet ist wie ich?« wollte Matt wissen. »Was weißt du über ihn?«

Moss kam nicht zu einer Erwiderung. Nicht weil er nicht wollte, sondern weil etwas anderes geschah, das die Aufmerksamkeit aller Anwesenden erregte. Moss, Matt und Aruula blieben davon nicht ausgenommen.

Ohrenbetäubender, Gänsehaut erzeugender Lärm brandete auf. Es dauerte einen Moment, bis Matt die Quelle ausmachte. Dabei irrte sein Blick über die Zuschauerränge und die bizarren Gestalten im Publikum. In der Reihe hinter ihm trug sogar jemand eine Sonnenbrille, wenn auch mit nur einem intakten Glas. Als sein Blick auf der jungen Frau verharrte, erwiderte sie ihn und blinzelte Matt durch das leere Rund der Brillenfassung anzüglich zu. Rasch sah Matt weg, ließ den Blick weiter schweifen. Er entdeckte steinerne Figuren, die auf den

Mauerkronen der Arena standen. Karikaturen von Menschen, die kaum noch etwas Menschliches an sich hatten – und doch ging eine eigenartige, fast unheimliche Ausstrahlung von ihnen aus.

Sind das die Götter? dachte Matt, und einmal mehr fror er innerlich.

Ehe er weiter darüber nachdenken konnte, sah er, was diesen furchtbaren Lärm verursachte. Bunt gekleidete Gestalten waren auf einer Art Balkon aufgetaucht, der dem Flugzeugwrack gegenüber lag. Sie bliesen in gewaltige Hörner.

Dann tauchte etwas aus dem schattigen Hintergrund des Balkons auf, schob sich nach vorne – oder vielmehr: wurde nach vorne *geschoben*. Ein unförmig fetter Körper thronte auf einer beweglichen Platte, die sich wie von selbst bis zur Balustrade des Balkons vorbewegte und dort zur Ruhe kam. Die Gestalt war ungeheuer bleich, und jeder Atemzug versetzte diesen nackten Fettberg in wabbelnde Bewegung. Die Arme des Wesens wirkten winzig, die Beine waren überhaupt nicht auszumachen. Und der Schädel der Kreatur verschwand beinahe zwischen den Schultern.

»Ach du Scheiße!«, entfuhr es Matt. »Was ist das?!«

»Maars«, sagte Moss neben ihm, ohne dass Aruula Matts Worte übersetzt hätte.

»Maars?«

Moss nickte. »Der Gott des Kampfes und des Krieges.«

»Das ist ...«, setzte Matt an. *Lächerlich* hatte er sagen wollen. Aber irgendwie fand er die Situation plötzlich nicht mehr wirklich lächerlich. Sondern nur noch zutiefst bestürzend. Und alptraumhaft.

Für einen Moment wandte er den Blick von der Loge des Kampfgottes und ließ ihn über die Statuen auf der Mauerkrone wandern. Eine davon zeigte diesen Maars – wenn auch weit weniger fett –, die anderen standen ihm an Scheußlichkeit wenig nach. Und offenbar hatte jede Gottheit der alten Römer in dieser Zeit ein Gegenstück gefunden. Obschon Matt nicht glaubte, dass es mit deren Göttlichkeit weit her war, natürlich nicht! Oder doch …? Bevor aus dem leisen Zweifel etwas anderes werden konnte, wurde Matt abgelenkt.

»Noone!«

Aruula hatte den Namen des Mädchens gerufen, fast erschrocken. Und es hätte ihres Fingerzeigs nicht bedurft. Matt entdeckte Larns Gefährtin im selben Augenblick.

Noone stand inmitten anderer Mädchen an der Seite des Kampfgottes. Weitere illustre Gestalten hatten sich um den fetten Kerl geschart, wohl sein Hofstaat. Einer dieser Höflinge erhob jetzt die Stimme. Er schien die Rolle eines Zeremonienmeisters innezuhaben und sprach in ein Megafon, das, wie auch die Instrumente der Fanfarenbläser, aus dem Horn eines (sehr großen!) Tieres gefertigt war. Seine Stimme hallte durch das Amphitheater wie von Lautsprechern verstärkt.

»Alzaree juu tu gloriis Maars!«

»Erhebt euch zu Ehren Maars'«, flüsterte Aruula Matthew zu.

Die Zuschauer standen auf. Moss zog Matt mit in die Höhe.

»Ehre und Dank sei dir, Gott des Kampfes!«, intonierten Tausende von Stimmen.

Diesen Dank zollten sie Maars vermutlich wegen des zu erwartenden Schauspiels in der Arena, daran zweifelte Matt nicht. Der Tote am Flugzeugwrack war als Zeichen kaum zu missdeuten.

Das Publikum nahm wieder Platz, und der

Sprecher erklärte die Spiele des Tages für eröffnet. Dröhnender Applaus und Hochrufe brandeten auf.

Und dann begann das perverse Festival der Grausamkeit.

Zwei Männer hatten ihr Leben in der Arena des Amphitheaters schon verloren. Nur noch dunkle Flecken im Sand und ein paar Fetzen ihrer Kleidung zeugten davon, dass es diese Männer einmal gegeben hatte. Die Bestien, groß wie Löwen und nicht minder gefährlich, hatten ganze Arbeit geleistet. Sie hatten nicht nur um des Tötens willen getötet, sondern aus Hunger …

Matt Drax hatte das Gefühl, vor Untätigkeit platzen zu müssen. Gern hätte er dem Treiben dort unten ein Ende gemacht – aber das wäre gleichzeitig *sein* Ende gewesen. Aruula schien es kaum anders zu ergehen. Und Moss zeigte keine Regung.

Der Rest des Publikums jedoch tobte vor Begeisterung. Noch während die beiden bedauernswerten Kämpfer in der Arena zerrissen worden waren, hatten die Zuschauer die Todgeweihten ausgebuht. Es stellte sich die Frage, welche Ungeheuer schlimmer waren – die echsenhaften Kreaturen in der Arena oder die in Menschengestalt auf den Rängen des Kolosseums.

Mittels eines ausgeklügelten Systems von Seilzügen, Falltüren und Toren waren die beiden Bestien in die Arena gehievt worden, um die Sicherheit der Wächter nicht zu gefährden. Man hatte offenbar nicht nur die Mauern des Amphitheaters an dieser Stelle wieder aufgebaut, sondern auch die unterirdischen Anlagen kopiert. Die Kämpfer waren durch eine von zwei Pforten auf den Kampfplatz hinausgetreten. Durch die zweite hatte man die Toten abtransportiert – wenn es denn noch etwas zum Abtransportieren gegeben hatte …

Der erste Kampf war kaum als solcher zu bezeichnen und nach allenfalls fünf Minuten vorüber gewesen … Das Publikum hatte getobt – vor Enttäuschung …

Der zweite Gladiator hatte sich etwas besser geschlagen – oder, um es treffender auszudrücken, sein Leiden länger hinausgezögert. Mit einem Speer, den man ihm als Waffe in die Hand gedrückt hatte, vermochte er sich etwas besser zur Wehr zu setzen. Es gelang ihm sogar, die Tiere so zu verletzen, dass sie in ihren Bewegungen beeinträchtigt wurden. Vielleicht gereichte ihm auch zum Vorteil, dass die Biester schon gegessen hatten und entsprechend träger waren als noch in der ersten Runde. Was sie am Ende indes nicht davon abhielt, sich gierig auch auf den ›zweiten Gang‹ zu stürzen …

Der nächste Kandidat war Larn.

Matt ballte die Fäuste, Aruula schrie leise auf und hielt sich hastig die Hand vor den Mund, um den Laut noch zu dämpfen.

Der junge Barbar grüßte den Gott des Kampfes mit geballter Faust, rief irgendetwas, das Matt über die Distanz nicht verstand (wahrscheinlich eine sprachliche Abart des traditionellen Gladiatorengrußes ›Te morituri salutant!‹), und dann erstarrte Larn für einen Augenblick – als Noone sich über das Geländer der Loge beugte.

Das Mädchen sah hinab, links und rechts von ihr zwei andere, sie kicherten albern und machten obszöne Gesten in Larns Richtung, die von den Zuschauern mit Grölen und Johlen quittiert wurden. Larn jedoch wand sich darob wie unter körperlichem Schmerz.

»Was soll das?«, fragte Matt halblaut über Aruula.

»Dieses Mädchen in der Mitte ist die Gefährtin des Mannes in der Arena. Jedenfalls war sie das bis gestern noch – warum tut sie jetzt ... das?«

Moss antwortete: »Sie wurde aufgenommen in die Dienerschaft der Gottheiten. Eine Ehre!« Purer Zynismus sprach aus seinen Worten. »Sie dienen in erster Linie der ... Lustbefriedigung der Götter.«

Das Wort ›Lustbefriedigung‹ verstand Matt sogar, denn es klang dem ihm bekannten ›fegaashaa‹ recht ähnlich. Die Vorstellung, dass diese fette Kreatur dort drüben sich mit jungen Mädchen verlustierte, würgte ihn wie eine kalte Faust.

»Außerdem sollen sie für göttlichen Nachwuchs sorgen«, fuhr Moss fort.

Die Unterhaltung fand ein Ende, als in der Arena der Kampf begann. Larn war mit einem Dreizack bewaffnet. Und er bewegte die Waffe mit einigem Geschick. Wahrscheinlich war sie ähnlich zu führen wie sein doppelklingiges Stockschwert.

»Buonne aarma«, meinte Moss. Und: »Buonne uhomo.«

Tatsächlich machte Larn eine recht gute Figur im Kampf gegen die Echsenmonster. Erste Anfeuerungsrufe wurden laut.

Larn hielt die Bestien mit dem Dreizack auf Distanz, wich geschickt aus und brachte rasche gezielte Treffer an. Womit er allerdings auch die Angriffslust der Ungeheuer anstachelte.

Ein Schwanzhieb brachte ihn zu Fall. Das andere Tier sprang auf ihn zu, wollte ihn unter sich begraben. Blitzschnell rollte sich Larn zur Seite. Und stach zu.

Die drei Spitzen seiner Waffe senkten sich tief in die Flanke des Tieres. Dessen Maul klaffte auf und entließ ein heiseres Brüllen. Larn stemmte sich hoch und warf sich mit voller Wucht gegen das

Schaftende des Dreizacks, trieb ihn noch tiefer in den Leib der Echse. Dann drehte er die Waffe und riss sie mit der Kraft der Verzweiflung aus der Wunde. Blutiges Gedärm hatte sich um die Spitzen gewickelt. Ein Loch von der Größe eines Fußballs klaffte im Körper der Echse.

Das Tier sank zur Seite, zuckend und schnappend. Aber die Bewegungen wurden zusehends schwächer.

Jubel und begeisterte Pfiffe brandeten auf. Einige Zuschauer sprangen auf, reckten die Fäuste und klatschten in die Hände.

Doch Larn beging nicht den Fehler, sich davon irritieren zu lassen. In diesem Kampf waren zwei Siege vonnöten, um ihn wirklich zu gewinnen, und er war sich dessen sehr wohl bewusst. Er nutzte den Echsenkadaver, indem er ihn zwischen sich und dem verbliebenen Tier hielt.

Bis die Bestie zu einem Sprung über ihren toten Artgenossen hinweg ansetzte und auf Larn zuflog! Mit weit aufgerissenem Maul, fauchend und die kräftigen Vorderbeine ausgestreckt, als wolle sie mit ihren Pranken nach dem Gegner greifen.

Im allerletzten Moment reckte Larn den Dreizack in Richtung der heranrasenden Echse und stieß die Spitzen tief hinein in das offene Maul!

Die Wucht und das bloße Gewicht des Ungeheuers rissen den jungen Barbaren zu Boden. Aber irgendwie schaffte er es, nicht unter der Echse zu liegen zu kommen. In einer akrobatisch anmutenden Rolle rückwärts brachte er sich aus der Gefahrenzone, sprang sofort wieder auf die Füße und trieb den Dreizack so tief in den Rachen der Echse, dass seine Fäuste schon das Maul berührten.

Der Rest war Formsache. Larn drehte den Dreizack im Leib des Monsters, zerfetzte ihm die

Eingeweide, und als das Tier endlich fiel, versetzte der junge Mann dem massigen Leib noch einen theatralischen Tritt und stellte schließlich den Fuß in Siegerpose auf den Kadaver, stieß die Fäuste in die Höhe und ließ einen wilden Triumphschrei hören.

Überrascht ertappte sich Matt dabei, dass er in den Applaus des Publikums mit einfiel. Er entschuldigte sich im stillen damit, dass Erleichterung ihn dazu bewegt haben musste ...

Eine Erleichterung, die allerdings fehl am Platze war. Denn Larns Kampf war noch nicht vorbei.

Ein schriller Fanfarenstoß ertönte, und der Lärm von den Zuschauerrängen verebbte. Ein weiterer schmetternder Ton, dann öffnete sich das Tor erneut, und herein kam –

»Da ist der Mann, den du suchst«, übertönte Moss den plötzlich losbrechenden frenetischen Jubel der Zuschauer. »Der Mann, der gekleidet ist wie du.«

Matthew Drax erbleichte. Weil er Irvin Chester, Captain der U.S. Air Force, tatsächlich erkannte, wenn auch nur auf den zweiten Blick. Genaugenommen war er lediglich noch anhand der Fetzen seiner Air-Force-Montur zu identifizieren und vielleicht an seiner dunklen Hautfarbe. Ansonsten jedoch –

– erinnerte er Matt viel mehr an jenen *Hulk*-Verschnitt, dem sie vor einigen Tagen weiter nördlich begegnet waren!

Matt schluckte schwer. In seinem Kopf war eine betäubende Leere, als er Chester weiter beobachtete. Er mochte noch nicht ganz ein Abbild des Ungetüms aus dem Wald sein – doch was immer ihn derart verändert hatte, es war auf dem besten Wege, ihn zu dem gleichen mordlüsternen Muskelprotz zu machen. Irvin Chesters Arme und Brustkorb schienen wie aufgepumpt, und sie hatten den Stoff seiner Kleidung regelrecht gesprengt. Sein Gesicht wirkte verquollen wie von Insektenstichen, und er ging breitbeinig und leicht schwankend wie ein angriffslustiger Gorilla, grunzend, grollend und knurrend, in der einen Hand eine Keule, die mit Metalldornen gespickt war, in der anderen ein gewaltiges Schwert, das Matt nicht einmal zu heben vermocht hätte.

»Mein Gott, was ...«, stieß Matt hervor, schluckte und begann neu: »Was haben die mit ihm angestellt?!«

»Er ist ein Krieger der Götter.« Wieder klang Moss kalt und zynisch, und Matt musste an sich halten, um ihm nicht die Faust ins Gesicht zu rammen!

»Krieger der Götter«, knurrte er, mühsam beherrscht, bebend. »Verfluchte Scheiße, was haben diese Schweine mit ihm gemacht?!« Er packte Moss am Kragen seiner Kapuze, drehte den Stoff um seine Faust und riss den kleineren Mann zu sich heran. »Sag es mir!«

Moss zeigte sich wenig beeindruckt von Matts plötzlicher Attacke. Aus den Augenwinkeln schielte er nach links und rechts; weniger um etwas zu erkennen, sondern um Drax zu bedeuten, dass er Aufsehen erregte.

Tatsächlich ließ Matt den anderen los. Aber er konnte sich nicht verkneifen, ihm noch einen Stoß zu versetzen, der ihn fast hintenüber von der Bank stürzen ließ.

»Rede!«, verlangte er, leiser zwar, aber mit keineswegs geringerem Nachdruck.

Es war unmöglich festzustellen, ob Moss sich davon beeindrucken ließ oder ob er einfach Auskunft gab, weil ihm danach war oder er die Zeit für gekommen hielt. Aruula übersetzte seine Worte.

»Wenn ein gewöhnlicher Mann die Arena lange genug überlebt hat, dann wird er zu einem Krieger der Götter ernannt. – Deinem jungen Freund«, Moss wies mit einer vagen Bewegung seines Kinns hinab zu Larn, und seine Miene gewann dabei etwas Spöttisches, »könnte diese Ehre zuteil werden – vorausgesetzt er scheitert nicht an ... deinem *anderen* Freund.«

Matt schwieg ein paar Sekunden lang. Nicht weil ihm keine weitere Fragen auf der Zunge lagen – nein, sie brannten ihm förmlich Löcher hinein! –, sondern um sich innerlich zumindest ein klein wenig zu beruhigen; um nicht einfach loszubrüllen angesichts des Wahnsinns, mit dem er sich hier konfrontiert sah!

Derweil eilten zwergenhafte, in Lumpen gekleidete Gestalten in die Arena, zerrten die Echsenkadaver fort und platzierten sie auf Falltüren, die unter dem Sand verborgen lagen und sich jetzt auftaten. Die getöteten Tiere verschwanden in den Tiefen unter dem Kolosseum. Wahrscheinlich würden sie als Futter für noch lebende Artgenossen dienen.

Dann eilten die kleinen, wieselflinken Figuren wieder hinaus, und zurück blieben nur Larn und Irvin Chester. Es bedurfte keines weiteren Signals. Die beiden Kontrahenten umkreisten einander wie angriffsbereite Raubtiere; Larn katzenhaft, Irvin Chester eher plump.

»Was machen sie mit diesen ... Kriegern der Götter?«, fragte Matt, ohne den Blick von der Arena zu wenden. »*Wie* machen sie es, dass sie sich so ... verändern?«

»Früchte aus dem verbotenen Garten«, übersetzte Aruula, was Moss antwortete. Matt verstand trotzdem nicht.

»Es gibt einen Garten hinter dem Palast der Götter«, wurde Moss konkreter.

Die vatikanischen Gärten! fuhr es Matt durch den Kopf. Denn dass mit dem ›Palast der Götter‹ nur der einstige Vatikan, der Petersdom und die umliegenden Gebäude gemeint sein konnten, war ihm klar.

»Dort wachsen verschiedenartige Früchte. Mögen die Götter wissen, woher sie stammen!« Moss lachte kurz und rau ob seines Wortspiels. »Jedenfalls vollbringen diese Früchte wahre Wunderdinge. Einige heilen Krankheiten und Verletzungen, andere bewirken das.« Er sah hinunter zu Irvin Chester.

»Du glaubst nicht an diese Götter.« Aruula stellte keine Frage, sie traf eine Feststellung.

»Du etwa?«, fragte Moss zurück, den Mund geringschätzig verzogen.

Sie blieb die Antwort schuldig.

Weil drunten in der Arena der Kampf begann.

Larn hatte die erste Attacke gewagt. Und umgehend seinen Blutzoll dafür bezahlt.

Irvin Chester hatte den Vorstoß des Dreizacks mit einer blitzschnellen Armbewegung abgewehrt und zugleich mit der Nagelkeule zugeschlagen.

Larn hatte noch das Glück, zumindest so weit zurückweichen zu können, dass ihn die Metallspitzen der Keule nur an der Brust streiften. Trotzdem rissen sie ihm blutige Furchen in die Haut. Und der Schmerz geriet ihm zum Handicap.

Der junge Barbar verlegte sich auf die Verteidigung – notgedrungen. Denn Irvin Chester ließ seinem Kontrahenten schlicht keine Gelegenheit mehr, ihn zu attackieren.

Matthew Drax presste die Zähne so fest aufeinander, dass seine Wangenmuskulatur schmerzte, und er konnte das Brüllen, das ihm in der Kehle steckte, kaum noch zurückhalten. Das Gefühl der Hilflosigkeit wurde übermächtig.

Nicht jeder Hieb, den Irvin Chester austeilte, traf. Aber diejenigen, die er ins Ziel brachte, genügten vollauf. Larn war längst blutüberströmt, und Chester trieb ihn im Grunde nur noch vor sich her. Der junge Barbar stürzte, rappelte sich wieder auf, taumelte weiter zurück, bis ihn ein weiterer Treffer zu Boden gehen ließ. Diesmal kam er nicht wieder hoch, obwohl er es versuchte.

Irvin Chester hob die Keule zu einem weiteren Schlag. Es würde der letzte sein, der tödliche Hieb, der Larns Kopf zertrümmern sollte. Die Menge wusste das und reagierte entsprechend – mit wüsten Geheule und lautstarken Zurufen.

Und auch Matt Drax reagierte. Stumm jedoch. Aber blitzschnell.

Zu schnell für Moss und Aruula, die beide wohl noch registrierten, was Matt vorhatte, und ihn daran hindern wollten. Doch beide waren sie zu langsam.

Die Armeepistole lag wie hingezaubert in Matts rechter Hand. Die ersten beiden Schüsse krachten, bevor Moss' Faust seine Schusshand traf. Eine weitere Kugel löste sich und fuhr, wie die beiden vorherigen, in den Sand der Arena, ließ eine weitere Fontäne aufspritzen.

Matt hatte nicht vorgehabt, Irvin Chester zu erschießen. Er hatte lediglich den finalen Schlag verhindern wollen, der den Kameraden zum kaltblütigen Mörder gemacht hätte. Das Ziehen der Waffe und die Schüsse waren kaum mehr gewesen als Reflexe, nicht wirklich bewusst gesteuert, nur aus Verzweiflung geboren –

Aber er hatte damit nicht mehr als einen kurzen Aufschub für Larn herausgeschunden.

Zwar geriet die gesamte Szenerie für einen Moment ins Stocken. Stille senkte sich über das Kolosseum, geradezu unheimlich in Anbetracht der Menschenmassen. Doch der Moment verging. Alles geriet wieder in Bewegung. Stimmen wurden laut, schwollen zu Lärm.

Und Irvin Chester vollendete, was er begonnen hatte. Dabei brüllte er, so entsetzlich, so erbärmlich, als spüre er selbst den Schmerz, den er seinem Opfer zufügte.

Den tödlichen Hieb sah Matt Drax mit sonderbarer entsetzlicher Klarheit. Larns Gesicht verschwand hinter der Nagelkeule. Und es blieb verschwunden, auch dann, als Chester die Waffe wieder hob und blindwütig noch einmal zuschlug. Und noch einmal ...

Alles andere nahm Matt kaum mehr richtig wahr. Obwohl um ihn her die Hölle losbrach – und er mittendrin steckte!

Was danach passierte, ging so schnell vonstatten, dass Matt Drax es sehr viel später erst wirklich verstand. Als er aus der Bewusstlosigkeit erwachte, in tiefer Dunkelheit.

Wahrscheinlich war es der Gestank, der ihn letztlich weckte. Der stechende Geruch eines lange nicht ausgemisteten Schweinestalls oder der einer Kloake. Würgend kam Matt zu sich. Gallebitterer Geschmack füllte seinen Mund und machte ihm die Zunge pelzig.

Dann, mühsam und Stück um Stück, machte er sich daran, die Puzzlestücke seiner Erinnerung zusammenzusetzen. Es waren nicht viele.

Seine Schüsse im Kolosseum hatten Soldaten auf den Plan gerufen, vermutlich die Gardisten der

Götter oder etwas in der Art. Schwerbewaffnete Typen in Rüstungen, denen nicht unähnlich, die am Vorabend die grausame Kämpferei auf der Piazza di Spagna angezettelt hatten. Wie aus dem Nichts waren sie aufgetaucht und über Matt hergefallen.

Er hatte kaum eine Chance gehabt. Und dann war es auch schon vorbei gewesen. Ein Hieb, hart genug, dass er einen weniger robusten Schädel vermutlich zertrümmert hätte, hatte Matt Drax ins Reich der Träume geschickt. Und wenn ihn sein Zeitgefühl nicht völlig trog, hatte er dort etliche Stunden zugebracht.

Und jetzt? Jetzt fand er sich an einem stinkenden, finsteren Ort wieder, lag auf hartem Steinboden und feuchtem Stroh und hatte eine recht sichere Ahnung, wo sich dieser Ort befand. Wahrscheinlich unter dem Kolosseum. Dem Gestank nach zu schließen gehörten Teile der Kanalisation Roms zu dieser unterirdischen Anlage.

Matt überprüfte den Inhalt seiner Taschen. Den Kleinkram aus dem Notcontainer hatten sie ihm gelassen. Seine Beretta 98 G allerdings war verschwunden.

Verschwunden ... Dieses Wort erinnerte ihn an Aruula und Moss. Was war mit den beiden? Waren sie ebenfalls gefangengenommen worden?

Er rief ihre Namen in die Dunkelheit. Eine geradezu lächerliche Anstrengung, die ihm trotzdem rasende Kopfschmerzen bescherte. Er rutschte zurück, bis er eine so feuchte wie kalte Wand im Rücken spürte, und ließ sich dagegen sinken. Minutenlang saß er nur da und wartete darauf, dass das Hämmern unter seiner Schädeldecke zumindest so weit abebbte, dass es erträglich war.

»Aruula?« rief er dann ein zweites Mal. Und: »Moss?« Seine Stimme hallte dumpf aus dem

Dunkel wider. Aber er erhielt keine Antwort. Obwohl rings um ihn her Bewegung war in der Finsternis, schabende knisternde Laute, dazwischen leises Wispern, gespenstisch und unverständlich.

Langsam, jede schnelle Bewegung vermeidend, fasste Matt in eine der Taschen seiner Fliegermontur, die er unter dem Mantel trug. Er fand das Sturmfeuerzeug und schnippte es an. Die kleine Flamme verbreitete wenig Helligkeit, aber immerhin genug, um Matt seine nähere Umgebung erkennen zu lassen. Er saß in einem Käfig. Drei Wände bestanden aus Gitterstäben, die rückwärtige, an der er lehnte, aus Stein. Sie wölbte sich hinter ihm in die Höhe, war Teil eines halbrunden Stollens.

Die Zellen links und rechts von ihm waren ebenfalls belegt, gleiches galt für den Käfig gegenüber. Weiter reichte das Licht der Feuerzeugflamme nicht.

Aber mehr wollte Matt Drax auch gar nicht sehen, im Moment wenigstens nicht. Hastig und alle Schmerzen ignorierend rutschte er an das Frontgitter seiner Zelle heran, umklammerte die Stäbe mit den Fäusten und drückte sein Gesicht dazwischen. Dann rief er den Namen des Gefangenen im gegenüberliegenden Käfig.

»Irvin! Irvin Chester! Hey, Big Boy, hörst du mich?!«

Kettenglieder klirrten leise aneinander, als Chester sich bewegte. Erst jetzt sah Matt die eisernen Ringe, die um seine Handgelenke lagen. Ketten waren daran befestigt, die wiederum mit Ringen in der Wand verbunden waren.

Gladiator der Götter – ha! dachte Matt bitter. Sie hielten Irvin wie ein gemeingefährliches Tier gefangen! Dann kam ihm zu Bewusstsein, wie Chester mit der Nagelkeule auf Larn eingeschlagen hatte, und seine Empörung verrauchte ein wenig ...

»Irvin, sieh mich an! Hier bin ich!« Er winkte mit einer Hand, um auf sich aufmerksam zu machen. »Ich bins – Matt Drax!«

Ein langer, grollender Laut. »Mmmm ... Mmmmaaad?« Chester hob den Kopf, wandte das verquollene Gesicht in Drax' Richtung. Seine Lippen bewegten sich stumm. Es dauerte endlos lange, bis er die nächsten Worte hervorbrachte.

»Matthew ... Drax?«

»Ja! Ich bins, alter Junge!«

»Wwwwie ... wwwas ... mmmachst duuu ...?«

»Gute Frage«, gab Drax zurück. »Keine Ahnung, was ich hier mache und wie ich hier hergekommen bin. Weißt du es denn?«

Kopfschütteln auf der anderen Seite des Gangs. Eine Bewegung, die Chester sichtlich Mühe bereitete. »Nnnein ... Bin abgestürzt. Und ... und dann ...« Schulterzucken. »*Fuck*, ich weiß es nicht.«

»Was ist mit Hank? Hank Williams! Ist er auch hier?«

»Hank ...« Irvin Chester schien dem Klang des Namen nachzulauschen, als wisse er ihn nicht zuzuordnen.

»Dein Kopilot«, versuchte Matt ihm auf die Sprünge zu helfen.

Chesters Kopf sank vornüber, und einen Moment lang dachte Matt, er hätte die Besinnung verloren. Als der dunkelhäutige Hüne den Kopf wieder hob, erkannte Matt die Bewegung als das, was sie war – ein unbeholfenes Nicken.

»Haben sie Hank auch hierher gebracht?«, fragte er.

»Nein ... Ist entkommen. Hab ihn weggeschickt, weil ich nicht laufen konnte. Steckte fest in dem scheiß Jet. Erst ... wollte Hank nnnicht, aber ich habs ihm befohlen. Guter Soldat, der Junge.« Chester stieß einen dumpfen Laut aus, der ein freudloses Lachen sein mochte.

»Wo ist er hin?«

Schulterzucken. Kettenrasseln. »Nnnach Norden. Wollte nach Norden. Hoffe, er hats geschafft.«

»Und dich hat man im Wrack gefunden«, vermutete Matt Drax. »Und dann haben sie dich nach Rom geschleppt.«

Wieder dieses ruckhafte Nicken. »Yeah. Ins *alte* Rom.« Und wieder dieses dumpfe Lachen. Dann wirkte Irvin Chester etwas klarer, und seine Stimme war besser zu verstehen, klang weniger angestrengt. »Matt ... wo ... sind wir da hineingeraten? Was geht hier ab?«

»Ich wollte, ich wüsste es«, erwiderte Drax. »So unmöglich es auch klingt – aber irgendwie hat es uns in die Zukunft verschlagen. Keine Ahnung, wie weit, aber *ziemlich* weit. Und die Welt ... steht auf dem Kopf. Der verdammte Komet scheint die Zivilisation vollkommen ausgelöscht zu haben. Und aus ihren Ruinen und Trümmern ist etwas Neues gewachsen, etwas neues Altes ...«

Er verstummte. Wie sollte er etwas erklären, das er selbst nicht begriff? »Was hat es mit diesen Typen auf sich, die sich Götter nennen?«, fragte er stattdessen. »Weißt du etwas über sie?«

»Größenwahnsinnige Bastarde«, antwortete Irvin Chester. »Völlig übergeschnappt. Aber die Leute fahren total ab auf die elende Bande. Das alte Prinzip funktioniert immer noch – Brot und Spiele, verstehst du? Zuckerbrot und Peitsche.«

Matt zögerte einen Augenblick, dann rang er sich doch zu der Frage durch: »Was haben sie mit dir angestellt?«

»Drogen.« Knapp und hart, wie ein Peitschenhieb, kam Chesters Antwort. »Sie selbst nennen das

Zeug ›Früchte des verbotenen Gartens‹. Aber tatsächlich handelt es sich bei dem ganzen Zeug um Scheißdrogen, sonst nichts. *Naturgewachsene Anabolika*, wenn du's ein bisschen harmloser haben möchtest. Aber es macht keinen Unterschied.«

»Wo sind diese ›verbotenen Gärten‹?«

»Ob du's glaubst oder nicht – es sind die Gärten des Vatikans! Irre, nicht? Diese Götter haben sich im ehemaligen Vatikan eingenistet. Hat fast was Ironisches ...« Eine Regung huschte über sein ungestaltes Gesicht, ein Grinsen vielleicht.

Matt erwiderte es. Dann wurde er wieder ernst. »Wie gehts dir, Big Boy?«

»Big Boy ...«, echote Irvin. »Dachte, ich würde den Namen nie mehr hören, weißt du? – Wies mir geht? Fühl mich kräftig wie nie zuvor –«, wieder grinste er verunglückt, »– trotzdem gehts mir beschissen, Commander. Aber danke der Nachfrage.«

»Wir müssen hier raus«, sagte Matt unvermittelt.

»Wem sagst du das? Und was meinst du, wie oft ich das schon versucht habe?«

»Und? Haben sie dich wieder erwischt?«

Chester schüttelte schwerfällig den Kopf. »Nope. Bin nie dazu gekommen, meine Fluchtpläne in die Tat umzusetzen. So klar wie jetzt bin ich selten, weißt du? Meistens bin ich nichts weiter als ... ein Monster.« Er sah zu Matt herüber, sein Blick leer, die Augen feucht.

»Aber jetzt sind wir zu zweit!«, übte sich Matt in Optimismus. »Wir sind wieder ein Team, Big Boy! Und –«

Und weiter kam er nicht.

Schritte näherten sich. Flackernder Fackelschein wogte heran. Dann eine Stimme, ein Satz in der Sprache dieser Zeit. »Hier wird nicht geredet!«

Zack!

Irgendetwas Hartes traf Matts Stirn. Was er eben noch gesehen hatte – die Gitterstäbe, Irvin Chesters riesenhafte Gestalt – alles zerbarst in tausend Scherben, die weiß aufglühten und sich in Matts Gehirn brannten.

Das jedenfalls war sein Eindruck.

Sein letzter, bevor Finsternis einmal mehr alles verschlang.

Aruula hatte jegliche Orientierung und alles Zeitgefühl verloren. Sie hatte keine Ahnung, wie lange sie mit Moss schon durch dieses stinkende unterirdische Labyrinth lief, und sie wusste nicht, wo sie sich befand. Der Entfernung nach, die sie zurückgelegt haben mussten, befanden sie sich womöglich nicht einmal mehr unterhalb der Stadt. Ebensogut konnte es aber sein, dass Moss sie unentwegt im Kreis geführt hatte, und so mochten sie vielleicht immer noch unter dieser furchtbaren Arena sein.

Moss war geschickt, das musste sie ihm lassen. Und vorsichtig. Er schien die Soldaten der Götter zu wittern, als verfüge er über die feinen Sinne eines Tieres. Wann immer sie Gefahr liefen, auf Gegner zu treffen, wusste Moss es lange genug im voraus, sodass sie sich verstecken oder eine andere Richtung einschlagen konnten.

Aruulas Zorn auf Moss war dennoch nicht verraucht. Sie hatten Maddrax im Stich gelassen – und Moss trug die Schuld daran! Er hatte sie fortgezerrt, als die Gardisten über Maddrax hergefallen waren, noch bevor sie ihr Schwert aus der Rückenscheide hatte ziehen können, war mit ihr in der Menge untergetaucht und hatte einen versteckten Zugang in diesen unterirdischen Irrgarten geöffnet, um mit Aruula darin zu verschwinden.

Und jetzt hatte sie endgültig genug! Sie blieb einfach stehen. Moss ging noch ein paar Schritte, ehe er bemerkte, dass Aruula hinter ihm zurückblieb.

»Was ist?«, fragte er. Dabei blieb er leicht geduckt stehen, den Kopf schief gelegt, lauernd und lauschend.

»Das frage ich *dich*«, entgegnete Aruula scharf. »Wohin gehen wir? Was hast du vor?«

»Ich habe nicht vor, mich von den Kerlen schnappen zu lassen«, erwiderte Moss nicht minder scharf. »Und ich möchte auch nicht, dass sie *dich* erwischen. Damit wäre nämlich weder uns noch deinem Freund geholfen.«

»Willst du ihm denn überhaupt helfen? Den Eindruck habe ich nicht.«

»Wie stellst du es dir denn vor, ihm zu helfen?« Der alte Spott war wieder auf in seinem Tonfall. »Glaubst du, wir könnten einfach dort hinmarschieren und ihn befreien? Wir säßen bald im Käfig nebenan, das wäre alles!«

»Woher willst du wissen, dass er in einem Käfig gefangengehalten wird?«, fragte Aruula misstrauisch.

»Ich bin hier zu Hause, falls du das vergessen hast, Täubchen.«

Aruula schüttelte den Kopf. »Ich glaube, dass du viel mehr weißt, als du zugibst.«

»Und ich glaube, dass dies hier weder die rechte Zeit noch der passende Ort sind, um darüber zu palavern. Los, komm! Schnell!«

Moss streckte die Hand nach Aruula aus, bekam sie am Arm zu fassen und zerrte sie mit sich, so hastig und mit solcher Kraft, dass sie nicht einmal daran denken konnte, sich ihm zu widersetzen.

Und das war ihr Glück!

Schritte wurden laut. Und lauter!

»Da hinauf!« Moss wies zur Decke.

Aruula sah erst auf den zweiten Blick den runden Stollen, der senkrecht nach oben führte. Eiserne Trittstufen waren in die Wand eingelassen. Mit einem Sprung erreichte Moss die unterste, zog sich hoch und kletterte aufwärts. Aruula folgte ihm.

Oben stemmte Moss einen Deckel in die Höhe und zur Seite, dann schlüpfte er aus dem Stollen hinaus. Aruula ignorierte die Hand, die er ihr helfend entgegenstreckte, und kletterte aus eigener Kraft ins Freie. Dann half sie Moss, den kantigen Steindeckel wieder über die Öffnung zu schieben, genau in dem Moment, da ein Stück unter ihnen Fackellicht den Gang erhellte und erste Schatten in ihr Blickfeld gerieten.

»Das war knapp«, schnaufte Moss.

Aruula erwiderte nichts. Sekundenlang hatte sie das schreckliche Gefühl, ihre Stimme verloren zu haben. Sie konnte nichts anderes tun als sich umzuschauen, und sie fühlte sich von allem, was sie sah, einfach nur überwältigt, kam sich klein und winzig vor.

Diese Pracht, diese Größe …

»W-wo sind wir?« brachte sie dann endlich hervor.

»Na, wo wohl?« gab Moss zurück.

Aruula nickte nur. Natürlich kannte sie die Antwort.

»Im Palast der Götter …«

Das Leben war schön. Und die Liebe wunderbar.

Nie hätte Noone geglaubt, dass ihr solches Glück beschieden sein würde. Sie war aus dem Nichts gekommen, ein Niemand gewesen, und doch durfte sie sich jetzt im Glanz der Götter sonnen. Mehr noch, sie durfte ihnen zu Diensten sein, sich ihnen schenken und hingeben. Und das tat sie mit Wonne und einer Leidenschaft, von der sie nicht gewusst hatte, dass sie dazu fähig war.

Sie bewegte sich wie im Takt einer unhörbaren Musik, und das Seufzen und Stöhnen des Gottes bewies ihr, wie gut sie es tat. Sie saß auf ihm, streichelte ihn und genoss die Berührung seiner weichen Hände und seine Größe und Kraft in sich. Der Wind kühlte ihre fiebrige Haut, aber das Fieber in ihr rührte er nicht an. Es würde erst vergehen, wenn der Wille dieses Gottes geschehen war ...

Sie öffnete die Augen, sah sich um, ohne innezuhalten. Sog die würzigen Düfte des Gartens ein, die durch die offene Balkontüre ins Zimmer drangen. Dann erwiderte sie das wohlige Lächeln des Gottes unter ihr, und sie tat es mit Dankbarkeit.

Noone wünschte sich, dieser Akt möge nie enden – aber er endete abrupt und viel zu früh!

»Mann, das ist ja widerlich!«, sagte eine heisere Stimme. Im nächsten Moment fühlte sich Noone gestoßen und rutschte zu Boden.

Der Gott wollte sich erheben, seine mächtige Gestalt zitternd vor unbändiger Kraft. Er öffnete den Mund, um zu rufen. Doch kein Ton drang ihm über die Lippen.

Ein flirrender Blitz, dann fand die Schwertklinge ihr Ziel. Und der Kopf des Gottes fiel.

Jetzt war es Noone, die aufschreien wollte. Doch eine Faust verschloss ihr den Mund und raubte ihr die Sinne.

»Taratzenscheiße!«, stieß Moss hervor und spuckte aus, und ganz bestimmt traf er nicht zufällig den kopflosen Leichnam des Gottes der Fruchtbarkeit.

Dieser Kerl würde keine Frau mehr nehmen, die er zuvor mit Drogen gefügig gemacht hatte!

Aruula wischte die Klinge ihres Schwertes am Laken sauber, bevor sie die Waffe in die Lederscheide schob, die sie auf dem Rücken trug. Dann widmete sie sich Noone, die Moss mit einem Fausthieb daran gehindert hatte, um Hilfe zu rufen. Er war nicht zimperlich gewesen. Das Mädchen würde noch eine ganze Weile lang schlafen.

»Wir nehmen sie mit!«, erklärte Aruula.

»Das Mädchen?«, fragte Moss. »Kommt nicht in Frage!«

»Ich habe auch nicht gefragt.«

Moss grunzte unwillig. »In Ordnung.« Er überlegte kurz. »Ich kenne einen ausgetrockneten Brunnen im Garten, wo wir sie verstecken können. Später kommen wir zurück und kümmern uns um sie.«

Wieder blieb Aruula nichts anders übrig, als sich seiner Führung anzuvertrauen. Bislang war sie gut damit gefahren. Es war kein einfaches Unterfangen gewesen, in den Palastbereich vorzudringen. Es wimmelte geradezu von Gardisten und Höflingen. Aber dank Moss' Ortskenntnissen – Aruula fragte sich immer noch, warum er sich im Palast der Götter so gut auskannte – hatten sie es geschafft. Hier war ihnen dann der Zufall zu Hilfe gekommen: Noones ekstatische Lustschreie hatte sie geradewegs in diese Gemächer geführt.

Sie ließen sich an einem Betttuch vom Balkon herab in den Garten. Moss wies gönnerhaft um sich, als sei er der Hausherr. Seine Geste umfasste die Unzahl von Bäumen und Sträuchern, die allesamt Früchte trugen, wie Aruula sie nie zuvor im Leben gesehen hatte.

»Wenn wir deine Freundin in Sicherheit gebracht

haben, werden wir ernten«, sagte Moss. »Und die geheime Macht der Götter wird ihren eigenen Untergang heraufbeschwören ...«

Aruula sah ihn verständnislos an, doch Moss dachte nicht daran, seine Worte zu erklären. Stattdessen deutete er in den Garten hinein. »Dort entlang!«

Das erste, was Matt Drax klar und deutlich sah, nachdem er zum zweiten Mal aus den Tiefen der Bewusstlosigkeit emporgestiegen war, war Larn. Oder genauer gesagt: Larns Leichnam.

Man hatte den Toten an das Wrack des Jets gebunden. Und wieder hatten sich die schwarzen Vögel eingefunden ...

Das Ekelgefühl vertrieb die letzten Nebel aus Matts Kopf.

Sie hatten ihn mit einem eiskalten Wasserguss geweckt und aus seiner Zelle geholt. Den Weg zur Arena hinauf hatte er kaum mitbekommen. Und nun stand er hier, einen Dreizack in der Hand. Von den Zuschauerrängen brandete Lärm zu ihm herunter, und das Tageslicht brannte in seinen Augen.

Er wunderte sich nicht darüber, dass sie ihn in die Arena geschickt hatten. Was nicht hieß, dass er keine Angst gehabt hätte. Zumal er sich kaum imstande sah, es mit einem wie auch immer gearteten Gegner aufzunehmen; er schaffte es ja kaum, sich auf den Beinen zu halten. Aber zumindest das wurde besser mit jedem Schritt, den er weiter hineinging in das Oval der Arena.

Fast empfand er etwas wie Spannung, als er sich fragte, welchen Widersacher sie für ihn ausgesucht hatten.

Er erfuhr es noch im selben Augenblick.

Ein Stück entfernt, in der anderen Hälfte der Arena, senkte sich eine Rampe, gab ein dunkles Rechteck frei. Und heraus kam –

»Wow!«, entfuhr es Matt. »Tarantula, wie?«

– eine Spinne. Keine gewöhnliche, natürlich nicht. Und keine, wie Matt sie irgendwo schon einmal gesehen hatte. Nein, dieses Biest hier überragte ihn mindestens um Haupteslänge und hatte ansonsten etwa die Größe eines Volkswagen *Beetle*. Es bewegte sich auf acht annähernd armstarken Beinen, aus denen drahtiges Haar spross, und die faustgroßen Facettenaugen des Ungeheuers glitzerten in allen Farben des Regenbogens. Seine Mandibeln zuckten und schnappten wie in gieriger Vorfreude auf ein Festmahl.

Matt blieb stehen und fühlte seine Knie wieder weicher werden. Die Spinne verharrte ebenfalls. Sie richtete sich auf die hinteren Beinpaare auf, reckte ihren Hinterleib vor – und schoss eine klebrige Substanz in Matts Richtung!

Ein Sprung zur Seite bewahrte ihn vor einem Treffer.

Die Spinne stakste näher und unternahm einen zweiten Versuch. Diesmal entging Matt dem klebrigen Zeug nur knapp.

Offensichtlich hatte das Biest vor, ihn zunächst lahmzulegen, einzuspinnen, um sich dann in aller Ruhe an ihm gütlich zu tun.

Matt sah keine andere Möglichkeiten, als seinerseits anzugreifen. Sein Ansturm schien das Spinnenungetüm aus dem Konzept zu bringen. Es hatte wohl nicht mit Gegenwehr gerechnet.

Matt drosch mit dem Dreizack zu. Traf eines der Vorderbeine der Spinne. Es brach mit hörbarem Splittern. Er holte ein weiteres Mal aus, doch er kam nicht mehr zum Schlag. Die Spinne tastete nach ihm, traf ihn mit einer Klaue vor die Brust und stieß ihn zurück.

Matt rollte sich ab. Keinen Augenblick zu früh! Wo er eben noch gewesen war, ging eine kopfgroße Ladung des Spinnensekrets nieder.

Matt kam auf die Beine und brachte Distanz zwischen sich und das mutierte Vieh. Er musste sich etwas einfallen lassen, etwas verdammt Gutes, wenn er zumindest diesen Kampf lebend überstehen wollte. Und das wollte er, unabhängig davon, was danach auf ihn warten mochte. Darüber konnte er sich später noch den Kopf zerbrechen.

Er schlüpfte aus dem Flickenmantel, hielt ihn mit beiden Händen und rannte wie in bester Torero-Manier auf das Ungetüm zu. Die Spinne reagierte, wie er es sich erhofft hatte. Sie kam auf ihn zu, ungelenk wegen des zersplitterten Beines.

Matt passte den richtigen Moment ab, dann schleuderte er ihr den Mantel entgegen. Und hatte Glück.

Das Biest verfing sich in dem Flickenstoff, war zumindest Sekunden damit beschäftigt, sich daraus zu befreien.

Sekunden, die Matt zu seinen Gunsten nutzte.

Er umkreiste die Spinne und sprang. Landete auf dem glatten Chitinrücken des Biestes. Aufrecht kniend, brachte er den Dreizack in Position, zielte genau in die Kerbe zwischen Kopf und Rumpf. Und stieß zu, mit aller Kraft! Er warf sich nach vorn, um sein ganzes Gewicht in den Stoß zu legen.

Und es klappte! Die spitzen Zacken drangen in den Spinnenkörper ein. Das riesige Tier zuckte, bäumte sich ein letztes Mal auf und sackte dann unter Matt zusammen.

Schwer atmend rutschte Matthew vom Rücken des toten Monstrums herab, blieb im Sand knien, keuchend und hustend, aber lachend. Die Erleichterung brach sich unkontrolliert Bahn.

Aber das Lachen verging ihm. Denn wie erwartet war die Show, in deren Mittelpunkt er wider Willen stand, noch nicht vorbei.

Die zweite Runde wurde eingeläutet, bevor Matt auch nur wieder zu Atem gekommen war. Das Publikum begrüßte seinen neuen Gegner mit frenetischem Applaus.

Er selbst wünschte sich fast, das Spinnenmonster nicht besiegt zu haben –

– dann nämlich hätte er jetzt nicht gegen Captain Irvin Chester antreten müssen …

Dieser Irvin Chester war nicht mehr der, mit dem Matt Drax in der Nacht zuvor gesprochen hatte. Dieser Mann war mehr Maschine als Mensch, programmiert zu töten. Sie mussten ihn mit weiteren dieser teuflischen Früchte vollgestopft haben.

Im Zellentrakt unter dem Kolosseum hatte Matt den Eindruck gehabt, Irvin sei – seiner Größe und den Muskelbergen zum Trotz – nicht mehr als ein Häuflein Elend. In seinem jetzigen Zustand weckte Chester nur noch eine Scheißangst in ihm – und unbändige Wut, die sich jedoch nicht gegen den schwarzen Riesen richtete, sondern gegen die verkommene Bande, die über ihnen auf dem Balkon herumlungerte, allen voran Maars, diese fette Kröte, die sich selbst zum Gott ernannt hatte!

Der Zorn half Matt. Ein bisschen wenigstens. Er bewahrte ihn davor, einfach zu resignieren angesichts der Möglichkeiten, die ihm blieben: entweder den Kameraden zu töten oder selbst draufzugehen. Vielleicht fand er ja einen Weg, Irvin Chester zu überwältigen, ohne ihm wirklich Schaden zuzufügen. Was nicht einfach sein würde, denn seinerseits hatte er von dieser Kampfmaschine keine Gnade zu erwarten.

Irvin Chester erkannte ihn nicht mehr. Er stürmte brüllend heran wie eine fleischgewordene Dampframme, schlug mit seiner Keule nach Matt, und der hatte alle Mühe, den Hieben auszuweichen. An Angriff war gar nicht zu denken!

»Irvin!«, rief er eindringlich. »Komm zu dir, Big Boy! Verdammt, ich bins – Matt! Matt Drax! Dein Kumpel!«

Wusch!

Die Nagelkeule rasierte haarscharf an Matts Brust vorüber. Eine der Metalldornen zerriss den Stoff seiner Kleidung und ritzte die Haut darunter. Nur ein Kratzer, aber er brannte wie Feuer!

»Irvin! Du musst dagegen ankämpfen! Ich bin nicht dein Feind, ich bin dein Freund, verstehst du?!«

Irrte er sich, oder geriet Irvin Chesters Attacke tatsächlich einen winzigen Moment lang ins Stocken? Mochte sein, aber der nächste Schlag kam dennoch.

Matt sprang zurück, und der eigene Schwung brachte Chester für Sekunden aus dem Gleichgewicht. Bevor er sich wieder fangen konnte, stürmte Matt vor, stemmte den Dreizack in den Boden und sprang mit den Füßen voran.

Er traf Chester vor die Brust. Der Hüne taumelte. Matt setzte nach, schlug mit dem Dreizack zu. Er zielte auf Irvins Hände, und tatsächlich gelang es ihm, Chester zu entwaffnen.

»Irvin! Sieh mich an!« brüllte er. »Schau mich an, verdammt!«

Matt setzte ihm die Faust unters Kinn. Doch was andere Männer für Stunden knockout gesetzt hätte, entlockte dem mit Drogen vollgepumpten Riesen nur ein verstörtes Kopfschütteln.

Chester blinzelte. Für eine Sekunde schien sich sein Blick zu klären.

»Wach auf, Big Boy!« setzte Matt nach. »Erinnere dich –«

Ein Stoß warf ihn zurück. Irvin Chester grunzte gereizt und bückte sich nach seiner nagelgespickten Keule, hob sie aber nicht auf. Hielt inne. Stand vornübergebeugt inmitten der Arena wie ein Gorilla, die Arme pendelnd.

Schon begann Matt Hoffnung zu schöpfen – zu früh! Chester schüttelte unwillig den Kopf, packte die Keule und kam hoch. Die Waffe zum Schlag erhoben, stürmte er auf Matt zu, dem der Herzschlag stockte.

Es war vorbei.

Er hatte den Freund verloren.

Er sah in Irvin Chesters verzerrtes Gesicht. In seine Augen hinter verquollenen Lidern – Augen, in denen aller Schmerz der Welt stand und abgründige Angst flackerte. Augen, aus denen ihm der *wahre* Irvin Chester entgegen blickte, eingesperrt in diesem drogengesteuerten Körper …

Matt spürte den Blick wie einen Stich ins Herz. Ein lähmendes Gefühl kroch in ihm hoch, füllte seine Glieder wie mit Blei. Er kam sich vor wie das berühmte Kaninchen, das schreckensstarr vor der Schlange kauert.

Im nächsten Augenblick war Irvin Chester heran. Holte weit aus mit der nagelbeschlagenen Keule.

Und drosch zu.

Mit übermenschlicher Gewalt.

Wie ein Geist schlich Moss durch das Labyrinth aus Gängen, Kammern und Verschlägen unter dem Kolosseum. Dumpf und grollend drang der Lärm aus der Arena zu ihm herab.

Niemand sah und hörte ihn. Er kannte und nutzte jede Möglichkeit sich vor zufälligen Blicken zu verbergen.

Er hatte nichts vergessen. Jeder Fußbreit Boden hier unten war ihm immer noch vertraut. All die Jahre hatten daran nichts ändern können.

Und ebensowenig hatten sie an seinem Hass rühren können.

Moss nickte in grimmiger Befriedigung. Das Warten hatte sich gelohnt. Die rechte Zeit war endlich gekommen, die ›Götter‹ für alles bezahlen zu lassen, was sie ihm angetan hatten. Ihm und so vielen anderen …

Damit musste Schluss sein! Und endlich sah sich Moss in der Lage, dem grausamen, perversen Treiben dieser selbsternannten Herrscher Roomas einen Riegel vorzuschieben, ein für allemal! Wie oft hatte er den Auswahlkämpfen in der Stadt beigewohnt, hatte Ausschau gehalten nach einem Kämpfer, der für seine Zwecke geeignet war?

Nun stand Moss nicht mehr allein. Er hatte Verbündete gewonnen. Natürlich, sie wussten nichts von ihrem ›Glück‹, aber Moss war ziemlich sicher, dass sie gutheißen würden, was er vorhatte. Dass sie auch dann auf seiner Seite gestanden hätten, würde er ihnen reinen Wein eingeschenkt und sie in alles eingeweiht haben. Andererseits, man konnte nie wissen …

Einen winzigen Moment lang fühlte sich Moss unwohl in seiner Haut. Weil er sich bewusst machte, dass er Maddrax und Aruula mehr oder minder *benutzte* für seine Zwecke.

Er schüttelte entschieden den Kopf. Nein, nicht nur für *seine* Zwecke. Es ging um mehr. Die Zukunft dieser ganzen Stadt stand auf dem Spiel! Das Leben Tausender von Menschen! Ein Einsatz, der jeden Preis rechtfertigte. Das Wohl vieler wog stets schwerer als das einzelner ...

Moss verscheuchte die Gedanken, die doch nichts brachten und vor allem nichts mehr änderten. Zudem hatte er sein Ziel erreicht.

Er duckte sich und lugte hinter der Ecke hervor, um die Lage zu sondieren. Wie erwartet wurde die Kammer, auf die er es abgesehen hatte, nur von einem Mann bewacht. Und der Schuppengesichtige widmete sich seiner Aufgabe nicht sonderlich gewissenhaft. Er hockte neben der Tür, die Lanze nachlässig in der Hand, und machte den Eindruck, als würde er dösen.

Blindlings tastete Moss am Boden umher, fand einen Kiesel und warf ihn. Auf der anderen Seite des Wächters prallte der Stein klickend im Gang auf. Sein Kopf ruckte hoch, wandte sich in die Richtung, aus der das Geräusch gekommen war. Ein zischender Laut drang aus dem breiten Mund des Wächters –

– und wurde im nächsten Moment zu einem heiseren Ächzen, als Moss ihm blitzschnell die Arme um Kopf und Hals schlang. Ein kraftvoller Ruck und – *knack!* Das Genick des Wächter brach mit dem Geräusch eines morschen Astes.

Moss nahm sich eine Sekunde, um ins Dunkel zu beiden Seiten des Gangs zu lauschen. Nichts. Seine Aktion schien unbemerkt geblieben zu sein. Dennoch verschwendete er keine weitere Zeit.

Er nahm dem Toten den Schlüssel zur Kammer ab, schloss die Tür auf und schlüpfte hinein. Die Leiche schleifte er hinter sich her. Dann sah er sich um in der Waffenkammer der Gladiatoren. Nichts hatte sich hier verändert in all den Jahren.

Moss suchte etwas ganz Bestimmtes, von dem er sicher war, dass es hier hergebracht worden war. Und nach einigem Suchen fand er es schließlich – jenes Ding, das *Schwierigkeiten machen konnte …*

Moss nahm die Pistole vorsichtig auf, betrachtete sie von allen Seiten, roch daran. Ein beißender Geruch stieg ihm in die Nase. Er mochte das Ding nicht, trotzdem wollte er es benutzen. Für das, was er vorhatte, war es ideal. Mit einer normalen Waffe würde er niemals so weit vordringen können. Außerdem tötete das Ding schneller und besser aus der Ferne, als selbst ein Wurfmesser es vermochte.

Als er die Kammer verließ und sich so unbemerkt aus dem Labyrinth entfernte wie er eingedrungen war, dachte Moss an die zweite Waffe, die er sozusagen scharfgemacht hatte, um sie für seine Ziele einzusetzen. Und der Gedanke daran gefiel ihm noch viel weniger als das Donnerding, das er in der Hand hielt.

Aber wieder beruhigte er sich mit dem Gedanken, dass das Wohl einzelner weniger wog als das vieler.

Um ihn her schwoll der Lärm aus der Arena an.

Matt Drax erwartete den tödlichen Hieb Irvin Chesters. Die Meute auf den Zuschauerrängen tobte so sehr, dass er meinte, der Boden unter seinen Füßen würde beben.

Matt spürte einen Luftzug, der an seinem Gesicht vorbeistrich, dann Schmerz, der über seine linke Schulter sengte. Und endlich öffnete er die Augen.

Irvin Chester war verschwunden!

So schien es jedenfalls im allerersten Augenblick. Dann sah Matt ihn drei, vier Schritte entfernt, am

Boden kniend und sich gerade aufrappelnd, während ein brüllender Schemen auf den ehemaligen USAF-Captain zuraste.

» ... Aruula?«, entfuhr es Matt ungläubig. Das konnte doch nicht sein ...!

Dennoch gab es keinen Zweifel, dass es sich um Aruula handelte – obwohl sie kaum wiederzuerkennen war! Das Mädchen gebärdete sich wie toll, kreischte und geiferte. Und sie hatte sich verändert, *sichtlich* verändert! Ihr Körper wirkte seltsam unförmig, ihre Muskeln schienen abnorm geschwollen. Und ein furchtbarer Verdacht keimte in Matt Drax, reifte binnen einer Sekunde zur Gewissheit. Er wusste, was für Aruulas Veränderung verantwortlich war.

Die Früchte aus dem verbotenen Garten ... Aruula musste von diesem Teufelszeug gegessen haben, das die Kämpfer der Götter in Mordmaschinen verwandelte!

»Großer Gott, nein!«, stieß Matt hervor. Er stürzte vor, wollte eingreifen, wollte retten, was zu retten war – und war doch zu langsam. Denn was sich vor seinen Augen zutrug, geschah mit geradezu widernatürlicher Geschwindigkeit.

Aruula ließ ihr Schwert wirbeln, als wäre es leicht wie ein Florett. Flirrenden Blitzen gleich raste die Klinge durch die Luft und auf Irvin Chester nieder, mit tödlicher Zielsicherheit. Blut spritzte und floss und tränkte den Sand der Arena.

Die Zuschauer gerieten vollends aus dem Häuschen. Und Matt Drax fühlte sich elend wie nie zuvor im Leben.

Irvin Chester wälzte sich im feuchten, dunklen Sand. Aruula setzte an zum letzten Streich, und noch bevor Matt auch nur versuchen konnte, sie aufzuhalten, fuhr das Schwert nieder.

Chester krümmte sich, als die Klinge ihn traf. Matt hörte das feuchte Geräusch, mit dem sie ins Fleisch seines Kameraden drang. Im nächsten Moment fiel er neben Irvin Chester auf die Knie. Ihre Blicke begegneten sich.

Etwas berührte Matts Hand. Irvins dunkle Finger schlossen sich um die seinen, drückten zu, und in diesem letzten Moment wich alles Fremde aus seinem Blick. Seine Lippen bewegten sich mühsam, formten ein Lächeln und ein allerletztes Wort, so leise, dass Matt es kaum verstand.

»Danke.«

Dann erlosch auch der letzte Funke in Irvin Chesters Augen. Matt schloss ihm die Lider. Trotz all des Blutes und seiner unförmigen Gestalt machte Chester einen beinahe friedlichen Eindruck.

Matt wollte Trost in dem Gedanken suchen, dass es so am besten war für seinen Freund. Dass er erlöst war von einem unwürdigen Dasein. Aber es wollte ihm nicht recht gelingen – zumal die Gefahr noch lange nicht vorüber war!

Die Zuschauer rasten. Längst schon saß niemand mehr auf seinem Platz. Die Menschenmenge auf den Rängen hatte sich in ein wogendes, brausendes Meer verwandelt.

Dennoch bedurfte es nur eines einzigen schauderhaft misstönenden Fanfarenstoßes, um das Publikum zur Ruhe zu bringen. Stille kehrte ein, geradezu gespenstische Ruhe. Doch sie dauerte nur zwei, allenfalls drei Sekunden an.

Dann begann Maars zu toben!

Der Gott des Kampfes bot einen bizarren Anblick. Der Fettkloß schien in vollkommener Bewegung. Über die Distanz sah es aus, als würde er sich aufblähen. Und er brüllte mit überkippender Stentorstimme, die überall im Rund des Kolosseums zu hören sein musste.

»Was sagt er?«, wandte sich Matt Drax an Aruula.

Die junge Barbarin stand keuchend da, die Schwertspitze berührte den Boden, Blut lief an der Klinge herab. Sie wirkte wie abwesend. Matt sprang auf, packte sie an den Schultern und rüttelte sie durch. »Komm zu dir, Aruula!«

Sie hob den Kopf, sah ihn an. Erkennen stahl sich in ihren Blick. Und dann Erschrecken!

»Wachen«, flüsterte sie rau. »Er ruft die Wachen!«

Matt Drax sah sich hastig um. Das unter der Loge gelegene Tor zur Arena öffnete sich. Über ein Dutzend der Echsenmenschen stürmte herein, bewaffnet mit Speeren und Schwertern. Die Waffen und Rüstungen klirrten unter jeder Bewegung ihrer Träger. Auch Maars persönliche Wachen oben in der Loge sprangen in die Arena hinab.

Aruula knurrte wie ein Tier. Das irre Funkeln kehrte in ihre Augen zurück, ihr Gesicht verzerrte sich zur Grimasse. Die verbotenen Früchte schürten offenbar ihre Aggressivität.

Matt bückte sich und hob Irvin Chesters Nagelkeule auf. Eine armselige Waffe gegen die Übermacht, zumal er ungeübt im Umgang damit war. Aber kampflos aufgeben? Niemals!

Wieder erhob Maars seine Stimme. Er kreischte wie ein altes Weib. Und was er jetzt schrie, verstand sogar Matt.

»Halt! Bleibt stehen! Tut ihnen nichts!«

Bis eben hatte Matts Augenmerk den nahenden Kriegern gegolten. Jetzt sah er zur Loge hinauf und –

»Moss?!«, entfuhr es ihm.

In der Tat stand Moss neben dem fettleibigen Gott

des Kampfes, und in der Hand hielt er Matts Beretta, deren Lauf zur Hälfte in Maars' teigigem Hals verschwunden war.

»Pfeif deine hässlichen Kröten zurück!«, knirschte Moss dem Fetten ins Ohr. Maars gehorchte. Drunten in der Arena zogen sich die Wachen zurück, ohne jedoch vollends zu verschwinden.

»Was willst du, Moss?«, brachte der Gott des Kampfes mühsam hervor. Er zitterte am ganzen Leibe; die Bewegung ließ das Fett wabbeln.

»Kannst du dir das nicht denken?«, knirschte Moss und drückte die Pistolenmündung noch tiefer in Maars' Fleisch.

Der Fette stieß einen Laut aus, der irgendwo zwischen schmerzhaftem Keuchen und Verachtung lag. »Du musst verrückt sein«, schnaufte er dann. »Du wirst niemals entkommen, wenn du mich tötest!«

»Wer sagt, dass ich entkommen will?«, fragte Moss fast erstaunt. Und drückte ab.

Der erste Schuss zerfetzte den Hals des Gottes, der zweite verwandelte seinen Kopf in eine blutige Wolke.

Ein Aufschrei ging durch das Publikum. Wie auf ein Zeichen hin sprangen alle von ihren Plätzen auf.

Moss trat an den Rand der Loge. »Komm her!«, rief er Matt Drax unten in der Arena zu. Der zögerte nicht lange.

Doch auch in die Reihen der Wächter geriet Bewegung. Noch waren sie geschockt und verwirrt ob der radikal veränderten Situation, aber es konnte nur Sekunden dauern, bis sie sich zumindest so weit erholt hatten, dass sie ihn und Aruula angriffen. Immerhin musste ihnen klar sein, dass sie mit dem Mörder ihres Gottes unter einer Decke steckten.

In der Loge holte Moss zum Wurf aus. »Fang!« Dann schleuderte er die Pistole über die Köpfe der Wachen in die Arena hinab. Matt sprang und bekam die Waffe noch in der Luft zu fassen. Er fiel, rollte sich ab und kam wieder hoch.

»Verschwindet!«, hörte er von oben Moss' Stimme. »Bringt euch in Sicherheit!« Er hatte das Schwert des toten Gottes an sich genommen und hielt damit die in der Loge verbliebenen Leibeigenen in Schach, die den Tod ihres Herrn und Gottes nicht ungesühnt lassen wollten.

Matt wünschte Moss im stillen viel Glück. Er würde es gegen die Überzahl von Gegnern brauchen können. Und wahrscheinlich würde es nicht genügen.

Aber er konnte sich jetzt nicht den Kopf über Moss' Schicksal zerbrechen. Denn seine und Aruulas Chancen standen mindestens ebenso schlecht. Die Flucht durch das Tor wurde ihnen von den Wächtern verwehrt. Sie würden es nie und nimmer schaffen, an den schuppengesichtigen Kriegern vorbeizukommen. Auch wenn Aruula durchaus den Eindruck erweckte, es versuchen zu wollen.

Matt hielt die wie unter Strom stehende Barbarin zurück. »Komm!«, zischte er ihr zu und zerrte sie mit sich nach hinten, dem anderen Ende der Arena zu. Die Beretta wies auf die Angreifer, die jetzt schneller wurden.

Matt gab zwei Schüsse ab, traf beide Male. Verletzt stürzten zwei der Gegner zu Boden. Der Vorwärtsdrang der Phalanx geriet für ein paar Sekunden ins Stocken. Aber es bedeutete nicht mehr als einen Aufschub, und Matt wusste nicht, wie er die gewonnene Zeit nutzen sollte. Ringsum gab es keine Möglichkeit, an den Wänden der Arena hochzuklettern, um über die Zuschauerränge zu fliehen.

Der Jet!

Das Wrack des Düsenjägers ragte so hoch auf, dass seine Schnauze bis an die Mauerkrone heranreichte. Wenn sie dort hinaufkamen, konnten sie es schaffen!

Matthew lief los, Aruula hinter sich herziehend.

Der Rumpf des Stratosphärenjets war in besserem Zustand, als Matt nach dem Absturz vermutet hätte. Zwar waren beide Flügelspitzen abgerissen worden, aber das Cockpit und sogar einer der Tanks hatten den Crash fast unbeschadet überstanden.

Zwei Versuche unternahmen Matt und Aruula. Beide Male schafften sie es, bis zu jener Stelle hinaufzusteigen, wo Larns Leichnam befestigt war, dann war Schluss. Das Metall des Jets war zu glatt, um ihren Händen und Füßen Halt zu bieten.

Matt wandte sich um, sah den heraneilenden Kriegern entgegen. Nur noch wenige Sekunden ... Er fasste wieder nach Aruulas Hand, zerrte sie mit sich, an der Mauer entlang fort vom Wrack des Flugzeugs.

Sie waren gerade zwanzig Schritte weit gekommen, als die ersten Gegner den Jet erreichten.

»Hinlegen!«, befahl Matt und versetzte Aruula einen Stoß, der sie taumeln und stürzen ließ. Er selbst wirbelte herum, zielte kurz mit der Beretta – und feuerte. Das Stahlmantelgeschoss stanzte ein Loch in den Metallrumpf.

Volltreffer!

Matt wollte sich ebenfalls zu Boden werfen, doch das war nicht nötig. Die glühende Titanenfaust einer gewaltige Explosion drosch ihn gleichsam nieder.

Das Donnern und Krachen währte nur Sekunden. Dann verebbte das dumpfe Prasseln herabregnender Trümmer. Und schließlich hörte Matt Drax nur noch die Schreie und das Knistern der Flammen.

Keuchend richtete er sich auf. Er fühlte sich wie ein Grillhähnchen, das im letzten Moment vom Spieß geflohen war. Was er getan hatte, war fast selbstmörderisch gewesen. Aber es hatte funktioniert, wie er mit einem raschen Blick feststellte.

Seine Kugel hatte den intakten Tank getroffen, und ein einziger Funke hatte genügt, den Treibstoff hochgehen zu lassen.

Die Explosion hatte ein gewaltiges Loch in die Arenawand gesprengt. Einige der Zuschauer auf den Rängen darüber waren offensichtlich verletzt worden. Und die Wächter, die es auf ihn und Aruula abgesehen hatten – nun, sie hatten sich zu nahe am Wrack befunden. Ein paar hatten das Glück gehabt, sofort zu sterben. Andere bewegten sich noch …

»Aruula?« Matt sah zur Seite. Einen Moment lang fürchtete er, das Mädchen sei … Aber dann bewegte sich die junge Barbarin, sah auf und murmelte: »Beim Donnergott, was …?«

»Komm, steh auf.« Matt half ihr hoch.

Im Zickzack eilten sie zwischen den Flammennestern hindurch auf die eingestürzte Stelle in der Arenawand zu. Von hier aus gelangten sie ungehindert in die Gänge, die das Kolosseum umliefen, und von dort weiter durch einen der Ausgänge ins Freie. Hier blieb die junge Barbarin plötzlich stehen.

»Was ist?«, fragte Matt ungeduldig. »Wir müssen –«

Aruula schüttelte den Kopf. Ihr Gesicht wirkte immer noch verzerrt, weniger jedoch von unbezähmter Kampfeslust als vielmehr vor Schmerz. Die Wirkung der verbotenen Früchte mochte nachlassen, aber es schien ein höchst unangenehmer Prozess zu sein.

»Noone«, sagte Aruula nur.

»Was ist mit ihr?«

»Müssen ihr helfen. Wir können sie nicht zurücklassen.«

Matt seufzte. »Na schön. Wo ist sie?«

Aruula sagte es ihm.

Und Matt stöhnte auf. »Na großartig! Also zurück in die Höhle des Löwen!«

Matts Befürchtungen bewahrheiteten sich nicht. Sie erreichten die geheimen Gärten der Götter unangefochten, auf den Wegen, die Aruula schon einmal mit Moss beschritten hatte. Und sie fanden Noone unbeschadet vor.

Matt kam nicht umhin, die Pflanzenvielfalt des Gartens zu bewundern. Die Düfte, die ihn umwehten, waren geradezu betörend. Das hätte ein kleines Paradies sein können, hätten sich nicht der Teufel und seine Versuchungen hier eingenistet …

»Immer dieselbe alte Geschichte«, seufzte er. Dann machte er sich daran, Noone aus dem Brunnenschacht zu helfen. »Alles klar«, keuchte er dann. »Jetzt aber nichts wie weg hier!«

Keine Antwort.

Aruula war verschwunden.

Noch im selben Moment jedoch hörte Matt seine Gefährtin aufschreien – erst vor Wut, dann vor Schmerz! Er lief los – und blieb wenige Schritte später wieder stehen.

»Moss!«

Der Kuttenmann grinste schwach. Sein Gewand war blutbefleckt, und auf seiner Wange prangte ein tiefer Kratzer, aber er war offenbar wohlauf.

Was man von Aruula nicht behaupten konnte, die bewusstlos zu seinen Füßen lag, eine der verbotenen Früchte noch in der Hand.

Matt begriff. Die junge Barbarin hatte der Versuchung – oder vielmehr *Sucht* – nicht widerstehen können, und Moss hatte sie kurzerhand niedergeschlagen. Einmal hatte sie von den Früchten gekostet, und schon war sie süchtig danach. Matt hatte den Verdacht, dass Aruula womöglich gar nicht so sehr daran gelegen hatte, Noone aus dem Brunnenschacht zu holen, als vielmehr daran, ein weiteres Mal in diesen Garten zu gelangen.

»Danke«, sagte Matt. Moss nickte nur.

Überall im Garten der Götter knisterten Flammen. Gemeinsam hatten Matt und Moss Feuer gelegt. Nichts sollte übrigbleiben von dem Teufelszeug, das hier wuchs und so viele Menschen ins Verderben gestürzt hatte.

Wir müssen gehen, bedeutete Moss schließlich mit Gesten. *Zu gefährlich hier.*

Matt nickte und half ihm, Aruula hochzuheben und zu tragen. Noone folgte ihnen. Das Mädchen wirkte immer noch verstört, und wahrscheinlich wäre es jedem gefolgt und hätte alles getan, was man von ihr verlangte.

Sie stiegen hinab in das einstige Abwassersystem Roms, und Moss führte sie durch ein weitverzweigtes Netz aus trockenen, aber immer noch stinkenden Kanälen. Von überall her hallte Lärm zu ihnen. Schreie, Brüllen, Waffenklirren.

Matt deutete nach oben und zog ein fragendes Gesicht.

Moss grinste schief. »Keine Sorge, Maddrax«, sagte er in der Sprache der Barbaren. »Ich habe die Kämpfer der Götter befreit. Die Geschöpfe erheben sich gegen ihre Schöpfer.«

Matt hatte Mühe zu übersetzen, was Moss sagte. Aber er glaubte zu verstehen.

Aruula kam wieder zu sich, und endlich konnte Matt die Fragen stellen, die ihm auf der Zunge brannten. Moss beantwortete sie, knapp zwar, aber bereitwillig.

Ja, er hatte Aruula von den starkmachenden Früchten essen lassen, als sie miteinander in den Gärten gewesen waren. Nur so hatte sie eine Chance gehabt, einen der Gladiatoren der Götter zu besiegen und ihn, Maddrax, zu retten. Matt hatte trotzdem Mühe, Dankbarkeit zu verspüren.

»Die Wirkung wird nachlassen«, erklärte Moss, »nach einer Weile.«

»Und du?«, stellte Matt schließlich die Frage, die ihn am meisten bewegte. »Wer bist du?«

Moss' Miene verhärtete. Sein Blick ging durch Matt hindurch und verlor sich irgendwo in der Ferne oder in der Vergangenheit.

»Vor langer Zeit«, begann er dann endlich mit dunkler, leiser Stimme, »stand ich selbst in den Diensten jener, die sich Götter nannten. Ich hieß gut, was sie taten – und was ich tat. Denn es bescherte mir und meiner Familie ein angenehmes Leben. Das Leid anderer bedeutete mir nichts – bis ich selbst zu leiden hatte.«

Er hielt inne. Aruula übersetzte für Matt. Dann fuhr Moss fort.

»Ich trainierte die Gladiatoren. Die Gewölbe unter der Arena waren mein eigenes kleines Reich, und wir durften im Palast der Götter wohnen. Doch dann ...«

Wieder verstummte er. Die Erinnerung schien ihn zu überwältigen. Angestrengter sprach er schließlich weiter.

»Die Götter holten sich meine Frau und meine Tochter. Einfach so, als Zeitvertreib. Sie machten sie zu ihren Lustsklavinnen. Mein Sohn wollte ihnen beistehen, aber er wurde überwältigt und den Bestien zum Fraß vorgeworfen. Erst dadurch wurde ich darauf aufmerksam – ich fand den Kopf meines Sohnes in einem der Käfige.«

Matt schauderte.

»Das öffnete mir die Augen. Ich wollte eine Revolte anzetteln gegen diese falschen Götter, aber es gelang mir nicht. Diejenigen, die sich meiner Führung anvertraut hatten, verloren ihr Leben, in der Arena und in den Käfigen. Auch mich hielt man für tot. Es gelang mir, mich all die Jahren zu verbergen. Ich wusste, dass meine Stunde irgendwann schlagen würde.« Er sah Matt an. »Diese Stunde kam mit dir, Maddrax. Ich wusste es in dem Moment, da ich dich sah. Du wurdest von den wahren Göttern gesandt. Zur Rettung aller, die in dieser Stadt leben. Neue Zeiten sind angebrochen in Rooma. Und ich werde dafür sorgen, dass man den Namen Maddrax in Ehren hält.«

Matt schüttelte den Kopf. »Nein«, sagte er, »es ist dein Verdienst. Du hattest den Mut, gegen die Götter aufzubegehren. Wir waren nur ...«, er zuckte die Schultern, » ... zufällig zur rechten Zeit am rechten Ort.« Er lächelte knapp.

Aruula übersetzte und fügte hinzu: »Versprich uns eines, Moss –«

»Ja?«

»Kümmere dich um das Mädchen«, bat Aruula und wies auf Noone.

Moss nickte und lächelte. »Gern. Vielleicht bin ich ja bereit, eine neue Tochter zu haben.«

Die beiden begleiteten Matt und Aruula bis zu dem Hügel, auf dem sie den Hummer-Jeep zurückgelassen hatten. Moss bestaunte das Fahrzeug, wenn auch nicht so ausgiebig wie Aruulas Horde es getan hatte. Wahrscheinlich hatte Moss in seinem Leben zu viel gesehen und erlebt, als dass ihn noch irgendetwas wirklich überraschen konnte.

Sie sahen zurück und ließen den Blick über die Ewige Stadt schweifen. Natürlich hatte sich nichts verändert, was mit bloßem Auge zu sehen gewesen wäre. Aber es bestand Hoffnung, dass die Dinge sich zum Besseren wenden würden, und diese Hoffnung ruhte auf den Schultern von Männern wie Moss.

Matt wünschte ihm Glück. Dann stiegen er und Aruula in den Jeep und fuhren los, zurück gen Norden.

Hier hatten sie gefunden, wonach er gesucht hatte. Wenn auch unter anderen Umständen, als Matt es sich gewünscht hatte.

Er versuchte nicht an Irvin Chester zu denken, was aber nicht hieß, dass er den alten Freund vergessen wollte. Stattdessen dachte er an Hank Williams, den jungen Texaner, der sich Irvins Worten zufolge nach Norden hatte durchschlagen wollen.

Matt hoffte auch ihn zu finden. Bevor ihnen beiden diese Zeit zum Verhängnis werden konnte …

Neben ihm zitterte Aruula auf dem Beifahrersitz und klapperte mit den Zähnen, als leide sie unter Fieber und Schüttelfrost.

Cold Turkey, konstatierte Matt. Aruula litt unter Entzugserscheinungen. Sie war mit einem Fluch in Berührung gekommen, der schon seine Zeit und Welt vergiftet hatte.

Manche Dinge, dachte Matt, ändern sich wirklich nie …

… und dummerweise waren es scheints immer die schlimmsten, die alle Zeiten überdauerten.

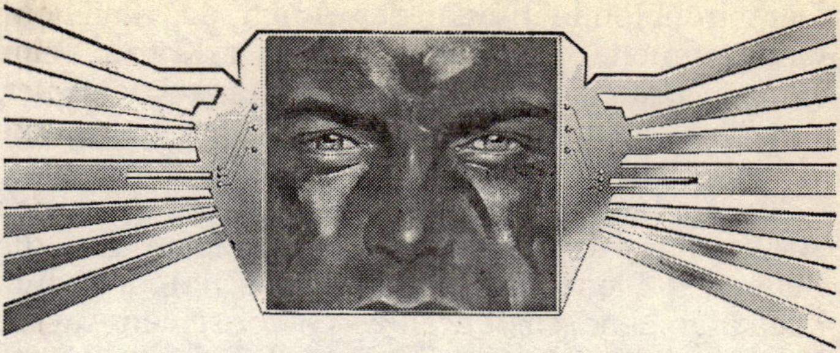

BERND FRENZ

DIE AUS-GESTOSSENEN

Der strohblonde Junge, der durch das kniehohe Gras taumelte, war am Ende seiner Kräfte. Seine Lungen brannten bei jedem Atemzug wie Feuer, trotzdem rannte er verzweifelt weiter. Er musste Hilfe finden, sonst war seine Familie verloren.

Der Gedanke an die unheimlichen Verfolger trieb Arak voran, doch irgendwann versagten ihm die Beine den Dienst. Er stolperte und schlug lang hin. Die karge Landschaft drehte sich vor seinen Augen. Keuchend blieb er zwischen den hohen Halmen hocken, damit sich der Wirbel in seinem Kopf klären konnte.

Plötzlich – ein verdächtiges Rascheln. Erschrocken sah der Junge hoch. Sein Blick war noch zu verschwommen, um mehr als ein paar diffuse Schemen auszumachen – trotzdem wusste er sofort, dass *sie* ihn eingeholt hatten ...

Auch als sich Araks Blick klärte, verloren die unförmigen Schatten nichts von ihrem Schrecken. Im Gegenteil. Mit jedem Lidschlag konnte er deutlicher erkennen, wie ihn die grunzenden Wesen einkreisten.

Ihre deformierten Schädelformen ließen ebenso auf eine Art großer Menschenaffen schließen wie die ungelenken Bewegungen, mit denen sie die langen Arme in gebeugtem Gang hin und her schwangen. Nur die zerfetzte Kleidung an ihren behaarten Körpern deutete an, dass sie mehr waren als Primaten.

Schaukelnd wankten sie heran und trommelten herausfordernd mit den Fäusten auf ihre Brustkörbe. Der Anführer der Horde hielt eine gebogene Eisenstange in den Händen und schlug damit drohend auf den Erdboden. Der dumpfe Blick seiner blutunterlaufenen Augen machte deutlich, dass der zitternde Junge keine Gnade von ihm und seinen Artgenossen zu erwarten hatte.

Als Arak sah, dass sich der Kreis der Affenmenschen immer enger um ihn schloss, setzten sich seine erschöpften Beine wie von selbst in Bewegung. Panisch sprang er in die Höhe und versuchte zur Seite auszubrechen. Vielleicht befand sich hinter der nächsten Anhöhe eine Siedlung, in der er Hilfe finden konnte! Obwohl der Junge wusste, wie gering die Chance war, hielt er direkt auf eine Lücke zu, die zwischen zwei grunzenden Affenmenschen klaffte.

Trotz ihres gebeugten Gangs waren die Affenmenschen schneller als Araks Fluchtinstinkte. Mit einem angriffslustigen Fauchen ließ sich einer der Halbaffen nach vorn fallen und stürmte los. Er pflügte eine breite Schneise in das Gras, um dem Fliehenden den Weg zur Anhöhe abzuschneiden.

Arak mobilisierte seine letzten Kraftreserven. Die Beine flogen über den harten Boden, als wären seine Kräfte nicht längst durch die lange Flucht verausgabt. Tatsächlich gelang es ihm, an dem heranstampfenden Affenmenschen vorbeizukommen, bevor der seinen Weg kreuzten konnte. Die plumpe Gestalt versuchte noch, Arak zu packen, doch seine behaarte Pranke schlug ins Leere.

Doch Araks Triumph war nur von kurzer Dauer. Nur wenige Schritte weiter schoss ein dunkler Schatten von der anderen Seite heran und verkrallte sich in seine Beine.

Erneut stürzte der Junge zu Boden. Er konnte sich nicht wieder aufrichten, denn der Affenmensch umklammerte seine Unterschenkel mit eisernem Griff.

Die nackte Angst vervielfachte Araks Kräfte. Wütend trommelte er mit den Fäusten auf den Affenmenschen ein, doch der massige Gegner nahm die Schläge, die auf Nacken und Gesicht niederprasselten, ohne jede sichtbare Gefühlsregung hin.

Resigniert sank Arak zurück und umklammerte

den schwarzen Steinsplitter, den er an einem blau gefärbten Lederband um den Hals trug. So aussichtslos, wie die Lage war, konnte er nur noch auf die Hilfe seines Amuletts hoffen! Er wollte gerade ein verzweifeltes Stoßgebet zum Himmel schicken, als sich seine Sicht verdunkelte.

Ein halbes Dutzend Affenmenschen sammelte sich um den am Boden liegenden Jungen und starrte hasserfüllt auf ihn hinab. Trotz ihrer Drohgebärden hielten die grobschlächtigen Gestalten respektvoll einen Schritt Abstand zu ihrem Gefangenen. Selbst der verwachsene Muskelprotz, der Arak zu Fall gebracht hatte, sprang wieder in die Höhe. Fast so, als würde er sich vor einem längeren Kontakt mit ihm fürchten.

Einen Moment lang wirkte es, als wenn die Affenmenschen davor zurückschreckten, den Jungen zu verletzen. Dann erkannte Arak, dass sie nur auf jemanden warteten.

Dann trat der Anführer mit der Eisenstange in den Kreis. Knurrend schwang er die primitive Waffe über seinen zotteligen Kopf.

Ängstlich klammerte sich Arak an das scharfkantige Amulett, bis ein feiner Blutstrom zwischen seinen Fingern hervorsickerte. Ohne die Lippen zu bewegen, sandte er einen verzweifelten Hilferuf aus …

Matthew Drax stemmte sich mit aller Kraft gegen das Armaturenbrett des schaukelnden Militärjeeps, der über die mit Schlaglöchern gespickte Sandpiste holperte. Mit zweifelndem Blick sah er zu Aruula hinüber, die sich verbissen am Lenkrad festklammerte, während sie das Gaspedal des Hummer-Jeeps bis zum Anschlag durchdrückte.

»Schalten! Du musst schalten!«, rief Matt seiner in Rattenfelle gehüllten Gefährtin zu. Er hatte große Mühe, das Heulen des Motors zu übertönen, der im dritten Gang hoffnungslos überdrehte. Trotzdem schien ihn Aruula zu hören. Ohne den Fuß vom Gaspedal zu nehmen, trat sie die Kupplung mit links durch und stieß den Schalthebel kraftvoll nach vorne, als wollte sie ihr blankes Schwert in einen Gegner treiben.

Kreischend fügte sich das Getriebe den brutalen Handgriffen der Fahrerin.

Matt hätte sich am liebsten die Ohren zugehalten, doch er zog es vor, sich weiter mit beiden Händen abzustützen, um nicht mit dem Kopf irgendwo anzustoßen. In diesem Moment vermisste er schmerzlich die Sicherheitsgurte, deren textile Grundstruktur im Laufe der letzten Jahrhunderte zerfallen war, während die übrigen Fahrzeugteile den langen Aufenthalt in der gefüllten Ölgrube recht gut überstanden hatten.

Als Aruula die Kupplung schlagartig kommen ließ, stemmte sich Matt mit aller Kraft gegen die bockenden Bewegungen des Jeeps.

»Fuß vom Gas!«, brüllte er, während ihn die plötzliche Beschleunigung wieder in den Sitz drückte. Gehorsam verringerte die Barbarin die Geschwindigkeit, während sie das Steuer krampfhaft umklammerte, um den Jeep in der Spur zu halten. Triumphierend blickte sie sich zu Matt um.

»Ich glaube, ich begriffen, wie funktioniert«, erklärte sie stolz.

Der Pilot nickte gequält, bevor er antwortete: »Sieh bitte nach vorn und versuch diese Geschwindigkeit einige Zeit zu halten.«

Enttäuscht von seiner kühlen Reaktion blickte die Barbarin geradeaus und bretterte absichtlich durch zwei tiefe Schlaglöcher, sodass Matt erneut in seinem Sitz hin und her geschleudert wurde.

Angesichts der Schmerzen in seinem Steißbein bereute es Matt inzwischen, dass er vorgeschlagen hatte, Aruula das Autofahren beizubringen. Er hatte gedacht, dass sie in Zukunft schneller voran kämen, wenn sie sich am Steuer des Jeeps abwechseln konnten.

Außerdem wollte er die Barbarin von den letzten Entzugserscheinungen ablenken, die von dem Genuss der mutierten Früchte in Rom herrührten.

Doch offensichtlich hatte er ihre Fähigkeiten überschätzt. Auch nach stundenlangem Üben fehlte ihr jegliches Feingefühl im Umgang mit der Technik. Sie behandelte die Maschine immer noch wie ein Reittier, dem sie ihren Willen aufzwingen wollte.

Aber vielleicht musste Matt ihr einfach nur mehr Zeit geben. Schließlich bedeutete das Wissen um einen Verbrennungsmotor für Aruula einen Kultursprung, als würde man einem mittelalterlichen Landsknecht einen Rasierapparat in die Hand drücken. Als Mensch des beginnenden 21. Jahrhundert war es für Matthew natürlich viel einfacher, sich auf die Kulturstufe dieser Epoche einzustellen. Obwohl es gewiss nicht leicht gewesen war zu akzeptieren, dass quasi von einer Minute auf die andere seine gewohnte Umgebung dieser ... Alptraumwelt gewichen war. *Wie* das geschehen konnte, darauf hatte Matt Drax auch nach acht Wochen noch keine logische Antwort gefunden.

Auf anderen Gebieten dagegen bewies die schöne Barbarin, die ihn nach wie vor ›Maddrax‹ nannte, eine überdurchschnittliche Intelligenz, die sie weit über ihre Mitmenschen heraushob. So erlernte sie die englische Sprache wesentlich schneller, als Matt sich den primitiven und aus allerlei alten Sprachen zusammengesetzten Wortschatz der Barbaren aneignen konnte.

Vermutlich hing ihre schnelle Auffassungsgabe mit den telepathischen Fähigkeiten zusammen, die er schon einige Male an ihr beobachtet hatte. Es schien fast, als würde sie den Sinn seiner Worte *spüren*.

Nein, dumm war seine schöne Reisegefährtin sicherlich nicht. Trotzdem musste er aufpassen, dass er sie nicht durch zu große Erwartungen überforderte. Derart milde gestimmt, verfolgte Matt, wie Aruula den Jeep in gleichbleibender Geschwindigkeit auf dem kaum wahrnehmbaren Pfad nach Norden hielt.

Dort hoffte er Colonel Hank Williams zu finden, der sich in diese Richtung durchschlagen wollte. Zumindest hatte das Captain Irvin Chester behauptet, bevor er als Gladiator im Kolosseum von Rom umgekommen war. Bei dem Gedanken an den Tod seines Kameraden wurde der ehemalige US-Pilot von Gewissensbissen geplagt, obwohl der Captain Aruulas Schwerthieb wie eine Erlösung empfangen hatte.

Um sich von seinen düsteren Erinnerungen abzulenken, drehte sich Matt zu den sechs Reservekanistern um, die auf der Ladefläche des Jeeps aufgestapelt waren. Hoffentlich reichte das Benzin, das im Inneren der olivgrünen Blechbehälter schwappte, bis er Williams oder einen anderen Kameraden seiner Staffel gefunden hatte. Gemeinsam würden es die Piloten viel einfacher haben, sich in dieser lebensfeindlichen Umwelt zu behaupten, in der sie offenbar durch einen Zeitsprung gelandet waren.

»Was ist? Habe ich falsch gemacht?«, erkundigte sich Aruula, die seinen zweifelnden Gesichtsausdruck auf ihre Fahrkünste bezog.

Matt sah überrascht auf, bevor er den Kopf schüttelte.

»Ich habe nur überlegt, wie lange wir noch mit unserem Kraftstoff auskommen«, erklärte er.

»Du meinst Nahrung für Wagen?« Die junge Frau wandte sich neugierig um. Unbewusst verzog sie dabei das Lenkrad, sodass sie von dem festgewalzten Teil des Weges abkam. Sofort sackte das rechte Vorderrad in ein derart tiefes Schlagloch, dass das Fahrgestell auf den Boden aufschlug. Die Erschütterung war so stark, dass Matts Unterkiefer nach oben schlug. Das Klappern der Zähne wurde nur noch von den aneinander schlagenden Reservekanistern übertönt, die hinter ihm ins Rutschen kamen.

»Vor allem rede ich von der leicht entzündlichen Flüssigkeit, die uns bald um die Ohren fliegt, wenn du dich nicht auf die Straße konzentrierst!«, antwortete er gereizt.

Aruula sah erschrocken nach vorne, während sich ihre Hände so stark ums Lenkrad krampften, dass die Adern an ihren durchtrainierten Oberarmen hervortraten.

»Ist nicht meine Schuld, wenn Wagen nicht mitdenkt«, brummte sie eingeschnappt. Im Inneren schmerzte es sie jedoch, dass sie Maddrax' Erwartungen nicht erfüllen konnte. Sie bewunderte den Fremden für sein Wissen um die Geheimnisse der Vergangenheit. Inzwischen hatte sie akzeptiert, dass er kein Gott war, sondern nur ein Mensch. Trotzdem spürte sie immer wieder seine Überlegenheit, die ihr schmerzlich aufzeigte, wie begrenzt ihr eigener Horizont verlief.

Verbissen starrte sie auf die Sandpiste vor sich, die im Lauf der Jahre von unzähligen Fuhrwerken durch das hohe Steppengras gewalzt worden war. Sie wollte sich keinen weiteren Fehler erlauben, deshalb umfuhr sie nun selbst die kleinste Unebenheit.

Matt taten seine scharfen Wort inzwischen Leid.

Er hatte sich doch gerade erst vorgenommen, geduldiger mit Aruula zu sein!

»Wenn die Kanister zu fest aneinanderschlagen, könnte ein Leck entstehen«, erklärte er seine Zurechtweisung mit beschwichtigenden Worten. »Und ausgelaufenes Benzin ist sehr gefährlich. Wenn es sich entzündet, brennt der ganze Wagen aus.«

Aruula nickte, ohne den Blick von der Strecke zu nehmen, während Matt die unterschiedlichsten Gründe aufführte, aus denen es zu einer Explosion kommen konnte. Die mental begabte Barbarin spürte, dass sein Redefluss eine indirekte Bitte um Verzeihung war, deshalb hörte sie ihm lächelnd zu, obwohl sie nur die Hälfte seiner Erklärungen verstand.

Während sie sich äußerlich völlig auf die rasante Fahrt konzentrierte, *lauschte* sie mit ihrem inneren Sinn vorsichtig in Matts Gedanken, sodass sich seine Kommentare zu flüchtigen Bildern formten. Aruula genoss die fremde Welt, die ihr so geboten wurde, ohne dass Maddrax etwas von ihren heimlichen Beobachtungen bemerkte.

Die Barbarin war so vertraut mit ihren natürlichen Fähigkeiten, dass sie sich etwas entspannte. Eine Weile folgte sie einfach dem Weg nach Norden, doch plötzlich wurden ihre offenen Sinne von etwas *Lautem, Verzweifeltem* überschwemmt.

HILFE!

Der Ruf war so laut, dass sich die Botschaft wie ein glühendes Eisen in ihren Kopf brannte. Verwirrt suchte Aruula die Umgebung ab, doch sie konnte nicht erkennen, woher der Schrei gekommen war.

Gott des Steins, hilf mir! Sie wollen mich töten!

Die Worte dröhnten so laut in ihrem Kopf, dass Aruula fürchtete, er würde ihr platzen. Bildfetzen schossen mit solcher Gewalt durch ihren Verstand, dass sie die vor ihr liegende Straße nicht mehr richtig sehen konnte. Nie zuvor hatte sie fremde Gedanken so laut und deutlich *gehört*! Der Kontakt war so stark, dass sie Übelkeit in sich aufsteigen spürte. Instinktiv nahm sie den Fuß vom Gas und trat das Bremspedal bis zum Anschlag durch.

Matt wurde von der Vollbremsung derart überrascht, dass er sich nicht mehr rechtzeitig abstützen konnte. Er flog über das Armaturenbrett hinweg und krachte gegen die hochgestellte Windschutzscheibe, die unter seinem Gewicht nach vorne klappte. Zum Glück hielt das Plexiglas dem Aufprall auf der Motorhaube stand.

Stöhnend schob sich Matt zurück in den Sitz. Mühsam schluckte er einen Fluch hinunter und knurrte: »Was ist los? Willst du uns umbringen?«

Seine Worte hallten laut über die sie umgebende Steppe, denn nachdem Aruula den Motor abgewürgt hatte, war es totenstill geworden.

Statt ihm zu antworten, sank Aruula im Fahrersitz zusammen und nahm den Kopf zwischen die Knie. Matt dachte im ersten Moment, dass die Barbarin weinen würde.

»Hey, so war das nicht gemeint«, beschwichtigte er im sanften Ton. Dann erkannte er, dass die Barbarin nur eine Position eingenommen hatte, in der sie ihre telepathischen Fähigkeiten besser nutzen konnte. »*Hörst* du irgendwas?«, erkundigte er sich neugierig.

Die Barbarin konnte seine Frage nicht verstehen, denn sie war längst in eine Trance abgetaucht. Der Kontakt mit den fremden Gedanken bereitete ihr Schmerzen, doch nachdem sie sich auf die ungewöhnlich starke Intensität eingestellt hatte, formten sich die wirren Bildfetzen zu einer klaren Szene.

Plötzlich spürte sie kindliche Furcht in sich aufsteigen. Ihre Knie begannen zu zittern, während sie in deformierte Gesichter sah, die hasserfüllt auf sie niederblickten. Eine Art Halbaffe schwang eine gebogene Stange in den haarigen Händen und prügelte damit auf sie ein!

Obwohl Aruula nur die Emotionen eines Fremden erlebte, spürte sie den folgenden Schlag, als wenn ihre eigenen Rippen getroffen würden. Anschließend hämmerte ihr etwas auf Oberarm und Kopf, dann brach die Verbindung ab.

Mit schweißnasser Stirn fuhr Aruula in die Höhe. Entsetzen würgte sie, als sie daran dachte, was dem Opfer gerade angetan wurde.

»Was ist los?«, riss Matt sie aus ihren Gedanken.

»Wir müssen helfen!«, antwortete sie abgehackt. »Dort drüben!« Dabei deutete sie auf eine grasbewachsene Anhöhe, die nur einen Speerwurf entfernt von der Landstraße verlief. Die Todesangst des Fremden war wie ein unsichtbares Signal, das ihr den Weg zum Schauplatz des Angriffs wies.

»Okay, vielleicht sollte ich jetzt das Steuer übernehmen«, bot Matt an, doch Aruula hatte schon den Zündschlüssel herumgedreht und den ersten Gang eingelegt.

Jetzt, wo sie mit den Gedanken bei dem hilflosen Opfer war, liefen ihre Handbewegungen ganz automatisch ab. Ehe sich Matt versah, riss sie das Lenkrad herum und raste mit durchdrehenden Reifen los. Holpernd pflügte sie durch das kniehohe Gras und schaltete mit traumwandlerischer Sicherheit immer höher. Ein mulmiges Gefühl stieg in Matt auf, als er sah, mit welcher Geschwindigkeit das Fahrzeug die Anhöhe empor jagte.

»Nicht so schnell!«, brüllte er Aruula zu. »Auf der anderen Seite geht es auch wieder abwärts!«

Da schoss der Jeep auch schon über die Hügelkuppe hinweg! Die durchdrehenden Räder schwebten einige Sekunden lang in der Luft, bevor sie in das Grasmeer eintauchten und krachend auf dem Boden schlugen.

Matt hatte alle Mühe, sich im Sitz zu halten, während er von der ächzenden Federung wieder in die Höhe geschleudert wurde. Er wollte sich gerade über Aruulas halsbrecherische Fahrweise auslassen, als er sah, warum sie es so eilig hatte.

In knapp zwanzig Metern Entfernung prügelten mehrere brutale Kerle auf einen am Boden liegenden Jungen ein, der sich wie ein Embryo zusammengerollt hatte, um sich gegen die Schläge zu schützen.

Während der Jeep auf die Gruppe zuraste, erkannte Matt, dass es sich bei den grobschlächtigen Männern nicht um gewöhnliche Menschen handelte. Ihre gesamte Physiognomie wirkte seltsam deformiert, oder besser gesagt: *degeneriert*. Ja, bei genauerer Betrachtung ähnelten diese Männer den Abbildungen von Steinzeitmenschen, wie sie Matt aus diversen Büchern kannte!

Was an sich unmöglich war! Selbst wenn die Menschheit durch den Meteoriteneinschlag in ihrer Zivilisation zurückgeworfen worden war – die Evolution selbst hatte die Katastrophe bestimmt nicht umkehren können.

Was Matt beim Anblick dieser ›Neandertaler‹ außerdem störte, waren die zerfetzten Kleidungsstücke, die sie trugen. Doch er hatte keine Zeit mehr, den Gedanken weiter zu verfolgen. Ohne die Geschwindigkeit zu verringern, raste Aruula weiter auf die Steinzeitmenschen zu. Sie wollte dem hilflosen Jungen so rasch wie möglich beistehen, deshalb trat sie erst im letzten Moment auf die Bremse.

Die Affenmenschen hatten inzwischen von ihrem Opfer abgelassen und starrten erschrocken auf das dröhnende Ungetüm, das wie ein Raubtier auf sie zugeschossen kam.

Die Bremsscheiben des Jeeps protestierten kreischend gegen Aruulas Vollbremsung. Die Räder blockierten und rutschten über das Gras hinweg. Genau auf zwei Affenmenschen zu! Augenblicke später wurden sie mit stählerner Wucht erfasst und über die Motorhaube durch die Luft gewirbelt. Brechende Knochen übertönten das Geräusch des absterbenden Motors.

Matt verspürte einen Moment lang Mitleid mit den überfahrenen Kreaturen, doch der Anblick des hilflosen Jungen erinnerte ihn daran, dass Aruula keine andere Wahl hatte. Wenn sie gegen diese animalische Horde bestehen wollten, mussten sie rücksichtslos vorgehen.

Sekunden später zeigte sich, dass er die bedrohliche Lage sogar noch unterschätzt hatte. Die primitive Steinzeitmenschen zeigten sich nämlich vom Auftauchen des Jeeps nicht sonderlich beeindruckt. Wie auf ein unhörbares Kommando hin stürmten sie auf das Fahrzeug zu und schüttelten dabei drohend ihre behaarten Fäuste.

Matt wollte sich gerade aus dem Jeep schwingen, als der vorderste Angreifer bereits das Fahrzeug erreichte. Blitzschnell riss der Pilot die Füße hoch, stemmte sich gegen den Rahmen des Jeeps und rammte dem Neandertaler die Absätze seiner Kampfstiefel ins Gesicht.

Der Schädel des Affenmenschen flog in den Nacken, während sein Nasenbein unter dem harten Aufprall zerbrach. Trotz des Tritts wich der Hüne nicht einen Zentimeter zurück. Er schüttelte nur grunzend den Kopf, als wollte er eine lästige Fliege verscheuchen – dann stellte er sich erneut zum Kampf.

Doch Matt hatte die kurze Zeitspanne genutzt, um sich einen festen Standplatz zu sichern. Bevor der Affenmensch die Initiative übernehmen konnte, feuerte er bereits zwei schnelle Gerade ab, die das wuchtige Gesicht des Halbaffen trafen – wieder ohne eine sichtbare Wirkung zu hinterlassen. Alles was er erreichte war, dass der Neandertaler wütend aufkreischte und ihm mit beiden Pranken vor die Brust schlug. Der Stoß traf Matt wie eine Dampframme und schleuderte ihn nach hinten.

Hart prallte er mit dem Rücken auf den Boden, während der Neandertaler nachsetzte und seine langen Arme wie Dreschflegel durch die Luft kreisen ließ. Die behaarten Fäuste hagelten wie Hammerschläge auf Matthew nieder, sodass er keine Gelegenheit fand, sich zu erheben.

Zu allem Überfluss kamen jetzt auch noch weitere Affenmenschen heran. Gegen diese Übermacht hatte er keine Chance!

Matt blieb nichts weiter übrig, als einen schnellen Rückzug anzutreten. Mit einem Tritt verschaffte er sich Luft und rollte zur Seite, direkt unter den Jeep. Die haarigen Wesen waren so erstaunt über sein plötzliches Verschwinden, dass sie einen Moment lang ratlos dastanden.

Matt kroch inzwischen auf der Fahrerseite unter dem Chassis hervor und sprang in die Höhe. Nur einen Meter entfernt stand Aruula mit dem Rücken zu ihm. Die Barbarin hatte ihr Schwert von der Rückbank des Jeeps geklaubt und wirbelte die scharfe Klinge durch die Luft, um sich gegen zwei Neandertaler zu wehren.

Einer der ungeschlachten Gestalten stand der rechte Arm in unnatürlicher Stellung vom Körper ab, trotzdem sprang er auf Aruula zu und schlug mit einem Stein nach ihr.

Matt konnte es nicht glauben. Der Angreifer gehörte zu den beiden, die Aruula mit dem Jeep überrollt hatte. Trotz seiner Verletzungen warf sich der Affenmensch todesverachtend dem blanken Schwert entgegen, holte mit dem gesunden Arm aus und schlug nach Aruula. Die Barbarin wirbelte um die eigene Achse. Sie schwang ihr Schwert in kraftvollen Bewegungen. Fauchend schnitt der blanke Stahl durch die zottigen Glieder.

Als Aruula nach der Pirouette zum Stehen kam, starrte der Neandertaler fassungslos auf seinen blutenden Armstumpf. Grunzend brach er zusammen und sank neben der abgetrennten Hand ins Gras. Der andere Affenmensch hatte seine behaarten Finger vor den Hals geschlagen und versuchte vergeblich den Blutstrom aufzuhalten, der aus seiner aufgeschlitzten Kehle strömte. Noch während er lautlos zusammensackte, sprang ein weiterer Affenmensch an ihm vorbei und schlug nach der Barbarin.

Diesmal kam Aruulas Gegenwehr zu spät. Sie wurde getroffen und taumelte zurück. Der Affenmensch setzte sofort nach und griff in ihr langes Haar. Brutal zerrte er sie an ihrem blauschwarzen Schopf zurück und wollte sie zu Boden zwingen, doch bevor er die Bewegung ausführen konnte, schlug ihm eine Neun-Millimeter-Kugel in die Stirn.

Die Affenmenschen grunzten bei der Schussexplosion erschrocken auf und starrten zu Matt hinüber, der seine Armeepistole, eine Beretta 98 G Double Action, beidhändig auf Schulterhöhe in Anschlag gebracht hatte. Ihm war inzwischen klar geworden, dass er zum letzten Mittel greifen musste, wenn er und Aruula mit heiler Haut aus dieser Situation herauskommen wollten.

Die Affenmenschen ließen sich von der tödlichen Wirkung seiner Waffe nicht lange beeindrucken. Nachdem die Schrecksekunde abgeklungen war, stürmten sie weiter vor.

Aruula hatte erneut Grundstellung mit ihrem Schwert bezogen. »Juu sa nac!«, knurrte sie wütend. Die blutbefleckte Klinge in ihren Händen bewies deutlich, wie ernst es ihr mit dieser Todesdrohung war.

Matt hatte keine Zeit, den weiteren Kampf der Barbarin zu verfolgen. Zwei Affenmenschen waren auf den Jeep geklettert, um ihn von dort aus anzugreifen. Einer der Neandertaler sprang auf den vertäuten Reservekanistern herum. Plötzlich bückte er sich und zerrte so heftig an einem der Blechbehälter, dass das Halteseil zerriss. Die Kraft dieser Wesen war unglaublich. Wenn sie einen Menschen in ihre Gewalt bekamen, konnten sie ihn zweifellos mit bloßen Pranken zerfetzen.

Der Affenmensch wuchtete den gefüllten Kanister in die Höhe und wollte ihn auf Matt niederschleudern. Blitzschnell riss der Pilot seine Waffe hoch und krümmte den Zeigefinger. Die Double Action in seiner Hand bellte laut auf.

Während die Kugel in die behaarte Brust des Affenmenschen schlug, fuhr der Pistolenschlitten zurück. Die leere Hülse wurde ausgeworfen und automatisch eine neue Kugel in die Patronenkammer geschoben.

Obwohl Blut aus der Einschussstelle sprudelte, führte der Affenmensch seine Bewegung zu Ende und schleuderte den schweren Blechbehälter auf Matt.

Donnernd krachte der Kanister auf den Erdboden, genau an der Stelle, wo Matthew noch eine Sekunde zuvor gestanden hatte. Im letzten Moment hatte er sich durch einen schnellen Sprung zur Seite in Sicherheit gebracht. Gleichzeitig schoss er auf den zweiten Neandertaler, der ihn von der Motorhaube aus anspringen wollte, und traf dessen Fußgelenk.

Dieser Treffer zeigte sofortige Wirkung. Jaulend umklammerte der Affenmensch sein Bein und kippte zur Seite. Matt beobachtete nicht mehr, wie er auf den Boden aufschlug, sondern wirbelte wieder zu dem Kanisterschleuderer herum. Aber auch dessen Widerstandskraft war erschöpft. Röchelnd sank der blutüberströmte Affenmensch auf der Rückbank zusammen.

Hinter Matt erklangen die schrillen Schmerzensschreie weiterer Affenmenschen, die Aruulas Schwert zum Opfer fielen.

Trotz ihrer dumpfen Angriffswut wichen die verbliebenen Neandertaler zurück. Sie schienen zu erkennen, dass ihnen die Menschen aus dem seltsamen Gefährt überlegen waren. Nur ein Halbaffe mit flammend rotem Fell hob noch einen Granitbrocken vom Boden auf – doch als Matt die Pistole auf ihn richtete, ließ er den Stein wieder fallen und ergriff die Flucht.

Der Pilot wollte gerade erleichtert aufatmen, als ihn ein aggressives Grunzen herumfahren ließ. Zehn Meter entfernt stand das Oberhaupt der wilden Horde und schlug herausfordernd mit der Eisenstange auf den Boden.

Matt versuchte es ohne weiteres Blutvergießen. Er senkte den Lauf der Automatik und schoss. Die Erde wurde nur wenige Zentimeter vor den nackten Zehen des Affenmenschen aufgerissen. Doch der Affenmensch war kein vernunftbegabtes Wesen, das sich durch Warnschüsse einschüchtern ließ. Unbeeindruckt rannte er los und schwang die Eisenstange drohend über seinem Kopf.

Matthew blieb nichts anderes übrig, als ihn durch einen Schuss zu stoppen! Er visierte das linke Schulterblatt an, doch der schwankende Gang des Gegners machte ein genaues Zielen unmöglich. Als Matt feuerte, blühte an der Brust des Amokläufers eine rote Blume auf.

Trotz des Einschlags schien der Affenmensch weder Schmerzen noch Erschöpfung zu spüren, denn er setzte seinen Lauf mit unverminderter Geschwindigkeit fort. Inzwischen war er bis auf fünf Meter herangekommen.

Hastig gab Matt einen weiteren Schuss ab. Obwohl er wieder einen Treffer landete, kam ihm die geschwungene Stange bedrohlich nahe. Nur noch zwei Meter ... einer ...

Im letzten Moment riss Matt die Beretta hoch und zielte zwischen die tiefliegenden Augen des Affenmenschen.

Erst nachdem die Kugel den deformierten Schädel durchschlagen hatte, brach das Wesen in die Knie. In einem letzten Reflex versuchte es noch, die Eisenkeule auf Matt niedersausen zu lassen, aber das Metall krachte nur scheppernd gegen den Jeep.

Matt wirbelte sofort zu den übrigen Affenmenschen herum, die den Amoklauf ihres Anführers regungslos mitverfolgt hatten. Doch keiner von ihnen schien gewillt, seinen Tod zu rächen. Als sie sahen, dass auch der Stärkste ihrer Gruppe nicht gegen die unheimliche Waffe des Fremden ankam, wandten sie sich grunzend um und ergriffen die Flucht.

»Das ist ja gerade noch mal gut gegangen«, wandte sich Matt erleichtert an seine Gefährtin. Doch Aruula war längst losgelaufen, um nach dem reglos am Boden liegenden Jungen zu sehen.

Im ersten Moment sah es so aus, als wäre der Blondschopf tot. Doch als Aruula näher kam, sprang er plötzlich auf und wollte davonlaufen. Erst als er bemerkte, dass sie keiner der Affenmenschen war, beruhigte er sich wieder. Erleichtert sank er zurück ins Gras und sah die Barbarin in einer Mischung aus Furcht und Hoffnung an.

»Tuma sa feesa. Ich hoffe, es geht dir gut, Kleiner«, begrüßte sie ihn in der Sprache der Wandernden Völker.

Die Augenbrauen des Blondschopfs zogen sich verärgert zusammen. »Ich heiße Arak und nicht *Kleiner*«, antwortete er in einem Dialekt, der ihrer Sprache ähnlich war. Nach einer kurzen Pause fügte er wesentlich milder hinzu: »Ohne eure Hilfe wäre ich sicherlich verloren gewesen.«

Die Lippen der Barbarin verzogen sich zu einem Lächeln. »Mich nennt man Aruula«, stellte sie sich im Gegenzug vor. »Ich wollte dich bestimmt nicht verärgern, Arak. Im Gegenteil, ich möchte mit dir reden. Es ist das erste Mal, dass ich jemanden treffe, der ebenfalls *lauschen* kann!«

Du kannst mit den Gedanken sprechen wie ich?

Aruula verzog schmerzhaft das Gesicht, denn die Worte dröhnten in ihrem Kopf, als wenn der Junge sie ihr ins Ohr geschrien hätte.

»Bitte nicht«, wehrte sie ab. »Ich bin es nicht gewohnt, auf diese Weise mit jemanden zu reden. Das ist viel zu laut für mich.«

Arak nickte, als würde er das kennen. »Du musst nur etwas üben, dann kannst du bestimmen, wie laut du einen anderen hörst«, erklärte er in väterlichem Ton.

In diesem Moment trat Matt hinzu, und Aruula berichtete ihm, was sie bislang erfahren hatte.

»Frag ihn, was er hier so allein in dieser verlassenen Gegend macht«, bat Matt, und Aruula gab die Frage an Arak weiter.

Der fuhr zusammen, als wäre ihm gerade erst wieder etwas eminent Wichtiges eingefallen. »Meine Familie«, hauchte er. »Sie ist immer noch auf dem Käferfriedhof! Die Scimaro wollen sie töten! Ihr müsst ihnen helfen, bitte!«

»Scimaro?«

»Die Affenmenschen.«

»Warum verfolgen euch diese Bestien mit solchem Hass?«, erkundigte sich Aruula.

»Weil wir Ausgestoßene sind«, erklärte Arak traurig. »Wohin wir auch gehen, man begegnet uns überall nur mit Feindschaft. Deshalb halten wir uns von menschlichen Siedlungen fern. Doch heute Morgen wurden wir plötzlich von diesen hirnlosen Scimaro verfolgt. Meine Eltern und die anderen flohen deshalb auf einen großen Käferfriedhof. Wir konnten uns in den leeren Panzern der toten Tiere verstecken, aber die Affenmenschen suchen überall herum. Es ist nur eine Frage der Zeit, bis sie den Unterschlupf finden. Deshalb habe ich mich davongeschlichen, um Hilfe zu holen. Doch einige dieser Bestien haben meine Flucht bemerkt und mich verfolgt.«

Aruula übersetzte für Matt.

»Warum wird deine Familie überall so angefeindet?«, erkundigte er sich bei dem Jungen.

Arak zuckte mit den Schultern und flüsterte: »Ich weiß es nicht. Wir haben nie jemandem etwas getan.«

Aruula spürte instinktiv, dass der Junge etwas Entscheidendes vor ihnen verbarg. Einen Moment lang flackerte vor ihrem geistigen Auge ein Bildfetzen auf, in dem Arak und die Affenmenschen zu erkennen waren. Doch die Sequenz war zu kurz, um

Aruula mehr als nur eine vage Ahnung des eben Gesehenen zu vermitteln.

Vorsichtig versuchte sie in den Gedanken des Ausgestoßenen zu lauschen. Statt weiterer Visionen erhielt sie einen kurzen Schmerz, als berührte sie mit ihren Sinnen etwas Dunkles, Ekelerregendes. Gleich darauf spürte sie, wie sich Araks Bewusstsein vor ihrem Zugriff verschloss.

Aruula wusste weder, wie er das machte, noch konnte sie das, was zwischen ihnen geschah, in Worte fassen. Sie ahnte nur, dass der unscheinbare Junge seine Kräfte viel besser beherrschte als sie.

Nach außen hin machte Arak ein unschuldiges Gesicht, als wenn nichts geschehen wäre. »Kommt ihr mit, um meiner Familie zu helfen?«, bat er.

Matt kratzte sich nachdenklich am Kopf. Einerseits wollte er weiter nach seinen verschollenen Kameraden suchen, andererseits konnte er diesen Jungen und seine Leute nicht einfach ihrem Schicksal überlassen.

»Wo liegt der Käferfriedhof, von dem du erzählt hast?«, erkundigte er sich über Aruula.

Arak deutete mit dem Arm über die Grassteppe in nordwestliche Richtung.

»Na ja, das ist fast auf unserem Weg«, meinte Matt. Die Barbarin nickte zustimmend. Sie wollte dem Jungen auf jeden Fall helfen. Allein schon um herauszufinden, ob seine ganze Familie lauschen konnte. Vielleicht gehörten diese Ausgestoßenen ja sogar zu ihrem eigenen Volk, aus dem sie als Kind verschleppt worden war.

Gemeinsam gingen die drei zum Jeep zurück. Als sie den Wagen erreichten, schwang sich Matt schnell hinters Steuer. »Ich denke, die nächste Strecke übernehme ich«, verkündete er. Aruulas Fahrkünste hatte er für die nächsten Tage genug genossen.

»Sie kommen«, flüsterte Yolla entsetzt. »Der Grauhaarige hat uns vorhin doch entdeckt!«

Bork wollte einen leisen Fluch ausstoßen, doch über seine zitternden Lippen drang nicht der geringste Ton. Die Angst schnürte dem Oberhaupt der Sippe im wahrsten Sinne die Kehle zu. Dabei wusste er nicht, was ihm mehr Furcht einflößte: dass nun die ganze Horde nahte oder dass einige Affenmenschen doch so etwas wie Intelligenz besaßen, was sie doppelt gefährlich machte.

Als Bork seinen Blick in die Runde schweifen ließ, sah er in verbitterte Gesichter. Er wusste, dass ihn die anderen für ihre Misere verantwortlich machten. Schließlich war es seine Idee gewesen, sich von Bendrake und dem Stamm abzusetzen.

Wie hatte er auch ahnen können, dass sie die Kontrolle über alles verlieren würden?

Doch das war seinen Schwestern und ihren Ehemännern egal. Sie sahen nur, dass sie sich tief in einen Berg aus toten Käferleibern wühlen mussten, um den Affenmenschen zu entgehen, die ihnen seit heute Morgen auf den Fersen waren.

Das Versteck bestand aus einem besonders großen Insektenkörper, der unter vielen kleineren Leibern begraben war, sodass nur wenig Tageslicht zu ihnen herab drang.

»Sie kommen jetzt auch aus dieser Richtung«, zischte seine Frau zu ihnen hinab. Zila hatte Beobachtungsposten in einem weiter außen liegenden Leib bezogen, doch nun kletterte sie behände durch die hohlen Skelette zu ihnen hinab.

»Wir müssen nach hinten raus, das ist unsere letzte Hoffnung«, verkündete sie mit entschlossener Stimme. Wie so oft, wenn Bork nicht mehr weiter wusste, übernahm sie die Führung der Sippe. Mit scharfen Worten trieb sie die lethargisch vor sich hindämmernden Männer und Frauen an: »Los, hoch mit euch. Wozu hat Arak denn diesen Fluchtweg erkundet?«

»Um sich dadurch selbst aus dem Staub zu machen«, knurrte Doran bösartig. »Dein Sohn hat nämlich rechtzeitig erkannt, dass er besser nicht auf seinen Vater vertrauen sollte.«

»Hüte deine Zunge«, zischte Bork warnend. Nicht weil ihn Dorans Worte sonderlich verletzten, sondern weil er verhindern musste, dass sich die Sippe vor Angst gegenseitig an die Kehle ging, anstatt gemeinsam zu handeln. »Mein Sohn hat große Gefahren auf sich genommen, um Hilfe für uns zu holen. Wir sollten uns seiner würdig erweisen, indem wir alles daran setzen, am Leben zu bleiben, bis er zurückkehrt. Flieht durch den Zehnfüßler nach draußen und versucht euch in einem anderen Leichenberg zu verstecken. Am besten teilen wir uns, so sind die Überlebenschancen der Einzelnen größer.«

»Du willst dich wohl auch absetzen und uns als Futter für diese Bestien zurücklassen?«, fauchte Yolla.

Es schmerzte Bork, dass sich auch seine Schwester von ihm abwandte, doch er hatte keine Zeit, um sich verletzt zu zeigen.

»In der Steppe hat keiner von uns eine Überlebenschance«, zischte er zurück. »Die Scimaro sind schneller als wir. Wir können uns nur weiter vor ihnen verstecken, bis sie die Suche aufgeben.«

»Oder bis sie jeden von uns gefunden und getötet haben«, fügte Doran düster hinzu. Einen Moment sah es so aus, als wollte er seinem Schwager vor die Füße spucken, doch dann drehte er sich zu den anderen um, die bereits durch das Gewirr der Käferleiber kletterten.

Bork blickte den Männern, Frauen und Kindern nach, die er enttäuscht hatte.

»Wenn wir es bis zum Abend schaffen, können wir vielleicht in der Dunkelheit ungesehen verschwinden«, flüsterte er ihnen aufmunternd hinterher. Dabei war er fest davon überzeugt, dass keiner von ihnen den Nachmittag überleben würde.

Ein schabendes Geräusch ließ ihn herumwirbeln.

Entsetzt starrte Bork auf die dunklen Schemen, die hinter ihm in den Käferberg kletterten. Die plumpen Gestalten stießen ständig gegen die skelettierten Überreste, trotzdem arbeiteten sie sich zügig dem Versteck entgegen. Die Horde wurde von einem grauhaarigen Männchen angeführt, das intelligenter als seine Artgenossen war.

Mit einem Speer oder Schwert in der Hand hätte sich Bork dem Grauhaar entgegengestellt. Der Tod dieser Bestie ließ die Überlebenschancen seiner Sippe sicherlich in die Höhe schnellen. Doch Bork war ungeübt im Kampf. Er hatte nie eine Waffe besessen, und selbst wenn ihm nun plötzlich eine zur Verfügung stünde, hätte er nicht gewusst, wie er sie benutzen sollte.

Seine Waffe war stets der Geist gewesen, doch der nützte ihm bei diesen Kreaturen wenig.

So blieb ihm nur noch, sich umzuwenden und das Weite zu suchen. Behände krabbelte er aus dem Versteck und hangelte sich durch einige intakte Skelette, bevor er den Körper des Zehnfüßlers erreichte, der wie ein Tunnel durch ein Meer von zerquetschten Käferkadavern führte. Vorsichtig schwang er sich in den hohlen Leib des Wurms. Drinnen tastete er sich zwischen den Rippen des Tieres entlang – ohne zu ahnen, dass daran einst Sitzbänke befestigt waren, auf denen die Fahrgäste eines Linienbusses gesessen hatten.

Bork hatte noch nie etwas über die Zeit vor der großen Katastrophe gehört, deshalb ahnte er auch nichts vom technischen Ursprung der Fahrzeugwracks, durch die er sich bewegte. Er kannte nur die überdimensionalen Insekten wie Andronen oder Frekkeuscher, die diesen Landstrich bevölkerten. Da schien es ihm nur folgerichtig, dass es sich bei dieser Anhäufung von leeren Hüllen um die Chitinpanzer ähnlicher Wesen handeln musste. Dass er und seine Sippe auf einem Schrottplatz waren, ahnte er nicht.

Bork kletterte gerade durch den offenen Rahmen der Windschutzscheibe hinaus, als er von vorne die entsetzten Schreie seiner Schwestern hörte. Gleich darauf erklang ein vielstimmiger Chor triumphierender Affenmenschen.

Die tumben Kreaturen hatten sie in eine Falle gejagt!

Verfluchtes Grauhaar, daran bist du alleine schuld!

Die Angst um seine Frau spornte Bork zu schnelleren Bewegungen an. Hastig kletterte er durch die letzten Autowracks, bevor er endlich das Freie erreichte. Von der grellen Nachmittagssonne geblendet, musste er einige Male blinzeln, bevor er seine beiden Schwestern sah, die sich nur einen Steinwurf entfernt an ihre Männer klammerten.

Die Sippe befand sich inmitten eines Ganges, der zwischen zwei hohe Bergen aus aufgetürmten Schrottautos hindurchführte. Auf den Dächern der oberen Fahrzeugschicht sprang ein halbes Dutzend Affenmenschen herum und schlug sich drohend auf den Brustkorb.

Hinter Bork erklang ebenfalls triumphierendes Gegrunze, denn der Grauhaarige und seine Horde kamen rasch näher.

»Schnell, wir müssen hier hinauf!«, schrie Zila,

die als Einzige nicht vor Angst erstarrt war. Dabei deutete sie auf einen Turm aus Autokarosserien, der weit über den übrigen Schrottplatz hinausragte. Die verängstigte Sippe starrte unentschlossen in die Höhe.

»Nun macht schon!«, brüllte Bork seine Schwestern an, während er auf sie zurannte. »Folgt Zila, das ist unsere einzige Chance!«

Der Befehl ihres Sippenoberhauptes löste die Erstarrung. Gehorsam machten sich die beiden Pärchen mit ihren Kindern daran, Zila zum Fuß des Turms zu folgen.

Die Scimaro merkten rasch, dass ihre Opfer entkommen wollten. Aufgeregt sprangen sie auf den Autodächern umher. Einige von ihnen zerfetzten die maroden Karosserien, um scharfkantige Bruchstücke in die Tiefe zu werfen.

Bork erkannte, dass er irgendetwas tun musste, um seiner Familie mehr Zeit zu verschaffen. Aus einem plötzlichen Geistesblitz heraus begann er wie die Affenmenschen zu grunzen und sich ebenfalls auf die Brust zu schlagen!

Verwirrt hielten die Neandertaler in ihren Bewegungen inne. Bisher hatten sie die Ausgestoßenen nur als Opfer erlebt, die sich keiner äußeren Gewalt hingaben. Nun schien einer von ihnen eine Herausforderung ausstoßen zu wollen!

Bork nutzte die Irritation, um zu seiner Familie aufzuschließen. Doch kaum hatte er die Reihen der Affenmenschen passiert, schlug ihre Überraschung in Raserei um. Wütend stießen sie ganze Wracks in die Tiefe. Einige Neandertaler sprangen Bork hinterher, um ihn mit bloßen Händen zu zerreißen.

Die Angst beflügelte seine Schritte, doch die flinken Affenmenschen holten so schnell auf, dass er es unmöglich bis zum Fuß des Turms schaffen konnte.

Er spürte bereits den heißen Atem eines Verfolgers im Nacken, als einer der Schrottberge unter dem Toben der Halbaffen ins Rutschen kam.

Kreischend lösten sich einige tiefer gelegene Wracks aus der aufgetürmten Wand, dann brach der ganze Berg krachend in sich zusammen. Die schweren Chassis wurden wie Spielbälle durch die Luft gewirbelt und begruben die Scimaro, die sich in den Graben hinab gewagt hatten, unter sich.

Bork sprang im letzten Moment an den Autos in die Höhe, auf die sich seine Familie geflüchtet hatte. Er klammerte sich gerade an einem ehemals roten Alfa Romeo fest, als hinter ihm ein schweres Mercedeswrack zu Boden prallte – und seinen Verfolger erschlug, der ihn gerade an den Beinen packen und in die Tiefe zerren wollte. Die schwere Karosserie zerquetschte den deformierten Körper, bevor sie weiter rutschte.

Die Erschütterung ließ den Alfa unter Borks Händen vibrieren, doch zum Glück hielt die seit Jahrhunderten festgefügte Konstruktion stand. Nachdem sich die Schwingungen gelegt hatten, kletterte der Ausgestoßene hastig in die Höhe. Er nutzte vorstehende Motorhauben und fensterlose Seitentüren als Halt, um sich geschwind bis an die Spitze vorzuarbeiten.

An einer Fiat-Limousine verschnaufte er kurz und sah sich zu den überlebenden Affenmenschen um, die aufgeregt auf den zusammengestürzten Wracks herumsprangen. Einige Scimaro wiesen schwere Schürfwunden auf, doch ihre Angriffslust schien nicht im geringsten gemildert.

Ohne auf den blutenden Artgenossen zu achten, der sich zwischen den Wracks ins Freie quälte, sprangen drei Affenmenschen über das Trümmerfeld auf den Autoturm der Ausgestoßenen zu.

Bork streckten sich mehrere Hände entgegen, die ihm weiterhelfen wollten. Neben Zila waren es besonders Dorans starke Arme, die ihn in die Höhe hoben. Angesichts der unzähligen Scimaro, die von allen Seiten auf sie zuströmten, waren ihre vorherigen Streitereien vergessen. Nun ging es ums nackte Überleben!

Schon kletterten die ersten Scimaro an den Wracks empor, um zu den sechs Erwachsenen und den beiden Kindern zu gelangen, die sich auf der obersten Schicht furchtsam aneinander drängten.

»Tu endlich etwas«, keifte Yolla ihren Bruder in Todesangst an. »Du bist doch der Stärkste von uns!«

Bork nickte. Seine Schwester hatte Recht, es gab keinen anderen Weg mehr. Nun konnte ihnen nur noch ihre Gabe – das Geschenk ihres Gottes im Stein – helfen. Er umfasste das Amulett an seinem Hals und betete zu Meetor, bevor er seine Kräfte für die bevorstehende Attacke sammelte.

Direkt unter ihm kletterte ein Affenmensch heran. Er war bereits so nahe, dass man eine alte Narbe erkennen konnte, die quer über seine linke Gesichtshälfte verlief.

Bork durfte nicht länger zögern. Hastig suchte er nach dem Bewusstsein des Narbengesichts. Dann stieß er wie ein Speer in ihn hinein. Wie ein Blitz fuhr er in die fremden Gehirnwindungen, tastete durch sie hindurch und suchte die Schwingungsfrequenz des Scimaro. Dann griff er mental zu, um den primitiven Verstand unter seine Kontrolle zu bringen.

Die Verschmelzung ihrer Gedanken war schmerzhaft.

Bork spürte, wie eine brennende Woge des Ekels durch seinen Körper schoss. Es war, als würde jemand mit unreinen Fingern nach seinem Verstand greifen und tief in seinem Innersten wühlen, um es nach außen zu kehren. Die Gedankenwelt seines Gegners riss ihn in einen Strudel fremder Emotionen, die sein Bewusstsein zu überfluten drohten und ihn bis an die Klippe des Wahnsinns drängten.

Vergeblich versuchte Bork den Ansturm der animalischen Eindrücke zurückzuschlagen. Sein Gesicht verzerrte sich vor Schmerz. Die Stirnhaut spannte sich so sehr, dass sie zu reißen drohte. Ein unkontrolliertes Zittern überfiel seinen Körper, während die Arme sinnlos durch die Luft schlugen. Seiner verkrampften Brust entrang sich ein gepeinigter Schrei, der nur als halbersticktes Gurgeln über die entstellten Lippen kam.

Hatte er bereits verloren, bevor der Kampf richtig begann?

Wie aus unendlich weiter Ferne vernahm sein Ohr die Geräusche des Affenmenschen, dessen Pranken gehetzt über die Autobleche kratzten. Dem Scimaro bereitete der Kontakt ebenfalls Schmerzen.

Röchelnd presste Bork Luft in seine zusammengefallenen Lungen, pumpte die letzten Energiereserven durch den Körper und verstärkte so die Kräfte seines beinahe paralysierten Geistes. Im letzten Winkel des verbliebenen Verstandes bildete sich ein Widerstandsnest. Es wuchs heran und wurde rasend schnell größer – bis er den Schmerz wie einen Schleier von sich riss und auf den Gegner zurückschleuderte.

Einem Blitzschlag gleich jagte der Impuls über ihre Gedankenverbindung und traf das fremde Bewusstsein. Der Scimaro sprang gepeinigt in die Höhe, verlor den Halt auf der glatten Motorhaube und glitt über die Stoßstange nach unten.

Fieberhaft versuchte Bork die Verbindung zu

lösen. Er riss und zerrte verzweifelt an seinen Gedanken, doch es war sinnlos.

Der Affenmensch rutschte an den Autowracks hinab und prallte mit dem Rücken auf den Unterboden des umgestürzten Mercedes. Dabei brach er sich drei Rippen.

Bork spürte den brutalen Schmerz, als würden seine eigenen Knochen zersplittern. Gepeinigt schrie er auf, dann gelang es ihm endlich, den Kontakt abzubrechen.

Unter ihm umringten Grauhaar und die anderen Scimaro den verletzten Artgenossen.

Bork presste die Handballen gegen seine hämmernden Schläfen. Er sammelte die Schmerzen, die das Nervensystem durch seinen Körper sandte, und schleuderte sie auf der Wellenlänge der Affenmenschen in die Tiefe. Die Attacke dauerte nur wenige Sekunden, doch sie wirkte wie eine glühende Nadel, die man in die primitiven Gehirne trieb.

Fauchend wirbelten die Scimaro herum, doch es war kein Feind zu sehen, dem sie ihren Schmerz zu verdanken hatten. Nur der Grauhaarige sah wütend zu Bork und seiner Sippe empor. Dann streckte er den Arm in die Höhe und stieß ein dumpfes Grunzen aus, um seine Artgenossen aufzustacheln. Sofort fielen weitere Scimaro in seine rhythmischen Laute ein, bis ein vielstimmiger Chor erklang, dessen düsterer Gesang zu den Ausgestoßenen emporstieg.

Vom gemeinsamen Hass angetrieben, sprangen die ersten Affenmenschen auf die unteren Wracks, um sich geschickt an den fensterlosen Rahmen in die Höhe zu hangeln.

Angesichts der neuen Angriffswelle sank Bork erschöpft zurück. »Ich ... kann nicht mehr«, stammelte er. »Wenn ich mich noch einmal mit einem von diesen Geistern vereine, verliere ich den

Verstand. Das gefährdet euch mehr, als dass es euch nützt.«

Zila legte ihm beruhigend eine Hand in den Nacken und murmelte sanft: »Schon gut. Wir wissen alle, dass du getan hast, was du konntest.«

Das klang sehr resigniert, als wenn sie schon mit ihrem Leben abgeschlossen hätte. Aber was sollte Bork darauf antworten, um ihr Mut zu machen? Ihre Lage war hoffnungslos!

Trotzdem machten sich Doran und Korak daran, Teile von den vermeintlichen Insektenpanzern zu reißen, um sie auf die Scimaro zu schleudern.

Das Bombardement aus Stoßstangen, verrosteten Türen und Motorteilen führte tatsächlich dazu, dass zwei Angreifer den Halt verloren und in die Tiefe stürzten. Die übrigen ließen sich dadurch aber nicht beeindrucken, sondern kletterten immer höher. Auch das Narbengesicht mit den gebrochenen Rippen war ihnen schon wieder bedrohlich nahe gekommen.

»Wir müssen unsere Kräfte bündeln, dann können wir diese Bestien vielleicht zurücktreiben«, schlug Zila vor.

Bork nickte. Es war nur eine kleine Chance, aber immer noch besser, als tatenlos darauf zu warten, von den Affenmenschen in Stücke gerissen zu werden.

Hastig umklammerte er mit der rechten Hand sein Amulett, während er mit der Linken nach der Schulter von Korak langte. Die restliche Familie folgte seinem Beispiel. Jeder von ihnen berührte den Steinsplitter an seinem Hals, während er mit der freien Hand nach dem unmittelbaren Nachbarn langte, bis sich der Kreis aus Männern, Frauen und Kindern geschlossen hatte.

Gemeinsam konzentrierten sie sich auf die leuchtende Kraft, die in ihren Leibern loderte. Sie vereinigten sie zu einem Feuer, das seinen Weg in die Freiheit suchte. Bork sammelte die unsichtbare Kraft, die ihren Körper entströmte, und sandte sie in die Tiefe. Dort griff er nach einer Radkappe, die auf den Trümmern der eingestürzten Schrottwand lag.

Wie von unsichtbarer Hand gepackt wurde das verbogene Blech in die Höhe geschleudert und flog einem rotierenden Frisbee gleich auf Narbengesicht zu, der gerade an der Fiat-Limousine emporkletterte. Krachend landete das Schrottteil in seinem behaarten Nacken.

Überrascht lockerte Narbengesicht den Griff um die Stoßstange, an der er sich festhielt, und stürzte zwei Autoschichten weit in die Tiefe, bevor er reflexartig die Pranken um den Holm einer offenen Renaulttür klammerte.

Ohne einen Gedanken an die unheimliche Attacke zu verschwenden, schwang er sich sofort wieder in die Höhe, um den Angriff fortzusetzen.

Bork gelang es mit äußerster Mühe, noch zwei Radkappen und eine Stoßstange durch die Luft zu wirbeln. Obwohl er jedesmal einen der Scimaro traf, konnte er den Sturmlauf der Horde nicht aufhalten. Schon erschienen die ersten Affenmenschen am Rand der obersten Ebene.

Gleichzeitig zerbrach der telepathische Kreis seiner Sippe. Korak und Doran tauchten unter den Schlägen der Scimaro hinweg, während sie ihnen gleichzeitig mit aller Kraft ins Gesicht und vor die Brust traten.

Yolla war dagegen zu langsam.

Kreischend versuchte sie noch vor dem Narbengesicht davonzukriechen, da packte die Kreatur sie an den Füßen und zerrte sie zum Rand der Ebene. Doran wollte seiner Frau zur Hilfe eilen, kam aber nicht nah genug heran. Weitere Affenmenschen zogen sich über den Rand und schlugen auf ihr hilfloses Opfer ein. Ihre haarigen Fäuste prasselten dumpf auf die Frau nieder.

Röchelnd sank Yolla auf die Seite. Ein dünner Blutfaden rann aus ihrem Mundwinkel. Die Scimaro packten den leblosen Körper und warfen ihn über den Rand hinab in die Tiefe.

»NEIN!«, brüllte Doran und wollte sich auf die Bestien stürzen. Bork und Korak packten ihn im letzten Moment an den Armen und hielten ihn mit Gewalt davon ab, sich ins Unglück zu stürzen.

»Es ist zu spät!«, rief Bork seinem Schwager zu. »Sie ist längst tot!«

Erst jetzt wurde ihnen klar, dass sie wieder alleine auf dem Schrottberg waren. Die Scimaro hatte sich in die Tiefe zurückgezogen, um mit lautem Grunzen ihren Triumph zu feiern.

Zögernd begab sich die Sippe der Ausgestoßenen an den Rand der Ebene. Doch was sie in der Tiefe sahen, ließ die meisten von ihnen vor Abscheu und Ekel zurückzucken.

Grunzend versammelten sich die Scimaro um die Tote und brachen mit Steinen und Metallstücken ihren Schädel auf. Als Bork erkannte, dass die Affenmenschen an das Gehirn seiner Schwägerin gelangen wollte, wandte er sich entsetzt ab.

Das war also das Schicksal, das ihnen allen bevorstand! Übelkeit wallte in ihm auf, doch sein leerer Magen hatte nichts, was er hervorwürgen konnte. So spürte er nur bitteren Gallengeschmack in seiner Kehle.

»Sie wissen genau, dass wir ihnen nicht entkommen können«, sprach Zila aus, was viele dachten. »Wir sitzen hier oben so sicher wie in einer Speisekammer.«

Bork nickte. Dann ließ er sich neben den anderen nieder, die resigniert auf den Autodächern hockten. Die schmatzenden Geräusche, die aus der Tiefe zu ihnen hinaufdrangen, machten allen deutlich, dass sie nur noch auf ihr Ende warten konnten, wenn nicht ein Wunder geschah.

Da ertönte ein lauter Knall, der wie Donner in ihren Ohren hallte.

Gleich darauf verwandelte sich das Triumphgeheul der Scimaro in ängstliches Grunzen. Bork erwachte als erster aus seiner Lethargie und kroch hastig zum Rand der Schrottebene. Zuerst sah er nur Narbengesicht, der verrenkt am Boden lag und sich nicht rührte. Blut strömte aus seinem Hals.

Dann machte Borks Herz einen Freudensprung. Nur einen Steinwurf entfernt konnte er Arak erkennen, der zwischen einem blonden Mann mit seltsamen Kleidern und einer dunkelhaarigen Frau stand.

Der Fremde deutete mit seiner Hand auf einige Affenmenschen, die sich ihm grunzend näherten. Plötzlich donnerte es zwischen seinen Fingern. Einer der Scimaro wurde von einer unsichtbaren Wucht zurückgeschleudert und fiel leblos zu Boden.

Die primitive Horde wurde von Unruhe erfasst. Einen Moment lang schienen die Bestien abzuwägen, ob sie die Neuankömmlinge im Sturmlauf überrennen sollten, doch Grauhaar hielt seine Artgenossen mit einem lauten, gutturalen Schrei zurück. Daraufhin packten zwei Scimaro Yollas Körper und schleppten sie zwischen den Schrottbergen davon.

Wenige Augenblicke später zogen sich auch die übrigen Affenmenschen in verschiedene Richtungen zurück. Narbengesicht und die anderen Toten nahmen sie mit. Innerhalb von Sekunden waren sie zwischen den Wracks verschwunden, als hätte es sie nie gegeben ...

Matthew Drax suchte noch eine halbe Stunde lang den Schrottplatz ab, doch er fand weder die Neandertaler noch Yollas Leichnam. Entweder waren die Affenmenschen wirklich in die umliegende Steppe geflohen, oder sie hatten sich so tief in einem der Schrotthaufen verborgen, dass sie von außen nicht entdeckt werden konnten.

Auf jeden Fall schienen sie nicht noch einmal angreifen zu wollen.

Mit schnellen Schritten eilte Matt zwischen den Schrotthügeln zurück zum Jeep, vor dem sich Aruula und die Ausgestoßenen versammelt hatten.

»Hab Dank für deine Hilfe, großer Maddrax«, begrüßte ihn Bork. »Ohne dich und deine Donnerhand wären wir alle verloren gewesen!«

Matt verstand von der Ansprache kaum mehr als den Namen, den Aruula ihm bei ihrer ersten Begegnung verpaßt und an den er sich mittlerweile gewöhnt hatte. Sie hatte offensichtlich bereits mit den Leuten geredet. Jetzt übersetzte sie für ihn, und Matt nickte Bork freundlich zu, bevor er antwortete: »Wir sollten hier so schnell wie möglich verschwinden, bevor die Affenmenschen zurückkehren. In diesem unübersichtlichen Gelände können sie jederzeit über uns herfallen.«

»Aber wie sollen wir ihnen entkommen?«, fragte das Familienoberhaupt verzweifelt, und Aruula dolmetschte. »Diese Bestien sind auf offenem Gelände schneller als wir!«

»Ich habe aber nicht genug Platz, um deine ganze Sippe im Jeep mitnehmen«, gestand Matt. »Wir müssen uns etwas anderes einfallen lassen.«

Die Ausgestoßenen sahen ihn zuversichtlich an. Ein Mann, der allein mit seiner Hand die fürchterlichen Scimaro töten konnte, wusste bestimmt aus jeder Situation einen Ausweg.

Matt fühlte sich unter diesem Erwartungsdruck etwas unbehaglich. Nervös sah er sich auf dem Schrottplatz um. Als er unter einigen Eisenteilen ein altes Chrysler-Cabriolet entdeckte, kam ihm eine Idee.

»Helft mir, dieses ... Käferskelett hervorzuholen«, wies er die Umstehenden an, die sich sofort mit Feuereifer an die Arbeit machten.

Matt versuchte erst gar nicht, den Männern und Frauen klarzumachen, dass sie sich auf einem Autofriedhof befanden. Das hätte nur unnötig Zeit gekostet. Vor allem, weil es für die technischen Dinge seiner Zeit keine Vokabeln in der Sprache der Wandernden Völker gab.

Also ließ er das ›Skelett‹ des Cabrio freilegen. Er überzeugte sich davon, dass sich die Radfelgen noch drehten – auf den Komfort von Reifen würde die Sippe verzichten müssen –, und befestigte das Wrack dann mit einem festen Hanfseil hinter dem Jeep.

»Besser hätte es MacGyver auch nicht hinbekommen«, grinste er zufrieden, als er seine provisorische Anhängerkonstruktion betrachtete.

»MacGyver?«, fragte Aruula. »Ein Gott aus deiner Vergangenheit?«

»Eher aus meiner Kindheit«, schwächte der Pilot ab. Bevor er in die Verlegenheit kam, Aruula über die Funktionsweise des Fernsehens aufzuklären, ließ er die Sippe aufsitzen.

Die Ausgestoßenen suchten sich einen Platz in dem Cabrio. Arak wollte sich wieder zu seinen neuen Freunden in den Jeep setzen, doch sein Vater hielt ihn zurück. Dieser Ehrenplatz gebührte ihm, dem Familienoberhaupt.

Nachdem Bork auf dem Rücksitz Platz genommen hatte, startete Matt den Wagen. Anfangs rangierte er vorsichtig zwischen den engen Schrottschluchten umher, damit der provisorische Anhänger gegen keinen der Wrackberge stieß. Als er die Deponie hinter sich gelassen hatte, gab er etwas mehr Gas, um diesen Ort des Todes so schnell wie möglich hinter sich zu lassen.

Ohne seine Reisegäste zu fragen, fuhr er wieder in nördlicher Richtung. Er ging davon aus, dass die Ausgestoßenen einfach nur eine so große Entfernung wie möglich zwischen sich und ihre Verfolger bringen wollten. So kehrte Matt zu der primitiven Straße zurück und fuhr bis zur Abenddämmerung auf der alten Strecke weiter. Erst kurz bevor die Sonne hinter dem Horizont verschwand, hielt er an. Hier konnten sie ein Lager für die Nacht aufschlagen. Die Affenmenschen waren inzwischen zu weit zurückgeblieben, um ihnen noch gefährlich zu werden.

Während Zila mit der restlichen Sippe Brennholz für ein Lagerfeuer suchte, suchte Bork Matt und Aruula auf.

»Ich danke Maddrax, dass er meine Sippe mitgenommen hat«, erklärte er, »aber ich kenne ein Dorf in der Nähe, in dem wir Frekkeuscher bekommen können.«

»Das trifft sich gut«, übersetzte Aruula Matts Worte. »Mein Wagen benötigt viel Nahrung beim Ziehen der Last. Ich bringe dich aber gern noch zu diesem Dorf. Dann trennen sich unsere Wege wieder.«

Borks überraschter Miene war deutlich anzusehen, dass er nicht mit dieser Eröffnung gerechnet hatte. Seine Augen verengten sich zu schmalen Schlitzen, während er leise antwortete: »Ich hatte eigentlich gehofft, dass du uns begleitest, Maddrax. Wir wollen gemeinsam zu unserem Stamm zurückkehren, um dort ein großes Dankfest für dich zu feiern.«

Matt kratzte sich bei diesem Angebot verlegen am Kopf.

»Ich fürchte, dafür ...«

... habe ich keine Zeit, hatte Matt sagen wollen. Doch plötzlich überkam ihn das Verlangen, Borks Bitte nachzugeben. Schließlich war er für diese Menschen ein Gott. Wie konnte er da ein Fest zu seinen Ehren ablehnen?

Verwirrt schüttelte Matt den Kopf. Was war nur los mit ihm? Plötzlich waren all die Argumente, die für eine Trennung von Borks Sippe sprachen, wie weggeblasen. So sehr Matthew sich auch bemühte, er konnte sich nicht mehr daran erinnern.

Aruula sah Matt überrascht an, als dieser nicht weitersprach. Seine Miene war verkniffen. Instinktiv spürte die Barbarin, dass etwas nicht stimmte. Gleichzeitig fühlte sie ein eigentümliches Kribbeln in ihrem Körper. Noch nie zuvor hatte sie etwas Vergleichbares empfunden. Hing es mit den geistigen Fähigkeiten zusammen, die sie bei Arak festgestellt hatte? War auch sein Vater mental begabt?

Neugierig *lauschte* Aruula, um zu erfahren, welche Gedanken Bork aussandte. Doch es gelang ihr nicht, zu ihm durchzudringen. Etwas wie ein dunkler Schatten legte sich wie ein Tuch über ihre Sinne und hinderte sie daran. Ehe sich die Barbarin von dieser Überraschung erholen konnte, folgte auch schon die nächste.

»Gut«, verkündete Matt, aber seine Stimme klang seltsam gepresst. »Wir begleiten deine Sippe zu eurem Stamm. Ich freue mich schon auf das Fest, dass ihr mir zu Ehren geben wollt.«

Aruula traute ihren Ohren nicht. Während der Fahrt hatte sie sich mit Maddrax unterhalten, und dabei hatte er deutlich gemacht, dass er sich so schnell wie möglich wieder auf die Suche nach seinen Kameraden konzentrieren wollte. Wie kam es nun zu diesem plötzlichen Sinneswandel?

»Aber wolltest du nicht weiterfahren nach Norden?«, fragte sie nach.

»Nein!«, fuhr Matt sie an. »Wir begleiten diese Menschen! Oder hast du etwas dagegen?«

Aruula war überrascht von seiner plötzlichen Aggressivität. Was war nur los mit Maddrax?

»Nein, natürlich nicht«, gab sie zurück. »Entschuldige.« Dann wandte sie sich an Bork und übersetzte ihm Maddrax' Worte.

Matt schlug Bork freundschaftlich auf die Schulter. Gemeinsam gingen die Männer zum Lagerplatz, an dem die Ausgestoßenen ihr Feuerholz aufschichteten. Doch Aruula spürte, dass die Vertrautheit zwischen den beiden nicht echt war. Allerdings machte Matt nach außen hin ganz den Eindruck, als würde er aus freiem Willen handeln.

Kopfschüttelnd folgte die Barbarin den beiden. Bereits nach wenigen Schritten bemerkte sie, dass die Holzsucher ihre Tätigkeit eingestellt hatten. Sie neigten den Kopf zur Seite, als ob sie nach einem bestimmten Geräusch lauschen würden. Wie auf ein unsichtbares Kommando sahen sie zu Bork hinüber.

»Was soll das?«, fragte Doran überrascht. »Dieser Mann hat uns gerettet! Wieso …«

»Maddrax ist entschlossen uns zu begleiten, bis wir unseren Stamm erreicht haben«, fiel Bork seinem Schwager harsch ins Wort. »Ich bin sicher, es wird alle hier freuen, dies zu hören.«

Zustimmendes Gemurmel wurde laut, aber es war trotzdem nicht zu übersehen, dass einige aus der Sippe mit ihrem Oberhaupt unzufrieden waren. Selbst Arak sah seinen Vater vorwurfsvoll an.

»Steht hier nicht herum wie die Ölgötzen«, schnauzte Bork die Holzsucher an. »Macht endlich Feuer und bereitet ein Lager für die Nacht.«

In der darauf einsetzenden Hektik verschwand das bedrohliche Gefühl, das Aruula verspürt hatte. Trotzdem versuchte sie mehrmals in die Gedanken der Ausgestoßenen zu *lauschen*, um mehr über deren Pläne zu erfahren.

Ihre Bemühungen liefen jedoch ins Leere. Es war, als würde ihr innerer Sinn in eine weiche Wand eintauchen, die so nachgiebig und unergründlich wie ein Sumpfloch war. Schließlich stellte sie ihre Versuche ein.

Stattdessen half sie Maddrax das kleine Zelt aus Wakudaleder aufzubauen, in dem sie gemeinsam schlafen würden. Sie nahmen noch eine karge Mahlzeit am Lagerfeuer ein, dann zogen sie sich zur Nachtruhe zurück.

Borks Sippe benötigte nur ein paar Felldecken, mit denen sie sich am lodernden Feuer eine große Schlafstätte bereiteten, um die gegenseitige Körperwärme zu nutzten.

Nachdem sich Aruula im Zelt bis auf den Lendenschurz entkleidet hatte, beobachtete sie Maddrax dabei, wie er seinen Kampfanzug ablegte. Ihre Blicke glitten über seinen muskulösen Oberkörper, der viel feiner geschnitten war als bei den Männern ihres Stammes.

Sie mochte den Anblick seiner hellen, unbehaarten Haut. Am liebsten hätte sie es Borks Sippe gleichgetan und sich ebenfalls an Maddrax gekuschelt. Die Art und Weise, wie sie sich halbnackt im Licht der Taschenlampe räkelte, hätte in jedem anderen Mann denselben Wunsch wecken müssen.

Aber aus ihr unerklärlichen Gründen hielt Maddrax in diesem Punkt stets Abstand zu ihr.

Vielleicht hätte sie sich ihm nicht schon kurz nach seiner Ankunft anbieten sollen? Damals hatte er ihre Offerte abgelehnt und sie damit sehr verletzt.

Später hatte er ihr erklärt, dass er sich nicht mit ihr vereinigen wollte, solange sie ihn für einen Gott hielt. Inzwischen aber hatte sie längst akzeptiert, dass er ein Mensch war, und trotzdem war nichts zwischen ihnen passiert.

Dabei wusste sie, dass der Anblick ihres wohlgeformten Körpers Maddrax' Blut in Wallung brachte. Schließlich beobachtete sie ihn dabei, wenn er, nur noch mit seinen Unterhosen aus feingewebtem blauen Stoff bekleidet, in seinen Schlafsack schlüpfte. Obwohl er es vor ihr verbergen wollte, hatte sie mehrmals gesehen, dass sich seine Hose – er nannte sie *Shorts* – kräftig ausbeulte. Die Barbarin wusste von den Männer ihres Stammes, dass dies ein untrügliches Zeichen ihrer Erregung war.

Worauf wartete Maddrax also noch? Er glaubte doch wohl nicht ernsthaft, dass *sie* noch einmal die Initiative übernahm? Auf keinen Fall! Jetzt musste er um *sie* werben, und Aruula hatte sich fest vorgenommen, ihn mindestens sechsmal abblitzen zu lassen, bevor sie ihm die Gnade einer Zusammenkunft gewährte.

Ihre grimmigen Gedanken wurden etwas gemildert, als sie sah, wie sich ihr Reisegefährte aus der olivgrünen Hose herausschälte. Ihre Blicke wanderten über die durchtrainierten Beine, bevor sie am Schluss wieder an seinen Shorts hängen blieben. Wieder war der Stoff ausgebeult, doch diesmal schien ihm seine körperliche Reaktion nicht peinlich zu sein.

Die Barbarin überlegte, wie sein darunter aufragendes *Swoot* wohl aussehen mochte. Natürlich hatte sie bereits ein paar nackte Männer gesehen. Seit sie geschlechtsreif war, hatten ihr schon viele Stammesbrüder ihr *Schwert* präsentiert, um sie mit ihrer Potenz zu beeindrucken. Aber irgendwie erwartete sie, dass Maddrax ihr etwas Besonderes bieten konnte.

Um sich von ihren lustvollen Gedanken abzulenken, begann Aruula schnell ein Gespräch über seinen plötzlichen Meinungsumschwung, doch ihr Begleiter wollte von diesem Thema nichts wissen. Schließlich klagte er sogar über Kopfschmerzen und stellte die Unterhaltung völlig ein.

Enttäuscht lehnte sich Aruula auf ihre weiche Felldecke zurück.

Zu ihrer Überraschung verschwand Maddrax aber nicht in seinem Schlafsack, sondern ließ seine Augen über ihren Körper wandern, der vom Licht einer Talgkerze umschmeichelt wurde. Plötzlich bettete er seinen Kopf auf ihren nackten Bauch und brummte behaglich. Ohne darüber nachzudenken, langte die Barbarin zu seinem blonden Schopf und strich ihm sanft übers Haar.

»Du erschöpft?«, hauchte sie.

Matts Lippen spalteten sich zu einem hintergründigen Grinsen.

»Kommt drauf an«, antwortete er zweideutig.

Ehe sie reagieren konnte, presste er seine Lippen auf ihren Bauchnabel und gab ihr einen sanften Kuss. Aruula genoss die zarte Geste mit geschlossenen Augen. Ihr Atem beschleunigte sich, als Maddrax sich daraufhin mit seinen Lippen ihren Oberkörper hinaufarbeitete und auch zwischen ihren Brüsten nicht Halt machte. Im Gegenzug ließ sie ihre schlanken Finger über seine Shorts gleiten, um die Härte seiner Erregung zu spüren. Ihre Vorsätze, ihn bei seinen ersten Avancen ordentlich zappeln zu lassen, waren wie weggeblasen.

Maddrax riss sich seine verbliebene Bekleidung vom Leib. In seinen Augen blitzte plötzlich ein animalischer Zug, den Aruula noch nie zuvor an ihm gesehen hatte. In diesem Moment war sie aber froh, dass er die Fesseln der Zivilisation abstreifte und seinen Trieben freien Lauf ließ.

»Ich weiß gar nicht, wie ich es die ganzen Wochen neben dir aushalten konnte, ohne über dich herzufallen«, knurrte Maddrax in einer Mischung aus aggressiven Verlangen und liebevoller Zärtlichkeit.

Aruula ließ sich diese Worte gerne gefallen, als er sich neben sie legte und durch ihre langen. blauschwarzen Haare strich. Inzwischen war nicht nur die Temperatur in dem engen Zelt gestiegen, sondern auch ein brennendes Verlangen in ihrem Körper entfacht worden. Das Kribbeln in ihrem Schoß signalisierte ihr, dass sie mehr als nur süße Worte wollte.

Der hautnahe Körperkontakt zeigte auch bei Matt seine Wirkung. Aruula konnte deutlich spüren, wie sein *Swoot* gegen ihren Oberschenkel drückte.

Da ließ sie ihre Hände um seinen Nacken gleiten, zog ihn enger an sich und presste ihre Brüste gegen ihn. Sie blies ihm den heißen Atem in den Nacken und knabberte zärtlich an seinem Ohr.

»Vorsichtig«, warnte Maddrax. »Wenn du so weitermachst, kann ich nicht mehr für mein gutes Benehmen garantieren.«

»Das ich hoffe!«, raunte sie zurück. »Hatte schon Furcht, du würdest kein Gefallen an mir finden.«

Matthew sparte sich eine Erwiderung. Stattdessen bedeckte er Aruulas Gesicht mit Küssen. Dabei ließ er seine Hände über ihren ganzen Körper gleiten.

Die Barbarin genoss es, wie er sie verwöhnte. Erregt griff sie nach seiner harten Männlichkeit. Matt stöhnte bei der Berührung leise auf. Als Aruula ihn mit der geschlossenen Faust zu massieren begann, beschleunigte sich sein Atem. Gleichzeitig schob er ihren Lendenschurz zur Seite.

Mit sanfter Gewalt zog sie das pulsierende Faustpfand heran. Vorsichtig drang Maddrax in sie ein.

Die Defloration verursachte nur einen kurzen Moment des Schmerzes, dann stemmte die Barbarin ihr Becken in die Höhe, um ihn so tief wie möglich aufzunehmen.

Anfangs bewegte er sich nur vorsichtig in ihr vor und zurück. Je mehr er sich aber im Rausch der Sinne verfing, desto weniger konnte Matt das barbarische Erbe seiner eigenen Gene leugnen. Schließlich wurde das Verlangen so groß, dass er die dünne Decke der Zivilisation abwarf, um sich gänzlich den Trieben hinzugeben, die in ihm explodierten.

Das enge Zelt war erfüllt von dem erregten Keuchen der Liebenden, untermalt von dem klatschenden Geräusch der aufeinanderprallenden Leiber. Immer schneller und heftiger drang Matt in seine Gefährtin ein.

Einer zivilisierteren Frau wäre Maddrax' Gebaren vielleicht zu stürmisch gewesen, doch für Aruula benahm er sich genau so leidenschaftlich, wie sie es sich erträumt hatte. Sie selbst reagierte nicht weniger heißblütig, als sie ihre Schenkel um seine Taille schlang und ihre nackten Fersen in sein Gesäß rammte, um ihn noch fester an sich zu pressen. Hemmungslos schrie sie ihre Lust heraus, denn endlich wurde ihr lange unterdrücktes Verlangen gestillt. In Maddrax hatte sie endlich einen Mann gefunden, dem sie sich mit jeder Faser ihres Leibes hingeben wollte.

Derart aufgepeitscht, dauerte es nicht lange, bis

der Höhepunkt wie ein Sturm über Aruula hinweg fegte und ihr fast die Sinne raubte.

Matt verstärkte seine Bewegungen, als er spürte, dass sich seine Partnerin unter ihm aufbäumte. Noch einmal keuchte Aruula vor Lust laut auf, während er sich mit kraftvollen Stößen in sie entlud. Gemeinsam sanken sie dann erschöpft auf die Decke zurück.

Matt schloss seine Gefährtin in die Arme. Aruula ließ ihren Kopf auf seine breite Brust sinken. In diesem Moment der Erfüllung war jedes Wort überflüssig, und so schwiegen beide eine Weile, bis sie gemeinsam einschliefen.

Das Getriebe des Jeeps heulte gequält auf, als Matt höher schaltete, ohne die Kupplung richtig durchzutreten. Der Pilot zerbiss einen Fluch zwischen den Zähnen. Verdammt, was war nur mit ihm los? Er fuhr heute wie der erste Mensch auf Erden!

Möglicherweise lag es an den Kopfschmerzen, die ihn schon den ganzen Morgen verfolgten, vielleicht aber auch daran, dass seine Gedanken nur noch um Aruula kreisten. Matt konnte sich beim besten Willen nicht erklären, warum er vorige Nacht alle moralischen Bedenken über Bord geworfen und mit der Barbarin geschlafen hatte.

Er wusste nur, dass es phantastisch gewesen war und er möglichst schnell wieder das Lager mit ihr teilen wollte. Erneut tauchte in seinen Gedanken die Szene auf, in der sich Aruula nackt auf der Felldecke räkelte.

Matthew schüttelte verärgert den Kopf, um das frivole Bild zu vertreiben. Was war nur mit ihm los? Er war doch sonst nicht so triebgesteuert!

Borks Stimme riss ihn aus seinen Gedanken. *Deine*

Donnerhand gehorcht jedem, der sie richtig benutzen kann? fragte er.

Matt brauchte einige Sekunden, um sich darüber klarzuwerden, dass er die Frage des Ausgestoßenen *verstanden* hatte! Und eine weitere, um zu realisieren, dass Bork dabei seine Lippen nicht bewegt hatte. Die Stimme war unmittelbar in seinem Gehirn aufgeklungen!

Doch dann erschien es Matt vollkommen normal, dass Bork sich dergestalt mit ihm verständigte. Seine Überraschung löste sich in Wohlgefallen auf.

»Die Pistole ist eine ganz normale Waffe, die nicht viel schwieriger zu bedienen ist als Pfeil und Bogen«, bestätigte Matt.

Bork nickte. Und forderte: *Zeig mir, wie die Donnerhand funktioniert!* Wieder war seine Stimme direkt in Matts Verstand zu vernehmen. Und sein Tonfall stellte klar, dass dies ein Befehl war und keine Bitte.

Matt zog die Beretta 98 G aus einer Seitentasche seiner Uniform und reichte sie dem Ausgestoßenen, der neben ihm auf dem Beifahrersitz saß.

Gemeinsam hatten sich die beiden Männer nach dem morgendlichen Mahl aufgemacht, um einige Reittiere zu beschaffen. Angeblich gab es nicht allzu weit entfernt ein Dorf, in dem sie Frekkeuscher erwerben konnten.

Während Bork mit der gesicherten Automatik hantierte, fuhr Matt über einen holprigen Pfad in die Richtung, die ihm der Ausgestoßene gewiesen hatte. Dabei fiel es ihm zunehmend schwerer, sich mit einem Auge auf die Lenkung zu konzentrieren und mit dem anderen Borks Bewegungen zu überwachen.

Der Ausgestoßene riss immer wieder am Abzug, ohne dass sich ein Schuss löste.

»Du musst sie erst entsichern«, sagte Matt. Obwohl die holprige Strecke seine gesamte Aufmerksamkeit beanspruchte, erklärte er Bork, wie er die Waffe schussbereit machte.

Verdammt, wieso erkläre ich eigentlich diesem Wildfremden, wie meine Knarre funktioniert, schoss es ihm durch den Kopf.

Gleich darauf verdrängte er den Gedanken wieder. Bork und seine Angehörigen waren vertrauenswürdige Leute! Diese armen Menschen, denen überall nur Verachtung und Hass entgegengebracht wurde, brauchten seine Schusswaffe viel nötiger als er.

Matt schüttelte knurrend den Kopf, um die Kopfschmerzen zu vertreiben, die ihn schon wieder plagten. Dann hielt er an und stieg mit Bork aus, um ihm den Gebrauch der Beretta zu demonstrieren. Der Ausgestoßene erwies sich als gelehriger Schüler, der schon nach kurzer Zeit die Funktion der Pistole erfasste.

Nachdem er einige Probeschüsse auf einen alten Baumstumpf abgegeben hatte, sicherte Bork die Waffe wieder und steckte sie zufrieden in seinen Hosenbund. Matt fand es richtig, dass Bork die Pistole an sich nahm. Er hätte sie ihm ohnehin geschenkt.

Von Kopfschmerzen geplagt, setzte sich der Pilot wieder hinters Steuer und chauffierte Bork in das gewünschte Dorf, dessen Gebäude bereits als dunkle Schemen am Horizont sichtbar wurden. Zwanzig Minuten später erreichten sie die ersten Hütten, die um einen großen Marktplatz gruppiert waren.

Ein Blick auf den Tacho zeigte Matt, dass diese Siedlung nur fünfzehn Kilometer von ihrem eigenen Lagerplatz entfernt lag.

Einige Dorfbewohner, die sich vor ihren Häusern befanden, schreckten beim Auftauchen des Jeeps zusammen. Unruhig liefen sie umher und stießen schrille Laute aus, die eher an verängstigte Tiere als an die Sprache der Barbaren erinnerten. Schließlich vereinigten sich die vereinzelten Menschen zu einer großen Gruppe. Die gemeinschaftliche Nähe mochte ihnen Schutz vor dem seltsam röhrenden Untier bieten, das sich mitten auf ihrem Dorfplatz niederließ.

Matt war es gewohnt, dass der fremdartige Anblick des Jeeps Aufregung verursachte. Doch die Bewohner dieses Landstrichs schienen viel primitiver zu sein als alle Barbarenstämme, die er bisher kennengelernt hatte. Bei näherem Hinsehen wirkten diese Menschen sogar weit weniger zivilisiert als die Bauten ihres Dorfes vermuten ließen.

Während die behaarten Dörfler mit ihren flachen Stirnen aussahen, als hätten sie das Stadium der Jäger und Sammler noch nicht überwunden, wiesen die in Lehmbauweise errichteten Häuser auf eine wesentlich höhere Kulturstufe hin.

Fast wie bei diesen Affenmenschen! Deren Kleidung passte auch nicht zu ihrer körperlichen Entwicklung! Der Vergleich war natürlich weit hergeholt, denn mit ihren leichten Kopfdeformationen sahen die verängstigten Dörfler keineswegs wie Steinzeitmenschen aus. *Trotzdem …*

Ehe Matt den Gedanken weiterverfolgen konnte, quälte ihn eine neue Schmerzattacke, die seinen Schädel überflutete. Mit verzerrtem Gesicht wandte er sich an Bork, der gerade das Amulett an seinem Hals umklammerte.

»Bis du sicher, dass du in diesem Kaff Frekkeuscher auftreiben kannst?«, stieß Matt krächzend hervor. »Diese Typen sehen aus, als würden sie sich seit Generationen nur noch untereinander vermehren.«

Borks Lippen spalteten sich zu einem Lächeln, denn er verstand ganz genau, worauf der Pilot anspielte. Ohne etwas zu erwidern, sprang der Ausgestoßene vom Beifahrersitz und ging auf die Dorfbewohner zu.

Je mehr er sich den Primitiven näherte, desto dichter drängten sie sich aneinander. Fast so, als wenn er es wäre, vor dem sie sich fürchteten, und nicht der Anblick des Jeeps.

Nach einigem Tumult in den Reihen der Eingeborenen wurde schließlich ein breitschultriger Mann an die Spitze der Horde geschoben. Anscheinend war er das Gemeindeoberhaupt, obwohl er sich in dieser Rolle sichtlich unwohl fühlte. Immer wieder sah er sich hilfesuchend nach den anderen Dörflern um, die sich furchtsam hinter seinen breiten Schultern verbargen. Gleichzeitig machten sie ihm mit wilden Gesten deutlich, dass er das Wort ergreifen sollte.

Schließlich nahm er seine Rolle als Vorsprecher mit resigniertem Grunzen an. Der Hüne richtete sich etwas aus seiner gebeugten Haltung auf und sah mit festem Blick zu Bork hinüber. Der anschließenden Unterhaltung vermochte Matt Drax nicht mehr zu folgen, denn sie entstand nicht, wie Borks Worte zuvor, direkt in seinem Kopf.

Wie war das überhaupt möglich gewesen?, blitzte es kurz in seinem Verstand auf. *Wie hatte Bork …*

Der Gedanke verging, so schnell er gekommen war. Matt lauschte dem Gespräch, ohne auch nur ein Wort zu verstehen.

»Was willst du hier?«, grollte der Dorfsprecher abweisend, ohne ein ängstliches Vibrieren in der Stimme unterdrücken zu können.

»Wir brauchen eure Frekkeuscher!«, erklärte Bork in befehlsgewohntem Ton, während er sein Amulett umfasste. »Wenn ihr uns die Tiere gebt, seid ihr mich gleich wieder los.«

Bei dieser Forderung ging ein aufgeregtes Murmeln durch die zusammengedrängte Horde. In vielen Stimmen schwang ein Ton der Erleichterung mit, andere Dörfler reagierten dagegen aggressiv.

»Wir brauchen unsere Frekkeuscher selbst!«, empörte sich ein Mann aus der hintersten Reihe. »Wie sollen wir sonst unsere Ernte einbringen und auf den umliegenden Märkten verkaufen?«

»Dann tragen wir die Waren eben wieder auf unseren Rücken«, fuhr eine Frau mit honiggelbem Haar dazwischen. »Hauptsache, wir sind diese verfluchte Sippe so schnell wie möglich wieder los!«

Zustimmendes Gemurmel unterstützte die Worte der Blonden, bis ihr Anführer alle mit einer herrischen Geste zum Schweigen brachte.

»In Ordnung«, wandte sich der Hüne an Bork. »Du kannst so viele Frekkeuscher haben, wie du willst. Aber danach wollen wir dich und deine Leute nie wieder sehen.«

»Ihr habt mein Wort darauf«, grinste der Ausgestoßene. »Ich bin bestimmt nicht scharf darauf, in diesen ungastlichen Landstrich zurückzukehren.«

Während Bork einigen Dorfbewohnern zu den Riesenheuschrecken folgte, blieb Matt apathisch hinter dem Steuer des Jeeps sitzen. Warum sollte er den Männern auch nachgehen? Sein Reisegefährte schien doch alles im Griff zu haben.

Während Bork außer Sicht war, wagten sich die übrigen Dörfler näher an den Jeep heran. In den Gesichtern der Männer, Frauen und Kinder spiegelten sich Wut und Verachtung wider.

Dies bestätigte Araks Aussage, dass seiner Familie überall nur Ablehnung entgegenschlug. Hauptsächlich wurden die Mienen der Menschen aber von Angst beherrscht. Fast so, als hätte sie die erste Begegnung mit den Ausgestoßenen in so tiefen

Schrecken versetzt, dass sie es nicht wagten, Bork einen Wunsch abzuschlagen.

Matt machte sich über die Motive der Dorfbewohner keine Gedanken. Eigentlich dachte er in diesem Moment überhaupt nicht nach, sondern spürte nur eine dumpfe Leere in seinem Kopf.

Er blickte nicht einmal auf, als Bork zum Jeep zurückkehrte. Hinter dem Ausgestoßenen trotteten drei Frekkeuscher heran, die so zahm waren, dass Bork sie nicht einmal an den Zügeln zu führen brauchte. Die dunkelgrünen Riesenheuschrecken schienen die Wünsche ihres neuen Herren instinktiv zu spüren und hielten immer exakt zwei Schritte Abstand zu ihm.

Du kannst jetzt in unser Lager zurückkehren, erklärte Bork mit seiner Gedankenstimme. Ich folge dir mit den Tieren.

Matt nickte langsam. Ohne einen Abschiedsgruß startete er den Hummer-Jeep. Obwohl er wie ein Besessener am Lenkrad kurbelte, brauchte er fast den gesamten Marktplatz, um das wendige Fahrzeug zu drehen. Nach einigem Vor- und Zurücksetzen zeigte seiner Motorhaube endlich in die Richtung, in die er zurückfahren sollte. Krachend knüppelte er den ersten Gang ein und fuhr los. Es dauerte eine Weile, bis er den holpernden Wagen hochgeschaltet hatte, aber schließlich fuhr er in gleichbleibender Geschwindigkeit zurück ins Lager. Allerdings fiel es ihm immer schwerer, den Wagen auf der Fahrbahn zu halten.

Kalter Schweiß brach Matt aus allen Poren. Immer wieder wischte er sich das salzige Nass von der Stirn, damit es ihm nicht weiter in die brennenden Augen lief. *Verdammt,* dachte er erschöpft. *Was ist nur mit mir los?*

Aruula gönnte sich einen langen, erholsamen Schlaf. Nach einer Hochzeitsnacht stand es der Braut zu, dass sie sich an den gedeckten Tisch setzte.

Für die Barbarin bestand kein Zweifel an dem, was gestern zwischen Maddrax und ihr passiert war. Vor ihrem Gott Wudan waren sie nun ein Paar, das dem Stamm viele Kinder schenken musste, um das Überleben der Gemeinschaft zu sichern! Allerdings gab es für Aruula keinen Stamm mehr. Sie hatte ihre Brüder und Schwestern verlassen, um Maddrax zu begleiten.

Summend warf sie sich ein Stück grob gewobenen Stoff über die Schultern und trat aus dem Zelt. Sie wollte zum nahen Bach gehen, um sich zu waschen. Draußen wurde sie sogleich von Arak empfangen, der offensichtlich schon eine ganze Weile auf ihr Erscheinen gewartet hatte.

Als Aruula sah, wie der Junge verdutzt auf ihre blanken Brüste starrte, zog sie schnell das Tuch vor ihrem Hals zusammen. Offensichtlich stand Arak näher an der Schwelle zum Mann, als sie gedacht hatte.

»Alles in Ordnung?«, erkundigte sich der Junge, dessen Wangen von einem roten Schimmer überzogen wurden. »Ich habe dir etwas Shassenfleisch und Erdfrüchte mitgebracht, weil du nicht zum Essen gekommen bist.«

Aruula schmunzelte über die Verlegenheit des Jungen, der ihr eine Holzschüssel entgegenstreckte, in der ein Brei aus gekochten Pflanzenknollen und Tierfleisch dampfte. Es war offensichtlich, dass Arak sie gerne mochte, deshalb bedankte sie sich für seine Freundlichkeit.

»Begleitest du mich zum Bach?«, fragte sie ihn.

Arak war von diesem Angebot begeistert. Natürlich wollte er bei seiner Retterin bleiben, um sich mit ihr zu unterhalten. Munter plauderte er drauflos und erzählte von den anderen Kindern der Sippe, die sich – seiner Meinung nach – den ganzen Morgen über albern benommen hätten.

Aruula hörte lächelnd zu, denn sie war ebenfalls sehr an einem Gespräch mit dem Blondschopf interessiert. Sie wollte Arak gerne über einige Dinge befragen, die er in Gegenwart der Eltern sicherlich nicht beantworten durfte.

»Warum habt ihr eigentlich euren Clan verlassen?«, erkundigte sich die Barbarin übergangslos, als sie den Bachlauf erreichte. »Ihr hättet doch wissen müssen, dass ihr überall auf Ablehnung stoßt.«

Araks Redefluss versiegte schlagartig.

Aruula sah zu dem schweigsam gewordenen Jungen hinüber, der plötzlich verlegen auf den Boden starrte. Als sie das Tuch von ihren Schultern gleiten ließ, sah er zwar überrascht auf, wandte den Blick aber sofort wieder schamvoll ab.

Die Barbarin tat so, als hätte sie seine Reaktion nicht bemerkt. Mit anmutigen Bewegungen beugte sie sich über den plätschernden Bachlauf und schöpfte das erfrischende Nass über ihren Körper. Dann zerrieb sie ein paar Soafblätter, die sie mitgebracht hatte, und seifte sich schweigend mit der cremigen Substanz der Pflanze ein.

Aus den Augenwinkeln konnte sie erkennen, dass Arak immer wieder verstohlen zu ihr hinüberschielte, doch sein gequälter Gesichtsausdruck zeigte deutlich, dass er ihren barbusigen Anblick nicht mehr richtig genießen konnte.

Schließlich hielt der Halbwüchsige die bedrückende Stille nicht mehr aus. »Vater hat sich mit Häuptling Bendrake überworfen«, erklärte er.

»Warum?«, fragte Aruula, die sich den Schaum wieder vom Körper spülte.

»Wegen unserer Kräfte!«, erklärte Arak. Dabei sah er sie an, als wäre es doch wohl selbstverständlich, dass es nur darum gehen könnte. »Du weiß bestimmt selbst, wie das ist. Wie schnell sich alles gegen einen kehrt. Bendrake hat es schon so weit getrieben, dass er sich selbst verändert, sagt Vater. Deshalb haben wir uns davongemacht. Alleine sind wir aber zu schwach, deshalb müssen wir zurückkehren.«

»Hoho, nicht so schnell«, unterbrach Aruula sein unzusammenhängendes Gestammel, während sie sich mit dem groben Tuch abtrocknete. »Jetzt erzähl mal schön der Reihe nach – was hat dieser Bendrake zu weit getrieben?«

Ehe Arak zu einer Antwort ansetzen konnte, ließ ihn der wütende Aufschrei seiner Mutter zusammenfahren.

Da schoss Zila schon heran und verpasste ihrem Sohn zwei schallende Ohrfeigen, bevor sie ihn wütend ins Lager zurückschickte. Gedemütigt rannte der Junge davon, während seine Mutter sich kampflustig zu Aruula umwandte.

Die Barbarin trocknete sich in aller Seelenruhe weiter ab. Ihr tat es zwar Leid, dass Arak Schläge einstecken musste, doch sie wusste genau, dass sie keine Tätlichkeiten von der schmächtigen Frau zu erwarten hatte.

Zila war sich dem Kräfteverhältnis zwischen ihnen ebenfalls bewusst, deshalb begnügte sie sich damit, die Barbarin mit bösen Blicken anzufunkeln.

»Ihr Wilden habt vielleicht kein Schamgefühl«, knurrte sie wütend, »aber wenn ich dich noch einmal halbnackt bei meinem Sohn erwische, kratze ich dir die Augen aus!«

Aruula sparte sich eine Antwort auf diese leere Drohung. Die Barbarin spürte genau, dass ihre spärliche Bekleidung nicht der wahre Grund für Zilas Verärgerung war. In Wirklichkeit fürchtete die Ausgestoßene, dass der vertrauensselige Arak etwas ausgeplaudert haben könnte, das besser vor den Fremden verborgen blieb. Ihre Emotionen war so deutlich, dass Aruula sie mühelos erlauschen konnte.

Zila spürte, dass ihr ein Fehler unterlaufen war. Gleich darauf verschloss sie ihre Gefühle wieder. So sehr sich Aruula auch bemühte, sie konnte nichts mehr wahrnehmen.

Nachdenklich sah sie der aufgebracht davonstampfenden Mutter hinterher. Arak mochte ein lieber Junge sein, aber seine Sippe wurde ihr immer unheimlicher. Maddrax und sie mussten so schnell wie möglich wieder ihre eigenen Wege gehen.

Da hörte sie auch schon das tiefe Brummen des heranfahrenden Jeeps. Aruula lief zum Zelt zurück, um sich anzuziehen. Kurze Zeit später ging sie zum Wagen hinüber, in dem Maddrax wie erstarrt hinter dem Lenkrad saß. Als sie näher kam, bemerkte die Barbarin erschrocken, dass er schweißüberströmt war. Es sah fast so aus, als leide er an Fieber. Sein Gesicht war derart angeschwollen, dass sie ihn kaum wiedererkannte.

»Was ist mit dir?«, rief sie aufgeregt.

Zuerst reagierte Maddrax nicht. Erst nachdem sie ihre Frage wiederholt hatte, drehte er sich langsam zu ihr um und antwortete: »Ich ... weiß nicht. Ich fühl mich total fertig. Ich kann mich kaum noch rühren und auch nicht vernünftig nachdenken. Du musst fahren.«

»In Ordnung«, versicherte sie. »Ich packe unsere Sachen, dann wir verschwinden. Je eher wir fort von Borks Sippe, umso besser.«

Maddrax schüttelte energisch den Kopf. »Nein, wir bleiben«, röchelte er. »Die Leute brauchen uns.«

Aruula sah ihren Gefährten zweifelnd an, dann blickte sie zu Bork hinüber, der inzwischen mit den Frekkeuschern das Lager erreicht hatte. Sofort wurde er von seiner Familie wie ein Held nach einer gewonnenen Schlacht umringt. Kaum einer aus der Sippe verschwendete einen Blick an den Kranken im Jeep. Nur Arak stand etwas abseits und sah betrübt zu Maddrax und der Barbarin hinüber.

»Ich weiß nicht«, beschwor Aruula ihren Gefährten leise. »Die Sippe wird mir immer unheimlicher.«

Trotz seiner Schwäche fuhr Maddrax im Sitz auf und funkelte die Barbarin wutentbrannt an. Mit seinem angeschwollenen Gesicht wirkte er plötzlich wie einer der tumben Affenmenschen, gegen die sie tags zuvor gekämpft hatten.

»Kannst du nicht einfach tun, was ich dir sage?«, fauchte er aggressiv. Gleich darauf wich der dunkle Zug aus seinem Gesicht und er sank müde in den Fahrersitz zurück. »Tut mir Leid«, entschuldigte er sich. »Ich bin ganz durcheinander. Bork meint, es wär eine Art Sumpffieber, das die Scimaro öfters kriegen. Er kennt Kräuter, die dagegen helfen. Sie wachsen etwa eine Tagesreise von hier. Deshalb müssen wir ihm folgen, damit er mir daraus einen heilenden Trank brauen kann.«

Aruula kam diese Geschichte seltsam vor. Wie hatte Maddrax sich mit Bork verständigt, um von den Kräutern zu erfahren? Aber sie widersprach nicht mehr, um ihn nicht noch weiter zu reizen. Stattdessen eilte sie zurück zum Zelt, um ihre wenigen Habseligkeiten zusammen zu raffen. Vollbepackt kehrte sie zum Jeep zurück und verstaute die Felldecken, Lederplanen und Zeltstangen auf der Ladefläche hinter den Sitzen. Maddrax war inzwischen auf die Beifahrerseite hinübergerutscht und in eine Art Dämmerschlaf versunken.

Aruula blickte zu den Ausgestoßenen hinüber. Sie hatten bereits die Frekkeuscher bestiegen und wollten gerade aufbrechen.

»Es geht los!«, schrie Bork im Befehlston. »Bleibt alle zusammen!«

Aruula befeuchtete noch schnell einen Stofflappen mit Wasser und wischte ihrem Gefährten den Schweiß von der Stirn. Dann setzte sie sich hinters Steuer und fuhr den Frekkeuschern hinterher. Sie schauderte bei dem Gedanken, dass *sie* den Wagen lenken musste. Jetzt hing es von ihrem fahrerischen Können ab, ob Maddrax den nächsten Tag erlebte.

Mit dem Jeep und den Riesenheuschrecken ging es ohne große Pausen in Richtung Westen weiter. Maddrax erwachte mehrmals aus seinem Dämmerschlaf; dann kühlte Aruula ihm sein verquollenes Gesicht und die aufgedunsenen Hände, bis er wieder in die Bewusstlosigkeit zurückfiel.

Erst am späten Abend ordnete Bork eine Rast an.

Nachdem Aruula das Zelt errichtet hatte, schleppte sich Maddrax mit letzter Kraft auf seine Lagerstätte und schlief sofort ein. Die Barbarin fütterte inzwischen den Jeep aus den Kanistern. Zum Glück hatte sie sich gemerkt, wie Matt den Wagen betankte, und ging dabei sehr vorsichtig zu Werke, denn sie hatte nicht seine Warnung vergessen, wie gefährlich dieses ›Benzin‹ sein konnte. Sie wusste, dass sie vor allem darauf achten musste, dass niemand in ihrer Nähe mit offenem Feuer hantierte.

Aruula entledigte sich gerade des leeren Kanisters, als Bork aus dem Dunkel trat.

»Wo sind die Kräuter, die du Maddrax versprochen hast?«, fragte sie ihn. »Seine Krankheit wird immer schlimmer.«

»Deinem Freund wird es schon morgen Nachmittag besser gehen«, erwiderte der Ausgestoßene. »Bendrake weiß genau, wie man ihn behandeln muss.«

Aruula spürte auch ohne ihre mentalen Kräfte, dass es Bork nicht ehrlich meinte, deshalb sparte sie sich eine Fortführung des Gesprächs. Trotzig ging sie zum Zelt zurück, um Maddrax' verquollenes Gesicht zu kühlen. Das war im Moment alles, was sie für ihn tun konnte.

Als sie ihrem besinnungslosen Gefährten Uniformjacke und Hemd auszog, erkannte sie entsetzt, dass auch sein Oberkörper völlig aufgedunsen war.

Verzweifelt wickelte sie Matt in feuchte Umschläge und verfrachtete ihn mühsam in weiche Felle. Mehr konnte sie im Augenblick nicht für ihn tun.

Erschöpft sank die Barbarin auf ihrer Felldecke zusammen. Sie fiel in einen unruhigen Schlaf voller Alpträume, in denen sie von Borks Sippe und den Affenmenschen über einen Schrottplatz gejagt wurde. Schon bald konnte Aruula nicht mehr sagen, wer Freund oder Feind war. Als ihr auch noch der missgestaltete Maddrax entgegentrat, verfestigte sich endgültig ihr Eindruck, dass sich alle Welt gegen sie verschworen hatte.

Beim ersten Vogelzwitschern schreckte die Barbarin in die Höhe. Im ersten Moment war sie erleichtert, den bösen Träumen entronnen zu sein. Doch als sie sich zu Maddrax umdrehte, wünschte sie plötzlich, wieder tief und fest zu schlafen. Sie erschrak beim Anblick ihres Gefährten, als wenn *Krahac* persönlich neben ihr hocken würde. Vielleicht wäre es sogar das Beste gewesen, wenn der schwarze Totenvogel erschienen wäre, um Maddrax zu sich zu holen. Denn das seltsame, deformierte

Ding, das dort neben ihr lag, hatte mit ihrem geliebten Gefährten nicht mehr viel gemein.

Einen Moment lang hoffte die Barbarin, dass sie sich noch immer in den Fängen eines Nachtmahrs befände, aber schließlich erkannte sie, dass sich ihre schlimmsten Befürchtungen bewahrheitet hatten.

Maddrax' Gesicht war inzwischen nicht nur verquollen, seine ganze Kopfform hatte sich über Nacht verändert. Sein Kiefer hatte sich ebenso nach vorne geschoben wie die Augenbrauenpartie, die sich wie ein Wulst über seine blaugrünen Pupillen wölbte. Seine deformierte Stirn verlief dagegen absolut flach.

Hastig riss Aruula die Kräuterwickel von seinem Oberkörper.

Auch hier bot sich dasselbe Bild! Arme, Brust und Rücken wirkten in sich zusammengeschoben und verwachsen – außerdem wurde der ganze Körper von dichtem blondem Flaum bedeckt.

Kein Zweifel – Maddrax veränderte sich allmählich zu einem dieser Affenmenschen, gegen die sie auf dem Schrottplatz gekämpft hatten!

Einen Moment lang wollte Aruula vor seelischem Schmerz aufschreien, doch dann gewann die barbarische Seite in ihr die Oberhand. Zornbebend riss sie ihr Schwert hervor und sprang aus dem Zelt.

Nur wenige Schritte von ihr entfernt saßen die Ausgestoßenen um das Lagerfeuer. Sie kochten einige Wurzeln, die ihre Frauen am Abend zuvor gesammelt hatten. Als Bork sah, wie die Barbarin mit der blanken Klinge auf ihn zustürzte, blieb er ruhig sitzen und starrte sie mit intensivem Blick an.

Einen Moment lang spürte Aruula den intensiven Wunsch, sich zu beruhigen und über alles zu sprechen. Aber der Zorn, der in ihrem Innersten wühlte, war stärker als die Stimme der Vernunft.

Mit einem lauten Aufschrei schwang sie das Schwert herum und ließ es direkt auf Borks Hals zusausen.

Im letzten Moment fing sie die Klinge ab, sodass die beidseitig geschliffene Spitze unter seinem Kinn zitternd verharrte. Das scharfe Metall drückte sich in die Haut, die sich über Borks Gurgel spannte.

»Es gibt wirklich keine Möglichkeit, deinen Geist zu steuern«, stellte Bork bedauernd fest, ohne einen Funken Angst zu zeigen. »Deine geistigen Kräfte machen dich leider immun gegen unsere Kontrolle.«

Bei diesen Worten flammte nackter Hass in der Barbarin auf. Mühsam unterdrückte sie den Wunsch, ihren Gegner durch ein kurzes Zucken der Klinge ins Jenseits zu befördern. Tot konnte ihr Bork keine Fragen beantworten.

»Sag mir sofort, was ihr mit Maddrax gemacht habt«, keuchte sie, während sie um Beherrschung rang. »Er verwandelt sich in einen von diesen schrecklichen Affenmenschen.«

»Eine bedauernswerte Begleiterscheinung unserer Kräfte«, erklärte Bork zynisch. »Die Macht, die uns von Meetor verliehen wurde, als er sein großes Geschenk vom Himmel sandte, gibt uns das natürliche Recht zur Herrschaft über die Menschen. Leider entwickeln sich die Sklaven unter unserer Herrschaft immer mehr zurück, bis wir ab einem bestimmten Stadium die Kontrolle über ihre dumpfen Geister verlieren. Sie wenden sich dann gegen uns und verfolgen uns sogar voller Hass, wie du auf dem Käferfriedhof sehen konntest. Nur Bendrake ist in der Lage, sich mit den niederen Gedanken der Scimaro zu verbinden, deshalb müssen wir zu unserem Stamm zurückkehren. Alleine sind wir zu schwach, um unter den Sklaven zu überleben.«

Aruula juckte es in den Fingern, Borks Überheblichkeit mit einem Schwertstreich zu beenden. Doch sie beherrschte sich.

»Du glaubst doch wohl nicht ernsthaft, dass ich Maddrax weiterhin eurem Einfluss überlasse?«, zischte sie verächtlich »Ich werde ihn jetzt in unser Fahrzeug verfrachten und euch hier zurücklassen.«

»Das wirst du nicht«, stellte Bork in sachlichem Ton fest. »Wir brauchen euch noch.«

Aruula verstärkte den Druck ihrer Schwertspitze, bis ein feiner Blutstrom Borks Hals hinablief.

»Ich gehe«, knurrte sie drohend. »Und keiner von euch traurigen Gestalten wird mich dabei aufhalten.«

Die Lippen des Ausgestoßenen spalteten sich zu einem spöttischem Lächeln, obwohl sich dadurch der Schnitt an seinem Hals noch verbreiterte. »Das brauchen wir auch nicht!«

Ehe Aruula den Sinn seiner Worte verstehen konnte, spürte sie, wie hinter ihr ein dunkler Schatten in die Höhe wuchs. Da krallten sich auch schon zwei behaarte Pranken in ihre Oberarme und rissen sie so schnell zurück, dass sie nicht mehr dazu kam, ihr Schwert nach vorn zu stoßen. Gleich darauf wurde sie brutal zur Seite geschleudert.

Andere Krieger wären in dieser Situation hilflos auf den Boden gekracht, doch Aruulas Reflexe waren durch unzählige Kämpfe mit den Taratzen und anderen Gegnern geschult. Instinktiv rollte sie sich über die Schulter ab und nutzte den dabei entstehenden Schwung, um nach einer Vorwärtsrolle wieder federnd auf die Füße zu springen.

Blitzschnell wirbelte sie auf dem Absatz herum und zog ihr Schwert im Halbkreis mit sich. Ein silberner Lichtreflex sirrte durch die Luft, genau auf ihren Gegner zu, der mit ausgebreiteten Armen vor ihr stand.

Als sie die verwachsene Gestalt erkannte, schrie Aruula entsetzt auf.

Es war Maddrax!

Im letzten Moment veränderte sie die Flugbahn der Klinge, sodass sie haarscharf über den Schopf ihres Gefährten hinweg pfiff. Einige kurze blonde Strähnen segelten zu Boden, ansonsten blieb Matt unverletzt.

Noch ehe sich Aruula von dem Schock erholen konnte, dass Maddrax sie angegriffen hatte, stand plötzlich Bork neben ihrem Gefährten. In der Hand des Ausgestoßenen befand sich die Beretta, deren dunkler Lauf auf die Schläfe des regungslosen Piloten gerichtet war. Aruula konnte genau sehen, wie Bork mit seinem Daumen den Sicherungshebel der Automatik zurückschob.

»Schön ruhig bleiben«, warnte der Ausgestoßene. »Dein Freund hat mir gezeigt, wie seine Donnerhand funktioniert.«

»Du hast ihm die Waffe gestohlen«, entgegnete Aruula vorwurfsvoll, als wenn dies noch irgendwie ins Gewicht fallen würde.

»Ich hätte ihm auch befehlen können, sich selbst zu erschießen«, antwortete Bork kaltlächelnd. »Allerdings ist er inzwischen bestimmt schon zu dämlich, um die Waffe noch zu bedienen.«

Maddrax ließ die Schmähung ohne äußere Gefühlsregung über sich ergehen. Er befand sich völlig in der geistigen Gewalt des Ausgestoßenen.

Der kalte Schweiß auf der Stirn des Piloten zeigte, dass es ihn seine ganze Kraft kostete, sich überhaupt auf den Beinen zu halten. Doch unter Borks Kontrolle mobilisierte er die letzten Reserven, um die erhaltenen Befehle auszuführen. Vermutlich würde er Bork so lange gehorchen, bis er vor Erschöpfung zusammenbrach.

Aruula senkte ihre Waffe, um das Martyrium ihres Gefährten nicht unnötig zu verlängern. Zum ersten Mal seit ihrer Kindheit spürte sie Tränen in sich aufsteigen.

»Lass ihn in Ruhe«, bat sie Bork, ohne sich für den feuchten Glanz ihrer Augen zu schämen. Sie weinte für Maddrax, nicht für sich.

Als ihr Schwert zu Boden polterte, huschte ein triumphierendes Lächeln über das Gesicht des Ausgestoßenen. Er hatte alles in seiner Gewalt; das gefiel ihm. Er bückte sich und hob Aruulas Schwert auf.

»Warum lässt du die beiden nicht in Ruhe?«, schrie Arak seinen Vater an. »Sie haben uns schließlich das Leben gerettet! Wie kannst du es ihnen nur so schlecht danken?«

Ein schneller Blick in die Runde zeigte, dass Borks Handlungen nicht nur seinem Sohn missfielen. Auch Doran und Korak sahen ihn unbehaglich an.

»Glaubt ihr Narren denn wirklich, dass wir mit leeren Händen zu Bendrake zurückkehren können?«, schnaubte das Familienoberhaupt verächtlich. »Nein, er würde uns sofort mit Schimpf und Schande davonjagen. Deshalb müssen wir ihm ein wertvolles Geschenk mitbringen – diesen Fremden und seine Donnerhand. Und diese Barbarin, die ähnliche Kräfte wie wir besitzt, obwohl sie keine *Beschenkte* zu sein scheint. Nur mit ihnen zusammen können wir in die Mitte unseres Stammes zurückkehren!«

Die Sippe senkte bei seinen bitteren Worten die Augen. Sie wussten alle, dass er die Wahrheit sprach. Selbst Arak wagte es nicht, weiter aufzubegehren.

Nachdem er seine führende Stellung gefestigt hatte, wandte sich Bork erneut an Aruula.

»Du folgst uns weiter mit dem stählernen Tier«, befahl er in hartem Ton, der keinen Widerspruch duldete. »Korak wird dich begleiten. Wir nehmen dafür Maddrax auf meinen Frekkeuscher mit. Wenn du irgendetwas anstellen solltest, was meine Pläne stören könnte, werde ich deinen Freund sofort töten!«

Der Barbarin funkelte ihr Gegenüber schweigend an. Es blieb ihr nichts anderes übrig, als sich Borks Anordnungen zu fügen, wenn sie Matts Leben nicht gefährden wollte. Aber mochte diese Schlacht auch verloren sein, der Krieg war noch lange nicht vorbei! Sie würde alles daran setzen, um Maddrax aus der Gewalt der Ausgestoßenen zu befreien.

Und wenn es das Letzte in ihrem Leben war.

Die Fahrt mit Korak verlief in eisigem Schweigen. Aruula spürte zwar deutlich, dass ihr Beifahrer nicht mit den Handlungen seines Schwagers einverstanden war, trotzdem scheiterten all ihre Bemühungen, eine Unterhaltung zu beginnen. Korak weigerte sich rigoros, auch nur eine ihrer Fragen zu beantworten.

Schließlich wurde die Barbarin ebenfalls einsilbiger, bis sie ganz verstummte. Die eintönige Fahrt zerrte allerdings an ihren Nerven, denn nun hatte sie viel zu viel Zeit, um sich auszumalen, was Maddrax und sie bei den Ausgestoßenen erwarten könnte. Schließlich war sie so nervös, dass sie erleichtert aufatmete, als sie endlich ihr Ziel erreichten.

Die Siedlung des Stammes bestand aus einer Handvoll weiß gestrichener Lehmbauten, die schmale Fensterschlitze, aber keine Türen aufwiesen. Die Wand an Wand gebauten Gebäude konnten nur über Einstiegslöcher auf den Dächern betreten werden. Bei einem feindlichen Angriff mussten lediglich die außen angelehnten Holzstiegen nach oben gezogen werden, und schon verwandelten sich die hufeisenförmig aneinandergereihten Häuser in eine gut gesicherte Festung.

Wäre Matthew Drax noch im Vollbesitz seiner geistigen Kräfte gewesen, hätte er der Barbarin sagen können, dass diese Bauweise an die Pueblo-Indianer Nordamerikas erinnerte – aber vermutlich wäre ihr das ohnehin egal gewesen. Aruula interessierte sich vielmehr für die unzähligen Scimaro, die sich völlig friedlich in der Siedlung aufhielten. Aruula stellte schnell fest, dass sich die Neandertaler den Menschen völlig untergeordnet hatten und unterwürfig die niedersten Arbeiten verrichteten.

Sie parkte den Hummer-Jeep auf dem freien Platz zwischen den Häusern, direkt neben den Frekkeuschern. Sofort strömte der ganze Stamm zusammen, um ihr seltsames Gefährt zu bestaunen, das offensichtlich kein normales Reittier war. Schnell sprach sich herum, dass Aruula den geistigen Kräften der Ausgestoßenen widerstand, obwohl sie keine *Beschenkte* war.

Bork nutzte den Menschenauflauf, um sich in Szene zu setzen. Hastig kletterte er auf die Motorhaube des Jeeps, damit ihn jeder der Anwesenden richtig sehen konnte. Etwa fünfzig Ausgestoßene hörten ihm zu, wie er großspurig von seinen Abenteuern und den mitgebrachten Geschenken erzählte.

Aruula ignorierte sein Gerede.

Stattdessen beobachtete sie erstaunt, dass sämtliche Scimaro plötzlich apathisch zwischen den Häusern herumstanden. Offensichtlich konnten sie keine eigenen Gedanken fassen und brauchten ständige Anweisungen. Nun, da sich die Menschen um die Neuankömmlinge drängten, wirkten die Scimaro wie unbeachtetes Spielzeug, das ein Kind in der Ecke liegen gelassen hatte.

Plötzlich ging ein Raunen durch die aufgeregte Menge. Ihre Ehrfurcht galt einem hochgewachsenen Mann mit edlen Gesichtszügen, dem allen Anwesenden respektvoll Platz machten.

Aruula schätzte, dass der Schönling noch keine dreißig Sommer gesehen hatte. Trotzdem trug er eine wertvolle Kette aus Bernstein, Perlen und seltenen Mineralien, in deren Mitte sich ein in Gold gefasster Steinsplitter befand, wie er von allen Ausgestoßenen getragen wurde.

Auch ohne diesen protzigen Schmuck war klar, dass es sich um den Häuptling handelte. Bendrake strahlte eine Mischung aus Arroganz und Überlegenheit aus, wie sie nur Männer besaßen, die sich ihrer Macht vollkommen bewusst waren.

Obwohl ihr der Kerl auf Anhieb unsympathisch war, konnte Aruula seine charismatische Ausstrahlung nicht leugnen. Mit seinem langen weißen Gewand und dem offenem Haar, das ihm bis auf die Schultern fiel, wirkte Bendrake eher wie ein Stadtpriester denn wie ein Stammesfürst.

Ehrfürchtig traten die Menschen einen Schritt zurück. Wie auf einen lautlosen Befehl hin bildeten sie eine Gasse, die direkt zur Motorhaube des Jeeps führte. Bork sprang sofort herab und verbeugte sich so tief, dass seine Nase fast den Staub des Platzes berührte.

»Sieh an, wenn das nicht ein bekanntes Gesicht ist«, höhnte Bendrake mit süffisantem Grinsen. »Was verschafft uns die Ehre deines Besuches, Abtrünniger?«

Bork steckte die höhnische Bemerkung weg, ohne mit der Wimper zu zucken.

»Ich grüße dich, großer Bendrake«, dienerte er unterwürfig. »Wir sind zurückgekehrt, um dich zu bitten, uns wieder in den Kreis deines Stammes aufzunehmen. Wir haben erkannt, dass du den richtigen Weg gehst und möchten uns unter deinen Schutz stellen.«

Der Häuptling ignorierte die Bitte, als hätte er sie gar nicht gehört. Stattdessen kontrollierte er schweigend, ob seine Fingernägel gereinigt waren.

»Ihr möchtet also tatsächlich zu uns zurückkehren?«, fragte er dann in affektiertem Ton. »Hast du denn eigentlich eine Vorstellung davon, wie sehr mich deine Flucht verletzt hat? Wie soll ich dir je wieder trauen können? Vielleicht überlegst du es dir nächste Woche schon wieder anders und läßt mich erneut im Stich!«

Ehe der Häuptling etwas Abschlägiges äußern konnte, riss Bork die Armeepistole aus seinem Hosenbund und richtete den Lauf auf ihn.

»Wir haben dir wertvolle Geschenke mitgebracht, die dem ganzen Stamm dienen werden«, erklärte er Bendrake stolz. »Dies hier ist eine mächtige Waffe. Sieh selbst!«

Aruula schrie entsetzt auf, als sie sah, wie Bork den Sicherungshebel zurücklegte. Ehe sie eingreifen konnte, wirbelte der Abtrünnige herum und visierte über die Köpfe der Menge hinweg einen Affenmenschen an, der nur zehn Schritte von ihm entfernt stand.

Ein Schuss krachte.

Die abgefeuerte Kugel fuhr in die Schulter des Scimaro, der von der Wucht des Einschlags zu Boden geworfen wurde. Zuerst schreckte die umstehende Menge beim Donnern der explodierenden Pulverladung zusammen. Als sie aber den verletzten Scimaro sahen, der seine Pranke auf die Wunde presste, brandete Gelächter auf. Einige Zuschauern klatschten sogar begeistert in die Hände.

Bork nahm die Beifallskundgebungen lächelnd entgegen, während Bendrake als Einziger keinerlei Gefühlsregung zeigte.

Aruula wurde bei diesem unwürdigen Schauspiel beinahe schlecht. Die Scimaro wurden von den *Beschenkten* schlechter behandelt als jedes Tier. Dabei steckten in diesen verwachsenen Körpern Menschen, die einst von den gleichen Veränderungen befallen worden waren wie Maddrax.

Schaudernd dachte die Barbarin daran, dass sie einige Affenmenschen getötet hatte, um Arak zu retten. Natürlich war ihr nichts anderes übrig geblieben, denn die geistlosen Wesen wären sonst über sie hergefallen. Trotzdem bereute sie, dass sie Bork und seiner Sippe zur Hilfe geeilt war. Der Zorn der Scimaro, die auf dem Schrottplatz gewütet hatten, war offensichtlich berechtigt gewesen.

Als sich der Jubel der Menge wieder legte, ergriff Bendrake das Wort.

»Ein schönes Spielzeug hast du uns da mitgebracht«, wandte sich der Häuptling herablassend an Bork. »Aber wozu soll es gut sein? Wenn Meetor gewollt hätte, dass wir Donnerhände benutzen, dann hätte er sie uns vom Himmel gesandt. Nein, unsere Waffe bleibt der Geist.«

Enttäuscht starrte Bork auf die rauchende Mündung in seinen Händen. Ehe er sich versah, entwand ihm Bendrake die Automatik aus den Fingern. Vermutlich wollte der Häuptling diese gefährliche Waffe nicht in den Händen eines Widersachers wissen. Bork wollte schon protestieren, als Bendrake sich zu Aruula umwandte.

»Statt solchen Krach zu veranstalten, solltest du mir lieber diesen Gast vorstellen, den du mitgebracht hast«, rügte er mit falschem Lächeln. »Ich habe diese Schönheit noch nie zuvor gesehen, trotzdem scheint sie unsere Kräfte zu besitzen.«

»Sie ist keine Beschenkte!«, bestätigte Bork eifrig. Er erkannte sofort, dass Aruula vielleicht das erwünschte Präsent sein könnte, das ihm die Rückkehr in den Stamm ermöglichte. Hastig erklärte er: »Ihre Kräfte sind bei weitem nicht so groß wir unsere, doch sie ist immun gegen unsere Kontrolle und verändert sich auch nicht in eine hirnlose Bestie.«

Bendrake trat an den Jeep heran und musterte die Barbarin. Grinsend tastete er mit seinen Blicken jeden Handbreit ihres kurvenreichen Körpers ab.

»Ich hoffe, dir wird der Aufenthalt in meinem Stamm gefallen«, schnurrte er in einem Ton, den er wohl für verführerisch hielt. »Mein Haus steht dir Tag und Nacht offen!«

Aruula hätte dem Häuptling am liebsten ins Gesicht gespuckt, doch sie wusste, dass sie ihre Gefühle im Zaum halten musste. Gewalt brachte sie im Moment nicht weiter. Nein, sie musste besonnen handeln, genau so wie es Maddrax getan hätte.

»Vielen Dank für die Einladung«, gab Aruula mit einem Lächeln zurück, das mindestens ebenso herablassend wie Bendrakes schmieriges Grinsen war. »Aber ich glaube, mein Gefährte hätte etwas dagegen, wenn ich das Lager mit einem anderen teile.«

Die Lippen des Häuptlings bogen sich zu einem spöttischen Lächeln in die Höhe, als er zu dem blonden Scimaro hinübersah, der immer noch auf dem Frekkeuscher hockte.

»Du wirst schon bald feststellen, dass dein Freund nie mehr derselbe sein wird, der er einmal war«, kicherte Bendrake leise. »Irgendwann wirst du sein Gegrunze satt haben, und dann wirst du dir einen Gefährten suchen, der dieselbe Gabe in sich trägt wie du. Jemanden der mächtig ist und zu dem du aufblicken kannst. Wenn es so weit ist, wirst du zu mir kommen. Aber lass mich nicht zu lange warten, sonst will ich dich vielleicht nicht mehr!«

Mit diesen Worten wandte sich der Häuptling ab und kehrte in sein Haus zurück. Bork ließ er unbeachtet stehen, was dieser als seine Wiederaufnahme in den Stamm betrachtete. Begeistert wandte er sich an seine Familie, doch niemand aus seiner Sippe konnte so recht seine Freude teilen.

Aruula saß dagegen wie erstarrt im Jeep.

Maddrax wird nie mehr so werden, wie er einmal war! hallte es in ihren Gedanken wider. *Nein, das darf nicht sein. Es muss einen Weg zurück geben. Ich liebe ihn doch!*

Verzweifelt sank ihr Kopf auf das Lenkrad nieder.

Als Aruula wieder in die Höhe sah, hatte sich die Menge vor dem Fahrzeug zerstreut. Einige der Beschenkten sahen zwar noch neugierig zu ihr und Borks Sippe herüber, doch die meisten Dorfbewohner zogen es vor, in ihren vier Wänden über die neuen Ereignisse zu diskutieren.

»Geht es dir wieder besser?«, erklang eine zaghafte Stimme neben ihr.

Es war Arak, der sie schuldbewusst ansah.

»Tut mir Leid, dass du so traurig bist«, entschuldigte er sich. »Wenn du mich nicht gerettet hättest, wäre das nicht passiert!«

»Was hier geschieht, ist nicht deine Schuld«, tröstete ihn die Barbarin, die langsam zu ihrer alten Stärke zurückfand. Geschickt schwang sie sich aus dem Fahrzeug und strich tatendurstig über ihre Fellkleidung. Sie musste möglichst schnell handeln, bevor Maddrax' Zustand noch kritischer wurde.

Ihre barbarische Seite hätte natürlich am liebsten zum Schwert gegriffen, doch erstens hatte Bork ihre Waffe an sich genommen, und zweitens musste sie noch mehr über diesen seltsamen Stamm erfahren, bevor sie etwas unternehmen konnte.

»Hältst du es eigentlich für richtig, dass ihr Menschen in diese missgebildeten Wesen verwandelt, um sie als Sklaven zu halten?«, erkundigte sie sich bei Arak.

Der Halbwüchsige schüttelte schuldbewusst den Kopf.

»Früher haben wir mit den Nichtbeschenkten in Frieden gelebt«, verteidigte er sich stockend. »Als die Urväter unserer Väter das Himmelsgeschenk erhielten, wussten sie nicht, dass sie anderen Menschen Schaden zufügten, wenn sie deren Gedanken beeinflussten, um einen besseren Handel abzuschließen. Die anderen Stämme spürten aber bald, dass sie sich veränderten, wenn sie sich zu lange in unserer Nähe aufhielten. Man begann uns zu meiden, und so wurden wir zu Ausgestoßenen. Unser Stamm lebte über Generationen unbehelligt in der großen Grube, die Meetor für uns gegraben hat. Nur Auserwählte durften unser Stammesgebiet verlassen, um Handel mit den umliegenden Siedlungen zu betreiben. Diese Beschenkten mussten schwören, dass sie ihre Gabe nicht in der Gegenwart von Menschen anwenden.«

»Das war richtig so«, bekräftigte Aruula. »Warum habt ihr euch nicht weiter daran gehalten?«

»Weil Bendrake geboren wurde!«, stieß der Junge hervor, bevor es weiter aus ihm heraussprudelte: »Von allen Beschenkten hat er die größte Gabe, die es jemals gab. Seine Kraft ist so groß, dass viele ihn für Sigwaan halten, der uns bald in Meetors Reihen und vielleicht gar zu Wudan führen wird. Bendrake vertritt schon seit Jahren die Meinung, dass es unsere Pflicht ist, die Gabe der Götter besser zu nutzen. Nur wenn wir uns die Nichtbeschenkten untertan machen, werden wir die Erleuchtung erhalten und in Meetors Heerscharen aufgenommen werden.«

Aruula überlegte einen Augenblick, ob sie dem enthusiastischen Jungen erzählen sollte, dass ihr Stamm Maddrax ebenfalls für Sigwaan gehalten hatte. Sie wollte Araks Redefluss aber nicht unterbrechen. Trotzdem fragte sie sich, was wohl geschehen wäre, hätte Maddrax seine Macht ebenso missbraucht wie dieser größenwahnsinnige Häuptling.

»Bendrake setzte vor zwei Monden im Stammesrat durch, dass wir in die Ebene ziehen, um die Bewohner der umliegenden Dörfer zu unterjochen«, erklärte Arak weiter. »Dank unserer Gabe konnten wir mehrere Dörfer unter unseren Willen zwingen. Doch die Menschen entwickelten sich weiter zurück, als wir dachten. Die Gehirne dieser Affenmenschen sind so primitiv, dass sie niemand mehr beherrschen kann. Nur Bendrake kann sie noch unter Kontrolle halten. Wenn er nicht wäre, würden die Sklaven hier nicht mehr friedlich herumlaufen.«

Plötzlich senkte Arak die Stimme zu einem Flüstern.

»Vater meint, dass der ständige Kontakt mit diesen primitiven Geistern auf Bendrake abfärben würde. Im Laufe der letzten Wochen wurde er immer brutaler und unberechenbarer. Deshalb sind wir geflohen. Aber du hast ja gesehen, wie es uns ergangen ist.«

»Das ist doch eure eigene Schuld«, entgegnete Aruula hart. »Die Menschen verändern sich doch nur deshalb, weil ihr ihnen euren Willen aufzwingt! Wenn ihr euch normal verhaltet, mutiert auch niemand zu einer dieser Bestien!«

»Aber die Gabe ist unser von den Göttern verliehenes Recht!«, begehrte Arak empört auf. Unter dem strafenden Blick der Barbarin wurde er aber schnell wieder kleinlaut. Nachdenklich kratzte er sich am Kopf und antwortete: »Vermutlich hast du Recht. Aber es ist schwer, sich von alten Gewohnheiten zu trennen, besonders wenn sie so bequem sind. Hast du deine Gabe noch nie dazu benutzt, um dir das Leben einfacher zu machen?«

»Sicher«, gab Aruula zu. »Aber meine Macht ist zum Glück nicht groß genug, um sie wirklich zu missbrauchen. Bei euch ist das anders. Ihr müsst euch von Bendrakes Weg abwenden, sonst wird er euch früher oder später ins Unglück führen.«

Arak schüttelte traurig den Kopf, während er zu seiner Familie hinübersah, die gerade ihr altes Haus bezog.

»Nachdem wir erfolglos zurückgekehrt sind, wird sich so schnell niemand mehr gegen Bendrake stellen«, sagte er voraus.

Aruula nickte.

In diesem Moment wurde ihr klar, dass sie mit Maddrax so schnell wie möglich fliehen musste. Entgegen ihrer Hoffnung gab es in dieser Siedlung keine Heilung für ihn. Deshalb war es das Beste für ihn, wenn sie ihn dem schädlichen Einfluss der Beschenkten so schnell wie möglich entzog.

Schließlich war Maddrax nur zum Affenmenschen geworden, weil er die Ausgestoßenen nicht begleiten wollte. Deshalb hatte Bork ihn unter seine geistige Kontrolle gebracht und so die Rückentwicklung ausgelöst.

Nachdem Araks Familie ihren Stamm erreicht hatte, stand Maddrax – oder das, was aus ihm gewordenen war – unbeachtet neben dem Jeep. Wenn sie den blonden Scimaro jetzt mit sich zerrte, gab es vielleicht noch eine Chance! Vielleicht entwickelte er sich wieder zurück, wenn er nicht mehr Borks schädlichem Einfluss ausgeliefert war!

Wenn Aruula allerdings den dumpfen Blick betrachtete, mit dem Maddrax in den Staub vor seinen Stiefeln starrte, lösten sich ihre Hoffnungen in Luft auf. Doch sie durfte jetzt nicht den Mut verlieren, sondern musste handeln.

»Deine Eltern vermissen dich sicherlich schon«, wandte sie sich an Arak. »Geh am besten zu ihnen. Ich besuche dich später, wenn ich ein Quartier für mich und Maddrax gefunden habe.«

Der Junge schien zu ahnen, was sie vorhatte. Wenn er es nicht sowieso in ihren Gedanken las, stand es ihr vermutlich ins Gesicht geschrieben.

»Ich hoffe, wir sehen uns irgendwann wieder«, flüsterte er traurig, bevor er ging.

Hastig umrundete Aruula den Jeep und nahm den apathischen Maddrax bei der Hand.

»Los, komm«, flüsterte sie. »Wir müssen von hier verschwinden.«

Der blonde Scimaro sah sie nur verständnislos an und grunzte. Aruula versuchte daraufhin ihre innere Gabe einzusetzen, um ihm zu befehlen, in den Jeep zu steigen. Maddrax schüttelte nur den Kopf und grunzte erneut.

Aruulas Kräfte reichten eben bei weitem nicht an die der Ausgestoßenen heran. Es blieb ihr also nichts weiter übrig, als erneut an seinem Arm zu zerren und ihn in Richtung Beifahrertür zu drängen.

Maddrax begehrte unwillig auf.

»Nun komm schon, stell dich nicht so an«, schimpfte sie leise, während sie sich gegen ihn stemmte, um ihn vorwärts zu bewegen.

Mit einem Mal kam Bewegung in seinen tumben Leib, aber anders, als es sich Aruula erhofft hatte.

Grunzend riss er die Arme in die Höhe und begann auf seine Brust zu trommeln. Dabei fletschte er die Zähne und sah sie angriffslustig an.

Aruula stieß einen leisen Fluch aus. Hastig sah sie sich um, ob einer der Umstehenden das lautstarke Gebaren ihres Gefährten bemerkte. Da sah sie bereits die Schatten von drei Männern, die sich drohend vor ihr aufbauten.

Bork grinste sie höhnisch an.

»Du hast doch wohl nicht wirklich gedacht, dass wir dich vergessen haben?«

Bendrake saß nachdenklich auf seinem schwarzen Edelholzthron. Seine Gedanken kreisten nur noch um die schöne Barbarin, die er draußen gesehen hatte. Endlich ein neues Gesicht in seiner Umgebung, und dann auch noch ein so schönes!

Der Häuptling kannte die Frauen seines Volkes zur Genüge, und die, die er haben wollte, hatten auch schon das Lager mit ihm geteilt. Schließlich genoss seine jeweilige Gefährtin das Prestige, die erste Frau des Stammes zu sein. Deshalb hätte er sich jede auswählen können, die er haben wollte – auch die, die bereits eine festen Bindung eingegangen waren.

Doch Bendrake langweilten die Frauen seines Volkes. Er brauchte etwas Neues – eine Herausforderung. Und all das Verkörperte diese Aruula, die es sogar wagte, sich ihm zu widersetzen.

Natürlich wäre es eine Leichtigkeit für ihn gewesen, ihren Widerstand zu brechen und sie an ihren langen Haaren zu seinem Lager zu schleifen. Doch dies wäre das Verhalten eines Barbaren – er dagegen war der Häuptling der Beschenkten! Zu ihm kamen die Frauen aus freien Stücken.

Aber wer wusste schon, wie lange sich diese Aruula noch zieren würde? Er wollte nicht mehr lange auf sie warten, sondern sie sofort haben!

Während Bendrake noch darüber grübelte, ob er hinausgehen sollte, um die Barbarin mit Gewalt zu holen, wurde sie bereits von Bork durch den in der Decke gelegenen Eingang gestoßen. Federnd kam sie auf dem Boden auf, während Bork über die Leiter eilig nach unten kletterte.

Als Aruula nun im Moment seines größten Wunsches zu ihm geführt wurde, wusste Bendrake, dass dies ein Zeichen Meetors war! Es konnte doch kein Zufall sein, dass diese Schönheit gegen die Verwandlung in eine grunzende, fellbedeckte Bestie gefeit war. Nein, sie war vom Schicksal dazu auserkoren, an seiner Seite zu herrschen!

Geräusche vom Dach her lenkten Bendrake ab. Die Miene des Häuptlings verfinsterte sich, als er sah, dass Doran und Korak den blondbehaarten Affenmenschen hereinbrachten. Was bezweckte Bork damit?

Ohne Zögern benutzte Bendrake seine Gabe, um in die Gedanken des Abtrünnigen einzudringen. Bork versuchte instinktiv, seinen Geist abzuschirmen, doch gegen die überwältigende Macht des Häuptlings kam er nicht an.

In der Zeit eines Wimpernschlags wurde Borks Innerstes nach außen gekehrt. Bendrake konnte dabei sehen, wie tief ihn sein Untergebener verachtete, doch das wusste er längst. Ihn interessierte nur, was kurz zuvor geschehen war. Begierig saugte er die Informationen auf, während Bork gegen die Schwindelgefühle in seinem Kopf ankämpfte.

Grinsend wandte sich Bendrake der Barbarin zu. In seinen Augen loderte das Feuer des beginnenden Wahnsinns, als er knurrte: »So, du möchtest also lieber mit diesem stinkenden Fellbündel fliehen, als deinen dir zugewiesen Platz in meiner Weltordnung einzunehmen? Ich denke, es ist an der Zeit, für klare Verhältnisse zu sorgen.«

Ohne den Blick von der Barbarin zu nehmen, deutete der Häuptling auf Doran und Korak. »Ihr beide«, befahl er, »tötet diesen Scimaro!«

Die beiden angesprochenen Männer zögerten einen Moment, denn schließlich verdankten sie Maddrax ihr Leben. Als Bendrake sie aber mit einem fordernden Blick seiner brennenden Augen bedachte, wagten sie nicht, sich länger zu widersetzen. Schweigend zogen sie die schmalen Messer hervor, die sie in ihren Gürteln trugen. Dann traten sie auf den apathischen Scimaro zu, der regungslos zwischen ihnen stand.

Aruula traute ihren Ohren nicht, als sie den Mordbefehl aus dem Munde des Häuptlings hörte. Als sie jedoch die scharfen Klingen in den Händen der Männer aufblitzen sah, ging sie mit einem wütenden Aufschrei auf die Person los, die hinter dem brutalen Terror steckte, der dieses Dorf überzog.

Auf Bendrake.

Der Häuptling blickte sie nur gelangweilt an, als sie mit vorgestreckten Händen auf ihn zugesprungen kam, um sich in seiner Kehle festzukrallen. Noch ehe ihre Fingerkuppen seinen Hals berühren konnten, ließ er sie seine Macht spüren.

Ohne äußere Anstrengung sammelte er seine Kraft und schlug wie ein Blitz in ihren Geist ein!

Aruula schrie gepeinigt auf, als ein stechender Schmerz durch ihren Schädel zuckte. Benommen torkelte sie zurück. Da spürte sie plötzlich, wie sie von einer unsichtbaren Kraft in die Höhe gerissen und durch den Raum geschleudert wurde.

Instinktiv streckte sie die Arme aus, um ihren Sturz abzumildern, bevor sie auf einen Holzstuhl krachte, der unter ihrem Aufprall zersplitterte.

Stöhnend wälzte sich Aruula in den Bruchstücken herum. Ihr ganzer Körper brannte, als wäre sie stundenlang ausgepeitscht worden. Dieser Schmerz konnte unmöglich nur von dem Sturz herrühren.

Als sie Bendrakes Gelächter hörte, wusste sie, dass er es war, der das Brennen immer weiter anheizte, bis sie glaubte, das ihr ganzer Körper in Flammen stünde.

Verzweifelt versuchte Aruula ein gequältes Aufstöhnen zu unterdrücken, denn sie wollte dieser Bestie in Menschengestalt keinen weiteren Triumph gönnen. Doch die Schmerzen wurden immer stärker, als würde sie bei lebendigen Leib verbrennen.

Schließlich hielt sie es nicht länger aus. Ein lauter Schrei verließ ihre gepeinigten Lippen.

Wenn sie gehofft hatte, dass Bendrake nun in seiner Folter nachlassen würde, sah sie sich getäuscht. Der Häuptling fand viel zu sehr Gefallen an ihrer Qual, als dass er sie schon in Ruhe gelassen hätte. Er wollte voll und ganz die Macht auskosten, die er über sie besaß, und ihr für alle Zeiten den Platz zuweisen, den sie unter ihm einzunehmen hatte.

Aruula hatte inzwischen ihren Stolz aufgegeben und schrie aus Leibeskräften, um nicht vor Schmerzen wahnsinnig zu werden.

»Bitte, hör auf damit«, brach es da aus Korak heraus. »Sie hat meinem Neffen das Leben gerettet!«

Gleich darauf verwandten sich auch Bork und Doran für die Barbarin, doch Bendrake quittierte diese Gnadengesuche nur mit verächtlichem Gelächter.

Nein, er war mit seiner Lektion noch lange nicht am Ende.

Matt verfolgte ohne sichtbare Regung, wie Aruula durch den Raum geschleudert wurde. Er spürte weder Mitleid noch Liebe für diese Frau, denn seinem dumpfen Geist war jedes Gefühl fremd, das über den reinen Trieb hinaus ging. Selbst seine elementarsten Begierden wurden von den Befehlen verdrängt, die unaufhörlich auf ihn einhämmerten.

Du hast keinen eigenen Willen. Du gehorchst nur Bendrake und dem Stamm der Beschenkten ...

Als er aber sah, wie sich Aruula gepeinigt auf dem Boden wälzte, wurde eine Saite in ihm angeschlagen, die er längst verloren glaubte. Plötzlich zerriss die Befehlskette, die seinen Willen lähmte.

Das ist Aruula, meine Gefährtin. Jemand tut ihr weh!

Weiter konnte er nicht denken. Aber es reichte aus. Die Wut, die in ihm wie glühende Lava aufbrodelte, schuf genügend Platz für seine Aggressionen. Er wollte den Mann bestrafen, der seine Gefährtin peinigte.

Nackter Hass brodelte durch Matts Adern und brach sich Bahn. Animalisch brüllend stürzte er sich auf Bendrake.

Der Häuptling war so mit Aruulas Folter beschäftigt gewesen, dass er von dem Angriff des Scimaro völlig überrascht wurde. Ehe er seine geistigen Kräfte zur Abwehr der Attacke konzentrieren konnte, hatte ihn Matthew schon an seinem weißen Leinengewand gepackt und gegen den hinter ihm stehenden Thron gestoßen.

Bendrake spürte, wie eine seiner Rippen beim Aufprall auf die Holzkante zerbrach. Ehe ihn der Scimaro weiter in die Defensive drängen konnte, griff Bendrake in den fellbewachsenen Hals und sandte die Schmerzen seines Knochenbruchs direkt ins Hirn des Gegners.

In seinem Amoklauf ignorierte Matts dumpfer

Geist die übertragenen Qualen. Wutschnaubend holte er mit seinen Pranken aus, um auf den unter ihm liegenden Häuptling einzudreschen.

Da verhundertfachte Bendrake seine ausgesandte Kraft und trieb sie genau ins Nervenzentrum des Scimaro. Jaulend ließ Matt von seinem Gegner ab und sprang in die Höhe. Verzweifelt schüttelte er den Kopf hin und her, um sich von den Höllenqualen zu befreien, die in seinem Schädel tobten.

Bendrake gönnte ihm keine Ruhe, sondern verstärkte unbarmherzig die Kraft, die auf den ungehorsamen Affenmenschen einwirkte. Wie mit einer eisernen Kralle wühlte der Häuptling in den Gehirnwindungen des Scimaro, der von unkontrollierten Krämpfen geschüttelt wurde.

Keuchend brach Maddrax in die Knie, während sein Oberkörper in immer stärkere Zuckungen verfiel. Blut schoss aus seiner Nase und verteilte sich als feiner Sprühregen vor ihm auf dem Boden.

Doran und Korak wandten sich entsetzt ab, denn sie befürchteten zurecht, dass dem unglücklichen Opfer gleich der Schädel platzen würde.

Bendrake ließ dagegen ein meckerndes Lachen hören.

Der Größenwahn hatte endgültig von ihm Besitz ergriffen. Er wollte hier und jetzt eine Machtdemonstration geben, die jedem Stammesmitglied für immer zeigte, das er keinerlei Widerspruch duldete.

Und er wollte seiner Mordlust freien Lauf lassen.

Bendrake hatte sich derart in einen Rausch der Zerstörung gesteigert, dass er gar nicht bemerkte, wie sich Aruula von seiner Attacke erholte.

Mühsam richtete sie sich zwischen dem Trümmern des Stuhls auf. Als sie sah, dass Maddrax mit dem Tode rang, kehrten ihre Lebensgeister schlagartig zurück. Instinktiv griff sie nach einem Holzstück zu ihren Füßen und sprang auf Bendrake zu. Erst jetzt realisierte sie, dass sie ein abgebrochenes Stuhlbein in den Fingern hielt, das sich kaum als Schlagwaffe einsetzen ließ.

Da hatte sie schon den Häuptling erreicht, der sich weiter voll und ganz darauf konzentrierte, den Druck auf Maddrax' Schädel noch weiter zu erhöhen und sie gar nicht zu bemerken schien.

Als sein Kopf schließlich doch herumzuckte, war es zu spät.

Aruula stieß mit dem zersplitternden Ende des Stuhlbeins zu und rammte es dem Häuptling in die Brust.

Genau dort, wo sein Herz saß!

Röchelnd taumelte Bendrake zurück. Seine geistige Attacke endete abrupt. Verwirrt starrte er auf den Holzpflock, der aus seinem Oberkörper hervorragte. Um die Einstichstelle herum färbte sich das weiße Leinengewand dunkelrot. Doch erst als ihn das Leben in immer größeren Strömen verließ, schien er zu realisieren, dass Aruula ihn angegriffen hatte.

Einen irren Aufschrei auf den Lippen, sprang Bendrake vor und stürzte sich auf seine Gegnerin. Obwohl er bereits an der Schwelle des Todes stand, krallte er beide Hände in ihre Schultern und rang sie zu Boden. Aruula packte ihn reflexhaft am Hals, um ihn von sich wegzudrücken, doch im Todeskampf entwickelte ihr Widersacher noch einmal unmenschliche Kräfte.

Verzweifelt packte Aruula die Amulettkette an Bendrakes Hals und verdrehte sie, um ihm die Luft zu rauben, doch der Häuptling kämpfte unvermindert gegen sie an und schien all ihren Bemühungen zu widerstehen. Erst nach zähen Ringen verkrampften sich seine Finger, und das vom Wahnsinn entstellte Gesicht sackte leblos zur Seite.

Nun gelang es der Barbarin endlich, sich aus seinem Griff zu befreien. Sie wollte gerade die zerrissene Kette zur Seite werfen, als Maddrax auf sie zugetorkelt kam und in ihren Armen zusammenbrach.

Aufschluchzend umschlang sie ihren Geliebten, der selbst mit dem dumpfen Geist eines Scimaro ihre Not erkannt hatte und für sie eingetreten war. Mochten die Ausgestoßenen nun mit ihr anstellen, was sie wollten. Mit einem Krieger wie Maddrax an ihrer Seite würde sie glücklich in den Tod gehen.

Bork und die anderen Männer sahen allerdings nicht so aus, als ob sie den Tod ihres Häuptlings rächen wollten.

In ihren Gesichtern spiegelte sich vielmehr nackte Angst wieder. Nicht vor der wütenden Barbarin, die erschöpft auf dem Boden hockte, sondern vor etwas, das sie all die Wochen daran gehindert hatte, sich gegen Bendrake aufzulehnen.

Als die ersten Angstschreie zu ihnen ins Haus drangen, wussten sie, dass sich ihre schlimmsten Befürchtungen bestätigt hatten.

»Die Scimaro!«, keuchte Korak entsetzt. »Nach Bendrakes Tod kann sie niemand mehr kontrollieren. Sie werden uns alle vernichten!«

Aruula sah durch einen der schmalen Fensterschlitze hinaus auf den Marktplatz, auf dem sich schreckliche Szenen abspielten. Überall waren die Sklaven aus ihrer Lethargie erwacht und rächten sich nun an ihren Peinigern. Die Ausgestoßenen rannten kopflos umher, um den Pranken der Affenmenschen zu entgehen, doch einige waren nicht schnell genug.

Aruula konnte sehen, wie drei Scimaro über eine Frau herfielen und sie mit bloßen Händen erschlugen. Ein anderer packte einen rothaarigen Jungen an den Füßen und schleuderte ihn mit dem Kopf gegen eine Hauswand.

Niemand kam den Bedrängten zur Hilfe, denn jedermann versuchte zuerst sein eigenes Leben zu retten. Wer schnell genug war, kletterte auf eines der Hausdächer und zog die Leiter ein, wer zu langsam war, bezahlte mit seinem Leben.

Sicherlich hätte es noch viel mehr Opfer gegeben, wenn die Affenmenschen koordiniert vorgegangen wären, statt sich um die Köpfe der Toten zu streiten. Aruula rätselte, warum die Scimaro sich an den Gehirnen ihrer Opfer vergriffen. Wurden sie von ihrem Instinkt geleitet? Gab es in den Köpfen der Ausgestoßenen irgendetwas, dass ihre Verwandlung umkehren konnte?

Während die Barbarin in Gedanken versunken war, brachte Bork die Beretta an sich, die neben Bendrakes Thron auf dem Boden lang. Hektisch suchte der Ausgestoßene nach einer Fluchtmöglichkeit.

»Wir müssen aufs Dach und unsere Familien suchen«, entschied er schließlich und begann die Leiter hinauf zu steigen. Doran und Korak folgten ihm, doch letzterer blieb noch einmal am Fuß der Leiter stehen und wandte sich um.

»Los, komm schon!«, rief er Aruula zu.

Die Barbarin war überrascht, dass er sich um sie zu sorgen schien, doch sie war nicht bereit, ihren bewusstlosen Gefährten alleine zurückzulassen. Ohne auf Koraks Drängen zu achten, bettete sie Maddrax auf ihren Schoß. Als sie dabei den Griff um seinen Kopf löste, machte sie eine unglaubliche Entdeckung!

Die Stelle, wo sie ihre Hand auf seine Schläfe gepresst hatte, sah plötzlich wieder normal aus!

Erst glaubte sie, dass ihr die Augen einen Streich spielten, doch es gab keinen Zweifel. Sein linkes Ohr hatte sich von einem behaarten Fleischknäuel zurück in seine ursprüngliche Form verwandelt!

Sie öffnete ihre Hand – und blickte auf die Amulettkette, die sie Bendrake entrissen hatte.

Die Rückverwandlung konnte nur auf den Einfluss des Amuletts zurückzuführen sein!

Erst jetzt fiel Aruula auf, dass sich der Stein sonderbar warm in ihrer Hand anfühlte und sie ein wenig kitzelte. Als sie den Splitter zwischen Daumen und Zeigefinger fasste, spürte sie deutlich, wie er ohne äußeren Antrieb vibrierte.

Irgendeine geheimnisvolle Kraft ging von ihm aus!

»Nun komm endlich«, drängte Korak, der neben sie getreten war. »Wir müssen unsere Feindseligkeiten begraben und uns gemeinsam gegen diese Bestien verteidigen. Du bist eine gute Kämpferin.«

Daher also wehte der Wind! Aber er hatte Recht. Aruula nickte.

»Hilf mir, Maddrax nach oben zu bringen«, forderte sie.

Korak sah sie ungläubig an. Schließlich war Matt zu einem unkontrollierbaren Neandertaler geworden.

»Ich weiß, wie wir ihn zurückverwandeln können«, erklärte Aruula kurz angebunden. »Jetzt fass endlich mit an.«

Korak fügte sich, denn er hatte keine Zeit, um lange zu streiten. Gemeinsam schleppten sie den bewusstlosen Scimaro zur Leiter, die aufs Dach führte, und bugsierten ihn mühsam zur Luke hinauf. Bork stand am Rand des Daches und feuerte immer wieder auf die Affenmenschen, die sich vor dem Haus drängten und kreischend und fäusteschwingend nach oben starrten. Doch es waren zu viele, als dass er sie alle hätte von hier aus töten können. Außerdem war die Munition in der Waffe begrenzt, wie Aruula wusste.

»Hör auf damit!«, wies sie den Schießwütigen zurecht. »Du darfst die Feuerfaust nicht entleeren! Wir werden sie noch brauchen.«

Bork nickte nur mürrisch. Aruula trat zu ihm an den Dachrand. Zu ihren Füßen bot sich ein Bild des Grauens. Überall lagen die kopflosen Leichen der Dorfbewohner. Die Barbarin zählte knapp zwanzig Tote; das war fast der halbe Stamm. Doch die meisten Ausgestoßenen standen noch viel zu sehr unter Schock, als dass sie die Tragweite dieses Verlustes begriffen hätten.

Der hohe Blutzoll schien auch die Angriffslust der Affenmenschen gemildert zu haben, denn sie versammelten sich nun um die Frekkeuscher. Die Riesenheuschrecken scharrten unruhig mit ihren mächtigen Hinterbeinen, als sie plötzlich von allen Seiten eingekreist wurden, doch die Sicherungsleinen hinderten sie an der Flucht. Da stürzte die ganze Affenhorde los und schlug blindlings auf ihre pelzbedeckten Körper ein. Die Frekkeuscher stießen schrille Angstlaute aus, als sie zu Boden gingen und von unzähligen nackten Füßen zertrampelt wurden.

Aruula wandte sich von diesem grauenvollen Anblick ab. Sie wollte sich lieber um Maddrax kümmern, solange ihnen die Feinde eine Pause gönnten. Es war nur eine Frage der Zeit, bis sie sich den Überlebenden widmen würden.

Aruula presste das Amulett auf verschiedene Körperstellen des bewusstlosen Maddrax – und kam jedes Mal zu demselben Ergebnis: Der Steinsplitter besaß eine heilende Wirkung, mit der die Verunstaltungen umgekehrt werden konnten.

Allerdings zeigte sich bald, dass die Kraft des schwarzen Splitters zu gering war, um Maddrax völlig und auf Dauer in den alten Zustand zu versetzen. Aber vielleicht reichte das Amulett aus, um ihn aus seiner Bewusstlosigkeit zu reißen, in die er nach Bendrakes Attacke gefallen war!

Aruula legte den Stein auf die Stirn des Gefährten. Dann zog sie ein Dreieckstuch aus der Seitentasche seiner Tarnhose und wand es ihm um den Kopf, sodass der Splitter nicht verloren gehen konnte.

»Glaubst du, das hilft?«, erkundigte sich Arak mitfühlend.

Der Junge hatte sich mit seiner Mutter auf eines der anderen Dächer retten können und war über die angrenzenden Häuser zu seinem Vater gelaufen.

»Ein wenig«, antwortete Aruula. »Um ihn zu heilen, bräuchte ich aber ein größeres Amulett.«

»Das Geschenk der Götter ist sehr viel größer«, berichtete der Junge eifrig. »Fünfmal so groß, als ich mit den Armen zeigen kann!«

»Dieses … Ding, das bei euch vom Himmel fiel, ist also ein Felsen?«, erkundigte sich Aruula.

»So sieht er von außen aus«, bestätigte Arak. »Aber das Geschenk ist anders als jeder Stein, den ich je gesehen habe. Es hat eine Farbe, die du sonst nirgendwo findest! Und es ist viel schwerer und härter als ein normaler Stein. Unsere Väter hatten große Mühe, das Heiligtum herauszuschlagen und zu unserer Siedlung zu schaffen.«

Die Barbarin kratzte sich nachdenklich am Kopf.

»Wie groß ist dieses Heiligtum?«, fragte sie.

Arak hob seine Hände in die Höhe und hielt sie ein Stück weit vom Körper entfernt. »Ungefähr so breit«, erklärte er, »aber sehr hoch und schwer. Kein Frekkeuscher könnte es tragen, deswegen mussten wir es auch zurücklassen.«

Aruula ging zum Rand des Flachdachs und deutete in die Tiefe. »Würde es auf den Jeep passen?«, fragte sie.

Der Junge nickte. »Wenn man es ganz darüber legt. Warum bist du so interessiert daran?«

»Wenn wir dieses Heiligtum hierher bringen, können wir mit ihm vielleicht Maddrax und die anderen Affenmenschen zurückverwandeln«, erklärte Aruula.

Arak zog zweifelnd die Schultern in die Höhe. »Wenn du meinst. Aber wie willst du an denen da unten vorbeikommen?«

Im Hof waren bereits einige Scimaro auf sie aufmerksam geworden und schlugen sich angriffslustig vor die Brust. Aruula ging wieder zurück zur Dachmitte, aber dort wurde sie von den bitteren Blicken der Ausgestoßenen empfangen. Wenn Bork und seine Familie sich nicht für sie eingesetzt hätten, wäre sie längst vom Haus geworfen worden.

Aruula wusste, dass niemand der Anwesenden um Bendrake trauerte. Die Abneigung, die ihr hier entgegen gebracht wurde, speiste sich vielmehr aus der Angst, die sie vor den befreiten Sklaven empfanden.

Zum Glück hatten die Scimaro bei ihrer ersten Attacke keine der Leitern erbeuten können, deshalb waren sie auf dem Dach vorläufig sicher. Doch es war nur eine Frage der Zeit, bis die Affenmenschen einen anderen Weg fanden, zu ihnen heraufzuklettern. Dann mussten die Ausgestoßenen in ihre

Häuser flüchten, in denen sie wie in einer Falle saßen.

Die Beschenkten hatten nur eine einzige Möglichkeit, sich gegen die Affenmenschen zu wehren. Sie fanden sich zu größeren Gruppen zusammen, um ihre geistigen Kräfte zu vereinigen. Diese setzten sie immer wieder dazu ein, um einen der Scimaro in die Höhe zu wirbeln oder gegen eine Hauswand zu schleudern. Meistens fingen sich die Affenmenschen aber geschickt ab, nur hin und wieder brach sich einer von ihnen ein paar Knochen.

Trotzdem ließen sie sich von diesen unsichtbaren Attacken nicht verscheuchen. Vermutlich warteten sie nur auf den Anbruch der Nacht, um unbemerkt die Dächer erobern zu können. Dann brauchten sie auch nicht mehr die Donnerhand zu fürchten, mit der Bork immer wieder in die Tiefe feuerte, aber nur selten etwas traf. Aruula wusste nicht, wie viele Kugeln das Magazin fasste, aber es musste zweifellos bald erschöpft sein. Und dann ...?

Da stand Bork auch schon wieder am Dachrand und schoss auf einen Neandertaler, der auf dem Jeep herumsprang.

»Lass das!«, wies ihn Aruula zurecht. »Am Ende triffst du den Magen des Jeeps und bringst alles zur Explosion!«

Bork ließ den Waffenarm sinken und sah sie neugierig an.

»Explosion? Was ist das?«

»Etwas sehr Schlimmes«, entgegnete die Barbarin düster, denn sie hatte schon zweimal die Wirkung des Plastiksprengstoffs erlebt, mit dem Maddrax einen Taratzenkönig getötet und einen Turm auf einem Flugfeld zum Einsturz gebracht hatte.

Da fiel ihr Blick auf die Benzinkanister, die lose auf der Ladefläche lagen. Schlagartig kam ihr Maddrax' Warnung in den Sinn, erinnerte sie sich an seine Gedankenbilder. Schnell erfasste die Barbarin, dass sich das Benzin in ihrer Situation nutzen ließ.

»Könnt ihr einen dieser Kästen dort mit euren geistigen Kräften zu uns aufs Dach holen?«, fragte sie Bork.

»Wenn wir uns alle zusammenschließen, bestimmt«, erklärte er im Brustton der Überzeugung. »Aber warum sollten wir das tun?«

Nachdem Aruula ihn davon überzeugt hatte, dass der Kanister ihr Überleben sichern konnte, machte er sich schnell daran, eine große Gruppe aufzustellen, die ihre Kräfte bündeln sollte. Die Barbarin wies inzwischen Arak an, einige Haushaltsgegenstände aufs Dach zu bringen und bei dieser Gelegenheit auch gleich ihr Schwert aus Borks Behausung zu holen.

Eifrig machten sich die Ausgestoßenen an die Arbeit. Obwohl keiner von ihnen so recht wusste, um was es überhaupt ging, wurden sie von der Hoffnung beflügelt, dass es doch noch eine Überlebenschance für sie gab.

Die überlebenden Erwachsenen bildeten einen engen Kreis und konzentrierten ihre Kräfte auf Bork, der die Energie sammelte und unsichtbar in die Tiefe schickte. Zuerst sah es so aus, als wenn nichts geschehen würde. Aber dann konnte Aruula sehen, wie sich der oberste Kanister ruckartig bewegte. Er hob sich etwa eine Handbreit in die Höhe, begann dann zu zittern und krachte scheppernd zurück auf die darunter liegenden Blechbehälter.

»Verdammt!«, fluchte Bork. »Das Ding ist wirklich schwer.«

Trotzdem versuchte er es sofort noch einmal. Die Barbarin konnte sehen, wie sich dicke Schweißperlen auf seiner Stirn bildeten, während seine Halsschlagadern pochend hervortraten.

Beim zweiten Versuch rutschte der Kanister über den Rand der Ladefläche hinweg. Bevor er zu Boden stürzen konnte, wurde er plötzlich in die Höhe gerissen. Erneut begann der schwere Behälter zu zitternd, dann stabilisierte sich seine Lage und er schwebte langsam auf die Gebäudezeile zu.

Einige der Scimaro wollten das seltsame Objekt einfangen, doch es segelte weit über ihren Köpfen hinweg durch die Luft.

Kurz bevor der Kanister die Dachkante erreichte, erlitt Bork einen Schwächeanfall. Sofort sackte der Behälter in die Tiefe. In einem verbissenen Kraftakt verhinderte Bork den Absturz, doch es gelang ihm nicht, das schwere Objekt wieder in die Höhe zu stemmen.

Schon waren in der Tiefe einige Affenmenschen heran, die in die Luft sprangen, um nach dem schwebenden Etwas zu greifen. Da beugte sich Aruula vom Dach herab und packte den Griff des Kanisters. Mit einem schnellen Ruck zog sie den wertvollen Behälter nach oben und wuchtete ihn über die Mauerkante.

Hinter ihr sackte Bork seufzend zu Boden. Aruula registrierte aus den Augenwinkeln, wie sich Zila um ihren erschöpften Mann kümmerte. Die Barbarin schleppte den Kanister zu den Tonkrügen, die Arak in den Küchen eingesammelt hatte. Mit geübten Bewegungen öffnete sie den Verschluss. Einige der umstehenden Männer rümpften die Nase, als der scharfe Benzingeruch in ihre Nasen stieg.

Aruula hatte für solche Feinheiten keine Zeit. Hastig füllte sie den brennbaren Inhalt in mehrere Kannen. Obwohl sie vorsichtig war, konnte sie nicht verhindern, dass etwas Flüssigkeit daneben schwappte. Sie ließ sich davon aber nicht beirren. Sorgfältig verschloss sie den Kanister wieder.

Dann nahm sie zwei Kannen und füllte mit ihnen eine Amphore auf, deren schmaler Hals zu klein für eine direkte Befüllung gewesen war. Dank des genauen Strahls aus dem Kannenausguss ging diesmal kein Tropfen vorbei.

Nachdem sie diesen Vorgang mehrmals wiederholt hatte, standen fast zwanzig gefüllte Krüge vor ihr. Inzwischen hatte Arak einen ganzen Arm voll Stroh herbei geschafft. Die Barbarin verstopfte sämtliche Flaschenhälse mit den trockenen Halmen, die wie abgeschnittene Blumensträuße aus den Amphoren herausragten. Zufrieden betrachtete sie ihr Werk.

»Besser hätte es MacGyver auch nicht hinbekommen«, wiederholte sie Maddrax' Beschwörungsformel.

Mittlerweile war die Dämmerung hereingebrochen. Die Menschen sahen ängstlich in die Tiefe, wo sich die Scimaro zur letzten Attacke sammelten.

»Wozu soll eigentlich dieses ganze Geplansche gut sein?«, schrie plötzlich eine rothaarige Frau, der die Nerven durchgingen. »Wir hätten uns lieber einen Fluchtplan ausdenken sollen, anstatt dieser Wilden bei ihren heidnischen Ritualen zuzusehen!«

Aruula achtete nicht auf das Gezeter der Frau. Stattdessen nahm sie eine gefüllte Amphore auf und griff nach einer Fackel, die Arak für sie entzündet hatte. Derart bewaffnet, trat sie an den Dachrand. Mit einer schnellen Bewegung entzündete sie die Strohspitzen. Dann holte sie aus und schleuderte den Tonkrug in die Tiefe, direkt vor die Füße der versammelten Scimaro.

Jetzt würde sich zeigen, ob ihre Idee funktionierte oder ob sie nur die Zeit der Ausgestoßenen verschwendet hatte.

Die Amphore zersplitterte auf dem festgestampften Boden des Marktplatzes. Sofort entzündete sich das austretende Benzin an dem brennenden Stroh – und explodierte in einem gigantischen Feuerball!

Erschrocken wichen die Affenmenschen zurück und flohen in die hinterste Ecke des Platzes. Einigen von ihnen wurde sogar das Fell angesengt. Instinktiv wälzten sie sich im Staub, um die Flammen zu ersticken. Obwohl sie keine ernsten Verletzungen davon trugen, jagte ihnen der Schmerz eine Höllenangst ein.

»Mit diesen Brandgeschossen werdet ihr die Scimaro eine Weile auf Abstand halten können«, erklärte Aruula den Ausgestoßenen. »Ihr müsst solange ausharren, bis ich euren Opferstein hierher geschafft habe. Mit ihm kann es uns gelingen, die Neandertaler in normale Menschen zurück zu verwandeln.«

»Du willst dich wohl aus dem Staub machen?«, stichelte die Rothaarige, die schon die Wirkung der Brandgeschosse angezweifelt hatte.

»Keine Angst«, entgegnete die Barbarin kalt. »Ich werde zurückkehren. Nicht wegen euch, sondern um Maddrax und den anderen Menschen zu helfen, die ihr ins Unglück gestürzt habt.«

Betretenes Schweigen senkte sich über die Ausgestoßenen. Sie hatten an diesem Nachmittag auf grausame Weise lernen müssen, dass sie sich durch ihr Verhalten selbst ins Unglück gestürzt hatten.

»Arak kommt mit mir«, wandte sich die Barbarin an Borks Sippe. »Er muss mir den Weg zu eurem alten Dorf weisen.«

»Gut«, stimmte Zila zu. »So kommt wenigstens der Junge davon, wenn du nicht rechtzeitig zurückkehrst. Aber wie willst du von hier fliehen? Die Frekkeuscher sind in den Mägen der Scimaro gelandet.«

»Zum Glück ist der Jeep nicht essbar. Aber ihr werdet mir wohl Feuerschutz geben müssen, damit ich zu ihm gelange«, antwortete Aruula. Sie ahnte nicht, wie sehr sie den Sinn des Wortes damit traf ...

Die Neumondnacht lag wie ein schwarzes Tuch über den Häusern, trotzdem konnte Aruula die Konturen des Jeeps im Fackelschein erkennen. Vor dem Fahrzeug wankten dunkle Gestalten umher, deren Augen das Licht der unruhigen Flamme widerspiegelten. Fast schien es, als ahnten die Menschenaffen, dass sie etwas vorhatte. Aruula umklammerte mit festem Griff den Knauf ihres Schwertes. Es tat gut, die vertraute Waffe wieder in der Hand zu spüren.

»Jetzt«, flüsterte die Barbarin, während sie mit der Linken den neben ihr kauernden Männern die Fackel entgegenstreckte.

Doran und Korak entzündeten das Stroh ihrer Amphoren. Dann holten sie weit aus und schleuderten die Brandsätze links und rechts des Weges, der zum Jeep führte. Fauchend entzündete sich das umherspritzende Benzin, das den Hof auf gespenstische Weise beleuchtete.

Die Affenmenschen stoben beim Anblick der Flammen sofort auseinander.

Der Platz hatte sich noch nicht ganz geleert, da sprang Aruula schon in die Tiefe und kam federnd auf dem harten Boden auf. Das Schwert in der rechten Hand, die Fackel in der Linken hetzte sie zum Jeep, dicht gefolgt von Arak.

Die beiden Läufer hatten bereits die Hälfte des Weges zurückgelegt, als die ersten Scimaro auf sie aufmerksam wurden. Sogleich stimmten die Primaten ein infernalisches Gebrüll an, um ihre übrigen Artgenossen auf die Feinde aufmerksam zu machen. Ehe sich jedoch ein Angriff formieren konnte, flogen ihnen zwei weitere Brandsätze direkt vor die Füße. Geblendet wichen die Scimaro zurück, anstatt die flammenden Pfützen in sicherem Abstand zu umrunden.

Begleitet vom Wutgeheul der Primaten erreichte Aruula den offenen Jeep, den sie mit einem Satz über die Beifahrertür enterte. Sie warf das Schwert auf die Rückbank, balancierte geschickt auf den Sitzen entlang und schlug mit der Fackel einen Halbkreis, um die Umgebung auszuleuchten.

Plötzlich schoss ein Affenmensch in die Höhe, der sich hinter der Fahrerseite im Dunkeln verborgen hatte. Grunzend sprang er am Wagen empor und klammerte sich an der Türoberkante fest.

Er wollte sich gerade in den Jeep schwingen, als ihm Aruula die brennende Fackel vor die Brust stieß. Zischend verschmorte das braune Fell zu schwarzen Stoppeln. Jaulend warf sich der Primat zurück. Er prallte auf den Boden und wälzte seinen Oberkörper hektisch im Staub, um die Flammen zu ersticken.

Einige seiner Artgenossen, die sich ebenfalls auf den Jeep hatten stürzen wollen, zögerten bei diesem Anblick. Aruula warf ihnen die Fackel vor die Füße und schwang sich hinters Lenkrad. Trotz der zitternden Hände brauchte sie nur einen kurzen Moment, um den Wagen zu starten.

Inzwischen war auch Arak auf den Jeep gesprungen und schwang seine Fackel mit beiden Händen im Kreis. »Kommt nur her, ihr Bestien!«, schrie er lauthals. »Ich versenge euch allen den Pelz!«

Der zitternde Unterton in seiner Stimme bewies, dass er mehr brüllte um sich Mut zu machen als um die Gegner einzuschüchtern.

»Festhalten!«, rief Aruula dem Jungen zu, während sie ruckartig anfuhr.

Hastig kurbelte sie am Lenkrad, um in einer engen Kehre auf der offenen Seite des Hofes hinauszufahren. Knackend überrollte sie mit den Reifen die Fackel, die sie kurz vorher zu Boden geworfen hatte. Aruula steuerte direkt auf die Affenmenschen zu, die immer noch wie erstarrt waren.

Als sich der Wagen näherte, kam plötzlich Leben in die Kreaturen. Grunzend wollten einige auf die Motorhaube springen, unterschätzten aber die Geschwindigkeit des Fahrzeugs und wurden zurückgeschleudert. Schmerzschreie mischten sich unter das Gebrüll der Angreifer. Kreischend flohen die restlichen Scimaro vor dem stählernen Ungeheuer.

Erleichtert trat die Barbarin das Gaspedal durch und fuhr mit durchdrehenden Reifen davon.

Bald hatte sie die Siedlung und deren Belagerer weit hinter sich gelassen. Aufatmend reduzierte sie die Geschwindigkeit, denn ohne Beleuchtung – die Scheinwerfer des Wagens funktionierten längst nicht mehr – musste sie bei Nacht vorsichtig fahren.

»Wo entlang?«, erkundigte sie sich bei Arak, der sich auf der Ladefläche zwischen den restlichen vier Kanistern festklammerte.

»Dort hin«, keuchte der Junge, der verdächtig blass um die Nase geworden war.

Aruula schwenkte auf die angegebene Route und fuhr in nordwestlicher Richtung weiter. Unbewusst erhöhte sie dabei das Tempo. Sie dufte nicht zu spät zurückkommen, sonst war Maddrax verloren.

Nach einiger Zeit kletterte Arak nach vorne auf den Beifahrersitz. Mit sicherem Orientierungssinn dirigierte er die Barbarin auf eine der überwuchten Otowajii, die sie zu seinem alten Dorf führte.

Nachdem sie Stunden gefahren waren, fühlte Aruula plötzlich eine seltsame Schwingung, die in ihr ein eigentümliches Gefühl der Macht auslöste. Je weiter sie dem Pfad folgte, desto frischer und stärker fühlte sie sich.

Schließlich verließen sie die Otowajii und gelangten an einen großen Krater, der mitten in die flache Landschaft gerissen worden war. Ungläubig umrundete Aruula den kreisförmigen Abgrund, an dessen Ende Schwärze wie ein lebendes Wesen zu wabern schien, bis sie die Lehmbauten erreichte, in denen Araks Stamm bis vor wenigen Monden gelebt hatte. Die verlassenen Häuser waren zum Teil in die Steilwände des Kraters hineingebaut worden, nur die obersten Bauten ragten über die Ebene hinaus.

Aruula konnte eine schmal aufragende, konisch zulaufende Säule erkennen, deren gleichmäßige Form unmöglich natürlichen Ursprungs sein konnte. Der Obelisk war auf dem höchsten Dach errichtet worden, das etwa zwei Meter über den Kraterrand hinausragte, um zu Meetors Heimstätte, dem Himmel, zu weisen.

Aruulas Körper fühlte sich mittlerweile wie ein einziger offener Nerv an, der ständig gestreichelt wurde. Sie spürte deutlich, dass ein Teil der Wellen, die in ihrem Körper vibrierten, aus der über ihr aufragenden Säule stammte.

Ein Gefühl der Erhabenheit erfüllte die Barbarin, als sie den Jeep abbremste. Plötzlich konnte sie verstehen, warum die Ausgestoßenen sich für ein auserwähltes Volk hielten, denen ein göttliches Geschenk zuteil geworden war. Ehrfürchtig sah Aruula zu dem Obelisken auf. Sie musste sich fast gewaltsam von dem Anblick trennen, aber schließlich siegte ihre Sorge um Maddrax über der faszinierenden Ausstrahlung des Himmelsgesteins.

Entschlossen konzentrierte sich Aruula auf die vor ihr liegende Aufgabe.

Sie rangierte den Jeep eine Weile hin und her, bis er mit der Rückseite direkt an dem Haus stand, auf dem Meetors Altar errichtet war. Dann kletterte sie mit Arak auf das Dach, um die Säule aus ihren Fundamenten zu stemmen.

Als sie den Obelisken berührte, vibrierte er auf ebenso geheimnisvolle Weise wie die Amulette, nur dass die dabei ausgesandte Kraft um ein Vielfaches stärker war. Andächtig strich Aruula über die warme Oberfläche, doch sie hatte einfach keine Zeit für religiöse Verzückung.

Maddrax brauchte sie.

Keuchend warf sie sich mit Arak gegen den Stein, bis er sich knirschend zur Seite neigte. Gemeinsam rollten sie die Säule bis zur Dachkante und ließen sie in die Tiefe fallen.

Der Jeep ging unter der über ihn hereinbrechenden Last ächzend in die Knie, ohne jedoch ernsthaften Schaden zu nehmen. Die fürs Militär geschaffene Konstruktion war für weitaus höhere Belastungen ausgelegt.

Hastig zurrte Aruula den Obelisken mit einem Seil fest.

Ehe sie sich wieder hinters Steuer schwang, leuchtete sie mit Maddrax' Stablampe noch in den Krater hinein. Der schwarze Felsbrocken, der dort in der Tiefe ruhte, schien den starken Lichtkegel einfach zu schlucken. Aber auch ohne den Meteoriten zu sehen spürte sie die Macht, die er ausstrahlte.

Leider hatte die Barbarin keine Zeit, um sich näher mit Meetors wundersamen Geschenk zu beschäftigen. Sie musste so schnell wie möglich zu Maddrax zurückkehren, bevor die Scimaro über ihn und Araks Stamm herfielen.

Die Morgendämmerung tauchte die Pueblo-Bauten in grellrotes Licht, wie zur düsteren Prophezeiung eines blutige Endes, das den Ausgestoßenen bevorstand. Die Nacht über hatten sie die Scimaro mit den Brandsätzen auf Abstand halten können, doch inzwischen war ihr Vorrat auf drei gefüllte Amphoren geschrumpft.

Zum Glück hatten die Primaten ihre Attacken nach Mitternacht abgebrochen. Dafür klangen seitdem immer wieder splitternde und schleifende Geräusche durch die Finsternis, als ob sie etwas vorbereiten würden. Korak entdeckte bei Tagesanbruch als Erster, was die nächtlichen Aktivitäten zu bedeuten hatten.

Überall auf dem Hof lagen große Steinhaufen. Vermutlich hatten die Scimaro sie in den umliegenden Feldern aufgesammelt und hier zusammengetragen. Außerdem waren einige entwurzelte Bäume zu sehen, deren Stämme bis zu den Hausdächern hinaufreichen würden.

Den Verteidigern war schnell klar, was das zu bedeuten hatte.

Die Affenmenschen wollten bei Tageslicht zum Sturmangriff übergehen.

Bork gab den Befehl, dass sich Frauen und Kinder in die Gebäude zurückziehen sollten. Er ließ auch Matt in die Tiefe schaffen, denn der US-Pilot hatte zwar das Bewusstsein wiedererlangt, dämmerte aber noch immer lethargisch vor sich hin. Da sich einige Frauen vor dem halben Scimaro fürchteten, bugsierten ihn Korak und Doran über die Leiter in Bendrakes leerstehendes Haus hinab. Wenn Borks Sippe die Position auf dem Dach aufgeben musste, würde sie sich zu Maddrax hinabflüchten und die Dachluke von innen verriegeln. Die anderen Familien wollten es in ihren Häusern ebenso machen, auch wenn dann alle getrennt voneinander in der Falle saßen.

Es war nur eine Frage der Zeit, bis die Scimaro nach und nach alle Luken aufgebrochen hatten, aber vielleicht schafften es auf diesen Weise wenigstens einige Stammesmitglieder, bis zu Aruulas Rückkehr zu überleben.

Die Frauen und Kinder hatten sich gerade hinab begeben, als ein Steinhagel auf die Dächer niederging. Korak war einer der ersten, die getroffen wurden. Mit einem dumpfen Schlag knallte ein grauer Brocken gegen seine Stirn und streckte ihn blitzartig nieder. Der Getroffene kippte ohne einen Laut zur Seite und blieb regungslos auf dem Dach liegen. Um seinen Kopf bildete sich eine Blutlache, die nur langsam in dem trockenen Lehmuntergrund versickerte.

Bork sah auf dem ersten Blick, dass sein Schwager tot war.

»Verteilt euch!«, brüllte er den Männern zu, die instinktiv Schutz in der Gruppe suchten.

Weitere Steine folgten. Einige flogen über die Häuser hinweg, anderen prallten nur auf das Dach, doch immer wieder waren auch die Schreie von Getroffenen zu hören. Nicht alle wurden so schwer verletzt wie Korak, aber schon nach kurzer Zeit waren viele durch schmerzhafte Treffer an Armen oder Beinen in ihrer Bewegungsfreiheit eingeschränkt.

Trotzdem floh niemand in die Gebäude, denn sobald die Dächer leergefegt waren, konnten die Scimaro gefahrlos die Baumstämme an die Häuser lehnen und nach oben klettern.

Einige der Ausgestoßenen verschanzten sich hinter den hölzernen Bodenluken, anderen blieb nichts weiter übrig, als sich flach aufs Dach zu pressen und Meetor anzubeten.

»Sie kommen!«, brüllte ein Mann, dessen Gesicht vor Panik so entstellt war, dass Bork ihn erst mit einiger Verzögerung erkannte. Es war Lukar, der Pfeifenschnitzer. Aufgeregt deutete der grauhaarige Handwerker auf eine Dachkante, über die plötzlich Äste emporwuchsen.

Hastig entzündete Doran eine Amphore und rannte auf die Stelle zu, hinter der ein ausgerissener Baum angelehnt sein musste. Als er den Absatz erreichte, schraubte sich bereits ein behaarter Primatenschädel in die Höhe. Hinter ihm drängten sich weitere Scimaro, die den Stamm emporkletterten.

Obwohl ihn einige Steinewerfer ins Visier nahmen, suchte sich Doran eine gute Wurfposition, bevor er den Brandsatz in die Tiefe schickte. Die Amphore zerschellte an der harten Rinde, worauf sich das entzündete Benzin in einem wahren Feuerregen über die Angreifer ergoss.

Der Geruch von versengtem Fleisch erfüllte die Luft, während die brennenden Scimaro kreischend in die Tiefe sprangen.

Durch den exakten Treffer war die natürliche Sturmleiter unbrauchbar geworden, denn der Stamm brannte im mittleren Stück so heftig, dass die Primaten die Feuerwand nicht überwinden konnten.

Dorans Triumph war nur von kurzer Dauer.

Dem obersten Angreifer spritzte das flammende Benzin zwar bis zur Hüfte, doch anstatt in die Tiefe zu springen, katapultierte sich der Scimaro nach vorne – direkt auf Doran zu.

Der Ausgestoßene versuchte noch zurückzuweichen, da packte ihn der kreischende Affenmensch schon am Arm und zerrte ihn mit seinem ganzen Gewicht über den Abgrund. Doran überschlug sich in der Luft, bevor er mit der Schulter voran auf den festgestampften Boden prallte. Ein greller Schmerz durchzuckte seinen Körper, als das Schlüsselbein unter dem harten Aufprall zerbrach.

Doran blieb nicht einmal die Zeit, um vor Schmerz laut aufzuschreien, da prügelten die Scimaro schon auf ihn ein, bis er aus unzähligen Wunden blutend und in verrenkter Haltung liegen blieb.

Die Verteidiger auf dem Dach erschauerten, als sie die grässlichen Geräusche aus der Tiefe hörten. Er klang fast so, als würde Doran bei lebendigem Leibe auseinandergerissen.

Gleichzeitig wuchsen an anderen Dächern weitere Baumkronen empor, über die grunzende Scimaro aufs Dach quollen. Die meisten der Ausgestoßenen flohen daraufhin durch die Bodenluken und verriegelten sie von innen.

»Nein!«, brüllte Bork. »Wir müssen uns verteidigen, sonst sitzen wir wie Ratten in der Falle!«

Einige der mutigsten Männer stellten sich mit brennenden Fackeln zum Kampf. Bork entzündete hastig die letzten beiden Amphoren und schleuderte sie den anstürmenden Scimaro entgegen. Die zerplatzten Brandsätze bildeten eine Feuerwand, die sie gegen die aufs Dach drängenden Primaten abschirmten. Die Aggression der Angreifer war inzwischen aber so hoch, dass sie ihre natürliche Furcht vor den Flammen vergaßen und schreiend über die brennenden Lachen hinwegsprangen.

Beim Anblick der blutrünstigen Horden verließ den alten Lukar der Mut. In blinder Panik lief er zur Rückfront des Hauses und sprang vom Dach, um in die umliegende Steppe zu entkommen. Aber auch hier lauerten Scimaro, die sich sofort auf ihn stürzten.

Begleitet von den Todesschreien des Pfeifenschnitzers zog Bork die Donnerhand hervor, die er Maddrax abgenommen hatte. Hastig visierte er den vordersten Scimaro an – einen braunhaarigen Koloss, der wutschnaubend auf ihn zustampfte. Der Finger des Ausgestoßenen krümmte sich bereits, um den tödlichen Schuss abzufeuern, als ihn ein Stein an der Hand traf. Die Pistole wurde ihm aus den Fingern geprellt und fiel scheppernd zu Boden.

Trotz der blutenden Fingerknöchel bückte sich Bork nach der Fackel zu seinen Füßen, um sich bis zum letzten Atemzug zu verteidigen. Doch ehe er die brennende Waffe in die Höhe reißen konnte, sprang ihn der braunhaarige Koloss an und warf ihn zu Boden.

Die Luft wurde Bork aus den Lungen getrieben, als er auf den Rücken krachte. Ehe er eine Hand zur Abwehr heben konnte, umklammerte der Scimaro seinen Hals und drückte ihm mit beiden Pranken die Luft ab. Bork versuchte den eisernen Griff seines Gegners zu sprengen, doch es gelang ihm nicht.

Auch die Schläge, die er dem Primaten in den Leib drosch, schienen dem Berserker nichts auszumachen. Bork spürte, wie sein Kehlkopf unter den behaarten Fingern zusammengedrückt wurde. Atemnot machte sich bemerkbar. Seine Abwehrbewegungen fielen ihm schwerer, und vor seinen Augen tanzten bereits dunkle Flecken.

Schon hörte er aus weiter Ferne den Hörnerklang, mit dem Meetor seine Getreuen zu sich rief. Gleich würde Krahac mit seinem schwarzen Gefieder die Sonne verfinstern und ihn ins Reich der Toten holen.

Zu Borks Überraschung blieb es taghell, und der Hörnerklang wurde lauter.

Gleich darauf lockerte sich der Griff um seinen Hals. Röchelnd sog er frische Luft in seine brennenden Lungen. Es dauerte einen Moment, bis er wieder klar sehen konnte. Erst dann bemerkte er, dass sämtliche Affenmenschen von ihren Opfern abgelassen hatten und zur Dachkante trotteten.

Plötzlich spürte Bork ein vibrierendes Gefühl der Stärke in sich aufsteigen. Da wusste er, was geschehen war! Hastig rollte er sich zur Seite, bis er hinunter in den Hof sehen konnte, in den Aruula laut hupend mit dem Jeep einfuhr.

Die Barbarin stieg erst im letzten Moment auf die Bremse und hielt mitten in einer Gruppe Scimaro, die den Wagen dicht umdrängten. Auch die Affenmenschen, die bereits die Dächer erklommen hatten, sprangen zurück in den Hof. Drohend wankten sie auf den Jeep mit der Säule zu.

Zuerst sah es so aus, als wollte sich die ganze Meute auf Aruula und ihren jungen Mitfahrer stürzen, doch aus irgendeinem Grund hielten die Primaten einen Schritt Abstand zum Wagen. Nur der braunhaarige Koloss, der Bork fast zu Tode gewürgt hatte, wagte sich an die Rückfront des Jeeps. Andächtig legte er seine behaarte Pranke auf den Obelisken und sank in die Knie.

Gleich darauf folgten seine Artgenossen dem Beispiel.

Aruula konnte es zuerst nicht glauben, als sie in die Runde blickte, aber auch bei näherem Hinsehen gab es keinen Zweifel:

In den Augen der Scimaro schimmerten Tränen!

Einige Tage später

Matthew Drax streckte die Hand aus und berührte das schwarz glänzende Gestein, das sich seltsam warm unter seinen Fingerspitzen anfühlte. Obwohl der Meteorit zum größten Teil im Erdboden versunken war, ragte er immer noch fünf Meter über ihm auf. Der Pilot konnte die Schwingungen, von denen Aruula ihm berichtet hatte, nicht empfangen, trotzdem spürte er das Geheimnis, das von diesem Himmelskörper ausging.

Auch ein Laie konnte sehen, dass dieses Mineral unmöglich irdischen Ursprungs sein konnte. Über die fremdartige Beschaffenheit hinaus gab es aber noch etwas, das mit bloßem Auge nicht sichtbar war. Vielleicht ließ es sich mit Spezialgeräten messen, aber die standen Matt nicht zur Verfügung. Trotzdem wusste er, das es da war. Nur so ergaben die Ereignisse der letzten Tage einen Sinn!

Dieser Meteorit strahlte irgendetwas aus, das die Angehörigen des hier ansässigen Stammes hatte mutieren lassen, sodass sie telephatische und telekenetische Kräfte entwickelten. Irgendwie schien es bei dieser sprunghaften Fortentwicklung des Geistes aber eine Art Streben nach einem natürlichen Gleichgewicht zu geben. Denn so sehr die Strahlung die Evolution der Mutanten vorantrieb, so hatte sie jene Menschen, bei denen sie ihre telephatischen Kräfte anwandten, auf eine niedrigere Entwicklungsstufe zurückgeworfen.

Ihre Opfer waren zu primitiven Halbwesen auf Urzeitniveau degeneriert. Erst die direkte Meteoritenstrahlung hatte diesen Vorgang umgekehrt und die Scimaro wieder auf das ursprüngliche Niveau ihrer Evolution gebracht.

Diese Theorie jedenfalls hatte Matt sich zusammengereimt, als er vor einigen Tagen in der Pueblosiedlung wieder zu klarem Bewusstsein gekommen war. Aruula hatte ihn auf den Rücksitz des Jeeps betten lassen, damit er die unmittelbare Kraft des Obelisk empfangen konnte. Da er noch nicht völlig zu einem Primaten mutiert war, hatte die Rücktransformation bei ihm auch schnellere Fortschritte gemacht als bei den Scimaro, die bewusstlos um den Jeep herum lagen.

Matt hatte nur verschwommene Eindrücke von seiner Zeit als Neandertaler zurückbehalten. Das Letzte, woran er sich richtig erinnern konnte, war die heiße Liebesnacht mit Aruula. Zuerst verspürte er noch ein schlechtes Gewissen, weil er seine moralischen Grundsätze über Bord geworfen hatte – aber dann wurde ihm klar, dass seine gestiegene Triebhaftigkeit auf die Transformation zurückzuführen war.

Aruula war mit seinem Verhalten in jener Nacht offensichtlich hochzufrieden. Deshalb schien es auch unsinnig, ihr beiderseitiges Verhältnis in diesem Punkt zurückzudrehen.

Ansonsten war bei Matt wieder alles beim alten. Die Degeneration, die durch Borks telephatische Kontrolle ausgelöst worden war, hatte keine sichtbare Spuren hinterlassen. Und die Bewohner der eroberten Dörfer befanden sich ebenfalls auf den Weg zurück zur Normalität. Nachdem es sich herumsprach, dass eine Heilung möglich war, pilgerten immer mehr der degenerierten Menschen zum Dorf der Ausgestoßenen.

Matt wandte sich zu Aruula um und kletterte mit ihr den Steilhang des Kraters hinauf. Bei der alten Siedlung wartete Arak mit seinen Eltern auf sie.

Die Ausgestoßenen hatten sie zum Krater begleitet. Nun wollten die Drei den Überlebenden ihres Stammes folgen, die sich auf dem Weg in eine weit entfernte Enklave befanden, um dort eine neue Kolonie zu gründen. Ihre Amulette hatten sie abgelegt, denn sie wollten ihre Kräfte in Zukunft nicht mehr anwenden.

Matt hatte sich mit den Legenden der Ausgestoßenen befasst. Wenn die Überlieferung zutraf, dann war ihr ›Gottesgeschenk‹ vom Himmel gefallen, als die große Katastrophe vor Jahrhunderten über die Erde hineingebrochen war.

Jahrhunderte ... Dabei waren für Matt Drax kaum mehr als zwei Monate vergangen, seit er mit seinem Jet in die Druckwelle des Kometen geraten und abgestürzt war.

Matthew vermutete, dass dieser Meteorit ein Bruchstück von ›Christopher-Floyd‹ war, wie sie nach dem Eintauchen in die Erdatmosphäre zu Dutzenden über Europa und Asien niedergegangen sein mussten.

Wahrscheinlich ging von dem gesamten Kometen eine kosmische Strahlung aus, die irgendwie auf die Menschen einwirkte. Matt erinnerte sich noch gut daran, dass sie bei ihren Messungen eine nicht identifizierbare Strahlung des Himmelskörpers festgestellt hatten.

Als sie den Krater verließen, legte Aruula ihren Arm um seine Hüfte und schmiegte sich mit ihrem weichen Körper fest an ihn. Ihr ganzes Verhalten zeigte, dass sie nach seiner Genesung wieder eine gemeinsamen Nacht mit ihm verbringen wollte.

Matt wehrte sich nicht gegen den warmen Schauer, der bei dem hautnahen Kontakt durch seinen Körper lief. Er hatte noch genügend Zeit für düstere Gedanken, wenn er sich wieder auf die Suche nach seinen überlebenden Kameraden machte. Denn eins war sicher: Die Zeit der Abenteuer und Gefahren war für ihn noch lange nicht zu Ende.

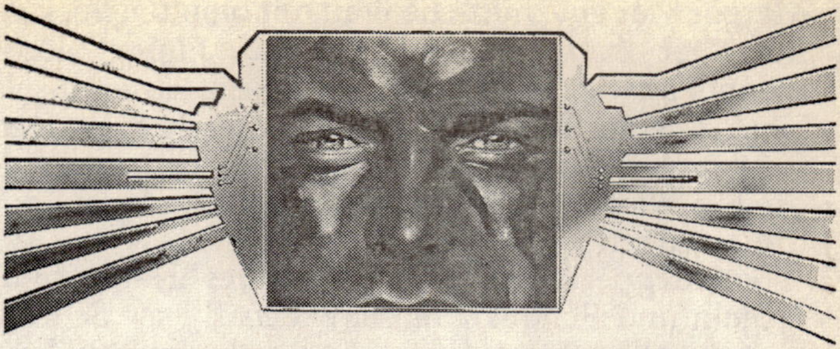

RONALD M. HAHN

FESTUNG DES BLUTES

Margoa war eine hübsche Frau mit blonden Locken. Ihr Alter kannte sie nicht genau. Einige Nordmänner auf der Flucht vor dem Gesetz hatten sie als Kind für einen Sack Mehl an den Vater ihres jetzigen Gatten verkauft. Sie schätzte sich auf neununddreißig Winter. Vielleicht waren es auch zwei oder drei weniger.

Sie klapperte in der Küche ihres Hauses mit Tiegeln und Pfannen, als sie nebenan leise Schritte hörte. »Almar?«, rief sie, ohne sich umzudrehen. »Bist du schon auf?« Ihr Sohn war erst gegen Mittag zu Bett gegangen, denn er hatte sich die Nacht mit seinen Freunden um die Ohren geschlagen, um wildernde Andronen zu jagen.

Doch Almar antwortete nicht. Stattdessen verharrten die Schritte.

Margoa arbeitete weiter. Vielleicht war es auch ihr Gemahl Gosseyn. Er war manchmal etwas geistesabwesend. Bestimmt hatte er sie nicht gehört. »Gosseyn?«, fragte sie. »Bist du es?«

Erst als die Schritte unmittelbar hinter ihr erklangen, drehte sie sich um. Die Pfanne, die sie gerade abspülte, entfiel ihren Händen. Ihr Mund öffnete sich zu einem Schrei.

Das Wesen, auf das ihr Blick fiel, war eine knochige Gestalt in eng anliegender Kleidung. Pechschwarzes, grob zusammengenähtes Leder umhüllte sie fast vollständig, auch ihren Kopf – bis auf die Augen, die Margoa tückisch musterten.

Der Fremdling hatte weder ein Gesicht noch eine ausgebildete Nase. Dort, wo die Nasenlöcher und der Mund lagen, wies die Ledermaske schmale Schlitze auf, die das Atmen ermöglichten. Sein Mund öffnete sich. Eine schwarze Zunge fuhr genüsslich über halbverwest wirkende Lippen.

Margoa schrie. Sie brüllte mit der ganzen Kraft

ihrer Lunge, doch schon Sekunden später endete ihr Schrei abrupt. Als sie spürte, wie kalte harte Finger ihren Hals packten. Ein hysterisches Kichern drang aus der Kehle des Eindringlings. Nun erst sah Margoa, dass das Wesen weiblich war.

»F'taghn r'lyee«, knurrte es. Und drückte noch fester zu.

Margoas Hände flogen wie die Fangarme eines verendenden Kraak durch die Luft. Es wunderte sie, dass sie tatsächlich etwas zu fassen bekam: ein langes gezacktes Brotmesser. Sie riss es mit letzter Kraft hoch und stieß es direkt in den Brustkorb der Vermummten, die sie mit einem fast wollüstig lauernden Blick beobachtete, als sie ihr die Luft abschnürte.

Die Klinge stieß gegen etwas Hartes. *Knirsch.* Dann brach sie ab. Margoa verlor den Boden unter den Füßen und hauchte lautlos ihr Leben aus.

Die vermummte Gestalt ließ die Leiche mit einem verächtlichen Knurren zu Boden sinken und schaute sich schnüffelnd um. Mit eiligen Schritten näherte sie sich einer Pfanne, in der ein rohes Stück Fleisch lag. Sie roch Blut und stöhnte in unmenschlichem Tonfall auf. Wie in einem Fieberanfall rissen ihre dürren Klauen Fetzen aus dem Fleisch und stopften es durch den Mundschlitz der Maske. Blut rann an dem schwarzen Leder hinab.

Dann drehte das Wesen sich um. Sein Blick verharrte auf Margoas hellem Hals, und es schüttelte sich in unverhohlener Gier.

Die schneebedeckten Berghänge der südlichen Alpen türmten sich am fernen Horizont. Schroffes Gestein aller Schattierungen von Schwefelgelb bis Rosenrot ragte hinter den Ruinen Mailands auf. Ein dichter Wald umschloss das Land wie ein finsterer Gürtel.

Matt Drax seufzte, als sein Blick auf das fiel, was von der alten Stadt übrig geblieben war. Er fragte sich, wie die Universitäten, Hochschulen, Akademien und Museen wohl heute aussehen mochten. Vor einigen Jahren (*Jahrhunderten?*) hatte er im Deutschen Fernsehen eine TV-Dokumentation über die Stadt gesehen. Er erinnerte sich noch gut an den alten gotischen Marmordom und die vielen Kirchen. Von zweien hatte er sogar den Namen behalten: San Lorenzo und Sant'Ambrogio. In seiner Zeit war Mailand ein bedeutendes Finanz-, Handels-, Industrie-, Verlags- und Messezentrum gewesen. Aber jetzt ...

Die Reifen des Hummer-Jeeps bahnten sich knirschend einen Weg über Geröll und abgebrochene Zweige. Letzte Nacht war ein heftiger Sturm über Norditalien hinweggefegt und hatte etliche Bäume umgeknickt. Matt und Aruula hatten eine unruhige Nacht im Schutz einer Erdkuhle verbracht.

Der Motor schnurrte. Matt warf einen kurzen Blick nach hinten und musterte seine Begleiterin. Aruula schlief auf der Rückbank den Schlaf der Gerechten. Seit ihrem Aufbruch vom Kraterdorf der Ausgestoßenen waren sie gut vorangekommen. Nichts hatte die Fahrt gestört – wenn man von der beschissenen Straßenlage absah.

Irgendwo hier im Norden Italiens musste sich sein Fliegerkamerad Hank Williams aufhalten. Seinen Vornamen hatte er der Vorliebe seines Vaters für den Sänger Hank Williams zu verdanken. Aber sein berühmter Namensvetter war ebenso tot wie die Vergangenheit, in der sie einander zuletzt gesehen hatten: hoch über der Erde, in modernen Stratosphärenjets. Sie hatten einen Kometen beobachtet, der sich rasend schnell der Erde näherte. Für Matt war all dies zwar erst zehn Wochen her, aber bei all dem Unfassbaren, was er in dieser Zeit erlebt hatte, wagte er sich kaum auszurechnen, um wie viele Jahrhunderte die Druckwelle ›Christopher-Floyds‹ ihn in die Zukunft geschleudert hatte.

In eine Scheiß-Zukunft, dachte Matt grimmig, *in der das Leben wahrlich kein Zuckerlecken ist.*

Er erinnerte sich an die letzten Tage vor dem Start; an den Abend, den er mit Hank und Jenny im ›Zwiebelfisch‹ in Berlin verbracht hatte, kurz bevor der Auftrag der US-Regierung sie zum Stützpunkt zurück beordert hatte. Das Thema ›Komet‹ hatten sie bei diesem letzten Zusammensein geflissentlich vermieden – immerhin beherrschte es seit Monaten sämtliche Medien –, doch als Jennifer fragte, wann sie sich wohl wieder sehen würden, hatte Hank sarkastisch ›Nach dem Weltuntergang, um drei Uhr‹ gebrummt.

Matt grunzte. Aus dem Treffen wurde wohl nichts. Erstens hatte seine Uhr bei dem Absturz den Geist aufgegeben, und zweitens würde der ›Zwiebelfisch‹ auch nicht mehr die Gaststätte sein, die sie einst gewesen war.

Viel hatte sich verändert ... um nicht zu sagen, fast alles. Matthew sehnte sich nach den Bequemlichkeiten der Zivilisation: Dusche, Rasierzeug, Toilettenpapier. Aufs Fernsehen konnte er verzichten; in dieser Welt gab es genug interessante Dinge zu sehen. *Live.* Andererseits hatte er es mit Aruula nicht übel getroffen. Sie war eine patente Frau. Auch wenn ihre Tischmanieren zu wünschen übrig ließen. Und wenn man über ihre Rattenfell-Dessous hinwegsah, war sie sogar ausgesprochen hübsch. Er schätzte sie auf Anfang zwanzig.

Außerdem verfügte sie über die merkwürdige

Fähigkeit, immer genau zu wissen, was er wollte. Manchmal konnte sie sogar einschätzen, ob jemand log oder die Wahrheit sagte. Und sie hatte seine Sprache in wenigen Wochen erlernt. In dieser Welt nannte man es ›*lauschen*‹. Früher hatte es ›*Telepathie*‹ geheißen.

Rrrrrch ... Mitten auf dem schmalen Waldweg fing der Jeep plötzlich an zu spucken. Und blieb stehen.

»Verdammt!« Matt sprang von Bord. »Die Karre ist verreckt!«

Aruula regte sich, schlug die Augen auf und schaute sich hellwach um. Sie hatte auch ein tolles Reaktionsvermögen. Und tolle Beine.

Matthew öffnete die Kühlerhaube und warf einen Blick ins Innere des Fahrzeugs.

Das sah nicht gut aus. Ein dünner Rauchfaden kräuselte sich über dem Motorblock, und von irgendwo erklang ein leises elektrisches Knistern. Als Matt die Hand ausstreckte, um die Zündkerzen zu überprüfen, sagte Aruula leise: »Maddrax!« Diesen Namen hatte sie ihm bei ihrer ersten Begegnung gegeben.

Matt wandte den Kopf nach links.

Drei Meter von ihm entfernt, am Wegesrand zwischen den dunklen Tannen, tauchte ein zottiges Lebewesen auf. Es war ein Hund, schneeweiß und so groß wie ein Spitz, aber seine gefletschten Zähne erinnerten an die Hauer eines Wildschweins. Seine roten Albinoaugen zeigten den irren Blick einer tollwütigen Kreatur. Vermutlich eine Mutation.

Hinter dem Hund tauchte ein zweiter auf. Dann ein dritter. Und ein vierter. Sie knurrten und sabberten, und man sah ihnen an, dass sie hungrig waren.

Aruula war wie ein Blitz auf den Beinen. Der Leithund wandte den Kopf und stierte sie an.

Matt ließ von der Kühlerhaube ab und wandte sich der Meute zu. Seine Hand glitt langsam zur Pistole, die im Bund seiner Uniformhose steckte. In dieser feindlichen Welt war es immer gut, seine Waffe griffbereit zu tragen. Aus den Augenwinkeln nahm er wahr, dass Aruula ihr Schwert vom Rücksitz holte. Auf die Frau war Verlass. Sie hatte Mumm.

»Vorsicht«, hörte er sie leise sagen, »sie greifen gleich an!«

Es behagte Matthew Drax nicht, kostbare Patronen an diese Tiere zu vergeuden, aber wenn es nicht anders ging … Vor allem musste er schnell handeln. Wenn der erste Köter ihn ansprang, war es zu spät.

Er richtete die Beretta 98 G Double Action auf die roten Schweinsäuglein des Leithundes und maß ihn mit festem Blick. Dem Hund schien es nicht zu gefallen, dass er ihm geradewegs in die Augen schaute. Seine Lefzen zogen sich zurück, und Matt sah zwei spitze Zahnreihen. Wie ein Haifischmaul. Mit den Viechern war wirklich nicht zu spaßen.

»Du hast es so gewollt«, knurrte er und drückte ab.

Der Schuss traf den Leithund genau zwischen die Augen. Die Wucht des Aufpralls ließ ihn einen Salto rückwärts schlagen. Die anderen Hunde heulten auf, doch ihr Schrecken währte nicht lange; das verspritzte Blut des Kadavers wirkte sofort auf ihren Instinkt. Sie stürzten sich auf ihren toten Anführer, schlugen die Zähne in seinen blutbefleckten Leib und schleppten ihn zurück in die Deckung des Waldes. Fraglos, um sich an seinem Fleisch gütlich zu tun.

Matt gab sich keinen Illusionen hin. Die Viecher würden sich nicht lange mit dem Kadaver aufhalten. Und neues Fleisch suchen.

Er winkte Aruula zu sich und machte ihr klar, dass sie sich ein anderes Transportmittel suchen mussten. In der Kürze der Zeit konnte er unmöglich den Fehler finden und reparieren.

»Dort ist Stadt, nicht weit von hier«, sagte Aruula und deutete mit skeptischer Miene nach Norden. Sie mochte keine Städte. Matt konnte es ihr nicht verübeln. In Bologna hatten sich die Reste der alten Zivilisation ihm gegenüber nicht gerade freundlich gezeigt.

»Ich weiß«, entgegnete Matt. »Sie heißt Mailand. Oder Milano.«

»Ich von Stadt gehört, die Millan heißt«, sagte Aruula und kniff die Augen zusammen.

»Das wird sie wohl sein.«

Viel war nicht von ›Millan‹ zu sehen. Nur einige Türme, die man in der alten Zeit ›Wolkenkratzer‹ genannt hatte, ragten über den Baumwipfeln auf. Matt erblickte Tausende von dunklen Fensterhöhlen. Auf den Flachdächern, so weit sie noch vorhanden waren, wuchs dichtes Gestrüpp. Er zückte den Feldstecher aus seinem Notpaket und richtete ihn auf das Gebäude, das ihnen am nächsten war. Durch geborstene Scheiben gewehte Erde und Pflanzensamen hatten das Innere des Hauses schon vor Jahrhunderten erobert. Aus nahezu allen Öffnungen wucherten die Zweige irgendwelcher Büsche.

In einem Fensterrahmen in sechsten Stock erkannte er eine menschengroße Riesenratte mit drahtigem, grauschwarzem Fell: eine Taratze. Matt schüttelte sich bei dem Anblick, denn mit diesen Biestern hatte er schon kurz nach dem Absturz seiner Maschine im Gebirge Erfahrungen gesammelt. Die tapfere Aruula hatte ihn, als er – halb besinnungslos und von Fieberträumen geplagt – im

Wrack seiner Maschine gelegen hatte, heldenhaft vor den verfressenen Kreaturen verteidigt.

Taratzen gingen in der Regel aufrecht. Sie hatten ein feines Gehör und verständigen sich in einer fauchenden Sprache. Wenn sie sich auch in Mailand eingenistet hatten, mussten Aruula und er vorsichtig sein: Die halbintelligenten Viecher organisierten sich in marodierenden Rudeln. Matt hatte zudem erfahren müssen, dass die intelligenteren Exemlare dieser Spezies menschliche Sprachen verstehen und artikulieren konnten. Gehörte das Biest am Fenster nicht zu einem Rudel, war es möglicherweise noch gefährlicher: Ausgestoßene Taratzen galten als unberechenbar und waren oft wahnsinnig.

So wahnsinnig wie die Welt ...

Aber Matthew blieb kaum eine Wahl. Er hoffte darauf, dass Hank Williams in der nächsten Stadt Zuflucht gesucht hatte. Die Chance, ihn **zu** finden, war in Mailand auf jeden Fall größer als in freier Wildbahn.

Nachdem sie ihr Gepäck geschultert hatten, zogen Matthew und Aruula zu Fuß weiter. Matt warf einen letzten wehmütigen Blick auf den Jeep. Das Fahrzeug hatte ihm gute Dienste geleistet; hoffentlich würde er später hierher zurückkehren können, um es wieder flott zu machen. Fast hatte er das Gefühl, einen Freund zurückzulassen. Oder zumindest einen Teil seiner *alten* Welt ...

Der Wald war totenstill. Sie kamen über den Trampelpfad gut voran und erreichten zehn Minuten später die ersten Ruinen.

Mailand wirkte wie ausgestorben. Der Asphalt war geplatzt. Immergrüner Wald hatte Straßen, Plätze und Häuser erobert. Ausgewachsene Bäume ragten aus Spalten gesprengter Hauswände. Überall wucherte ein merkwürdiges unbekanntes Moos.

Sie wanderten über grasbewachsene Schuttberge und erblickten die Reste zahlloser rostiger Fahrzeugkarosserien. Auf Plätzen und Nebenstraßen hoppelten kaninchenartige, aber kurzohrige Wesen, sogenannte Gerule umher, die bei ihrem Auftauchen schnell Reißaus nahmen und in Erdlöchern und Kellerfenstern verschwanden, sofern diese noch nicht zugewachsen waren. Doch nicht alle waren schnell genug. Eins der Tiere erlegte Aruula mit einem Schwerthieb. Sie schwenkte es triumphierend über dem Kopf. Matt lief das Wasser im Mund zusammen, als er sich vorstellte, es über einem offenen Feuer zu braten.

Doch dann fiel Aruula auf, dass die Augen des Gerul dick zugeschwollen waren und es roten Schaum vor dem Mund hatte – wahrscheinlich war das auch der Grund dafür, dass sie es überhaupt erwischt hatte. Sie sagte »krank«, verzog angewidert das Gesicht und schleuderte den Kadaver beiseite. Ein Heer handtellergroßer Kellerasseln strömte aus einer Mauerspalte und fiel über das Aas her.

Matt schüttelte sich.

Es wurde rasch dunkel. Geisterbleich fiel das Licht des Mondes auf das Land und hob im Norden eine bizarr geformte Bergspitze vom dunklen Hintergrund des Horizonts ab. Das Licht fing sich in den Kronen silbrig glänzender Espen und huschte über die dunklen Wipfel von Tannen, Fichten und Roteschen.

Schließlich erreichten sie einen riesigen freien Platz, auf dem sich ein phantastisches Gebäude in den Himmel schraubte: der Mailänder Dom, das größte gotische Bauwerk Italiens. Der Bau hatte 1386 begonnen und 1813 unter Napoleon geendet.

Matt starrte fasziniert in die Höhe. Vier der sechs Turmspitzen an der Vorderseite waren eingestürzt.

Nur die beiden mittleren, rechts und links vom Eingangsportal, standen noch. Die bleiverglasten Fenster waren längst geborsten. Das Portal war aus den Scharnieren gerissen und lag vor dem Eingang.

Von den Gebäuden, die den Domplatz früher umsäumt hatten, war nichts mehr zu sehen. An ihrer Stelle ragten bewaldete Hügel auf. Wahrscheinlich waren sie schon vor Jahrhunderten zerfallen. Erdverschiebungen und herangewehter Boden hatten die Trümmer unter sich begraben.

Aruula starrte den alten Dom mit großen Augen an. Bauwerke dieser Art hatte sie wohl noch nie gesehen.

Als sie vom Anblick der untergegangenen Kultur bewegt auf dem Platz standen, hörte Matthew ein irgendwie ... *maschinell* klingendes Dröhnen. Es wurde lauter. Kam näher.

Er drehte sich um. Aruula tat es ihm gleich. *Motoren* war sein erster Gedanke. Doch dann schüttelte er den Kopf. *Unmöglich.*

Sekunden später wurde er eines Besseren belehrt, denn aus dem Unterholz brachen fünf knatternde Motorräder hervor. Ihre Scheinwerfer rissen den Domplatz aus der Dunkelheit. Die seltsam zusammengeflickt aussehenden Maschinen wurden von hageren Gestalten gelenkt, die Stahlketten und baseballschlägerähnliche Knüppel schwangen. An ihren Gurten blitzten lange Messer. Sie trugen Stulpenstiefel und waren in schwarzes Leder gekleidet, wie Rocker des 20. Jahrhunderts.

Doch das Gespenstischste an ihnen waren die eng anliegenden Ledermasken, die ihre Köpfe bis auf Augen-, Nasen- und Mundschlitze bedeckten. Die Gestalten erinnerten an Lederfetischisten aus dem Sado-Maso-Fach. Matt fragte sich, ob sie wohl einen Pornoladen ausgeplündert hatten.

Mehr Zeit zum Nachdenken blieb ihm nicht, denn schon waren sie bei ihnen, umkreisten sie und holten mit ihren gefährlichen Schlagwerkzeugen aus. Die Lichtlanzen ihrer Scheinwerfer rasten umher wie außer Kontrolle geratene Spotlights und machten die Orientierung schwer.

Eine Stahlkette wickelte sich um Aruulas Schwert und riss es ihr aus der Hand, und bevor Matt die Automatik ziehen konnte, krachte ihm ein Knüppel ins Kreuz, und er fiel auf die Nase. Als er wieder hochkam und prustend Dreck ausspuckte, hatten die Angreifer die Maschinen im Leerlauf so zu Boden sinken lassen, dass der Kampfplatz gut ausgeleuchtet wurde.

Sie griffen an! Matt sah, dass zwei Kerle mit ausgestreckten Armen und fiebrigem Gekicher an Aruulas langem Haar rissen, um sie zu Boden zu zwingen.

Ehe er reagieren konnte, wurde sein Hals von zwei knochigen Hände gepackt. Er schnappte nach Luft und ließ sich fallen. Sein Gegner verlor das Gleichgewicht und stürzte, sodass der nächste über ihn stolperte und der Länge nach hinschlug. Als sich sein Gesicht in den Schutt bohrte, war Matt längst auf den Beinen. Er registrierte mit leichter Verblüffung, dass die Ledermasken der Kerle mit weißen Zahlen versehen waren. Er trat der am Boden liegenden Nummer 26 mit der Stiefelspitze gegen den Kopf, sodass sie benommen liegen blieb.

Aruula hatte einen Fremdling inzwischen mit einem wohlgezielten Tritt ins Gemächt zu Boden geschickt, wo er sich winselnd krümmte. Nun warf sie sich ihrem zweiten Gegner an den Hals. Doch nicht, um ihn zu umarmen; die Spitzen ihrer Zeigefinger stießen in die Schlitze seiner Ledermaske. Geschrei aus einer Frauenkehle wurde laut.

Als Matt seine Beretta endlich ziehen konnte, schwang jemand eine Stahlkette. Sie knallte gegen sein Gelenk und umwickelte es. Ein fester Ruck – Matt schrie auf, die Waffe schlidderte über den Asphalt. Dann hing ein zweiter Angreifer auf seinem Rücken und schlang den Arm um seinen Hals. Ein anderer holte mit einer Kette aus, um Matt endgültig zu erledigen.

Matthew ließ sich noch einmal fallen, und der mit aller Kraft ausgeführte Schlag traf den Kerl auf seinem Rücken mitten ins Gesicht. Als er ihn aufbrüllen hörte, stieß Matt sich vom Boden ab. Er wollte sich auf die Beretta hechten, doch im gleichen Moment ertönte ein bösartiges Knurren.

Wenige Meter vor den Kämpfenden tauchte ein weißer Mutantenköter aus der Dunkelheit auf und setzte zum Sprung an. Er erwischte einen der gestürzten Ledermänner.

Den anderen schien dies wenig zu gefallen, denn sie schrien erschrocken, ließen von Matt und Aruula ab und eilten ihrem Gefährten zu Hilfe, in dessen Kehle die Töle sich zu verbeißen drohte. Mit Ketten und Knüppeln droschen sie auf den Wildhund ein und brachen ihm das Kreuz, sodass er sterbend zu Boden sank. Der angefallene Ledermann wankte zurück, hielt seinen Hals und deutete mit gurgelnden Lauten in die Richtung, der Matt den Rücken zuwandte. Er verstand das gutturale Geknurr zwar nicht, aber es war auch nicht nötig – das Gebell sagte ihm genug.

Der Rest lief in Sekundenschnelle ab: Matt fuhr herum und sah die Hundemeute heranjagen. Mindestens zehn zottelige weiße Bestien fegten mit gefletschten Zähnen auf sie zu und wirbelten Staub auf. Sie befanden sich am äußersten Rand des Platzes, noch etwa zweihundert Meter entfernt.

Doch bei dem Tempo, das sie vorlegten, konnte es nicht lange dauern, bis sie hier sein und sie zerfetzen würden.

Die Ledermänner rissen ihre Maschinen hoch, schwangen sich in die Sättel und gaben Gas. Mit eisigem Schrecken sah Matt, wie einer Aruulas Hüfte umfasste und sie mit sich zog. Die Barbarin landete schreiend quer vor ihm auf dem Tank. Ein Ellbogen traf mit Wucht ihren Nacken; Aruula erschlaffte.

Die Motorräder jagten auf den Dom zu und fuhren links an ihm vorbei. Matt sah sich hektisch nach der Meute um. Die Hunde hatten ihn fast erreicht! Die Zeit reichte nicht einmal mehr, in der nun plötzlich wieder herrschenden Dunkelheit seine Waffe zu suchen.

Matt wirbelte auf dem Absatz herum und versuchte das nächste Gebäude zu erreichen. Erreichten ihn die mutierten Köter vor ihm, war er erledigt ...

Matt ließ den Domplatz hinter sich. Nicht weit entfernt ragte ein windschiefes, verlassen wirkendes Gehöft aus roten Ziegeln in den Himmel. Er rannte auf ein schief in den Angeln hängendes Holztor zu. Das Geheul seiner Verfolger klang schrill in seinen Ohren. Matt eilte durch den Torweg in den Hof, erblickte aber keine lebende Seele.

Er wagte nicht sich umzudrehen, aus Angst, dadurch wertvolle Sekundenbruchteile zu verlieren. Als er im Lauf das lange Kampfmesser aus dem Schaft seines rechten Stiefels zerrte, stolperte er und fiel der Länge nach hin. Ehe er sich wieder aufgerappelt hatte, war der erste Hund über ihm. Matt hörte ein kehliges Röcheln und drehte sich auf den Rücken.

Das Messer fuhr hoch und bohrte sich in den Hals des Wildhundes. Matt stieß ihn zur Seite. Schon jagte die rotäugige Meute durch das offene Tor.

Matt hechtete durch die offene Tür des Hauptgebäudes und tauchte in einen finsteren Korridor. Er fluchte, als er registrierte, dass die Tür keinen Riegel besaß. Also weiter ...

Er stürmte die Treppe hinauf, in der Hoffnung, dort oben ein Versteck zu finden. Allein das Licht des Mondes fiel durch Fenster und Mauereinbrüche und ermöglichte es Matt mehr schlecht als recht, sich zu orientieren.

Am Ende eines Korridors im dritten Stock befand sich eine Tür, die früher auf einen längst nicht mehr existierenden Balkon geführt hatte. Ein geländerloser Steg verband das Haus wie eine Brücke mit einer fünf Meter entfernten Scheune. Er endete knapp unterhalb eines Schrägdaches vor einem Fensterladen, der mit einem hölzernen Riegel verschlossen war.

Der Steg schwang bedrohlich im Takt von Matts Schritten, als er ihn überquerte. Hinter ihm wurden Gebell und das Scharren von Tatzen laut.

Auf der anderen Seite des Steges angekommen, entriegelte Matt den Laden, öffnete das Fenster und schaute sich keuchend um. Der erste Köter schob seine zahnbewehrte Schnauze aus dem Nachbarhaus und musterte ihn mit tückischen Augen.

»Na, komm schon«, knurrte Matt. »Komm her, du elendes Mistvieh!«

Der Steg war gerade mal dreißig Zentimeter breit. Falls der Hund sich entschloss, ihm zu folgen, würde er ihn mit einem Tritt in den Abgrund befördern. Die Scheune besaß keine Fenster, und der einzige Zugang war verschlossen. Ein Blick an die teils eingestürzte Decke zeigte Matt, dass einen Meter unter dem Dach ein langer Querbalken entlang führte, unter einem Loch her, das groß genug war, einen Menschen hindurchzulassen.

Die Bestie trat argwöhnisch auf den Steg. Hinter ihr staute sich die wild blaffende Meute.

Matt spürte jetzt erst die Auswirkungen des Kampfes mit der Lederbande. Ihm wurde übel, und er sank langsam am Rahmen des Scheunenfensters hinab, als wollten seine Beine die Last des Körpers nicht mehr tragen.

In dieser Verfassung würde er die Hunde nicht abwehren können! Das Risiko, dabei zu stürzen, war zu groß.

Matt schwang sich ins Innere der Scheune und sammelte seine letzten Kräfte. Dann streckte er die Arme nach dem Balken aus, bekam ihn zu fassen und zog sich genau in dem Moment hinauf, in dem der erste geifernde Köter bei dem Versuch, ihn zu packen, durch das Fenster flog.

Natürlich hatte die Bestie nicht damit gerechnet, dass der Grund der Scheune fünf Meter unter ihr lag. Sie jaulte panisch auf, doch der Boden war mit Strohballen bedeckt, und so landete sie relativ sanft. Der Rest der Meute folgte ihrem Leittier mit aufgeregtem Gebell. Dann versammelten sie sich unter Matt und sprangen in die Luft. Aber natürlich erreichten sie ihn nicht.

Matt grinste zu der kläffenden Meute hinab. Er zog sich auf dem Bauch liegend den Balken entlang und stoppte unter dem Loch in der Decke. Dort richtete er sich vorsichtig auf und hielt sich am Rand des Einschnitts fest. Der Wind wehte ihm ins Gesicht, als er sich behutsam aufs Dach emporzog. Er musste vorsichtig sein: eine morsche Schindel, und er landete knapp sieben Meter tiefer mitten in der blutrünstigen Meute!

Die Hunde heulten in ohnmächtiger Wut, als sie ihre Beute entschwinden sahen. Sie hatten auch keine Chance mehr, ihr zu folgen – vorausgesetzt, das Scheunentor hielt ihrem Ansturm stand.

Matt robbte mit weit ausgestreckten Armen und Beinen übers Dach bis zu der Stelle, unter der das Fenster lag. Er ließ sich über die Dachkante auf den schmalen Steg hinab und nahm denselben Weg zurück, den er gekommen war. Das frustrierte Gebell der Wildköter verblasste hinter ihm.

Nun musste er zunächst die Beretta suchen, seine Ausrüstung einsammeln und dann die Spur der Ledermänner aufnehmen, die Aruula entführt hatten.

Er hatte Glück. Er fand nicht nur den olivgrünen Container mit der Notausrüstung und seine Waffe; die mysteriösen Fremdlinge hatten im Dreck auch zahlreiche Reifenspuren hinterlassen. Der Strahl der Stabtaschenlampe aus dem Notpaket riss ein Profil aus der Dunkelheit, das wie handgeschnitzt aussah!

Matthew folgte den Spuren am Dom vorbei über einen stark ausgefahrenen Weg, der ihm sagte, dass die Kerle sich oft in dieser Gegend aufhielten. Sie schienen also in der Nähe zu leben.

Eine halbe Stunde später sichtete er einen relativ gut erhaltenen sechsstöckigen Häuserblock und schaltete vorsorglich die Taschenlampe aus. Zumal Lampen in die Wände der Gebäude eingefügt waren, die *elektrisches Licht* verbreiteten! Matt fühlte sein Herz höher schlagen. Also waren nicht alle Menschen dieser Epoche in ein barbarisches Stadium zurückgefallen! Es gab offensichtlich auch höhere Entwicklungsstufen. Hoffentlich gehörten ihr nicht nur so brutale Sado-Maso-Typen wie diese Motorradfahrer an ...

Abgesehen von der obersten Etage waren alle

Fenster des Wohnblocks zugemauert. Im Gegensatz zu den anderen Ruinen, die Matt bisher gesehen hatte, waren diese Gebäude nicht mit Efeu überwuchert, und auf den Dächern breitete sich auch kein Gestrüpp aus. Irgendjemand hielt den Block in Schuss, keine Frage. Und nicht nur das ... Sämtliche Türen hatte man unpassierbar gemacht. Es war eine Festung, in der eine größere Gruppe von Menschen lebte. Matt wurde klar, dass er es mit Leuten zu tun hatte, die bestens organisiert waren.

Die Reifenspuren endeten vor einer Einfahrt mit einem massiven Eisentor, in dem sich eine schmale Tür befand. Sie stand offen. Mehrere in schwarzes Leder gekleidete Gestalten hielten Wache. Sie trugen Schwerter und Armbrüste, und Matt zweifelte nicht daran, dass sie sie einsetzen würden, ohne sich lange mit Fragen aufzuhalten.

Geduckt, ständig in der Deckung des Bewuchses, umkreiste er zweimal den hoch aufragenden Häuserblock. Sein Blick wanderte über glatte Steinwände und war ständig auf der Suche nach einer Möglichkeit, in die Festung einzudringen.

Aber es war aussichtslos. Zehn Meter um den gewaltigen Kasten, der gut zweihundert Meter lang und hundert breit war, hatte man den Wald gerodet. Zudem entdeckte Matt mehrere Wächter, die in ihren Ledermonturen über die Dächer patrouillierten. Keine Chance, sich unbemerkt zu nähern.

Irgendwann zog Matt sich in die Gegend des Tors zurück und beobachtete die Wachablösung. Er lag auf dem Bauch im Gebüsch und tastete mit dem Feldstecher den Innenhof ab.

Da war eine Eisentonne. In ihr brannte ein Feuer, und mehrere Vermummte wärmten sich an den Flammen die Hände – obwohl die Nacht gar nicht kalt war. Anhand ihrer Bewegungen und Gestik glaubte Matt zu erkennen, dass es sich nicht nur um Männer handelte. Und alle waren nummeriert.

Matthew Drax erblickte auch ein halbes Dutzend Motorräder und mehrere Türen, durch die die Häuser des Blocks zugänglich waren. Sie wirkten fest und solide und wiesen kleine Guckfenster auf, sodass man jeden, der ins Innere wollte, vorher prüfen konnte.

Mist, dachte er. *So komm ich nicht weiter.*

Sein Blick schweifte über den einige Kilometer entfernten Hügel, der sich im Osten über dem Wald erhob, und er fragte sich, ob man als Fremder in dieser Gegend Verbündete finden konnte – oder jemanden, der genug über die Festungsbewohner wusste, um ihm weiter zu helfen.

Nach einer Weile wurden seine Gedanken abgelenkt, denn auf der Hügelkuppe flammten Lichter auf. Matt erkannte weiße Rauchfahnen. Lagerfeuer? Auf jeden Fall Menschen.

Nein, verbesserte er sich sofort. *Vielleicht* Menschen. Vielleicht auch etwas ganz anderes, das früher einmal der menschlichen Rasse angehört haben mochte …

Er stieß einen stummen Seufzer aus, stand auf, schulterte sein Gepäck und machte sich auf den Weg nach Osten.

Als Gosseyn in sein Haus zurückkehrte, bemerkte er die ungewöhnliche Stille, die in den Räumen herrschte.

Normalerweise war Margoa um diese Zeit mit der Zubereitung des Essens beschäftigt, und sein Sohn Almar saß mit dem Schnitzmesser in der Küche und widmete sich seiner Kunst. Doch heute hörte er kein metallisches Geklapper. Er roch auch nicht die herrlichen Düfte, mit denen Margoa ihn zu dieser Stunde stets begrüßte.

Als er in die Küche kam und ihren am Boden ausgestreckten Körper sah, wusste er sofort, was geschehen war. Sein Weib war tot. Er erkannte es an der vermummten Gestalt des Blutsaugers, der neben ihr hockte und sich nun aufrichtete, ein entsetzliches Stöhnen auf den blutigen Lippen.

Gosseyn, im ersten Moment vor Entsetzen wie gelähmt, hob seine Armbrust. Er hatte eigentlich wenig Hoffnung, mit der Waffe etwas auszurichten, aber er durfte nichts unversucht lassen.

Der dünne Bolzenpfeil zischte durch die Luft. Er schien die Gestalt auch zu treffen, denn sie stierte ihn mit einem ungläubigen Blick an und fuhr wie unter einem Aufschlag zurück. Doch sie fiel nicht um. Der Bolzen steckte in ihrer Brust – aber nur einen Fingerbreit. Kein Tropfen Blut löste sich aus der Wunde.

Im gleichen Augenblick kam Almar mit zerzausten Haaren aus seiner Kammer. Er hatte geschlafen, wohl im Alkoholrausch, wie seine verquollenen Augen erkennen ließen. Er tauchte genau hinter dem Fremdling auf und erfasste sofort die Lage. Während Gosseyn einen Schritt nach hinten machte und entschlossen den Säbel aus der Scheide zog, zog sich Almar wie ein Schatten in die Kammer zurück.

Sekunden später war er wieder da und feuerte einen Bolzenpfeil auf den Hinterkopf des noch immer reglos verharrenden Fremden ab. Unglücklicherweise ging dieser im gleichen Augenblick leicht in die Knie, um eine Angriffshaltung einzunehmen. Der Bolzen verfehlte ihn und bohrte sich mit einem dumpfen Knall in den Rahmen des Gemäldes, das Gosseyns Großvater zeigte.

Gosseyn duckte sich und ließ die Klinge durch die

Luft sirren. Almar schoss einen weiteren Bolzen ab, und Gosseyn registrierte befriedigt, dass die Kreatur diesmal körperlichen Schaden nahm. Der Pfeil drang in ihr rechtes Bein ein und ließ sie wanken. Von entsetzlichem Zorn erfüllt sprang Gosseyn vor, hob den Säbel und schlug gnadenlos zu.

Ein, zwei Schläge spalteten den in Leder gehüllten Schädel, doch bevor Gosseyn Zeit hatte, den Triumph auszukosten, drang von draußen Geschrei an seine Ohren. Almar, der sich mit seinem Säbel sofort an die Tür postierte, rief: »Sie kommen, Vater! Sie kommen!«

Gosseyn eilte an das kleine Fenster und schaute hinaus.

In der Finsternis erblickte er zahlreiche Millani, die in eiliger Flucht zum Götzenhaus liefen. Sie wurden von sieben oder acht Vermummten verfolgt, die Schwerter und Fangnetze schwangen. Bestimmt waren sie nicht allein gekommen. Gewiss gab es noch weitere Gruppen, die sich nun, unter dem Mantel der Dunkelheit, über die Dorfbewohner hermachten.

Die Notfeuer flammten auf. Man hatte sie aufgeschichtet, um zumindest die Nacht zu erhellen. Helfen konnten sie gegen die Feinde nicht, dazu verbreiteten sie nicht genügend Helligkeit.

Gosseyn schaute auf den bleichen Leichnam seiner Gattin, dann warf er seinem Sohn einen schnellen Blick zu. »Wir müssen ins Götzenhaus«, sagte er. »Dort sind wir sicher!«

Sie sprangen aus dem Haus, eilten in eine Nebengasse und liefen ins Zentrum des Dorfes. Gosseyns Nase hatte ihn nicht getrogen: Die meisten Familien hatten sich schon in den uralten Steinbau mit dem Eisentor zurückgezogen.

Im Inneren des Götzenhauses brannten Kerzen.

Etwa fünfzig Männer, Frauen und Kinder hatten sich versammelt und zitterten um ihr Leben.

»Seid ihr bewaffnet?«, fragte Gosseyn und schaute sich um. Er sah, dass die meisten Männer Schwerter, Säbel, Armbrüste oder Pfeil und Bogen trugen.

Man verrammelte das Tor mit drei Eisenriegeln und hielt den Atem an. Hin und wieder ertönte der spitze Schrei eines Menschen, dem es nicht gelungen war, das Götzenhaus rechtzeitig zu erreichen. Der Wind nahm zu und ebenso das schrille Gelächter der Nosfera, die durch die Gassen zogen und über ihre Opfer herfielen. Hin und wieder hörte man auch Flüche aus Menschenkehlen und vernahm das Klirren der Schwerter jener, die sich gegen den blutsaufenden Mob zur Wehr setzten.

Die Nacht wollte und wollte nicht vergehen; nach und nach erloschen auch die Notfeuer. Erst um die siebte Stunde glomm allmählich die Helligkeit des Tages auf. Der Wind ebbte ab, und der Ansturm der Nosfera legte sich. Gosseyn atmete auf, als die furchtbaren Laute, die durch die dicken Mauern zu ihnen hereindrangen, sich entfernten.

Als er nichts mehr hörte, stieg er die Treppe zum Turm hinauf, um sich von oben ein Bild über die Lage zu machen. Der kleine Ort lag still unter ihm. Noch immer herrschte das eigenartige Dämmerlicht. Keine Sonne und keine Sterne waren am diesig-grauen Himmel zu erkennen.

Gosseyn schüttelte sich, als sein Blick in die unter ihm liegende Gasse fiel: Er hatte die ausgesaugten Leichname all jener Menschen zu sehen erwartet, denen es nicht gelungen war, die schützenden Mauern zu erreichen. Doch er sah nur Blutflecke auf den Steinen. Die Nosfera hatten sie verschleppt!

Draußen war alles still. Gosseyn spähte den Hügel hinab und sah eine Horde der Vermummten

– mindestens dreißig an der Zahl – zügig in Richtung Festung marschieren. Ein Dutzend Schritte hinter ihnen fuhr mit knarrenden Rädern ein Planwagen, in dem sie, daran zweifelte Gosseyn nicht, ihre jammernde Beute abtransportierten.

Er lief die Wendeltreppe hinunter. Als er im Hauptraum des Götzenhauses angekommen war, berichtete er den übermüdeten Leuten, was er gesehen hatte.

»Bei Wudan!«, sagte Almar erbleichend. »Glaubst du, dass sie noch leben, Vater? Was werden sie mit ihnen tun? Wen haben sie mitgenommen – und wie viele?«

»Der Wagen war schwer«, erwiderte Gosseyn. »Es waren bestimmt mehr als zehn.«

»Wir müssen etwas tun!«, sagte Almar leidenschaftlich. »Wir müssen sofort etwas tun – oder wir sehen sie nie im Leben wieder!«

»Wir können nichts tun«, sagte der Schmied mit dumpfer Stimme. »Wir haben nicht die Kraft, dem Auswurf des Bösen zu trotzen.«

»Wir sollten Wudan für unsere armen Nachbarn ein Opfer bringen«, meinte Drago, sein Bruder.

Gosseyn sagte nichts. Er war mit den Gedanken bei seinem feige gemeuchelten Weib. Almar hingegen war noch jung. Gosseyn sah ihm an, dass er am liebsten geschrien hätte – aber aus seiner Kehle kam nur ein Krächzen.

»Ihr seid Feiglinge!«, stieß Almar heiser hervor. »Ihr denkt nur an eure eigene Haut! Wenn niemand mitgeht, gehen mein Vater und ich allein!«

Die Dorfbewohner schauten betreten zu Boden, und einige ältere Männer, unter ihnen auch der Gastwirt Toono, Gosseyns Schwager, bemühten sich, ihn von der Unsinnigkeit seines Plans zu überzeugen: Ein jeder wusste, dass den Nosfera mit normalen Waffen kaum beizukommen war. Sie waren fast unverwundbar. Und die Millani waren zu wenige, um es mit der Festung aufzunehmen. Sie war uneinnehmbar.

Gosseyn hörte dem erhitzten Gespräch wortlos zu und reinigte seinen Säbel mit einem Lappen. Natürlich hatten sie Recht: Sie waren zu schwach, sie mussten den Exodus ins Auge fassen. Es war die ungestüme Jugend, die Almar mit blanker Wut erfüllte und ihn die Stärke der Blutsauger vergessen ließ. Als er in Almars Alter gewesen war, hatte er ebenso gedacht: Auge um Auge, Zahn um Zahn. Doch die Nosfera hatten Almars Mutter getötet, und er wollte blutige Rache nehmen.

Die Diskussion wogte hin und her und endete erst, als Almar, erschöpft vom Reden, sich zu seinen jungen Freunden in eine Ecke zurückzog und im Sitzen an einer runden Säule des Götzenhauses einschlief. Die Frauen und meisten anderen waren längst in einen tiefen Schlaf gesunken. Nun, da das Gespräch verstummt war, legten sich auch die anderen hin, um zu ruhen. Sie wollten das Haus erst verlassen, wenn das volle Licht des Tages zurückgekehrt war. Sie wussten, dass sie dann vor den Blutsaugern einigermaßen sicher waren.

Nach einer schweigsamen Weile erklang draußen das Poltern von Stiefeln. Gosseyn spitzte die Ohren.

Sein Schwager Toono, dessen Weib – Gosseyns Schwester – und Tochter auf den harten Holzbänken schliefen, richtete sich ächzend auf und packte seinen Säbel. Gosseyn legte einen Finger auf seine Lippen, trat ans Portal und presste ein Ohr auf das Holz.

Die Schritte kamen näher. Er hörte sofort, dass es die Schritte eines sehr großen Mannes waren. Er vernahm auch das charakteristische Scheppern von

Metall, das ihm sagte, dass der Ankömmling bewaffnet war.

Toono machte den Mund auf, doch Gosseyn gab ihm mit einer Geste zu verstehen, dass er schweigen solle.

Eine feste Hand klopfte an die dreifach verriegelte Tür des Götzenhauses.

»Wer da?«, fragte Gosseyn.

Mehrere Köpfe zuckten hoch.

»Ein Reisender«, kam die Antwort. »Auf Suche nach Nachtlager.«

Toono und die anderen Erwachsenen atmeten auf. Gosseyn erkannte, dass der Fremdling die Wahrheit sprach. Zwar beherrschte er ihre Sprache kaum – und mochte damit einer der gelegentlich aus der verschneiten Bergwelt Suizzas nach Süden wandernden Barbaren sein – aber gewiss war er kein Nosfera.

»Wie ist dein Name, Fremdling?«, fragte Gosseyn durch die Tür. Toono eilte zu ihm und baute sich mit dem Schwert in der Hand neben ihm auf.

»Maddrax«, kam die Antwort.

Als Matthew Drax erwachte, war es bereits später Nachmittag.

Sein Blick fiel aus dem Fenster. Es regnete. Matt schnaubte unwillig, zog die warme Decke um sich und stellte leicht verblüfft fest, dass seine Stirn schweißnass war.

Fieber? Er setzte sich auf und betastete sein Gesicht. Nein. *Keine Temperatur.* Hatte ein Alptraum ihm den Schweiß auf die Stirn getrieben?

Er sank zurück und machte den Versuch, ins Land der Träume zurückzukehren. Er konnte sich an keinen Alptraum erinnern. In seinem Kopf spukte nur

Hank Williams herum. Er saß neben ihm auf einem Barhocker im ›Zwiebelfisch‹ und prostete ihm mit einem Glas Pflaumenschnaps zu.

Dann fiel ihm etwas anderes ein, und nun war an Schlaf nicht mehr zu denken. *Aruula! Die maskierten Lederkerle!*

Matt schüttelte den Kopf, um ihn zu klären, dann stand er mit einem gemurmelten Fluch auf. Er hatte großen Hunger, und in ihm war ein seltsames Gefühl, das sein Bewusstsein ganz einhüllte.

Er trat an das winzige Fenster. Toonos Gasthof befand sich am Rand des steilen Hügels. Das Dorf lag mitten in einem finsteren Wald, und auch in der Tiefe reihte sich ein Baum an den anderen. Irgendwo in dem verregneten Land dort unten stand die Festung. Matt nahm seinen Feldstecher und suchte die Gegend ab. Sein Blick schweifte über die diesigen Wälder. Nach kurzer Suche machte er sie aus: Rechts und links der Feste reckten sich die geisterhaften Türme halb verfallener Hochhäuser in den Himmel. Er fand den Dom und irgendwo dahinter auch die Mailänder Scala.

Plötzlich wusste er, was ihm im Schlaf den Schweiß auf die Stirn getrieben hatte: Er hatte die Festung im Traum gesehen.

Matt schüttelte sich. Sein Blick fiel auf das Piloten-Notpaket, einen flachen olivgrünen Behälter, in dem sich eine Signalpistole, Plastiksprengstoff, chemische Fackeln und andere Dinge befanden, die man zum Überleben in der Wildnis brauchte: Beil, Kompass, Angelschnur, Stablampe, Seil, Medikamente, Verbandszeug, Trockennahrung, sogar ein aufblasbares Schlauchboot aus einem dünnen, aber extrem reißfesten Material. Er steckte die automatische Pistole in den Hosenbund. Das Fahrtenmesser stak wieder in seinem Stiefel.

Als er sich den Schlaf aus den Augen gewaschen und angezogen hatte, ging er nach unten zur Gaststube. Er war froh, in diesem Haus Unterschlupf gefunden zu haben, nachdem Toono ihn im Morgengrauen von oben bis unten gemustert hatte.

Dass er und die anderen Dörfler die Nacht in der alten Kirche verbracht hatten, hatte Matt nachdenklich gemacht. Erst später waren ihm die Blutflecke aufgefallen. Hinter ihnen lag offenbar ein Kampf: Sie waren überfallen worden.

Leider hatte Toono keinen Grund gesehen, ihn über die Identität der Räuber aufzuklären. Aber was nicht war, konnte ja noch werden. Falls Matthew ihn überhaupt ausreichend verstand. Aruula hatte ihm zwar die Grundbegriffe der hiesigen Sprache beigebracht, aber bei komplizierteren Wörtern musste Matt passen. Er lernte nicht halb so schnell wie sie.

Als er die drei obersten Stufen der knarrenden Treppe hinter sich gebracht hatte, drang lautes Weinen an seine Ohren. Es vertrieb den letzten Rest Müdigkeit aus seinen Gliedern und ließ ihn nach unten eilen.

In der Tür der Gaststube stand Toonos Tochter, eine schwarzhaarige Schönheit von etwa sechzehn Jahren. Ihre zittrigen Gesten und verschreckten Blicke sagten ihm, dass *sie* die Klagelaute ausgestoßen hatte.

Am Tresen wäre er fast mit Toono zusammengestoßen, als dieser mit einer pummeligen Frau im Schlepptau aus der Küche kam.

»Riva!«, rief er besorgt. »Riva! Was ist, in Wudans Namen?«

Riva zitterte vor Bestürzung, und ihre Zähne klapperten trotz der mollig warmen Gaststube. Als sie ihre Mutter erblickte, warf sie sich zitternd in deren Arme.

»Die *Nosfera*«, hörte Matt sie schluchzend sagen. »Sie haben auch Dorek mitgenommen!«

Die Nosfera? Matt sah, dass Toono die Zähne zusammenbiss.

Sein rotwangiges Weib wurde blass. »Bei den Göttern«, murmelte sie, »womit hat sie das verdient?«

»Wer ist Dorek?«, fragte Matt. »Was sind Nosfera?« Ihm schwante Schreckliches. ›Nosfera‹ klang verdächtig nach Nosferatu – Vampir. Obwohl er den hiesigen Dialekt nicht kannte, ging er davon aus, dass sich die Bedeutung des Wortes auch im Laufe der Jahrhunderte nicht verändert hatte. Und ihm fiel das Mädchen Jandra ein, dem er in Bologna begegnet war. Auch sie hatte es nach seinem Blut gedürstet. Er schüttelte sich, als er sich an sie erinnerte.

Toono berichtete. Matt hatte Mühe, ihm zu folgen, und er musste mehrmals nachfragen, bis er halbwegs verstanden hatte.

Die Nosfera hatten das Dorf gestern Abend überfallen, Gosseyns Weib getötet und zehn der Einwohner entführt. Rivas Freundin Dorek schien unter den Verschleppten zu sein.

Toono wirkte, als hätte er am liebsten auf den Boden gespuckt. »Ausgeburten der Unterwelt ...«, murmelte er. »Sie scheuen das Licht und suchen uns heim, um das Blut der Menschen zu trinken.«

Matt hatte die Begriffe ›trinken‹ und ›Blut‹ verstanden. »Nosfera trinken Blut?«, fragte er nach.

»Ja«, sagte Toono nur und schwieg dann. Als hätte er Angst, mehr zu sagen.

Matt trat an die Tür, öffnete sie und spähte ins Freie. Es regnete heftig. Kein Mensch war zu sehen.

Ein plötzlicher starker Windstoß fegte herein. Matt glaubte das Geräusch klatschender Schwingen gehört zu haben, aber als er den Kopf hob, erspähte er nichts.

Toono setzte ein gequältes Lächeln auf und deutete auf einen Tisch, auf dem Essen stand. Riva und ihre Mutter waren schon in der Küche verschwunden. Matt bedankte sich und nahm Platz. Das Essen war einfach: Brot, Butter, Käse, dazu ein Glas gegorener Traubensaft.

»Wo leben Nosfera?«, fragte Matt.

»Dort unten«, sagte Toono nach einer Weile zögerlich und deutete in die Richtung, aus der Matt in der vergangenen Nacht gekommen war. »In der Festung.«

»Festung?« Meinte er den zugemauerten Häuserblock?

Toono spähte aus dem Fenster, als fürchte er sich vor einer neuerlichen Attacke. Dann kniete er sich vor den Kamin, in dem Holzscheite knisterten. Er fachte das Feuer mit einem Blasebalg an. »Ja«, fuhr er fort, ohne sich umzudrehen. »Sie sind so schwarz wie die Nacht und fahren auf Feuerstühlen, die schrecklichen Lärm machen.«

Erst als er das Geräusch nachahmte, begriff Matthew, dass Toono Motorräder meinte. Was er schon vermutet hatte, wurde zur Gewissheit: Die Nosfera waren identisch mit den Ledermännern, die Aruula verschleppt hatten!

»Wie viele?«, fragte Matt. In seinem Kopf wirbelten die Gedanken. Er musste Aruula befreien – aber wie?

»Viel mehr als wir.« Toono stand auf und zeigte Matt seine Hände. »Wir sind jetzt noch fünfzig, aber sie sind bestimmt siebzig – und alle erwachsen. Sie haben keine Kinder.«

Matt runzelte die Stirn. Er beendete die Mahlzeit, stand auf und trat ins Freie. Die Luft war kühl.

Mailand lag unter einer Nebeldecke. Über ihm wölbte sich der Himmel in diffusem Grau und wurde schnell dunkler.

Toonos Haus lag am höchsten Punkt des Ortes und war etwa dreihundert Meter von der Kirche entfernt. Der Weg ins Dorf war steil. Es bestand aus etwa fünfzig Häusern, Ställen und Hütten, doch nicht alle schienen bewohnt zu sein.

Matthew ging eine lange Dornenhecke entlang. Nach der Bausubstanz der Häuser und Mauern zu urteilen, war das Dorf irgendwann im letzten Jahrhundert entstanden.

Auf dem Kirchplatz, um den sich eine Reihe von Häusern gruppierte, hatte sich eine diskutierende Menschenmenge versammelt. Matt verstand von dem, was gesprochen wurde, nur ein Bruchteil, aber den Sinn begriff er wohl: Man war besorgt, die Nosfera könnten zurückkommen und noch mehr Opfer holen.

Matt trat zu der Gruppe. Alle Gesichter wandten sich ihm zu.

»Wer bist du? Was willst du?«, fragte ihn unwirsch einer der Männer, offenbar der Wortführer.

»Ein Reisender«, antwortete Matt. »Ich heiße Maddrax. Ich komme ...« Er räusperte sich und deutete mit ausgestreckter Hand auf die hohen Berge im Norden. » ... von dort.«

Ein wettergegerbter Mann meldete sich zu Wort; Matt erkannte in ihm denjenigen, der ihm gestern das Kirchenportal geöffnet hatte. Sein Name war Gosseyn, wenn er sich recht erinnerte. »Ich kenne ihn. Er kam gestern nach dem Überfall und suchte Zuflucht in der Kirche.«

Der Wortführer trat auf Matt zu. »Ich bin Drago«, stellte er sich vor und wiederholte: »Was willst du?«

»Wissen, was hier passiert«, radebrechte Matt.

»Wer Nosfera sind.« Er deutete mit ausgestrecktem Arm den Hügel hinab. »Dort unten meine Gefährtin und ich gestern überfallen. Sie in Festung gebracht.«

Die Umstehenden murmelten durcheinander, dann sagte eine Frau traurig: »Deine Gefährtin ist tot. Niemand entkommt den Nosfera.«

Matt schüttelte den Kopf. »Muss wissen, sonst nicht glauben. Gehe in Festung.«

Die Mienen ringsum verzerrten sich in plötzlichem Schrecken. Die Dörfler mussten glauben, er wäre lebensmüde. Doch Matthew stützte seine Hoffnung auf die Tatsache, dass die Nosfera ihre Opfer verschleppt hatten. Also waren sie nicht *nur* auf Mord aus. Aruula konnte durchaus noch am Leben sein.

»Warum ihr nicht kämpfen?«, fragte Matt.

Die Menge murmelte dumpf vor sich hin.

Drago winkte ab. Sein Gesicht war blass. »Weil sie zu mächtig und zu zahlreich sind. Wir sind ihnen nicht gewachsen! Bisher haben sie sich ihre Opfer nur selten in unseren Reihen gesucht, aber jetzt ... Es hat sich etwas verändert.« Er machte eine hilflose Geste.

Matt hatte seinen Worten angestrengt gelauscht und dabei die Entdeckung gemacht, dass er das fremde Idiom von Satz zu Satz besser verstand. Es waren vorwiegend italienische Vokabeln darunter – eine Sprache, die er nicht beherrschte –, aber auch Brocken von Französisch und Deutsch, die er beide leidlich gut sprach. Je weniger er sich bemühte, einzelne Wortfetzen zu verstehen, sondern das Gesprochene in seiner Gesamtheit aufnahm, desto verständlicher wurde es. Was leider nicht bedeutete, dass seine Aussprache dadurch besser wurde ...

»Nicht gut, wenn ihr verkriecht«, entgegnete er. »Wenn ihr nicht wehren, werdet ihr sie nie los.«

»Was weißt du schon?«, fragte ein hagerer Mann mit langem Haar und schlug den Blick zu Boden. »Wir sind verflucht. Unser Dorf ist mit dem Fluch des Herrn der Festung beladen ...«

»Herr der Festung?«, echote Matt. »Wie heißen?«

»Du bist ein Fremdling«, sagte Drago, ohne auf seine Frage einzugehen. »Du verstehst nicht. Die Götter brachten die Nosfera über uns, um uns zu prüfen.« Er verstummte und wich Matts Blick aus. »Wir können nichts tun – es ist der Wille Wudans ...«

»Es ist der Wille Wudans«, intonierte die Menge.

Drago gab den Leuten einen Wink, und sie zerstreuten sich. Zurück blieben nur er, Gosseyn und ein junger Bursche, der aussah wie dessen Sohn.

»Sind wir Männer oder Memmen?«, fragte der junge Mann hitzig und umklammerte den Knauf seines Säbels. »Wenn wir zusammenhalten, können wir uns wehren!«

»Es ist sinnlos, sich gegen die Götter aufzulehnen.« Drago rieb nervös sein viereckiges Kinn. »Ich gehe heim und hole meine Familie. Ich rate euch, ins Götzenhaus zu gehen!« Er wandte sich um, und kurz darauf verklang das Knirschen seiner Schritte zwischen den Häusern.

Gosseyn machte eine einladende Handbewegung zu Matthew. »Komm mit. Sei mein Gast. Ich werde dir über die Nosfera berichten.«

Er wohnte gegenüber der Kirche. Die Wohnstube lag in einem seltsamen Zwielicht. Gosseyn bat Matt vor dem Kamin auf einem Schemel Platz zu nehmen. Dann erzählte er, was er von seinen Ahnen über das Volk der Nosfera wusste. Dass sie einst viele Hundert gewesen waren. Dass sie sich bis vor kurzer Zeit wie normale Menschen von der Jagd ernährt hatten – Gosseyn hatte oft beobachtet, dass sie oft Expeditionen in die nördlichen Berge schickten und nahm an, dass sie dort Gerul-Nester plünderten. Und dass sie in ihrer trutzigen Festung zurückgezogen lebten und den Kontakt mit den Menschen scheuten.

Zumindest war es bis vor kurzem so gewesen. Doch vor etwa zwei Monden war eine Veränderung mit den Nosfera vor sich gegangen. Sie waren aggressiver geworden. Und sie verfügten plötzlich über mächtige Zauberdinge wie kalte Fackeln und diese röhrenden Feuerstühle, auf denen sie ritten.

Elektrischer Strom und Motorräder! Matthew Drax verzichtete darauf, Gosseyn diese Dinge erklären zu wollen. Aber er fragte sich, woher die Blutsauger dieses Wissen bezogen ...

Als der langgestreckte schwarze Körper wie eine Granate durch das Fenster in Gosseyns Stube flog, war Matt für Sekunden wie paralysiert.

Dem ersten maskierten Eindringling folgten zwei weitere. Sie rollten wie Katzen über die Dielenbretter, überschlugen sich und waren im Nu wieder auf den Beinen. In ihren knochigen Händen glitzerten lange Schwertklingen, und ihre hinter den Sehschlitzen aufleuchtenden Augen kündeten von Blutgier und Tod. Der durch die geborstenen Scheiben hereinfauchende Wind ließ das Feuer im Kamin aufflackern, sodass der Raum für einen Sekundenbruchteil in gleißende Helligkeit getaucht war.

Almar, Gosseyns Sohn, reagierte als erster. Er riss seinen Säbel hoch und sprang, von der Wildheit der Jugend angetrieben, den Angreifern entgegen.

Gosseyn, dessen Säbel auf dem Tisch vor ihm lag, war für sein Alter überraschend flink. In Gedankenschnelle hatte er die Waffe in der Hand und drosch zähneknirschend und mit schnellen Hieben auf den Maskierten ein, der ihm am nächsten war.

Auch Matt war aufgesprungen, kam aber nicht mehr dazu, seine Pistole in Anschlag zu bringen. Die flache Seite einer Klinge prallte auf sein Gelenk, und der plötzliche Schmerz führte dazu, dass er die Automatik fallen ließ. Sein Gegner war unglaublich schnell!

Während Matt zurückwich und einen Schemel packte, um sich den bösartig knurrenden Angreifer vom Hals zu halten, fiel sein Blick durch das zerbrochene Fenster ins Freie. Die Torflügel der Kirche standen offen, und eine Nosfera-Horde drang mit klirrendem Stahl auf die versammelten Dörfler ein. Bei ihrem Anblick stießen die Frauen panische Schreie aus, liefen durcheinander und gerieten den kämpfenden Männern ins Gehege. Die Nosfera fielen netzeschwingend über sie her und fingen sie ein. Sie heulten und kreischten im Blutrausch.

Krack! Die Schwertspitze des Maskierten drang tief in die Sitzfläche des Schemels ein. Matt erstarrte, als die scharfe Schneide nur wenige Zentimeter vor seiner Stirn zum Stillstand kam. Dann erkannte er an der verdutzten Miene seines Gegenübers, dass dieser die Klinge nicht wieder herausziehen konnte!

Ein heftiger Ruck – und das Schwert entglitt den Händen des Maskierten, folgte dem Schemel quer durch den Raum und polterte zu Boden.

Der Maskierte streckte abwehrend die Hände aus, als Matt sich nach vorn warf und der unheimlichen Gestalt einen Hieb in die Magengrube verpasste.

Der Kerl taumelte zurück, während Matt für einen Moment Übelkeit in sich aufsteigen spürte. Es hatte sich angefühlt, als habe er in das vertrocknete Fleisch einer Mumie geschlagen!

Etwas stieß gegen seinen Rücken. Er stürzte und landete schmerzhaft vor der offenen Tür auf dem Boden. Sich herumrollend, griffen seine Hände in Leder, und ein totes Augenpaar starrte ihn aus schmalen Sehschlitzen an.

Gosseyn hatte sich seines Angreifers mit einem Hieb in den Hals entledigt und war nun im Begriff, Almar gegen dessen Gegner beizustehen, der ihn in eine Ecke des Raumes getrieben hatte.

Matt stieß die Leiche von sich, rappelte sich auf und blickte fassungslos auf das Geschehen in der Umgebung des Kirchplatzes. Vor den dunklen Steinwänden wimmelte es von Nosfera, die besinnungslose oder tote Menschen in Netzen hinter sich herschleiften. Er glaubte plötzlich einen starken Gestank wahrzunehmen. Sein Blick fiel auf den erschlagenen Körper Dragos.

Die Kreaturen zogen sich zurück. Sie schlugen die Richtung ein, die bergab führte.

Hinter Matt wurde ein unmenschlicher Schrei laut. Als er herumfuhr, stürmte der letzte Maskierte auf ihn zu, das schartige Schwert zum Schlag erhoben. Offensichtlich hatte er sich von dem Magentreffer erholt. Almar und Gosseyn folgten ihm mit wutverzerrten Gesichtern dichtauf.

Matt trat zur Seite, als wollte er den Ledermann vorbeilassen. Doch als er heran war, wandte er den ältesten Trick der Welt an: Er stellte ihm ein Bein.

Der Maskierte verlor die Balance und landete bäuchlings im Dreck. Sein Schwert wirbelte durch die Luft und bohrte sich tief in den weichen Boden neben der Straße.

Dann war Gosseyn heran. Er hob sein Schwert lotrecht in die Luft, dann ließ er es mit einem triumphierenden Heulen in den Rücken der Kreatur niedersausen …

Als Toono mit zwei Weinflaschen aus dem Keller seines Hauses gekommen war, hatte ihn der Schock getroffen. Das Erste, was er sah, war sein Weib, das bleich und leblos auf dem Boden lag. Dann gewahrte er den vermummten Fremden, der sich schmatzend über ihren Hals beugte. Durch die Hintertür huschte gerade ein zweiter Eindringling. Er schleppte seine sich heftig wehrende Tochter Riva mit sich.

Toono taumelte, als die Erkenntnis ihn traf, dass Tsita nicht mehr lebte. Da drehte sich der Vermummte um und starrte ihn aus tückischen Augen an. Toono sah, dass das Blut seines Weibes über seine Ledermaske herablief.

Ekel erfasste ihn. Und heilloser Zorn. Er hob instinktiv eine der Flaschen und warf sie mit einem brüllenden Schrei in Richtung des schrecklichen Wesens. Sie zerschellte klirrend hinter ihm an der Wand. Das Ungeheuer sprang auf und kam mit wankenden Schritten, wie ein vom Wein Berauschter, auf Toono zu.

Toono warf die zweite Flasche. Sie verfehlte ihr Ziel nicht, krachte mitten ins Gesicht des Maskierten und ließ ihn zurücktaumeln.

Toono war nicht dumm. Er wusste, dass er waffenlos keine Chance gegen den Blutsauger besaß. Also trat er den Rückzug an, machte auf dem Absatz kehrt und rannte zur Hintertür. Es war sinnlos, den Helden zu spielen.

Er stürzte ins Freie, das Ungeheuer dicht auf den Fersen. Er musste ins Dorf und Hilfe holen, sonst war Riva verloren!

Toono jagte den steilen Weg hinab und schickte ein Stoßgebet zu den Göttern. Als er sich ein Herz nahm und einen Blick zurück warf, stellte er zu seiner Erleichterung fest, dass der Verfolger aufgegeben hatte: Er verschwand gerade zwischen dem Gestrüpp und den Tannen. Irgendwo wurde das Knattern der unheimlichen Feuerstühle laut. Toono nahm an, dass die Schreckensgestalt ein Versprengter war, der Angst hatte, dass man ihn hier allein zurückließ.

Als er ins Dorf kam, packte ihn das Grauen.

Die Häuser der Nachbarn waren finster. Überall war der Boden voller Blut, und da und dort lagen herrenlose Waffen. Toono schrie angsterfüllt auf, als er drei Gestalten erblickte, die sich ihm vom Dorf her näherten.

Doch es waren keine Nosfera. Einer der Männer hatte kurzes helles Haar. Das musste dieser Maddrax sein. Toono sammelte seine letzten Kräfte und schrie laut um Hilfe.

»Riva!«, schrie er. »Sie haben Riva! Tsita ist tot! Oh, Wudan!«

Als Matt, Gosseyn und Almar ihn erreichten, war er ein an Leib und Seele gebrochener Mann. »Die Nosfera«, murmelte er mit bleichem Gesicht. »Sie haben Tsita umgebracht und Riva verschleppt …« Er begann zu weinen.

Gosseyn und Almar nahmen ihn zwischen sich und führten ihn zum Gasthof zurück. Almar trat hinter den Tresen und öffnete eine Flasche Schnaps. Gosseyn flößte dem zitternden Toono ein Glas ein. Der Wirt schaute mit tränenverschleiertem Blick auf.

»Ich war im Weinkeller«, sagte er. »Als ich zurück kam, war Tsita tot.« Er erzählte, was er erlebt hatte.

Matt trat derweil in die Küche, sah die zerfleischte Kehle der pummeligen kleinen Frau, und Übelkeit stieg in ihm auf. Ihn schauderte, als er an Aruula dachte. Er musste handeln, bevor sie das gleiche Schicksal traf. Oder lebte sie schon längst nicht mehr?

Als er in die Gaststube zurückkehrte, war Toono am Tresen in sich zusammen gesunken. Er schluchzte nur noch. Gosseyn strich sich übers Kinn. Er war so bleich wie der Tod, und sein Sohn zitterte am ganzen Körper.

»Es sind keine Menschen«, murmelte Almar hasserfüllt. »Man muss sie ausrotten! Sie verdienen das Leben nicht.«

»Wir sind zu wenige«, warf Gosseyn ein.

»Vater, wir müssen ...«

Matt warf Gosseyn einen fragenden Blick zu. Der grauhaarige Jäger zuckte die Achseln. Er war zweifellos der gleichen Meinung wie sein Sohn. Aber jetzt war es zu spät. Das Dorf war fast entvölkert. Die *Nosfera* hatten die Menschen in ihre schwer bewachte Festung mitgenommen. Matt wagte nicht daran zu denken, was sie mit den Gefangenen anstellen würden. Ihm fiel der Taratzenkönig Rraar ein, dessen Bau er als vermeintlicher Gott besucht und dessen vorwiegend aus lebenden Menschen bestehende ›Speisekammer‹ er inspiziert hatte.

Irgendwo hörte er ein Kind weinen. Gosseyn und Almar hoben den Kopf.

»Kümmert euch um das Kind«, sagte Matt. »Und seht, ob es gibt Überlebende. Ich bin zurück spätestens morgen Abend.«

Dann ging er mit festem Schritt in die Nacht hinaus und marschierte den Hügel hinab.

»Was hast du vor, Maddrax?!«, rief Gosseyn ihm nach.

Matt gab keine Antwort.

Es war wie in einem Kampfeinsatz.

Matthew Drax, Ex-Commander und Ex-Pilot der Ex-US Air Force, robbte etwa zwanzig Meter vom

Tor entfernt durchs Gebüsch. Sein inzwischen nicht mehr ganz so kurzes, dafür aber ziemlich verräterisches blondes Haar war unter einer am Wegesrand gefundenen Taratzenfellmütze, seine blaugrünen Augen hinter einem Feldstecher verborgen, der auf die am Tor herumlungernden Wächter gerichtet war.

Eine feiste, schwarzpelzige Flegge kreiste brummend über den Baumwipfeln und hielt nach einem Kadaver Ausschau, in den sie ihre Eier ablegen konnte. Dass das überdimensionale Insekt gebärbereit war, hatte Matt auf den ersten Blick gesehen, denn ihr Leib war mächtig geschwollen. Er hatte zwar keine Angst vor dem Vieh, doch er hoffte, dass es nicht kurzsichtig war und ihn für eine Leiche hielt; dies hätte die Torwächter vermutlich auf ihn aufmerksam gemacht.

Bisher hatte Matt sich recht viel auf seine Sprachenkenntnisse eingebildet: Er sprach recht gut Deutsch und leidlich Französisch und verstand sogar die Berliner Schnodderschnauze. Doch das Idiom der Ledermänner am Tor war für ihn nur ein kehliges Geknarze und Geknurre.

Er verharrte in seiner olivgrünen Uniform etwa zwölf Meter vom Tor entfernt und murmelte stumme Verwünschungen. Wie zum Teufel sollte er es schafften, in den Komplex einzudringen?

Im heimatlichen Riverside war es ihm als junger Spund immer irgendwie gelungen, sich in Kneipen einzuschleusen, die man ihm als minderjährigen Knaben verwehrt hatte. Aber in dieser Zeit und Welt war mit Dollars leider nichts mehr zu machen. Die hiesigen Türsteher waren unbestechlich. Vermutlich sprachen sie nicht mal auf eine Fünf-Kilo-Blutwurst an.

Irgendwo in der Nähe raschelte es plötzlich. Matt

zog unwillkürlich den Kopf ein und hielt die Luft an. Die Torwächter rührten sich nicht von der Stelle. Sie hatten also nichts gehört. Matts Blick huschte nach links und rechts – dann glaubte er, sein Herz müsse stehen bleiben.

Sein erster Gedanke war: *Almar!*

Doch er hatte sich geirrt. Die etwa zehn Schritt rechts von ihm geduckt durchs Buschwerk schleichende Gestalt war nicht Gosseyns impulsiver Sohn, sondern ein junger Bursche mit wallendem, brünetten Haar. Es wurde von einem dunkelbraunen Stirnband zusammengehalten. Ein dünner Schnauzbart zierte seine Oberlippe. Er war in graubraune Felle gekleidet und trug einen schlaffen Rucksack. An seinem Gurt hingen in Lederscheiden ein knappes Dutzend Wurfmesser und ein Schwert. Außerdem trug er eine Armbrust vor dem Bauch. Die Enden kurzschaftiger Eisenpfeile ragten aus schmalen Täschchen an seinen Oberarmen.

Wer zum Henker ist das? Der Rambo der Zukunft? dachte Matt – als der Fremde urplötzlich verschwand.

Matthew hob den Kopf und spähte konzentriert nach rechts. Er hatte sich nicht geirrt. Der Fremde hatte sich weder auf den Boden gekniet noch hingeworfen. Er war im Boden versunken.

Das Erdreich hatte ihn verschluckt!

Andererseits – die Erde verschluckt keine Menschen, dachte Matt. *Es muss eine Erklärung dafür geben …*

Von Neugier getrieben robbte er lautlos dorthin, wo der Bursche verschwunden war.

Kurz darauf lag er vor einem Loch im Boden. Es hatte einen Eisenrand und war kreisrund. Und daneben, halb von Gestrüpp verdeckt, lag ein rostiger Kanaldeckel.

Matt runzelte die Stirn und schaute in die

Kanalisation hinab. Es war dunkel dort unten. Genau vor ihm ragten rostige Steigeisen aus der Wand. Aus den lichtlosen Tiefen drang der Mief der Unterwelt in seine Nase – und das hohle Hallen von Schritten an seine Ohren. Dann ein *Klangg!* und ein unterdrückter Fluch. Der in die Kanalisation entschwundene Fremde hatte sich den Kopf angestoßen.

Matt musste trotz des Ernstes der Situation grinsen. Wer war der Kerl, und was wollte er in dem Abwasserkanal? Da er nicht die Kleidung der Nosfera trug, konnte er kaum zu ihnen gehören. Außerdem hatte er sich vor den Torwächtern versteckt gehalten.

Der Typ kennt sich hier aus, sagte sein optimistisches Ich. Häng dich an seine Fersen. Vielleicht kann er dir helfen ...

Der Typ kennt sich hier aus, erwiderte sein pessimistisches Ich. *Und wenn du da unten bist, wird sich zeigen, dass er ein Lump oder Mörder oder gar ein Lockvogel der Nosfera ist, die auf diese subtile Weise lästige Zaungäste ausschalten ...*

»Dann muss ich eben doppelt vorsichtig sein«, brummte Matt leise und tastete nach den rostigen Steigeisen. Er vollführte auf dem Bauch eine Drehung, schob die Beine in den Schacht und ließ sich hinab.

Die Steigeisen waren glitschig, da von Rost und Feuchtigkeit überzogen, aber es gelang Matt, in dem Loch zu verschwinden, ohne die Torwächter auf sich aufmerksam zu machen.

Zwölf Sprossen tiefer – er schätzte die Höhe des Schachtes auf etwa fünf Meter – kam er unten an. Der Boden schien aus Beton zu bestehen, der die Jahrhunderte fast unbeschadet überstanden hatte. Matt schaute sich um und bemühte sich, die

Finsternis mit Blicken zu durchdringen. In Gedanken verfluchte er den Umstand, die Taschenlampe im Notpaket gelassen zu haben – und selbiges im Dorf. Er trug lediglich die Pistole, den Feldstecher und sein Messer bei sich. Ach ja – und das Feuerzeug! Er holte es hervor.

Gerade als er es anknipsen wollte, vernahm er Schritte und erspähte das Licht einer Fackel. Sie war etwa zweihundert Meter von ihm entfernt und erhellte den fellbekleideten Arm, der sie hielt. Ein kalter Luftzug kam aus der Richtung, in die sich bewegte.

Matt folgte dem Licht, ohne das Feuerzeug zu entzünden; es hätte ihn nur verraten. Doch er kam in der Dunkelheit langsam voran, und plötzlich war das Licht der Fackel nicht mehr zu sehen. Entweder hatte der Bursche, den er verfolgte, sie gelöscht, oder – was wahrscheinlicher schien – er war um eine Ecke gebogen. Matt hielt den Atem an und lauschte. Er konnte die Schritte des Burschen in der Ferne hören.

Nachdem er eine halbe Minute reglos verharrt hatte, entzündete er endlich das Feuerzeug. In seinem flackernden Licht wanderte durch einen geisterhaft stillen Schacht. Rechts und links an den kahlen Wänden stapelte sich Zivilisationsmüll: rostige und zerdrückte Bierdosen, Kunststoffflaschen, Plastiktüten. Offenbar hatte dieser Kanal nach der Katastrophe als Unterschlupf gedient. Matt schauderte unwillkürlich, als er daran dachte, wie die Menschen hier die Zeit nach dem Kometeneinschlag verbracht hatten, in der vagen Hoffnung, ihr altes Leben später wieder aufnehmen zu können. Eine Hoffnung, die sich nicht erfüllt hatte …

Es knirschte unter Matthews Füßen. Als er nach unten blickte, erhaschte er noch einen Blick auf die glänzenden Chitinpanzer einiger Kakerlaken, die raschelnd Reißaus nahmen.

Matt schüttelte sich beim Anblick des Ungeziefers. Er musste es ignorieren. Darum bemühte, lautlos wie eine Katze zu schleichen, versuchte er die Schritte des Mannes zu orten, den er verfolgte. Doch der Rambo-Typ war schon zu weit entfernt – oder in einen Querschacht eingebogen, in dem der Hall nicht weit genug trug.

Wenige Minuten später spürte Matt, dass ihn ein kalter Luftzug von links traf. Eine Abzweigung. Hier entlang musste der geheimnisvolle Bursche gegangen sein.

Als er um die Ecke bog, traf etwas seinen Schädel.

Sterne blitzen vor Matts Augen auf. Ein gepresster Schrei entrang sich seiner Kehle, während er in die Knie ging. Das Feuerzeug entfiel seiner Hand und erlosch. Doch für einen Sekundenbruchteil hatte es noch den Angreifer beleuchtet – ein Bild, das sich in Matthews Netzhäute gebrannt hatte: Das Schwert erhoben und mit grimmiger Miene stand er breitbeinig über ihm, bereit zum tödlichen Schlag!

Matt verlor keine Sekunde. In seiner knienden Haltung blieben ihm nicht viele Möglichkeiten. So ließ er seine linke Hand vorschnellen und packte zu.

Ein japsendes Keuchen bewies ihm, dass er richtig gezielt hatte. Er verstärkte den Druck um die Genitalien des Mannes noch und führte mit der Rechten einen Uppercut in Richtung Kinn.

Dass der Mann sich in diesem Augenblick zusammenkrümmte, kam Matt nur entgegen – im wahrsten Sinne des Wortes. Seine Faust erwischte ihn voll.

Der Mann sackte mit einem gequälten Seufzen nach hinten weg. Matt ließ los und konnte hören, wie Rambos Hinterkopf mit dem Betonboden kollidierte. Er tastete nach seinem Feuerzeug, fand es und ließ die Flamme aufglühen. Gleichzeitig zückte er die Beretta und richtete sie auf den Schädel des Unbekannten. Er war noch bei Bewusstsein, doch seine Miene verriet, dass er genug hatte. Beide Männer atmeten schwer.

»Wenn du bewegen, bevor ich sage«, radebrechte Matt mit bösem Tonfall, um dem anderen klarzumachen, dass mit ihm nicht zu spaßen war, »bist du tot.«

»Gnade, Herr«, keuchte der Fremde. »Gnade.« Dann hob er ruckartig den Kopf, als sei ihm etwas aufgefallen. Er schaute Matt verblüfft an. »Wer bist du? Du sprichst … anders.«

»Wer bist *du*?«, fragte Matt.

»Man nennt mich Gholan«, sagte der junge Mann. Er rieb sich den schmerzenden Hinterkopf. Matt ließ ihn gewähren..

»Was du tust hier?«

»Ich … ich suche …« Gholan hustete und betastete sein Kinn, das sich allmählich rotblau färbte. »Ich suche … meine Braut.«

»Deine Gefährtin?«, fragte Matt, der den Begriff ›Braut‹ nur aus dem Zusammenhang erraten hatte. »Hier? Unter der Erde?«

Gholan nickte. »Daman hat sie geraubt. Vor vierzehn Tagen.«

»Wer ist Daman?«, fragte Matt. Er steckte die Automatik wieder in den Hosenbund. Er glaubte nun nicht mehr, dass Gholan eine Gefahr für ihn war, und wollte ihm dies auch demonstrieren.

»Der Herr der Nosfera«, erwiderte Gholan. »Wer bist du? Darf ich aufstehen?«

»Setz dich«, sagte Matt.

Gholan setzte sich auf und schlang die Arme um seine Knie. Er sah ziemlich ramponiert aus. Die

Beule an seinem Kopf schwoll zu beachtlicher Größe an. Matt seufzte. Irgendwie tat ihm der junge Bursche Leid. Er war höchstens achtzehn.

»Woher kommst du?«, fragte er.

»Aus Millan«, sagte Gholan. »Ich wollte Ghita zum Weib nehmen. Wir sind einander versprochen.«

»Verstehe«, sagte Matt. »Jetzt du willst sie befreien.« Er kniete sich vor Gholan hin. »Mir genau so passiert«, sagte er. »Daman hat Aruula entführt, meine Gefährtin.«

Gholan nickte. »Ich habe den unterirdischen Weg gestern gefunden«, sagte er. »Es gibt eine Möglichkeit, von hier aus in die Festung vorzustoßen!«

Als Aruula zu sich kam, war sie überzeugt, von einem grässlichen Alptraum gequält worden zu sein. Sie erinnerte sich nur noch nebelhaft an das schreckliche Geschöpf, das sie gepackt und vor sich über sein zweirädriges Gefährt geworfen hatte.

Erst als Aruula erkannte, dass sie nicht neben Maddrax eingeschlafen war, sondern auf einem Strohhaufen in einem aus Steinquadern gebauten Raum lag, drang die Wirklichkeit langsam zu ihr durch.

Was war passiert? Hatte sie den Kampf mit den Vermummten gar nicht geträumt? War alles wirklich geschehen?

Furcht packte Aruula. Nackte Furcht, die ihr den Atem abschnürte. Wo war sie hier? Wer waren ihre Entführer? Was hatten sie mit ihr vor?

Sie stand auf. Ihre Muskeln schmerzten. Sie machte ein paar Schritte und ruderte mit den Armen. Die kleine Zelle besaß nur eine schmale Lüftungsritze hoch oben in der Mauer, unmöglich zu erreichen.

Die Tür war verschlossen.

Maddrax war nicht bei ihr. Hatte man ihn getötet? Und auch ihr Schwert war verschwunden. Sie war wehrlos.

»O Wudan«, murmelte Aruula leise. »Hilf mir und weise mir den Weg …«

Doch Wudan antwortete nicht. Dem gemeinen Krieger antwortete er ohnehin nie. Baloor, der Göttersprecher hatte gesagt, dass die Götter nicht mit jedem gewöhnlichen Menschen sprechen konnten, weil sie dazu keine Zeit hatten. Sie waren mit wichtigen Dingen beschäftigt, denn sie gestalteten die Welt.

Aruula hörte das Rasseln eines Schlüsselbundes und zog sich in die äußerste Zellenecke zurück. Unwillkürlich bedeckte sie ihren festen Busen notdürftig mit den Händen. Zwar hatte sie normalerweise keine Hemmungen, halbnackt durch die Lande zu laufen, doch jetzt fühlte sie sich verletzlich und entblößt.

Sie kniff die Augen zusammen, als ein Vermummter die Zelle betrat. Zwei in tiefen Höhlen liegende Augen starrten sie gierig an. Der Mann war so dürr wie ein Skelett und vollständig in schwarzes Leder gekleidet. Der modrige Geruch, den er ausströmte, ließ ihren Magen rebellieren. Brennende Übelkeit stieg in ihr auf.

O Wudan!

Der Vermummte rührte sich nicht. Er stierte sie aus dunklen Augen an, und aus seiner Kehle kamen heisere Laute. Seine Spinnenhände fingerten aufgeregt an seiner Kleidung herum, als wolle er sie ablegen.

Aruula musterte ihn entsetzt.

»*Neet!*«, schrie sie in ihrem heimischen Dialekt. Sie stieß sich von der kalten Steinwand ab und wollte an der unheimlichen Gestalt vorbei stürmen.

Der Ledermann stellte ihr ein Bein. Sie schlug der Länge nach hin und rutschte über den Boden. Ihr Kopf prallte gegen eine Wand, und fast wünschte sie sich, die Besinnung zu verlieren. Doch ihr Wunsch erfüllte sich nicht. Sekundenlang stach ein entsetzlicher Schmerz durch ihren Kopf.

Der Ledermann baute sich breitbeinig vor ihr auf, fletschte die Zähne und stieß ein Fauchen aus.

Ehe Aruula einen klaren Gedanken fassen konnte, waren seine Spießgesellen zur Stelle. Harte Hände packten sie und rissen sie brutal hoch. Modergeruch drang von allen Seiten auf sie ein. Neuer Ekel übermannte sie. Ihre Beine gaben nach.

Ein Schrei drang an ihre Ohren. Die Meute teilte sich, als eine kleinere Gestalt auftauchte. Auch sie war in Leder gekleidet, doch auf dem Kopf trug sie eine schwarze Kapuze, die ihr Gesicht im Dunkeln ließ. Die Gestalt hielt eine kurze Peitsche in der Rechten. Damit drosch sie auf Aruulas Peiniger ein und stieß eine Flut von Worten hervor, die die Barbarin nicht verstand.

Die Ledermänner schützten sich vor den Peitschenhieben, indem sie die Arme vors Gesicht hoben, aber es half ihnen wenig. Sie bekamen ihre Strafe und eilten wimmernd davon.

Nur zwei Männer blieben zurück: der Unheimliche mit der Kapuze und eine untersetzte Gestalt mit schwarzen Augen, in denen Aruula zu ihrem Erstaunen Furcht gewahrte. Auf der Stirn seiner Kopfmaske war ein kreisförmiges Symbol zu sehen.

Der Peitschenmann verbeugte sich vor Aruula, und als ihr Blick auf seine Finger fiel, erkannte sie, dass er in dieser Gegend fremd sein musste. Seine Haut war hell, und seine Hände sahen nicht so aus, als hätten sie jemals im Leben harte Arbeit verrichtet. Aruula war überzeugt, dass sie es mit dem

Häuptling der Maskierten zu tun hatte. Doch wer war der andere, der mit dem Kreis auf der Stirn? Der Schamane der Horde?

»Verzeih die perverse Gier meiner Untertanen«, sagte der Häuptling – zwar in der Sprache der Millani, welche der der Wandernden Völker sehr ähnlich war, doch mit einer Stimme, die trotzdem irgendwie *fremd* und so ölig und glatt war, dass in Aruulas Kopf eine lautlose Stimme *Gefahr*! brüllte. »Haben sie dir etwas angetan?«

Aruula schüttelte stumm den Kopf.

»Ich bin Jacobo«, fuhr der Häuptling fort. Er deutete auf seinen Begleiter. »Und das ist Daman, mein Lakai.« Er lachte schmutzig, und Daman zuckte zusammen.

»Wer seid ihr?«, fragte Aruula, darum bemüht, ihrer Stimme einen festen Klang zu geben. »Weshalb verbergt ihr eure Gesichter?«

»Ich bin der Herr der Festung und der Stadt«, sagte Jacobo. »Daman ist ein Niemand.« Er wickelte die Peitsche um seine rechte Hand. »Bald werde ich der Herr dieses Landes sein – und später dieser ganzen Welt!«

Aruula kam zwar aus einfachen Verhältnissen, und ihr Geist war durch keinerlei Bildung verdorben, aber Kranke erkannte sie auf den ersten Blick.

Auch in ihrer Horde hatte es einen Kranken gegeben: Muulda. Er hatte an nebligen Tagen fortwährend fliegende Suppenschüsseln am Himmel gesehen und zu ihrem Ruhme göttliche Gesänge angestimmt. Baloor hatte ihr und den anderen geraten, Muulda nicht zu verlachen, sondern ihm tunlichst in allen Dingen Recht zu geben, damit er nicht ausfallend wurde. Und so nickte sie auch diesmal und sagte: »Ich danke dir für deine Hilfe, Herr der Welt.« Dann fügte sie hinzu: »Wirst du mich zu meinem Gefährten zurückkehren lassen?«

Jacobo kicherte unter seiner Kapuze.

»Dies«, erwiderte er, »ist leider unmöglich.« Obwohl sie es nicht sehen konnte, wusste Aruula, dass er sie aus stechenden Augen musterte. Dazu brauchte sie nicht einmal ihre telepathischen Fähigkeiten zu bemühen.

»Mein genialer Geist«, fuhr der Wahnsinnige fort, »hat einen Plan erdacht, in dem *du* eine tragende Rolle spielen wirst.« Er holte tief Luft. »Denn es ist der Zeitpunkt gekommen, an dem ich meine Herrschaft ausdehne!«, erklärte er im Brustton der Überzeugung.

Aruula verstand zwar nicht, aber die Aussicht, weiterhin in der Gewalt des Irren zu bleiben, jagte ihr Schrecken ein.

»Und welche Rolle wird das sein?« Sie presste sich noch fester an die Wand. Das Gestein in ihrem Rücken war eiskalt.

»Ich brauche dich für einen Versuch, mein hübsches Kind«, erwiderte Jacobo. »Ein Experiment, das meine treuen Nosfera befähigen wird …« Seine weiteren Worte gingen in einem undeutlichen Genuschel unter. Er blickte zur Decke, zuckte zusammen, heulte auf, als hätte ihn jemand getreten, und schlug mit beiden Händen auf einen unsichtbaren Gegner ein. Dann beruhigte er sich schlagartig wieder und stieß einen heiseren Befehl aus.

Zwei Vermummte erschienen, packten Aruula rechts und links und schleiften sie mit sich.

Es roch nach Fäulnis und Verfall. Aufgewirbelter Staub legte sich auf Mund und Nase der Barbarin und verursachte einen Hustenanfall.

Aruula wurde viele abgetretene Stufen hinauf

gezerrt. Man führte sie durch einen weiteren Gang und stieß sie in einen Raum, der bis auf ein muffiges Strohlager leer war. Hier gab es zwar ein Fenster, aber es lag so hoch, dass jeder Fluchtversuch aussichtslos war. Aruula sah mehrere Türen, die in Nebenräume führten. In einem Kamin brannte ein kleines Feuer.

»Du bist nicht allein hier«, sagte Jacobo. Er deutete auf die Türen, dann scheuchte er Daman und seine Helfer mit einer herrischen Handbewegung auf den Gang hinaus. »Hier sind viele Weiber, aber sie sind schlechtes Zuchtmaterial.«

Er lachte, und Aruula fragte sich, was er mit *Zuchtmaterial* meinte.

»Eine hat den Verstand verloren, als sie von meinem Plan erfuhr. Eine andere hat sich in den Hof gestürzt.« Jacobo schnaubte höhnisch. »Bauerntrampel allesamt.« Sein Blick richtete sich auf Aruula. »Bei dir sieht man gleich, dass du Klasse hast. Du wirst eine prächtige Zuchtmutter für meine Nosfera abgeben.«

Du bist krank! schrie es in Aruula. Es hätte nicht viel gefehlt, und sie hätte sich trotz der Gefahr auf Jacobo gestürzt. Sie hatte nicht die Absicht, sich mit den schrecklichen Ledermännern zu paaren. Eher würde sie sterben.

Jacobo zuckte plötzlich wie unter einem Peitschenhieb zusammen. Seine Hand krallte sich um den Griff der Peitsche.

»Schau sie dir an, diese scheußlichen Ungeheuer«, fauchte er und deutete auf die draußen wartenden Wachen. »Was sind sie? Menschen? Dämonen? Ausgeburten abgrundtiefer Perversion? Ein Fall für die Schulmedizin? Stammen sie geradewegs aus der Hölle? Oder sind sie das Produkt einer strahlungsbedingten Mutation?«

Aruula kannte keine Schulmedizin. Sie konnte auch mit dem Begriff ›strahlungsbedingte Mutation‹ nichts anfangen. Aber sie wusste, dass der Mann mit der Kapuze nicht bei Sinnen war. Sie erkannte es an seinem hysterischen Lachen.

Bevor sie eine Frage stellen konnte, kreischte Jacobo: »Aus der Hölle? Nein, nein! Du wirst die Wahrheit bald erfahren, Kleine! Aber dein Wissen wird dir nichts nutzen!« Und wieder schlug er unter brüllendem Gelächter auf einen imaginären Gegner ein, bis Daman den Raum betrat und ihn in seiner knarzenden Sprache etwas fragte.

»Ah, die Pest!«, schrie Jacobo. Er fuhr herum, und Aruula sah einen schwarzen Stab in seiner Rechten, der sie an Maddrax' merkwürdige Laterne erinnerte. Er richtete ihn auf Daman, der entsetzte Kehllaute ausstieß und schützend die Arme hochriss.

Mit einem lauten Knistern sprangen dünne weißblaue Blitze aus Jacobos Hand. Sie trafen Daman vor die Brust, und er flog, wie von einer Faust gestoßen, nach hinten und prallte mit dem Rücken gegen die Wand.

Jacobo wandte sich zu Aruula um, die schreckensbleich an den Rand des Strohlagers zurückgewichen war.

»Sie sind nicht perfekt«, rasselte Jacobo, und weißer Schaum flockte von seinen Lippen. »Aber ich werde sie perfekt machen! Und du wirst ihre *Mutter* sein!«

Matt starrte angestrengt in das dicke Rohr hinein, das aus der rechten Seite des Kanalschachtes ragte. Ein merkwürdiges Schleifen hatte seine Neugier erregt.

Zuerst bemerkte er nur einen Gestank, der so entsetzlich war, dass es ihm beinahe den Magen umdrehte. Dann hörte er ein Schmatzen, als arbeite sich eine schwerfällige plumpe Masse über glatten Untergrund auf ihn zu.

Als er das Feuerzeug anknipste und in das Rohr hinein leuchtete, sträubten sich ihm die Nackenhaare. Er hatte sich nicht getäuscht.

Auch Gholans Augen weiteten sich in Entsetzen. Vor ihnen tauchte im Lichtstrahl etwas auf. Matt warf nur einen kurzen Blick auf das Ungeheuer, dann packte er Gholan am Kragen und rannte wie von Furien gehetzt weiter den Schacht entlang.

»Grauenhaft!«, stöhnte Gholan, als sie hundert Meter weiter schnaufend eine Pause einlegten. »Was ist das für ein Ungeheuer, Maddrax?«

Matt konnte darauf nichts antworten. Die Kreatur hatte wie eine bizarre Mischung aus einer Schnecke und einem Hai ausgesehen. Der Teufel mochte wissen, welche Mutationen noch hier unten hausten.

»Ich nicht weiß, was es ist, Gholan«, sagte er schließlich. »Aber es wird uns nicht erwischen, weil es langsam.« Er schaute sich um. »Ich vorschlage, wir setzen unsere Suche fort nach Weg in die Festung.«

Gholan nickte. Er war leichenblass. Matt sah im Schein des Feuerzeugs, dass sein Gesicht von einer Gänsehaut überzogen war.

Er warf einen Blick zum Rohr zurück. Das schleimige, pulsierende Ding schob sich gerade ins Freie. Vier armdicke Fühler tasteten neugierig in der Gegend umher. So viel zum Thema Langsamkeit.

Gholan würgte. Dann fühlte er sich von Matt am Ärmel gezerrt und rannte hinter ihm her.

Nach kurzer Zeit stießen sie auf drei glitschige Treppenstufen, die nach oben führten. Sie gelangten durch einen Einstieg in einen kargen Raum und warfen mit vereinten Kräften die hölzerne Luke hinter sich zu. Gholan tastete nach dem Riegel und sicherte sie. »Hoffentlich haben wir keinen Fehler gemacht!«, stieß er hervor. »Jetzt sitzen wir fest!«

Matt sah sich in dem von schummriger Helligkeit erfüllten quadratischen Raum um. Die Wände bestanden aus groben, mit hellem Lehm verputzten Mauern und wurden von einer weiteren Holztür unterbrochen. Es gab keine Fenster; nur an der gut fünf Meter hohen Decke erspähte er eine Öffnung, aus der auch das fahle Licht drang.

Auf dem Lehm waren Bilder aufgemalt, fast wie die Höhlenzeichnungen von Urmenschen, aber detaillierter. Matthew trat neugierig näher, entzündete das Feuerzeug und betrachtete die Darstellungen. Er sah schreckliche Szenen vom Treiben der Nosfera: eine schaurige Prozession, die halb nackte, ängstliche Menschen durch Ruinen führte. Sie trugen Eisenhalsbänder, an denen Ketten hingen. Vermummte hielten sie fest. Auf dem nächsten Bild bewegte sich die Prozession auf den Dom zu, wo ein Hohepriester mit totenschädelähnlichen Gesichtszügen sie mit ausgebreiteten Armen erwartete. Das dritte Bild zeigte eine Art Messe. Eine berauschte Menge umtanzte in Käfigen hockende Menschen. Man stach auf die Gefangenen ein, die in ihrem Blut lagen und verzweifelt den Klingen auszuweichen versuchten. Der Hohepriester schlug in vampirischer Gier seine Zähne in den Hals eines Opfers.

Ein schleifendes Geräusch ließ Matt und Gholan zusammenfahren. Dann vernahmen sie ein Quietschen, als werde irgendwo eine Tür geöffnet. Sie schauten sich an. Schritte wurden laut, die sich zuerst näherten und dann wieder entfernten. Matt hörte ein leises Weinen.

»Was ist das?«, flüsterte Gholan. Er hob seine

Armbrust. Das flackernde Licht des Feuerzeugs wanderte umher und beleuchtete an der gegenüberliegenden Wand eine Holztür. Matt zweifelte nicht daran, dass die Geräusche von dort gekommen waren.

Aruula?

Er baute sich vor der Tür auf und packte die Klinke. Die Türe war völlig verrottet. Die Scharniere brachen, als Matt an ihr zerrte. Die Tür fiel in den Raum und wirbelte eine Dreckwolke auf.

Ein Schrei, der ihnen das Blut in den Adern gefrieren ließ, drang zu ihnen.

»Riva!«, rief Matt.

Toonos Tochter stand nicht weit entfernt in einem schmutzigen Kellergang und rang mit einer dunklen Gestalt. Als sie abermals um Hilfe schrie, warf Matt sich nach vorn.

Riva versuchte sich aus den Klauen der hageren Gestalt zu befreien, deren Gesicht Matt nicht sah. Der Vermummte stieß widerliche Laute aus, als er Matt und Gholan gewahrte. Er ließ Riva augenblicklich los. Ihre Kleider waren zerfetzt. Sie sank auf den schmutzigen Boden. Ihr Häscher wandte sich fauchend den Eindringlingen zu und griff nach seinem Schwert.

»Gholan!«, schrie Matt. »Schieß!«

Gholan reagierte mit der Präzision eines Scharfschützen. Seine Armbrust zuckte hoch. *Plong!* Der Bolzen raste durch die Luft und schlug in die Brust des Vermummten, drang aber nicht tief genug ein. Der Ledermann wurde in seinen Bewegungen kaum gehemmt. Schon sirrte seine Klinge durch die Luft.

Gholan stieß eine Verwünschung aus, legte den nächsten Bolzenpfeil ein und feuerte ihn ab. Er bohrte sich in den Oberschenkel der Bestie.

Matt nutzte den Augenblick, um Rivas Arm zu

packen und sie aus der Gefahrenzone zu reißen. Schon legte Gholan den dritten Bolzen auf die Waffe.

Der Vermummte wandte sich zur Flucht, und so traf der Bolzen seinen Rücken. Diesmal verschwand er fast zur Gänze im Körper des Nosfera. Die Gestalt stieß ein Gurgeln aus, lief noch ein paar Schritte weiter und stürzte dann zu Boden.

»Maddrax?« Riva sprang ihn an wie ein Kind und schlang die Arme um seinen Hals. »Bei Wudan, wie froh ich bin, dich zu sehen!« Sie brach in Tränen aus. »Oh, es ist schrecklich hier! Ich wollte fliehen, aber ...« Sie deutete auf die am Boden liegende Gestalt. »Sie können Menschen riechen!« Sie wies auf ihren Hals. »Er wollte mich beißen!«

Matt löste behutsam ihre Arme von sich.

»Erzähl, was du gesehen«, sagte er. »Wo sind andere Gefangene?«

Riva erzählte ihm alles von Anfang an. Sie hatte im Haus ihrer Eltern geschlafen, als ein Klirren sie weckte. Sie war aus dem Bett gesprungen, um aus dem Fenster zu schauen. Da hatte jemand sie gepackt und war mit ihr die Treppe hinabgesprungen. Sie hatte ihre Mutter leblos auf dem Boden liegen sehen, und ihr Vater war aus dem Haus gerannt. Ein Vermummter hatte ihn verfolgt.

Dann hatte Riva die Besinnung verloren. Als sie aufgewacht war, hatte jemand sie durch finstere Gänge getragen. Ihr war klar geworden, dass sie sich in der Festung befand. Sie war in einem Verlies gelandet.

»Dort war ich eine Nacht und einen Tag. Dann wollte man mich nach oben bringen. Da bin ich ausgerissen.« Ihre Nerven gaben nach. Sie fing haltlos an zu schluchzen. »Ein Mensch ist auch hier. Ich habe ihn gesehen. Ich glaube, er beherrscht die Nosfera.« Sie verbarg das Gesicht in den Händen.

»Ein Mensch?«, fragte Matt überrascht. Er schaute Gholan an. »Was das bedeutet?«

»Die Nosfera sind keine Menschen«, sagte Gholan.

»Keine Menschen?«, echote Matt. »Was denn sonst?«

Gholan errötete. »Ich ... weiß nicht.« Er schluckte nervös, dann deutete er zu Boden. »Manche sagen, sie kommen aus der Tiefe. Aus der Unterwelt.«

»Wir müssen weg von hier!«, drängte Riva. »Sie werden nach mir suchen!«

Matt warf Gholan einen Blick zu. Sie wussten beide, dass ihnen nur ein Ausweg blieb: über den Leichnam des Vermummten hinweg über eine nach oben führende Treppe. Auf der anderen Seite wartete die Riesenschnecke auf sie.

Matt legte den Arm um Rivas Schultern und zog sie mit. Gholan folgte ihnen auf dem Fuße.

Eine ganze Weile kamen sie unbehelligt voran. Sie folgten einer Wendeltreppe zwei oder drei Stockwerke hinauf, bis sie an ein Fenster gelangten. Als Matt hindurch schaute, gewahrte er auf einem unter ihm liegenden Hof mehrere Nosfera, die um ein knisterndes Feuer herum standen und sich wärmten. Den Kerlen schien fortwährend kalt zu sein. Von ihren Opfern war nichts zu sehen.

»Sie können uns riechen«, hauchte Riva aufgeregt. »Bei Wudan, wir müssen hier raus!«

»An dem Ungeheuer kommen wir aber nicht vorbei«, sagte Gholan und deutete zur Treppe hinunter. »Es bewacht die Tür.«

Riva schauderte. »Welches Ungeheuer?«

Matt warf ihm einen ärgerlichen Blick zu. Es wäre nicht nötig gewesen, das Mädchen zusätzlich zu ängstigen. »Eine Art Schnecke«, sagte er. »Aber nicht sorgen; wir haben sie ausgesperrt.«

Es machte nicht den Eindruck, als würden seine Worte Riva beruhigen. Aber das musste jetzt seine geringste Sorge sein. Vorrangig war, erst die Gefangenen und damit auch Aruula und dann einen Fluchtweg aus dieser Festung zu finden.

»Weiter!«, kommandierte er.

Im Hof wurden jetzt Befehle laut. Sie traten vom Fenster zurück und stiegen die Treppe weiter hinauf, bis sie einen Dachboden erreichten – einen riesigen Raum, in dem sich allerlei Gerümpel stapelte. Matt suchte mit geschmälten Augen nach Dachfenstern. Schließlich fand er eines. Er musste sich auf eine Kiste stellen, um es zu öffnen.

So weit das Auge reichte, erstreckten sich ringsum flache Dächer. Matt zog sich hinauf und hielt nach dem Wachtposten Ausschau, aber der war nicht zu sehen.

»Keine Angst, Riva«, flüsterte er durch das Fenster hinab und streckte einen Arm zu ihr hinunter.

Riva folgte ihm. Sie zitterte vor Furcht, aber sie schaffte es. Gholan kam als Nächster. Er reichte Matt zuerst die Armbrust und kletterte dann hinauf.

Ein kalter Wind wehte. Der Regen hatte aufgehört; am Himmel zeigten sich wolkenlose Stellen. Matt betrachtete das glitzernde Sternenzelt und dachte an Aruula. Er konnte die Festung doch nicht verlassen, bevor er sie gefunden hatte! Außerdem war auch Gholans Braut bei den Gefangenen. Matt wunderte sich, dass sein Begleiter sie noch nicht wieder erwähnt hatte. Sie war doch der Grund dafür, dass er sich in die Festung geschlichen hatte.

Sie marschierten in Richtung Osten, fort von der Seite, unter der sich der Kanalschacht befand, und mit jedem Schritt wurde das Gefühl in Matt stärker, seine Gefährtin im Stich zu lassen.

Sein Dilemma sollte nicht lange währen. Nach etwa zwanzig Metern gab plötzlich schlagartig der Boden unter ihm nach! Erst eine Sekunde später hörte er das Knirschen morscher Bretter. Es gelang ihm noch, einen Aufschrei zu unterdrücken, dann sauste er durch das entstandene Loch in die nachtschwarze Tiefe, schlug irgendwo mit dem Kopf auf und verlor die Besinnung.

Der Mond stand tief und warf die Schatten der Bäume über das gelbbraune Wasser des Olanya. Eine trächtige Flegge zog mit Gebrumm über dem versumpften Fluss ihre Kreise. Sie war eine Elle lang, und ihr scharfer Blick suchte die Umgebung ab. Sie war auf warmes Aas aus und wollte ihre Eier ablegen, damit die Madenbrut sich später davon ernähren konnte.

Daman stand am Fenster und rieb sich den schmerzenden Schädel. Die Nachwirkungen des Blitzes peinigten ihn, als er die Flegge vom obersten Stock der Festung aus beobachtete, und er schüttelte sich, als sie auf das Ufer des sumpfigen Flusses zuflog. Sie hatte eine verendete Jungtaratze erspäht, an deren Kadaver eine drei Meter lange Androne nagte. Doch Fleggen waren Andronen unterlegen, da ihre Kiefer deren Chitinpanzer nicht durchdringen konnten.

Außerdem waren sie dumm. Als sie sich auf der Taratze niederlassen wollte, zuckte die riesenhafte Flugameise hoch und biss ihr in den Kopf.

Daman seufzte. Er fühlte sich irgendwie mit dem Insekt verwandt.

Dank seines väterlichen Erbes, das sich über Millan und das Umland erstreckte, hatte er ein Leben lang genug zu saugen gehabt. Doch seit die

Gerul-Pest in diesem Landstrich wütete, hatte sich alles verändert. Über die Hälfte seiner Leute waren ständig unterwegs, um in anderen Gebieten Beute zu machen, und die vor über zwei Monden erfolgte Machtübernahme durch Jacobo trug auch nicht zu seinem Wohlbefinden bei. Jacobo ließ keine Gelegenheit aus, ihn mit seinem schrecklichen Blitz vor den Augen seines Volks zu erniedrigen.

Er hatte ihn zu einem bloßen Lakai gemacht. Und auch das nur, weil er auf seine Kenntnisse angewiesen war. Doch mittlerweile beherrschte Jacobo neben der Sprache der Millani auch das höchst komplizierte Idiom der Nosfera so gut, dass er sich mit seinen Untertanen verständigen konnte. Momentan gab Daman seine Befehle zwar noch weiter, aber irgendwann würde auch dies nicht mehr nötig oder Jacobo zu lästig sein.

Der fremde Herrscher lernte schnell, sehr schnell. Er war aus dem eisigen Norden gekommen, aus dem Land hinter den Bergen, in dem die schrecklichsten Götter hausten. Er war vermutlich ihr Sendbote, und seine Pläne waren Daman nicht geheuer.

Er hatte neue Sitten eingeführt: Die Nosfera mussten so genannte ›Ziffern‹ auf der Kopfhaube tragen, damit Jacobo sie unterscheiden konnte. Früher hatten Damans Krieger die Millani nur in Notzeiten gejagt, wenn die Beute an Gerulen schlecht gewesen war. Nun ließ Jacobo die Einwohner zu Dutzenden in die Festung bringen, um sie als Sklaven zu verkaufen.

Außerdem hatte er Kuriere in alle Windrichtungen ausgesandt, um bei anderen Stämmen seltene Essenzen zu kaufen, die er angeblich brauchte, um sein Volk zu verbessern. Er hatte angekündigt, niemand müsse mehr wegen Blutmangels sterben, wenn er mit Hilfe dieser Kräuter ein Serum fabrizieren könne – was immer das auch sein mochte.

Wie es schien, hatte er Glück gehabt. Erst vor vier Tagen war ein Kurier aus dem eiskalten Suizza zurückgekehrt und hatte berichtet, dass eines der Bergvölker sich auf einen Handel eingelassen hatte: Sie wollten die gesuchten Essenzen gegen fünfzig Sklaven eintauschen, wovon die Hälfte gesunde junge Maiden sein sollten.

Daman waren Jacobos Ziele nicht ganz klar. Er verstand nicht, was er mit *verbessern* meinte. Er verstand auch nicht, wieso Jacobo glaubte, ein Zaubertrank könne eine *Urmutter* hervorbringen, deren Kinder niemals starben. Er wusste nur eins: Er stand Jacobo im Weg. Er würde bald den Weg allen Verdaulichen gehen. Und dazu hatte er keine rechte Lust.

Er hatte Millan von seinem Vater übernommen, wie es Sitte war. Sein Vater hatte die Stadt und ihre Bewohner von seinem Vater geerbt, wie dieser zuvor von seinem und so fort: seit zwölf Generationen, seit der Katastrophe, als der Zorn der Götter flammenspeiend über die Welt gekommen war.

Vor zweieinhalb Monden hatten Damans Krieger Jacobo bei einem Beutezug in den Bergen in einem Gerul-Nest gefunden. Dort war er auf seiner Reise zu den Menschen gestrandet. Die Krieger hatten sich an der Gerul-Brut gütlich getan und sich dann auf Jacobo gestürzt, ohne zu ahnen, dass er ein Sendbote der finsteren Götter war.

Er hatte sie mit Blitzen bezwungen, die aus seiner Hand kamen, und ihnen furchtbare Schmerzen zugefügt. Sie hatten sich ihm unterwerfen müssen und ihn in die Festung geführt. Seither war er der starke Mann und versprach allen das ewige Leben. Einzelne Widerstände hatte er mit der Gewalt seiner göttlichen Blitze niedergeschlagen. Nun wagte niemand mehr, ihm zu widersprechen. Auch Daman nicht, der sich nach der letzten Bestrafung glücklich schätzen durfte, überhaupt noch am Leben zu sein.

Aber wie lange noch – im Gegensatz zu der Flegge, die ihre Dummheit gerade mit dem Leben bezahlte. Daman schaute fröstelnd zu, als sie, halb im Maul der Androne steckend, ihren trächtigen Leib auf dem Taratzenkadaver entleerte. Ihre klebrigen Eier waren nicht nur für das Chitinungeheuer eine Delikatesse.

Daman wandte den Blick von dem toten Insekt ab und ließ ihn über die Türme der alten Stadt schweifen. Er wusste aufgrund der Überlieferungen, dass sie vor der Katastrophe Milyano geheißen hatte. Sie lag in einer Nordprovinz des untergegangenen Reiches Ittalya.

Vom Glanz der Metropole war außer dem marmornen Domo, den Götzenhäusern und dem *Teatro*, in dem die Herrscher früher schrillen Gesängen gelauscht hatten, nichts übrig. Da und dort ragten hohle Türme mit leeren Fensterhöhlen auf.

So hohl wie die Türme fühlte sich auch Daman, der längst keine Macht mehr hatte.

Er musste etwas unternehmen. Er musste Jacobo stürzen. Er musste ihn töten. In einem Moment, da er unachtsam war. In letzter Zeit war er immer öfter unachtsam. Zum Beispiel, wenn er gegen unsichtbare Dämonen kämpfte. Wenn er die Augen verdrehte und mit der wirren Zunge sprach, die den Sendboten der finsteren Götter zueigen war.

Doch er musste ihn allein stellen. Er konnte seinen Untertanen nicht mehr trauen. Jacobos Versprechen, ihnen das ewige Leben zu schenken, hatte sie wankelmütig gemacht. Sie beachteten argwöhnisch jeden Schritt, den Daman machte. Jacobo war ihr Erlöser.

Daman fuhr herum. Sein Blick wanderte durch seine karge Behausung und blieb an den vielen Messern hängen, die in ledernen Scheiden an der Wand hingen. Auch sie waren ein Erbteil seines Vaters.

Er vergaß die tote Flegge und die gefräßige Androne und schlich lautlos wie eine Taratze an die Waffen heran. Der blinkende Stahl war uralt. Die Klingen waren schartig, aber sie lagen gut in der Hand. Er nahm eine mittelgroße an sich und prüfte ihre Schärfe.

Ja, gut. Er malte sich aus, wie sie sich in Jacobos Hals bohrte, hörte schon das Knirschen, das erklingen würde, wenn er sie in seinem Fleisch herumdrehte.

Sein Geist war voller Hass. Er war fest entschlossen, um sein Erbe zu kämpfen.

He's a real nowhere man, sitting in his nowhere land, making all his nowhere plans for nobody …

Commander Matthew Drax hatte die Stimme John Lennons seit Monaten nicht mehr gehört, deshalb überraschte es ihn, dass sie ihn an diesem Morgen weckte. Er öffnete ein Auge, um den Wecker mit Blicken zu erdolchen. Aber da war kein Wecker. Er lag auch nicht im Fliegerhorst Köpenick in seinem Bett, sondern in einem übel riechenden, schmutzstarrenden und eiskalten Raum auf dem Boden.

Über ihn beugte sich eine haarige Gestalt, die einwandfrei nicht John Lennon war. Falls sie überhaupt je Musik gemacht hatte, dann wahrscheinlich bei den Pretty Things. Der Typ sah aus wie Viv Prince. Neben ihm kniete Riva, Toonos Tochter. Beide wirkten blass und ängstlich.

»Maddrax?«, hauchte Gholan.

Schlagartig fiel ihm alles wieder ein. Er betastete seinen pulsierenden Schädel. Durch ein Fenster fiel graues Licht. Es schien bereits zu tagen.

»Wie lange war ich weg?«, fragte er auf Englisch, und als Gholan verständnislos dreinschaute, wiederholte er die Frage so gut es ging in der Sprache der Wandernden Völker.

Gholans Miene erhellte sich nicht wesentlich. »Weg?«, echote er.

»Ohne Besinnung.«

Aber natürlich kannte der brave Junge vom Land keine Uhrzeiten. Matt gab es auf. Er schätzte, dass er um die vier Stunden flachgelegen hatte, wenn nicht länger.

Im Dach war ein Loch. Zum Glück befand es sich dicht am Rand der mit zahlreichen Latten benagelten Wand, sodass Gholan und Riva an ihnen hatten heruntersteigen können. Es war eine Art Wohnraum.

Na ja, nicht gerade das Waldorf-Astoria, aber immerhin.

Der Bewohner schien glücklicherweise gerade Wache zu schieben. Vielleicht nahm er auch an einer Blutsauger-Expedition teil. Jedenfalls konnten sie hier nicht bleiben.

»Ich habe die Gegend erkundet«, sagte Gholan und deutete mit seiner Armbrust eifrig zu Boden. »Hier sind viele leere Räume … große Räume … riesengroße Räume.« Er legte die Armbrust hin und breitete die Arme aus, um Matt zu zeigen, wie *groß* die Räume waren.

Matthew war beeindruckt.

»Und da unten sind Keller«, fuhr Gholan fort. »Große Keller …«

»Riesengroße Keller?«, fragte Matt.

»Sie sind eher von mäßiger Größe«, erwiderte Gholan. Dann leuchteten seine Augen auf. »Aber ich habe einen Ausgang gefunden, der in den großen Schacht mündet, in dem wir ganz am Anfang waren.« Er wurde geradezu enthusiastisch. »Nicht da, wo die Schnecke ist. In der anderen Richtung.«

»Fein«, sagte Matt. »Dann wir gehen jetzt dorthin und schleichen ins Freie. Wir müssen Riva zu ihrem Vater bringen.«

»Er lebt noch?«, sagte Riva erfreut. »Wudan sei Dank!«

Sie sammelten ihre Waffen ein und setzten sich in Bewegung. Gholan ging voraus. Im Korridor vor der Tür der Unterkunft war die Wand ins Nebenhaus durchbrochen worden, und wie Matt bald darauf mit eigenen Augen sah und aus Gholans Mund hörte, bestand die ganze Festung offenbar aus Wohn- und Geschäftshäusern.

Kurz darauf durchquerten sie die marmorne Halle einer Bank. Eine rostige Tresortür trug die eingravierte Aufschrift Banco Nazionale. Sie stand sperrangelweit offen. Der Tresor diente als Lagerraum; in ihm stapelten sich Säcke, Kisten und Plastikflaschen.

Sie kamen auch, wie Matt aus der kulturell wertvollen Wandbemalung schloss, durch eine ehemalige Stadtbibliothek. Die in früheren Zeiten hier gehorteten Bücher mussten in dem Jahrhunderte währenden Winter, der dem Kometeneinschlag gefolgt war, zum Anzünden der Feuer benutzt worden sein, denn die Metallregale waren leer.

Je weiter sie gingen, desto deutlicher wurde, dass die Häuser des Festungsblocks auf sämtlichen Etagen miteinander verbunden waren. Sie bildeten ein gewaltiges Labyrinth, in dem man ausgezeichnet und ungesehen umherschleichen konnte. Matt nahm sich fest vor, nach der Ablieferung Rivas mit Gholan sofort hierher zurückzukehren und Aruula und die Braut seines Begleiters zu suchen. Vielleicht konnte er auch Gosseyn bewegen, sich ihnen anzuschließen. Er würde sich nach dem Tod seiner Gattin sicher an den Nosfera rächen wollen.

Kurz vor der Kellertreppe, die laut Gholan in den Kanalschacht mündete, wurden vor ihnen Schritte laut. Matt öffnete schnell eine Tür zu den Bibliotheksräumen und drängte Riva hinein. Gholan folgte ihnen auf dem Fuße.

Es überraschte Matt nicht schlecht, als sein Blick auf einen Marmoraltar fiel. Der Raum wurde von zahllosen Pechfackeln an den Wänden erhellt. Sie befanden sich in einem alten Veranstaltungsaal der Bibliothek. Links neben der Tür hing ein mottenzerfressener schwerer Wandteppich herunter. Matt warf einen Blick dahinter und stellte fest, dass er dazu diente, einen stark ramponierten Teil des Saals vom Rest abzuteilen.

Sie mussten sich beeilen; die Schritte kamen näher. Matt schob Riva vor sich her und nickte Gholan zu. Sekunden später waren sie hinter dem Teppich verschwunden und hielten den Atem an.

Je näher Daman dem Blutsaal kam, desto mehr schwitzte er, denn er glaubte, Jacobo und die anderen müssten ihm seine Mordgedanken ansehen.

Mit hämmernden Schläfen folgte er den anderen. Der Trupp ging mit festem Schritt in der Saal hinein und baute sich vor dem Altar auf. Nur ein kleiner Teil der Untertanen hatte sich hier versammelt, denn die meisten waren auf der Jagd, und ein anderer Teil bewachte die Festung. Die Anwesenden tuschelten, als sie Daman kommen sahen.

Meine Tage sind gezählt.

Außer ihm standen zehn Gestalten vor dem Marmoraltar. Überall brannten Fackeln, die den Saal mit geisterhaftem Licht erfüllten. Ein Trommler erzeugte einen dumpfen Wirbel. Eine schrille Flöte fiel ein.

Damans Herz klopfte ihm bis zum Hals. Er verspürte fast panische Angst. War heute der Tag? Wenn Jacobo ihm die Gnade entzog, war sein Leben keinen Tropfen Blut mehr wert.

Die Trommel dröhnte lauter. Die Pforte der Nebenkammer öffnete sich, und Jacobo erschien vor der Schar seiner Jünger. Er trug eine schwarze Kutte und hatte die Kapuze tief in die Stirn gezogen. Um seinen Bauch war eine Kordel gebunden, an der sein gefürchteter Blitz befestigt war.

Die Nosfera neigten den Kopf. Anschwellender Singsang wurde laut. Um nicht entlarvt zu werden, tat Daman es den anderen gleich. Er neigte den Kopf und brabbelte betont inbrünstig die heiligen Formeln, die Jacobo und seine finsteren Götter lobpriesen.

Jacobo erreichte den Altar. Er hob die Arme und wirkte in dieser Geste tatsächlich wie ein dunkler Gott.

»Wir haben uns versammelt«, ertönte seine etwas zu hohe, misstönende Stimme, »um einen Verräter aus unserer Mitte zu bestrafen!«

Die Menge ächzte entsetzt, und Daman erlitt beinahe einen Herzinfarkt. War er entdeckt? Hatte Jacobo etwa seine Gedanken gelesen?

»Ihr sollt entscheiden, welches Schicksal dieser Lump erleidet, der es verstanden hat, uns beim letzten und vorletzten Raubzug hinters Licht zu führen.«

Daman atmete auf. Er konnte nicht gemeint sein,

denn er hatte an beiden Raubzügen nicht teilgenommen. Alle schauten einander an. Daman hatte das Gefühl, dass sie ihn besonders argwöhnisch in Augenschein nahmen. Er wagte kaum zu atmen.

»Der Name des Verräters«, fuhr Jacobo genüsslich fort, »ist ... *Nummer 28*!«

Nummer 28, ein Weib, stand in unmittelbarer Nähe Damans und stieß sogleich einen erschrockenen Schrei aus. Sie wich zurück, doch zwei andere waren sofort bei ihr und packten ihre Arme.

»Ich bin kein Verräter!«, rief Nummer 28. Die hohen Mauern des Blutsaals warfen ihre Stimme dreifach zurück. Sie wehrte sich gegen den Griff ihrer Häscher, aber man hielt sie eisern fest.

Jacobo trat an den Rand des Altarfundaments. Er sprang herab und trat auf Nummer 28 zu. »Du streitest es ab?«

Die Blutsaugerin knickte ein, als hätte ihr jemand in die Kniekehlen getreten. »Jemand verbreitet Lügen über mich!«, rief sie schrill und ängstlich.

»Schweig!« Jacobo machte eine herrische Armbewegung.

Die anderen bildeten einen Kreis um Nummer 28. Daman blieb nichts anderes übrig, als sich der Meute anzuschließen.

»Die Zeugen treten vor!«, rief Jacobo.

Nummer 15 und Nummer 12 kamen nach vorn.

»Sprecht!«, fauchte Jacobo und deutete auf Nummer 28, deren Augen unter der Kopfmaske nun wie irre flackerten. »Berichtet, was ihr gesehen habt!«

»Als ich den Gasthof mit meiner Beute verließ«, sagte Nummer 15 mit der Stimme eines Denunzianten, der auf sein schäbiges Werk auch noch stolz ist, »habe ich gesehen, dass Nummer 28 sich über das Weib des Gastwirts beugte und es aussaugte.«

»Und ich«, meldete sich nun Nummer 12, »habe sie das Gleiche mit dem Weib eines Jägers tun sehen – in der Nacht davor!«

Daman schluckte. Welch ungeheurer Frevel! Niemand durfte Menschen töten, um sich allein an ihnen gütlich zu tun! Das Blut der Menschen gehörte der Sippe!

Die Reaktion war dementsprechend. Alle schrien empört auf. Nummer 28, die den Berichten der Zeugen mit weit aufgerissenen Augen gelauscht hatte, brach zusammen und schrie: »Ich war im Blutrausch! Ich war im Blutrausch! Ich konnte nicht anders!«

Das Urteil stand sofort fest. Nummer 28 hatte die Sippe hintergangen. Sie hatte sich allein am Blut gemästet und zwei Menschen zu Tode gebracht. Gier und Maßlosigkeit waren eine Gefahr für den Fortbestand der Sippe.

Sie musste gesaugt werden. So verlangte es die Tradition.

Als die Nosfera ihre Masken ablegen und sich über ihre Schwester hermachen, durchrieselte Matt ein kalter Schauer. Zum ersten Mal sah er die Blutsauger ohne ihre Masken. Solch schrecklich bleiche, halb verweste Fratzen hatte er nicht erwartet. So ähnlich hatte dieser tiefgefrorene Jäger ausgesehen, den man Anfang der neunziger Jahre in den Ötztaler Alpen gefunden hatte.

Riva, die zitternd hinter Matt stand, konnte das zuckende Bündel zum Glück nicht sehen, das sich unter den Bissen der Blutsauger auf dem Altar wand. Gholans Gesicht hatte dagegen eine leicht grünliche Färbung angenommen. Er war darum bemüht, sich nicht an Ort und Stelle zu übergeben.

Matt beobachtete die eingefallenen Visagen der Gestalten, die ihr Opfer nach allen Regeln der Kunst aussaugten. Er hatte zwar ihre Diskussion in der knarzenden Sprache der Nosfera nicht verstanden, doch diese Nummer 28 hatte sich wohl irgendetwas zu Schulden kommen lassen, auf das die Todesstrafe stand. Auch Matt war speiübel, doch sein Geist war wach, und er sagte sich, dass dies die Gelegenheit war, das Weite zu suchen.

Gleichzeitig fragte er sich voller Angst, ob Aruula das gleiche Schicksal drohte – oder ob es ihr etwa schon zuteil geworden war. Doch es war wohl am besten, wenn er diesen Gedanken erst einmal beiseite schob, um nicht vollends zu verzweifeln.

Er gab dem grüngesichtigen Gholan, der am ganzen Leibe zitterte, ein Zeichen. Gholan nickte schwach. Matt warf Riva einen fragenden Blick zu und deutete zur Tür. Sie verstand. Gholan ging am Rand des Wandteppichs in Position und schob ihn sacht beiseite. Matt war mit einem Satz an der Pforte, öffnete sie lautlos und schlüpfte zusammen mit Riva hinaus. Gholan folgte eine Sekunde später. Sie zogen die Tür hinter sich zu und gaben Fersengeld.

Gänge. Gänge. Gänge. Sie hielten kein einziges Mal an, bis sie einen Ausgang in den Hof erreichten. Und wieder hatten sie Glück: Die eben noch hier versammelten Nosfera schienen sich alle in der Halle eingefunden zu haben. Lediglich die Wachen waren noch am Tor.

Doch sie rechneten nicht mit einem Angriff von dieser Seite ihrer Festung. Matt und Gholan schlichen sich von hinten an sie heran, verständigten sich mit einem letzten Blick und zogen den Nosfera dann gleichzeitig zwei Steine über die kapuzenbedeckten Schädel. Ohne einen Laut von sich zu geben sackten die Blutsauger zusammen. Sie luden sich die ungewöhnlich leichten Körper auf die Rücken und schleppten sie bis zur nächsten Ruine, wo sie sie zwischen Schutt verbargen.

Der Weg zum Wald war noch weit. Die Drei huschten durch verlassene Straßen, immer bemüht, sich in den dunkelsten Schatten der Ruinen zu halten und niemanden auf sich aufmerksam zu machen.

Dann lag endlich freies Land von ihnen.

Die Nacht war kühl und klar. Die Sterne, groß und flimmernd, schienen so nahe, dass Matt glaubte, er könne sie mit den Händen greifen. Der Mond hing tief am Himmel wie eine dünne, auf dem Rücken liegende Sichel. In lang auseinander gezogenen Formationen zogen aus dem Süden kommende Vogelschwärme vorbei.

Unter einer vom Sturm zerzausten Krüppeltanne machte Matthew Halt und ergriff den Arm Rivas, die neben ihm ging.

»Ich muss zurück«, sagte er. »Von hier nicht weit bis zum Dorf. Geh allein. Ich muss befreien meine Gefährtin.«

Riva wehrte sich zunächst dagegen, ihn ziehen zu lassen, doch schließlich sah sie ein, dass Maddrax nicht anders handeln konnte. Sie ließ sich aber nicht davon abbringen, ihm Hilfe schicken zu wollen. Also erklärte Matt ihr den Weg durch die Kanalisation – nicht ohne ihr von der Gefahr durch das Schneckenmonster zu berichten. »Wenn dein Vater und Gosseyn mir kommen wollen zu Hilfe, sie müssen gut bewaffnet sein«, schärfte er ihr ein.

Gholan legte eine Hand auf seine Schulter.

»Ich gehe mit dir«, verkündete er und fügte erst nach einer Pause hinzu: »Auch meine Gefährtin ist dort irgendwo in der Festung und wartet auf Hilfe. Beeilen wir uns, bevor man die Wachen vermisst.«

Während Riva weiter in Richtung des Dorfes eilte, kehrten Matt und Gholan zum Häuserblock zurück. Seit ihrer Flucht war etwas über eine Stunde vergangen. Sie mussten damit rechnen, dass sich die Nosfera in Aufruhr befanden und überall nach den verschwundenen Wachen gesucht wurde.

Doch offenbar war ihr Fehlen noch niemandem aufgefallen. Unbemerkt schlüpften Matthew und sein Begleiter in den Innenhof.

Diesmal nahmen sie einen anderen Zugang ins Gebäude. Gholan entdeckte eine nach unten führende Treppe, die sie rasch hinab eilten. An ihrem Ende gelangten sie zu einer Tür, die im Gegensatz zu den meisten anderen einen gepflegten Eindruck machte. Matt entdeckte ein verblichenes Starkstrom-Symbol darauf.

Sie gelangten in einen etwa zwanzig Quadratmeter großen Raum, von dem eine weitere Tür abführte und an dessen Wänden die grauen Kunststoffgehäuse implodierter Monitore hingen. Die Überreste von Steuerungseinheiten, überdimensionalen Spulen, von Spannungskästen und Computern sagten Matt, dass sie sich in einem Generatorenraum befanden. Aber nicht alles hier war verrottet!

Erst glaubte Matt sich geirrt zu haben, als er Bewegung auf einigen der Anzeigen ausmachte. Aber es war eindeutig: Teile der Anlage waren in Betrieb! Jemand hatte aus dem ganzen Techno-Schrott zumindest einen funktionierenden Stromgenerator zusammen gebastelt! Was die elektrische Beleuchtung rund um den Häuserblock erklärte.

Aber wer zum Teufel konnte …

Matt kam nicht mehr dazu, den Gedanken zu Ende zu bringen.

Als Gholan die Tür ins Nebenzimmer öffnete,

stand wie aus dem Boden gewachsen ein Nosfera vor ihm. Auf seiner Maske stand die Zahl 31. Gholan riss die Armbrust hoch, doch Nummer 31 war schneller: Er packte den rechten Arm des jungen Mannes und drehte ihn herum, bis Matt ein schreckliches Knacken vernahm.

Gholan schrie gepresst auf. Die Armbrust entfiel seinen Händen, er selbst sank auf die Knie. Der Blutsauger zerrte sein Schwert vom Gürtel und schwang es hoch, um Gholans Schädel zu spalten.

Offenbar hatte er Matthew bis zu diesem Moment noch nicht bemerkt. Dafür sollte sein Anblick nun der letzte in seinem Leben werden.

Matt sprang in sein Blickfeld, den Wurfarm mit dem Messer bereits erhoben. Der Kopf des Nosfera ruckte hoch. Erstaunen kerbte sich um seinen Mund. Diesen Ausdruck nahm er mit in den Tod, als Matthews Army-Messer bis zum Heft in seine Stirn drang.

Mit einem Röcheln sank Nummer 31 über Gholan zusammen und schlug zu Boden. Gholan stöhnte schmerzlich, als er dabei seinen Arm streifte.

Mit einem Satz war Matt bei ihm. Er kniete sich neben seinen Kampfgefährten hin. »Was ist?«

Gholan war totenbleich. »Er hat … mir … die Schulter … ausgerenkt …«

Matt fluchte leise. Das hatte ihnen noch gefehlt. Er hatte keine blasse Ahnung, welchen Griff er anwenden musste, um die Schulter wieder einzurenken. In dieses Dingen war er hilflos wie ein Kind. Und für einen medizinischen Schnellkurs war es jetzt etwas zu spät; den letzten Termin dafür hatte er vor ein paar Jahrhunderten verpasst …

Trotzdem versuchte er es – und ließ es schnell wieder bleiben, als Gholan gequält aufschrie. *Verfluchter Mist!*

»Hör zu, Gholan«, sagte Matt. »Ich kann nicht helfen. Und du kannst mit Verletzung nicht weiter gehen.« Er half ihm auf die Beine. »Geh ins Dorf. Jemand dort wird dir helfen können.«

»Ich gehe nur ungern«, sagte Gholan mit blassem Teint. »Aber du hast Recht. So bin ich nur eine Belastung für dich.« Er schaute Matt an. »Aber ich komme zurück. Verlass dich auf mich.«

Matt klopfte ihm auf die gesunde Schulter.

»Ich weiß. Du bist mutiger Kerl.«

Gholan nickte ihm noch einmal zu, dann trat er den Rückweg an. Als seine Schritte auf der Treppe nach oben verhallt waren, wandte Matt sich der toten Nummer 31 zu. Er kniete sich neben die Gestalt hin, zog das Messer hervor, an dem kaum Blut zurück blieb, und löste die Ledermaske. Als er das wie halb verwest wirkende Gesicht des Blutsaugers erblickte, musste er an sich halten, um seine letzte Mahlzeit nicht auszuspucken.

Er bemühte sich, nicht so genau hinzusehen, als er den Toten entkleidete.

Der Brustpanzer bestand, wie er feststellte, aus Andronen-Chitin. Quasi eine primitive Schutzweste. Darum also waren die Bolzenpfeile nur zentimetertief eingedrungen.

Matt schlüpfte aus seinen Kleidern, verstaute sie in einem kunststoffbeschichteten Wandschränkchen und zog sich die Sachen des Nosfera über.

Als er die Kopfmaske anlegte, glaubte er im ersten Moment ersticken zu müssen, aber nach einer Weile gewöhnte er sich daran. Am meisten missfiel ihm, dass er seine Ausrüstung nirgendwo am Körper verstecken konnte – die Kleidung war zu eng dafür. Er konnte nur darauf bauen, sie in dieser Tarnung ohnehin nicht zu brauchen. Also verstaute er Pistole, Feldstecher und Messer ebenfalls in dem

Schränkchen, schnallte sich das Schwert des Toten um und machte sich auf den Weg.

Er stieg eine Treppe hinauf, streifte problemlos durch die Festung und machte sich mit den Örtlichkeiten vertraut. Dabei war er bemüht, andere Nosfera möglichst zu umgehen.

Irgendwann landete er in einem Raum, der von Eisenregalen und leicht angerosteten Werkzeugen beherrscht wurde. Die Wracks von vier Motorrädern standen aufgereiht an der Wand. Jedenfalls dachte Matt im ersten Momente, dass es sich um Schrott handelte.

Dann jedoch erkannte er, dass die Maschinen lediglich unfertig waren. Jemand baute hier aus alten Teilen funktionstüchtige Motorräder zusammen! Derselbe, der schon den Generatorenraum instand gesetzt hatte?

In den Regalen stapelten sich Benzinkanister aus Kunststoff, und daneben hingen hinter Glas die Blätter eines Pirelli-Kalenders aus dem Jahr 2012: Fotos von langbeinigen Blondinen, auf die offenbar alle Motorrad- und Autonarren der Welt standen. Gestanden *hatten*. Die Biker von heute standen wohl eher auf deren Halsschlagader …

Wenigstens wusste Matthew jetzt, woher die Maschinen stammten, mit denen die Nosfera unterwegs waren.

Als er an eine offene Fensterhöhle kam, warf Matt einen Blick in den Innenhof. Er wirkte noch immer so ausgestorben wie vorhin. Und auch auf den Gängen war Matt nur wenigen der Blutsaugern begegnet. Er fragte sich, ob die Festung nur von einer Notbesatzung gehalten wurde und das Gros der Blutsauger sich im Umland auf Raubzug befand. Sollte seine Vermutung stimmen, war die Lage günstig für ihn.

Nachdem er mehrere kahle Räume durchquert hatte, stieß er hinter einem dicken Türvorhang auf einem Abschnitt des Gemäuers, der bewohnt zu sein schien, denn er vernahm verhaltene Stimmen. Matt drang noch weiter vor und lauschte.

Das Gespräch, das in der Sprache der Millani geführt wurde, fand zwischen zwei Männern statt, von denen einer Daman und der andere Jacobo hieß. Damans Organ klang ängstlich und zittrig, die Stimme des anderen wies einen eigentümlichen Tonfall auf. Als bediene er sich eines Idioms, das nicht das seine war. Sie klang herrisch und aufbrausend und kam Matt irgendwie bekannt vor. Doch auch als er sich mit Nachdruck auf sie konzentrierte, gelang es ihm nicht, sie zu identifizieren.

Nach einer Minute wurde ihm freilich klar, dass nicht Daman – wie Gholan behauptete – der Herr der Festung war, sondern dieser Jacobo. Das Gespräch drehte sich um Sklavenhändler aus ›Suizza‹ – der Schweiz? –, die in Bälde hier eintreffen wollten.

Jacobo wollte die Gefangenen der Festung gegen eine Lieferung seltener Essenzen eintauschen, die er dringend brauchte. Daman wandte ein, dass es für die Sippe schlecht sei, die Opfer gehen zu lassen, weil die Nosfera sie brauchten, um ihren Blutdurst zu stillen. Jacobo brüllte ihn in einem Tobsuchtsanfall nieder.

»Ich brauche diese Essenzen zu eurem eigenen Wohl!«, schrie er und schlug mit irgendeinem Gegenstand auf Holz ein, bis Splitter flogen. »Nur mit ihnen kann ich euch eurer wahren Bestimmung zuführen!«

Matt hatte fürs erste genug gehört. Die Entführten – also auch Aruula – sollten in die Sklaverei verkauft werden! Das konnte er nicht zulassen. Er musste die

Menschen finden und befreien, noch bevor diese Delegation hier eintraf.

Lautlos zog er sich zurück, stieg eine weitere Treppe hinab und gelangte in einen Kellertrakt. Doch die zahlreichen Räume hier unten waren allesamt leer.

Schon wollte er umkehren, da vernahm er aus der Tiefe des Kellers ein schleifendes Geräusch. Sofort blieb er stehen und hielt den Atem an, doch der Laut wiederholte sich nicht. Hatte er sich getäuscht oder war dort nur irgendwelches Ungeziefer – was bei der Größe der hiesigen Insekten auch kein Grund zur Erleichterung gewesen wäre?

Gerade wollte Matt den Weg zur Treppe einschlagen, da vernahm er ein zweites Geräusch. Ein Sirren in der Luft! Matt fuhr herum, versuchte es zu lokalisieren, doch es war zu spät.

Etwas knallte gegen seinen Kopf.

Und zum zweiten Mal in dieser Nacht verlor er die Besinnung.

Matt erwachte.

Er schüttelte benommen den Kopf – und ließ es gleich wieder bleiben, als ein scharfer Schmerz seinen Schädel durchzuckte. Blinzelnd schaute er sich um. Er befand sich in einem kahlen Raum, auf dessen Boden alte verrottete Lumpen ausgebreitet waren. Die Feuchtigkeit hatte dafür gesorgt, dass Pilze auf ihnen wuchsen.

Erst jetzt realisierte er, dass man ihm die Ledermaske abgenommen hatte. Also wusste Wer-auchimmer, dass er kein Nosfera war. Ob sich das im Endeffekt als gut oder schlecht erwies, konnte Matt nur abwarten. Er stand auf, um den fensterlosen Raum zu untersuchen. Die Eisentür – der einzige

Zugang – war von Rost überzogen, aber stabil; die Wände waren mit Kritzeleien in italienischer Sprache bedeckt. Matt gab sich keinen Hoffnungen hin; wahrscheinlich waren diese Zeugnisse der Zivilisation Hunderte von Jahren alt.

Dann knarrte die Tür. Matt wich zurück und ging in Angriffsstellung. Kampflos würde er sich nicht ergeben!

Ein zottelhaariger Mann mit einer brennenden Fackel in der Hand trat ein. Er trug ein rotes Stirnband. Das rotgelbe Licht ließ ihn irgendwie dämonisch wirken. Hinter ihm reckte ein Dutzend Galgenvogelgesichter den Hals.

Matt atmete auf. Immerhin waren es keine Nosfera.

»Wer bist du?«, fragte der Fackelträger. Er hatte ein breites Kreuz, trug Stiefel aus weichem Leder und war in Gerulfelle gekleidet. »Arbeitest du für Bobo? Bist du allein gekommen?« Er sprach den gleichen Dialekt wie Aruulas Horde, deswegen konnte Matt ihn recht gut verstehen. Dies wiederum bedeutete, dass er nicht aus Millan stammen konnte.

Matt musterte die schiefzahnigen Visagen der Umstehenden. »Man nennt mich Maddrax«, erwiderte er. »Ich keinen Bobo kenne. Arbeite für niemanden. Ich suche meine Gefährtin.«

Der Fackelträger grinste breit. »Das hat uns Gholan auch schon berichtet«, sagte er.

»Du kennst Gholan?« Matt schöpfte Hoffnung.

Zu früh. Zottelhaar versetzte ihm einen Hieb gegen die Brust. »Gholan weiß auch nur das, was *du ihm* erzählt hast«, grollte er. »Los, rede! Wer hat dich geschickt, um unser Geschäft mit den Nosfera zu vereiteln?«

Geschäft? Welches Geschäft? Matt kam das

Gespräch in den Sinn, das er zwischen Jacobo und Daman belauscht hatte. Waren dies die erwarteten Männer aus Suizza? Aber warum kannten sie dann Gholan?

Matt baute sich vor Zottelhaar auf. Es war wichtig, jetzt Stärke zu zeigen. »Ich nicht hier, um Geschäfte zu machen«, sagte er mit Nachdruck. »Nosfera entführen meine Gefährtin Aruula. Ich sie befreien!«

Der Mann mit dem Stirnband wandte sich um. »Gholan?«

Im Türrahmen entstand Bewegung. Gholan trat vor. Seine Schulter war offensichtlich wieder eingerenkt. Matt ging nicht davon aus, dass jemand aus dem Hügeldorf das getan war. Es war zu wenig Zeit vergangen, als dass Gholan den Weg hin und zurück hätte schaffen können.

»Du bist kein Millani«, mutmaßte Matthew. Was er zuvor nur unbewusst bemerkt hatte, ergab nun Sinn. »Du bist nicht hier, um zu befreien deine Gefährtin.«

Gholan nickte. Er wirkte irgendwie schuldbewusst. Er deutete auf den Fackelträger. »Reyto hat mich geschickt.«

»Wozu?«

»Er ist ein ausgezeichneter Spitzel«, erwiderte Reyto an Gholans Stelle. »Wir sind hier, um ein Geschäft mit dem Herrn der Nosfera zu machen.« Er kicherte leise, und seine Begleiter reagierten mit dröhnendem Lachen.

Bingo! Es waren die Männer aus Suizza! »Um was geht es bei dem Geschäft?«, hakte Matt nach, obwohl er die Antwort schon kannte. Doch dies zuzugeben hätte nur wieder das Misstrauen der Truppe geschürt.

»Um seltene Extrakte aus Kräutern, die nur in

unserer Domäne wachsen«, entgegnete Reyto. »Und um Sklaven.«

»Ah. Ich verstehe.«

»Nichts verstehst du«, erwiderte Reyto grollend. »Wir mögen diese Blutsäufer nämlich nicht, die sich in den Bergen herumtreiben und unsere Beute jagen. Wir haben nicht die geringste Lust, diese Bestien auch noch zu bezahlen. Also haben wir Gholan losgeschickt. Er sollte erkunden, ob es möglich ist, unbemerkt in die Festung einzudringen und die Sklaven zu stehlen.«

»Ein listiger Plan«, sagte Matt, um Reyto Honig um den Bart zu schmieren. Leider ohne Erfolg.

»Das ist er in der Tat«, sagte Reyto. »Aber dazu gehört auch, dass niemand, der nicht unserer Horde angehört, davon wissen darf.« Er seufzte. »Und deshalb müssen wir dich jetzt töten.«

»Reyto ...« Gholan trat noch einen Schritt weiter vor. »Maddrax hat mir das Leben gerettet ...« Er berichtete von ihrer Begegnung mit Nummer 31, der ihm die Schulter ausgerenkt hatte.

»Außerdem«, fügte Matt hastig hinzu, »bin ich einziger, der die Festung hat ausgekundschaftet! Ich kann helfen, die Sklaven zu stehlen – wenn ihr mir Aruula überlasst.«

Auch wenn er wenig davon hielt, die Dörfler in einer Sklavenkarawane in die Bergwildnis entschwinden zu sehen: Jedes Schicksal war für sie besser, als hier als Vampirfutter zu enden.

»Nun gut.« Reyto drückte Matthew die entwendete Ledermaske in die Hand. »Ich will dir vertrauen. Finde den Ort, an dem sich die Sklaven aufhalten. Dann kehre hierher zurück. Hintergehst du mich, wirst du dir einen schnellen Tod wünschen!«

Weitere Worte waren überflüssig. Matt zog sich die Maske über den Kopf. Auf einen Wink Reytos hin trat einer der Galgenvögel vor und reichte ihm das Schwert, das einst Nummer 31 gehört hatte.

Matthew machte sich auf den Weg.

Als er hinter der nächsten Gangbiegung verschwunden war, nickte Reyto Gholan zu, und der junge Mann nahm katzengleich die Verfolgung auf.

Als Matt im dritten Stock der Festung durch einen langen Korridor schlich, wurde vor ihm plötzlich ein Türvorhang aufgerissen. Eine Frau trat auf den Gang hinaus, eine Nosfera mit der Nummer 28.

Matt verharrte mitten in der Bewegung. War Nummer 28 nicht in der vergangenen Nacht auf dem Altar von ihren Brüdern und Schwestern ausgesaugt worden? Wieso lebte sie noch?

Sie töten ihre Opfer nicht, dachte er schaudernd. *So wie Bauern keine Milchkühe schlachten.*

Matt blieb mehrere Sekunden lang stehen und fürchtete schon, sich damit verdächtig gemacht zu haben, doch Nummer 28 nahm ihn gar nicht wahr. Mit ungelenken Schritten wandte sie sich nach links und verschwand über eine Treppe nach unten.

Matt atmete auf, fragte sich aber, was die Nosfera mit ihr angestellt hatten. Sie benahm sich wie ein Zombie. War ihr bewusstes Denken ausgeschaltet?

»F'taghn?«

Matt fuhr zusammen. Neben ihm stand ein Ledermann, der mit der rechten Hand in die Richtung zeigte, in die Nummer 28 verschwunden war. Er schaute Matt fragend an, dem der Schweiß aus allen Poren brach.

Wie sollte er reagieren? Der Nosfera hatte ihm zweifellos eine Frage gestellt. Matt war, als habe ihn ein Pferd getreten. Es gab nur einen Ausweg aus dieser Misere.

Doch als seine Hand zum Schwert hinabzuckte, schlug jemand auf der anderen Seite des Korridors einen weiteren Türvorhang beiseite und noch zwei Vermummte – beides Frauen – traten in den Gang.

Die Situation war gespenstisch. Matt stand schweigend da, während in seinem Kopf die absonderlichsten Gedanken kreisten.

»Gna're d'faagh?«, fuhr der männliche Blutsauger fort. Seine Augen verengten sich zu Schlitzen. Und wieder konnte Matt nichts darauf erwidern.

Den Nosfera schien zu schwanen, dass sich ein Fremder in ihr Reich eingeschlichen hatte. Hatte man die Leiche des Burschen gefunden, den Gholan erschossen hatte?

Die Mienen der drei Nosfera wurden drohend. Kaum eine Sekunde später zückten sie synchron ihre Schwerter. Matt sprang einen Schritt zurück und riss das seine aus der Scheide.

»Hört zu«, knurrte er in seiner Muttersprache, während seine blaugrünen Augen Funken sprühten. »Ich weiß, ich steh mit dem Arsch an der Wand, und wahrscheinlich werdet ihr mich gleich in Stücke hacken. Aber einen oder zwei von euch nehme ich mit!«

Die Vermummten knurrten dumpf und warfen sich rasche Blicke zu. Dann stieß eine der Frauen einen schrillen Schrei aus, von dem Matt annahm, dass er ein Angriffssignal war. Die drei Gestalten stürmten mit blitzenden Klingen auf ihn zu, und Matt hob sein Schwert zur Abwehr.

Funken stoben, als Stahl auf Stahl klirrte. Matt kam schon nach wenigen Sekunden in arge Bedrängnis. Er hatte keine Erfahrung mit Waffen dieser Art. Trotzdem wollte er seine Haut so teuer wie möglich verkaufen. Und war verblüfft, als eine der Nosfera ihm ein Angebot machte.

»Gib auf!«, krächzte sie in einer schauderhaft verzerrten Version der Millani-Sprache. »Ergib dich, dann wird Jacobo entscheiden, was aus dir wird!«

Matt wich einen weiteren Schritt zurück und versetzte ihr als Antwort einen Hieb auf den rechten Unterarm, sodass ihre Waffe polternd zu Boden fiel. Er stellte blitzschnell den Fuß auf die Klinge und schob sie hinter sich. Gleichzeitig wehrte er einen Hieb der zweiten Frau ab. Die Schneide ratschte ihr Schwert entlang, traf ihren Kopf und schlitzte die Ledermaske auf. Matt konnte ihr Gesicht erkennen. Es war wie ein Totenschädel, von trockener rissiger Haut überzogen.

Für einen Sekundenbruchteil war Matt von dem Anblick wie paralysiert. Die Frau kreischte auf und fuhr mit angewinkeltem Bein herum. Ehe Matt reagieren konnte, traf ihn ein Tritt in den Bauch. Er taumelte zurück und prallte mit dem Hinterkopf gegen die Wand. Sogleich waren zwei spitze Klingen an seiner Kehle und verdammten ihn zur Bewegungslosigkeit.

Matt glaubte, sein Herz müsse stehen bleiben, als sich eine Hand auf seine Schulter legte. Knochenfinger bohrten sich schmerzhaft in sein Fleisch. Sie waren kalt wie Eis. Die Augen der Vermummten schienen glutrot zu glühen.

Zwei weitere Nosfera stürmten mit gezogenen Schwertern in den Gang. Sie packten Matt, warfen ihn zu Boden und banden ihm die Hände auf den Rücken. Dann schleiften sie ihn über das Treppenhaus nach oben und warfen ihn in einem großen, von einem Kaminfeuer erhellten Raum auf einen verschlissenen Teppich.

Matt biss die Zähne zusammen. Er hatte es vermasselt! Nun war alles aus. Aruula würde in der Sklaverei enden. Die Nosfera würden sich an seinem Blut gütlich tun. Und wenn damit seine Pechsträhne nicht endete, würde er um Mitternacht wieder von den Toten erwachen, unstillbares Verlangen nach Blut empfinden und sich vor Kreuzen, Knoblauch und Holzpflöcken fürchten.

Fehlte da nicht noch etwas? Ach ja: Silberkugeln.

»Wer bist du?«, schrie ihn ein Vermummter an, der wie ein Derwisch vor ihm umhertanzte.

Matt hob unter größter Anstrengung den Kopf. Die Maske des Fragestellers trug die Zahl Null. Und seine Stimme kam Matt bekannt vor – irgendwo hatte er sie schon gehört. Aber nicht das war es, was Matts Aufmerksamkeit letztlich erregte.

An seinem Gürtel hing Aruulas Schwert! Matthew hätte es unter Dutzenden wiedererkannt. Wahrscheinlich wusste dieser Kerl, was mit ihr geschehen war!

Die anderen Nosfera hatten sich an der Wand aufgereiht und schauten dem Verhör zu. Nummer 0 riss Matt hoch und riss ihm die Maske vom Gesicht.

»Ein Nordmann?«, sagte er, als er Matts Haar erblickte. Er wirkte wie vom Donner gerührt.

Matt überlegte schnell. Er wusste nicht, was Nordmänner waren, aber er nahm an, dass Null damit Männer aus dem Norden meinte.

Auch die Schweiz lag nördlich. Vielleicht vermutete der Nosfera in ihm einen der Männer, die hier erwartet wurden. Das konnte seine Chance bedeuten, aus dieser Situation noch das Beste zu machen.

»Ich habe geheime Mission«, sagte er gepresst. »Wenn ich rede, dann nur vor dem Herrn der Festung. Vor Jacobo!«

Die Nosfera an der Tür grunzten und schnaubten und machten Gesten, deren Sinn Matt verborgen blieb.

»Jacobo ruht«, sagte Null, und seine Miene besagte, dass sein Herr auf keinen Fall gestört werden durfte. »Ich bin sein Vertreter Daman. Du wirst mit mir Vorlieb nehmen.«

Natürlich! Matt fiel es wie Schuppen von den Augen. Das hier war der Typ, der mit Jacobo diskutiert hatte und dabei von ihm niedergebrüllt worden war. Das Verhältnis zwischen Herrn und Diener schien nicht das Beste zu sein. Vielleicht konnte Matt auch diesen Umstand nutzen …

Aruula starrte in das wabernde blaurote Feuer. Die dicken Scheite knisterten und knackten, und die Barbarin musste achtgeben, sich nicht im Züngeln der Flammen zu verlieren. Wenn sie je aus dieser Festung entkommen wollte, musste sie wachsam bleiben, immer bereit, auch noch die kleinste Möglichkeit zu nutzen.

Doch ihre Chancen standen schlecht. Die ängstlichen und schrillen Stimmen der anderen Frauen und Mädchen hatten ihr längst deutlich gemacht, dass ihnen allen ein Schicksal drohte, das sie niemandem wünschte – außer vielleicht den tückischen Taratzen. Die Gefangenen waren entweder vor Angst wie gelähmt oder halb verrückt. Nahezu alle rechneten damit, einen grausigen Tod zu sterben.

Die meiste Zeit dachte Aruula an Maddrax, den Mann mit dem hellen Haar, der ihr Gefährte geworden war. Ein Mann, der nicht wollte, dass sie einen Gott in ihm sah und der dennoch viel mehr war als jeder Mensch, dem sie bislang begegnet war. Sie mochte ihn sehr. Würde sie ihn jemals wiedersehen?

Aruula setzte sich vor dem Kaminfeuer aufrecht hin, zog die Knie an, umschlang sie mit den Armen und neigte den Kopf. Dies war die Stellung, die sie stets zum Lauschen einnahm.

Sie konzentrierte sich. Eine Zeit lang geschah nichts, irrte ihr suchender Geist ziellos in der Festung umher. Sie berührte die Geister einiger Nosfera, schreckte jedoch vor deren Wildheit und Blutgier zurück. Dann machte sie einen Geist aus, der anders war. Schon hoffte sie auf Maddrax gestoßen zu sein, da musste sie erkennen, dass die Gedanken von einem offensichtlich kranken Geist zu ihr herüberwehten.

Wie in wirbelnden Nebeln erblickte sie die schwarz gewandete Gestalt Jacobos, der sich in einem prachtvoll und mit fremden Dingen ausgestatteten Raum auf einem Lager wälzte. Dicke Schweißtropfen hatten sich auf seiner Stirn gebildet. Seine Träume verursachten Aruula Kopfschmerzen. Er fühlte sich von glühenden Augen verfolgt, die ihn aus der Tiefe eines Gerul-Nestes anstarrten. Gesichter mit dämonischen Zügen erschreckten ihn bis ins Mark. Sein Geist wollte sie nicht sehen, und dafür hatte Aruula durchaus Verständnis.

Auch sie erblickte die Augen der fremden Dämonen und fuhr vor Ekel und Schrecken zusammen. Die geisterhaften Gestalten kicherten und näherten sich ihr, denn sie sah jetzt aus Jacobos Perspektive. Er bedeckte sein Gesicht mit den Händen. Die Gestalten zerrten ihn von seinem hohen Sitz in die Tiefe, doch plötzlich war ein schwarzer Stab in seiner Hand, den er aus seiner Kleidung gezogen hatte. Aruula schnappte die Bezeichnung dafür auf, ohne sie zu verstehen: Elektro-Schocker.

Der Stab spuckte knisternde blauweiße Blitze aus, die die finsteren Wesen trafen und durch die Luft wirbelten, bis sie zuckend am Boden liegen blieben.

Die Gestalten krochen stöhnend umher. Jacobo ballte die Hände zu Fäusten und richtete den Stab auf sie, sodass sie wie ängstliche Tiere quiekten. Dies schien Jacobo zu gefallen, denn plötzlich straffte sich seine Gestalt. Er hatte erkannt, dass er Macht über seine Peiniger hatte. Er richtete sich auf, stellte sich wie ein Gott in Positur ...

Doch plötzlich verblasste das Bild. Das Gerul-Nest löste sich auf. Jacobo erwachte! Schnell zog Aruula sich aus seinem Geist zurück, von der irrealen Furcht beseelt, er könne sie entdecken.

Kaum hatte sie sich gelöst, nahm sie eine neue, altbekannte Schwingung wahr. Maddrax war hier!

In fieberhafter Freude suchte sie nach seinem Geist und entdeckte ihren Gefährten schließlich in Gesellschaft mehrerer Nosfera – was ihre Freude rasch wieder dämpfte. Offensichtlich war auch er ein Gefangener! Vor ihm stand ein vermummter Mann mit einer Null auf der Stirn und hörte ihm zu. Daman, Jacobos rechte Hand!

»Ich bin Gholan«, sagte Maddrax in diesem Augenblick. »Ein Spion aus den Bergen von Suizza.«

Zwar wusste Aruula nicht, warum er sich für einen anderen ausgab, doch die Reaktion des Maskierten sagte ihr, dass die Nachricht ihn erschreckte. Maddrax berichtete Daman, er sei hier, um die Nosfera auszuspionieren. Ein Horde aus Suizza unter Führung eines gewissen Reyto wollte die Sklaven entführen – und den Herrn der Festung töten.

Damans Reaktion auf die Eröffnung war seltsam. Anstatt Maddrax zu strafen, schickte er die anderen Nosfera aus dem Raum und verschloss sorgsam die Türe hinter ihnen. Dann wandte er sich an Maddrax – und bot ihm an, auf seine Seite zu wechseln und ihm beim Kampf gegen Jacobo zu helfen. Dafür solle Maddrax – beziehungsweise Gholan – ihm garantieren, dass Jacobo getötet würde.

Maddrax erklärte sich einverstanden, Jacobo falsche Informationen über die Pläne Reytos zu geben, um ihn in die Irre zu führen.

Daman wirkte hocherfreut. Er führte seinen Gefangenen in eine Kammer mit einem weichen Lager, in der er das Erwachen Jacobos abwarten sollte.

Aruula zog sich abermals zurück und schüttelte den Kopf, um den inneren Druck zu verscheuchen, der sich in ihrem Hirn aufgebaut hatte. Das lange Lauschen hatte sie erschöpft. Sie würde einige Zeit warten müssen, bevor sie es erneut versuchte.

Sie verstand nicht genau, was vor sich ging. Eines aber war unzweifelhaft: Maddrax war hier, um sie und vielleicht auch die anderen Gefangenen zu befreien.

Sie musste ihm dabei helfen. Sie durfte hier nicht länger untätig herum sitzen. *Aber wie?*

Irgendwann flog die Tür zu der Kammer mit lauten Krachen auf und riss Matthew Drax aus dem Halbschlaf, in den er gesunken war. Drei Nosfera drängten herein. Im Hintergrund sah er Daman, der ein warnendes Gesicht zog. *Lass alles mit dir geschehen*, glaubte Matt darin zu lesen. *Ich kann es nicht verhindern.*

Er leistete keinen Widerstand, als sie ihn packten und mit sich rissen. Es hätte ihm auch wenig eingebracht außer einigen blauen Flecken und Blessuren.

Ohne dass einer der Blutsauger mit ihm sprach, wusste er, wohin sie ihn schleppten: zu Jacobo, dem Herrn der Festung. Auf eine bizarre Weise fieberte Matt sogar dem Treffen entgegen. Es würde ihm wenigstens ein paar Fragen beantworten. Andererseits – es konnte ihn auch das Leben kosten …

Dann waren sie am Ziel. Eine prunkvoll geschmückte Kammer öffnete sich vor Matthew. Gewobene Tücher bedeckten die Wände, weiche Felle den Boden. Dazwischen stand allerlei technisches Gerät, doch es war nicht zu erkennen, ob es einen Zweck erfüllte oder nur zur Dekoration diente. Im Zentrum des Raumes erhob sich ein Thron. Und darauf saß – stilecht in einen nachtschwarzen Umhang mit Kapuze gehüllt – der Obermotz dieser Festung des Blutes. Jacobo.

Die Nosfera stießen Matt vor ihrem Herrscher zu Boden. Mit den gefesselten Händen konnte er sich nicht richtig abfangen und prellte sich schmerzhaft die Schulter.

Als sich sein tränenverschleierter Blick wieder klärte, wuchs drohend ein Schatten über ihn auf. Matt hob den Kopf. Natürlich war es die Gestalt in der schwarzen Kutte. Er suchte nach dem Gesicht der Kreatur, doch es war in den weiten Falten der Kapuze verborgen.

Dann wich die Gestalt mit einem Laut der Verblüffung zurück. Brüllendes Gelächter wurde laut.

In Matts Kopf begann es zu schwirren. Verdammt, wer war dieser Mann? Wieso kam ihn seine höhnische Lache so bekannt vor?

»Daman!« klang die herrische Stimme des Kuttenträgers auf.

»Herr?«

»Das ist für deine Leichtgläubigkeit!«

Matt hörte zuerst das Klatschen von Ohrfeigen, dann das Knistern eines Elektroschockers. Schließlich folgte ein schriller Schrei, der in einem Winseln endete.

Er benötigte einige Sekunden, um zu begreifen, dass Jacobo weder in der Sprache der Millani noch in der der Nosfera gesprochen hatte – sondern in lupenreinem Englisch!

Im gleichen Moment machte es *Klick!* in seinem Kopf, und er wusste, wer der Kuttenträger war. Die Erkenntnis versetzte ihm einen Schock, der ihm fast die Sinne schwinden ließ.

In der alten Zeit war der Astrophysiker und Arzt Jacob Smythe Leiter der Astronomic Division der U.S. Air Force gewesen. Ein unbeherrschter und jähzorniger, äußerlich aber unauffälliger Mann um die vierzig Jahre, dessen einzige Extravaganz es war, sich sein blondes Haar, das im Zenit schon schütter wurde, zu einem Pferdeschwanz zusammenzubinden.

Nun, als Smythe die schwarze Kapuze zurückschlug, konnte Matt auch seine Brille sehen. Eisblaue Augen funkelten ihn darunter an.

Er hatte mit Smythe im Clinch gelegen, seit sie sich zum ersten Mal begegnet waren. Der Mann war sein Kopilot gewesen auf dem schicksalhaften Flug in die Stratosphäre, bei dem sie die Wirkung der Interkontinental-Raketen beobachtet hatten, als diese den Kometen ›Christopher-Floyd‹ trafen. Und keine Wirkung zeigten.

Smythe war ein geltungssüchtiger Schrat. Immer schon gewesen. Er hatte die Arbeit während des gefährlichen Fluges behindert und sich schließlich mit dem Schleudersitz abgesetzt.

Und hier trafen sie sich nun wieder: In einer schwarzen Kutte, als Herrscher über vampirische Heerscharen. Smythe musste in den vergangenen zweieinhalb Monaten viel erlebt und noch mehr erreicht haben. Matt zweifelte nicht daran, dass er letzteres seiner Geltungssucht zu verdanken hatte.

Matthew Drax hatte bislang immer dem Augenblick entgegen gefiebert, in dem er einen seiner damaligen Begleiter aufspürte. Nun wurde er zum zweiten Mal enttäuscht.

»Fast hätte Ihr Plan funktioniert«, sagte ›Jacobo‹ Smythe und kicherte. »Aber so leicht wie Daman legen Sie *mich* nicht rein, Commander Drax.«

»Ich freue mich *auch*, Sie zu sehen, Doc«, sagte Matt mit ätzender Stimme und dachte sich insgeheim ein paar üble Foltermethoden für Smythe aus.

Nun verstand er auch, wer die Generatoren und Motorräder wieder zum Laufen gebracht hatte. Smythe war ohne Zweifel ein technisches Genie. Aber oft lagen Genie und Wahnsinn dicht beisammen. Wie anders war zu erklären, was Jacob Smythe hier aufgebaut hatte: ein Regime des Schreckens, das die Nosfera von ihrem ursprünglichen Leben abgebracht und zu Killern und Sklavenhändlern gemacht hatte.

Smythe vollführte eine Geste mit der Rechten. Zwei Nosfera sprangen vor, ergriffen Matt und wuchteten ihn auf einen schweren Stuhl, an dessen Lehnen sie ihn festschnallten.

»Was für ein Spiel spielen Sie, Smythe?«, fragte Matt gepresst. »Was soll das werden, wenn es fertig ist? – Und: Was haben Sie mit Aruula gemacht?«

»Aruula?«, echote Smythe. »Diese Barbarin? Sie … kennen sie?« Dann fuhr er plötzlich herum. Sein Blick flackerte wie der eines Irren. »Ihr wird bald eine große Ehre zuteil.« Er baute sich vor Matt auf und stützte die Hände triumphierend in die Hüften. Er kicherte schon wieder, und Matt spürte, dass sich die Härchen auf seinen Armen aufrichteten. Smythe gebärdete sich nicht nur wie ein Verrückter – er war verrückt geworden! Was war seit dem Ausstieg mit ihm passiert? Es mussten grauenhafte Dinge vorgefallen sein, die seinen Geist verwirrt hatten.

Fast verspürte Matt etwas wie Mitleid mit ihm. Aber nur fast. Smythe war vor allem eines: gefährlich!

»Was haben Sie mit Aruula vor?« Er konnte nicht verhindern, dass seine Stimme zitterte.

»Ich mache sie zur *Mutter*«, sagte Smythe. »Zur *Urmutter* einer neuen Rasse.«

Matt versuchte seinen irren Blick gelassen zu erwidern. Er hatte erkannt, dass es nicht half, Smythe Paroli zu bieten; damit brachte er den Wissenschaftler nur noch mehr gegen sich auf. Er musste versuchen, ruhig und bestimmt auf ihn einzuwirken. So wie man gemeinhin mit psychisch Kranken verfuhr.

Er hatte eigentlich immer gewusst, dass Smythe nicht richtig tickte. Schon als er ihn bei einem Briefing im NATO-Hauptquartier in Brüssel zum ersten Mal persönlich erlebt hatte. Professor Dr. Smythe hatte damals allen Ernstes gefordert, nur Menschen mit einem akademischen Grad und einem Intelligenzquotienten von mindestens hundertvierzig dürften in die amerikanischen Atombunker einquartiert werden – zusammen mit Computern und Datenträgern, auf denen das Wissen der Menschheit gespeichert war. Und mit Proviant für mindestens acht Jahre – um die Zivilisation zu bewahren. Ein Vorschlag, der natürlich kein positives Echo bei den Konferenzteilnehmern geerntet hatte.

»Smythe!«, drang Matt auf ihn ein. »Wissen Sie, was mit der Erde geschehen ist? Der Jet war nach dem Einschlag des Kometen außer Kontrolle – erinnern Sie sich?«

»Die Vergangenheit ist tot«, sagte Smythe mit neurotisch zuckendem Gesicht. »Aber ein neues Zeitalter wird kommen! Das Zeitalter der Nosfera!« Er deutete auf die Ledermänner an der Tür. »Die hiesige Rasse zeigt interessante Parallelen zu den Vampiren der Sagenwelt«, begann er zu dozieren,

»doch sie haben nicht deren Fähigkeiten. Sie sind nur jämmerliche Mutationen, deren rote Blutkörperchen sich so schnell zersetzen, dass sie unter Lichtempfindlichkeit leiden und Blut saufen müssen, um nicht einzugehen. Doch sie sind nicht zur Metamorphose fähig, und ihr Biss gibt keinen Vampirkeim weiter!«

Vampirkeim? Um Himmels willen – Smythe war noch viel durchgedrehter, als Matt gedacht hatte. Auf was zum Teufel wollte er hinaus?

Professor Dr. Smythe fuchtelte mit den Armen vor Matts Nase herum. »Ich bin vom Schicksal ausersehen, ihnen endlich zu ihrer wahren Stärke zu verhelfen!«, kreischte er. »Ich schaffe ihnen die *Urmutter*, die eine *perfekte* Rasse gebiert! Eine Rasse, die über dieses finstere Zeitalter herrschen kann. Mit mir als König!« Er blieb vor Matt stehen und schaute ihn triumphierend an. »Ich habe eine Formel entwickelt, die den Bann, der die wahre Bestimmung der Nosfera blockiert, brechen kann! Ich werde aus Aruulas Körper das Gefäß formen, das mittels Vereinigung mit den Nosfera *wahre* Vampire erzeugt! Sobald die benötigten Essenzen hier eintreffen.«

Matthew Drax schauderte bis ins Mark. Ob Smythe nun an akutem Hinriss litt oder nicht – wenn man diesem Mann gestattete, seinen Plänen nachzugehen, würden sich Unheil und Tod über das Land ausbreiten. Ganz egal ob seine angebliche Formel nun funktionierte oder nicht.

Einen Moment lang sah es so aus, als wollte Smythe sich abwenden, um seine Arbeit fortzuführen. Als hätte er seinen Gefangenen von einem Moment auf den anderen vergessen. Doch dann besann er sich und wandte sich abermals Matthew zu. Seine Lippen verzerrten sich zu einer Grimasse.

»Ich wusste von Anbeginn, dass der Komet einem höheren Zweck diente«, rasselte er. »Christopher-Floyd hat mich aus der Vergangenheit in die Zukunft geschickt, um eine neue Epoche in der Geschichte der Menschheit einzuläuten! Und niemand wird mich daran hindern, Commander Drax! Weder Sie noch die US Air Force!«

Matt verbiss sich die Anmerkung, dass es die Luftwaffe der Vereinigten Staaten nicht mehr gab. Er wusste nicht mal genau, ob Smythe wirklich geistig erfasst hatte, was seit dem Aufschlag des Kometen mit der Welt passiert war. Sein nervöses Zucken, die Blicke, die er ständig um sich warf, als befürchtete er, von Meuchelmördern umringt zu sein, sein krauses Gerede; all das sagte ihm, dass der Mann logischen Argumenten nicht mehr zugänglich war. Daman hatte Recht: Jacobo war ein Fluch für die Nosfera und den Rest der Welt.

»Nun zu den Leuten, von denen Sie Daman berichtet haben«, fuhr Smythe urplötzlich in normalem Plauderton fort.

»Diese Schweizer?«, fragte Matt.

Smythe nickte. »Wie genau sehen ihre Pläne aus? Wie wollen sie uns betrügen? Wollen sie uns in einen Hinterhalt locken?«

Matt räusperte sich. Reyto und seine Galgengesichter waren sein letzter Strohhalm. Er durfte sie nicht verraten. Irgendwann mussten sie sich über sein Verschwinden Gedanken machen und ihm durch die Kellergänge nach oben folgen.

»Das habe ich nur erfunden«, log er schnell, »nachdem ich ein Gespräch zwischen Ihnen und Daman mitangehört hatte.«

»Ha!«, schrie Smythe. Er stand auf, lief hektisch eine Runde durch den Raum und nahm seine alte Position wieder ein. »Ein Trick, ja? Oder doch nicht?

Wenn der Lügner lügt, sagt er dann die Wahrheit? Na, wir werden sehen ...«

Smythe bellte einen Befehl in der Sprache der Nosfera. Zwei der Blutsauger traten vor und nahmen hinter Matt Aufstellung. Sie rissen ihn mitsamt dem Stuhl hoch und schleppten ihn in einen Nebenraum, der ihn an eine Alchimistenküche erinnerte. An den Wänden standen Aluminiumschränke mit wissenschaftlichen Geräten aus alter Zeit. Matt sah Transformatoren und Gleichrichter, Halbleiterelemente, Kupferspulen, Widerstände und Transistoren, in Vielzahl auf kleine Plättchen montiert; Kabelständer, Pumpen, eine fahrbare Apparatur und viele Gegenstände, deren Verwendungszweck er nicht einmal erahnen konnte. In der Mitte befand sich eine Art Mikrofonständer, an dem an einem gerippten Kabelschlauch eine Trockenhaube befestigt war.

Smythe war ihnen gefolgt und schnarrte eine weitere Anweisung. Eine Fackel wurde entzündet. In ihrem Schein erblickte Matt ein etwa ein Meter hohes und zwei Meter durchmessendes Eisenrohr, das in den Boden eingelassen war. Es war mit einem Rost vergittert, der aber abnehmbar war. Die Nosfera lehnten seinen Stuhl an das Rohr und kippten ihn nach vorn, sodass er hineinschauen konnte.

In Matt wallte Übelkeit empor, gepaart mit eisigem Schrecken. Unter ihm breitete sich ein Raum aus, in dem etwas schmatzte und quiekte. Eine riesige bleiche, stinkende Kreatur ...

Die Riesenschnecke! Oder wenigstens ein weiterer Vertreter dieser alptraumhaften Mischung aus Schnecke und Hai.

Matt wurde hart zurückgerissen. Die Nosfera schleppten ihn mitsamt dem Stuhl vor den Ständer mit der Trockenhaube. Matts Blick fiel hinter

Smythes Rücken auf einen riesigen Spiegel, der fast die ganze Wand einnahm und bis zum Boden reichte. Er war so groß wie ein Garagentor und an vielen verschiedenen Stellen gesprungen.

»Und nun, Commander Drax«, sagte Smythe mit einem hämischen Kichern, während er sich so etwas wie einen aus Fellen gebastelten Hörschutz über den Kopf zog, »wollen wir doch mal sehen, ob wir nicht die Wahrheit aus Ihnen heraus bekommen, die reine Wahrheit und nichts als die Wahrheit, so wahr Ihnen Gott helfe ...«

Er trat an ein altertümliches Grammophon heran, drehte es auf und senkte die Nadel auf eine alte Schellack-Platte. Eine Sekunde später wand Matt sich in unkontrollierten Zuckungen.

Das Grammophon spielte Mozarts *Königin der Nacht*. Und die Schallwellen schienen auf direktem Weg in sein Hirn einzudringen und jede einzelne Ganglie in Schwingungen zu versetzen.

»Ein wundervolles Stück!«, schwärmte Smythe, obwohl Matthew Drax ihn längst nicht mehr hören konnte. »Und so überaus passend zur Situation, meinen Sie nicht auch ...?«

Die drei Männer näherten sich vorsichtig und lautlos der Festung, die sich finster und kalt in den Himmel reckte, trotzdem die Vormittagssonne immer wieder durch die aufbrechenden Regenwolken blinzelte und die Temperaturen in diesen Breiten jetzt im April angenehme Grade erreichten.

Gosseyn musterte die hohen Mauern. Eine unbestimmte Drohung schien von ihnen auszugehen. Die Fenster darin erinnerten ihn an gierig klaffende Mäuler.

Sie ließen das Tor links liegen und folgten dem

Weg zum Einstieg in die Unterwelt, den Riva ihnen beschrieben hatte. Sie wollten dem tapferen Fremdling zu Hilfe eilen: er, Almar und Toono, dessen Tochter Maddrax aus den Klauen der Blutsauger gerettet hatte. Und sie wollten natürlich die Dorfbewohner befreien.

»O Wudan!«, flüsterte Toono, als sie das dornige Gebüsch zur Seite zogen und Almar als Erster die Eisenleiter hinunterstieg. Toono umklammerte seine Armbrust. Er hatte sichtlich Angst. Aber da ging es Gosseyn nicht anders. Er gab sich nur mehr Mühe, sie nicht zu zeigen.

Er warf einen letzten Blick zurück. Auf dem Hügel waren keine Rauchsäulen mehr auszumachen. Riva und die anderen waren nach Süden aufgebrochen, zu einem Ort, an dem sie sich, wenn Wudan es wollte, bald wieder sehen würden.

»Wo sind wir hier?«, flüsterte Toono entsetzt, als Almar und Gosseyn ihre Fackeln entzündet hatten und den Schacht erleuchteten, der sich rechts und links von ihnen erstreckte.

»Das ist die Unterwelt«, sagte Gosseyn schaudernd und mehr zu sich selbst. »Das Reich der finsteren Kreaturen.«

Toono wich unwillkürlich einen Schritt zurück, und selbst Almar, in dem das Feuer der Jugend brannte, schüttelte sich.

»Verdammt, Gosseyn«, rügte Toono. »Mit meinem Mut ist es ohnehin nicht zum Besten bestellt. Stell ihn nicht auch noch mit solchen Reden auf die Probe!«

Almar presste die Armbrust fest an sich. »Vergesst nicht, was Maddrax über diese – wie nannte er es? – *Snäkke* gesagt hat! Haltet die Waffen immer bereit!«

Gosseyn spürte, dass er die Gruppe weiter führen musste, bevor die Angst vollends nach ihnen griff und sie umkehren ließ. Er versuchte das Zittern seiner Stimme zu unterdrücken, was ihm aber nicht gänzlich gelang. »Kommt, lasst uns sehen, ob wir den Weg in die Festung finden.«

Plötzlich spürte Gosseyn einen sanften Luftzug auf der Wange, dann vernahm er hinter sich ein leises schmatzendes Schleifen.

Almar fuhr herum, die Armbrust im Anschlag.

»Vater!«, rief er. »Schau!«

Ein riesiger milchweißer Körper mit grauen Streifen bewegte sich kriechend auf sie zu. Toono würgte. Gosseyn sträubten sich die Haare. Er sah einen gigantischen unförmigen Kopf, auf dem vier armdicke Fühler zuckten.

Almar feuerte einen Bolzenpfeil ab. Er jagte sirrend durch den Schacht und bohrte sich mit einem dumpfen Klatschen in das etwa dreißig Schritt entfernte Ungeheuer. Im Hals der Bestie bildete sich rings um den Pfeil ein violetter Fleck, dessen Umfang zunahm, bis er den Durchmesser einer Männerhand hatte. Ein schmatzendes Geräusch erklang, aber die scheußliche Kreatur wurde nicht langsamer, sondern bewegte sich im Gegenteil mit wachsendem Tempo auf die Männer zu.

Auch Toono feuerte einen Bolzen ab – mit derselben Wirkung.

Gosseyn deutete auf den Gang, der zu der Tür führen musste, die Maddrax ihm beschrieben hatte.

»Dort entlang!« Sie rannten weiter, und Gosseyn stellte mit Genugtuung fest, dass sie schneller waren als das Ungeheuer. Es folgte ihnen aber, fest entschlossen, den Eindringlingen den Garaus zu machen.

Gosseyn fand drei Treppenstufen, die zu einer Tür führten. Sie war verschlossen, aber auch das wussten sie aus Rivas Bericht. Während Toono

Ausschau nach dem Schneckenmonster hielt, bearbeiteten die beiden anderen mit Beilen das Holz der Tür. Schnell hatten sie ein Schlupfloch geschaffen, das gerade genügend Platz bot, um sich hindurch zu zwängen. Sie schlüpften in den Raum hinein; Toono folgte ihnen mit hektischen Bewegungen.

»Ich konnte es schon hören!«, berichtete er atemlos. »Es kommt!«

»Dann schnell!«

Bevor der riesenhafte Leib vor dem Schlupfloch auftauchte, verließen sie den Raum durch die zweite Tür.

Toono leuchtete mit der Fackel, und die Männer tasteten sich durch verlassene Räume. Ihre Blicke fielen auf seltsame Dinge und merkwürdige Kästen mit stumpfgrauen Fenstern. Keiner von ihnen fühlte sich wohl in seiner Haut. Wenngleich sie jetzt nicht mehr von den Kreaturen der Unterwelt bedroht wurden, so konnten sie doch jeden Moment von den Nosfera entdeckt und angegriffen werden.

Doch der Gedanke an die *Snäkke*, die sich hinter ihnen gewiss an der Tür zu schaffen machte und sie zu sprengen versuchte, trieb sie weiter voran. Sie stiegen über Unrat und Schutt und stießen auf Berge von alten Knochen und Schädeln.

Schließlich fanden sie eine nach oben führende Treppe, die in einem Korridor endete, von dem Gänge und Türen abzweigten.

Gosseyn blieb plötzlich stehen.

»Still!«

»Was ist?«, hauchte Almar.

»Hörst du nichts?«

Vorsichtig, als könne der Boden unter ihnen nachgeben, pirschten sie an der glatten Mauer entlang. Als sie die nächste Tür erreichten, hörte Gosseyn ein scharrendes Geräusch, das ihn herumfahren ließ.

Aus den Nebengängen quollen Gestalten, die sich im Nu um sie scharten und sie mit ihren Waffen bedrohten. Innerhalb von Sekunden waren die drei Männer eingekreist. Sie blieben an der Wand stehen und starrten mit klopfenden Herzen und zitternden Knien auf die merkwürdige Versammlung.

»Wer seid ihr?«, fragte jemand.

Gosseyn atmete erleichtert aus. Die Fremden sprachen im Dialekt der Suizzani. Keine Verbündeten der Nosfera also. Toono, der totenbleich zwischen ihm und Almar eingekeilt war, ließ sein Schwert sinken. Almar schaute von rechts nach links. Die Gestalten sahen abgerissen und ungepflegt aus. Sie wirkten zwar nicht sehr vertrauenswürdig, aber auch nicht feindlich.

»Wir suchen unseren Freund und seinen Begleiter«, sagte Gosseyn. »Sie heißen Maddrax und Gholan.«

»Hier bin ich!«

Ein junger Mann trat vor, der sich als Gholan vorstellte. Er drehte sich zu seinen Gefährten um. »Wenn diese Männer Freunde von Maddrax sind, können wir ihnen trauen! Jetzt da wir wissen, dass Maddrax wirklich ein Feind der Nosfera ist.«

Ein breitschultriger, zotteliger Mann mit dem Gebaren eines Anführers trat vor Gosseyn hin und stellte sich als Reyto vor. Gosseyn erfuhr, dass diese wilde Bande mit Maddrax zusammenarbeitete, dass er vor Stunden aufgebrochen war, um die Festung zu erkunden, und dass Gholan, der ihm heimlich gefolgt war, seine Gefangennahme beobachtet hatte. Deshalb hatten sie ihr Versteck in der Tiefe aufgegeben und sich unter Gholans Führung ins Parterre der Festung begeben.

»Was ist mit den Gefangenen?«, fragte Gosseyn. »Wisst ihr, wo sie sich befinden?«

Reyto zuckte die Achseln. »Maddrax wollte sie suchen.« Er kniff die Augen zusammen. »Welches Interesse habt ihr an den ... Gefangenen?« Er vermied es im letzten Moment, von *Sklaven* zu reden.

»Sie sind unsere Verwandten«, sagte Gosseyn. »Wir sind gekommen, um sie zu befreien.«

»Ach, wirklich?«, meinte Reyto. Die Nachricht schien ihn nicht sehr zu begeistern.

»Wir dürfen keine Zeit verlieren«, unterbrach Gholan ihr Palaver. Reyto und Gosseyn stimmten ihm zu. Außerdem hatten sie nun keine andere Wahl mehr. Sie mussten weiter in die Festung vorstoßen. Irgendwo hinter ihnen hockte die Riesenschnecke, an der sie wahrscheinlich nicht mehr vorbeikommen würden.

Auf Reytos Befehl hin arbeiteten sie sich die Treppe hinauf und kamen in einen geräumigen Gang, der vor einem Vorhang endete. Fahles Tageslicht fiel durch verhangene Fenster in den Gang. Gosseyn hatte zum ersten Mal Gelegenheit, sich die Streitmacht der Suizzani genauer anzuschauen. Es waren siebzehn Mann, mit ihnen also zwanzig Köpfe. Ein kleines Heer, sollte man annehmen, das einiges bewirken konnte.

Doch zu seiner Überraschung wichen die Suizzani plötzlich mit schreckgeweiteten Augen zurück. Erst als ihm klar wurde, dass sie etwas anstarrten, das sich hinter ihm befand, fuhr er herum.

Er schaute genau in die durchdringenden Augen und die knöcherne Visage eines Blutsaugers, der den Vorhang zur Seite gehoben hatte. Hinter ihm waren ein Dutzend seiner Art versammelt, die Schwerter in den Händen. Ihre Blicke verhießen nichts Gutes.

Gosseyn wich einen Schritt zurück. Es war merkwürdig, aber plötzlich fiel alle Angst von ihm ab. Vielleicht hatte er aber auch schon im Geheimen mit seinem Leben abgeschlossen und schöpfte daraus jetzt seine Kraft.

Das Schwert flog wie von selbst aus seiner Scheide. Gosseyn stürmte wie ein Berserker vor, schwang die Klinge hoch über dem Kopf und drosch sie dem ersten Vermummten über die Brust. Er trat dem zweiten so heftig in den Bauch, dass dieser gegen den Türrahmen knallte und einen weiteren mit sich riss.

Ehe die Blutsauger sich von der Überraschung erholt hatten, war Reyto neben Gosseyn und ließ seine Klinge kreisen. Die Ledermänner stürzten knurrend vor. Ihre Schwerter blitzen auf, doch nun hatte Reytos Trupp die Schrecksekunde überwunden.

Der lange Gang hallte vom Geklirr der Waffen wider. Reyto, der neben Gosseyn kämpfte, mähte mit seiner schartigen Klinge den ersten Gegner nieder. Das Knirschen brechenden Chitins erklang, als sein Brustpanzer gespalten wurde.

Aruula erholte sich noch von der anstrengenden Prozedur des *Lauschens*, als sie in der Ferne das Donnern von Feuerstühlen vernahm.

Sie richtete sich auf und warf einen Blick auf die Frauen, mit der sie die Räumlichkeiten im obersten Stock der Festung teilte. Die meisten schliefen, hier und da wälzte sich jemand unter Alpträumen unruhig hin und her und murmelte unverständliche Worte.

Die meisten ihrer Leidensgenossinnen waren bleich und apathisch. An ihren Hälsen klaffen vernarbte Bisswunden. Viele wiesen außerdem

Schrammen und blaue Flecke auf: Zeichen allzu ungestümer Gegenwehr. Aruula wusste längst, dass sie aus einem Dorf in der Nähe stammten. Ihre Männer waren, so weit sie noch lebten, in der Zimmerflucht nebenan untergebracht. Aber es gab keine direkte Verbindung zu ihnen.

Sie erhob sich leise von ihrem Strohlager und trat ans Fenster. Der Boden lag zehn Mannshöhen unter ihr, und es lief ihr kalt über den Rücken, als sie sich vorstellte, in diese Tiefe zu stürzen.

Da fiel ihr Blick auf zahlreiche schwarze Punkte, die sich von Süden her näherten. Aruula schmälte die Augen. Ja, es waren Nosfera; sie erkannte sie an ihren schwarzen Gesichtsmasken. Außerdem fuhren einige auf den Feuerstühlen, deren Lärm sie vorhin schon vernommen hatte und der zunehmend lauter wurde. Wahrscheinlich handelte es sich um einen Trupp, der im Umland nach Opfern gesucht hatte. Sie schienen sich zu beeilen. Kein Wunder; es war bereits heller Vormittag, und Aruula hatte mitbekommen, dass die Nosfera das Tageslicht mieden. Darum trugen sie ja auch diese ledernen Anzüge.

Hinter Aruula knirschte ein Schlüssel im Schloss. Sie zuckte zusammen.

War es so weit? War nun auch sie an der Reihe, die spitzen Zähne der Nosfera in ihrem Hals zu spüren?

Die Tür schwang auf. Drei Blutsauger erschienen im Rahmen und schauten sich um. Aruula wich zurück. Eine andere Gefangene hob den Kopf und stieß einen Schrei aus, der die anderen sofort alarmierte.

Die Frauen richteten sich auf und sprangen auf die Beine.

Zwei der Vermummten nahmen tatsächlich Kurs auf Aruula, während der dritte den Ausgang bewachte. Als die beiden sie packen wollten, trat

Aruula dem ersten kräftig gegen das Knie. Als sein Schmerzensschrei aufklang, hatte sie bereits den Arm des anderen gepackt und ihn mit einer Drehung zu Boden gezwungen.

Das Opfer ihres Tritts erholte sich jedoch schneller als erwartet. Erst jetzt bemerkte die Barbarin, dass es sich um eine Frau handelte. Sie warf sich auf Aruula.

Deren Fäuste flogen hoch und trafen die flache Nase der wütend fauchenden Angreiferin. Schreie und Rufe der Gefangenen erfüllten den Raum, doch Aruula konnte sich nicht darauf konzentrieren, solange sie mit der Vermummten rang. Erst als sie die Nosfera mit einem Schlag ins Genick zu Boden geschickt hatte, machte sie drei Namen in den aufgeregten Rufen aus: Gosseyn, Almar und Toono.

Da fiel ihr Blick auf den offenen Türrahmen, und sie sah, dass aus dem Mund des dritten Nosfera Blut quoll. Seine Augen waren weit aufgerissen, dann fiel er nach vorn und klatschte neben ihr auf dem Boden. Ein grauhaariger Mann mit langer Mähne zog einen Säbel aus seinem Rücken.

Dann drängten sich zahlreiche bewaffnete Männer in den Raum, die von den Gefangenen freudig begrüßt wurden.

Der Grauhaarige sah sich kurz im Raum um und wandte sich dann ihr zu. »Du musst Aruula sein.«

»Das ist richtig«, entgegnete Aruula verblüfft. »Aber wer –«

»Ich bin Reyto«, unterbrach sie der langmähnige Mann. »Maddrax hat mir von dir berichtet.«

»Maddrax!« Adrenalin schoss in Aruula Blutbahn, als sie der vertrauten Namen hörte. »Wo ist er?«

Reyto verzog das Gesicht. »Das weiß ich nicht. Er wurde gefangen genommen, als er dich suchte.«

Also befand er sich immer noch in Damans Gewalt! Aruula wusste, dass sie schnell handeln musste, um ihren Gefährten noch zu retten. Daman spielte ein gefährliches Spiel, und Maddrax war sein Bauernopfer.

»Wir müssen ihn befreien, sofort!«, erklärte sie Reyto.

Der schüttelte den Kopf. »Erst einmal müssen wir uns gegen die Nosfera behaupten!«, widersprach er. »Wir können von Glück sagen, wenn es uns gelingt, die Skla… die Gefangenen aus der Festung zu schaffen.«

»Dann gehe ich allein!«, entschied Aruula resolut.

»Wie du willst«, entgegnete Reyto. Er bückte sich, hob das Schwert des Blutsaugers auf, den er vorhin durchbohrt hatte, und reichte es der Barbarin. »Du hast großen Mut, Aruula«, sagte er anerkennend. »Ich werde versuchen, so bald als möglich zu dir zu stoßen. Viel Glück!«

Aruula nickte knapp und drängte zum Ausgang. Sie tröstete sich mit der Einsicht, dass es so wahrscheinlich am besten war. Ein einzelner Kämpfer mochte weiter unbemerkt in die Festung des Blutes vorstoßen als eine ganze Gruppe.

Lautlos tauchte sie in die Schatten des Ganges …

Wie ein gefangener Tiger schritt Daman in seinem Quartier auf und ab. Wut und Ärger erfüllten sein Denken. Nicht nur, dass der Plan, Jacobo in einen Hinterhalt zu locken, fehlgeschlagen war – er hatte zudem eine erneute Demütigung hinnehmen müssen und konnte von Glück sagen, dass sein Ränkespiel nicht durchschaut worden war. Kein Zweifel: Jacobo kannte diesen Maddrax. Und er hasste ihn.

Nun, vielleicht war noch nicht alles verloren.

Wenn Maddrax den Herrscher so gut kannte, wusste er vielleicht auch um dessen Schwachstellen. Er, Daman, musste versuchen, noch einmal mit ihm zu sprechen ...

Damans intrigante Gedanken kamen ins Stocken, als Motorengedröhn an seine Ohren drang. Eilig verließ er sein Quartier, um die Heimkehrer zu begrüßen. Doch er hatte den Korridor kaum betreten, als er sich anderer Geräusche bewusst wurde: fernes Schwerterklirren, Schreie, das Poltern von Stiefeln auf steinernem Boden.

Daman erfasste sofort, was geschehen war: Die Suizzani, von denen Maddrax gesprochen hatte, waren in die Festung eingedrungen!

Unter normalen Umständen hätte sich Daman mit aller Kraft gegen sie zur Wehr gesetzt. Doch die Umstände waren nicht normal.

Daman beschloss die Invasion für seine Zwecke zu nutzen. Während einer Schlacht, hatte sein Vater gesagt, gab es die besten Möglichkeiten, sich auch seiner Feinde in den eigenen Reihen zu entledigen.

Daman eilte in sein Quartier zurück, bewaffnete sich mit dem prächtigen Schwert, das er der schwarzhaarigen Barbarin abgenommen hatte, und machte sich eilig zum Blutsaal auf. Von dort zweigte die Kammer ab, in der Jacobo vor den Riten seine Kutte anlegte. Und von dieser Kammer aus, das wusste Daman als früherer Herrscher, führte ein Geheimgang in Jacobos Gemächer und zu dem Laboor, in dem er seine Experimente durchführte.

Daman hatte großes Glück, dass ihm auf dem Weg zum Blutsaal niemand begegnete. Er hätte Probleme gehabt zu erklären, warum er in die falsche Richtung lief, weg von Schlachtenlärm.

Als er die Tür des Saales öffnete und sich umschaute, bemerkt er sofort, dass etwas nicht stimmte.

Zwei seiner Untertanen lagen enthauptet vor dem Altar!

Daman kam nicht mehr dazu, den Schrecken zu überwinden. Ein Schatten flog von der Seite auf ihn zu, und einen Sekundenbruchteil später spürte er eine scharfe Klinge an seiner Kehle.

»Schau an, wen haben wir denn da?«, zischte eine Stimme, die er sehr wohl kannte. Und die ihm augenblicklich den Schweiß aus allen Poren getrieben hätte – wenn die Nosfera des Schwitzens fähig gewesen wären. Die Barbarin! Wie kam sie hierher?

»Deine Leute waren leider nicht sehr mitteilsam«, fuhr Aruula fort und deutete mit dem Kinn auf die entseelten Leiber. »Du weißt also, was dich erwartet, wenn du meine Frage nicht beantwortest …«

Daman wusste es. Und darum setzte er alles auf eine Karte. Er warf sich zur Seite und griff gleichzeitig zu seinem Schwert.

Seine Hand hatte sich noch nicht ganz um den Knauf geschlossen, als die Strafe folgte. Aruulas Stiefelspitze zuckte vor und traf ihn genau dort, wo es einem Mann ganz besonders weh tat. Keuchend brach Daman in die Knie.

»Elender Dieb«, fauchte die junge Frau mit zornig blitzenden Augen, als sie sah, wessen Waffe er gerade hatte ziehen wollen. Daman war noch nicht fähig, sich zu rühren, als sie ihm das Schwert entriss und die Spitze an seinen Hals drückte. »Also höre meine Frage … und je schneller du sie beantwortest, desto länger lasse ich dich leben …«

Professor Dr. Smythe hockte hinter einem Schreibtisch. Er trug nun statt seiner Kutte einen weißen Kittel und wirkte darin fast wie ein Arzt. Dr. Frankenstein, zum Beispiel. Oder Dr. Mabuse … Die

Gläser seiner Brille spiegelten das Licht einiger nackter Glühbirnen wider, die in primitiven Halterungen an den Wänden steckten. Er belauerte Matt wie eine Schlange ihr Opfer.

»Warum nur«, sinnierte Smythe, »wurde Drax dieselbe Ehre zuteil wie mir? Warum hat Cristopher-Floyd auch ihn in die Zukunft geschickt?« Er trommelte mit den Fingern auf die Tischplatte. »Weil ich einen ebenbürtigen Gegner brauche, um meiner Macht bewusst zu werden? Aber warum war es dann so leicht, ihn zu fassen ...?«

Matt hing gefesselt in dem Foltersessel. Sein Hirn dröhnte noch immer wie ein Brummkreisel, der fortwährend die ›Königin der Nacht‹ abspielte. So schön Mozarts Oper auch war, Matt fürchtete, sie nie wieder aus seinem Kopf verbannen zu können.

Er versuchte an andere Dinge zu denken – und kam vom Regen in die Traufe. *Aruula!* Auch sie war in der Gewalt dieses Irren. Was würde Smythe mit ihr anstellen? Es würgte Matthew in der Kehle, wenn er nur daran dachte.

Links und rechts neben ihm standen regungslos die beiden Wächter. Sie glotzten Smythe erwartungsvoll an, offensichtlich fasziniert von seinem fremdartigen Geschwafel, das sie zweifellos für das Idiom der finsteren Götter hielten.

»Wenn die Finsternis die Erde erobert und ein neues dunkles Zeitalter herbeiführt«, fuhr Smythe im Tonfall eines Dozenten fort, »darf man in der Wahl seiner Mittel nicht zimperlich sein. Wer sich weigert, seine Seele der Finsternis zu verschreiben, muss zu seinem Glück gezwungen werden.«

Er stand von seinem Schreibtisch auf und kam langsam auf Matthew zu. Ein Grinsen verzerrte seine Mundwinkel. »Ich weiß jetzt, warum Sie hier sind, Commander Drax: als mein Verbündeter! Sie wissen es nur noch nicht. Aber wenn Sie nach der Behandlung wieder zu sich kommen, werden Sie ein Verfechter des Bösen sein, verlassen Sie sich darauf.«

»Ach wirklich?«, fragte Matt in einem Anflug von Galgenhumor. »Und wie ist die Bezahlung? Darüber sollten wir noch reden. Ich meine, wenn ich mich beruflich derart verändern soll ...«

»Schweigen Sie!«, donnerte Smythe. »Werden Sie sich lieber der Erhabenheit des Augenblicks bewusst! Schließlich ist dies mein erster Eingriff dieser Art.« Er griff in eine Tasche seines Kittels und zog einen schmalen silbernen Gegenstand hervor.

Matt gefror das Blut in den Adern, als er das Ding erkannte.

Es war ein leicht angerostetes chirurgisches Skalpell!

»Und nun entspannen Sie sich«, sagte Smythe in geradezu freundlichem Tonfall. »Es wird anfangs ein kleines bisschen weh tun – aber nachdem ich Ihr Schmerzzentrum isoliert habe, spüren Sie rein gar nichts mehr. Sie können mir vertrauen ...«

Im Würgegriff Aruulas taumelte Daman durch den geheimen Gang, der zu Jacobos Gemächern führte. Sein Herz war voller Hass auf die schwarzhaarige Barbarin, die ihm körperlich überlegen war, aber gleichzeitig erfüllt von der Hoffnung, dass sie vollenden mochte, was ihm nicht gelungen war: Jacobo zu töten. Die Frage war nur: Konnte er noch einen Nutzen daraus ziehen? Oder würde sie ihn gleichfalls umbringen?

Der Lärm der hinter ihnen tobenden Schlacht wurde vom Getöse der *Baiiks* unterbrochen, die nun, das hörte Daman ganz deutlich, in den Innenhof gerast kamen. Die Heimkehrer würden zu spät kommen, um ihn vor der Barbarin zu retten.

Damans lederartige Lippen bebten, als er sich an der Wand entlang tastete und mit zitternden Knien die Tür am Ende des Ganges öffnete.

Sie gelangten in das Zimmer, in dem Jacobos Schätze untergebracht waren; Dinge, deren Sinn Daman nur in wenigen Fällen überhaupt begriff. Die gegenüberliegende Wand wurde von einer gewaltigen Glasscheibe eingenommen. In dem Raum dahinter saß in einem wuchtigen Stuhl der blonde Mann, den Daman als Gholan kennengelernt hatte. Aruula hatte ihm gesagt, dass er in Wahrheit Maddrax hieß.

Jacobo stand vor ihm. Seine Kapuze war zurückgeschlagen. Sein Gesicht war fahl und bleich. Daman sah die eigenartigen Glasaugen, mit denen er vermutlich die dunklen Götter schaute. In seinen Händen blitzte ein seltsam dünnes Messer auf.

Die schwarzhaarige Barbarin stieß einen Fluch aus und suchte nach einer Deckung, bevor Jacobo sie sehen musste.

Daman grinste wider Willen. Die Furie mochte stark und wild sein, aber intelligent war sie deshalb noch lange nicht. Schon fühlte er wieder einen Hauch von Überlegenheit in sich aufsteigen.

»Sie können uns nicht sehen«, ächzte er unter ihrem Griff, als sie ihn mit sich zerrte. »Von der anderen Seite ist das Glas ein Spiegel!«

Die Barbarin stieß einen erstaunten Laut aus und verhielt in ihrem Schritt. Noch etwas misstrauisch wagte sie sich näher an die Scheibe heran, doch auch jetzt nahm Jacobo von ihr keinerlei Notiz. Es schien also zu stimmen, was Daman sagte.

Sie löste ihren Arm von seinem Hals – aber nur, um im nächsten Moment mit der linken Hand in seine Kehle zu greifen. Daman spürte, wie sein Kehlkopf schmerzhaft zuckte. Er wagte sich nicht zu bewegen.

Aruula überlegte fieberhaft. Natürlich konnte sie mit einem der Gegenstände hier die Scheibe zerschlagen, um in die Folterkammer zu gelangen. Doch der Stuhl mit Maddrax darauf stand gut zwölf, dreizehn Schritte entfernt. Es wäre Jacobo ein Leichtes, dem Leben ihres Gefährten mit dem Messer ein Ende zu setzen, noch bevor sie ihn erreichte. Was sie brauchte, war ein Auftritt, der Jacobo so erschreckte, dass sie genügend Zeit gewann.

Aruula sah sich um und wies dann auf das an eine Wand gelehnte Baaik, das Jacobo für sich selbst zusammengesetzt hatte. »Kannst du den Feuerstuhl bedienen?«, fragte sie.

Daman nickte automatisch. Gleichzeitig begriff er, dass sich seine Situation grundlegend verbessert hatte. Nun brauchte die Barbarin ihn und sein Wissen! Und daran konnte er, wenn er es geschickt anstellte, Forderungen knüpfen!

Er ächzte schwer, bis Aruula den Griff um seine Kehle lockerte. Dann hauchte er: »Ich werde dir helfen, Barbarin – wenn wir zuvor ein Bündnis schließen!«

Aruulas Augen verengten sich misstrauisch. »Was für ein Bündnis?«, zischte sie.

Daman räusperte sich. »Ich will Jacobos Tod«, erklärte er, »und du willst deinen Gefährten. Ich helfe dir, wenn du für mich Jacobo beseitigst.«

Aruula blieb nicht viel Zeit zum Überlegen. Gerade beugte sich Jacobo über Maddrax und schien zu überlegen, wo er das Messer am besten ansetzte.

»Gut«, willigte sie ein. »Erwecke den Feuerstuhl und durchbrich die Scheibe damit. Ich kümmere mich um Jacobo!«

Im gleichen Augenblick, in dem Jacob Smythe das Skalpell auf Matthew Drax' Schläfe setzte, röhrte ganz in der Nähe ein Motor auf. Smythe hielt verdutzt inne.

Im nächsten Moment schien die Welt in Myriaden Einzelteile zu zersplittern. Ein Scherbenregen ergoss sich wie in einer Explosion in das Labor.

Matt zuckte unwillkürlich zusammen und war geistesgegenwärtig genug, den Kopf zur Seite zu reißen. Der Druck des Chirurgenmessers verschwand von seiner Schläfe.

Die Ereignisse überschlugen sich.

Der Irre schrie auf. Die beiden Nosfera fuhren herum. Inmitten des Scherbenregens platzte ein schweres Motorrad mit lautem Gebrüll durch den riesigen Spiegel hinter Smythe. Wie in einer Vision sah Matt Aruulas blauschwarze Mähne und die lange wirbelnde Klinge in ihrer rechten Hand. Vor ihr im Sattel saß Daman, wie ein Rocker aus alter Zeit tief über den Lenker gebeugt.

Smythe schrie abermals auf, war aber zu perplex, um gezielt zu reagieren. Aruulas Schwert sirrte durch die Luft und köpfte mit einem Schlag den ersten der Wächter.

Jetzt duckte sich Smythe, ließ das Skalpell fallen und griff an seinen Gürtel, um den Elektroschocker zu ziehen.

Das Bike rutschte über Tausende von Glassplittern. Daman verlor die Gewalt über die Maschine. Sie legte sich flach, krachte mit dem Tank gegen einen Labortisch und zerdepperte Dutzende mit irgendwelchen Flüssigkeiten gefüllte Glasbehälter. Gelbgrüner Nebel und Schwefelgestank breiteten sich aus.

Aruula, die vor Damans Sturz abgesprungen war, kreuzte inzwischen die Klinge mit Smythes zweitem

Helfer. Matt riss an seinen Fesseln, während sich Smythe den Kämpfenden näherte und den Elektroschocker auf Aruula richtete.

Doch statt die erwarteten 300.000 Volt auszuspucken, machte das Gerät nur *Bsssss*.

Die Batterie war leer!

Smythe schrie vor Entsetzen auf.

Im gleichen Moment zerrte etwas an seinem Kittel. Er sah hinab – und gewahrte Daman, der sich, noch benommen von dem Sturz, an ihn klammerte.

»Elender Kretin!« brüllte Smythe und trat nach seinem Vasall.

Im gleichen Moment querte Aruulas Klinge den Hals ihres Widersachers, der mit einem Todesröcheln zu Boden ging. Eine Sekunde später war sie bei Maddrax und zertrennte mit gekonnten Hieben seine Fesseln.

Matt schnappte sich ein am Boden liegendes Schwert. Durch die offene Tür des Nebenraums drangen jetzt Schreie, Flüche und Waffengeklirr an seine Ohren. Irgendwo ganz in der Nähe schien eine wilde Schlacht zu toben. Aruula sagte nur »Reyto und Gosseyn«, und er verstand.

Smythe wehrte sich währenddessen gegen den wie tollwütig an seinem Kittel zerrenden Daman. Doch seine Tritte und wirbelnden Fäuste zeigten nur wenig Wirkung. Daman hatte sich so sehr in seinen Hass auf den Thronräuber verbohrt, dass er kaum noch Schmerzen empfand.

In diesem Augenblick erkannte Smythe, dass Commander Drax frei war. Ein Irrlichtern trat in seine Augen. Die Panik verlieh ihm übermenschliche Kräfte.

Mit einem brutalen Tritt gelang es ihm, Daman abzuschütteln. Mit ausholenden Sätzen lief er durch das Labor, auf das aus dem Boden ragenden Rohr zu.

Als Matt und Aruula die Verfolgung aufnahmen, hantierte er mit fliegenden Fingern am Riegel der Abdeckung und klappte sie zurück. Daman hechtete hinter ihm her, glitt auf dem Bauch über den Boden und schlang seine Arme um die Füße seines verhassten Herrn, der in höchster Not aufschrie. Ein weiterer Tritt traf Damans Kopf, und diesmal brach er ihm das Genick.

Smythe schwang die Beine über den Rand des Schachtes, warf einen Blick in die Tiefe – und stürzte sich mit einem schrillen Lachen hinab.

»Nein!« Matts Schrei änderte nichts mehr. Professor Dr. Jacob Smythe hatte sich in den Tod gestürzt. Matt zweifelte nicht daran, dass er gegen die mutierte Schnecke, die dort unten lauerte, keine Chance hatte.

Aruula packte seinen Arm. »Lass uns fliehen, Maddrax! Sofort!«

»Moment noch …« Matt schaute sich hastig um. In den Wochen seines Hierseins hatte Smythe Dinge zusammengetragen und technische Geräte instand gesetzt, die ihm bei seiner Odyssee durch diese fremdartige Welt sehr hilfreich sein konnten.

Aber er kam nicht mehr dazu, all diese Schätze zu sichten. Einige der verschütteten Chemikalien hatten miteinander reagiert. Erste Flämmchen flackerten und betäubender Rauch breitete sich im Raum aus.

»Komm!«, drängte Aruula. »Gefahr!«

Das Feuer griff rasend schnell um sich. Trotzdem war Matt noch für Sekunden hin- und hergerissen zwischen Flucht und Hierblieben.

Doch schließlich siegte die Vernunft. Er wuchtete das Motorrad vom Boden hoch, schwang sich in den

Sattel, trat den Starter durch und registrierte zufrieden, dass der Motor sofort ansprang.

Er brauchte Aruula nicht zu bitten. Sie setzte sich mit dem Schwert in der Hand hinter ihn, und er steuerte das Motorrad geschickt durch den Gang, der zurück in den Blutsaal führte.

Dort lagen die ausgestreckten Leichen einiger Nosfera, und auch zwei Suizzani hatten hier ihr Leben gelassen. Reyto war aber nicht darunter.

Der Kampf hatte sich offenbar in andere Bereiche der Festung verlagert, denn als Matthew durch einen Korridor in Richtung Treppenhaus fuhr, begegnete ihnen keine lebende Seele.

Matt hatte vorgehabt, mit dem Motorrad die Stufen hinab zu hoppeln. Doch als er die Treppe erreichte, sah er den Grund für die Truppenverlegung: In der etwa vierzig Quadratmeter großen Eingangshalle wälzte sich der elefantengroße Leib einer weißen Schnecke. Das Tier musste den Weg aus den Kellerräumen nach oben gefunden haben und machte nun reiche Beute. Die zappelnden Beine eines Blutsaugers ragten aus ihrem schleimigen Maul, während ein halbes Dutzend Ledermänner von allen Seiten mit Schwertern, Spießen und Äxten auf das Ungetüm einschlugen.

Von den Suizzani war außer einem am Boden liegenden Toten niemand mehr zu sehen. Matt nahm an, dass sie mit den befreiten Dorfbewohnern durch den Keller ins Freie entkommen waren.

Die Vermummten waren so mit der Riesenschnecke beschäftigt, dass sie das Gedröhn der Maschine nicht wahrnahmen. Aber damit war noch nichts gewonnen.

Wie sollte Matt an der Kreatur und den Nosfera vorbei kommen? Der Weg die Treppe hinab war jedenfalls versperrt.

Er drehte die Maschine und raste eine Galerie entlang, die den Raum umkreiste. Als er unter sich einen massiven Holztisch sah, stoppte Matt. An dieser Stelle war das steinerne Geländer der Galerie zerbrochen; die maroden Reste würden der Wucht des Motorrades nicht standhalten. Und der Tisch ergab eine gute Landeplattform. Von dort war der Weg zum Hauptportal frei.

Matt überlegte nicht lange und gab Gas, bevor ihm die Stimme der Vernunft zuflüstern konnte, dass er hier ein selbstmörderisches Spiel trieb.

»Festhalten!«

Er duckte sich. Das Motorrad schoss voran, durchbrach das Geländer und flog in einem Regen aus Staub und Gesteinssplitter in die Halle hinab. Die umstehenden Nosfera wurden völlig überrascht. Einige brachten sich mit einem weiten Satz in Sicherheit, doch zwei der Blutsauger wurde die aufbrüllende Maschine zum Schicksal.

Dann bekam das Hinterrad Bodenhaftung. Der Ruck der Landung presste Matt und Aruula tief in den Sattel – aber die Maschine hielt der Belastung stand.

Matt gab Gas. Schlingernd und mit qualmenden Reifen visierte er die Pforte an.

Dann waren sie im Freien, und die Reifen durchpflügten den Lehmboden. Im Innenhof lagen mindestens zwanzig Motorräder im Dreck. Matt musste abbremsen, um sich einen Weg zwischen den Bikes zu bahnen.

Da ertönte über ihnen eine gewaltige Explosion. Im obersten Stock der Festung flogen die Fenster aus den Rahmen, und lange Flammen fuhren zum Himmel empor. Offenbar waren die Treibstoffvorräte explodiert.

Matt sah sich um. Keiner der Blutsauger folgte

ihnen. Das war gut so, denn er hatte noch etwas zu erledigen.

Auf der anderen Seite des Hofes stoppte er vor dem Treppenabstieg, durch den Gholan und er vor einigen Stunden in die Feste eingedrungen waren. »Warte hier; ich bin gleich zurück!« wies er Aruula an, stieg ab und hastete die Stufen hinab.

Der Generatorenraum lag verlassen da. Matt hielt sich nicht damit auf, nach brauchbaren Dingen zu suchen. Sein Ziel war das Schränkchen, in dem er seine Ausrüstung verstaut hatte. Er raffte Uniform, Pistole, Feldstecher und Messer zusammen, machte kehrt und eilte wieder nach oben.

Keine Sekunde zu früh! Aus dem Hauptportal quollen die ersten Nosfera und deuteten zu ihm und Aruula hinüber. Aber sie hatten keine Chance mehr, sie zu erreichen.

Matt hob die Beretta, zielte sorgsam – und jagte einen einzelnen Schuss aus dem Lauf. Mehr war auch nicht nötig. Die Kugel durchfetzte funkenschlagend den Tank eines der zwanzig Motorräder und setzte das hervorsprudelnde Benzin in Brand. Sekunden später stieg ein Feuerpilz zum Himmel, und die Hitzewelle der Explosion waberte über den Hof.

Matthew drückte seiner Gefährtin das Bündel in die Hände. Er schwang sich in den Sattel, richtete die Maschine auf das offene Tor aus und gab Gas.

Chaos und Feuer breiteten sich hinter ihnen aus. Vor sich erkannten sie etliche davonhastende Gestalten, die in Richtung des Dorfes strebten. Gott, beziehungsweise Wudan sei Dank: Gosseyn und seine Sippe waren entkommen! Und es sah nicht danach aus, als ob die Männer aus Suizza viel Erfolg dabei haben würden, sie in die Sklaverei zu verschleppen.

Als Matt in sicherer Entfernung zur Festung anhielt, brach die Sonne durch die Regenwolken und badete die düstere Festung in ihrem goldenen Licht. Eben gellte eine neue Explosion auf, eine von vielen, die noch folgen würden.

Matthew Drax schaute nicht mehr zurück, als er Kurs auf das Dorf nahm. Er freute sich darauf, Gosseyn, Riva, Gholan und die anderen wiederzusehen. Morgen oder übermorgen würden sie dann wieder gen Norden aufbrechen.

In dieser Festung des Blutes hatte Matt ein weiteres Mitglied der Dreier-Staffel gefunden, und wieder war die Begegnung ganz anders abgelaufen, als er gehofft hatte. In Rom hatten teuflische Drogen Irvin Chester zu einem hirnlosen Muskelberg gemacht, Jacob Smythe war dem Wahnsinn verfallen ... wie würde seine Suche nach Lieutenant Hank Williams da wohl enden?

Matt fühlte einen kalten Schauer über seinen Rücken laufen. Doch gleichzeitig spürte er Aruulas Nähe. Sie gab ihm Zuversicht. Solange er lebte, war noch nicht alles verloren ...

HIER ENDET DIESER BAND.
DOCH DIE ABENTEUER VON
MATTHEW DRAX
GEHEN WEITER!

BASTEI
MADDRAX
DIE DUNKLE ZUKUNFT DER ERDE
Wettlauf gegen die Zeit
BASTEI ROMAN
Band 36 • Deutschland 2,80 DEM/1,33 €

BASTEI
MADDRAX
DIE DUNKLE ZUKUNFT DER ERDE
Enthüllungen
BASTEI ROMAN
Band 37 • Deutschland 2,80 DEM/1,33 €

Penn Cage kennt den Tod wie seine Westentasche: Als Staatsanwalt hat er sechzehn Menschen in die Todeszelle gebracht. Doch nach dem plötzlichen Tod seiner Frau sehnt er sich nach Ruhe und Frieden. Mit seiner kleinen Tochter begibt er sich in die Stadt seiner Kindheit, um den Schatten der Vergangenheit zu entfliehen. Aber Natchez, Mississippi, ist nicht der Ort, um seine Trauer zu begraben. Ein dunkles Geheimnis umgibt diese Stadt im Süden der USA, ein Geheimnis, an dessen Aufdeckung niemand Interesse bekundet ...

›Nach *@E.R.O.S.* und *Schwarzer Tod* läuft Greg Iles zur Hochform auf.‹ *WASHINGTON POST*

ISBN 3-404-14550-X

BASTEI LÜBBE

›Dann sah ich: Das Lamm öffnete das erste der sieben Siegel ...‹ *Offenbarung des Johannes*

Im Hudson Valley nahe New York werden ein Mann und eine Frau brutal ermordet. – In Nordkorea wird ein Dorf buchstäblich von der Erdoberfläche gebombt. Als der einzige Überlebende Tage später aufgegriffen wird, stammelt er etwas von einer Frau. – In der norwegischen See bahnt sich ein Eisbrecher den Weg zu einer kleinen Insel. An Bord ist ein Wissenschaftlerteam, das die Leichen von fünf lange verstorbenen Bergleuten exhumieren will. Aber als sie an ihr Ziel kommen, finden sie die Gräber bereits geöffnet vor ...
Frank Daly, Reporter der *Washington Post*, wittert die Story seines Lebens, als er den Zusammenhang zwischen diesen drei unheimlichen Ereignissen erkennt. Doch überall stößt er auf eine Mauer aus Schweigen. In einem atemlosen Wettlauf gegen die Zeit führt ihn die Spur schließlich zu einer fanatischen Gruppe, deren Glaubensbekenntnis Apokalypse heißt ...

ISBN 3-404-14565-8

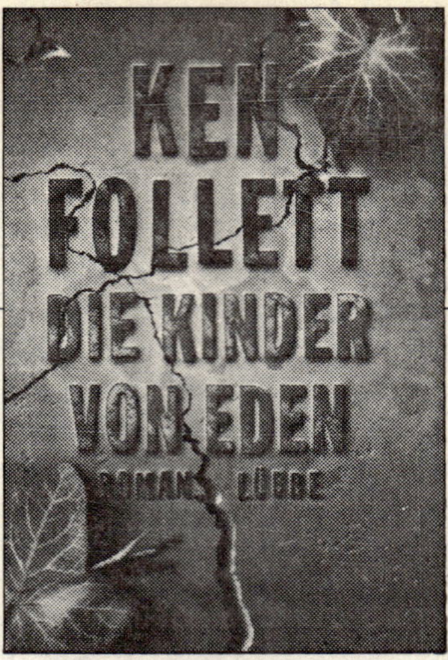

Wenn der Mensch der Natur gebieten kann, gibt es keine Sicherheit mehr diesseits von Eden

Ein kleines, verschwiegenes Tal in Kalifornien. Hier lebt seit den sechziger Jahren eine Hippie-Kommune. Nun aber soll ihr Dorf einem Stausee weichen. Doch die ›Kinder von Eden‹ wollen sich nicht aus ihrem Paradies vertreiben lassen und greifen in ihrer Not zu einem wahnwitzigen Plan: Sie drohen der Regierung, ein Erdbeben stattfinden zu lassen, das entsetzliche Folgen haben wird. Niemand nimmt ihre Ankündigung ernst. Nur die junge FBI-Agentin Judy Maddox, die bereits auf der Abschussliste ihrer Vorgesetzten steht, hat ihre Zweifel und versucht, die Katastrophe zu verhindern. Aber dann überschlagen sich die Ereignisse ...

›Gut recherchiert und nervenaufreibend spannend.‹
Brigitte

ISBN 3-404-14535-6

BASTEI
LÜBBE